Christina Antoniadou

... und schon heißt dein Zuhause Johannesburg

Christina Antoniadou

… und schon heißt dein Zuhause Johannesburg

Mein Leben in Südafrika

2021

Christina Antoniadou

... und schon heißt dein Zuhause Johannesburg

Mein Leben in Südafrika

Auflage 2021

Korrekturlesen: Ute Petkakis

Umschlaggestaltung: iWrite.gr
Fotos: Shutterstock | iStock images | Dreamstime

Satz: Antonis Karanavtis, Yiannis Ermidis, Lydia Chatzimarkou, Sofia Michala

ISBN Print: 978-618-00-3259-8
ISBN E-Book: 978-960-626-373-6

September 2020 erschien die griechische Übersetzung im Verlag Pigi in Thessaloniki.

Christina Antoniadou ist in Deutschland geboren und aufgewachsen. Nach dem Germanistikstudium war sie am Goethe-Institut tätig, wo sie in verschiedenen Städten unterrichtete und Projekte leitete. Außerdem hat sie als Autorin an mehreren Büchern im Bereich Deutsch als Fremdsprache mitgewirkt und ein deutsch-griechisches / griechisch-deutsches Lexikon für idiomatische Redewendungen geschrieben.

Christina Antoniadou hat in Deutschland, Griechenland, Großbritannien, Südafrika und Dänemark gelebt. Ihr Leben in den verschiedensten Ländern hat ihr neue und interessante Einsichten in den „ganz normalen" Alltag geschenkt. In diesem Band präsentiert sie in 47 Kurzgeschichten Südafrika, so wie sie es aus der Perspektive einer unkundigen, arglosen Europäerin erlebt hat. Auf humorvolle Art und Weise werden Land und Leute beschrieben, mit denen die Erzählerin in ihrem Alltag in Berührung kommt.

Es handelt sich um eigenständige Episoden, die zwar nicht aufeinander aufbauen, sich aber trotzdem am Ende wie ein Puzzle zusammenfügen lassen und einen Einblick in das Leben in Johannesburg und in Südafrika erlauben.

https://www.facebook.com/christinaannarosa.antoniadou

instagram #chris_antoniadou

„South Africa is blessed ... ein gesegnetes Land ...“
Das waren die Worte eines älteren Griechen,
der schon seit seiner Kindheit in Johannesburg lebt.
Sein Blick streift dabei den blühenden Jacaranda-Baum.
„ ... du rammst einen Besenstiel in die Erde
und schon schlägt er Wurzeln.
Wurzeln sind etwas Großartiges!

Sie geben einem

Kraft
Glauben
Liebe.“

„Zwei Dinge sollen Kinder von ihren Eltern bekommen:
Wurzeln und Flügel.“

Frei nach diesem Zitat von J. W. von Goethe
ist dieses Buch all denjenigen gewidmet,
die es in die Ferne gezogen hat
und die dort erkannt haben,
welche Kraft ihnen ihre Wurzeln geben.

Ein Dankeschön an G.A.

Inhaltsverzeichnis

I.

SÜDAFRIKANISCHER ALLTAG

1. Erster Kontakt mit *locals*

Wir sind erst knapp drei Wochen in Johannesburg und wohnen noch im Hotel, die Vorbereitungen für den Umzug in unser zukünftiges trautes Heim laufen jedoch auf Hochtouren. Meine bessere Hälfte lässt mir eines Morgens den Firmenwagen da, damit ich alles schneller und bequemer erledigen kann. Und bei der Gelegenheit soll ich dann auch gleich volltanken, lässt er mich ganz nebenbei wissen, bevor die Tür ins Schloss fällt. Kaum etwas deutet an diesem sonnigen Tag daraufhin, dass ich mich alsbald in einer nicht gerade kommoden Situation wiederfinden werde.

Johannesburg ist nicht die übersichtlichste aller Städte. Einer der Gründe dafür liegt darin, dass sich die Menschen hier vor über 130 Jahren nicht aufgrund eines Sees, eines Flusses oder einer windgeschützten Bucht niedergelassen hatten, wie es auf der ganzen Welt sonst üblich ist, sondern weil es damals vor Gold nur so starrte. Diese mangelnde Hilfestellung seitens der Natur erschwert die Orientierung heutzutage erheblich, weswegen ich mich in der Megastadt auch nach drei Wochen immer noch nicht auskenne. Das ist mir bis jetzt nirgendwo passiert. Und ausgerechnet hier will ich die nächsten drei Jahre leben. In allen anderen Großstädten bin ich sonst – mit dem Stadtplan in der Hand – mit öffentlichen Verkehrsmitteln oder zu Fuß unterwegs und habe spätestens am dritten Tag die Stadtmitte so gründlich erkundet, dass ich auf keine Karte mehr angewiesen bin. In Joburg*, wie Johannesburg von seinen Bewohnern liebevoll genannt wird, kann ich dieses Konzept allerdings über Bord werfen. Zu Fuß gehen geht gar nicht und vor Bus- und Bahnnutzung wird gleich bei der Ankunft in diesem Land aufgrund der hohen Kriminalitätsrate dringlichst abgeraten. Wie soll man unter diesen Umständen seine zukünftige Wahlheimat kennenlernen?

Außer einer einzigen Route, nämlich der zwischen Hotel und zukünftiger Bleibe, ist mir alles andere in Joburg alles andere als bekannt. Und da es sich um meine erste, sozusagen meine jungfräuliche Autofahrt in dieser Stadt handelt – im ungewohnten Linksverkehr, noch dazu mit einem linksgelenkten Wagen –, bleibt mir nichts anderes übrig, als mich auf mein Smartphone und die entsprechende *app maps* zu verlassen. In Ermangelung eines Navis samt dazugehöriger netter Stimme, die einen idiotensicher zu jedem Ziel führt, muss ich nun mein ganzes Koordinationsvermögen aktivieren. In die Praxis umgesetzt bedeutet dies, dass mein rechtes Auge auf die Fahrbahn gerichtet ist und mein linkes versucht, den beweglichen blauen Punkt auf dem Display im Visier zu behalten, denn schließlich schlängelt er sich nicht umsonst so lasziv am schwarzen Strich entlang und signalisiert mir somit auf eine pulsierende Art und Weise, wo ich mich im Moment befinde. Über kurz oder lang würde ich auf diese Art und Weise sicher noch heute an mein Ziel gelangen, wenn mir die wiederholt aufleuchtende Zapfsäule direkt hinter dem Steuerrad nicht zu verstehen gäbe, dass ich mich endlich zur nächsten Tankstelle zu begeben habe. Schon baut sich eine vor mir auf, ich biege ab und lasse volltanken, ohne auch nur einen Finger krumm oder mir die Hände schmutzig zu machen; ein Genuss, der mir in Deutschland nie beschert war.

Wie ich das Selbertanken in Deutschland verabscheue! Dabei muss ich unwillkürlich an die weiße Hose und die beigen Wildlederstiefel denken, die ich ausgerechnet immer dann trage, wenn mir die verhasste Zapfsäule auf dem Armaturenbrett entgegenblinkt und mich daran erinnert, dass ohne Benzin bald gar nichts mehr läuft und ich mich umsonst in Schale geworfen habe. Unwirsch und mit unverhohlenem Abscheu halte ich kurze Zeit später die schwere, schmierige Zapfpistole mit spitzen Fingern und versuche mit der freien Hand, den staubigen Tankdeckel zu öffnen, was sich meistens als schwieriges Unterfangen erweist. Ziemlich unbeholfen stehe ich vor dem Rätsel, ob ich im oder gegen den Uhrzeigersinn schrauben soll. Wenn auch dieses Problem gelöst ist, gilt mein einziger Gedanke der noch weißen Hose und den noch unbefleckten Stiefeln, also konzentriere ich mich vollends darauf, nicht mit dem dreckigen Schlauch in Berührung zu kommen.

Nach diesen traumatischen Erfahrungen in good old Germany lobe ich mir diesbezüglich doch jetzt Südafrika. Kaum hält man an der Tankstelle, werden *first world problems* dieser Art fachmännisch gelöst. Es besteht überhaupt kein Anlass dafür auszusteigen, denn ein junger, hilfsbereiter Mann eilt herbei und will einfach nur wissen, wie viel Benzin in den Tank soll. So auch an diesem Tag.

Während ich also dem Tankwart großzügig ein *fill it up please* zurufe und hoffe, damit „volltanken“ richtig übersetzt zu haben, sitze ich im Jeep hoch zu Ross und gehe noch einmal die Sicherheitsregeln durch. Ich darf mich auf keinen Fall vom Auto entfernen, solange mein Schlüssel an dem dreckigen Deckel baumelt. Außerdem ist meine Tasche da, wo sie im Joburger Auto hingehört, nämlich im Kofferraum, also muss ich aussteigen, um den Geldbeutel zu holen. Nach langem Suchen stelle ich mit einigem Unbehagen fest, dass der Geldbeutel entweder aus dem Kofferraum gefallen oder gestohlen ist oder ich ihn einfach nur im Hotel habe liegen lassen. Aber der Tank ist schon zur Hälfte voll und das macht bei einem Jeep umgerechnet sage und schreibe 90,- Euro aus. Der junge Mann versteht sofort die aufgeregte Ausländerin, die einige Male hintereinander *stop* ruft. Ich erkläre ihm, dass ich weder Bargeld noch eine Kreditkarte hätte, da mein Geldbeutel im Hotel liege. Den Begriff „wahrscheinlich“ lasse ich dabei sicherheitshalber weg. Er zuckt nur mit den Achseln und verweist mich an seinen Supervisor. Dieser ist zwar ebenfalls sehr nett und zuvorkommend, zeigt auch großes Verständnis für meine Aufregung, kann mir aber nicht weiterhelfen und holt darum den *big boss*. Ein Weißer. Der einzige Weiße an der Tankstelle.

Als sich der *big boss* nähert und ich sein Gesicht in allen Einzelheiten betrachten kann, begreife ich, dass Gott einen doch recht eigenartigen Humor hat und – wohl zum Zeitvertreib und aus lauter Langeweile – sich mit einigen Menschen ziemlich unfaire Späßchen erlaubt. Dem *big boss* dagegen scheint jeglicher Sinn für Humor abhanden gekommen zu sein, was augenblicklich daran zu erkennen ist, dass er die an seiner Tankstelle gestrandete Europäerin mit einem wütenden Blick durchbohrt. Kein Zweifel, ich habe mir seine ewige Ungnade zugezogen und da hilft es wenig, dass ich ihm einen heiteren Gruß zurufe. Bei Geld hört der Spaß bekanntlich auf und diese Unbekannte mit der eigenartigen Aussprache schuldet ihm jetzt nicht nur eine beträchtliche Geldsumme, sondern gibt auch noch zu, diese nicht bezahlen zu können. Ich schlage ihm vor, dass ich schnell zum Hotel fahren könnte, um das Geld zu holen und in zwanzig Minuten wieder da zu sein, aber ich habe eher den Eindruck, dass dieser nette Versuch wie Öl an ihm abgeleitet. Und tatsächlich fährt mich der Mann mit dem unmöglichen Gesicht mit überraschender Unverblümtheit an. Was ich mir denn dabei denken würde und ob ich wisse, wie viele sich diesen Scherz schon bei ihm erlaubt hätten und auf Nimmerwiedersehen verschwunden seien. Er schickt noch einige Sätze hinterher, deren Verständnis mir äußerst große Schwierigkeiten bereitet. Später erfahre ich, dass es sich um die Sprache Afrikaans** handelt. Mindestens drei schwarze Augenpaare, nämlich die der jungen Tankwarte, sind erwartungsvoll auf mich gerichtet und warten gespannt auf meine Antwort. Ich frage mich, ob das zu den hiesigen Gepflogenheiten gehört, eine Dame von Welt eines solchen Betrugs für fähig zu halten, behalte meine Gedanken allerdings wohlweislich für mich und schweige lieber.

Ich solle mein Smartphone als Pfand dalassen. Aufgrund seines groben Tones etwas irritiert wage ich ihm nur entgegenzuhalten, dass ich ohne mein Handy, viel mehr aber ohne die *app maps* das Hotel nie finden würde, geschweige denn den Weg zurück zur Tankstelle. Er lässt sich in keinster Weise von meinem Drama beeindrucken und gibt nur ein trockenes *Phhh* von sich, begleitet von dem Vorschlag, dass ich mir dann eben etwas anderes einfallen lassen müsse, wie z.B. einen Bekannten anrufen. In diesem Moment stelle ich mir vor, wie sich die Situation wohl entwickeln würde, wenn ich einen Baseballschläger griffbereit hätte, um dem Burschen den selbigen auf seinem burischen*** Schädel zu platzieren. Da mir aber im gleichen Moment klar wird, dass sich im Kofferraum alles Mögliche außer besagtem Schläger befindet, verwerfe ich dieses Szenario schleunigst wieder, genauso wie den Wunsch, den Abdruck meiner Handfläche auf seiner linken Wange zu hinterlassen. Stattdessen erwidere ich, dass ich zwar über eine Menge Bekannte und Freunde verfüge, törichterweise aber eben nicht auf diesem Kontinent. Unter seinem erbarmungslosen Blick wiederhole ich zaghaft, dass ich gerade vor wenigen Wochen nach Johannesburg gezogen sei und sich mir noch keine Gelegenheit zur Knüpfung sozialer Kontakte geboten habe. Dass ich nicht unbedingt vorhabe, damit ausgerechnet an dieser Tankstelle anzufangen, behalte ich wohlweislich für mich, genauso wie die Existenz eines Gatten. Ihn anzurufen, würde sich als äußerst müßig erweisen, da er ständig in irgendwelchen *meetings* steckt und mich erst nach Feierabend abholen könnte. So lange gedenke ich nicht hier zu bleiben. Die Unterhaltung findet an dieser Stelle ihr jähes Ende und ich bin mir unsicher, wie ich diese Situation bewältigen soll. Der *big boss* führt ein sehr lautes Selbstgespräch auf Afrikaans, dem ich nicht folgen, dessen Inhalt ich mir jedoch sehr gut zusammenreimen kann. Da fällt mein Blick auf den netten jungen Mann, der es innerhalb weniger Sekunden geschafft hat, für 90,-

Euro Benzin in den Tank zu füllen. Und was ist, wenn ich diesen lieben Kerl einfach mit ins Hotel nehme, sozusagen als Garantie dafür, dass ich wiederkomme, lege ich dem *big boss* nahe. Einverstanden!

Ehe ich mich versehe, sitzt der Tankwart glückselig im Firmenjeep und in wenigen Sekunden riecht das Auto penetrant nach Benzin. Hingerissen von den Ledersitzen und dem Armaturenbrett beteuert er mir, *It has always been my dream to drive a car like this*. Dabei kann ich mich des Eindrucks nicht erwehren, dass er mir verschwörerische, ausgesprochen schelmische Blicke zuwirft, bei denen mir nicht ganz wohl zumute ist und es dämmert mir, dass ich einen wildfremden Mann in mein Auto eingeladen habe. Noch dazu in Johannesburg, einer gefährlichen Stadt per se. Hat man uns nicht in einem Seminar vor der hohen Kriminalität in dieser Stadt gewarnt? Soll man nicht ständig *aware* sein, in dieser Stadt ohne Orientierungshilfe? Soll man den europäischen Leichtsinn nicht in Europa zurücklassen und schleunigst umdenken? Ich bereue es, heute das Bett überhaupt verlassen zu haben! Nichts dergleichen wäre passiert, wenn ich mir im Hotel einen schönen Tag gemacht hätte. Aber für derartige Gedanken ist es nun endgültig zu spät, also geht es schnurstracks zum Hotel, und zwar mit Beifahrer, der von Verlegenheit keine Spur zeigt und auch meiner Verlegenheit keinerlei Beachtung schenkt, stattdessen munter drauflos plaudert.

Vermutlich verspürt er große Lust, Kontakt aufzunehmen und stellt die üblichen Fragen, wie *where are you from, since when do you live in Joburg?* und ich erzähle ihm, woher, wann und wie und dass wir in wenigen Wochen wieder nach Europa flögen, um dort mit unseren

Verwandten Weihnachten zu verbringen. Er wirkt aufrichtig erstaunt und kann es nicht glauben, dass die Europäer auch Weihnachten feiern: *Christmas in Europe?* Bis jetzt dachte er wohl, dass die Geburt Christi eine afrikanische Erfindung sei. Ich versuche, meinem Beruf als Lehrerin alle Ehre zu machen und schildere in anschaulichen Einzelheiten, wie, wann und wo die christliche Religion zuerst ihre Anhänger fand und sich erst dann, genauer genommen sehr viel später auf den Weg nach Südafrika machte. Ungläubig starrt er mich an und donnert mir ein entsetztes *Rrrrrreally*? entgegen, dass das „r" am Anfang des Wortes nur so rollt. *And how do you celebrate Christmas in Europe?* will er wissen, wieder mit vielen rollenden „r´s". Seine Wissbegier imponiert mir und ich erzähle ihm von den Weihnachtsmärkten, den dekorierten Schaufenstern, dem Nussknacker, dem Glühwein, der nur dann richtig schmeckt, wenn es richtig kalt ist, von den niedrigen Temperaturen und von dem Schnee, auf den alle hoffen und der, wenn er dann kommt, gar nicht mehr wieder weg will. Als er von den eisigen Temperaturen erfährt, reißt er die Augen weit auf, die dann noch runder als vorher wirken. *Snow and cold at Christmas? Noooooo!* Dieses Mal lässt er mehrere „o" hintereinander ertönen. *Warum soll es das nicht geben?* frage ich zurück. Offenbar findet er die Vorstellung, dass der Weihnachtsmann von Schnee umgeben ist, äußerst amüsant, bricht in ein nicht enden wollendes Gelächter aus, steigert sich in dieses weiße, kristallkalte, schneebedeckte Bild hinein und schlägt sich wiederholt auf den rechten Schenkel, aber mit einer Wucht, die mich wie eine Tsunamiwelle erreicht, sodass mir mein eigener Oberschenkel fast weh tut.

Nie zuvor wäre ich je auf die Idee gekommen, dass jemandem die Tatsache, dass es in irgendwelchen Winkeln der Welt zu Weihnachten eisig kalt sein soll, unfassbar erscheint. Ich frage mich, ob er schon einmal etwas von Lappland gehört haben mag, kann mir die Frage aber eigentlich selbst beantworten. Und da man nie auslernt im Leben, erfahre ich, dass gelungene Weihnachten in Südafrika mit der Vorstellung verbunden werden, dass man bei mindestens 25 Grad nur dürftig bekleidet am Strand sitzt. Neulich – erzählt mir mein neuer Freund – habe es doch nachts so heftig gestürmt, dass die *shacks*, also die Wellblechhütten in den Elendsvierteln, den sogenannten *squatter camps* oder *shanty towns* – offiziell heißen sie *informal settlements* –, nur so durch die Luft gewirbelt worden seien und sich alle am nächsten Tag gefragt hätten, was das wohl für ein Weihnachtsfest geben werde! 18 Grad! So kalt sei es ja noch nie zu Weihnachten gewesen! *Christmas with 18-20 degrees is no real Christmas,* konstatiert er mit ernsthaftem Gesichtsausdruck! Na wenigstens in dem Punkt sind wir uns ja einig! Und zumindest wünscht er mir nicht wie Wochen später die Physiotherapeutin kurz vor meiner Weihnachtsreise nach Griechenland: *Enjoy Greece! During Christmas time you drink a lot of sangria and dance flamenco, don't you?* Um voreiligen Urteilen zuvorzukommen, möchte ich an dieser Stelle bemerken, dass die Dame von englischer Art ist und somit über eine durchsichtig weiße Haut verfügt. Außerdem ist sie Akademikerin. Geografie ist eben nicht jedermanns Sache!

Irgendwie bringt mich mein Beifahrer etwas durcheinander, zumal mir die beschriebenen herumwirbelnden

Hütten größere Sorgen bereiten als die Temperaturen zu Weihnachten. Vielleicht ist es aber auch nur eine Frage der Gewohnheit, schließlich bin ich noch nicht lange in Südafrika. Er erzählt von den Hütten mit den fliegenden Dächern, als wäre es das Selbstverständlichste von der Welt und ich versuche mir das Leben unter solch menschenunwürdigen Verhältnissen vorzustellen, was mir nur bedingt gelingt. Ob ich ihn wohl nach seinem Wohnort fragen sollte? Womöglich haust er in so einer Wellblechhütte. Wäre die Frage politically correct? Oder ihm einfach nur peinlich? Oder wäre mir die Antwort vielleicht peinlicher? Gesetzt den Fall, er lebt in einer Township oder sogar in einem *squatter camp*, wäre das die Erklärung dafür, dass er über die Temperaturen auf der nördlichen Erdballkugel nicht unterrichtet ist? In den europäischen Nachrichten wird doch auch jedes Jahr gezeigt, wie Weihnachtsmänner in Australien auf dem Surfbrett ankommen und den dürftig bekleideten Sonnenanbetern die Geschenke überreichen. Sollte man hierzulande nicht umgekehrt genauso wissen, dass das im Norden nicht möglich ist, es sei denn, man will sich auf Teufel komm raus den Tod holen? Andererseits fragen mich meine Freunde in Europa beim Skypen als Erstes, warum ich im November ein kurzärmliges T-Shirt trage. Man sollte dabei anmerken, dass besagte Freunde nicht wenig in der Welt herumgekommen sind.

All diese Gedanken kann mein temporärer Beifahrer nicht ahnen. Ich überlege mir, was ich ihm zuerst vermitteln soll, den Unterschied zwischen nördlicher und südlicher Hemisphäre oder die Geschichte von Betlehem nebst entsprechenden geografischen Kenntnissen? Dabei fällt es mir wie Schuppen von den Augen, dass Jesus ja eigentlich auch nicht in Schnee und Eis hineingeboren wurde, sondern bestimmt in moderate Temperaturen, ähnlich denen in Südafrika. Tatsache ist, dass er im berühmtesten Stall der Welt im Futtertrog lag. Maria und Josef versuchten ihn in jenem Winter mit Heu aufzuwärmen, auch Ochs und Esel spielten dabei bestimmt eine ausschlaggebende Rolle, indem sie ihm warme Luft zupusteten. Trotzdem kann es im damaligen Galiläa nicht so kalt wie im Norden Finnlands gewesen sein. Klimawandel hin oder her. Die Wetterverhältnisse im Ursprungsland des Weihnachtsfestes sind denen in Südafrika sicher ähnlicher als denen in Lappland. Beim Versuch, eine gewisse geografische und klimatologische Ordnung in die Weihnachtsgeschichte zu bringen, muss ich an die dazugehörigen Geschenke denken. Dabei fällt mein Blick auf das Äußere des jungen Tankwarts. Vermutlich wäre es völlig unangebracht, auf die Masse der Geschenke, die zu diesem Anlass in Europa den Besitzer wechseln, einzugehen oder – noch schlimmer – danach zu fragen, was diesbezüglich in seiner Familie üblich ist. Das schallende Gelächter meines Beifahrers, das immer noch den Temperaturunterschieden gilt, bringt mich wieder auf den Boden der Realität zurück. Wir sind da.

Nachdem mir das Weihnachtsfest auf der ganzen Fahrt gehöriges Kopfzerbrechen bereitet hat, betrete ich nun unter dem erbarmungslosen Blick der Rezeptionistin etwas stürmisch und mit dem Tankwartjungen im Schlepptau die Empfangshalle. Sofort wird mir die Zweideutigkeit und Peinlichkeit der Lage bewusst. Darum raune ich dem Tankwartjungen ein unmissverständliches *please, stay here* zu, bevor ich in Sieben-Meilen-Schritten ins Zimmer stürme und das Portmonee genau da vorfinde, wo es den ganzen

Vormittag nicht sein sollte, nämlich auf dem Tisch. Schnell schnappe ich mir auf dem Rückweg meinen vermeintlichen Gigolo, der unterdessen mit einem Ohrensessel verwachsen ist und von dem selbigen aus die Dekoration der Empfangshalle gebührend bestaunt.

An der Tankstelle angekommen liefere ich Tankwartjungen und Geldbetrag ab und werde nun nicht mehr wegen Zechprellerei steckbrieflich gesucht. Erleichtert fahre ich neuen Abenteuern entgegen, sehe im Spiegel, wie mein neuer Freund mir wehmütig nachschaut und weiß in dem Moment noch nicht, dass einige weißhäutige Südafrikaner später beim Erzählen dieser Geschichte ganz entsetzt die Augen aufreißen und mich in fürsorglicher Absicht schelten werden, weil ich dieses große Risiko eingegangen bin, einen jungen Schwarzafrikaner mit ins Auto zu nehmen! Ein Wunder, dass ich noch am Leben bin!

* **Joburg, Jozi:** Abkürzungen für Johannesburg.

** **Afrikaans:** Diese Sprache ist ursprünglich aus dem Niederländischen entstanden und weist deutsche, französische und asiatische Elemente auf. Gesprochen wird sie hauptsächlich in Südafrika und Namibia.

*** **burisch:** Adjektiv zu Bure. Als Buren (Bauern) werden die Nachkommen der ersten europäischstämmigen Ansiedler in Südafrika bezeichnet. Im Laufe der Zeit schufen sie die Sprache Afrikaans.

2. Trautes Heim, Glück allein

In Johannesburg werden wir länger bleiben, darum nehmen wir nicht wie in London mit einer kleinen möblierten Wohnung vorlieb, sondern mieten zum sage und schreibe gleichen Preis im Stadtteil Houghton Estate ein geräumiges Haus mit Garten, Swimming-Pool und – wie es sich für südafrikanische Verhältnisse gehört – mit Alarmanlage, hoher Mauer, *electric fences* und *gate*. Diese Sicherheitsvorkehrungen werden von der Firma, für die meine bessere Hälfte arbeitet, sogar als Voraussetzung vertraglich festgelegt, damit für uns Europäer gehaftet werden kann. Darum wird eine *relocation company* damit beauftragt, eine entsprechende Bleibe in einer sicheren Gegend und in moderater Größe zu finden. Da aber das südafrikanische Motto *Space is not a problem* lautet, ist der Begriff „Größe“ Definitionssache. In allen Häusern, die wir besichtigen, hören wir nach dem fünften Schlafzimmer auf, die selbigen zu zählen. Die Wahl fällt allein schon aus dem simplen Grund auf unser zukünftiges Haus, weil es das einzige ist, in dem man sich nicht verlaufen kann, da es überschaubar und gut geschnitten ist. Auf die Frage, warum denn zwei Holztreppen statt einer nach oben führen, weiß keiner so recht eine Antwort. Wir machen uns aber einen Spaß daraus, die Treppen unter uns aufzuteilen. Solch einen Luxus werden wir in Europa wohl so schnell nicht wieder haben, das ist uns klar!

Ein Haus wie dieses will und muss möbliert werden, also machen wir uns auf die Suche. Alsbald stellen wir fest, dass Südafrika über wunderschöne Möbelhäuser verfügt. Aus Gründen, die mit uniformierter Einheitlichkeit zu tun haben, freuen wir uns beide, dass es hier keine skandinavischen Einrichtungshäuser gibt. Bis wir die Möbel bestellt und das Haus mit dem Allernotwendigsten eingerichtet haben, wohnen wir im Hotel. Die Vorfreude ist bekanntlich die größte Freude. Endlich kündigt sich das erste Bett an, also lasse ich im Hotel ein Taxi bestellen. Von mehreren Seiten bin ich schon vorgewarnt, dass das hiesige Zeitverständnis so gar nicht dem europäischen entspricht. Nach den Beschreibungen bin ich auf eine Art Ikaria vorbereitet, eine griechische Insel, deren Uhren anders ticken als die der restlichen Welt. Fast hätte ich vor dem Umzug nach Südafrika sogar einen dreiwöchigen Urlaub auf dieser Insel eingerichtet, um schon einmal in Stimmung zu kommen. Um unnötiger Aufregung vorzubeugen, bin ich also darauf gefasst, dass die Möbel später als vereinbart geliefert werden, und überlege im Taxi, wie ich die Wartezeit im leeren Haus verbringen könnte. Kaum biegt der Taxifahrer jedoch in unsere Straße ein, sehe ich zu meiner Überraschung, dass der Lieferwagen bereits vor unserem neuen Heim wartet. Umso besser, denn so können die drei Angestellten das Bett ins Schlafzimmer hinaufschleppen und eifrig mit dem Aufbau des selbigen beginnen.

Die Bewohner dieses Landes bewerkstelligen alles in

einem angenehmen Tempo. Sobald man in Johannesburg diesen Umstand kommentiert, kommt lachend als Antwort, *Wait until you see Cape Town,* zurück! Die Bewohner von Johannesburg behaupten, dass die Kapstädter die Ruhe weg haben, während sie sich selber für Speedy Gonzales halten und den *vibe* in ihrer Heimatstadt Jozi bei jeder Gelegenheit mit dem in New York parallelisieren. Diesen Vergleich habe ich in Südafrika nun schon so oft gehört, dass ich mich wirklich langsam frage, ob jemand von diesen Leuten überhaupt schon einmal in New York war, um das mit einer solchen Bestimmtheit behaupten zu können. Nichtsdestotrotz stellt Johannesburg ein *African New York* dar.

Seit ich festgestellt habe, dass die Kapstädter genauso über die Bewohner in Durban herziehen, wie die Joburger über die Kapstädter, weiß ich, dass es weniger um Schnelligkeit geht, sondern mehr darum, sich über die eigenen Landsleute lustig zu machen. Diese Gedanken begleiten mich, während ich den Aufbau des Bettes verfolge, und peu à peu nimmt das Bett tatsächlich Gestalt an, ohne dass ich an dem Tempo der Angestellten feststellen könnte, ob die Kumpel aus Johannesburg, Cape Town oder Durban stammen. Ich tendiere ja eher zu Letzterem. Nach geraumer Zeit steht das Bett auf seinen vier Beinen und mit gemeinsamen Kräften wird versucht, die Matratze auf das selbige zu hieven. Es will nicht. Die Matratze ist zu groß oder das Bett zu klein. Oder auch beides. Je nachdem aus welcher Perspektive man es sieht. Mit Hilfe eines Maßbandes komme ich zu dem Schluss: Das Bett ist eindeutige 20 cm zu schmal! Auf dem Karton stehen aber die richtigen, also die von uns bestellten Maße. Da hat also jemand definitiv das falsche Bett in den richtigen Karton gepackt. Trotz des Umstandes schrauben die Südafrikaner gut gelaunt am Bett herum und befördern jedes einzelne Teil wieder zurück in den Karton. Ich halte das Ganze für einen dummen Zufall. So etwas kann passieren. Darum rege ich mich nicht weiter auf und schone meine Nerven für eine relevantere Situation.

Zwei Tage später meldet sich die Firma telefonisch und am nächsten Tag steht ein Lieferwagen mit zwei anderen Angestellten vor dem Haus. Auch sie sind viel zu früh da. Irgendwie scheint keiner von ihnen über eine gescheite Uhr zu verfügen. Während ich eher auf die berühmt-berüchtigte *African time* vorbereitet bin, nach der eine entspannte Zeiteinstellung angesagt ist und Verspätungen angeblich auf der Tagesordnung stehen, kommen die Jungs immer früher als vereinbart. Eigenartig!

Der Film läuft wieder genauso ab wie einige Tage zuvor, nur dass ich nach einer halben Stunde in das Schlafzimmer gerufen werde. Der Anblick des halbfertigen Bettes mit den einzelnen, vertikal stehenden Schrauben auf dem jeweiligen Brett beunruhigt mich anfangs nicht. Erst auf die Frage, *Do you have a drill?* reagiere ich etwas überfordert und starre sie nur wortlos an. Der Zeigefinger eines Angestellten schnellt senkrecht in die Höhe und macht spiralförmige Bewegungen. Eindeutig versucht er mir eine Art Black & Decker zu veranschaulichen. *Warum soll ich so ein Ding haben?* frage ich leicht irritiert zurück. Weil sie sonst das Bett nicht zusammenbauen könnten, lautet die Antwort. Jetzt dämmert es mir langsam, warum die Schrauben in den Startlöchern stehen, sie warten nämlich darauf, dass sich jemand findet, der im Besitz eines Bohrers ist und sie einschraubt. *I am sorry,* ich schüttle den Kopf und ahne noch nicht einmal annähernd, wie sich die Geschichte weiterentwickeln wird. *Dann müssen wir das Bett eben wieder mitnehmen und kommen ein andermal wieder*, schlussfolgert der Ältere, als wäre es das Natürlichste von der Welt, nicht zu Ende montierte Betten hin und her zu schleppen.

Moment mal! Allmählich wird mir der Ernst der Lage bewusst. Und als sie sich bücken, um die Schrauben wieder ins Plastiktütchen zu stecken, gebe ich ihnen zu verstehen, dass das Bett hier bleibt. Daraufhin beginnt ein Telefon-Marathon ohnegleichen. Sie rufen Kollegen an, die sie um Hilfe bitten, doch entweder sind diese nicht im Besitz eines Bohrers oder zu weit weg, um ihnen ihren *drill* zu leihen. Wieder sind sie im Begriff, das halbfertige Bett auseinanderzunehmen. *Over my dead body*, schmettere ich ihnen entgegen und wundere mich selber über so viel Revolutionsgeist. *Das Bett bleibt nicht nur hier*, sage ich in einem Ton, der an Bestimmtheit nicht zu überbieten ist, *sondern* – ich überlege kurz, wie ich meinem Einwand Nachdruck verleihen könnte und füge herausfordernd hinzu – *sondern ich weigere mich zu unterschreiben, dass es überhaupt geliefert wurde.* So, das hat gesessen. *But we can't* ... Ihre zaghaften Ausreden lasse ich nicht gelten. Nach ewigem Hin und Her und nachdem ein längeres Telefongespräch mit dem Manager geführt wird, dem ich die Sache mit dem „over my dead body" ebenfalls zu verstehen gebe und dieser versucht, die wohl unausweichlichen Unannehmlichkeiten für die doch recht entnervte Dame am anderen Ende abzufedern, bleibt das Bett schließlich in unserem Schlafzimmer stehen. Die Angestellten verlassen etwas geplättet das Haus und versprechen, möglichst bald wiederzukommen, und zwar das nächste Mal mit *drill.* Deeeeeefinitively! In Südafrika dehnt man jedes „e", sodass sich alles wie „Esel" oder „Emil“ anhört. Sogar das Wort „*better*“ mit Doppel-t wird hier „beeeeeeter“ ausgesprochen, geflissentlich werden also Doppelkonsonanten einfach übersehen und ihrer Macht beraubt.

Wieder zwei Tage später stehen die zwei Schwarzafrikaner grinsend vor der Tür, einer von ihnen hält triumphierend den mit der Spitze nach oben zeigenden Bohrer in der rechten Hand. Sie kennen den Weg ins Schlafzimmer und bauen das Ding schnell zusammen. Es kommt der Moment, in dem die Matratze auf das Bett gelegt werden soll. Zu diesem Zweck wird die Plastikhülle aufgeschlitzt und die Matratze herausgepellt. Ich höre schon innerlich das zu einer Akrobatennummer gehörende Paukengetrommel, das mit einem Tusch und Applaus zu enden pflegt. Vielleicht sogar mit dem Ausruf des Zirkusdirektors. Und grellen Lichtern dazu. Doch bald gibt es stattdessen den Boooooing-Sound aus Comicsendungen. Den der Enttäuschung. Wieder stimmt etwas nicht. Ein widerlicher Benzin-Gestank strömt aus der Plastikhülle. Anscheinend verweilte die Matratze in Ermangelung eines *drills* zu lange in dem Plastik und hat darum dessen Geruch angenommen. Also raus damit an die frische Luft. Auf dem Balkon kann die Matratze den ganzen Tag Sonne tanken, damit sich der Gestank verliert, hoffe ich.

Nachts schlafen wir tatsächlich zum ersten Mal in unserem trauten Heim, nachdem ich die Benzin-Matratze mit einem nach Weichspülmittel stark duftenden Betttuch bezogen habe. Um drei Uhr nachts wache ich jedoch schweißgebadet auf und finde mich in einer außergewöhnlich unkommoden Situation wieder. Entsetzt stelle ich fest, dass ich nicht nur Platzangst, sondern auch ernsthafte

Atemprobleme habe. Da ich einfach keine Luft mehr bekomme, röchle ich meinen Mann wach. Alles an uns weist einen intensiven Benzin-Gestank auf, so als hätten wir an der Tankstelle an einer Zapfsäule geduscht. Jegliche weitere Erinnerung an diese in Benzin getauchte Nacht habe ich wohlweislich aus meinem Gedächtnis gelöscht. Die stinkende Matratze wird vier Wochen später von den netten Angestellten ohne *drill* abgeholt und mit einer geruchsneutralen ausgetauscht.

Die beiden Jungs haben mit dem falschen Bett ein endlos scheinendes Kommen und Gehen der restlichen bestellten Möbel eingefädelt. Der Esstisch ist höher und die Stühle dazu niedriger als bestellt, also fühlt man sich wie klein-David am Goliath-Tisch, wenn man essen will. Der Coffee-Table, bestehend aus einer indischen Tür, die auf Eisenfüßen ruht und mit Hilfe einer Glasplatte zum Tisch umfunktioniert wurde, hängt bald durch. Die Tür öffnet sich sozusagen zum Boden hin und lädt zum Eintritt ein. Als die bestellte Couch geliefert wird, werden wir Zeugen einer weiteren Episode. Der weiße Frank schleppt mit seinen vier Angestellten schwitzend, stöhnend und prustend die Basis der schweren Timber-Couch ins Wohnzimmer und es stellt sich schließlich heraus, dass sie mindestens einen halben Meter kürzer ist, als die dazugehörigen weichen Lederkissen. Hinzu kommt, dass wir eine recht hohe Summe für eine zusätzliche Lederbearbeitung bezahlt haben, damit das Leder resistent gegen zukünftige Flecken und Kratzer ist, aber bereits bei der Lieferung lachen uns überall runde Flecken und längliche Kratzer, sogar kleine Löcher entgegen. Was genau haben wir da falsch verstanden? Also wird alles wieder genauso umständlich auseinander genommen und durch die Haustür zurück in den Transportwagen gehievt. Dabei entlässt Frank in aller Ruhe und so ganz nebenbei drei seiner vier Angestellten, weil ihm jeder von ihnen ständig mit der Frage *Boss, can I leave, please?* in den Ohren liegt. *Das geht jeden Freitag so. Immer ab mittags*, teilt er uns später mit. Der arme Kerl aus Malawi – der einzige, auf den scheinbar freitags keine Freundin wartet und der jetzt deswegen nicht arbeitslos ist – schiebt, zieht und wuchtet noch am Rest des Timber-Holzes herum, bis alles im Kleintransporter verstaut ist. Wochen später findet auch die Sitzgarnitur in der erwünschten Größe und ohne Flecken und Kratzer ihren Weg ins traute Heim.

Inzwischen weiß ich, dass die Verfahrensweise in diesem Land mit einer Ruhe einhergeht, die wirklich beneidenswert ist. Während ich am Anfang noch etwas pikiert reagiere, bin ich mittlerweile von der Freundlichkeit begeistert, mit der die Verantwortlichen mir jedes Mal erklären, warum etwas weder pünktlich noch richtig geliefert wird. Es nimmt mir den Wind aus meinen streitsüchtigen Segeln und ich warte einfach nur geduldig auf die nächste Lieferung und einen möglichen Fehler, gespannt auf den Erfindungsreichtum, den die Erklärungen mit sich bringen.

3. Auf Nummer Sicher gehen

Wir wohnen seit ein paar Tagen in unserem großen leeren Haus in Johannesburg, da eröffnet mir mein Gatte, dass am nächsten Morgen der Security-Fachmann seiner Firma kommen wird, um uns im Rahmen eines privaten Seminars in die Vorsichtsmaßnahmen und Sicherheitsvorkehrungen einzuführen, ohne welche sich in diesem Land nicht leben lässt. Und weil meine bessere Hälfte Gedanken lesen kann, kommt er meiner Frage sogleich zuvor und erklärt mir, dass es dieses Mal ins Detail geht. *Noch mehr Detail?* antworte ich leicht gereizt. Ich fand das Seminar im Hotel, in dem wir noch vor kurzem wohnten, eigentlich schon ausführlich genug. *Die Firma ist verpflichtet, uns aufgrund der besonderen Situation des Landes einzuweisen,* lässt mich mein Guter wissen. *Zumal wir naive Europäer sind,* fügt er gleich schmunzelnd hinzu.

Am nächsten Morgen ist der Angestellte pünktlich zur Stelle und macht einen recht aufgeregten Eindruck, als er sich mit dem Namen Wian van der Walt vorstellt. Meine gute Kinderstube vorweisend biete ich ihm eine Tasse Tee an, damit er sich erst einmal beruhigt. Er allerdings scheint die entspannende Wirkung des selbigen vollends zu ignorieren und zieht Kaffee vor. Nun gut!

Den dunklen Sud schlürfend schildert er mir, ohne dass ich mich daran erinnern könnte, danach gefragt zu haben, wie ihn zwei junge Schwarzafrikaner heute morgen am Einfahrtstor seines Hauses überrascht hätten und er beinahe Opfer eines Überfalls geworden wäre. Was für ein prächtiger Gesprächseinstieg, denke ich mir. Ohne jeglichen Zeitverlust, den eine Einleitung mit sich bringen würde, kommt er direkt zum Thema. Wian wischt sich mit einem Stofftaschentuch die hohe Stirn bzw. die angehende Glatze trocken und holt ein Heft aus seiner Aktentasche, in der Maßnahmen samt Techniken zwecks Überlebens in Südafrika enthalten sind.

Bevor ich es schaffe, mich zu setzen, geht er schon auf den ersten Punkt ein. *Es gelten strikte Regeln für das Verlassen des Hauses,* schärft er mir ein und schaut mich dabei mindestens genauso streng an. Die meisten Überfälle würden sich am Tor ereignen, also entweder beim Hinaus- oder beim Hineinfahren. *Never leave the property, before the gate is closed properly.* Im letzten Moment könnte sich nämlich jemand durch das sich langsam schließende elektrische Tor hindurchzwängen oder einfach hineinhuschen. *Und wenn es einem Kriminellen einmal gelingen sollte, sich Zugang zu verschaffen, ist das Spiel schon verloren.*

Beim Nach-Hause-Kommen gelten ähnliche Regeln: *Man hält erst an, wenn man sich vergewissert hat, dass man erstens* – sein Daumen schnellt hoch – *nicht verfolgt wird und zweitens* – sein Zeigefinger folgt dem Daumen, so dass seine Hand wie eine schussbereite Pistole aussieht – *dass kein Verdächtiger in der Nähe des Tors herumlungert.*

In diesem Fall solle man einfach noch eine Runde drehen und nach einigen Minuten wiederkommen. Erst wenn die Luft rein sei, schließe man das Tor per Transponder auf und warte darauf, bis es sich ganz öffne. *Aber wohlgemerkt,* der Security-Fachmann hebt den rechten Zeigefinger: Man warte nicht direkt vor dem Tor, sondern auf der Straße. *So können Ihnen die Bösewichte nicht mit dem Auto den Fluchtweg absperren, indem sie ihren Wagen hinter den Ihrigen platzieren und Sie nur eine Möglichkeit haben: Das Tor zu öffnen und hineinzufahren, und zwar mit den Verbrechern im Schlepptau, weil Ihnen einer der Kerle inzwischen die Pistole an die Schläfe hält.*

Ich finde, diese Situation ließe sich auch auf weniger authentische Weise veranschaulichen, vor allem weil es mir mittlerweile eiskalt den Rücken hinunterläuft. Er wiederholt seinen Lieblingssatz, reißt dabei die Augen auf und betont jede Silbe: *Sind sie einmal drin, ist man ihnen auf Gedeih und Verderb ausgeliefert.* Wenn man es geschafft habe, ohne kriminelle Begleitung durch die Einfahrt zu gelangen, warte man, bis sich das Tor wieder hinter einem geschlossen habe, weil sich sonst jemand einschleichen könnte. Ich starre ihn entgeistert an. Was um Himmels Willen versucht mir dieser W-v-W da eigentlich zu erklären? In der Aufregung fällt mir sein Name partout nicht ein. Ich stelle ihm eine, wie ich meine, recht plausible Frage, nämlich ob er gekommen sei, um mich zu Tode zu erschrecken und um sicher zu gehen, dass ich dadurch in den folgenden Jahren, die wir gedenken würden, in diesem Land zu bleiben, das traute Heim unter keinen Umständen verlassen würde.

Er überhört meine Frage geflissentlich und setzt zum

nächsten Schritt an, um mir Anweisungen mit auf den Weg zu geben, für den Fall, dass ich mich trotz der unkenden Kassandra doch dazu entschließen sollte, die Welt außerhalb meines Schutzwalls kennenzulernen. Laut Anweisungen verlässt man die Garage nur unter zwei Voraussetzungen: Die Handtasche nebst Inhalt verstaut man im Kofferraum, weil sie sonst den Blicken potenzieller Diebe ausgesetzt ist. Außerdem sollten die Türen verriegelt sein. Danach kann man guten Gewissens durch das Tor fahren und seinem Unglück entgegenrollen, sollte aber nichts destotrotz die nächsten Regeln beherzigen: Man darf nie mit offenen Fenstern fahren. Außerdem sollte man sich an den Ampeln weder auf die flehenden Gesichter der schäbig gekleideten Bettler noch auf die fliegenden Händler einlassen. Beim Fahren darf man nie telefonieren, wovon eigentlich generell abzuraten ist, aber in Südafrika dienen die Sicherheitsvorkehrungen weniger im westlichen Sinne der Vermeidung eines Unfalls als vielmehr im südafrikanischen Sinne der eines Diebstahls. Beim Telefonieren ist man nämlich unkonzentriert, worauf *hijackers* nur warten, um die Tür aufzureißen oder das Fenster einzuschlagen, den Fahrer samt restlicher Besatzung äußerst unsanft aus dem Auto zu zerren, sie in einem recht verstörten Zustand mitten auf der Straße stehen bzw. liegen zu lassen, sich dann des Autos samt Handy in der Seitentür und Handtasche im Kofferraum zu bemächtigen und von dannen zu fahren. *Letzteres heißt übrigens carjacking oder car hijacking und wird täglich in den Radionachrichten gemeldet,* klärt mich der Mann mit den vielen W´s auf und malt die ausweglose Lage, in der sich das Opfer danach befindet, in den dunkelsten Farben: *Und dann hockt der Autofahrer völlig auf sich allein gestellt ohne Handy oder Geld am Straßenrand und ist außerstande, seine Familienangehörigen zu benachrichtigen, weil sich keiner der Vorbeifahrenden seiner erbarmt.*

Mir ist schwindelig und zwar nicht, weil ich mir diese Regeln nicht merken kann, sondern weil ich es in diesem Augenblick von tiefstem Herzen bereue, meine bessere Hälfte vor Monaten dazu überredet zu haben, nicht nach Singapur oder Dubai, sondern nach Johannesburg zu ziehen. Meine Begründung dazu macht mir am meisten zu schaffen: Weil es in Johannesburg spannender ist. *Get the vibe of Johannesburg!* So hieß es überall. Ja bin ich denn von allen guten Geistern verlassen gewesen? Was ist damals bloß in mich gefahren, in dem Moment geistiger Umnachtung?

Wian van der Walt scheint von meiner Unpässlichkeit keinerlei Notiz zu nehmen und fährt unbeirrt mit seinen Schreckensszenarien fort. *Und damit wären wir auch schon beim nächsten Punkt angelangt, my dear: Für den Fall, dass jemand – fast immer ist es eine Frau – am Straßenrand der Autobahn händeringend und mit schmerzverzerrtem Gesicht nach Hilfe verlangt und dem Fahrer bedeutet, anzuhalten, sollte man mitnichten – are you listening, my dear? – wohlgemerkt mitnichten anhalten, sondern tunlichst weiterfahren.* Es handele sich meist um eine Falle, denn kaum steige man aus, um der Frau zu Hilfe zu eilen, würde die Bande aus ihrem Versteck hinter den Büschen geschossen kommen, zusammen mit der Schauspielerin den Wagen stürmen und sich davon machen. Und dann stehe man da ohne Wagen, ohne Handtasche, ohne Geld und ohne Handy am Straßenrand und es werde trotz eifrigen Winkens keine mitfühlende Seele anhalten, weil sie alle festen Glaubens seien, dass es schlichtweg ein billiger Trick sei, auf den nur Europäer reinfallen würden. Und um das Unglück perfekt zu machen, bekomme ich noch einen Tipp: *Übrigens gibt es bestimmte Stellen, wo carjackers besonders aktiv sind. Auf dem Weg zur Talsperre Hartbeespoort, die sich eine gute Stunde außerhalb von Joburg befindet und ein beliebter Naherholungsort ist, gibt es reihenweise Schilder mit der warnenden Aufschrift Car Hijacking Hotspot.*

Während ich mich vor meinem geistigen Auge sehe, wie ich müde versuche, zu Fuß und ohne Navi unser Haus im unübersichtlichen Johannesburg ausfindig zu machen, weist mich Wian auf noch eine Kleinigkeit hin: *Kennen Sie Ihr Nummernschild?* Mein momentan nicht gerade auf eine Intelligenzbestie schließender Blick beantwortet ihm die Frage. *Sie haben sich also Ihr Autokennzeichen nicht gemerkt?* Ich schüttele kleinlaut den Kopf. *Und wenn Sie die Polizei von Ihrem gestohlenen Wagen benachrichtigen, wie soll sie dann ohne Nummernschild vorgehen? Wonach soll die Polizei suchen?* Wie nicht anders zu erwarten, habe ich einen genialen Geistesblitz und schlage dem neunmalklugen W-Menschen vor: *Ich hab´s! Ich mache einfach ein Foto von dem Nummernschild!* Sein Gesichtsausdruck spricht Bände. *Sie glauben doch wohl nicht im Ernst, dass jemand, der Ihnen das Auto stiehlt, Schwierigkeiten damit haben wird, auch noch das Handy mitgehen zu lassen, oder?*

Ohne sich im Mindesten über meinen IQ Gedanken zu machen, geht er den nächsten Punkt seines vollen Programms durch: *Nachts gelten übrigens ganz besondere Regeln: Faustregel Nummer eins ist: Das Auto darf nie zum Stillstand kommen. Darum dürfen Sie auf keinen Fall bei Rot anhalten.* Jetzt schlägt´s aber dreizehn! *What are you talking about?* rutscht es mir weniger höflich heraus. Vorbei ist es mit der guten Kinderstube. Da hat man einen Haufen Geld ausgegeben, um den Führerschein zu machen, hat die Verkehrsregeln gepaukt, Prüfungen abgelegt, stressige Fahrprüfungen bestanden, damit so ein W-v-W daherkommt und alles über den Haufen fegt? Er lässt keine Widerrede gelten und geht sogar ins Detail: *Sie nähern sich langsam einer roten Ampel, schauen ohne anzuhalten in alle Richtungen und fahren dann mit Bedacht bei Rot über die Ampel. Hören Sie! Mit Bedacht!* Warum zum Teufel sollte ich das tun? Eine logische Frage immerhin. Oder nicht? Die plausible Antwort nimmt mir den Wind aus den streitsüchtigen Segeln: *Es könnte sich in der Dunkelheit jemand versteckt halten, der nach eben beschriebener Methode alle Hebel in Bewegung setzt, damit das Auto den Besitzer wechselt. Genauer gesagt handelt es sich um ganze Banden, die sich darauf spezialisiert haben. Wenn Sie also in einigermaßen unversehrtem Zustand nach Hause kommen und nicht eventuell Opfer eines Carjacking werden wollen, sollten Sie sich daran halten, was ich Ihnen sage.* Und da er ganz eindeutig den Eindruck hat, dass ich zu ignorant bin, um ihn zu verstehen, gibt er mir noch einen Tipp: *Vielleicht googeln Sie sicherheitshalber den Begriff im Internet.* Er nimmt mir die Arbeit ab, gibt auf seinem Smartphone den entsprechenden Begriff ein und siehe da: Bei Wikipedia wird dieser Vorgang mit „räuberischer Angriff auf Kraftfahrer" oder „Entwendung eines PKW unter Androhung von Gewalt im Beisein des Besitzers" übersetzt. Unglaublich, was es bei Wikipedia alles gibt! Er hält mir das Telefon vor die Nase, damit ich durch ein passendes Video, das er flugs herausgesucht hat, und frei nach dem Motto „Wer nicht hören will, muss fühlen!" eine Vorstellung davon bekomme, was mir in etwa blüht, wenn ich nicht gehorche. Dieser W-Mensch ist wirklich eine Zumutung!

Während ich im Netz das schockierende Video von *carjacking* begutachte, setzt Wian seinen Versuch fort, mir die Einweisung in die psychiatrische Klinik zu erleichtern: *Das Gleiche gilt übrigens sowohl für die Polizeikontrolle als auch für die Polizeipatrouille.* Aus erklärlichen Gründen kann ich den logischen Gedankengang nicht mehr weiterverfolgen und wage sichtlich irritiert zu fragen: *Was, bitte schön, gilt für sie?* Und nun darf ich etwas vernehmen, was sich als das Skurrilste überhaupt erweisen soll: *Falls man von der Polizei verfolgt wird, soll man nicht ihren Anweisungen folgen, also nicht anhalten.* Er erklärt mir die Gründe dafür, sodass ich fassungslos realisiere, dass hierzulande die Polizei eben nicht immer dein Freund und Helfer ist – wie anderswo –, sondern verkleidete Verbrecher mit entwendetem Blaulicht, deren hauptberufliche Tätigkeit *hijacking* bzw. *carjacking* ist. Um also weder das teure Fahrzeug oder das nicht gerade billige Handy noch das einzige einem zur Verfügung stehende Leben – which is priceless – zu verlieren, fährt man brav weiter bis zur nächsten Tankstelle, wo es schön lichtdurchflutet ist und vor allem, wo eine Menge Leute anzutreffen sind. Licht plus Menschen, zusammen vermittelt das nicht nur ein Gefühl der Sicherheit, sondern schreckt auch den *carjacker* ab. In diesem Hafen der Sicherheit wartet man dann geduldig auf die Polizei, die einem – wenn es nun wirklich die selbige und nicht deren Imitation ist – mittlerweile hinterhergefahren ist und vollstes Verständnis dafür zeigen wird, dass man vorher nicht angehalten hat. Wenn einem allerdings niemand hinterherfahren sollte, hatte man noch einmal

Glück, denn es ist der Beweis dafür, dass es nicht die authentischen Polizisten, sondern die mit dem gestohlenen Blaulicht waren und auf ihrem Wagen die Aufschrift POLICE gut leserlich platziert hatten!

Ich bin sprachlos! Einfach nur *speechless*! Wie meinte meine bessere Hälfte gestern zu Recht? Wir sind naive Europäer! Nie im Leben käme ich auf die abwegige Idee, dass ein Polizist in einem Streifenwagen kein Polizist in einem Streifenwagen ist. W-v-W scheint überhaupt nicht zu bemerken, wie nachhaltig mich seine Ausführungen beeindrucken und drängt zum nächsten Punkt auf seiner Liste. Er will mit mir die Alarmanlage samt Überwachungssystem durchgehen und mir die Anwendung der verschiedenen Knöpfe erklären. Nichts hasse ich mehr als Schalter, Knöpfe und Gebrauchsanweisungen. Allein die Vorstellung davon macht mich krank, sodass ich instinktiv mit den Augen rolle und ein missmutiges Gesicht mache. Dieses nimmt Wian sofort zum Anlass, um mir die nächste Standpauke zu halten: *Stellen Sie sich vor, Sie kommen heim und finden ein verwüstetes Haus vor. Die Tür ist aufgebrochen, Schubladen herausgerissen, der Inhalt liegt verstreut auf dem Boden. Ihr verstörter Blick erfasst die gähnende Leere im Schmuckkästchen. Der Laptop und die Kamera sind nicht zu finden. Das Bargeld ist weg.* Mein ängstlicher Blick verrät ihm, dass er gerade einen Volltreffer gelandet hat. Also setzt er noch einen drauf und steigert die sich anbahnende Gefahr: *Sie haben noch einmal Glück im Unglück gehabt. Denn Sie waren nicht zu Hause. Nicht auszudenken, was passiert wäre, wenn die Einbrecher Sie zu Hause vorgefunden hätten.* Wie Recht er doch hat! Nicht auszudenken, wahrlich! Dieses Szenarium hat mich mehr als überzeugt, also begeben wir uns zum verhassten Schalter mit den unzähligen Knöpfen.

Dort gibt es zu meinem Unglück mehrere Optionen und ganz raffinierte Kombinationen, die ich tätigen muss. Will ich das Haus verlassen? Soll der Alarm nachts funktionieren? Soll er nur im Erdgeschoss aktiviert werden? Nur im Obergeschosse? Oben und unten? Nur drinnen? Nur draußen? Drinnen und draußen? Die Überwachungskameras draußen zu aktivieren hat den großen Vorteil, dass man des Einbrechers rechtzeitig gewahr wird, somit den *panic button* betätigen kann, um auf das schnelle Eintreffen der Polizei zu hoffen, noch bevor es zu filmreifen Szenen kommt. Herr W-v-W gibt mir mit erhobenen Augenbrauen den Rat, tunlichst mit verschlossener Schlafzimmertür zu schlafen. Ganz nebenbei erwähnt er, dass man hierzulande die Schlafzimmertüren normalerweise mit einem Gitter versieht, sodass die Einbrecher sich genötigt sehen, sich auf den Rest des Haushaltes zu beschränken, was potentielles Diebesgut angeht. Wenn man nun die Überwachungskameras draußen aktiviert, hat das gleichzeitig den Nachteil, dass das Teufelsgerät immer dann Alarm schlägt, wenn den Sensoren ein paar Insekten oder eine Fledermaus zu nahe kommen. Letzteres kann sich um 03.00 Uhr früh recht unangenehm auf die Befindlichkeit des betroffenen Bewohners auswirken, vor allem wenn dieser sich vor Schreck auf dem Bettvorleger wiederfindet und sich unpässlich fühlt.

Nachdem die Einweisung in die Funktionen der Alarmanlage eindeutig mit Erfolg gekrönt ist, möchte mir Wian als Nächstes etwas in der Praxis zeigen. Auch das noch! Ob das Auto in der Garage stehe. Ich nicke. *Dann lassen Sie uns in die Garage gehen. Bitte setzen Sie sich ans Steuer und fahren Sie den Wagen hinaus auf den Hof.* Ich tue, wie mir geheißen, doch kaum starte ich den Motor, fängt dieser unsägliche Mensch an, wie verrückt mit den Fäusten gegen die Fensterscheibe zu schlagen und aus vollem Halse zu grölen. Zu Tode erschrocken schreie ich ebenfalls, ohne zu wissen warum. Mein Puls rast. Völlig entspannt schaut er mich durch das Fenster an und bedeutet mir, die Tür zu öffnen, doch ich bin nicht imstande, seiner Aufforderung zu folgen. Gelähmt vom Schock ist es mir nicht möglich, mich zu bewegen, geschweige denn, einen klaren Gedanken zu fassen. Als er mir später erklärt, dass er das habe tun müssen, um mich in eine authentische Situation, in einen Notfall hineinzuversetzen, damit ich realisieren solle, was mich eventuell auf den Johannesburger Straßen erwarte, starre ich ihn nur entgeistert an. Noch nie in meinem Leben ist mir ein Mensch binnen so kurzer Zeit so unsympathisch geworden. Ein Rekord, wahrlich!

Mir schwirrt der Kopf und ich bin heilfroh, als sich dieser Mr. van der Walt endlich – wenn auch unnötig überschwänglich – verabschiedet, um wieder in die böse Welt hinauszugelangen. Ich öffne ihm mit dem Transponder das Tor, schließe es wieder und lasse es dabei vorschriftsmäßig nicht aus den Augen. Was für eine furchtbare Person, denke ich. Wie nicht anders zu erwarten, mache ich in dieser Nacht kein Auge zu. Schlaflos frage ich mich, warum um Himmels Willen wir uns für Johannesburg und nicht für das supersichere Dubai oder für das *crime*-freie Singapur entschieden haben.

Später erfahre ich, dass es Wians Masche ist, sich mit Neuankömmlingen ein Späßchen zu erlauben und sie auf diese Art und Weise zu Tode zu erschrecken. Dabei wendet er immer die gleiche Vorgehensweise an: Er erscheint schwitzend und sichtlich aufgeregt beim Expat und erzählt ohne Umschweife, dass ihn zwei junge Schwarzafrikaner am Einfahrtstor seines Hauses überrascht hätten und er beinahe Opfer eines Überfalles geworden wäre. Als Letztes kommt stets die Sache mit der Praxis. Der Expat setzt sich nichts ahnend ins Auto froh darüber, diese Tortur bald hinter sich zu bringen und kommt wort-wörtlich mit dem Schrecken davon. Ein Wunder, dass noch keiner einen Herzinfarkt erlitten hat. Vermutlich testet Wian die Belastbarkeit der Europäer und wertet die Ergebnisse dann in seinem Gruselkabinett aus.

Eins wird mir im Lauf der Zeit klar: Alle diese Sicherheitsvorkehrungen halten einen ziemlich auf Trab. Man ist permanent damit beschäftigt, das Haus abzuriegeln, Alarmanlage samt Überwachungssystem zu aktivieren, Autotüren abzusperren und generell auf der Hut zu sein. *Be aware*, lautet das Motto hierzulande. Was mir ebenfalls langsam einleuchtet, nachdem ich erkannt habe, dass auch in Johannesburg nur mit Wasser gekocht wird, ist der Umstand, dass aus gutem Grund Angst geschürt wird; dahinter verbirgt sich nämlich ein riesiger Security-Apparat. Dieser verbucht einerseits enorme Gewinne und kurbelt die Wirtschaft an, andererseits trägt er dazu bei, die Arbeitslosenzahlen zu verschönern. Als ich dann allerdings mehrere Autofahrer sehe, die nicht nur mit offenen Fenstern fahren und dabei provokativ mit ihrem Smartphone hantieren, sondern auch noch im Cabrio die Haare wehen lassen und sich an der Ampel nicht weiter um die fliegenden Händler, aber erst recht nicht um die Bettler kümmern, besinne ich mich eines Besseren und seitdem bin ich sogar froh, nicht in der sengenden Hitze Dubais gelandet zu sein.

4. Emil, der Fraueneroberer

Wer schon einmal umgezogen ist, weiß, wovon die Rede ist. Wenn es allerdings von London nach Johannesburg geht, entpuppt sich der Umzug als ein wahres Erlebnis, denn immerhin liegen über 9.000 km Flugstrecke und vermutlich mindestens genauso viele Seemeilen für die Kartons dazwischen. Da schon einige geografisch weniger Kundige freudig festgestellt haben, dass ich wieder in Deutschland lebe, sei erwähnt, dass sich Johannesburg zwar sehr deutsch anhört, sich aber seit 1886 am unteren Ende Afrikas befindet. Es handelt sich um die größte Stadt des Landes Südafrika, dessen Name von einem gewissen Mangel an Fantasie zeugt, zumindest verglichen mit anderen Ländernamen des schwarzen Kontinents, die durchaus exotischer und geheimnisvoller anmuten.

In London wohnen wir in einem möblierten Appartement, darum gibt es außer einem Regal und einem Computertisch samt Computer nichts weiter an Möbeln zu transportieren. Insgesamt kommen wir auf eine armselige Anzahl von Umzugskartons, in denen Kleidung, Schuhe, ein paar Haushaltsgeräte, Bücher und Aktenordner verstaut sind. Alles wird innerhalb weniger Stunden von

Angestellten einer *relocation company* professionell und stoßsicher eingepackt. Schon schwimmt unser einjähriges Londoner Leben Durban entgegen, der südafrikanischen Hafenstadt am Indischen Ozean, wo alles ordnungsgemäß durch den Zoll muss. Eigentlich sollten die Kartons schon nach sechs Wochen im neuen Heim stehen, aber erst nach zwölf Wochen trudelt der Lastwagen ein und hält vor unserem *gate*. Den Grund für die Verspätung haben wir nie erfahren. Wozu auch? Nach so vielen Wochen Dunkelheit im Container sind unsere wenigen Habseligkeiten schon ganz gespannt auf ihr neues Zuhause. Auf ihr leeres Zuhause, denn der Erwerb von Möbeln ist, wie die werten Leser bereits wissen, eine Geschichte für sich.

Ich versuche, die gerade eingetroffenen Kartons zu öffnen und ein bisschen Ordnung zu schaffen. Das will mir allerdings nicht so recht gelingen, denn beim Auspacken höre ich lautes Gezwitscher aus dem wunderschönen Garten unseres Joburger Hauses. Ganz entzückt von dem Anblick lasse ich von meiner monotonen Tätigkeit ab und gehe an die Terrassentür, um mir den Ursprung dieser melodischen Geräuschkulisse aus der Nähe zu betrachten. Eine ganze Vogelschar flattert um einen Baum herum und scheint in ausgelassener Stimmung zu sein. Lebhaft wippen die Zweibeiner so lange auf einem Zweig, bis ihnen langweilig wird und sie dann behände auf den nächsten hüpfen. Die Stimmkräftigsten unter ihnen haben sich auf der Hecke niedergelassen und trällern von dort aus ein fröhliches Lied. Laut und gesellig sind die Kerle und schön gelb obendrein. Wie sie wohl heißen mögen? Beim Googeln stoße ich auf eine Vogelart, die den Burschen im Garten doch sehr ähnlich ist. Es scheint sich um Webervögel zu handeln und diese vielversprechende Entdeckung macht mich neugierig, zumal einige von ihnen mit Halmen im Schnabel herumhantieren.

Es ist Oktober, also Frühling in Südafrika und somit Brutzeit, demnach müssen die Männchen unter Beweis stellen, dass sie gute Nestbauer sind, um die Weibchen zur Paarung für sich zu gewinnen. Und als polygame Wesen legen sie dann gleich mehrere kompliziert gesponnene kunstvolle Hängenester an. Unsere leuchtend gelben Gesellen im Garten gehen nach Plan vor und entfernen erst einmal äußerst sorgfältig alle Blätter von dem Ast, den sie sich für den Bau eines Nestes ausgesucht haben, vermutlich um sich Nesträubern, die sich nähern, keine Angriffsfläche zu bieten.

Es ist wirklich imponierend, welcher Methoden sich die Natur bedient, um den Fortbestand der Spezies zu sichern. So sahen wir beispielsweise bei einem *game drive*, also bei einer Safari, in der Nähe von Johannesburg reihenweise aufgespießte Käfer auf Dornen und Stacheln. Fälschlicherweise vermuteten wir, dass es sich hier um sadistische Praktiken in der Tierwelt handelt, wurden aber alsbald vom Ranger eines Besseren belehrt und darüber aufgeklärt, dass das Männchen einer bestimmten Vogelart damit in seinem Revier eine Art Winterquartier anlegt. Diese Vorratsplätze entsprechen unserem Kühlschrank, der bestückt werden will und dessen man sich bedient, wenn man Hunger hat. Je besser also die Vorratskammer des Männchens ausgestattet ist, desto erfolgreicher wird er dabei sein, die Weibchen zur Paarung zu bewegen. Bei den Menschen funktioniert es ja nicht anders: Je besser situiert ein Mann ist, desto mehr Frauen interessieren sich für ihn, selbst wenn er nicht durch andere Eigenschaften hervorsticht.

Zurück zu unseren Webervögeln. Jeden Morgen wenn ich aus dem Fenster schaue, sind die Webermännchen schon fleißig am Werk und ein ganzes Stück weiter mit dem Bau ihrer Kugelnester. Es ist das reinste Vergnügen, ihnen bei der Arbeit zuzuschauen, denn groß ist der Elan, mit dem sie zu Werke gehen. Scheinbar unermüdlich fliegen sie los, zupfen Grashalme und Blattstreifen aus der Umgebung und spannen diese mit dem Schnabel in mühseliger Kleinstarbeit zu einem Kugelnest. Dabei erweisen sie sich als hervorragende Architekten und Ingenieure in einem, indem sie zuerst einen ovalen Reif an einem Ast befestigen, dann breitbeinig auf dem selbigen balancieren und jeden einzelnen Grashalm einweben, bis eine Seite blickundurchsichtig geflochten ist. Kunstvoll fädeln sie jeden weiteren Halm einzeln um die Halbkugel, die sie anfertigen. Ich kann ihre Geschicklichkeit und die verschiedenen Stellungen, welche die Webervögel beim Bauen einnehmen, nicht genug bewundern. Sie verdrehen ihren Hals und verbiegen ihre Beine derart ungewohnt, dass ich fast befürchte, sie würden sich Hals und Beine verrenken. Doch nichts dergleichen geschieht. Wenn die Decke der Kugel eine ovale Form angenommen hat, hängen sich die Vögel an die untere Seite des jeweiligen Nestes und arbeiten weiterhin behände, auch wenn diese Arbeit enorm anstrengend aussieht. Sie weben den Boden zu Ende und flattern dabei ununterbrochen mit den Flügeln, um nicht aus dem Gleichgewicht zu kommen. Das Nest schwingt durch die Arbeit und das Flattern des

Webervogels ständig hin und her, fällt aber nicht vom Ast, weil der erfahrene Baumeister es gut befestigt hat.

Mir wird bei diesem Anblick ganz schwindelig, weil ich mir meine bessere Hälfte anstelle des Webermännchens vorstelle. Falls mein Mann den Versuch unternehmen sollte, unser Heim auf ähnliche Weise herzurichten, hätte er schon nach wenigen Sekunden einen hochroten Kopf und ich würde ihn besorgt von der Baustelle herunterbitten. Nicht so die Weberdamen. Während die hübschen Männchen die Akrobatennummer absolvieren, sitzen sie unscheinbareren Weberweibchen in der Nähe und beobachten das ganze Vorgehen, lassen hin und wieder Laute von sich, die man als Zwitschern charakterisieren könnte, aber dass sich eine von ihnen berechtigte Sorgen machen würde, könnte ich nicht behaupten. Die Männchen lassen sich ohnehin durch nichts beirren und sind vollends auf ihren Bau konzentriert.

Nach ein paar Tagen haben einige der gefiederten Freunde ihr oval förmiges Nest bereits fertiggestellt, an dessen unteren Seite sich ein Loch befindet, durch das der Vogel Zugang zum Innenraum hat. Auf dem Boden der Kugel werden dann theoretisch die Eier gelegt und ausgebrütet, vorausgesetzt, es findet sich ein Weibchen, das mit diesem Nest *happy* ist – wie man so schön in Südafrika zu sagen pflegt – und es für diesen Zweck annimmt. Ein Webermännchen hat seiner Meinung nach ein Nest zu seiner vollsten Zufriedenheit fertiggestellt. Er ist der erste der Bauarbeitergruppe, der ein Weibchen zur Begutachtung einlädt. Der Einfachheit halber nenne ich den lieben Kerl Emil. Der liebe Emil schlüpft also einige Male rein und raus, um zu sehen, ob der Eingang die erforderliche Größe hat, aber nicht zu groß ist, denn sonst purzeln die Eier hinaus oder einer der vielen Feinde, die draußen lauern, kann sich hineinschleichen. Also bastelt und korrigiert er noch ein bisschen überall herum und ... das Werk ist vollbracht ... tätärätä ... mit Pauken und Trompeten, sprich viel Gezwitscher lockt Emil seine Auserwählte und preist seinen Neubau an, der fortan zur Inspektion freigegeben ist.

Das Weibchen, das jetzt der Einfachheit halber den Namen Lotte bekommt, schaut bis jetzt all die Tage nur gelangweilt und den Schnabel rümpfend zu. Lotte, sozusagen die Bauaufsichtsbehörde, darf nunmehr mit dem Kontrollgang beginnen und tut dies in übertriebener Inszenierung. Das Kugelnest ist frischgebaut und saftig grün, eigentlich sehe ich keinen Grund, warum es der potenziellen Frau Gemahlin nicht zusagen sollte. Gespannt wie ein Flitzebogen drücke ich mir die Nase an der Fensterscheibe platt, um von den Ereignissen draußen nichts zu verpassen. Anfangs beäugt das Weberweibchen Lotte den Bau nur kritisch, aber nach einer Weile scheint auch sie – im wahrsten Sinne des Wortes – vor Aufregung ganz aus dem Häuschen zu sein und veranstaltet vor ihrer potenziellen künftigen Bleibe ein Gezeter ohnegleichen. Wichtigtuerisch flattert sie, mit den Flügeln hektisch schwingend, um das Nest herum und begutachtet es von allen Seiten. Danach krallt sie sich außen fest und fängt kräftig an zu ruckeln, vermutlich um die Stabilität ihrer zukünftigen Behausung zu testen.

Ich kann mich des Eindrucks nicht erwehren, dass die Geräusche, die sie von sich gibt, nicht unbedingt als positiv gedeutet werden können. Und schon soll ich Recht behalten. Ihrer Meinung nach weisen sowohl Emil als auch dessen Fähigkeiten als Bauarbeiter erhebliche Mängel auf, denn nach dem gleichen Schema, wie Emil tagein, tagaus Pflanzenfaser um Pflanzenfaser miteinander verwoben hat, nimmt Lotte, die Zerstörerin, es Halm für Halm auseinander. Ihrem Destruktionstrieb sind praktisch keine Grenzen gesetzt und ohne ein Hehl aus ihrer augenblicklichen Gemütsverfassung zu machen, zupft und zerrt und reißt Lotte mit dem Schnabel alles kaputt, und veranstaltet dabei ein unglaubliches Gezeter. Wenn Doktor Dolittle in der Nähe verweilen würde, könnte er es vermutlich wie folgt übersetzen: *Du Unsäglicher! Nichts, aber rein gar nichts kriegst du gebacken! Wie oft habe ich dir schon gesagt, dass man die Halme nicht von links nach rechts, sondern von rechts nach links webt. Aber du weißt ja immer alles besser. Das hast du jetzt davon. Bau das Ding noch mal neu! Aber dalli!*

Als auch das letzte Teilchen des Kunstgebildes auf dem Boden verstreut ist, kehrt Stille ein. Was für ein Desaster! Ich traue meinen Augen nicht! Das Produkt tagelanger Arbeit, kunstvolle Technik, Schlingen und Knoten, die behutsam und in mühevoller, was sage ich, in minutiöser Kleinstarbeit miteinander verwoben wurden, ist innerhalb von wenigen Momenten geschunden auf dem Rasen gelandet. Und wie reagiert der Herr des Hauses? Mein Blick richtet sich auf Emil. Gar nicht. Er sitzt ruhig auf einem Ast. Schaut die ganze Zeit nur zu. Er fährt ihr nicht an die Gurgel, rupft ihr nicht das Federkleid vom Leib. Nichts davon zieht er in Betracht. Sein Werk zu verteidigen, kommt ihm ebenfalls nicht in den Sinn. Keine Frage, wer hier die Hosen anhat.

Emil setzt erneut zur Sisyphusarbeit an und dieses Mal macht sich Lotte erst gar nicht die Mühe, das Nest nach allen Regeln der Kunst zu zerzausen, sondern löst oben einfach nur die Halterung, sodass das Nest auf den Boden plumpst und nicht weiter beachtet wird. Entweder ist Emil noch ein sehr junger und unerfahrener Nestbauer oder er hat sich mit Lotte das zickigste Weberweibchen afrikaweit angelacht. Andere Weibchen haben schon begonnen, das gebastelte Nest ihrer besseren Hälfte für den Nachwuchs vorzubereiten, indem sie es mit Federn, Wolle und Moos, was sie aus der näheren Umgebung herbeigeschafft haben, weich auspolstern, aber Lotte ist einfach mit nichts zufrieden zu stellen. Ich kann als Frau keinerlei Solidarität für kapriziöse Weberweibchen wie Lotte es eins ist aufbringen. Beim besten Willen nicht. Am liebsten würde ich sie sozusagen von Frau zu Frau am gefederten Kragen packen und ihr gehörig den Marsch blasen, wenn ich denn könnte. Einen Vogel würde ich diesem Vogel allemal zeigen. Was denkt sie sich eigentlich dabei, so mit dem armen Emil umzugehen?

Monate später steht in unserem Joburger Haus kein einziger Karton mehr herum. Die wunderschönen, in Südafrika erstandenen Möbel befinden sich alle an ihrem Platz. Wenn auch nicht ganz ohne Widrigkeiten und Verzögerungen haben wir es dennoch geschafft, uns nett einzurichten und es uns gemütlich zu machen. Gemütlich, was für ein herrlicher Begriff, um dieses heimelige Gefühl auszudrücken. Wir fühlen uns wohl in Johannesburg. *We are home now.* Unser Baum im Garten dagegen hängt nunmehr voller verlassener Kugelnester, deren satte grüne Farbe sich zu einem verdorrten, blassen Beige gewandelt hat. Viele von diesen Nestern sind nie bewohnt worden, weil einige von Lottes Kameradinnen ähnlich anspruchsvoll vorgegangen sind.

Diese haben sich noch nicht einmal die Mühe gemacht, die Nester auseinanderzunehmen oder vom Ast loszutrennen, sondern sie einfach nur mit der nötigen Ignoranz einer eigensinnigen Dame gestraft. Schon lange herrscht kein reges Treiben mehr um den Baum herum, weil die Jungen ausgeflogen sind. Ein bisschen sieht das Ganze wie ein lieblos geschmückter Weihnachtsbaum aus, dessen Besitzer es versäumt haben, die Christbaumkugeln wieder abzunehmen, welche nun durch Witterungseinflüsse langsam zerfallen. Und wenn der Wind die verdorrten Kugelnester hin und her schaukelt oder es sogar schafft, sie vom Baum herunterzuzerren, sodass sie ziellos im Garten umherirren, hat es auch eine gewisse Ähnlichkeit mit einer trostlosen Geisterstadt aus dem Wilden Westen, in der das losgelöste Buschwerk *tumbleweed*, der Steppenläufer, durch die leeren Straßen rollt.

5. Der Kunde ist König

Wenn man in einem Land neu ist, dann ist alles um einen herum neu. Das fängt schon beim Einkaufen an. Im Zuge der Globalisierung könnte man meinen, dass in Europa die Namen der Geschäfte mehr oder weniger einheitlich sind. Mehr oder weniger! Denn was den Supermarkt angeht, erinnert kein Name an zu Hause. Während in London die Supermärkte *Waitrose, Sainsbury's* oder *Tesco* heißen, nennen sich die entsprechenden Ketten in Südafrika bzw. in Johannesburg *Woolworth, Pick'n Pay* oder *Checkers.* In einigen Stadtteilen gibt es sogar *Spar*, aber ausgerechnet nicht da, wo wir uns niedergelassen haben. *What I am trying to say is*: Keiner der Namen klingt richtig heimisch, weswegen der erste Anlauf, den Kühlschrank zu bestücken, fehlschlägt.

Ähnlich verhält es sich bei dem Versuch, Werkzeug und Nägel zu finden, um Bilder an die Wand zu hängen, so dass aus einem Heim ein trautes werden kann. Warum soll mir der Name *game* in Johannesburg oder das Schild *Robert Dyas* in London suggerieren, dass es sich um einen entfernten Cousin von *Praktiker* handelt? Das Gleiche gilt für den Elektrohandel. Beim besten Willen könnte ich den Namen *Dion Wired* in Joburg nicht mit dem Kauf eines neuen Fernsehers oder *Incredible Connection* mit soft- und hardware eines PC assoziieren. Sicherlich befinden sich genügend Leser unter Ihnen, die mit einer blühenderen Fantasie als meine Wenigkeit aufwarten können. Mir ist es leider nicht vergönnt.

Wenn es dann soweit ist und man dem Namen eines Geschäfts die entsprechenden Artikel zuordnen kann, ist es an der Zeit zu shoppen. In der Praxis steht man dann aber vor einer ähnlichen Hürde wie zuvor. Man ist zwar mit einem Einkaufszettel ausgestattet, das nötige Geld oder die hier üblichere Kredit- bzw. Debitkarte stecken ebenfalls im Portmonee, aber die Markennamen, die einen vom Regal herunter anlächeln, kann man wieder nicht assoziieren, weil sie überhaupt nicht an vertraute Waren erinnern. Das gilt für Milchprodukte ebenso wie für Nudeln oder Mehl. Man ist es eben gewohnt, dass sich die Milch auf eine gewisse Art und Weise im Kühlschrank präsentiert, nämlich in einer ganz bestimmten Verpackung, mit einer konkreten Farbe. Auf der Nudelverpackung liest man jahrzehntelang einen gewissen Markennamen und somit ist man optisch darauf getrimmt und greift automatisch danach. In dem Moment, wo der Konsument mit einer ihm fremden Verpackung konfrontiert wird, kann er seine Irritation nicht verbergen und legt unnötige Strecken zurück, um Regal für Regal abzuchecken. Erschwerend hinzu kommt dann noch die Tatsache, dass Supermärkte oft die hauseigenen Marken führen und so die Suche wieder bei Adam und Eva beginnt.

Als wäre das Einkaufen im fremden Land nicht schon schwierig genug, begehe ich törichterweise einen zusätzlichen Fehler und stelle zu Hause den Einkaufszettel so zusammen, als würde ich immer noch in Leverkusen wohnen. Das tadellos und ohne jegliche Rechtschreibefehler notierte Wort „Linsen“ hilft mir im britischen oder südafrikanischen Supermarkt herzlich wenig weiter, denn diese Hülsenfrüchte nennen sich nun mal auf Englisch anders. Da kann ich mir in dem Moment noch so sehr das Hirn zermartern, die Übersetzung taucht einfach nicht aus der Versenkung heraus, in die mein löchriges Gedächtnis sie hineingeschubst hat. Dieser Verlust geistiger Fähigkeiten schließt automatisch eine Reihe von Aktionen aus, die ans gewünschte Ziel führen könnten, wie beispielsweise einen Angestellten direkt fragen oder ihm besagte Ware beschreiben. Die zweite Lösung erscheint spätestens dann abwegig, wenn man versucht, sich das entsprechende Vokabular zurechtzulegen. Wie um Himmels Willen soll man Linsen beschreiben? Selbst in der Muttersprache wäre das eine Herausforderung ausschließlich für Philologen. Solche oder ähnliche Situationen, bei denen unbedacht, da in falscher Sprache geschriebene Einkaufszettel im Mittelpunkt stehen, können zu schwer verständlichen Szenen führen.

Nun werden womöglich diejenigen, die es gut mit mir meinen, versuchen, stirnrunzelnd anzudeuten, dass jeglicher Versuch, Linsen zu kochen – egal in welchem Winkel der Welt – verfehlt ist. Wie komme ich denn nur auf Linsengerichte, wo es doch so viele schmackhaftere Speisen auf der Welt gibt? Andere wiederum, die mir weniger wohlgesonnen sind, sehen ihre Chance gekommen, mir ihre Dominanz in der englischen Sprache zu präsentieren und mit ihrem C2-Proficiency-Zertifikat anzugeben. Ich höre sie schon, wie sie mir überheblich und genüsslich den Begriff *lentils* zuraunen. Ganz provokativ frage ich sie dann, was denn *Frischhaltefolie* oder *Mottenkugeln* auf Englisch heißt! Übrigens sei den Smartphone-Freaks gesagt – denn auch diese Gruppe sehe ich schon in Gedanken besserwisserisch das Handy zücken –, dass die *translation app* nicht immer hilfreich ist.

Äußerst spannend ist es übrigens, wenn man wie der berühmte Ochs zwar nicht vor dem Berg, dafür aber vor dem Gewürzstand Wurzeln schlägt und sich innerlich schon damit abgefunden hat, dass das Essen heute eben nach gar nichts schmecken wird, weil die richtigen Zutaten nicht zu identifizieren sind. Oder aber man schlägt die abenteuerliche Tour ein und würzt auf gut Glück, ohne die unmittelbaren Konsequenzen abschätzen zu können.

Eine weitere Herausforderung besteht darin, Sahne zu kaufen. Jawohl, Sie haben richtig gelesen: Sahne. Greenhorns und Frostbeulen, wie ich es eine bin, müssen in diesem Fall etliche Minuten veranschlagen und sich vorher in Mütze, Pullover und Schal einmummen, um nicht hinterher wie ein gefrorenes Hühnchen auszusehen und niesend und hustend gefährliche Bazillen zu versprühen. In den ersten Wochen in Johannesburg bin ich völlig erkältet und das, obwohl die Frühlingstemperaturen die 20 Grad bei weitem überschreiten. Der Grund dafür liegt darin, dass ich in keinster Weise auf die hiesigen Umstände vorbereitet bin, unter welchen der Einkaufswagen gefüllt wird, weder auf die Klimaanlage im Supermarkt noch auf die endlosen Minuten, die ich ebenda in der Kühlabteilung verbringen muss, bis ich meinem Einkaufszettel gerecht werden kann. Um mein unterkühltes Problem anhand eines Beispiels zu veranschaulichen, möchte ich im Folgenden die verschiedensten Namen aufreihen, die auf Plastikbechern gedruckt artig nebeneinander im Kühlschrank stehen und auf potenzielle Käufer warten. Da gibt es also die wundersamsten Kombinationen, deren Grundlage immer der Begriff *cream* ist, was zugegebenermaßen keine kolossale Hilfestellung darstellt. Die Entscheidung wird lediglich in dem Sinne erleichtert, dass man bei dem Versuch, etwas Essbares auf den Mittagstisch zu stellen, der Einfachheit halber auf die Sahne verzichtet. So gereizt ist man nämlich, wenn man folgende Benennungen zu Ende gelesen hat: *Cream, Cream long life, Whipping cream, whipped cream, cultured cream, double thick cream, pouring cream, sour cream, cultured soured cream, fresh cream.* Wie war das noch einmal mit denjenigen unter Ihnen, die Anglistik studiert oder im Besitz des C2-Proficiency-Zertifikats sind? Was meine Wenigkeit betrifft, fische ich von jeder Sorte einen Becher aus dem Kühlschrank heraus, nicht ohne mich dabei haltlosen und unflätigen Fluchens hinzugeben. Natürlich nur innerlich.

Nun könnte man natürlich der genervten Kontinentaleuropäerin den Ratschlag geben, einen Angestellten zu fragen, denn schließlich wird er ja dafür bezahlt, den Kunden zur Seite zu stehen. Das nach-etwas-Fragen stellt sich in Südafrika als eine zeitaufwendige Angelegenheit heraus, da es mit einem bestimmten Ritual verbunden ist! Man kann nämlich nicht einfach nach dem Schema loslegen, *sorry, can you please tell me ...?* Stattdessen bedarf es einer Einleitung wie folgt:

+ *Hello, how are you?*

– *Thank you, I am fine. And how are you?*

+ *Thank you, I am good.*

Die Kurzfassung für das Ganze, also *Howzit*, traue ich mich nicht zu benutzen, da mir gesagt wurde, dass sie für den Kontakt unter Freunden gedacht ist. Und erst nachdem sich zwei wildfremde Menschen gegenseitig beteuert haben, wie blendend es ihnen geht, kann der eine von ihnen endlich die Frage stellen, die ihm auf der Zunge brennt. Und da es in diesem Land niemand, wirklich niemand eilig hat, somit keinem – außer mir – etwas auf der Zunge brennt, ist das Sprechtempo ein adäquates, so dass sich das Gespräch eher in die Länge zieht. Wer es eilig hat – wie gesagt, das Problem scheine nur ich gewohnheitsmäßig zu haben – muss also immer diese Sekunden mit einplanen, die für den Mini-Dialog notwendig sind. Das Witzige an diesem Prozedere, an diesem ganzen Wie-geht-es-dir-Dialog, ist, dass keiner wirklich zuhört, denn selbst wenn man nicht nach dem Wohlbefinden des anderen fragt, bekommt man *Thank you, I am good!* zu hören. Ich probiere es immer wieder und kann einfach nicht fassen, wie viele Menschen dieses Mitteilungsbedürfnis haben und von sich behaupten müssen, es gehe ihnen gut, ohne überhaupt gefragt worden zu sein! Übrigens habe ich vor, die Schlagfertigkeit der Südafrikaner zu testen und auf die Frage *How are you?* gegen die Regel zu verstoßen, indem ich *Hey bro, my doctor just told me, that I got infected with malaria* antworte und dem Glückspilz, der sich dieses Märchen anhören muss, um den Hals falle und herzzerreißend flenne.

In den letzten Minuten durchforste ich die Gänge nach nichts Geringerem als Salz. Aus schon oben erwähnten Gründen weiß ich nicht, wie das Salz in diesem Land verpackt ist und bin daher rein optisch nicht imstande, es zu finden. Da mir der Begriff auf Englisch glücklicherweise geläufig ist, kann ich eine Angestellte danach fragen und versuche, mir dabei nicht anmerken zu lassen, dass mein Nervensystem schon etwas angeschlagen ist, was primär auf dieses zwar höfliche, aber dennoch nicht ganz zeitsparende Frage-und-Antwort-Spielchen zurückzuführen ist. Die Angestellte schaut mich erst mit großen Augen an, danach schaut sie hilflos in alle möglichen Richtungen, bis sie schließlich den Satz ausspricht, der mich in Zukunft immer wieder verfolgen soll, nämlich *Let me ask my manager* und dann auf alle Ewigkeit verschwindet. Kaum ist sie weg, sehe ich das Salz genau in dem Regal, vor dem sie stand und an dem ich in der letzten halben Stunde mindestens ein Dutzend Mal fluchend mit dem Einkaufswagen vorbeigerollt bin. Vielleicht ist heute ihr erster Arbeitstag, wird die Mehrheit unter den Lesern vermuten und damit eventuell Recht haben.

Unwillkürlich muss ich dabei an den deutschen Film *Almanya – Willkommen in Deutschland* denken, in dem das Leben der Türken in Deutschland und die damit verbundenen Schwierigkeiten in den 1960ern mit viel Humor geschildert werden. Zum Glück ergeht es mir nicht wie der türkischen Filmmutter, die in Ermangelung des deutschen Wortes „Milch" mit Händen und Füßen versucht, das selbige darzustellen, indem sie unsichtbare Zitzen an ebenfalls nicht existierenden Kuheutern melkt und dabei nur mäßigen Erfolg verzeichnet. Heutzutage liegt kein Grund vor, der Tante Emma gegenüber schauspielerische Leistungen zu erbringen, weil Läden dieser Art ausgestorben sind. Selbst wenn mir die Argumente für diese kleinen Geschäfte mit dem persönlichen Flair bewusst sind, bin ich doch froh, dass ich in einem fremden Land einfach nur den Wagen durch die Gänge des Supermarkts zu schieben brauche, um ihn mit Waren zu füllen, die ich – jedenfalls theoretisch – nur aus dem Regal nehmen muss.

Nachdem ich nun den Einkaufswagen mit Linsen, Frischhaltefolie, Mottenkugeln, Salz, Milch, diversen Gewürzen und jegliche Art von Sahne gefüllt habe, stehe ich zermürbt an der Kasse. Beim Anblick der Kassiererin hüpft meine Augenbraue nach oben. Es sind ihre Schneidezähne, die mich wieder munter machen, bzw. der Goldrand der selbigen. Dass Zähne ganz in Gold glänzen, ist mir schon öfters aufgefallen, aber diese Art von feiner Umrandung ist mir völlig neu. Später erfahre ich, dass es sich dabei um eine Art *show off* handelt, man also damit dem Umfeld seinen sozial-ökonomischen Aufstieg signalisieren will. Je mehr Gold im Mund, desto höher ist man die soziale Leiter erklommen. Ungeachtet dessen, wie weit es die Kassiererin auf dem Weg nach oben gebracht hat, realisiert sie nichts von meiner Faszination bezüglich ihrer Zähne und leiert gelangweilt den üblichen Dialog an, dessen Anfang mir schon bekannt ist.

\+ *Hello, how are you?*

– *Thank you, I am fine. And yourself?*

\+ *Thank you, I am good.*

Nunmehr wird der Dialog durch weitere lebenswichtige Informationen ergänzt:

– *Do you have a loyalty-card?* (An dieser Stelle wird meist statt des Begriffs „*loyalty*" der Name des Supermarkts genannt, z.B. „*Woolworth-Card*".)

\+ *Yes, I do. / No, I don't.* (Die Antwort variiert je nach Supermarkt.)

– *Plastic?* (Was so viel wie: „*Do you need a plastic bag?*" bedeutet.)

+ *Yes, I do.* (Es sei denn, man ist unter die körnerverzehrenden Öko-Freaks gegangen und hat neun verwaschene Stofftaschen dabei, die man bei der Gelegenheit aus einer zehnten, überkreuz umhängenden herauskramt. In Südafrika sind mir Vertreter dieser Sorte Menschen jedoch nicht aufgefallen. Übrigens bekommt man die Plastiktüte in Südafrikas Supermärkten zu dieser Zeit noch gratis ...)

Während die Kassiererin die Produkte an dem Barcodelesegerät vorbeischwingt, steht ihre Kollegin schon mit den Plastiktüten bereit, um die zu ihr hinüber geschobenen Produkte hineinzustecken, damit ich mich als Kundin nur ja nicht zu verausgaben habe und womöglich Energie verschwende. Dabei schäkern, lachen und erzählen die beiden pausenlos, oft sogar gleichzeitig. Außer den aufwendigen Frisuren und den Goldzähnen haben die berufstätigen Mädels noch eine weitere Gemeinsamkeit, nämlich das grenzenlose Bedürfnis nach Kommunikation. Überall herrscht ein endloses Geschnatter: Kassiererinnen, Verkäuferinnen, Maniküristinnen, Frisörinnen, alle haben sie ein Mitteilungsbedürfnis ohnegleichen. Das Bewundernswerte ist, dass simultanes Reden und Zuhören hierzulande kein Problem zu sein scheint. Es können sogar mehrere Konversationen parallel laufen, ohne dass die selbigen in irgendeiner Form beeinträchtigt oder die Beteiligten Zeichen von Irritation aufweisen würden. Die Kassiererin ist imstande, sowohl mit der Kollegin links als auch mit jener rechts von ihr zu plaudern und zwar nicht unbedingt über das gleiche Thema. Ich finde es höchst amüsant, die Laute dieser in meinen Ohren so ungewohnt klingenden Sprachen aufzusaugen, ohne den Sinn auch nur eines einzigen Wortes zu erfassen.

Jahrzehntelang bin ich durch mein Leben gehetzt, um alles rechtzeitig, vorschriftsmäßig und nach Plan zu bewerkstelligen. Jetzt ist endgültig Schluss mit dieser törichten Angewohnheit. Schließlich existieren in unserem Vokabular genügend andere hervorragende Ausdrücke, wie beispielsweise Eile mit Weile. Letzteres, dessen Entsprechung auf dem schwarzen Kontinent nicht umsonst auf den Namen *African time* hört, habe ich mittlerweile in diesem gemütlichen wundervollen Land schätzen gelernt und aus gutem Grunde als Lebensgewohnheit übernommen. Ach, und bevor ich es vergesse ... ich habe mir noch etwas am untersten Zipfel des schwarzen Kontinents angewöhnt: Ich frage wirklich alle Menschen – nicht nur in Südafrika – bei der Begrüßung: „*How are you? / Wie geht es Ihnen?*“ und amüsiere mich danach köstlich über den irritierten Gesichtsausdruck der Leute ...

TIA. *This is Africa.* Und das ist auch gut so.

6. Haarige Geschichten

In Johannesburg könnte ich den Kassiererinnen im Supermarkt stundenlang zuschauen, wie sie auf geschmeidige und sanfte Art und Weise alltägliche Vorgänge abwickeln. An der Kasse sitzen ausnahmslos junge Afrikanerinnen, deren Augenbrauen oft ratzekahl rasiert sind. An ihrer Stelle wird morgens vor dem Spiegel nach Gutdünken ein schwarzer Strich gezogen – vermutlich mit einem Kajalstift – und ich frage mich jedes Mal, warum frau sich die Augenbrauen wegrasiert, wenn ohnehin wieder etwas Ähnliches hingemalt wird. Der Blick bleibt nicht lange auf den Brauen haften, sondern wandert zur wahren Augenweide, nämlich zum afrikanischen Haar. Die Frauen hierzulande lassen sich allerlei einfallen, um sich nicht mit ihren stark gekrausten, nach allen Seiten abstehenden dichten Locken, also im Afro-Look der 1960er Jahre zu zeigen. Diesen üppigen Busch auf dem Kopf habe ich bis jetzt nur bei Models auf einer Modenschau gesehen, als die bildhübschen, geschmeidigen Gazellen mit den langen Beinen anmutig über den Laufsteg stolzierten und die wallende Mähne bei jedem Schritt federte. Eigenartigerweise legt sich keine normale Sterbliche diese Frisur zu. Und immer wenn ich nach dem Grund frage, erwidert frau, dass es aufgrund der enormen Hitze unter dieser Stacheldrahthaube nicht auszuhalten sei. Außerdem seien die Sechziger und die damit verbundene Hippiebewegung ein für alle Mal passé.

Wer sich also seiner lästigen Buschpracht auf dem Kopf entledigen möchte, dem stehen mehrere Möglichkeiten offen. Als da wäre die einfachste von allen, nämlich es den Männern gleichzutun und sich den Schädel kahl zu rasieren, so dass eine gewisse Ähnlichkeit mit dem Deoroller nicht von der Hand zu weisen ist. Vor allem ältere Jahrgänge zeigen entschieden geringeres Engagement für ihr Äußeres, sodass der weniger aufwendige Griff zur Rasierklinge und die daraus resultierende pflegeleichte Glatze den Alltag um einiges vereinfacht. Die Stahlwolle lassen sie sich höchstens 2 cm wachsen und dann wird wieder kurzerhand rasiert und gut ist. Vermutlich haben sie nach vier Kindern und ebenso vielen Männern genug von lustig und wollen nur noch ihre Ruhe haben. Man kann es ihnen nicht verübeln.

Von jüngeren Frauen wird die Methode des Rasierens ebenfalls praktiziert, da es aber meist sie es sind, die sich mit ihrer Frisur mehr Mühe geben, dient die Glatze als Grundlage für eine nette Perücke bzw. für mehrere Perücken, die man abwechselnd aufsetzt und damit den Stil verändert. Diese künstliche Haarpracht ist in verschiedenen Güteklassen erhältlich und deren Qualität variiert je nach Geldbeutel. Die Palette reicht von Perücken, die aus sündhaft teurem Echthaar angefertigt sind bis zu preisgünstigeren, in jedem Supermarkt erhältlichen Kunststoffimitationen. Bei der billigen Variante fällt das Kunsthaar nicht etwa geschmeidig, sondern steht etwas widerwillig und steif vom Kopf ab. Nicht nur am verräterischen Glanz, sondern auch am Scheitel kann man in diesem Fall leicht erkennen, dass es sich um eine borstige Supermarkt-Perücke handelt, denn ein Durchblick auf die Kopfhaut ist nicht möglich.

Trägerinnen dieses Haarersatzes sorgen oft für herzzerreißend komische Szenen, wenn sie sich beispielsweise rechts am Kopf kratzen, was Auswirkungen auf den linken Teil der Perücke hat, der in genau entgegengesetzte Richtung wie durch eine Geisterhand mittanzt. Herrlich! Eine Bekannte erklärt mir, wie es zu solch einer Blamage kommen kann. Sie klebe sich die Perücke nicht auf den Kopf, sondern setze sie einfach nur auf, *because glue is itching like hell*. Nun leuchtet mir endlich ein, warum ich schon mehrmals Zeuge von drolligen Begebenheiten wurde, wie beispielsweise, dass sich der fremde Skalp, *the whole wig*, um 45 Grad nach links verschiebt und der Pony plötzlich das Ohr kitzelt. Die Peinlichkeit besteht darüber hinaus darin, dass der Trägerin die selbige in Ermangelung eines Spiegels zwar selten, der restlichen Welt dafür umso mehr auffällt. So wie dieser Bekannten die Kopfhaut juckt, genauso juckt es mir als zu Scherzen aufgelegte Beobachterin in den Fingern, den Perückentest zu machen und einer flanierenden Dame einfach das Ding vom Kopf zu zupfen. Bei dieser Gelegenheit ließe sich nur unschwer herausfinden, ob die Perücke mit Klebstoff befestigt ist und für den Fall, dass die wutschnaubende Dame zum Angriff übergehen wollte, könnte man ihr als Ablenkungsmanöver und Wink mit dem Zaunpfahl einfach eine Klebertube zuwerfen.

Wenn ich die ganzen Deoroller an mir vorbeiflanieren sehe, frage ich mich, wie so ein rasierter Kopf wohl auf

Männer wirkt, wenn es dann mal zur Sache Schätzchen geht, vor allem wenn die Perücke beim Höhenflug den Besitzer wechseln sollte. Vermutlich alles andere als erregend, aber vielleicht liege ich in dieser Hinsicht auch völlig falsch. Im Eifer des Bettgefechts ist frau wahrscheinlich außerstande, sich auf das Haar, ganz zu schweigen auf eine sich frei um die eigene Achse drehende Perücke und den korrekten Sitz der selbigen zu konzentrieren. Das gleiche Leid tragen wohl auch betagtere Männer der westlichen Welt mit ihren Toupets, wenn diese in den ungünstigsten aller Momente verrutschen und den Blick auf die Halbglatze freigeben. So ein falscher Wilhelm kann also genau so *embarrassing* sein wie eine Kunsthaarperücke.

Unabhängig davon, wie frau es mit dem Kleber hält, gibt es für Insider eine raffinierte Lösung, seine Billigperücke echt wirken zu lassen, was sich gerade dann anbietet, wenn frau sich glatte Haare zulegen will. Die Tochter unserer Nachbarin klärt mich diesbezüglich auf, als sie auf einen Sprung vorbeikommt, um mir mitzuteilen, dass unser gemeinsames *gate* wieder einmal seinen Geist aufgegeben hat. *I am so sick and tired,* beginnt sie und ich kann ihr nur beipflichten, denn das schwere Tor manuell zu öffnen ist für zarte Hände wie die ihrigen nun wirklich mehr als eine Zumutung. Ich verspreche ihr hoch und heilig, am nächsten Tag den Handwerker kommen zu lassen und mache ihr noch beim Hinausbegleiten ein Kompliment, was ihre Haarpracht angeht. Sie schaut mich ungläubig an, bringt ein ausdrucksschwaches *thank you* hervor und die gequälte Frage über die Lippen: *Don't you know that this is not my real hair?* Meine Irritation nur schwer verbergend verneine ich und füge noch entschuldigend hinzu, *but it looks real!*

Kurzerhand klärt sie mich auf, indem sie mir ihren Scheitel zeigt und betont, dass ihre Kopfhaut zu sehen sei. *You see?* Ich nicke kleinlaut, verstehe aber trotzdem nicht ganz, worauf sie hinaus will. Der Trick besteht nun darin, dass frau sich beim Rasieren die Haarsträhnen um den Scheitel herum ausspart und glatt föhnt. Nun platziert frau die einzelnen, vorher im Handel erworbenen Haarteile darunter so, dass der Scheitel Einblick auf die eigene Kopfhaut erlaubt und somit den Eindruck vermittelt, dass es sich um das eigene Naturhaar handelt. Die wenigen Strähnen, die der Rasur entkommen sind, werden fein säuberlich über die fremden Haarteile glatt gestrichen, sodass zu Scherzen aufgelegte Beobachter des Tricks nur bei sehr genauem Hinsehen gewahr werden und darum die Gelegenheit zu einem geschmacklosen Streich verpassen. Ich bin beeindruckt von soviel Ideenreichtum und auch davon, dass sie meine Perücke-vom-Kopf-zerren-Idee durchschaut zu haben scheint. Jedenfalls bin ich persönlich außerstande zu begreifen, was diese Frauen gegen ihre Naturhaarpracht auszusetzen haben, von der Hitze einmal ganz abgesehen. Der Afro-Look zeugt meines Erachtens von einer starken Persönlichkeit und sieht zudem blendend aus. Schließlich lassen die Mannequins den Haaren nicht umsonst ihren natürlichen Wuchs. Irgendwie erinnert mich das Ganze an die schon fast zwanghafte Mentalität einiger Südländerinnen, sich trotz dunklen Teints blondieren zu lassen.

Eine junge Frau, Verkäuferin in einem Geschäft, in dem ich öfters die Auslagen bewundere, hat eine komplizierte Flechtfrisur und ich lasse es mir nicht nehmen, auch ihr diesbezüglich ein Kompliment zu machen. Mit aufgerissenen Augen versichere ich ihr, wie sehr ich diese Art von

Frisur bewundere, ja sie sogar für das reinste Kunstwerk halte. Sie fasst sich an die geflochtenen Haare: *You mean the braids?* Mir ist der Begriff nicht geläufig, aber wenn sie behauptet, die Dinger heißen so, dann wird das schon seine Richtigkeit haben. Sie versucht, mir an ihr eigenes Haar fassend zu erklären, dass diese *braids*-Frisur aus vielen dünnen Zöpfen bestehe und mit zusätzlich eingeflochtenem Kunsthaar – sie nennt diese Strähnen *extensions* – beliebig verlängert werden könne. *Do you like the colour?* fragt sie mich strahlend und schwingt ihren langen Pferdeschwanz hin und her. Das Brünett ist sicher gefärbt und vermutlich ist es genau das, worauf sie so stolz ist. *Mostly young women wear this kind of braid, right?* Ich vermute tatsächlich richtig, denn sie nickt mir lachend zu. *You see mama there?* fragt sie mich und deutet auf eine ihrer Kolleginnen, die mindestens doppelt so alt ist wie dieser Backfisch vor mir. *That's her own hair.* Ältere Jahrgänge, setzt sie ihre Schilderung fort, ließen keine zusätzlichen *extensions*, sondern die eigenen Haare als sogenannte *cornrows* flechten. Was für eine gelungene Bezeichnung, denke ich mir und stelle fest, dass bei dickem Haar die Zöpfe wirklich wie Maiskolben aussehen, die eng an der Kopfhaut anliegen und einzelne Reihen bilden. Beim Muster seien der Fantasie keine Grenzen gesetzt und je feiner geflochten werde, desto mehr Reihen, gibt mir die junge Frau noch als Information mit auf den Weg. Mit solchen Kenntnissen ausgerüstet, werde ich die Frisuren der Afrikanerinnen nunmehr mit ganz anderen Augen sehen, fast fachmännisch. Ich bedanke mich bei ihr für das aufschlussreiche Seminar und dieses Mal ist sie es, die mir ein Kompliment macht. *Oh my God, you look wonderful! I love your hair!* Und dabei befühlt sie eine meiner Locken und ist ganz hingerissen von meinem weichen Haar. Wie gut, dass ich meinem widerspenstigen, zerfransten Wuschelhaar tags zuvor eine Schönheitspackung, eine sündhaft teure *Masque Therapiste*, gegönnt habe und heute damit eine Liebeserklärung – wohlgemerkt von einer Frau – bekomme. Eine Südafrikanerin, die von meinem Haar mehr hält als ich es tue. Verstehe einer die Frauen! Sie sind immer von dem fasziniert, was sie selber nicht haben.

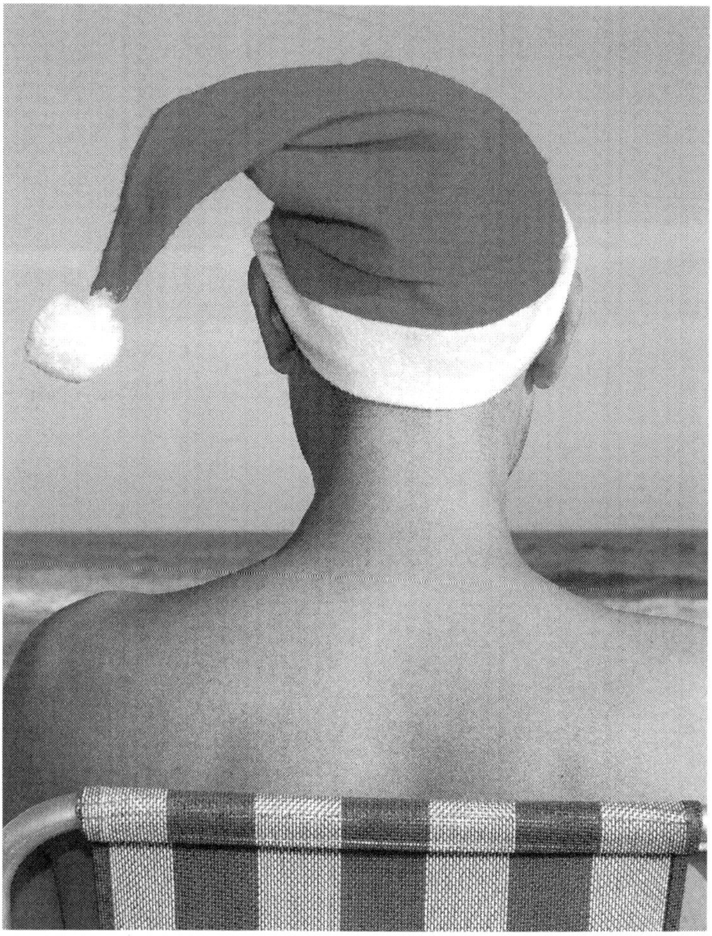

7. Weihnachten auf der Südhalbkugel

Es ist Mitte November und in Südafrika weihnachtet es schon sehr. Auf einem der größten Plätze Johannesburgs benannt nach Südafrikas größtem Mann, dem Nelson Mandela Square, steht außer der sechs Meter hohen bronzenen Figur Mandelas ein Weihnachtsbaum mit gebührender Beleuchtung, passend zur Weihnachtszeit. Es handelt sich allerdings nicht um einen hochgeschossenen Tannenbaum mit Lämpchen und bunter Dekoration. Wie angewurzelt stehe ich da und schaue mit verhaltener Ehrfurcht auf etwas, was ich noch nie in meinem Leben gesehen habe und fasse es kaum. Dem afrikanischen Umfeld entsprechend hat man von einem spitzen Tannenbaum abgelassen und sich der Einfachheit halber für einen gedrungenen Baum entschieden, der typisch für diesen Kontinent ist, nämlich den Baobab, der auch afrikanischer Affenbrotbaum genannt wird. Die Weihnachtslichter an seinem relativ kurzen, extrem korpulenten Stamm und an den unförmigen Ästen der ausladenden Krone vermitteln eher den

Eindruck, dass der Baum verkehrt herum steht, denn die Äste sehen aus wie ein Wurzelsystem.

Überrascht darüber, dass ein Weihnachtsbaum eben nicht immer ein Tannenbaum sein muss, überlege ich, ob wohl auch das entsprechende Weihnachtslied umgeschrieben wurde und die südafrikanischen Kinder im Chor „Oh Baobab" singen, was von der Anzahl der Silben her sogar wunderbar passen würde. Ich steuere auf den Baum zu, um ihn aus der Nähe zu inspizieren. Mein Blick bleibt an dem hängen, was unter dem Baum steht, ebenfalls in weihnachtliche Lichterketten gehüllt. Es ist nicht etwa eine Krippe mit den bekannten Figuren, weder Maria noch Josef sind weit und breit zu sehen, geschweige denn das heilige Kind. Unter dem Baum stehen zwei Tiere. Aber nicht etwa der Ochs oder der Esel, die in Betlehems Stall als Heizkörper fungierten. Überhaupt erinnert nichts an die Krippe, die in allen Kaufhäusern Deutschlands und Europas zu günstigen oder weniger günstigen Preisen angeboten wird. Ganz im Gegenteil, die Tiere, die unter dem Baum stehen – und da gehe ich jede Wette ein –, waren bestimmt noch nie in Betlehem oder in Nazareth und haben jeweils ein großes dickes Horn auf der Schnute. Es sind zwei Nashörner, eine Mama-Rhinozeros und ein Baby-Rhinozeros! Ich bin überwältigt von der Idee, dass man sogar Weihnachten einen Hauch von Exotik bzw. Savanne verleihen kann, wenn man nur will. Nicht minder erstaunt sind die Touristen aus aller Herren Länder, die sich zu den Nashörnern gesellen, um für alle Ewigkeit abgelichtet zu werden und das Foto zu Hause als Beweismittel zu verwenden, denn wie sonst soll diese Geschichte vom unteren Zipfel Afrikas zu Hause glaubwürdig ankommen! Auch ich mache ein Foto davon und ernte dafür bei Facebook die drolligsten Kommentare.

Im dazugehörigen, angeblich größten Einkaufscenter der südlichen Hemisphäre Sandton City – zumindest so lange ich in Südafrika lebe, denn solche Rekorde werden ja bekanntlich regelmäßig gebrochen – drehe ich noch ein paar Runden und sehe in den Schaufenstern bauchfreie Tops oder Bikinis tragende Puppen, die inmitten von geschmückten Plastik-Tannenbäumen stehen. Irritiert schaue ich mich um, denn allzu gern wüsste ich, ob es anderen Leuten, wenigstens den Touristen, die ich eben noch erspähen konnte, nicht ähnlich geht. Doch alle Blicke sind auf drei Mädchen in genau diesen bauchfreien Tops gerichtet. Groß, bildhübsch mit schmalen Hüften, seidenglänzender brauner Haut und dem für Afrikanerinnen typisch abstehenden Po schweben sie an uns vorbei und ich könnte schwören, dass die eine wie Naomi Campbell aussieht. Was für eine Augenweide! Kein Wunder, dass sich niemand an der Kombination Weihnachtsdekoration plus Strandkleidung in den Schaufenstern stört. Bei dem Anblick! Kaum sind die Gazellen außer Sichtweise, kommt wieder Leben in die Mall und ich setze mich gemächlich in Bewegung.

Da ich noch etwas besorgen muss, gehe ich zum Supermarkt, in dessen Gängen heute allerdings ein heilloses Durcheinander herrscht. Auf dem Boden stapeln sich etliche Pappkartons und als ich mir den Weg durch die noch eingepackten Waren bahne, sehe ich zwei Angestellte in kurzärmligen T-Shirts in die Kartons greifen, Weihnachtsmänner in allen möglichen Größen herausholen und sie nebeneinander in die Regale stellen. Für einen Europäer, der erst seit sechs Wochen in Johannesburg lebt, ist das

Bild zweier Schwarzer, – in Südafrika ist der Begriff *black* nicht nur *politically correct*, sondern dient auch offiziell der Identifizierung der Personen – die bei 30 Grad Hitze und in Sommerkluft Weihnachtsmänner sortieren, zugegebenermaßen doch etwas absonderlich. Die Tatsache, dass sie sich dabei angeregt in einer Bantusprache unterhalten und sich derer lustig klingenden Schnalzlaute bedienen, während im Hintergrund *Kling Glöckchen, Klingelingeling* ertönt, lässt das Bild noch bizarrer erscheinen.

Ich komme aus dem Staunen gar nicht mehr heraus, weil ich im nächsten Gang die typischen Adventskalender sehe – die aus Pappe, die in jedem deutschen und mittlerweile auch in jedem europäischen Supermarkt erhältlich sind – und zu denen sich Lebkuchen und Marzipan gesellt haben. Zwölf Flugstunden entfernt und trotzdem ist dafür gesorgt, dass Deutsche kein Heimweh bekommen, was für die Briten übrigens genauso gilt. In Reih und Glied stehen nämlich unzählige Kartons mit *Christmas Crackers*, die bei keiner englischen Weihnachtsfeier fehlen dürfen. Wenn man an beiden Enden dieser Knallbonbons zieht, explodieren sie in der Mitte mit einem Päng, brechen ungleich und das herausfallende Geschenk darf der Gewinner behalten. *Christmas Pudding* und *Traditional Christmas Cake*, eine Art Früchtekuchen, warten ebenfalls auf Käufer. Als ich später beim Bäcker sogar auf *Melomakarona* und *Kourabiedes* stoße, bin ich völlig perplex. Diese typisch griechischen Süßigkeiten gibt es anscheinend nicht nur in der Heimat zu Weihnachten, sondern auch hier, denn die griechische Kolonie zählt in Südafrika sage und schreibe 40.000 Leute, habe ich mir sagen lassen. Belustigt höre ich der schwarzen Verkäuferin zu, wie sie gerade eifrig versucht, einer neugierigen Kundin zu erklären, was es mit den *Melomakarona* auf sich hat, diese sich jedoch nicht zufrieden geben will und darum wiederholt die Frage stellt ... *but what is inside?* Mit einem anerkennenden Kopfnicken stelle ich fest, dass hierzulande die Weihnachtsrituale ganz schön vermischt worden sind bzw. wunderbar nebeneinander existieren.

Mein Spaziergang durch die weihnachtliche Landeskunde Südafrikas geht weiter. Auf einem anderen Platz steht ein Männerorchester vor einem riesigen künstlichen Weihnachtsbaum und spielt Weihnachtslieder. Die Musiker blasen eifrig in ihre Blechinstrumente, aus denen *I'm dreaming of a White Christmas* heraustönt, und erweisen damit Bing Crosby alle Ehre. Vorbeilaufende Passanten bleiben für ein paar Momente stehen. Versonnen erfreuen sie sich der Lieder und summen mit, ohne auch nur im Entferntesten dem Gedanken nachzugehen, dass ihre momentane Aufmachung in Shorts und Flip Flops – einige laufen sogar barfuß herum, was in Südafrika Gang und Gäbe ist – nicht gerade mit dem Inhalt des Textes einhergeht. Es folgen bekannte Töne wie *Leise rieselt der Schnee* oder *Stille Nacht, heilige Nacht* und ich frage mich ernsthaft, ob man sich je hierzulande wenigstens ansatzweise mit den *lyrics* dieser Lieder auseinandergesetzt hat.

In Südafrika wünscht man sich gleichzeitig ein frohes Weihnachtsfest und schöne Sommerferien – sozusagen in einem Atemzug. Die 6-wöchigen Sommerferien beginnen Anfang Dezember und erstrecken sich bis Mitte Januar. Nach den sommerlichen Weihnachtsferien oder den weihnachtlichen Sommerferien stolpere ich in der Mall über die nächste jahreszeitbedingte Überraschung. In den Geschäften warten Hefte, Stifte, Spitzer, Radiergummis, Buntstifte und Schultaschen darauf, den Schülern zu Schuljahresbeginn eine Freude zu machen. Es ist einleuchtend. Eigentlich ist es einleuchtend. Nach den Sommerferien beginnt das neue Schuljahr. Natürlich!

Wie der werte Leser nur unschwer erkannt haben dürfte, setzen sich die südafrikanischen Ferien aus Weihnachtsbaum, Strand und Sonnenbrand zusammen! Das übliche südafrikanische Weihnachtsszenario ist Urlaub im Ferienhaus kombiniert mit Strandurlaub, möglichst in Cape Town, Hermanus oder Plettenberg Bay. Da es bis zu Weihnachten noch wärmer werden soll, tun mein Mann und ich gut daran, uns mit Sonnenliegen für unseren Garten auszurüsten. Bei 28 Grad Celsius und die große Hitzewelle erwartend suchen wir ein Geschäft mit Gartenmöbeln auf und legen uns dort schweißgebadet, dafür aber mit prüfendem Blick, auf je eine Sonnenliege. Mit Wonne sehen wir schon den Vorzügen eines Gartens mit Pool entgegen, da hallt es plötzlich kräftig aus den Lautsprechern: *It's beginning to look a lot like Christmas*. Der verstörte Gesichtsausdruck meiner besseren Hälfte bedarf keiner Erklärung. Ebenso die unansehnlichen Schweißflecken, die sich auf unseren T-Shirts gebildet haben. Der Ausdruck „skurril" trifft die Situation vermutlich am ehesten, auch „absonderlich anmutend" beschreibt sie aufs Vortrefflichste ...

Frohe Weihnachten allerseits!

8. In der Mall

In Johannesburg geht man das Geldausgeben völlig entspannt an. Das ist daran zu erkennen, dass es die potenziellen Käufer nicht sonderlich eilig haben. Einige bringen es tatsächlich fertig, durch die (Shopping-) Malls zu trotten und zu schlurfen, als hätte man ihnen die Schnürsenkel zusammengebunden. Schon ein Blick auf die Rolltreppen genügt, um den Unterschied zu London, wo wir noch bis vor Kurzem lebten, festzustellen. Dort kann man nämlich nicht einfach auf der Rolltreppe gehen und stehen, wie einem zumute ist. Überall weist ein Schild die Fußgänger darauf hin, wie man sich zu verhalten hat. *Stand right, go left* schimpft es einem überall streng entgegen und eigentlich haben sie sich beim Verb *go* vergriffen, denn erfahrungsgemäß müsste es *run left* heißen. Die Menschen in London haben es bekanntermaßen immer eilig. In Joburg dagegen steht man ganz relaxed mitten auf der Stufe einer Rolltreppe und genießt die Ruhe. Niemand würde auf den Gedanken kommen, einen anzustupsen und mit einem zwar höflichen, jedoch bestimmten *sorry* zur Überholung anzusetzen.

In Johannesburg gibt es also Malls, und zwar derer so viele, dass die entsprechenden europäischen Shoppingcenter von der Anzahl her nicht mithalten können. Am Anfang stößt es mir negativ auf, dass es keine typisch deutsche Fußgängerzone gibt, aber mit der Zeit sehe ich die Vorteile des überdachten Konzepts. Diese bestehen darin, dass die Aktivitäten in der Mall mit wetterunabhängigem Konsum verbunden sind, man ist also den Launen des Wetters weder ausgesetzt noch ausgeliefert, weil alles *indoor* stattfindet. Die Wetterkapriolen können einem gar nichts mehr anhaben. Es ist endgültig Schluss mit pitschnass werden. Ebenso mit wetterbedingten Erkältungen und misshandelter Fönfrisur. Endlich ist den Schuhen eine längere Lebensdauer gesichert, weil man nicht mehr beim Versuch, Pfützen zu überspringen in noch größeren Wasserlachen landet und sich selber samt Wettergöttern verflucht. Kurzum, in Johannesburg wird dafür gesorgt, dass das Einkaufen so gut wie gar nicht beeinträchtigt wird, schon gar nicht durch ungünstige Wetterverhältnisse. Was für ein Konsum-Segen!

In meiner unmittelbaren Nachbarschaft befindet sich die „Rosebank Mall“ und wird, seitdem ich in der Stadt lebe und wahrscheinlich sogar eine längere Zeit davor, renoviert. Während dieser Zeit spielen die Geschäftsbesitzer ernsthaft mit Selbstmordgedanken, weil sich kaum ein Kunde hineinwagt. Warum sollte er sich das auch freiwillig antun und kiloweise Staub einatmen oder sein Trommelfell in Mitleidenschaft ziehen? Überall sind nämlich Presslufthammer damit beschäftigt, Wände ein- und Böden aufzureißen. Darum suchen die Joburger andere Malls auf, von denen es ja in Joburg zur Genüge gibt, wie beispielsweise Sandton City, die angeblich die größte Mall auf der südlichen Erdballhälfte sein soll. Von dem „Chadstone Shopping Center“ in Melbourne, dem „Canal Walk“ in Cape Town und dem „Gateway Theatre of Shopping“ in Durban wird eigenartigerweise das Gleiche behauptet ...

Auf den ersten Blick ist Sandton City keine besonders übersichtliche Mall, aber welche ist das schon? Vermutlich darf sie sich das als Kandidatin der größten Mall unterhalb des Äquators leisten. Als ich mich das erste Mal hineinbegebe und mich aufgrund der vielen Zwischenetagen, Rolltreppen und Querverbindungen hoffnungslos verlaufe, weder Supermarkt noch die in Reih und Glied nebeneinander stehenden ATM finde, strande ich nach langem Umherirren in einem etwas abstrusen Bereich. Ein Geschäft verwirrt mich besonders mit seinem Angebot und ich komme nicht umhin, es zu betreten. Mit konsterniertem Gesichtsausdruck betrachte ich die Waren, die ich noch nie in einem Geschäft oder sonst irgendwo gesehen habe. An den Wänden hängen sie und lachen mir vorwitzig entgegen. Es sind Waffen in jeder Größe. Sozusagen für jeden Geschmack ist etwas dabei. Und als wäre die Tatsache, dass es Waffen in einer Mall zu kaufen gibt, nicht schon schlimm genug, fällt mein glasiger Blick auf ein Schild: *WEAPONS with NO LICENSE required!* Diese Mordinstrumente sind also ohne jeglichen Waffenschein erhältlich. Vor meinem geistigen Auge spaziert ein Mann ganz in Schwarz gekleidet, in langem Ledermantel, schweren Stiefeln und Sonnenbrille hinein, begutachtet das Angebot, kann sich allerdings nicht sofort entscheiden, da es wohl verschiedene Anlässe zu berücksichtigen gilt. Er lässt sich seine neue Erstehung nicht einpacken, braucht auch keine Tüte und marschiert mit der neu erworbenen Anschaffung in der Hand mir nichts dir nichts durch die Mall. Ganz nebenbei befördert er dabei ein paar Leute ins Jenseits. Aus meinem Albtraum wieder erwacht verlasse ich völlig aus dem Gleichgewicht gebracht das Geschäft und versuche, wie in Trance durch das Labyrinth zu meinem Auto zurückzufinden, was mir nicht gelingen will. Kein Wunder!

Doch zurück zu „Rosebank Mall", die endlich nach anderthalb Jahren fertiggestellt ist, sodass ich mich gespannt zum Einkaufen dorthin begeben kann. Ein großer Teil von „Rosebank Mall" ist unverändert und erinnert weiterhin stark an DDR-Bauzeiten. Fast könnte man den offenen Platz, um den sich die hässlichen, kastenförmigen und einfallslosen Betongebäude reihen, Klein-Alexanderplatz nennen. Also marschiere ich neugierig zum gerade eröffneten Teil, von dem ich nicht weiß, wie er vor der Renovierung aussah. Die verwirrten Gesichter vieler einheimischen Frauen lassen mich ahnen, dass sich Einiges hier bis zur Unkenntlichkeit verändert haben muss. Immer wieder höre ich, wie die Frauen sich gegenseitig sagen: *This is hectic* oder sich gegenseitig fragen, ob ihnen das renovierte Einkaufscenter gefällt und alle scheinen sich in einem einig zu sein: Das jetzige ist schlechter als das alte. Unübersichtlich und unnatürlich, also *chaotic and artificial,* höre ich immer wieder, weil kein Tageslicht hineindringt. Verwundert höre ich ihnen zu und verstehe nicht ganz, was gemeint ist, zumal in keine Mall dieser Stadt Tageslicht eindringen kann.

Mich beschäftigt dieser Umstand herzlich wenig, weil ich zu meinem Entzücken die Entdeckung gemacht habe, dass ich in diesem Land Damengröße 36 trage. Ich kann mich nicht entsinnen, wann ich das letzte Mal etwas in dieser Größe gekauft habe, aber es dürfte sicher schon etwas über eine halbe Ewigkeit her sein. Meine Freude ist so groß, dass ich statt einer benötigten Hose gleich zwei zusätzliche kaufe, die eigentlich nicht notwendig sind. Stolz wie Oskar würde ich das Schildchen mit der magischen Konfektionsgröße am liebsten vorne neben den Reißverschluss anbringen, damit es auch wirklich jeder sehen kann. Und würde mich jemand einfach anhalten und fragen, so *how has your day been so far?,* so würde ich nach landesüblichem Usus *lekker** antworten. Begeistert davon, dass ich nicht mehr länger als vollschlank, sondern nunmehr als richtig schlank gelte, ignoriere ich völlig den Umstand, dass die schwarzen Südafrikanerinnen über ausnehmend pralle Hinterteile verfügen, bei deren Anblick Männer jeder Couleur feuchte Hände bekommen. Der Verdacht liegt nahe, dass ihretwegen die Konfektionsgrößen anders angesetzt sind. Nichts desto trotz stolziere ich zum Lift und schwinge die Tüte mit dem wertvollen Inhalt wie ein Teenager hin und her.

Eine erboste Mitte-Fünfzigerin scheint meine Freude nicht im Mindesten zu teilen, baut sich neben mir auf und wartet ebenfalls auf den Lift. Man sieht ihr an, dass sie ihrem Ärger Luft machen will und es dauert nicht lange, bis sie mit einer unverblümten Offenheit damit herausplatzt: *Darling, do you like this new mall?* Auf diese Frage bin ich zugegebenermaßen nicht wirklich vorbereitet, aber die Art und Weise, wie sie fragt, lässt eigentlich nur bedingt ein *Yes* zu. Also zucke ich sicherheitshalber mit den Achseln und bringe ein vorsichtiges *It's nice* heraus, was neutral wirkt und möglichst wenig Angriffsfläche bietet, während ich mir für den Notfall den geeigneten Wortschatz zurechtlege, um ihr die Geschichte mit meinen drei neuen Hosen zu erzählen. Sie scheint meinen glücklichen Gesichtsausdruck völlig zu ignorieren und gehörig etwas gegen so viel Überdachung zu haben, darum fragt sie mich geradeheraus: *Where are we? In freezing Canada? Why isn't it all open air?* Was soll ich als Europäerin bitteschön darauf antworten? Natürlich könnte ich erwidern, dass ich es den Südafrikanern hoch anrechne, dass sie die Konfektionsgrößen so vorteilhaft verschoben haben und mich seitdem gar nichts mehr hier in dieser Mall an den Berliner Alexanderplatz erinnert, aber mein sechster Sinn verrät mir, dass ich es vorziehen sollte zu schweigen.

Jedenfalls scheint sich das Warten auf den Lift ideal zum Beobachten von Mitmenschen zu eignen. Bei der Gelegenheit lasse ich nämlich meine Blicke umherschweifen und sammle Informationen für diese Geschichte. Seitdem ich täglich die bunt gekleideten Afrikanerinnen durch die Mall flanieren sehe, ertappe ich mich wiederholt dabei, wie ich mit Farbzusammenstellungen in Schaufenstern flirte, an denen ich all die Jahre hochnäsig und die Nase rümpfend vorbeigegangen bin. Vermutlich wird meine fade schwarz-blau-graue Garderobe bald eine paar Kleckse in munteren Farben abbekommen. Jedes Mal bin ich sowohl von der fantasievollen Erscheinung der schwarzen Frauen als auch von dem gepflegten Äußeren der schwarzen Männer hingerissen. Ganz zu schweigen von ihren tänzerischen Darbietungen in Clubs und Bars. Sobald sie auf der Tanzfläche erscheinen, können sogar die besten weißen Tänzer ihre eingeübten Tanzfiguren kleinlaut einpacken und schleunigst verschwinden.

Die afrikanische Bevölkerung des Landes hat eine Vorliebe für geschmackvolle Details und Accessoires, sie haben wohl erkannt, dass sie ihr Äußeres mit diesem i-Tüpfelchen noch besser zur Geltung bringen können. Ich kann mich einfach nicht des Eindrucks erwehren, dass sich die Schwarzafrikaner jeden Morgen größere Mühe vor dem Spiegel geben als die Weißen. Die fantastischen Hüte mit weitem Rand, die schwarze Frauen aufsetzen und damit erhobenen Hauptes und mit bedächtigem Schritt auf ihren high heels durch die Mall stolzieren, verleihen ihnen etwas Aristokratisches. Oft haben sie ihre Haarpracht geschickt in bunte Turbane gerollt oder eingewickelt, sodass nur vorne eine neugierige Locke hervorlugt. Überdimensionale Ohrringe, die meist bis zur Schulter reichen, sehen sehr edel aus und runden das gepflegte Make-up der Frauen perfekt ab. Das Gleiche gilt für bunte Ketten und jegliche Art von Schmuck. Die gewagtesten Farbkombinationen, an die sich keine weiße Frau herantrauen würde, wirken bei ihnen wie der letzte Schrei aus Mailand. Sogar bei fülliger Oberweite, bei ausladendem Popo und breit angelegten *hips* sieht ein eng anliegender, die kurvenreiche Figur betonender Overall oder ein raffiniert geschnittenes Maxikleid einfach umwerfend aus. Das gleiche Kleidungsstück würde bei einer weißen Frau mit ähnlichen vollschlanken Maßen nicht zur Geltung kommen, was sage ich, es würde unmöglich aussehen und unsereins würde sich ernsthaft fragen, ob diese Dame zu Hause über keinen Ganzkörperspiegel verfügt. Ganz abgesehen davon, dass eine füllige Weiße vermutlich nicht mit dieser selbstverständlichen Souveränität auftreten würde. Nicht so die Afrikanerinnen. Sie versprühen beim Vorbeirauschen einen Hauch von Perfektion, selbst wenn sie aus den Townships oder aus den zusammen gekleisterten Hütten kommen. So habe ich beispielsweise meine Perle Pamela, meine Reinemachefrau aus

Zimbabwe, nur selten mit dem gleichen outfit gesehen. Sie kommt immer wie aus dem Ei gepellt zu uns und scheint über eine reichhaltige Garderobe zu verfügen. Wenn man ihnen übrigens ein Kompliment diesbezüglich macht und auch noch betont, dass sie sich geschmackvoller kleiden als die Weißen, zucken sie nur selbstbewusst mit den Achseln und kommentieren lächelnd deren Äußeres mit den Worten: *Keine Ahnung, warum sich Weiße so unvorteilhaft und fade kleiden ...*

Um wieder auf die Wartezeit vor dem Lift zurückzukommen: In diesen ersten Tagen ist die selbige extrem lang. Neben mir steht eine *Big Mama* und ich komme nicht umhin, sie samt der Wickeltechnik, der sie sich bedient, zu bewundern. Mithilfe eines bunten länglichen Tuches hat sie ihr Baby auf ihren breiten Rücken gebunden. Mir wird in diesem Moment bewusst, dass ich hier noch keine schwarze Mutter mit einem Kinderwagen gesehen habe. Oder zumindest kann ich mich nicht eines solchen Bildes entsinnen. Das goldige schwarze Zuckerpüppchen ist so fest über dem wuchtigen Hinterteil der Mutter festgezurrt, dass seine Wange an Mamas Rücken gepresst ist und das süße Mündchen vor lauter Druck oval offen steht. Es scheint der Kleinen unmöglich zu sein, den Kopf in die andere Richtung zu drehen, denn es ist eindeutig keine Pufferzone dafür vorgesehen. Tief in diesen Anblick versunken werde ich von einer Dame aus meinen Gedanken gerissen, der mein Halstuch zu gefallen scheint: *Oh, I love your scarf.* Das ist das Tolle an Südafrika, man wird von Unbekannten angesprochen, man bekommt Liebenswürdigkeiten zu hören, man wird angelächelt – aus heiterem Himmel, einfach so! Eine mir völlig unbekannte Frau überhäuft mich im Lift mit Komplimenten, *Oh my God! I love your shoes. Where did you buy them?* Und da Italien als Antwort kommt, zieht sie eine Schnute, rollt mit den Augen und gibt gleichzeitig verdrießlich zu, *I should have known! They are screaming "made in Italy"!*

Oft sind die Südafrikanerinnen nicht nur an meinem Äußeren interessiert, sondern auch an meinem seelischen Befinden. In der Tiefgarage der Mall geht eine Frau doch tatsächlich soweit, mich einfach anzuhalten und mich besorgt zu fragen, *what's the matter, my dear, you look sad*, denn an meinem Gesichtsausdruck könne man erkennen, dass etwas nicht in Ordnung sei. In Wirklichkeit fühle ich mich eigentlich ganz wohl, nur dass ich in diesem verflixten Moment erkannt habe, dass es sich hierzulande als ziemlich schwieriges Unterfangen gestalten kann, seinen Wagen wiederzufinden. Danke jedenfalls der Nachfrage!

Ratlos stehe ich mit meinem Einkaufswagen in der Tiefgarage und grase die geparkten Autos ab. Vor mir, hinter mir, eigentlich überall sind nur weiße Autos zu sehen. Was für eine verhexte Joburger Angewohnheit, sich weiße Autos anzuschaffen. Dabei wird mir bewusst, dass auch wir unsere Wagen in just dieser Farbe gekauft haben, denn jede andere hätte sechs Monate Wartezeit bedeutet. Der Grund dafür entzieht sich allerdings meiner Kenntnis. Das Nummernschild wäre an dieser Stelle eventuell eine enorme Hilfe, vorausgesetzt ich könnte mich daran erinnern, aber wie um Himmels Willen soll ich mir außer meiner neuen Handynummer, der neuen Festnetznummer, der neuen Adresse samt neuer Postleitzahl nun auch noch die Nummernschilder des neuen Autos merken, die noch dazu keiner Logik unterliegen. Die Deutschen, die für praktische

Lösungen bekannt sind, machen es wieder einmal richtig: Dem deutschen Kennzeichenkürzel kann nämlich mit wenig Fantasie entnommen werden, für welche Stadt es steht, beispielsweise B für Berlin. Viele deutsche Wagenbesitzer nehmen das Autofahren richtig persönlich und statten ihr Kennzeichen mit ihrem Namenskürzel aus, setzen noch ihr Geburtsdatum, die Jahreszahl ihrer Hochzeit oder Scheidung ein, auf jeden Fall eine Zahl, die an etwas Privates erinnert und nicht von irgendwoher kommt, wie jetzt bei mir. Wie in aller Welt soll ich mir bitte schön BZ 19 WP GP merken?

Irgendwann und nachdem ich mit meinem Einkaufswagen ungeduldig die Gänge auf und ab rolle, dabei wiederholt den Funkschlüssel betätige und meine Verwirrung in Gereiztheit umschlägt, leuchten neben mir die Lichter eines Qashqai auf und ein bekannter Laut dringt an mein Ohr. Sichtlich genervt verfrachte ich den Inhalt des Einkaufswagens in den Kofferraum und steuere mit dem Kärtchen zwischen den Lippen auf den Schlagbaum zu, im festen Glauben, dass man kurz davor das Kärtchen nur zu zücken und es zielgerecht in den im Apparat dafür vorgesehenen Schlitz zu stecken braucht. Ich gebe mir die größte Mühe dabei, möglichst nah, aber aus begreiflichen Gründen nicht zu nah an den Apparat zu kommen. Zufrieden über den idealen Abstand, öffne ich das Fenster und sehe plötzlich ... einen Hosenschlitz vor mir.

Ziemlich irritiert über diesen doch recht ungewöhnlichen Anblick so direkt vor dem Autofenster tastet mein Blick den dazu gehörigen Angestellten in Uniform ab. Dieser ist wohl seit geraumer Zeit direkt neben dem Apparat aufgebaut, was mir in meinem Ärger über die übertrieben hohe Anzahl von weißen Autos völlig entgangen ist. Mit einem nicht gerade von Intelligenz zeugenden Blick schaue ich ihm in die schwarzen Augen und er nimmt mir das Kärtchen gönnerhaft aus dem Mund, um es höchstpersönlich in den Apparat bzw. in den Schlitz hineinzustecken. *Thank you*, kommt es nett aus seinem Mund, so als hätte ich gerade Wunder was vollbracht. *Pleasure*, flüstere ich und frage mich, wofür er sich eigentlich bedankt, wo er es doch war, der die ganze Arbeit geleistet hat. *Have a lekker day,* wünscht er mir noch auf südafrikanische Art und Weise und meine Wenigkeit bringt nur ein einfallsloses *you too* hervor. Ich frage mich, für wie unfähig Autofahrer hierzulande gehalten werden, dass sie allen Ernstes solch einer Hilfestellung bedürfen. Erst sehr viel später erfahre ich, dass es sich um eine der vielen Arbeitsbeschaffungsmaßnahmen handelt, um die Arbeitslosenrate zu senken. Wie in Trance gebe ich Gas, fahre unter dem Schlagbaum hindurch und an dem Schild vorbei, das einem ebenfalls einen netten Tag wünscht: „*We wish you a sparkling day*“.

* **lekker:** Begriff in Afrikaans, der etwas Positives benennt, wie z.B lecker, nett, hübsch, perfekt, wunderbar, cool usw.

9. Johannesburgs Wettergötter

Das Kälteempfinden ist Ansichtssache. Gefühlte Temperatur ist nicht gleich gefühlte Temperatur. Beim Begriff Afrika denkt natürliche jeder an sengende Sonne, mörderische Hitze, aufgewirbelten Staub und an schweißtriefende Menschen. Auf die Idee, dass es auch kalt werden kann, kommt keiner, ebenso wenig, dass die Monate Juni, Juli und August auf der Südhalbkugel den Wintermonaten Dezember, Januar und Februar auf der nördlichen Erdhälfte entsprechen. Im Winter sinken die Temperaturen nachts leicht auf den Gefrierpunkt, zumindest in Johannesburg, weil es sich die Stadt auf 1.750 m Höhe bequem gemacht hat. Selbst im Sommer ist es abends selten über 18-20 Grad warm, weshalb man immer eine Jacke dabei haben sollte, wenn man ausgeht.

Alles in Südafrika ist groß. Elefanten natürlich. Rhinozerosse und Flusspferde ebenfalls. Aber auch die sogenannten Malls, Straßen, Autos und Grundstücke. Vor allem Häuser sind nach dem Motto *my home is my castle* groß angelegt, viele Schlafzimmer, viele Badezimmer, viele zusätzliche Kammern z.B. fürs Hauspersonal. Das alles will in den Wintermonaten geheizt werden, was ein Ding der

Unmöglichkeit ist, denn die Wände sind schlecht oder gar nicht isoliert, Fenster und Türen zwar neu, aber von miserabler Qualität und sanierungsbedürftig. Kurzum, die Gebäude zeichnen sich in vielen Fällen durch eine extrem gute Luftzirkulation aus. Kontinentaleuropäisch betrachtet könnte man sie unter Umständen sogar zugig nennen, denn der Wind, der durch Schiebefenster und unter Türen hindurch streicht, ist als Zugluft unangenehm spürbar, sodass es im Haus oft kälter als im Garten ist.

Bei einem Kälteeinbruch kann man weiße von schwarzen Südafrikanern meist an ihrer Kleidung unterscheiden, ohne die Hautfarbe gesehen zu haben. Während die dunkelhäutige Bevölkerung in dicke Mäntel, Stiefel und Winterpullover eingepackt ist, so als hätte es den Anschein, sie wären direkt aus Alaska eingeflogen, haben die Weißhäutigen nichts von dem Temperatursturz mitbekommen. Sie laufen auch weiterhin in Bermudas und kurzärmligen T-Shirts oder Karohemden, im besten Fall mit Flip-Flops, oft genug aber barfuß herum. Die hartgesottenen und abgehärteten weißen Südafrikaner kommen der Kälte eben auf eine ihnen eigene Art und Weise bei und scheinen ein anderes Kälteempfinden zu haben als die schwarzen Südafrikaner. Erst wenn es zu Hause richtig kalt wird, ziehen sich die Südafrikaner – die weißen wohlgemerkt, denn die schwarzen mummen sich ohnehin gut ein – drei Pullover über und wenn Besuch kommt, werden der Reihe nach Wolldecken verteilt. Dann sitzt man sich im Wohnzimmer gegenüber, ohne die Arme benutzen zu können, da man wie ein Rollmops eingewickelt ist. Auch beim Frisör wird man in eine Wolldecke eingehüllt, bevor es an den Haarschnitt geht. Das höchste der Gefühle ist, einen *heater* anrollen zu lassen, der einem die linke Körperseite verbrutzelt, während sich an der rechten Seite Frostbeulen bilden. Auf die Frage, warum man denn beim Bau nicht an Wärmedämm-Fenster mit Doppelverglasung – oder gar Heizung samt Heizkörper – gedacht habe und statt dessen teure Kacheln und Armaturen aus Italien habe einfliegen lassen, kommt jedes Mal die Antwort: Für zwei Monate Kälte würden sich weder Aufwand noch Kosten lohnen. Aha!

Für Südeuropäer ebenfalls gewöhnungsbedürftig ist der Umstand, dass es in Johannesburg weder im Winter noch im Herbst regnet. Dafür schüttet es aber im Sommer und erst recht im Frühling. Und das täglich. Meist nachmittags nach fünf Uhr. Die Rede ist aber nicht von Regen der üblichen Form, weder nieselt oder rieselt es noch sprüht es, sondern es schüttet gewaltig und in Strömen. Ich mache die Erfahrung, dass es sich bei dem Begriff Wolkenbruch um eine Beschreibung handelt, die der Sache mit Sicherheit am nächsten kommt. Einen passenderen Begriff kann es gar nicht geben für den bevorstehenden Weltuntergang.

Darauf bin ich als Neuling in Joburg ja nun alles andere als vorbereitet und darum sitze ich ungeachtet dessen, was sich in der Außenwelt abspielt, an meinem Schreibtisch, gebe mich mit Elan meinem Privatunterricht per *skype* hin, stolz wie Oskar, dass ich meine Schüler trotz der 9.000 km, die zwischen uns liegen, weiterhin auf das Abitur vorbereiten und mit ihnen zusammen *Homo Faber* und *Das Parfum* analysieren darf. Es geht doch nichts über innovativen Unterricht und neue Medien, die Zukunft gehört dem Skype-Unterricht! Basta! So sehr steigere ich mich hinein, dass ich draußen die Wut des Gottes Zeus nicht realisiere, weder seine Blitze noch die Donnerschläge wahrnehme, was verwunderlich ist, wo doch die Fensterscheiben kaum dicker als Esspapier sind und bei jedem Einschlag gehörig mitschwingen. Plötzlich ein ganz großer Knall, eine Explosion und es wird hell. Zumindest draußen, denn drinnen ist auf einmal alles stockduster. Kein Strom, kein Licht, geschweige denn PC, Monitor und Skype-Unterricht. Verschwunden ist das Gesicht der Schülerin, mit der ich noch vor Sekunden so nett den weniger netten Grenouille* und sein ungewöhnliches Riechorgan analysierte. Und auf einmal höre ich es draußen trommeln und hämmern, tosen und rumpeln, da hat sich Zeus ganz eindeutig in der Geografie vergriffen, hat nicht nur seinen Olymp mit den mickrigen 1.750 m verwechselt, auf denen sich Johannesburg seit 1886 ausbreitet, sondern auch Länder und Kontinente durcheinander gebracht, aber gewaltig! Auf soviel Dunkelheit bin ich nicht vorbereitet und als Nicht-Raucherin habe ich nicht jederzeit ein Feuerzeug zur Hand, sondern nur wenn ich Tee trinke. Irgendwo müssen doch die Teelichter samt Streichhölzern stecken! Ich taste mich blind durch mein Arbeitszimmer, öffne Schränke und Schubladen, finde tatsächlich meine komplette Tee-Kultur und setze dem Kriechen auf allen Vieren ein Ende.

Wo genau der Blitz eingeschlagen hat, werde ich wohl nie erfahren, Tatsache ist, dass in dem Moment Router und Alarmanlage nebst vier Kameras ihren Geist aufgegeben haben, somit also weder die Sicherheit in diesem Haus gewährleistet ist noch der Privatunterricht fortgesetzt werden kann. Und das kurz vor der nächsten Klausur. Wunderbar! Aber es kommt noch interessanter, denn das nasse, wuchtige Trommeln und Hämmern auf dem Dach hat in dasselbe ein ansehnliches Loch geschlagen, durch das sich der Regen ungehindert seinen Weg in unser Schlafzimmer bahnt und ausgelassen auf dem Boden plätschert. So viele Eimer kann eine Hausfrau gar nicht haben, um diese Unmengen an Regenwasser aufzufangen. Nach zweieinhalb Stunden Sintflut hat Gott oder Zeus – oder wer auch immer da oben – genug gewütet und es ist wettermäßig wieder wie vorher, als wäre nichts gewesen. Sternenklarer Himmel und ein Halbmond, der gelangweilt herunterschaut, weil er aufgrund der schwarzen Wolkendecke nichts von dem disaster auf Erden mitbekommen hat.

Am nächsten Morgen weiß ich nicht, wen ich zuerst anrufen soll, Bevan wegen der Alarmanlage und der Kameras, Telkom wegen der Internetanbindung und des krepierten Routers, den Elektriker, den Dachdecker oder den Klempner Albert wegen des vielen Wassers im Schlafzimmer? Übers Handy kann man zum Glück alle erreichen und in der folgenden Woche habe ich wieder genauso viele Handwerker im Haus wie anfangs wegen der Möbellieferungen. Der Rekord sind an einem Donnerstag zehn Handwerker, die sich alle gleichzeitig im Haus tummeln und überall versuchen, irgendetwas irgendwie zu reparieren. Mittendrin in diesem Durcheinander putzt meine Perle Pamela aus Zimbabwe, die nicht weiß, wo sie zuerst wischen soll, weil 20 dreckige Schuhe besonders viel Spaß daran haben, auf den weißen Fliesen ihre Spuren zu hinterlassen. Was für ein unüberlegter innenarchitektonischer Einfall aber auch, den Boden mit weißen Fliesen zu verlegen! Anyway! Um 15.00 Uhr ist dann endlich auch der allerletzte Handwerker aus dem Haus und mein täglicher Bedarf an Männern ist dermaßen gedeckt, dass ich die Klingel am Gate geflissentlich überhöre und somit den Termin mit dem Alarmanlage-Fritzen in den Wind schreibe, einfach weil ich an diesem Tag genug hantierende Wesen um mich herum hatte. Es reicht. Leider kann Bevan erst wieder nach einer Woche vorbeikommen. Da keine einzige Alarmanlage seiner Kunden den *thunderstorm* überlebt und er Hunderte von Anrufen bekommen hat, muss ich also eine weitere Woche ohne *security* auskommen. Dann ist es halt so.

Später werde ich wohlwollend belehrt, dass ich, sobald sich ein *thunderstorm* zusammenbraut, sicherheitshalber alle Stecker aus der Steckdose ziehen sollte, um ein ähnliches disaster zu vermeiden. Danach einfach nur Kerzen anzünden, zur Weinflasche greifen und es romantisch werden lassen. Und während vor meinem geistigen Auge die pikanten Details dieses doch recht prickelnden Vorschlags Form annehmen, werde ich im gleichen Atemzug über den Grund der Häufigkeit der *electric thunderstorms* aufgeklärt. Eine riesige Ansammlung von Metallen, unter Anderem auch Gold, bildet unter Johannesburg einen Riesenkessel, der Blitze förmlich anzieht. Wenn man es sich während des Gewitters auf einer Anhöhe gemütlich macht, kann man Zeuge eines außergewöhnlichen Natur-Spektakels werden. Man sieht, wie die Blitze rhythmisch einschlagen und sich dabei grazil fortbewegen, d. h. jeder *lightning* schlägt ein bisschen weiter links oder rechts ein als der vorige. Außerdem sind Blitze zu beobachten, die nicht nur senkrecht in die Erde eindringen, sondern sich kilometerlang horizontal über dem Erdboden schlängeln.

Unter solchen Umständen kann es richtig spannend werden, weil man – öfter als es einem lieb ist – die Handwerker bestellen muss. Erschwerend hinzukommt das grundsätzliche Problem, dass nämlich die hiesigen Häuser von mittelmäßiger Qualität sind, sodass der Kontakt zu den Handwerkern umso regelmäßiger stattfindet, weil zu Hause das eine oder andere nicht funktioniert. Unser Haus ist ungefähr sieben Jahre alt, also für europäische Verhältnisse fast neu. Nicht so für Südafrikaner. Immer wenn etwas in die Brüche geht und ich mich laut darüber wundere, weil das Haus doch fast neu ist, kommt der Handwerker-Tenor, *ja aber das Haus ist doch schon sieben Jahre alt, da dürfen Sie sich nicht wundern.* Etwas als neu oder als alt zu befinden, ist eben Ansichtssache, genauso wie das Kälteempfinden ...

* **Grenouille:** Die Hauptfigur im Roman *Das Parfum.*

10. Wer will fleißige Handwerker sehen?

Ein südafrikanischer Handwerker kann nie am nächsten, sondern eher am übernächsten Tag kommen. Oder sogar noch später. Aber bin ich das nicht aus vielen anderen Ländern schon gewohnt? Nach dieser Sintflut in Johannesburg kann ich eigentlich froh sein, dass er überhaupt kommt. Wann auch immer das sein mag ...

Fangen wir bei dem Elektriker an. Ein Weißer, der mit seinen drei Jungs, allesamt Schwarzafrikaner, erst sage und schreibe vier Tage nach meinem Anruf klingelt. Früher sei es nicht möglich gewesen. Der Elektriker steigt aus seinem Auto aus, zückt eine DIN-A4-Mappe und einen Kugelschreiber und fragt mich auf eine Art und Weise, wie es nur Ärzte und Psychologen besser und wichtiger hinbekommen, was ich denn für Probleme habe. Was für ein wundervoller Gesprächseinstieg, denke ich mir und wundere mich gleichzeitig darüber, dass er keinen weißen Kittel trägt. Ich zähle die Spuren auf, die das Unwetter hinterlassen hat. Er notiert. Und schaut mich dann über seine Brille hinweg an, *when du you want me to come and fix it?* Na jetzt natürlich, kommt spontan die Antwort und ich fasse es nicht, dass ich womöglich weitere vier Tage warten muss, damit alles, was der Wut der Blitze zum Opfer gefallen ist, repariert wird. Ziemlich überrascht, dass ich forsch nach einer sofortigen Lösung verlange, runzelt er die Stirn und begründet seine Skepsis damit, dass er nicht weiß, ob er das entsprechende Material im Auto hat. Mein eisiger Blick, der ihn kommentarlos durchbohrt, zwingt ihn wohl oder übel dazu, den Kofferraum zu durchwühlen, bis er eines Besseren belehrt wird und so kann der Schaden ausnahmsweise *immediately* behoben werden. Während sich ein einziger Angestellter an die Reparatur macht, schaut der Rest der Gruppe ganz gelassen bzw. desinteressiert zu und unterhält sich vermutlich über die weiße Frau in diesem Haus und über ihr strapaziertes Nervenkostüm.

Die schwarzen Arbeitnehmer tun das übrigens überall, sich während der Arbeit in ihrer Sprache in eine rege Unterhaltung zu vertiefen und sich dabei köstlich zu amüsieren, sei es als Kassiererinnen im Supermarkt oder als Verkäuferinnen, Frisörinnen, Maniküristinnen, Angestellte am Flughafen oder in diesem Fall eben als Elektriker. Sie nehmen das Gespräch immer wieder auf, egal wie oft es schon von einem Kunden, der schließlich dafür bezahlt, dass nicht geredet, sondern gearbeitet wird, unterbrochen wird. Als nichts ahnende Europäerin weiß man nie, worum es in ihren Unterhaltungen geht, allerdings hat man meistens den Eindruck, dass man selber den Anlass für soviel Heiterkeit gegeben haben könnte.

Bis jetzt kann ich nur ein einziges Mal das Gesprächsthema erahnen, als nämlich zwei Fernsehtechniker kommen, um den komplizierten Fernseher an den *decoder* anzuschließen, leider sind die Zeiten der zwei Programme – wie z.B. ARD und ZDF – endgültig vorbei, jetzt stehen einem Hunderte von Sendern aus der ganzen Welt zur Verfügung und trotzdem zappt man sich gelangweilt von Kanal zu Kanal und kommt dabei vom Regen in die Traufe, weil kaum etwas Gescheites dabei ist. Ganz zu schweigen von den etlichen Fernbedienungen, die nunmehr auf dem Wohnzimmertisch nebeneinander liegen und richtig gehandhabt werden wollen. Von vielen Frauen habe ich schon gehört, dass sie den Fernseher nicht einschalten können, wenn der Partner abends mit Freunden ausgeht oder auf Dienstreise ist. Und dann drückt frau also so lange auf den Knöpfen herum, bis etwas dabei passiert. Meist ist dies allerdings nicht der Fall und stattdessen richtet frau ein großes Durcheinander an, das die bessere Hälfte nicht beheben kann. Also muss wieder der Fernsehtechniker gerufen und dafür sogar bezahlt werden, dass er mit seinen dreckigen Schuhen auf dem Teppich herumtrampelt. Genau das tun die zwei Techniker nach der Sintflut, denn sie sind es schon gewohnt zu kommen, nur weil ich immer wieder ein paar Knöpfe zu viel drücke. Ganz ungeniert stehen die beiden Techniker also auf besagtem Teppich und schauen belustigt auf das Bild, das über dem Fernseher hängt. Immer wieder sagen sie etwas und schütteln lachend die Köpfe, eindeutig über die drei schwarzen Frauen, die auf einer Bank sitzend von hinten zu sehen sind und deren ominöse Hinterteile provokant aus dem Bild herausragen. Ohne Zweifel ist auf dieser Bank absolut kein Platz für drei Popos solchen Umfanges! Ich wage die Techniker aber nicht zu fragen, ob sie sich darüber unterhalten oder ob die Allerwertesten ihnen Anlass für andere tiefschürfende Analysen gegeben haben. Ebenso wie ich sie nicht darum bitte, mit ihren Quadratlatschen vom Teppich zu steigen. Zumindest können wir noch am gleichen Abend wieder fernsehen.

Die Telefonleitung tut es seit der Sintflut ebenfalls nicht mehr, also bestelle ich jemanden von Telkom, der zwei Tage später gemütlich eintrudelt und sich als *Peacemaker* vorstellt. Natürlich ist das nicht sein englischer Name, sondern die Übersetzung seines Namens aus der Bantusprache. Der wirkliche Name steht auf dem Metallschild, das an seiner Brust geheftet ist und für meine unbedarften Augen aus einem unendlichen Gewirr vieler Konsonanten besteht, also für Zungen, die an indogermanische Sprachen gewöhnt sind, unaussprechlich ist. Den ganzen Tag tummelt er sich in meinem Arbeitszimmer, telefoniert mit der Zentrale, bzw. schäkert mit der Kollegin am anderen Ende, versucht sie zu einem *date* zu überreden, vermag die Leitung jedoch nicht zu reparieren. Als er am zweiten Tag wieder früh morgens auf der Matte steht, hat er Verstärkung mitgebracht. Sein Kollege geht beim Versuch, den Schaden zu beheben, anders vor und stellt wenigstens fest, dass es an dem Außenkabel liegen muss, also an dem Kabel, das das Gebäude mit der Zentralleitung auf der Straße verbindet. Und dieses Kabel ist doch tatsächlich unter dem *swimming-pool* verlegt worden. Also müsste man theoretisch den Pool ausheben, um das Ganze zu beheben, fasst *Peacemaker* fachmännisch zusammen. Die Vorstellung von aufgeschütteter Erde und einem Dutzend Bauarbeitern, die samt und sonders im Pool herumbohren, trägt nun nicht gerade zu meinem Wohlbefinden bei. Ob es denn keine andere Lösung gebe? Nicht dass er wüsste.

In meiner Verzweiflung rufe ich meinen Mann an und

erstatte Bericht. Dieser lässt seine beruflichen Beziehungen spielen und schon bald ruft eine Dame an und verlangt höflich nach dem *Peacemaker*. Also reiche ich das Telefon weiter und *Peacemaker*, der sich zwei Tage lang mehr oder weniger lustlos durch das Haus geschleppt hat – als hätte man ihm doch tatsächlich die Schnürsenkel zusammengebunden –, ermattet von Steckdose zu Steckdose getrottet ist und auf alle meine Fragen immer nur etwas Unverständliches genuschelt hat, steht jetzt plötzlich mit weit aufgerissenen Augen stramm. Ich höre ihn laut und deutlich sagen: *Yes, Madame! Of course, Madame! It will be done, Madame! Don't worry, Madame!* Kaum hat er aufgelegt, starrt er mich entgeistert an und flüstert nur: *You must be a very important person.* Ich habe keine Ahnung, wovon er redet, aber so langsam neigt sich meine ohnehin schon strapazierte Geduld ihrem Ende zu, also erwidere ich in ziemlich barschem Ton: *Yes, I am!!!* ohne zu wissen, wie ich zu dieser Ehre komme. In Windeseile wird ein neues Kabel verlegt, ohne den Pool zu einer Baggergrube umfunktionieren zu müssen, die Leitung funktioniert einwandfrei, sogar besser als vor dem *thunderstorm.* Und ohne dass *Peacemaker* mit der Tussi am anderen Ende flirten muss, was mir doch sehr zu denken gibt. Der Friedensstifter verabschiedet sich bei mir und meint noch allen Ernstes, dass ihm unser Haus fehlen werde, schließlich habe er zwei Tage darin verbracht. Unfassbar, was manche Leute sich erlauben! Am Abend komme ich nicht umhin, meinem Gatten die neugierige Frage zu stellen, wer denn die Dame gewesen sei, die dem *Peacemaker* einen telefonischen Tritt in den Allerwertesten gegeben habe. Es war keine Geringere als die CEO von Telkom.

Das Donnerwetter hat es mit einem Schlag fertiggebracht, Router und Internetleitung außer Gefecht zu setzen. Auch dafür muss sich ein Techniker herbemühen, weshalb ich telefonisch einen anfordere. Innerhalb 24 Stunden werde sich ein Techniker bei mir melden und einen Termin vereinbaren, schallt es mir entgegen. Nach 48 Stunden rufe ich erneut an und wiederhole mein Anliegen. Innerhalb 24 Stunden werde sich ein Techniker bei mir melden und einen Termin vereinbaren. Nach weiteren 36 Stunden vergeblichen Wartens – man rechne bitte schön zusammen, wie viele Tage wir schon keinen Internetanschluss haben – zieht mein Ehemann den Joker in Form einer Telefonnummer aus dem Ärmel, seine Sekretärin habe ihm ihren Bruder Johan, von Beruf PC-Techniker, empfohlen. Die Freude meinerseits ist groß, und da ich davon ausgehe, dass der Verwandte einer Bekannten zuverlässiger als jeder Call-Dienst sein wird, rufe ich ihn umgehend an. Johan versichert mir, dass er mich am Nachmittag zurückrufen werde, um vorbeizukommen und nach dem Rechten zu sehen.

Tatsächlich erhalte ich einige Stunden später einen Anruf, doch anscheinend habe ich den jungen Mann am Morgen falsch verstanden, denn er kann erst am nächsten Morgen um 9.00 Uhr vorbeikommen. Was ist schon ein Tag verglichen mit den fünf Tagen, die ich ohnehin bereits warte? Aus 9.00 wird 10.00 Uhr, die üblichen Entschuldigungen, *traffic, horrible, so busy* und so weiter und so fort. Ich frage ihn, ob er meine SMS vom Vortag nicht erhalten habe, in der ich ihm die Bezeichnung des Modells des neu erworbenen Routers mitteile, so wie wir es telefonisch vereinbart hatten. Er verneint. Als ich ihm die SMS zeige, die höflich und nach allen Regeln des Schriftverkehrs mit „*Dear Johan*“ eingeleitet wird, nickt er dann doch und bestätigt mir, dass er diese SMS tatsächlich bekommen, aber nicht darauf geantwortet habe. Ich wundere mich nur, hake aber nicht weiter nach, bin einfach nur froh, dass er überhaupt gekommen ist und sehe geflissentlich darüber hinweg, dass ihm die internationalen Höflichkeitsregeln nicht geläufig zu sein scheinen. Und das in einem Land, in dem man sich vor Höflichkeit nur so überschlägt! Er ist vermutlich die Ausnahme, die die Regel bestätigt.

Johan braucht zuallererst *username* und *password* der Leitung – wohlgemerkt nicht die des alten Routers –, welche mir leider unbekannt sind, also flöte ich ihm die Rettung entgegen: *I am going to call your sister. Caitlin knows the password!* Er habe keine Schwester, ist die Antwort. *Hmm*! Vermutlich hat der Bruder also einen Stellvertreter geschickt, schlussfolgere ich von allein, ohne mir das von ihm bestätigen zu lassen. Zumindest höre ich endlich damit auf, ihn Johan zu nennen und frage mich insgeheim, warum er sich das die ganze Zeit gefallen lässt, wenn er doch anders heißt. Verstehe einer die Männer! Caitlin gibt mir telefonisch die benötigten Informationen durch und ich teile ihr nebenbei mit, dass ein Kollege ihres Bruders gerade im Begriff ist, den Router auszuwechseln.

Nach geraumer Zeit hat der junge Mann alles in den ursprünglichen, also in den before-thunderstorm-Zustand versetzt, wird bezahlt, stellt mir die Rechnung aus und ich bringe ihn zur Tür, um per Fernbedienung das Tor zu öffnen, sodass er hinausfahren kann. In dem Moment klingelt mein Handy und auf dem *display* leuchtet mir der Name Caitlin entgegen. Zu sehr mit *gate*, der dazugehörigen Fernbedienung und den landesüblichen Sicherheitsvorkehrungen beschäftigt, warte ich auch noch die notwendigen 20 Sekunden ab, bis sich das Tor schließt, damit sich keiner hereinschleichen kann und erst dann rufe ich Caitlin zurück. Eine aufgelöste Sekretärin schreit mir ins Ohr: *Are you ok?! Are you ok? Speak to me! Why did you not answer the phone? Is he still there?* Ziemlich perplex ziehe ich instinktiv den Hörer vom Ohr weg, weil mein Trommelfell auf solch aufgedrehte Lautstärke nicht vorbereitet ist. Als Antwort bringe ich nur ein gequältes *yes* hervor und frage mich und Sekunden später auch sie, was los ist. So aufgeregt habe ich Caitlin noch nie gehört, sie redet wild durcheinander und weint, aber nachdem etwas Ruhe eingekehrt ist, füge ich die Puzzle-Teile zusammen und begreife den Grund dafür. Als ich sie wegen Username und Password anrief, erwähnte ich beiläufig, dass ihr Bruder Johan einen Kollegen geschickt habe, woraufhin sie den realen Johan anrief, der ihr versicherte, dass er zwar einen Anruf von mir erhalten, mich aber nie zurückgerufen habe, weil er so unsagbar *busy* gewesen sei. Dass er einen Kollegen zu mir geschickt haben soll, war ihm völlig neu! Caitlin schaltete sekundenschnell und da sie als Südafrikanerin zuallererst an Mord und Totschlag denkt, spinnt sie sich eine passende Geschichte zurecht: Die Telefonleitung wird von jemandem abgehört, der sich im geeigneten Moment bei mir als Johan angemeldet und sich in unser Haus eingeschlichen hat, um mich beiseite zu schaffen und alles Wertvolle aus dem Haus mitgehen zu lassen, während mein Mann arbeitet. Also schwebe ich ihrer Meinung nach in höchster Lebensgefahr und sie versucht deshalb panikartig, mich telefonisch zu erreichen, um mich vor dem Einbrecher zu warnen, bevor es zu spät ist. Aber da ich nicht abhebe, ist es wohl doch zu spät und ich sehe die Radieschen von unten. Ziemlich geschafft von diesem Durcheinander nehme ich wie in Trance die Rechnung in die Hand, auf der ganz oben der Name des jungen Mannes steht: Hennie! Jetzt beachte ich endlich den Namen der Firma, welche Hennie geschickt hat. Es ist keine andere als die, auf deren Rückruf ich seit 5 Tagen warte! Der gestrige Anruf Hennies kam von einer anderen Nummer und nicht von Johans, wie ich bald feststelle. Und auf meine SMS hat er wohl nicht geantwortet, weil er sich mit „*Dear Johan*" nicht angesprochen fühlte. Klarer Fall!

An einem dieser glorreichen Tage nach der Sintflut kommt auch Albert, der Installateur, einer der zuverlässigsten Handwerker, die ich je kennen gelernt habe. Er kommt gleich mit sage und schreibe vier Angestellten, allesamt mit Rasta-Look. Behände schwingen sie sich auf und unter das Dach, um das Leck ausfindig zu machen und sind damit den ganzen Vormittag mehr als beschäftigt. Nach getaner Arbeit bitte ich Albert um eine Kleinigkeit, nämlich nach den Brausearmen in den vier Duschkabinen zu sehen, die zwar allesamt an der Wand befestigt sind, jedoch immer dann im Rhythmus des brausenden Wassers tanzen, wenn die duschende Person seiner Berieselung ausgesetzt wird. Wer jetzt glaubt, dass Albert seine vier Angestellten auf die vier Duschkabinen verteilt, um rationaler zu arbeiten, der unterliegt einem Trugschluss. Zwar keinem folgenschweren, aber immerhin. Die Vorgehensweise ist wie folgt: Alle fünf gehen gemeinsam in das Badezimmer, vereinen ihre *dreadlocks* zu einem großen schwarzen Punkt und schauen sich gemeinsam den Brausearm an, stellen einen Eimer umgekehrt auf den Boden unter die Brause, helfen Albert den selbigen zu besteigen, indem einer Albert festhält. Der zweite reicht Albert den Schraubenzieher, der dritte hält dem zweiten ein weiteres Werkzeug hin, welches der zweite dem Chef übergibt, damit dieser den Brausearm so präpariert, dass er keine wackelpuddingähnlichen Bewegungen mehr tätigt. Angestellter Nummer vier schaut währenddessen mit wachem Auge zu. Auch ich werde sage und schreibe vier mal Zeuge dieses unsagbar langsamen Prozedere und des unsäglich wichtigen Gesichtsausdrucks, den sie zu fünft aufgesetzt haben, um sich gleichzeitig über jeden Brausearm detailliert zu unterhalten. Wieder wage ich nichts zu sagen oder vorzuschlagen, stelle mir nur insgeheim die Frage, ob es einen Witz gibt, der mit der Frage eingeleitet wird: *Warum gehen Ostfriesen zu Fünft unter die Dusche?*

11. Morgenstund' hat Gold im Mund

In Johannesburg benutzt man keinen Wecker. In diesem Teil der Welt geht man energiesparend und ökologisch vor, zumindest was den Weckdienst angeht. Man braucht weder Strom noch Batterien dafür und es steht auch kein staubfangender Gegenstand auf der Kommode, der früh morgens an die Wand katapultiert wird, sobald er einen Ton von sich gibt. Jedoch wird ohne diese verhasste Erfindung genauso dafür gesorgt, dass bei Sonnenaufgang nicht mehr weitergeschlafen werden kann. Der Joburger Wecker hört auf den Namen Hadeda, hat zwei dürre Beine, einen langen Schnabel, grau-olivbraunes Gefieder, das stellenweise auberginefarben oder metallisch grün schimmert und weist die Größe einer übergewichtigen Ente auf, kann also mitnichten als schön bezeichnet werden. Sein merkwürdiger Name rührt von der nervigen Angewohnheit, einen lauten markanten Ruf von sich zu geben, der sich in etwa wie haa-haa-haa-de-dah anhört und laut und durchdringend durch die Gärten Joburgs schallt. Laut Wikipedia soll dieses Vieh auf Deutsch angeblich Hagedasch heißen, was bedeuten würde, dass die damaligen Immigranten deutscher Abstammung den entsprechenden Ruf gehört haben müssen, um diesem lächerlichen Vogel diesen noch lächerlicheren Namen zu verpassen. So sehr ich mich auch bemühe, ich höre weder haa-haa-haa-de-dah noch haa-haa-haa-gee-dasch, sondern nur ein eintöniges und trostloses Kra Kra heraus, was vermutlich auf den Umstand zurückzuführen ist, dass ich weder über deutsche und noch weniger über englische Vorfahren in Südafrika verfüge.

Genauso wie das Unglück kommt ein Hadeda (auf der ersten Silbe betont) selten allein. Hadedas gehen mit vereinten Kräften vor und werfen die Joburger mit einem ohrenbetäubenden und unverwechselbaren Gekrächze gnadenlos aus dem Bett, egal ob diese zur Arbeit müssen oder nicht. Es muss dabei ein strategischer Plan à la Napoleon Bonaparte vorliegen, denn sie scheinen die Grundstücke gerecht unter sich aufgeteilt zu haben, um sich nicht gegenseitig ins Gehege zu kommen. Vermutlich empfinden sie eine gewisse Genugtuung dabei, die Bewohner der Stadt flächendeckend zu quälen, darum treten sie immer zu zweit auf, wie bei einem Überfallkommando. Es ist nicht ersichtlich, ob es sich immer um dieselben Vögel handelt, die sich für just diesen Rasen und somit für die dazugehörigen Bewohner des Hauses entschieden und aus eigener Initiative heraus zu deren Haus- bzw. Gartentieren ernannt haben. Was sich ebenfalls meiner Kenntnis entzieht, ist die Frage, ob es sich um ein Paar, um Vater und Sohn, um Cousins zweiten Grades oder wahllos zusammengewürfelte Kameraden handelt, die an den Spruch „Morgenstund´ hat Gold im Mund“ glauben und sich den Unfrieden in der Stadt zum Ziel gesetzt haben.

Eigenartigerweise kommen diese Vögel pünktlich zu Sonnenaufgang und deren Untergang. Wo sie den Rest des Tages verbringen und wen sie in der Zwischenzeit mit ihrem lästigen und kakophonischen Kra Kra versuchen zu betören, in Wirklichkeit aber belästigen, ist mir nicht bekannt. Ebenso merkwürdig ist der Umstand, dass sie nur bei der Landung und dann wieder beim Abflug zu hören sind. Böse Zungen behaupten sogar, sie hätten Angst vor dem Fliegen und würden darum so krächzen. Andere wiederum sind davon überzeugt, sie seien des Teufels, weil man sie weder in Kleinformat noch ein dazugehöriges Nest erspäht. Es scheint fast, als kämen sie direkt als ausgewachsene Vögel auf die Welt. Ich jedenfalls möchte mich der faustischen Gruppe anschließen, die an den Pakt mit dem Teufel glaubt, denn seit ich in diesem Land lebe, ist Ausschlafen ein Unterfangen geworden, das nur selten Erfolg verzeichnet, zumal ich schon immer alles andere als ein Frühaufsteher war und das Wecken vor 8.00 Uhr morgens für eine Tortur halte. Dass ich Morgenmuffel trotzdem zwei Kinder in die Welt gesetzt habe, die mich nicht nur während der Stillzeit, sondern noch Jahre später alle zwei Stunden aus dem Bett warfen, ist eine Geschichte für sich und nicht zuletzt auf meinen damaligen jugendlichen Leichtsinn und die entsprechende Ausdauer nebst Kraft zurückzuführen. Wie man sieht, haben aber nicht nur Säuglinge und Kleinkinder diese furchtbare Angewohnheit, die Morgenruhe unschuldiger Mütter zu ruinieren. Dreißig Jahre später und am südlichen Ende des Nachbarkontinents finden sich Störenfriede, die ähnlich sadistische Züge aufweisen.

Wer nun annimmt, die Hadedas würden es dabei belassen, Leute nur mit ihrem lieblosen Gekrächze zu ärgern, dem sei gesagt: weit gefehlt! Sie handeln audio-visuell, indem sie morgens und abends nach geräuschvoller Bruchlandung jeden Joburger Rasen Zentimeter für Zentimeter auf und ab stelzen, um ihn mit ihrem 20 cm langen Schnabel zu durchlöchern. Dabei lauern sie mit vorgebeugtem Kopf nach ihrer Beute, piksen und stochern alle Schnabel lang in den Boden hinein und ziehen alles aus der Tiefe, was sich aus der Tiefe ziehen lässt. Bei Tageslicht und aus der Nähe betrachtet gleicht unser Rasen übrigens einem riesigen Sieb. In Grün.

Eine andere Geschichte, die den eigenwilligen Charakter der Hadedas beweist, ist folgende und wurde mir von einer Bekannten aus den Staaten erzählt, die erst seit ein paar Wochen in der Telefonzentrale einer Johannesburger Firma arbeitet. Eine sonst gewissenhafte und immer pünktliche Kollegin ruft die Amerikanerin an und meldet ihr, der Leitung doch bitte auszurichten, dass sie etwas später kommen werde, denn *Happiness is saying that there is a hadeda on the washing machine*. Stimmen und Gekrächze im Hintergrund, die Kollegin legt auf. Etwas überfordert von dem Inhalt des Satzes würde die Amerikanerin gerne noch einmal einige Begriffe nachfragen, wozu leider keine Zeit mehr bleibt. Denn sie kann den Kontext, in den die Waschmaschine hineingepresst wurde, nicht verstehen und sie ist immerhin Muttersprachlerin. Zwei Stunden später kommt die gestresste und sichtlich zerzauste Kollegin zur Arbeit und klärt die Amerikanerin auf. Der Ausdruck *Happiness* ist ihr natürlich ein Begriff, aber in diesem Fall handelt es sich um den Namen der afrikanischen Haushaltshilfe, deren wirklicher Name für ein einfach gestricktes weißes

Gedächtnis eine Zumutung darstellt und darum kurzerhand ins Englische übersetzt wird. Darum tragen hierzulande die Frauen Namen wie *Sunshine, Innocence, Honesty, Patience, Confidence, Beauty, Faithful* und dergleichen. Die Amerikanerin weiß das aber nicht. Und selbst nach der Erklärung begreift sie immer noch nicht, was genau auf der Waschmaschine sitzt. Die Kollegin versucht ihr den Vogel zu beschreiben und ebenfalls alle unternommenen Versuche, den Vogel von der selbigen wegzulocken. Da diese jedoch fehlschlugen, versuchte sie es mit dem deutschen Schäferhund, den alle in der Nachbarschaft nicht umsonst für einen guten Wachhund halten. Ihm wurde die Aufgabe übertragen, den Vogel zu verscheuchen. Kaum erblickte Rex den grauen Vogel, zog er winselnd den Schwanz ein und verschwand mit gebücktem Kopf. Die Kollegin und *Happiness* schauten sich vielsagend an und sahen sich nunmehr genötigt, zu drastischeren und effektiveren Mitteln zu greifen, welche in Anbetracht ihres wirren Haares keiner Beschreibung bedürfen. Die Moral von der Geschicht' ist, dass man Fenster und Balkontüren hübsch schließen sollte, da Hadedas nicht nur äußerst neugierig, sondern auch unberechenbar sind und mir nichts dir nichts herein marschieren. Aber selbst wenn die Türen nicht sperrangelweit offen stehen, finden sie immer einen Weg, es sich im Haus gemütlich zu machen. Hadedas sind wie die Fliegen. Sie schaffen es, sich durch das kleinste Loch hineinzuschleichen, finden aber noch nicht einmal durch eine riesige Balkontür den Weg wieder hinaus.

Ähnlich verhält es sich mit den wilden Tauben, die ich schon einige Male aus meinem Schlafzimmer verscheuchen durfte. Dabei hatte einmal einer dieser Vögel das

Pech, vor Angst die Fensterscheibe zu übersehen und mit voller Wucht dagegen zu fliegen. Ziemlich benebelt landete die Taube auf dem Boden und wie betrunken torkelte sie aus der Tür hinaus. Die Scheibe hatte an dem Tag ein nettes Abbild der Flügel, ähnlich wie bei den Fensterbildern mit verschneiten Weihnachtsengeln und Schneeflocken, die man sich in der Adventszeit an die Scheiben klebt.

Wilde Tauben sind also nicht nur genauso frech wie die Hadedas, sondern ein ebenso guter Wecker wie diese. Auch sie schaffen es hervorragend, einem den Schlaf zu rauben bzw. den letzten Nerv zu töten. Sie lassen sich – ebenfalls zu zweit – unter und auf dem Dach nieder und bauen dort ihre Nester. Diese permanente Zweisamkeit im Reich der Tiere könnte einem menschlichen Single, der dieser Harmonie auf Dauer ausgesetzt ist, wahrlich in den Wahnsinn treiben! Ein weiterer Grund, um einen Psychotherapeuten aufzusuchen, könnte darin bestehen, dass die verliebten Tauben ihre Nester ausgerechnet da bauen, wo „Taubenspikes", also hochstehende Nägel als Taubenabwehrsystem angebracht sind. Eigentlich soll diese Vorrichtung sie genau davon abhalten, nämlich von der Einnistung und somit von ihrer Fortpflanzung. Diese „Taubenspikes" scheinen paradoxerweise genau das Gegenteil zu bewirken und funktionieren eher wie ein Magnet auf diese Vögel. Große Genugtuung empfinden die Tauben dabei – und dessen bin ich mir ganz sicher –, wenn sie unter Aufbringung aller ihrer Kräfte die Nägel auseinander biegen, sich in den geschaffenen Raum hineinquetschen und ganz nebenbei dort auch noch ein Nest bauen. Beim Beobachten dieses Prozedere seufze ich. In der Regel suche ich mir meine Mitbewohner ja lieber selber aus.

Nachdem es also die Tauben ebenfalls geschafft haben, sich meine ewige Ungnade zuzuziehen, ist es mir völlig unbegreiflich, warum die Taube nicht nur ein Friedenssymbol, sondern auch ein Liebesbote sein soll. Wer um Himmels Willen ist nur auf die Idee gekommen, diesen Zweibeiner zu einem dermaßen positiven Doppelsymbol zu avancieren, dessen ewiges Turteln, Gurren und Vögeln – und das wohlbemerkt früh am Morgen – eine lästige Geräuschkulisse abgibt; dessen Exkremente überall auf dem Boden und auf dem Balkon liegen und sowohl in meinen Augen als auch in meiner Nase eben keinen organischen Dünger darstellen, sondern nur erbärmlich stinken! Ich frage mich allen Ernstes, warum die Jäger dieses Landes lieber auf Warzenschweine, Antilopen und Springböcke* losgehen, obwohl ihnen diese lieben Tiere doch überhaupt nichts getan haben. Ganz davon zu schweigen, dass sie morgens jedermann ausschlafen lassen. Der Springbock ist sogar das Wappentier der Republik Südafrika, die erfolgreiche Rugby-Nationalmannschaft nennt sich nach ihm und trotzdem zeigt man diesem hübschen Tier keinen Respekt und jagt es sogar. Wahrscheinlich ist sein Fleisch einfach schmackhafter als das der lästigen Hadedas und der turtelnden Tauben. Ich persönliche gehe jedenfalls lieber auf Taubenjagd. Der Balkon dient als vortreffliches Jagdrevier und die Viecher lassen sich von dort aus am besten verscheuchen. Wenn meine wenigen Nachbarn hin und wieder über die hohe Mauer schauen könnten, würden sie sich wahrscheinlich sehr über die tobende Europäerin wundern, die mit einem Besen bewaffnet den Tauben auf dem Balkon den Krieg erklärt hat. Sie schubst nämlich Ästchen, Zweige, Blätter und weiß der Kuckuck – oder weiß die Taube –, was noch alles an Baumaterial herbeigeschafft worden ist, auf den von den Hadedas durchsiebten Rasen. Dass dabei manchmal ein noch nicht ausgebrütetes Ei das Zeitliche segnen muss, weil ich meinen Destruktionstrieb zu lange beschwichtigt und somit den Tauben die benötigte Zeit zum Eierlegen gelassen habe, gebe ich ganz offen zu. Übrigens ahne ich bereits, dass mir deswegen eventuell Anzeigen, schlimmstenfalls sogar ein Prozess bevorstehen. Bekanntlich lassen Tierschutzvereine nicht lange auf sich warten ...

Vor meinem geistigen Auge werde ich vor Gericht gezerrt. Die Anklage lautet auf mangelnde Tierliebe. Zu meiner Verteidigung muss ich allerdings die Vorgeschichte, was Tauben und mich angeht, vorbringen. Diese spielt sich Jahre zuvor in Thessaloniki ab, wo man jedes Jahr ungefähr im Mai aufgrund der einsetzenden Sommerhitze die schweren Bettdecken in den Schrank verfrachtet und durch leichtere ersetzt. Da die Sonne herzlich dazu einlädt, hänge ich die warme Bettdecke zum Lüften hinaus und lasse gleichzeitig die garstigen Hausstaubmilben durch die tödliche Kraft der Sonne ausmerzen. Aus Zeitmangel verstaue ich die Decke allerdings dann doch nicht wie vorgesehen in den Schrank, sondern lege sie vorläufig eingerollt aufs Bett. Am nächsten Morgen fällt mir nichts weiter auf, am zweiten Morgen habe ich an Fersen und Zehen einige rote Einstichstellen, denke mir aber nichts dabei, da es schon ungewöhnlich warm ist und die Mücken bei den Temperaturen gern ihr blutrünstiges Unwesen treiben. Am dritten Tag bemerke ich auch in der Kniegegend rote Punkte und am vierten Tag gehe ich endlich besorgt zum Hautarzt, nachdem ich Einstichstellen an meinen Oberschenkeln, und zwar in schwindelerregender Höhe realisiere. Der Hautarzt stellt mit einem einzigen fachmännischen Blick fest, dass ich in den letzten Tagen eine besondere Anziehungskraft auf Flöhe ausübe. Auf meine Bedenken hin, dass ich mir doch gar keine Haustiere halte, meint er nur, dass man sich Flöhe auch ohne diese freundlichen Helfer ins Haus holen kann und dass es reicht, wenn z.B. eine Taube beim Flug über den Balkon eine Feder fallen lässt, auf der ein Floh sitzt. Von da aus sei es ein Leichtes für den Floh, den Weg ins Innere der Wohnung zu finden.

Mit offenem Mund höre ich ihm zu und sehe vor meinem inneren Auge, wie die Biester mit Fallschirm und Sicherheitshelm auf der vier Quadratmeter großen Landebahn, die ich ihnen in Form einer Bettdecke hingehängt habe, landen, sich des Fallschirms entledigen und kichernd in die warme Decke schlüpfen. Dort setzen sie den Helm ab und machen es sich gemütlich, bis die nichtsahnende Hausfrau die Decke hineinträgt, sodass sich die Flöhe bei der erstbesten Gelegenheit ungestört ihrer Lieblingsbeschäftigung hingeben können, nämlich ihr Opfer nach Herzenslust und vor allem flächendeckend zu stechen. Hoffentlich werden die Geschworenen nach dieser herzzerreißenden Geschichte *mercy* zeigen und mich wegen ein paar gestrandeten Taubeneiern nicht hinter Gitter setzen.

Mithilfe dieser Vögel bin ich also in Johannesburg zum Frühaufsteher geworden, so wie alle Joburger Frühaufsteher sind. Und je länger ich in dieser Stadt lebe, desto mehr zweifle ich daran, dass es nur an den fliegenden Teufeln liegt. Von vielen Johannesburgern habe ich nämlich schon gehört, dass sie vor der Arbeit zum Fitness-Center eilen oder im Swimming-Pool ein paar Runden drehen und trotzdem schon ab 7.00, spätestens jedoch um 8.00 Uhr anfangen, ihre Brötchen zu verdienen. Die absonderlichste Geschichte, was früh aufstehen betrifft, höre ich von einem Bekannten, der in Pretoria wohnt und zweimal die Woche mit dem Fahrrad bis nach Johannesburg zur Arbeit fährt. Da ihm die Rückfahrt in der Dunkelheit nicht geheuer ist – wohlgemerkt, nicht weil er nach einem Arbeitstag zu kaputt ist, zum zweiten Mal 40 km zu meistern – fahren seine Frau und er abends zuvor mit zwei Autos nach Johannesburg, parken den einen Wagen dort, damit der Sportsmann am nächsten Morgen beruhigt bergauf und bergab zur Arbeit radeln kann und seinen Drahtesel dann abends aufs Auto verfrachtet und nach Hause fährt. Dieses Training ist dem edlen Zweck geweiht, jährlich am *Cape Epic*, einem internationalen Mountainbike-Etappenrennen am Westkap teilzunehmen. Das Rennen erstreckt sich normalerweise über mehr als 700 km und dauert sage und schreibe acht Tage. Die Bezeichnung „Tour de France der Mountainbiker" liegt somit nahe. Von Insidern habe ich mir allerdings sagen lassen, *it is the most difficult mountain bike race in the world, that's why most participants stop and cry.* Wen wundert es?

Doch zurück zum südafrikanischen Frühaufstehen: Wenn man versucht auszurechnen, wie viel Zeit man für Frühstück, Duschen, Anziehen und Anfahrt braucht, plus Training im Fitness-Center oder Fahrt von Pretoria nach Joburg, kommt man zum Ergebnis, dass viele Sportversessene schon um 4.00 Uhr aufwachen müssen. Bei Frauen muss noch das aufwendige Schminken berücksichtigt werden ... Das ist zweifellos früh! Und ich nehme an, dass ich nicht die einzige bin, die bei diesem Gedanken das kalte Grausen packt, oder? Für einen südafrikanischen Frühaufsteher gilt es darum nicht als unangemessen, morgens um 7.00 Uhr bei jemandem anzurufen. Vor allem Handwerker zeigen eine besondere Vorliebe dafür ...

Der Tag in Johannesburg beginnt sicherlich nicht nur wegen der vielen Vögel so früh. Es handelt sich um eine Gesellschaft, die zum größten Teil und über Generationen hinweg von Farmern abstammt und deren Eltern bis heute noch vom Ackerbau und von der Tierzucht leben. Und da das Vieh bekanntlich über keine Uhren verfügt, will es bei Sonnenaufgang versorgt werden, also geben die Vierbeiner und der Acker den Zeitplan an, der wahrscheinlich ins Blut übergeht und bis heute noch eingehalten wird. Ein weiterer Grund, warum die Südafrikaner früh aus den Federn springen, ist die Tatsache, dass sie am frühen Abend noch bei Tageslicht wieder zu Hause sein wollen, denn vor der Dunkelheit scheinen sich alle zu fürchten. Johannesburg ist zweifellos eine day-society, in der die Bürgersteige früh hochgeklappt werden. Die unzähligen Einkaufs-Center in Joburg schließen um 17.00 bzw. um 18.00 Uhr. In den Restaurants haben die meisten Gäste um 21.00 Uhr schon bezahlt und befinden sich längst in der Verdauungsphase und was die Abendvorstellung im Kino angeht, da sitzen um 19.30 Uhr gerade mal zehn Leute. Während tagsüber sowohl auf den Autobahnen als auch auf den größeren vierspurigen Straßen, die die Stadt durchqueren, der Bär los ist, befinden sich abends kaum mehr Autos auf den Straßen. Wer früh aufsteht, geht konsequenterweise früh schlafen, daran führt kein Weg vorbei. Kollegen meines Mannes erzählen öfter davon, dass sie spätestens um 21.30 Uhr in den Federn liegen. Als Südländerin höre ich solchen prickelnden Geschichten gelangweilt zu und denke mit Wehmut daran zurück, dass unsereins um 22.00 Uhr noch einen letzten Blick in den häuslichen Ganzkörperspiegel wirft um nett gekleidet auszugehen, weil der Tisch für 22.30 Uhr reserviert ist. Zumindest freitags und samstags. Nun höre ich schon die belehrenden Stimmen aus Nordeuropa, die an dieser Stelle mit erhobenem Zeigefinger zu bedenken geben, dass wir im Süden aufgrund solcher Eskapaden in der schlimmen Wirtschaftskrise stecken und die großen Brüder im Norden eben nicht! Das hat man davon, wenn man sich nicht an den Stundenplan der Hühner hält. Und somit wären wir wieder beim Federvieh und den Vögeln angelangt.

Beim Lesen dieser Zeilen könnte eventuell der Eindruck entstehen, dass es sich bei der Verfasserin um eine nicht besonders tierliebe Person handelt. Tatsache ist, dass sie prinzipiell nichts dagegen hätte, wenn man Hadedas und Tauben in die Verbannung schicken würde, sagen wir einmal in den Norden Kanadas. Dort können sie nach Herzenslust krähen, turteln und vor allem ungestört Nester bauen. Um jedem Missverständnis zuvorzukommen, sei erwähnt, dass die Verfasserin Tiere generell mag, vorausgesetzt diese (die Tiere) nähern sich ihr nicht gefährlich sabbernd und mit nasser Zunge, springen sie (die Verfasserin) mit ihren dreckigen Vorderbeinen nicht an, wenn diese gerade eine neue Strumpfhose trägt und beschnuppern sie nicht indiskret. Und vorausgesetzt sie (die Verfasserin) wird nicht um 6.00 Uhr in der Frühe geweckt. Solange Vierbeiner – oder wie im Falle der Hadedas und der Tauben meinetwegen auch Zweibeiner – keine Haare bzw. Federn lassen, weder Geruch ausströmen, auf spendable Art Flöhe verteilen noch störende Geräusche von sich geben und wissen, wohin mit ihrer Notdurft, solange sie sich also brav wie ausgestopfte Tiere zu benehmen wissen und sich nicht unnötig bewegen, mag die Verfasserin dieser Zeilen Tiere. Sehr sogar.

* **Springbock:** Antilopengattung, die ausschließlich im südlichen und südwestlichen Afrika vorkommt.

12. Links eröm – Rächs eröm*

Eine große Umstellung für jeden Kontinentaleuropäer bringt das Leben in London und Johannesburg mit sich, wenn es um den Verkehr geht, weil plötzlich lang eingeübte Bewegungsautomatismen nicht mehr gelten. Aufgrund des hervorragend ausgebauten Londoner U-Bahn-Netzes hat man dort das Problem weniger als Autofahrer. Die Schwierigkeit ergibt sich vielmehr für den Fußgänger, der täglich der Gefahr ausgesetzt ist, angefahren zu werden. Beim Überqueren der Straße beachtet der Festland-Europäer zwar die gut gemeinte Aufschrift *look right* und die wohlweislichen Pfeile auf dem Asphalt, nichts desto trotz geht der meist in der Kindheit antrainierte kurze Blick in die linke Fahrtrichtung, die in London die falsche ist. Die Gefahr droht nämlich von der anderen Seite. Permanent setzt der Nicht-Brite instinktiv beim in-die-falsche-Richtung-Schauen auch einen Fuß auf die Fahrbahn, den er blitzschnell wieder einzieht, sobald er die Spiegelverkehrtheit der Straße realisiert.

Während es für einen Kontinentaleuropäer ausgeschlossen ist, in Johannesburg als Fußgänger an- oder überfahren zu werden, ist die Wahrscheinlichkeit, als Fahrer frontal mit einem anderen Wagen zusammenzustoßen, umso größer. In dieser Stadt geht man nämlich als Angehöriger der weißen Bevölkerung nicht zu Fuß. Und zwar nicht weil es an Bürgersteigen fehlt, sondern aus Angst, überfallen und bestohlen zu werden.

Das Problem mit dem Linksverkehr ergibt sich nicht erst durch das ungewohnte Fahren auf der falschen Fahrbahn, sondern schon beim Einsteigen. Wie oft muss ich – während sich meine linke Hälfte noch außerhalb des Autos befindet – mein rechtes Bein samt rechter Pobacke wieder aus dem Auto schwingen, die Autotür schließen und auf die andere Seite des Autos gehen, weil ich gewohnheitsmäßig von der europäischen Seite ins Auto einsteigen will, Steuer samt Pedalen sich jedoch auf der britischen, bzw. südafrikanischen befinden. Das Öffnen der Autotür von innen ist für einen Kontinentaleuropäer übrigens nicht weniger problematisch, weil man den Körper automatisch nach links dreht, versehentlich nach der Gangschaltung greift und damit die Tür öffnen will.

Beim Fahren eröffnen sich dann ganz neue Dimensionen für die unvorbereitete Kontinentaleuropäerin. Da man als Weißer – wie schon erwähnt – keine Massenverkehrsmittel benutzt, bietet sich die einzige Fortbewegungsmöglichkeit in Form des Autos an, wodurch – ehe man es sich versieht – ein ernsthaftes Abhängigkeitsverhältnis entsteht und zwar für den Festland-Europäer in zweierlei Hinsicht. Einmal kommt es zur Abhängigkeit vom eigenen Auto, auf das man nicht mehr verzichten kann, und zum anderen vom Auto, das auf der Fahrbahn vor einem herfährt und dem man – wohlgemerkt als Festland-Europäer – einfach nur hinterherzudackeln braucht, um sicher zu sein, dass man sich auf der richtigen Spur befindet. Solange man auf der Fahrspur artig dem Vordermann hinterherfährt, kann nicht viel passieren, es sei denn, man stellt sich extrem ungeschickt an.

Kritisch wird es am *robot*. Selbst Amerikanern oder Briten fällt es schwer, hinter diesem südafrikanischen Begriff die Verkehrsampel zu erahnen. Eine Amerikanerin erzählte mir, dass sie am Anfang ihres Joburger Aufenthaltes auf einer Halloween-Party eingeladen war, wo jede Gruppe unter einem bestimmten Verkleidungs-Motto stand. So kam es, dass sie und ihre Freunde sich als *robot* verkleiden sollten. Also gab sie sich beim Zusammenkleistern von Pappe und Kartons besonders große Mühe und erschien stolz wie Oskar als metallener Roboter in grau-blauer Farbe. Statt der erwarteten Begeisterungsrufe und Komplimente erntete sie nur irritierte Blicke und Zurechtweisungen seitens ihrer Gruppe. Erst peu à peu konnte sie nachvollziehen, warum sie nur Rot, Gelb und Grün hätte benutzen dürfen, während alle anderen Farben völlig fehl am Platz waren!

Jeder *robot* in Johannesburg stellt gleichzeitig den Arbeitsplatz für mehrere Leute dar. Bettler, fliegende Händler, die allerlei unnötige Staubfänger feilbieten, Kinder und Jugendliche mit Putzlappen und Glasreiniger, die ihr Ziel darin sehen, jede Windschutzscheibe mit Streifen und Schlieren zu versehen und junge zerlumpte Gestalten ohne Schuhwerk, dafür aber mit großer Plastiktüte. Letztere tragen sehr dazu bei, dass Fahrer, die am Messie-Syndrom leiden und über eine weniger konsequente Vorstellung von Sauberkeit und Ordnung verfügen, ihr Gefährt nicht völlig zumüllen. Die Fahrer entsorgen ihren Unrat, indem die Ärmsten der Armen den selbigen dankend entgegennehmen und in ihre Plastiktüte stecken. Alles was davon wiederverwertbar ist, bringen sie zu der Recyclinganlage, wo es gewogen und entsprechend vergütet wird.

Solange die Ampel auf Grün steht, fühlt man sich von ihnen nicht weiter bedroht. Man hält sich ohnehin an die Anweisungen, die man in Seminaren eingebläut bekommen hat. Diese werden eigens für Expats durchgeführt, stehen im Dienste der Vorbeugung und sollen vor Kriminellen warnen. Also konzentriert man sich als Expat mit besonderer Intensität auf die im Seminar vorgegebenen Regeln, vor allem wenn man am roten *robot* steht, wo sich Bettler, Händler, Fensterputzer und Recycling-Jungs vor einem aufbauen und mit herzzerreißender Mimik und Gestik auf Armut und Hunger hinweisen. Ihr Argument ist auf Pappkartons geschrieben: *Please help me not to become a criminal!* Übrigens befinden sich hin und wieder auch Weiße unter diesen Armen der Ärmsten, die fremde Hilfe brauchen, um nicht zum Verbrecher zu werden. Das Verweilen an der bedrohlich roten Ampel ist stets mit der Hoffnung verbunden, nicht überfallen, bestohlen und um sein Handy erleichtert zu werden. Übrigens lege ich mir genau aus diesem Grund kein neues Handy zu, ich weiß nämlich, dass es früher oder später nicht mehr mir gehören wird.

In solchen Gedanken versunken kann es dann schon einmal vorkommen, dass man vor lauter Erleichterung und Freude, dieser Ampel heil und weiterhin im Besitz seines Hab und Guts entkommen zu sein, schnell losfährt, abbiegt, aber aufgrund fehlenden Vordermannes, mangelnder Konzentration und jahrelang eingeübter europäischer Fahrpraxis auf die Straßenseite für den Gegenverkehr, also auf die falsche Seite gerät. Es ist eben Ansichtssache, welche Straßenseite die richtige und welche die verkehrte ist.

In insgesamt 59 Ländern, zu denen Großbritannien und seine ehemaligen Kolonien gehören, ist die linke Seite die richtige. Basta! Und es ward mir beschert, in den letzten Jahren ausgerechnet in Ländern mit Linksverkehr zu leben. Was sich das Schicksal doch für Spielchen ausdenkt! Wieder einmal muss ich verwundert feststellen, dass Dinge, die ich schon jahrzehntelang auf eine gewisse Art und Weise handhabe, und die von der überwiegenden Mehrheit um mich herum für richtig befunden werden, hier mit einem Male ungültig und nichtig sind.

Es befremdet mich immer wieder, wenn ich um mich herum beobachte, wie Fahrer – Frauen miteingeschlossen – nicht nur bei offenen Fenstern unterwegs sind, sondern Bettlern Geld zustecken, sie grüßen, nach ihrem Befinden fragen und sich mit einem Faustgruß von ihnen verabschieden, als wären sie alte Kumpel. An jeder Kreuzung sind tatsächlich immer die gleichen Leute anzutreffen, die sich die Ampeln untereinander aufgeteilt zu haben scheinen, um ihrem Job nachzugehen, wodurch ein gewisses Vertrauen seitens der Autofahrer entstehen und sich sogar eine Art Stammkundschaft bilden mag. Im Laufe der Zeit wird mir bewusst, dass ich Bettler nie als aufdringlich oder gar als bedrohlich empfinde. Sie gefährden eher sich selber als die Fahrer, weil sie immer zwischen zwei Fahrspuren stehen und somit riskieren, angefahren zu werden. Ähnliches gilt für die dunklen Gestalten, die nachts betteln und bei schwacher Beleuchtung kaum zu sehen sind.

In solchen Momenten frage ich mich, was genau mit diesen speziellen Seminaren bezweckt werden soll, außer mir Angst vor Johannesburg einzuflößen und mir ganz *by the way* einige schlaflose Nächte zu bereiten. In jedem Cabriolet, das neben mir an der Ampel steht, auf Grün wartet und dessen Fahrer lässig den – wohlbemerkt – rechten Arm im Takt der lauten Musik aus dem offenen Fenster baumeln lässt, glaube ich mittlerweile ein rebellisches Zeichen zu erkennen. Der Drang nach Freiheit scheint die Joburger hinter hohen Mauern und *electric fences* erfasst und am Wachtposten vorbei auf die Straße gespült zu haben, wo sie in einem Fahrzeug mit fehlendem Dach versuchen, dieses Bedürfnis nach westlichem Vorbild auszuleben. Und warum verbarrikadiere ich mich dann in meinem *vehicle*, statt bei offenem Fenster das herrliche Wetter Joburgs zu genießen? Warum breche ich bei jeder roten Ampel in Schweiß aus und sehe in jedem Bettler einen potenziellen Dieb, statt ihn mit ein paar Rand** glücklich zu machen, mir dafür ein *God bless you* zu verdienen und mein Gewissen zu entlasten? Warum heißt es, dass Vorsicht geboten ist, sobald man den Ring der Stadt Johannesburg verlässt? *If you are out of the ring you are on your own!* schallt es anfangs bei jeder Reise ins Inland von Südafrika in meinen Ohren, wo ich doch nie das Gefühl habe, in ernsthafter Gefahr zu schweben und außerdem die nettesten Kontakte mit der schwarzen Bevölkerung gerade da geschlossen werden, nämlich außerhalb des Rings. Warum hat man von Anfang an mit solcher Vehemenz auf die Gefahren im Land durch die Kriminalität hingewiesen, sodass ich nur den Ausdruck *be aware* im Sinn habe und dabei die Schönheit der Natur, die märchenhaften, fliederfarbenen Jacaranda-Bäume und die netten Menschen übersehe? Irgendetwas stimmt hier doch nicht! Etwas ist faul im Staate Südafrikas!

Und während ich in Gedanken über tiefschürfende Dinge wie richtig und falsch bzw. Sinn und Unsinn von Regeln philosophiere, sehe ich plötzlich fassungslos mehrere Wagen, die allesamt auf keinen anderen als mich zukommen und in dem Moment schlüpfe ich in die Rolle des Autofahrers, der im Radio hört, dass auf der Autobahn ein Geisterfahrer umherirrt und man sich doch bitte vorsehen soll, woraufhin sich der Betroffene wundert und leicht irritiert fragt: *Wieso einer? Es sind doch Hunderte!!!!!* Ich darf mich mit dieser Hauptfigur aus dem Witz identifizieren, was zum Glück glimpflich abläuft, von dem nach oben gestreckten Mittelfinger der Fahrer und dem dazugehörigen Geschimpfe, das ich zwar nicht hören, mir aber lebhaft vorstellen und an den Lippen ablesen kann, abgesehen.

Was Verkehrsampeln angeht, besteht ein ganz großer Vorteil darin, dass sie sich auf der gegenüberliegenden Straßenseite befinden. Somit ist kein Anlass zum Halsverrenken gegeben, sobald man ein paar Zentimeter zu weit gefahren ist. Übrigens regeln die Amerikaner das Problem genauso. Dagegen hilft in Europa noch nicht einmal die gewagteste Akrobatennummer, um feststellen zu können, ob die Ampel endlich auf Grün gewechselt hat, sodass man auf das Hupen der anderen Verkehrsteilnehmer hinter sich angewiesen ist. Ampeln können sich allerdings auch als äußerst *annoying* erweisen, vor allem dann, wenn sie nicht funktionieren, was in Joburg öfters vorkommt. Die hiesigen Fahrer sind daran gewöhnt und meistern den Stromausfall mit dem weltweit bekannten Reißverschlussverfahren, das disziplinierter und vorbildlicher als in Südafrika nicht vollzogen werden könnte. An den *fourways* – so heißen hier die Kreuzungen – warten die Fahrer aus allen vier Richtungen geduldig darauf, *one by one* an die Reihe zu kommen und wer sich nicht an dieses System hält, wird laut ausgehupt, wo doch Hupen in diesem Land sonst kaum zu hören sind. Mir ist bis jetzt eigentlich noch keiner aufgefallen, der sich nicht respektvoll daran gehalten und sich statt dessen vorwitzig vorgedrängelt hätte! Ein einziges Mal hat es jemand gewagt. Darum weiß ich auch, dass der seltene Sünder mit einem Hupkonzert bestraft wird. *But I promise you:* Ich hatte es wirklich sehr eilig an diesem Tag! Außerdem wollte ich aus schon erwähnten Gründen meinen Vordermann, also meinen notwendigen „Kompass" in diesem spiegelverkehrten System, nicht aus den Augen verlieren.

Je länger ich in dieser Stadt lebe, desto weniger werde ich das Gefühl los, dass meine Schwierigkeiten, die so eine Umstellung aus verkehrstechnischer Sicht mit sich bringen, bei den Einheimischen nicht gerade auf großes Verständnis stoßen. Ein gemütlicher Abend bei Freunden belehrt mich, dass sich das Verständnis eher in Grenzen hält. Bei einem Glas Wein erzählt einer der Anwesenden vor versammelter Runde, wie eine gewissenlose Person ihm neulich fast frontal hineingefahren wäre. Er habe sich doch tatsächlich auf der falschen Straßenseite befunden. Man ist sich mehr als einig, dass es sich um ein unverständliches, ja in keinster Weise zu entschuldigendes Verhalten handle, das streng bestraft gehöre. Ich schaue nur unschuldig in die kopfschüttelnde Runde und traue mich nicht, darauf hinzuweisen, dass einem Festland-Europäer so etwas zwar nicht passieren sollte, jedoch durchaus passieren kann!

Die kommenden Ferien in Europa stellen dann die nächste Herausforderung dar. Alles Falsche, was ich mir monatelang mühsam abzugewöhnen versuche, ist dann plötzlich wieder richtig. Und kaum habe ich mich auf das Alte und ursprünglich Gewohnte umgestellt, muss ich wieder dahin zurück, wo das Richtige falsch und das Falsche richtig ist!

* **Links eröm – Rächs eröm:** Links herum – rechts herum. Eins der erfolgreichsten Alben der Kölner Mundart-Musikgruppe *De Bläck Fööss.*

** **Rand:** Die Währung der Republik Südafrika.

TRA

13. Die südafrikanische Polizei, dein Freund und Helfer

Solange ich in Europa lebte, musste ich immer wieder die Erfahrung machen, dass Polizisten eine besondere Zuneigung für meine Person und das Auto, das ich fuhr, hegten. Mit Entsetzen muss ich nun feststellen, dass sich meine enge Beziehung zu dem Exekutivorgan des Staates nicht nur auf die Europäische Union beschränkt. In Südafrika scheint es sich in Windeseile herumgesprochen zu haben, dass ich angekommen bin und somit warten die Polizisten gespannt darauf, wann ich vorbeifahre, selbst wenn ich hier keinen auffälligen, kirschroten PT Cruiser wie in Griechenland fahre. Dort habe ich immer gedacht, dass mich die Polizei deswegen so oft anhält, weil mein Hugo – wie ich meinen Wagen liebevoll nenne – wie ein Osterei so rund und so rot aus der Menge hervorsticht. In Joburg angekommen, würde ich nun gerne wieder einen PT Cruiser fahren, aber man rät uns sofort davon ab, einen solchen zu kaufen, da er auf der Liste der Autodiebe wohl ziemlich weit oben zu stehen scheint, angeblich weil er nicht nur mein Lieblingsauto, sondern auch das von schwarzen Damen der Mittelschicht ist. Darum bin ich nun im Besitz eines unscheinbaren Nissan Qashqai. In unauffälliger weißer Farbe. Größer kann der Wechsel vom heißgeliebten Hugo zu diesem unaussprechlichen Automodell kaum sein.

Die südafrikanische Polizei, die während der Apartheidzeit ausschließlich aus Weißen bestand, hat heute fast nur Schwarze im Dienst, was übrigens auch für den gesamten Beamtenapparat gilt. Es wäre nicht das erste Mal, dass in einem Land nach grundlegender Veränderung des politischen Systems radikale Umstrukturierungen vorgenommen werden, was die Gesamtheit der Beamten betrifft. In Deutschland hat dies zwei Mal stattgefunden: nach dem zweiten Weltkrieg und nach dem Fall der Mauer. Hierzulande ist es weniger eine Frage der Ideologie oder der Parteizugehörigkeit, sondern vielmehr eine Frage der Hautfarbe. Nicht dass die Zugehörigkeit zu Mandelas Partei ANC keine Rolle spielen würde, ganz im Gegenteil.

Die Polizei in Südafrika ist leider für ihre korrupte Vorgehensweise bekannt, wovon wir relativ schnell in Kenntnis gesetzt werden. Als ich anfangs noch Häuser zum Mieten besichtige, erzählt die Maklerin ganz nebenbei einer Kollegin, dass sie am Abend zuvor von zwei Polizisten angehalten worden sei, die in ihrer typischen Art Geld verlangt hätten und sie sich genötigt gesehen habe, ihnen 200 Rand auszuhändigen. Der Schock fährt mir in die Glieder und da ich gerade im Begriff bin, das Obergeschoss des Hauses zu inspizieren, stolpere ich vor Schreck die Treppe hinauf, statt – wie es sich gehört – Stufe für Stufe hoch zu schreiten. Während ich mein schmerzendes Knie begutachte und schon die blauen Flecken an dem selbigen kommen sehe, wird mir bewusst, dass die Verkehrspolizei in diesem Land wahrscheinlich nicht mein Freund und Helfer sein wird – nicht dass sie es in Europa je gewesen wäre – aber zumindest landete mein durch die unzähligen Strafzettel kassiertes Geld beim Staat. Hier stecken es die schlecht bezahlten Polizeibeamten ein, deren Haupttätigkeit darin besteht, Autofahrer anzuhalten und durch indirekt eingefordertes Schmiergeld, dem sogenannten *bribe*, ihr Monatsgehalt aufzubessern und dadurch ihre Familie durchzubringen. Es kommen also heitere Zeiten auf uns zu.

Von allen Seiten sind wir schon vorgewarnt, wie wir uns im Falle einer Polizeikontrolle zu verhalten haben. Faustregel ist, dass nicht jeder Polizeiwagen auch wirklich ein solcher ist, was für europäische Verhältnisse eine etwas bizarre Vorstellung sein mag, die alles andere als ein Gefühl der Sicherheit vermittelt. Eine weitere wichtige Regel verstärkt erst recht den Eindruck des Ausgeliefertseins: Nachts sollte man nicht anhalten, sondern bis zur nächsten Tankstelle weiterfahren.

Während mein Ehemann und ich diese Regeln im Auto wie früher das Große Einmaleins aufsagen, winkt uns schon der erste Polizist zur Seite. Wir geraten dermaßen in Panik, dass wir erschrocken anhalten und sowohl jegliche Maßnahmen als auch alle einstudierten Verhaltensregeln einfach über Bord unseres Jeeps werfen. Zwei Polizisten nähern sich uns von der rechten Seite und kommen ans Fenster des Fahrers. Als sie merken, dass wir Ausländer sind, setzt ein reges Händeschütteln ein. Sie geben uns beiden die Hand und fragen, woher wir kämen. Erleichtert teilen wir ihnen mit, dass wir vor einem Monat aus Europa nach Südafrika umgezogen seien, und sie lachen uns ein freundliches *welcome* entgegen, das von erneutem Händeschütteln und weißem Zahnpastalächeln begleitet wird. Sie hoffen, dass es uns hier gut gefallen werde und wünschen uns noch eine nette Zeit in diesem Land. Alle weiteren Fragen, die Ordnungshüter normalerweise zu stellen pflegen, fallen rätselhafterweise weg. Als sie sich von uns verabschieden, geben sie uns wieder die Hand, insgesamt hat also jeder von uns in nur wenigen Minuten je drei Mal mit jedem Polizisten Händeschütteln geübt. Als sie freudestrahlend in ihrem Streifenwagen verschwinden, schauen wir uns angenehm überrascht an und wundern uns über die unzähligen Schreckensgeschichten, die man uns zur Einübung erzählt hat.

Wenige Abende später fährt uns eine Polizeistreife hinterher, aber dieses Mal wollen wir alles richtig machen, also hegen wir den gebührenden Argwohn und halten darum nicht an. Wir schalten die Alarmlichter an, um den Polizisten – wenn es denn solche und keine Betrüger sind – zu signalisieren, dass wir sie zwar gesehen haben, aber aus Angst, sie könnten keine Gesetzeshüter sein, nicht anhalten. Wir fahren weiter und sie uns geduldig hinterher, bis wir vor unserem *gate* Halt machen. Der Verkehrspolizist steigt aus und fragt uns aufgebracht, warum wir denn in Gottes Namen in dieser finsteren Gegend anhalten würden. *We are living here*, antworten wir naiv. Ungläubig schaut er uns an. *Is this your home?* Nicht ohne Stolz nicken wir eifrig und ernten dafür etwas, was wohl *Au weia* heißen muss, denn der Polizist schlägt sich recht unsanft die Hand vor die Stirn. Er klärt uns auf, dass das absolut Letzte, was man in diesem Fall tun sollte, vor dem eigenen Heim zu halten, sei. Gesetzt den Fall, sie wären Kriminelle, hätten sie vor dem Gartentor ein leichtes Spiel mit uns. Kleinlaut versuchen wir zu erklären, dass man uns aber doch in einem Seminar angewiesen habe, nicht anzuhalten, sondern weiterzufahren. Die Ordnungshüter schauen sich vielsagend an, grinsen und schütteln beide den Kopf. *Ja aber doch nicht bis zur eigenen Haustür, sondern bis zur nächsten Tankstelle, wo es viele Leute und Licht gibt. Hier kann im Ernstfall kein einziger Mensch zu Hilfe kommen und stockduster ist es zu allem Überfluss auch noch. Why isn't this area lighted enough?* Wo ein Polizist Recht hat, hat er Recht, aber was seine Frage betrifft, sind wir völlig überfragt. Und die Tankstelle als Rettungshafen ist uns im Eifer des Gefechts völlig entfallen, denn Europäer suchen eine Tankstelle nur zu ganz bestimmten Zwecken auf und die Flucht vor der Verkehrspolizei gehört meines Wissens nicht dazu. Wie zwei kleine Lausebengel, die etwas Schlimmes angestellt haben, schauen wir uns betreten an und lassen das Geschimpfe wort- und widerstandslos über uns ergehen. Aber nach unseren Papieren wird wieder nicht verlangt.

Die Wochen gehen ins Land und wir wundern uns, warum wir in Südafrika ständig nur Negatives über die Polizisten hören, wo die Erfahrung uns doch lehrt, dass sie hilfsbereit, zuvorkommend und sogar belehrend sind. Zumindest zu uns Ausländern. Eines Abends fahren wir ans andere Ende der Stadt zu einem Konzert von Georg Dalaras, einem griechenlandweit bekannten Sänger, zu dessen Konzert ich mich in meiner Heimat eigentlich nicht unbedingt hinbemühen würde, aber so weitab vom Geschehen geht man zwangsweise Kompromisse ein. Auf der Heimfahrt findet die dritte Begegnung, diesmal dritter Art statt. Mittlerweile haben wir Übung und gehen die Sache im Glauben an unseren ausländischen Pass erfahrener und selbstsicherer an. Außerdem besteht kein Grund zur Sorge, denn bisher haben wir wirklich nur die Bekanntschaft von netten Polizisten gemacht.

Der Ordnungshüter fragt sehr höflich nach dem Führerschein und als er ihn in der Hand hält, versucht er die Begriffe auf der ersten Seite zu lesen, was ihm nicht gelingen will, denn er scheitert schon am fettgedruckten Oberbegriff *Führerschein* und hat dabei nicht nur mit dem Umlaut Schwierigkeiten, was mich als Deutschlehrerin nicht weiter verwundert. *Es ist ein Führerschein aus Europa*, versuchen wir nachzuhelfen. *Das D steht für Deutschland*, ergänze ich lässig. Er lacht und schlussfolgert, das Phänomen der Globalisierung gänzlich ignorierend, dass meine bessere Hälfte also aus Deutschland komme, um im Besitz eines deutschen Führerscheins zu sein und spinnt den Faden fleißig weiter, indem er fragt, für welche Mannschaft in der Bundesliga er denn sei. Sein Gedankengang ist so falsch nicht, trotzdem bedarf seine Hypothese einiger Korrekturen, was sichtlich für Irritation sorgt, als ich ihm vorlaut – und eigentlich auch ohne gefragt worden zu sein (Warum in aller Welt mache ich eigentlich in solchen Momenten den Mund auf?) – erkläre, dass wir keine deutsche Lieblingsmannschaft hätten, weil wir keine Deutschen sind. Dass Fußball nicht gerade mein Steckenpferd ist, verschweige ich, weil das die schwarzen Fußballfans von Südafrika als Argument nicht durchgehen lassen. Die Weißen würden vollstes Verständnis dafür zeigen, da sie Rugby-Fanatiker sind, aber das gehört jetzt nicht dazu. Als Nächstes fragt er meinen Mann logischerweise, woher er denn komme, wenn nicht aus Deutschland, und wir erwarten, dass er bei der Antwort *Griechenland* völlig den Faden verliert und die Sache unangenehm für uns ausgehen wird. Dem ist jedoch nicht so und die nächste Frage kommt dafür umso überraschender, nämlich ob er Panathinaikos- oder Olympiakos-Fan sei. Der junge Mann flößt uns einen gewissen Respekt ein, denn die Tatsache, dass er am anderen Ende der Welt lebt und trotzdem über griechischen Fußball im Bilde ist, kann ihm nur eine gehörige Portion Bewunderung unsererseits entgegenbringen. Denn am südlichen Ende Afrikas ist es nicht unbedingt gesagt, dass jemand Griechenland kennt, geschweige denn griechische Fußballmannschaften. Die Atmosphäre wird lockerer und übermütig teilt ihm mein Guter mit, dass er eine dritte Fußballmannschaft aus Thessaloniki lieber mag.

Unvermittelt findet der Beamte zum Thema zurück und fragt, warum er denn dann einen deutschen Führerschein habe. Er will es genau wissen. Meine bessere Hälfte nennt ihm einige Details aus seinem Lebenslauf, die den deutschen Führerschein zwar plausibel machen, dem Polizisten allerdings nicht genügen. Er scheint ein gewisses Misstrauen gegenüber Griechen oder Deutschen oder Europäern oder Weißen generell zu hegen und erwidert, dass mein Guter, da er doch jetzt in Südafrika lebe, einen internationalen Führerschein haben müsse, denn das hier – und er wedelt damit in der Nacht – mag ja ein europäischer sein, er selber sei jedoch nicht in der Lage und erst recht nicht dazu verpflichtet, ihn lesen und verstehen zu können, und überhaupt, wer sage ihm, dass es sich wirklich um einen Führerschein handle, es könne doch wohl alles andere sein, zum Beispiel ein Krankenschein, ein Rentenschein oder so.

Wir weisen ihn auf den Begriff *driving license* hin, der ganz unten auf der ersten Seite steht, ich zeige ihm sogar mit Hilfe meines *Smartphones* und meiner Übersetzer App, die mir schon so oft im Lande dienlich war, dass der Begriff *driving license* in der deutschen Sprache tatsächlich mit dem langen unaussprechlichen Wort auf diesem rosa Blättchen übersetzt werde, das mit F beginne und diese Pünktchen auf dem zweiten Buchstaben aufweise, aber er ist einfach nicht zu überzeugen. Hartnäckig besteht er darauf, dass er es nicht kontrollieren könne und findet einen neuen Haken, nämlich das Ablaufdatum. Er glaubt uns nicht, dass europäische Führerscheine bis ins hohe Alter nichts an ihrer Gültigkeit verlieren, sozusagen bis dass der Tod uns scheidet. Wir müssen ihm den Beweis dafür erbringen, dass das rosa mitgenommene Ding immer noch gültig ist, was aufgrund des zerfetzten Zustandes tatsächlich kein einfaches Unterfangen ist.

Er wiederholt zum fünften Male, dass der europäische Führerschein zwar für Europa in Ordnung sei, aber außer der englischen Übersetzung *driving license* alles andere darauf auf Deutsch zu lesen sei und er diese sechs Seiten keineswegs verstehe und wir diesen Fetzen Papier deshalb schon längst bei der Botschaft hätten übersetzen lassen müssen. Egal was für Argumente wir vorbringen, er weist sehr freundlich, aber bestimmt darauf hin, dass er weder dazu verpflichtet sei noch es in seinem Aufgabenbereich liege, europäische Schreiben zu lesen und zu verstehen und zweifellos gehöre ein europäischer Führerschein auch zu den europäischen Schreiben. Wir sind ihm ausgeliefert. Dieser Dialog will einfach nicht enden und führt auf eine superfreundliche Art und Weise nirgendwohin. Der Gedanke liegt nahe, dass er auf Schmiergeld aus ist, damit er uns endlich fahren lässt. Doch es genügt, ihm hoch und heilig zu versprechen, dass wir demnächst das rosa Ding übersetzen lassen und endlich dürfen wir weiter, ohne dass wir ihm Geld zugesteckt hätten. Dafür wissen wir jetzt zur Genüge, was nicht genau in seinem Aufgabenbereich liegt. Übersetzt ist der Führerschein übrigens immer noch nicht ...

Eine weitere Begegnung mit den südafrikanischen Freunden und Helfern findet wieder nachts statt. Überhaupt frage ich mich, wo die Burschen tagsüber stecken. Wir wollen dieses Mal nicht wie üblich über die Oxford Road nach Hause fahren, denn dort befinden sich die ganzen Polizeikontrollen, also biegen wir in eine Seitenstraße ein, um den selbigen zu entgehen. Keine einhundert Meter weiter wartet der Beweis dafür, dass man spätestens seit Ödipus dem Schicksal nicht entgehen kann, vor allem dann nicht, wenn dieses über ein Blaulicht verfügt, um seine Präsenz deutlicher zu machen. Geduldig warten die Polizisten am Straßenrand auf ihre Opfer und auf die Aufbesserung ihres Gehaltes. Wir sind nunmehr fast ein Jahr in Joburg und der landeskundlichen Eigenarten und Gewohnheiten kundig und somit jeder polizeilichen Kontrolle gewachsen. Glauben wir zumindest.

Der Gesetzeshüter, der uns weder die Hand zum Gruß reicht noch nach unserer Herkunft fragt oder uns willkommen heißt, auch kein Fußballfan zu sein scheint und uns schon gar nicht im Sinne der südafrikanischen Verkehrsregeln umzuerziehen versucht, verlangt trocken nach dem Führerschein, den er kaum eines Blickes würdigt. Ohne Umschweife stellt er direkt die Frage nach Alkoholkonsum. Mein Gatte gibt zu, ein Glas getrunken zu haben. *So you are drunk! – Mit einem Glas ist man doch nicht betrunken,* empört sich mein Mann. –*Yes, you are. – No, I am not. – Yes, you are. – No, I am not.* Dieser tiefschürfende Dialog erinnert mich an das Lied *Anything you can do, I can do better* aus dem Musical *Annie Get Your Gun*, aber die beiden Männer haben in diesem Moment sicherlich anderes im Sinn. Der Polizist zückt das Blasröhrchen und hält es dreißig Zentimeter weit weg vom Mund meines Ehemannes und aus dieser Entfernung soll er nun pusten, was ein Ding der Unmöglichkeit sein dürfte, trotzdem besteht der Ordnungshüter darauf. Also gehorcht meine bessere Hälfte und bläst in Richtung Röhrchen, muss sich dabei allerdings sehr beherrschen, um nicht vor Lachen loszuprusten. Sogleich schaut sich der Polizist das Röhrchen aus der Nähe an und stellt fachmännisch fest, dass sich zu viel Promille im Blut befindet. Schon setzt meine bessere Hälfte zur Beschwerde an und will ihm in einer *Mister-Know-it-all*-Manier die Lächerlichkeit dieser Situation bewusst machen, doch der Polizist lässt nicht mit sich spaßen und droht ihm, dass er aufgrund seines alkoholisierten Zustandes die Nacht hinter Gittern verbringen wird, und zwar in Alexandra. Beim Begriff Alexandra stockt uns das Blut in den Adern und allen Unkundigen und der Geografie weniger Bewanderten sei gesagt, dass es sich um den gefährlichsten Stadtteil Johannesburgs handelt, eine Township, wo es vor *crime* nur so wimmelt und in dessen Gefängnissen der harmloseste aller Inhaftierten wahrscheinlich nur den Mord an seiner Freundin auf dem Gewissen hat. Und genau dahin will er uns nun verfrachten!

Unweigerlich müssen wir an einen Bekannten denken, der uns vor kurzem den Rat gab, bei Verkehrskontrollen einen ordnungsgemäßen Strafzettel zu verlangen, auf dem das Vergehen dokumentiert wird. Ein weiterer Tipp bestand darin, demjenigen Polizisten, der einen abführen will, Bereitwilligkeit zum Mitkommen zu signalisieren, so als hätte man nichts weiter dagegen, eine Nacht im Knast zu verbringen. Der Bekannte bestand darauf, dass keiner von den korrupten Brüdern einen Strafzettel aushändigen, geschweige denn, sich die Mühe machen würde, jemanden für eine Nacht ins Gefängnis einzuweisen. Aber weder ich noch mein Mann sind in diesem Moment imstande, den Mut, die Ruhe oder die Kaltblütigkeit zur Befolgung dieser Ratschläge aufzubringen. Vorsichtig flüstere ich meinem Guten zu, dass er ihm lieber einen Hunderter zustecken soll, denn sonst sehe ich uns schon so ganz ohne Schlafanzug und Zahnbürste ausgestattet mit mindestens einem Dutzend wenig netten Kriminellen die Zelle teilen. Meinem Gatten wird der Ernst der Lage ebenfalls klar und er zückt darum einen Schein aus dem Portemonnaie.

Beim Anblick des Hundert-Rand-Scheins, was umgerechnet ungefähr 7,- Euro sind, wird der Herr Gesetzeshüter nicht gerade freundlicher, sondern fährt uns an, gefälligst das Licht auszuschalten. Gleichzeitig schaut er sichtlich gestresst in die Richtung seines Kollegen, der ein paar Meter weiter ein anderes Auto und dessen Fahrer inspiziert und diesen gegebenenfalls auf die gleiche Art und Weise terrorisiert bzw. filzt. Er zieht eine kleine Taschenlampe aus dem Nichts hervor und richtet ihr punktuelles Licht auf den Geldbeutel, bezichtigt uns dennoch des Bestechungsversuches *So you think I am corrupt for 100 Rand?*

Erschrocken stellen wir fest, dass wir für diesen Fall nicht gewappnet sind. Tatsächlich hat uns keiner auf solch eine Situation vorbereitet. Im Jeep wird es immer enger und immer wärmer, während der punktuelle Schein auf dem Portemonnaie halt macht. Der Beamte weiß genau, wie wir uns fühlen und spannt uns noch ein paar Sekunden auf die Folter, indem er uns streng anschaut. *Ok, give me 200!* Danach dürfen wir aufatmen und schwitzend weiterfahren. Im Jeep ist es still, aber wir denken wohl beide das Gleiche. Der Begriff „korrupt" ist also ebenfalls eine Sache der Definition und hängt vorwiegend von der Höhe des Betrags ab! Heute ist übrigens der 21.3.: *Human Rights Day*! Wie passend! Im Jahre 1960, just an diesem Tag, ereignete sich in der Township Sharpeville ein Massaker, bei dem 69 Demonstranten erschossen wurden. Es gilt als ein Wendepunkt in der Geschichte Südafrikas. Und ausgerechnet an diesem Nationalfeiertag der Menschenrechte zahlen wir dem Polizisten Schmiergeld, um nicht die Nacht im Gefängnis verbringen zu müssen!

Als wir unseren Freunden in Südafrika diese letzte Geschichte erzählen, kann sich einer von ihnen ein breites Grinsen nicht verkneifen, das er mit der Behauptung untermalt: *Man kann eben bei der Auswahl der Nationalfeiertage nicht vorsichtig genug sein.* Da diese Formulierung auf allgemeines Unverständnis stößt, muss er vor versammelter Runde erklären, dass auch er zwar regelmäßig das Vergnügen einer Polizeikontrolle habe, jedoch fast jedes Mal ungeschoren davon komme, was er einzig und allein seinem Geburtsdatum zu verdanken habe. Er sei nämlich auf den Tag genau am *Youth Day* geboren, am Tag des *Soweto uprising*, des Schüleraufstandes. Die Polizisten seien immer sehr beeindruckt, wenn sie in seinem Führerschein das Geburtsdatum 16.6.1976 bemerken würden und da sei es nicht weiter von Belang, dass sich der Geburtsort ganz weit weg, nämlich in Europa befinde. Dabei mimt er einen Polizisten, der den Führerschein in der Hand hält, überrascht das Datum entdeckt, die Augen aufreißt, ihn respektvoll anlächelt und mit tiefer Stimme feststellen muss: *„Oooooh! You are born on Youth Day!" Danach lassen sie mich weiterfahren, als wäre ich Hector Pieterson persönlich.* Schallendes Gelächter bricht aus, nur ich habe erneut die Pointe verpasst. Auf meinen fragenden Blick hin erklärt er, dass es sich dabei um einen Schüler handle, der an dem besagten Tag bei einer friedlichen Kundgebung von weißen Polizisten des Apartheid-Regimes erschossen worden sei. Es sollten noch fast 700 folgen. *Glücklicherweise gehören diese dunklen Zeiten schon seit Langem der Vergangenheit an.* Und um das Thema von der Politik abzulenken, ergänzt er: Er habe als gebürtiger Grieche an einem südafrikanischen Nationalfeiertag Geburtstag, während seine südafrikanische Frau an einem griechischen Nationalfeiertag, nämlich am 28.10. geboren worden sei. *Wenn das kein Zeichen dafür ist, dass wir zusammen passen!* Es ist tatsächlich immer wieder erstaunlich, was es für Zufälle auf der Welt gibt.

14. Eine nette Nachbarschaft

Es ist November, als wir in unser Haus einziehen und fast möchte man meinen, dass, wenn nicht ganz Johannesburg, so doch zumindest Houghton Estate zu diesem Anlass ein fliederfarbenes Kleid trägt. Entzückt stellen wir fest, dass dieser Stadtteil von Jacaranda-Bäumen und deren Blütenpracht durchwachsen ist. Sowohl die Firma, für die mein Mann arbeitet, als auch die *relocation company* definieren Wohnqualität jedoch weniger romantisch. Beide legen größten Wert auf beständigere Dinge, um die Auswahl des Hauses abzusegnen. *Security* wird in Südafrika groß geschrieben und dazu gehören sowohl hohe Mauern samt den elektrischen Kabeln obendrauf als auch Überwachungssystem nebst Alarmanalage. Die Bestätigung von allen Seiten, dass es sich bei Houghton Estate um eine sichere Nachbarschaft handelt, vermittelt uns ein gutes Gefühl, selbst wenn es einiger Zeit bedarf, uns mit dieser ungewohnten Ästhetik abzufinden.

Erst Wochen später wird mir bewusst, dass es in unserer Nachbarschaft nicht nur sicher, sondern auch nobel zugeht, als ich nämlich auf der Heimfahrt im Radio ein Interview höre. Die Journalistin wird nicht müde, sich bei einem gewissen Herrn, dessen Name mit M beginnt, dafür zu bedanken, dass er sich die Zeit für das Interview genommen habe, wo er doch so beschäftigt sei und eigentlich schon längst zum Flughafen hätte aufbrechen müssen. Ich höre gelangweilt und nur mit einem Ohr zu. Es lohnt sich nicht mehr umzuschalten, denn gerade biege ich in unsere Straße, in die 7th Street, ein. Dort bietet sich mir ein sonderbarer Anblick. Vor dem Haus unseres Nachbarn, das ich aufgrund der hohen Mauern nie zu Gesicht bekommen habe, – was übrigens genauso für den Nachbarn gilt – stehen 5 schwarze Limousinen mit aufgesetztem Blaulicht auf dem Dach. Die dazugehörigen Chauffeure stecken in schicken schwarzen Anzügen mit glänzenden Schuhen. Geschniegelt und gebügelt nesteln sie wie George Clooney an den Manschetten und ziehen diese sorgsam zurecht, nicht ohne sich dabei durch die dunkle modische Sonnenbrille in der reflektierenden Autotür zu begutachten. Meine Langeweile ist im Nu verflogen und ich halte etwas abseits an, um das edle Treiben aus angemessener Entfernung zu verfolgen.

Im Radio raspelt die Journalistin weiterhin süß in ihr Mikrofon, dass sie es sehr zu schätzen wisse, dass Herr ... jetzt konzentriere ich mich aber auf den Namen dieses Herrn. Wem zum Kuckuck dankt sie die ganze Zeit so überschwänglich? *Danke schön, Herr Motlanthe für das Interview* ... Und noch einmal: *Mister Motlanthe, Many Thanks for joining us! This was Kgalema Motlanthe, Former President of South Africa.* Ich habe also die ganze Zeit weggehört, während der ehemalige Staatspräsident des Landes interviewt wurde und sicherlich Gescheites von sich gab. Und während ich mit Bedauern feststellen muss, dass sich seit der Schulzeit nichts Gravierendes an meinen schlechten Angewohnheiten geändert hat, gerät die Armani-Besetzung des Nachbarn in Bewegung. Einer zückt das Handy und spricht wichtig hinein, sucht dabei aber mit den Augen die Umgebung ab. Unsere Blicke treffen sich, er kommt auf mich zu und bittet mich in strengem Ton weiterzufahren. Auf meinen Hinweis, ich würde doch hier wohnen, entlocke ich ihm nur ein verächtliches Schnauben, gefolgt von der gereizten Antwort, dann solle ich mich eben nach Hause begeben. Und zwar sofort. Meine Irritation nur schwer verbergend entscheide ich mich dafür, seiner Anweisung Folge zu leisten und begebe mich in Richtung unseres Tores. Wieder klingelt sein Handy. Genervt schaut er auf seine Armbanduhr und bellt gleichzeitig etwas ins Handy hinein, von dem ich nur den Namen *Motlanthe* verstehe. Während unser Tor einige Sekunden zum Öffnen benötigt, komme ich nicht umhin, verstohlen nach links zu schielen, um zu beobachten, wie eine schwarze Limousine mit schwarzen undurchsichtigen Fenstern durch das Nachbartor hinausrollt, der sich alle anderen Limousinen anschließen. Es ist wie im Film. *Sag bloß* ..., schießt es mir durch den Kopf, als ich hineinfahre.

Unser Gärtner Zondi hackt wichtigtuerisch in den Beeten herum. In Südafrika hat man nämlich nicht nur große Häuser, sondern auch große Gärten, weshalb es einer *maid* und eines Gärtners bedarf. Zondi heißt eigentlich Zondwanyo und kommt aus Malawi. Ausgesprochen wird sein Name „Sondi“ mit kurzem „o“, so als würde man „Sonne“ sagen wollen, es sich aber kurz nach dem zweiten „n“ anders überlegt und ein „die“ hinzufügt. Nachdem wir uns gegenseitig einen wunderschönen Tag gewünscht und – wie es sich nach südafrikanischer Art gehört – uns manierlich nach dem Befinden erkundigt haben, stelle ich ihm die Frage, die mir auf der Zunge brennt. Zondi bestätigt mir, dass unser Nachbar tatsächlich keiner weniger als der ehemalige Staatspräsident ist. So nah am Geschehen wohne ich also, ohne es zu wissen. Zondi legt mit einer heiteren Gelassenheit nach und zählt auf, wer noch so alles um uns herum lebt, nämlich schräg gegenüber ein Minister und ein paar Hundert Meter weiter habe noch vor wenigen Wochen der gute Nelson Mandela bis zu seinem Tode gewohnt. Ungläubig starre ich ihn an und frage ihn, warum er mir das nicht früher gesagt habe. Seine Antwort ist entwaffnend: *You never asked.*

Zondi wohnt direkt nebenan, und zwar in dem für den Gärtner vorgesehen Häuschen, umgeben von der gleichen Mauer und den gleichen *electric fences* wie wir. Sein anfangs diskretes Verhalten entblättert sich immer mehr, bis eine ausgeprägte Redseligkeit zum Vorschein kommt, der ich oft nicht gewachsen bin, deren Vorzüge ich allerdings mit der Zeit zu schätzen lerne. So erfahre ich von ihm in hübscher Regelmäßigkeit, was sich in der Nachbarschaft abspielt, wer in welchem Haus wohnt, was für Berufe die jeweiligen Bewohner ausüben, woher sie ursprünglich kommen, welchem Gott sie huldigen. Ohne Zondi würde mir ein Großteil, was sage ich, alles, was sich in der Nachbarschaft zuträgt, entgehen. Wie schon erwähnt, ist er es, der mir erklärt, dass die schwarzen Limos aus dem ganz einfachen und nachvollziehbaren Grund beim Nachbarn hinein- und hinausfahren, weil einem Ex-Präsidenten des Landes nun einmal Limousinen zustehen. Diesem Herrn Ex-Präsidenten sei es übrigens geschuldet, dass in der ganzen Straße nie, aber auch wirklich nie der Strom abgestellt werde, wie es in Joburg ansonsten häufig der Fall sei. Wieder ist es Zondi, der durch seine guten Kontakte zu anderen Gärtnern und Putzfrauen genau weiß, bis wohin sich der Stromausfall in der Nachbarschaft erstreckt.

Last weekend you really missed something! lässt mich Zondi an einem Montag im Mai ganz unvermittelt wissen und setzt dabei die entsprechende Miene auf. Neugierig geworden, frage ich nach, was sich denn so Weltbewegendes ereignet habe. *The wedding! Motlanthe got married. I promise you, it was so busy and loud.* Wie dumm von uns, am falschen Wochenende nach Kapstadt zu fliegen. Zondi erzählt sonst alles Mögliche aus der Nachbarschaft und ausgerechnet das hat er für sich behalten, obwohl er es bestimmt im Voraus wusste. Er möge doch bitte weitererzählen. *Da war vielleicht etwas los! Shoo!* Ich weiß inzwischen, dass dieser Begriff in Südafrika dazu dient, alle möglichen Gefühlsregungen auszudrücken. An dieser Stelle meint Zondie vermutlich soviel wie „Mann-o-Mann" oder „Alle Achtung". *Überall auf der Straße geparkte Autos, denn es war alles da, was Rang und Namen hat. Sogar Zuma und Ramaphosa.* Logisch, denke ich, schließlich hat der ehemalige Präsident des Landes geheiratet. *President Jacob Zuma made a brief speech,* bei diesen Worten nickt Zondi ununterbrochen. Zuma habe bei seiner Rede betont, dass das Brautpaar das ideale Datum für die Hochzeit gewählt habe. Ich werde stutzig und frage ihn, was es denn so Besonderes mit dem Datum auf sich habe. Zondi schaut mich mit strafendem Blick an und klärt mich auf: *Der 10. Mai ist das Datum, an dem Nelson Mandela das Amt übernahm. Als Präsident*

Südafrikas. Als erster demokratisch gewählter Präsident. Als erster Schwarzer nach dem Ende der Apartheid. Erneut bin ich weniger im Bilde als unser Gärtner.

Hat er die Rede denn so laut gehalten, dass man sie bis hierhin hören konnte? frage ich ihn etwas ungläubig. Er schüttelt lächelnd den Kopf und erklärt, dass es ihm die Köchin von nebenan erzählt habe, genauso wie die Hintergrundinformation, dass das Paar schon lange vorher liiert gewesen sei. *It was a lavish ceremony, I tell you!* Zondi scheint von dieser Hochzeit sehr angetan zu sein. *Warum wundert es dich, dass es verschwenderisch zuging? Mich würde das Gegenteil beeindrucken. But how do you know?* Plötzlich beschleicht mich ein Verdacht: *Sag bloß, du bist da hoch geklettert, um über die Mauer zu schauen?* und dabei zeige ich die Stelle, an der es möglich wäre, die Nachbarn ganz unverfroren zu beobachten. *Noooo, I would not dare,* Zondi schüttelt heftig den Kopf und reißt dabei die Augen auf, bestürzt darüber, dass ich ihn einer solchen Dreistigkeit für fähig befinde. Die Köchin von nebenan habe es ihm erzählt und ihm sogar Einzelheiten bezüglich der Braut und ihres Brautkleides geschildert, *she desribed Gugu Mtshali´s designer dress as very beautiful and stylish, her wedding dress had lace and beads. It was a mermaid dress!* Besagte Information wundert mich nicht im Geringsten, denn wenn die Frau eines Ex-Präsidenten kein wunderschönes Nixen-Brautkleid mit Spitze und Perlen trägt, wer dann, bitte schön? Vielmehr runzle ich die Stirn, weil ich zum ersten und vermutlich auch letzten Male einem Mann gegenüber stehe, der mit solch einer Begeisterung Details eines Hochzeitskleides beschreiben kann. Doch Zondi lässt mir keine Zeit, noch mehr Gedanken daran zu verschwenden: *The ceremony was conducted by Anglican Archbishop Thabo Makgoba, you know.* Ob er das auch von der Köchin *next door* wisse. Er schüttelt den Kopf. Nein, das habe er im Fernsehen gesehen. Genauso wie die Tatsache, dass 300 Gäste gekommen seien. *Ach, sogar Journalisten waren da*? frage ich etwas naiv. Nach alldem, was ich schon über die Hochzeit erfahren habe, sollte mich das am wenigsten stutzig machen. *Sure! Dutzende von Pressefotografen warteten auf dem Bürgersteig darauf, dass sich das Brautpaar vielleicht doch außerhalb der Mauern zeigt.* Meine Augenbraue hüpft etwas ungehalten hoch. *Und? Haben sie sich gezeigt?* Zondi zuckt mit den Achseln: *Wir konnten nicht hinaus auf die Straße. Es war ja alles bewacht.* Wie gut, dass wir doch nicht da waren, denke ich. *The neighbours struggled to get to their homes because of the traffic around here,* fügt Zondi noch hinzu. Das sind halt die Nachteile, wenn man einen so hohen Politiker zum Nachbarn hat, der noch dazu im eigenen Garten seine Hochzeit feiert.

Wenn man ein solch Aufsehen erregendes Ereignis wie die Hochzeit des Politiker-Nachbarn verpasst, ist es nicht verkehrt, einen Gärtner wie Zondi zu haben, der alles in komprimierter Zusammenfassung wiedergeben kann. Aber auch in anderen Fällen ist auf Zondi Verlass, vor allem wenn es darum geht, Informationen über die Nachbarschaft einzuholen. So weiß er auf Anhieb die Lösung, als eines Tages ein Papagei laut *arriba muchachos* krächzend mit seinem Schnabel an unsere Scheibe klopft. Zondi schnappt sich den Kerl ohne große Umschweife und bringt ihn dem Nachbarn zurück, über den ich bei dieser Gelegenheit erfahre, dass er José heißt und – wie nicht anders zu erwarten – aus Spanien kommt. Unser Gärtner ist im Bilde darüber, dass die indisch-muslimische Familie von nebenan mitsamt den sechs Kindern im Begriff ist, das Haus an ein Paar aus Schottland zu verkaufen, ohne dass mir je ein Schild mit der Aufschrift „for sale“ aufgefallen wäre. Auf meine Frage nach der Anzahl der schottischen Kinder bekomme ich ein Kopfschütteln als Antwort und kann ein triumphierendes Schmunzeln nur schwer unterdrücken. Zu tief sitzen die peinigenden Kreischlaute, die die sechs entzückenden Kinder mit äußerst gesunden Stimmbändern an jedem Wochenende von sich geben, während sie das allerlieblichste Geplansche im Swimming Pool veranstalten. Dabei steht es außer Zweifel, dass sie den Hadedas den Rang ablaufen wollen, indem sie die Bewohner des Nachbarhauses, also uns, möglichst zerzaust aus dem Bett scheuchen. Als mir die renommierte Frauenärztin *next door* eines Tages eine wunderschöne Einladung zur Feier ihres 60. Geburtstages überreicht, tue ich ganz überrascht und bedanke mich herzlich dafür, ohne dabei zu erwähnen, dass ich schon Wochen vorher den Hinweis bekommen habe – drei Mal darf geraten werden, von wem –, dass wir bei der Xhosa-Nachbarin eingeladen sein würden.

Jedes Mal, wenn der gute Zondi mich zwischen Autowaschen und Rasenmähen von solch weltbewegenden Details in Kenntnis setzt, versuche ich mir vorzustellen, welche Einzelheiten aus unserem Privatleben womöglich in der Nachbarschaft die Runde machen könnten. Und ich muss gestehen, mir wird dabei etwas unbehaglich zumute ...

15. Bus oder Bahn? Oder doch lieber Taxi?

Was den Bereich Massenverkehrsmittel und Massenverkehrsverbindungen angeht, erweisen sich die Engländer als bahnbrechend, schließlich war London vor mehr als 150 Jahren die erste Stadt, in der es eine Bahn tatsachlich schaffte, dem städtischen Verkehrschaos zu entkommen und sich ihren Weg unterirdisch zu bahnen. Trotz ihrer Größe ist es in der britischen Hauptstadt auch heute noch möglich, von einer gewissen Überschaubarkeit zu reden, denn dank der *tube* sind alle Stadtteile miteinander verbunden, sodass sich ein Auto für einen normalen Sterblichen als überflüssig, vor allem aber als zu teuer, die Monatskarte für *zone* 1-6 dagegen als umso nützlicher erweist.

Johannesburg ist aus verkehrstechnischer Sicht genau das Gegenteil von London. Massenverkehrsmittel und deren Gebrauch sind untypisch für diese afrikanische Großstadt. Während die Südafrikaner das britische Fahren auf der linken Straßenseite widerstandslos übernommen haben, scheinen sie von den Vorteilen der Bahn und des Busses weniger überzeugt zu sein. Zumindest die weiße Bevölkerung, die vorwiegend mit dem Privatwagen unterwegs ist. Entsprechend geht kaum jemand von den Weißen zu Fuß. Die motivierende Devise lautet: *Play golf, because it's the only way to walk.*

Bus und Bahn werden somit überwiegend von der schwarzen Bevölkerung genutzt. Dies gilt auch für unseren Gärtner Zondi, einem jungen Mann von ausgesuchter Höflichkeit. Zondi lebt schon seit fast zwanzig Jahren in Joburg, kommt aber ursprünglich aus Malawi, einem Land, das mir völlig unbekannt ist und von dessen Existenz ich ehrlich gesagt erst dadurch erfahre, dass die Pop-Ikone Madonna der schmollmündigen Angelina Jolie nacheifert und ein Kind just aus Zondis Heimat adoptiert.

Unser Zondi ist verheiratet, hat drei Kinder, die allesamt in Malawi im Internat untergebracht sind und die er sehr selten, nämlich nur einmal im Jahr sieht. Seine Ehefrau Soyaphi lebt normalerweise in Malawi und kommt immer nur für ein paar Tage zu Besuch, doch vor einigen Monaten hat uns Zondi angekündigt, dass Soyaphi ab jetzt bei ihm bleibt, er somit nicht mehr allein in dem kleinen Häuschen *next to us* wohnen wird. In meiner europäischen Naivität freue ich mich für ihn, erfahre jedoch erst sehr viel später, dass es sich nicht um geteilte und erst recht nicht um doppelte Freude handelt, denn seiner besseren Hälfte sind diverse Einzelheiten über den hormongesteuerten Lebenswandel ihres Gatten zu Ohren gekommen und sie möchte nun aufgrund dessen nach dem Rechten schauen; zu lange schon hat sie den attraktiv aussehenden und sportlich gebauten Ehemann allein gelassen. Inwiefern das kleine Häuschen in Houghton Estate bei ihrer Entscheidung, nach

Johannesburg zu ziehen, eine Rolle spielt, kann ich nicht beurteilen; vermutlich keine zu unterschätzende, denn aufgrund von Strom-, Wasser und Fernsehanschluss stellt es mit seinen oder trotz seiner 50 qm sicher eine Verlockung dar, verglichen mit der Lehmhütte, die ich in Malawi vermute.

Was die Aufgaben des Gärtners allgemein angeht, bekommen wir einen Vertrag unserer Vorgänger überreicht, in dem alles schriftlich und minutiös festgehalten wird. Zondis Aufgaben bestehen darin, sowohl unseren Garten als auch Garage, Garagentor, Einfahrt, *gate*, Swimming-Pool und alle Fenster des Hauses von außen in Schuss zu halten. Ebenfalls soll er das Kaminholz bestellen, nach Bedarf kleiner hacken, spalten, sortieren, optimal (was auch immer das heißen mag) stapeln, ins Haus bringen und ordentlich (so steht es im Vertrag) in den neben dem Kamin dafür vorgesehenen Vorrichtungen lagern (das wird ebenfalls im Vertrag festgehalten), um den Kamin damit täglich bestücken zu können. Ich lese den Vertrag, schaue aus dem Fenster, dann auf das Thermometer, das 25 Grad zeigt und komme nicht umhin, mich zu fragen, ob die Vorgänger aus Großbritannien den *contract* aus der Heimat der Einfachheit halber gleich mitgebracht haben, um ihn hier anzuwenden, ohne sich dessen bewusst zu sein, in welches Land sie genau ziehen. Noch hat mich allerdings niemand darüber aufgeklärt, dass es in den drei Wintermonaten Juni bis August sehr kalt werden und sich diese Fülle an Anweisungen als recht nützlich erweisen kann.

Unser Gärtner Zondi ist schon auf den ersten Blick eine ganz annehmbare Person und bleibt es erst recht auf den zweiten Blick. Er ist immer extrem freundlich und zuvorkommend und findet schnell heraus, was mir in diesem Land gefällt und was nicht. Stets gibt er mir Recht, egal was ich sage. Wenn ich über das Gewitter schimpfe, das einmal täglich Tonnen von Wasser auf die gerade geputzten Fensterscheiben schüttet, dann schaut er gespielt verständnisvoll abwechselnd auf mich und auf das Desaster, das der Regen angerichtet hat und schimpft solidarisch auf das südafrikanische Wetter, das seiner Meinung nach bei weitem nicht so angenehm ist wie in Europa. *Europe is cool.* Das ist sein Lieblingsspruch, wenn er mit mir redet. Und obwohl ich ihm schon wiederholt erklärt habe, dass die Wetterbedingungen in Südafrika sehr viel besser als in ganz Europa sind – vom Süden Europas vielleicht einmal abgesehen, aber solche Details führen zu weit und zu nichts – schüttelt er bei jedem Regen und Gewitter den Kopf und preist Europa. Wenn sich die Hadedas laut krächzend auf dem Rasen niederlassen und in den selbigen Löcher bohren, *as if there is no tomorrow,* verscheucht er sie, wann immer er kann, nur weil ich ihm einmal früh morgens mit zerzaustem Haar und gerade dem Bett entstiegen anvertraut habe, dass ich in meinem Leben schon von lieblicheren Stimmen und vor allem zu späterer Stunde geweckt worden sei. Seitdem lästert er mit wachsender Begeisterung über diese Vögel, sobald er mich erspäht und erklärt mir mit einem kräftigen Gefühl der Verachtung, wie hässlich und laut diese Vögel doch seien. Wie nett würden dagegen die Vögel in Europa aussehen und zwitschern, stellt er jedes Mal in einem Atemzug fest. Zum Glück geht er nicht soweit, die europäische Amsel in seiner Europa-Hymne erst nach 8.00 Uhr morgens aufwachen zu lassen, nur weil ich kein Frühaufsteher bin. Jeglicher Versuch meinerseits, die

Farblosigkeit der europäischen Vögel im Vergleich zu den afrikanischen zu betonen, schlägt fehl, *the European birds are cool.* Schluss, aus! Der arme Kerl glaubt tatsächlich, mir dadurch einen Gefallen zu tun, dass er an unserem aller Gastland kein gutes Haar lässt und Europa über alle Maßen lobt, was sage ich, in den schmeichlerischsten Tönen preist. Und das, ohne je diesen Kontinent besucht, geschweige denn dort gelebt zu haben. Im Laufe der Zeit mache ich die Erfahrung, dass er nicht als einziger diese servile Methode bei allen Weißen anwendet, sondern dass es sich leider um eine Eigenschaft vieler Afrikaner handelt, die als Überbleibsel aus der Kolonialzeit noch tief zu sitzen scheint.

Zondi lebt wie gesagt *next to us* und ist darum auf keinerlei Fortbewegungsmittel angewiesen, da Wohn- und Arbeitsort näher nicht sein könnten. Eines Tages teilt er mir wieder einmal ganz unverfänglich mit, dass er seine Cousins in Soweto besuchen möchte. Mein gut gemeinter Versuch, einen gewissen Überblick über Zondis unzählige Verwandtschaft ersten, zweiten und dritten Grades, sozusagen über seinen Stammbaum zu behalten, ist schon von Anfang an zum Scheitern verurteilt. Erschwerend hinzu kommt die hohe Anzahl der verschwägerten Beziehungen. Überhaupt scheint es kaum jemanden in Soweto zu geben, mit dem er nicht um einige Ecken verwandt oder verschwägert wäre, was aufgrund der Millionen Einwohner dieses Stadtteils eigentlich ausgeschlossen ist, aber man weiß ja nie. Kein Wunder also, dass ich mich schon früh geschlagen gebe. Aus mir unerklärlichen Gründen will er mich aber trotzdem jedes Mal davon in Kenntnis setzen, wen er vorhat zu besuchen. Mittlerweile frage ich mich allen Ernstes, ob außer Zondis drei Kindern überhaupt noch jemand in Malawi lebt oder ob die gesamte Besatzung dieses Landes in Johannesburg, bzw. in Soweto gestrandet ist.

Dem geographieunkundigen Leser sei gesagt, dass Soweto die Kurzform für *South Western Townships* ist, sich somit südwestlich vom Joburger Zentrum befindet und während des Apartheidsystems als eine Wohnsiedlung für Nicht-Weiße eingerichtet wurde. Ich frage ihn ganz beiläufig und ohne zu ahnen, dass dieser Gesprächseinstieg eine längere Unterhaltung nach sich ziehen soll, ob er als motorisiertes Fortbewegungsmittel den *Metropolitan Bus* oder den Schnellbus *Rea Vaya* nehmen werde, bekomme aber nicht sofort eine Antwort darauf. Überrascht von den verkehrstechnischen Kenntnissen einer Europäerin, die immer nur mit ihrem Qashqai unterwegs ist und das auch nur innerhalb eines Radius von wenigen Kilometern, zieht er anerkennend die linke Augenbraue hoch. *How do you know you can go to Soweto with the Rea Vaya?* Nicht ohne Stolz antworte ich ihm: *I have been several times in Soweto so I have seen this bus there.* Wir wissen aber beide, dass ich Soweto nicht mit dem Bus besucht habe. *You really have been to Soweto? Cool!* Meine Abenteuerlust scheint ihm wirklich zu imponieren, denn Weiße pflegen nicht unbedingt in Soweto zu verkehren. Voller Stolz plustere ich mich pfauenmäßig auf und warte schon selbstgefällig darauf, dass er bezüglich meiner Soweto-Expeditionen nach Details fragt oder mich wegen meines Mutes lobt. Stattdessen setzt er zur nächsten Frage an, die weniger mit Soweto und erst recht nicht mit meiner Risikobereitschaft zu tun hat. *Do you know what Rea Vaya means?* Bei dieser Frage sacke ich in mich zusammen und schaue sicher etwas verstört drein. Wie nicht anders zu erwarten, entzieht sich diese nicht gerade lebensnotwendige Information meiner Kenntnis, sodass Zondi sich genötigt sieht, seine Mission als afrikanischer Duden zu erfüllen und meine Wissenslücke zu schließen. Er klärt mich freundlicherweise darüber auf, dass es mit *we are going* übersetzt werden könne und der Jugendsprache *Scamto* entstamme, einem Gemisch aus Afrikaans, Sotho, Zulu, Xhosa und Englisch. Dass es sich bei Johannesburg um einen Schmelztiegel handelt, ist mir sehr wohl bekannt, nicht aber die konsequente Folge daraus, dass sich eine Mischsprache dadurch entwickelt hat. Zondi merkt, dass er mit seinen landeskundlichen Bemerkungen bei mir auf reges Interesse stößt und fügt hinzu, dass *Scamto* auch als *tsotsi taal* bekannt sei, und mit *township talk* übersetzt werden könne.

Während er mir noch mehr Einzelheiten über diese Jugendsprache nennt und ich leider gestehen muss, dass ich nur noch mit halbem Ohr hinhöre, mache ich mir meine Gedanken über die südafrikanische *rainbow nation*. Schmelztiegel hin, multi-kulturelle Gesellschaft her: Schwarz und Weiß leben eben auch nach der Apartheid-Zeit immer noch nicht zusammen, sondern meistens nebeneinander. Folgerichtig fahren sie darum nicht im gleichen Gefährt. Die Weißen verfügen ausnahmslos über einen Pkw und können es sich leisten, nicht auf die Massenverkehrsmittel angewiesen zu sein. Eine gehörige Portion Angst vor der Kriminalität in diesem Land, die leider aufgrund von Vorurteilen, sicher aber in vielen Fällen aufgrund von persönlicher Erfahrung einzig und allein dem schwarzen Mann in die Schuhe geschoben wird, ist der Grund dafür, dass die Weißen sowohl den *Metrobus* als auch *Rea Vaya* meiden. Der Zug *Gautrain* dagegen, der Pretoria mit dem

CBD* (*Central Business District*) Johannesburgs verbindet, wird ohne Bedenken von Weißen genutzt. Offensichtlich wurde er gerade für diejenigen Pendler geschaffen, die in Pretoria leben und im Johannesburger CBD arbeiten. Auf dem Weg dorthin macht er deswegen nur in sehr wenigen weißen Stadtteilen Zwischenstation.

So hänge ich also meinen Gedanken bezüglich Verkehrstechnik nach, als der gute Zondi wieder zurück zum Thema findet. *I am gonna take the taxi to Soweto.* Ach Herrje! Mit einer gewissen Verzögerung hat er nun doch noch meine Einstiegsfrage beantwortet. Zondi fährt also mit dem Taxi nach Soweto, sieh mal einer an, wird jetzt ein europäisch denkender Europäer mit der Zunge ts ts ts ts schnalzend bemerken. Wer sich dabei das aufgrund seiner Geräumigkeit und seines aparten Äußeren besonders beliebte Londoner Taxi vorstellt, denkt fürwahr zu europäisch. Beim Anblick des kultigen *black cab*** glaubt man sich für Sekundenbruchteile in eine andere Zeit versetzt und genau dieser Stil verleiht dem Londoner Taxi einen gewissen Flair, der durch die Trennscheibe zwischen Fahrer und Kunden noch betont wird. In Joburg hat sich das Taxi im britischen Sinne – eins, das man einfach auf der Straße anhalten kann, um einzusteigen – allerdings nicht durchgesetzt. *Reliable*, sprich zuverlässige Taxi-Unternehmen sind rar und man greift als Weißer nur im Notfall darauf zurück, wenn sich also der eigene Wagen in der Werkstatt befindet oder tags zuvor gestohlen wurde. Doch muss man anerkennend hinzufügen, dass es sich bei den Angestellten einiger Taxi-Unternehmen dieser Art um erstklassige Fahrer handelt, die im eleganten Anzug gekleidet und von ausgesuchter Höflichkeit sind, sich als Erstes vorstellen, sich nach dem Befinden des Kunden erkundigen, nicht nur das Gepäck im Kofferraum verstauen, sondern auch danach fragen, ob man Radio hören wolle und wenn ja, welchen Sender, ob man das Password für den Internet-Zugang brauche und ob die Klimaanlage genehm sei oder ob sie ausgeschaltet werden solle, für den Fall, dass es doch etwas zu kalt sei im Innenraum des blitzblanken Autos. Wenn ich da an die Taxifahrer in Südeuropa denke, – in der Zwischenzeit dürfte sich die Situation geändert haben, denn es ist schon einige Jahre her, seit ich nicht mehr in Südeuropa lebe – muss ich leider feststellen, dass sie einem Vergleich mit den hiesigen Kollegen nicht standhalten können. Der südeuropäische Durchschnitts-Taxifahrer bevorzugt permanent Radiosender, auf deren Auswahl man als Kunde keinerlei Einfluss nehmen darf, und die uneingeschränkt Fußballspiele oder Interviews zum Thema Fußball übertragen oder bei denen fußballtreue Hörer um ihre Meinung zu einem weltbewegenden Fußballspiel-Detail gebeten werden, diese dann ganz aufgeregt beim Sender anrufen, sodass man alsbald Hörzeuge eines Streitgesprächs wird, bei dem sich alle Parteien schreiend und grölend fetzen. Zumindest akustisch. In besagtem südeuropäischen Taxi nimmt sich der dazugehörige Fahrer oft genug das Recht heraus, eine Zigarette nach der anderen zu rauchen – auch diese schlechte Angewohnheit dürfte er mittlerweile abgelegt haben – und sich im Glauben zu wiegen, dass er durch das Öffnen des Fensters einer potenziellen Missstimmung seitens des Kunden vorbeugen kann. Und just im gleichen Taxi ist es darum aufgrund erwähnten Fensters im Winter eisig kalt, im Hochsommer allerdings erbärmlich heiß, weil die Klimaanlage zwecks Sparmaßnahmen nicht in Betrieb ist.

Doch um wieder auf unseren Gärtner zurückzukommen: Zondi fährt mit einem Taxi ganz anderer Art zu seinem Cousin. Mit dem Minibus, der die Rolle des Gemeinschafts-Taxis übernimmt und von Weißen meist gar nicht in Erwägung gezogen wird. *So why are you going to take the taxi and not the Rea Vaya? The bus must be more convenient, no?* Was für einem Irrglauben die Europäerin doch erneut unterliegt! Zondi klärt mich darüber auf, dass das Sammel-Taxi das billigste Nahverkehrsmittel in Südafrika sei und darum vorwiegend von der armen Bevölkerung genutzt werde. Die Fahrt beginne am sogenannten *taxi rank*, wo Hunderte von Taxis auf ihre Kundschaft warten würden, um sie innerhalb und außerhalb der jeweiligen Provinz zu bringen. *They even go to Zim***, Botswana or Mozambique.* Das sprenge allerdings meine europäische Vorstellung von Nahverkehrsmitteln, wage ich entgegenzusetzen. Aber da Zondi aus Malawi kommt, hält er vermutlich die Strecke, die so ein Taxi bis zu den Nachbarländern Südafrikas zurücklegt, für *a stone's throw.* Der *commuter*, der jeden Tag mit diesen Sammel-Taxen unterwegs sei und zwischen Wohnort und Arbeitsplatz hin und her pendle, gehe zum Taxistand, wo ein *queue marshal* für Ordnung sorge. *Was für Berufsbezeichnungen es doch gibt,* wende ich schmunzelnd ein, doch Zondi fährt unbeirrt fort. Dieser Marschall mit der eigenartigen Berufsbezeichnung also, wiederholt er, dürfe Fahrer und Pendler auf eine zugegebenermaßen recht willkürliche Art und Weise zurechtweisen und herumkommandieren.

Als Zondi mit seinen Ausführungen bezüglich des Taxistands zu Ende ist und mich erwartungsvoll anschaut, nehme ich das Gespräch wieder auf und teile ihm mit, was mir bis jetzt beim Fahren auf den Joburgern Straßen aufgefallen sei, dass nämlich viele dieser Mini-Busse in einwandfreiem und sauberem Zustand seien und ohne Weiteres einem europäischen Vergleich standhalten könnten. Allerdings, füge ich etwas kritisch hinzu, gebe es ebenso viele, die einen doch eher wackligen Eindruck vermitteln würden, in denen jede Fahrt verspreche, ein Abenteuer zu werden und höchstwahrscheinlich von den Gebeten der Insassen begleitet werde. Zondi schaut mich verständnislos an. Worauf ich hinaus wolle. Also werde ich konkreter und führe Beispiele an, die ein sicheres Fortbewegen des Fahrzeuges ausschließen. Ich hätte Heckscheiben gesehen, die keine mehr seien, aber durch eine Plane und mit viel Klebeband notdürftig zusammengehalten und somit permanent als eine alternative Klimaanlage fungieren würden. Und das sei keine Ausnahme gewesen, versuche ich ihm zu erklären. Einige Mini-Busse würden schrottreif oder wie gerade zusammengebastelt aussehen und für jeden anderen Autofahrer eine Art tickende Zeitbombe darstellen. Darum würde ich, einen der wichtigsten Tipps von *locals* befolgend, einen gebührenden Sicherheitsabstand von den Sammel-Taxis wahren. Vielsagend und schulmeisterhaft nickend erwarte ich Zondis Reaktion. Diese lässt nicht lange auf sich warten. *Yes, you are right, South African taxis are crappy, very crappy! But European taxis are the best! They are cool!* Er nickt strahlend und überglücklich, es auf den Punkt gebracht zu haben.

Das habe ich doch gar nicht gesagt! Habe ich das etwa gesagt? Etwas hilflos wechsle ich sicherheitshalber das Thema und frage nach Fakten, die keine Missverständnisse zulassen. *So how much does the taxi cost, Zondi?* Ich sehe seinem wichtigtuerischen Gesichtsausdruck an, dass er vorhat, zu einem längeren Vortrag auszuholen. In demselben Moment bereue ich es schon, gefragt zu haben. Ein Ticket koste 10 R pro Fahrt, sodass beispielsweise seine Verwandten relativ kostengünstig aus den ärmlichen Townships zum Arbeiten in die weißen Wohnviertel und wieder zurück kutschiert würden. *But Rea Vaya costs 12 R*, Zondi versucht mit erhobenem Zeigefinger auf den Unterschied aufmerksam zu machen. Auf meine Frage hin, in welchem Fahrzeug es denn bequemer sei, gibt er zu, dass der Fahrer des Minibus-Taxis natürlich versuche, in den 15-Sitzer bzw. 24-Sitzer meist mehr Pendler hineinzuquetschen, damit sich die Fahrt für ihn rentiere. Bequemlichkeit werde somit dem Profit geopfert. Zondi lacht und spielt mir einen vollen Minibus vor, in dem er neben einer imaginären dicken Frau, einer *big mama* sitzt, auf deren Schoß sich etliche Körbe türmen, sodass er an die Tür gequetscht wird und kaum noch Luft holen kann. Ich lache mit, selbst wenn es eigentlich nicht komisch, sondern eher traurig ist.

Do you know the rules? Zondi ist dermaßen in Fahrt, dass er jetzt alle Register zieht und ein detailliertes Seminar hält, auch wenn ich diese Kenntnisse nie in die Tat umsetzen werde. *What kind of rules?* frage ich, meine Ignoranz bezüglich südafrikanischer Regeln nicht verbergen könnend. Es folgt eine kinoreife Darstellung, bei der Zondi heftig gestikuliert. Im Minibus würden also laut Zondi konkrete Regeln herrschen, die durch eine gewisse Rollenverteilung untermauert würden. Da der Fahrer weder herausgeben könne noch wolle, müssten die Insassen Münzen dabei haben, die von Hand zu Hand bis zum Beifahrer gelangen, der die Rolle des Schaffners übernehme, das Geld für das Ticket entgegennehme und in den seltensten Fällen Wechselgeld herausgebe. Gleichzeitig seien der Beifahrersitz und die erste Reihe direkt dahinter für Behinderte und Leute, die viel Gepäck dabei hätten, vorgesehen. Allerdings habe er schon öfters erlebt, dass der Fahrer die Schaffnerrolle lieber mit einer netten jungen Frau besetze und die älteren Behinderten, die eigentlich Vorrang hätten, ganz nach hinten verfrachte, lacht Zondi mich an, wirft mir ein entwaffnendes *You see!* zu und zeigt gleichzeitig mit seinem Zeigefinger an die Schläfe, was in Deutschland so viel wie „du hast einen Vogel" heißt, in vielen anderen Kulturen der Welt allerdings als Hinweis auf eine besonders spritzige und clevere Bemerkung gedeutet wird. Nun glaube ich, erkannt zu haben, warum seine Frau in letzter Zeit lieber in Johannesburg verweilt als in Malawi. Vermutlich nicht nur weil sie das Häuschen in Houghton Estate der Lehmhütte vorzieht. Zondi ist zwar kein Taxifahrer, verfügt aber offensichtlich über das gleiche testosterongesteuerte Verhalten wie diese.

Zondi fährt in seinen Ausführungen begeistert fort und erklärt mir die wichtige Rolle desjenigen, der an der Tür sitze, nämlich die selbige bei jedem Anhalten zu öffnen und zu schließen. Also müsse er als *door-keeper* im Bilde darüber sein, wer wo austeigen wolle und das kurz davor dem Fahrer melden, damit dieser rechtzeitig ausschwenken, halten und ... an dieser Stelle unterbreche ich Zondi und ergänze den Satz: ... *und ganz nebenbei die Autofahrer, die sich hinter ihm befinden, auf die Palme bringen kann.*

Mein schulmeisterhaftes Gehabe geht wieder einmal mit mir durch und ich halte dem armen Zondi eine Standpauke, wo er doch keinerlei Verantwortung für das Treiben der Taxifahrer trägt. Nichtsdestotrotz muss er sich das nun anhören, denn schließlich hat er sich dieses Gespräch selber eingebrockt, mit seinem grenzenlosen Mitteilungsbedürfnis bezüglich dieses Cousins in Soweto. Aus Erfahrung könne ich ihm sagen, dass die Minibus-Taxen ein öffentliches Ärgernis ohnegleichen für alle anderen Verkehrsteilnehmer darstellen würden, weswegen keiner, aber wirklich keiner gut auf sie zu sprechen sei. Wie oft sei ich schon Zeuge geworden, wenn die Minibusse bei hoher Geschwindigkeit minutenlang gefährlich eng nebeneinander gefahren seien, weil der eine den anderen gefragt habe, ob er ihm Kleingeld herausgeben könne. Das Geld sei dann jedes Mal durch die offenen Fenster gereicht worden, möglichst ohne dass die Wagen bei den wiederholten Schlenkern, die sie hätten machen müssen, seitlich gegeneinander geprallt seien. Für den Fahrer des Autos, der sich direkt dahinter befinde, sei diese Zirkusnummer eine regelrechte Herausforderung und mit Vorsicht zu genießen. Alle in Joburg – und vermutlich im restlichen Südafrika ebenso – wüssten, dass die Fahrkünste eines solchen Taxifahrers eben besondere seien und weniger mit den Verkehrsregeln zu tun hätten, die sie generell mit einer erstaunlichen Leichtigkeit außer Kraft setzen würden.

Mein erneuter Versuch, Zondi von dieser Gefahr, die besagte Minivan-Fahrer für die restlichen Verkehrsteilnehmer darstellen, in Kenntnis zu setzen, schlägt fehl. Er schaut mich verständnislos an und erst als ihm einleuchtet, dass mich irgendetwas an dieser Fahrweise zu stören scheint, schaltet er erneut auf servil und pflichtet mir wild mit dem Kopf nickend bei. Sofort hat er eine Erklärung dafür parat, die sogar plausibel klingt. Diese *brothers* – die schwarze Bevölkerung nennt sich hierzulande gegenseitig *brother* oder *sister* und benutzt auch die entsprechenden Kurzformen *bro* oder *sis* – würden das Fahrzeug immer nur pro Tag mieten, es gehöre ihnen also nicht und sie gingen entsprechend lieblos damit um. Aha, erwidere ich staunend und füge hinzu, dass Lieblosigkeit und Beherrschen der Verkehrsregeln zwei Paar Schuhe seien. Denn beim Fahren eines gemieteten Wagens müsse man ebenso blinken, was diese Kerle eben nie tun würden, sodass man jedes Mal aufs Neue überrascht werde, wenn besagter *brother* nach links oder rechts abbiege. Zondi nickt nur, doch sein Blick verrät mir, dass er nichts Verwerfliches an diesem Fahrverhalten entdecken kann. Selbst dass sie oft bei Rot über *the robot* fahren und generell immer ordentlich aufs Gaspedal drücken, scheint seiner Meinung nach nicht gegen die Verkehrsregeln zu verstoßen.

Wie sieht es eigentlich mit den Haltestellen aus, möchte ich nun wissen, denn ich habe keinerlei Vorrichtungen am Straßenrand entdecken können. Das größte Problem sehe ich nämlich darin, dass die Taxifahrer nicht nur an den dafür vorgesehenen Haltestellen anhalten – wenn es denn welche geben sollte –, sondern auch an den nicht dafür vorgesehenen Stellen, um Leute einsteigen zu lassen. Zondi hat diesbezüglich ebenfalls eine Antwort bereit. Jeder an der Straße stehende und auf einen Minibus wartende Kunde signalisiere dem Taxifahrer mit bestimmten Handzeichen sein Ziel. So bedeutet z.B. die Hand zur Faust geballt und den Zeigefinger nach unten zeigend – er macht es mir vorzüglich vor –, dass man nur ein Stück mitgenommen werden, also in der nächsten Umgebung bleiben wolle. Wenn der Zeigefinger allerdings nach oben schaue, bedeute das, dass man diesen Stadtteil verlassen und zum CBD wolle. Darüber hinaus gebe es eine Unmenge an weiteren Zeichen, deren Erlernen tatsächlich eine Wissenschaft für sich sei – er drückt es etwas anders aus, meint aber genau das – und fragt mich, sein Talent als Lehrer entdeckt habend, ob er mir auch noch die restlichen Signale zeigen solle. Ich winke ab, da ich vermutlich nie solch ein Sammel-Taxi nehmen werde. Mich interessiert viel mehr das Fahrverhalten dieser pfiffigen Taxifahrer, damit ich mich darauf einstellen kann. Unter keinen Umständen wollen sie sich vermutlich die potenziellen Kunden entgehen lassen und halten darum überall, vorausgesetzt, es patrouilliert gerade keine Polizei im näheren Umfeld. Zondi hört sich meine Argumentation aufmerksam an und verzieht bei dem Wort *police* vielsagend das Gesicht zu einer Grimasse. *Totally corrupt, they are useless because they are totally corrupt. But the European police is cool!*

* **CBD:** Central Business District, Johannesburgs Innenstadt, das während der Apartheidzeit das wirtschaftliche Zentrum der Stadt war.

** **Black cab:** Für London typisches Taxi.

*** **Zim:** Abkürzung für Zimbabwe.

16. Joburger Taxifahrer.
Ein Fallbeispiel?

Der werte Leser dürfte sich beim Lesen dieser Episoden ein Bild über die hiesigen Polizisten gemacht haben. Aufgrund ihrer korrupten Vorgehensweise eilt ihnen ihr schlechter Ruf nun einmal voraus und zieht selbst die ehrlichen unter ihnen mit in den Sumpf. Interessant wäre es darum zu erfahren, wie die Polizei, unser aller Freund und Helfer, unter bestimmten Umständen reagieren würde. Gemeint sind an dieser Stelle die gefährlichen Joburger Minivan-Taxen samt berüchtigter Fahrer und ein für westliche Verhältnisse doch recht ungewöhnlicher Zwischenfall, dessen Zeuge meine bessere Hälfte eines Morgens auf dem Weg zur Arbeit wird.

Früh morgens fährt mein Guter immer ins ehemalige Zentrum der Stadt, der Einfachheit halber CBD genannt, was so viel wie *Central Business District* heißt. Seit Mandelas Wende ist es leider zu einem Armenviertel verkommen, weil die Weißen, die bis Anfang der 90er Jahre dort wohnten und arbeiteten, entweder Angriffen von Nicht-Weißen ausgesetzt waren oder – um einem Angriff vorzubeugen –

panikartig die Flucht ergriffen und diesen Stadtteil verließen. Seitdem leben dort nicht nur schwarze Südafrikaner, sondern auch eine beträchtliche Anzahl illegaler Migranten aus den Nachbarländern. CBD gilt als nicht ungefährlich, was mir unsere Perle Pamela aus Zimbabwe, die Reinemachefrau, die dort wohnt, immer wieder bestätigt, da sie sich abends nach Sonnenuntergang nicht mehr auf die Straße traut. Viele Firmen lassen ihre Büros der Verelendung dieses Stadtteils zum Trotz auch weiterhin im CBD, während sich die Mehrheit der nationalen und internationalen Unternehmen nördlich davon niedergelassen hat, sodass neue Siedlungen und das neue Stadtzentrum Sandton entstanden sind.

Trotz der Abschaffung des Apartheid-Systems sind weiße und nicht-weiße Wohngebiete auch heute noch zu einem Großteil voneinander getrennt. Das gilt vorwiegend sowohl für das schon erwähnte, aus den 1970er Jahren berühmte Soweto als auch für den verruchten Stadtteil Alexandra. Beide stellen heute noch die Bleibe für Nicht-Weiße dar. Doch seit den ersten Wahlen 1994, an denen die gesamte Bevölkerung und nicht nur Weiße teilnehmen konnten, seit also Mandelas Partei ANC das Land regiert, kommen immer mehr Schwarze in den Genuss des sozialen Aufstiegs und können es sich leisten, in Siedlungen der „mittleren Klasse" zu leben, wo Weiß und Schwarz gleichermaßen anzutreffen sind.

Meine bessere Hälfte fährt also jeden Morgen zur *rush hour* über die Autobahn M1 in dieses nicht ungefährliche Stadtzentrum CBD. Trotz der enormen Infrastruktur, die an die Vereinigten Staaten erinnert, kommt es früh morgens um 7 Uhr und nachmittags ab 15 Uhr zu Staus. Südafrika ist eine *day society*, es wickelt sich somit fast alles bei Tageslicht ab, was vorwiegend an der Kriminalität liegt. Man steht morgens um 5 Uhr auf, fährt oft zusammen mit Tausenden von Gleichgesinnten eine Stunde bis zum Büro, um noch vor Einbruch der Dämmerung seinen 8-Stunden-Tag hinter sich zu bringen und möglichst um 17 Uhr wieder zu Hause zu sein.

Die verschiedenen Ausfahrten der M1, die Joburg durchschlängelt und zu den Gebäuden mit den Weiße-Kragen-Jobs führt, sind somit zu diesen Zeiten brechend voll, sodass dem Fahrer nichts weiter übrig bleibt, als sich in Geduld zu üben. Im Reißverschlussverfahren kriechen die Autos auf zwei bis drei Autospuren nebeneinander, lassen sich abwechselnd vor und reihen sich in die Autospur ein, die von der Autobahn zur City führt. Dabei müssen sich die Autofahrer gegenseitig einen gewissen Respekt entgegenbringen, (Vor-)Drängeln ist kein Zeichen für gute Kinderstube, war es noch nie – in keinem Winkel der Welt.

Da mein Ehemann sich jeden Tag ins gefährliche CBD hineinwagen muss, besteht die Firma darauf, dass er – wie viele in diesem Land – aus Sicherheitsgründen einen Prado zur Verfügung gestellt bekommt, einen schweren Geländewagen, der einem das Gefühl vermittelt, in einem Panzer zu sitzen. Für bürgerkriegsähnliche Zustände somit ausreichend ausgerüstet wird er eines Tages Zeuge einer nicht leicht einzuordnenden Szenerie. Vor meinem Ehemann fährt auf der rechten Fahrspur einer dieser weißen Minibusse, die zum Taxi umfunktioniert sind, und befördert Fahrgäste, Taschen, Körbe und diverse andere Utensilien. Gleich daneben auf der linken Spur befindet sich ein weißes Auto mit einem schwarzen Fahrer. Soweit so gut, es ist früh am Morgen, mein Guter ist an den täglichen Verkehr gewöhnt, ebenso an die draufgängerischen Minibusfahrer und schon lange wundert er sich nicht mehr darüber, dass 80-90% der Autos in Joburg weiß sind. Das Taxi und der weiße Wagen fahren ziemlich lange vor ihm nebeneinander her, bis sie an einen Punkt gelangen, wo die zwei Fahrbahnen ineinander übergehen und einer den anderen vorlassen müsste. Nichts dergleichen geschieht, beide fahren jedes Mal 20 cm weiter, schieben sich nach vorne, sodass der Abstand zwischen den zwei Wagen abnimmt, sie sich also immer näher kommen. Der linke Kotflügel des VW-Busses und der rechte Kotflügel des PKW drohen sich zu berühren. Gemächlich rutscht jedes Auto Zentimeter für Zentimeter nach vorne, ohne dass sich die Fahrer gegenseitig auch nur eins Blickes würdigen. Irgendwann berühren sich die Kotflügel und bleiben aneinander kleben.

Alle in Joburg wissen, dass Taxifahrer Tuchfühlung am wenigsten ertragen und dass man es sich generell mit diesen Brüdern nicht verderben sollte! Und da genau jetzt dieser Moment gekommen ist, öffnet der Taxifahrer langsam und ohne Hast die Tür, steigt aus, bückt sich noch einmal in den Minibus hinein und holt eine Eisenstange heraus, die er von nun an in der rechten Hand hält. Strukturiert und methodisch geht er dazu über, mit der Eisenstange auszuholen und jede einzelne Fensterscheibe des weißen Autos einzuschlagen, ohne dabei die Miene zu verziehen oder Anzeichen seiner psychischen Verfassung zu zeigen. Seelenruhig und ohne zu schimpfen oder zu schreien oder sich sonst zu jeglicher emotionalen Regung hinreißen zu lassen, zerdeppert er Scheibe für Scheibe und nur bei der Frontschutzscheibe bedarf es aufgrund der größeren Fläche zur Vollendung seines Werkes wiederholter Hiebe. Auf die gleiche Art und Weise nimmt er sich nunmehr die andere Seite des Autos vor, die mit seinem Taxi fast verkeilt ist. Mit der gleichen Präzision demoliert er auch diese Fensterscheiben, nachdem er sich zwischen die zwei Autos hineinzwängt, in die kleine Lücke, die vom missglückten Reißverschlussverfahren übrig geblieben ist. Von seinem Vorhaben wagen ihn weder die Insassen im Taxi noch der in Scherben gehüllte Fahrer des weißen Autos abzuhalten, zumal Letzterer in seinem dem Schicksal geweihten Gefährt eingeklemmt ist und seine Tür nicht öffnen kann. Zu nahe steht dafür der Minibus. Zu gefährlich erscheint ihm sein Fahrer, ganz zu schweigen von dessen Furcht einflößenden Eisenstange.

Was die nicht direkt betroffenen Verkehrsteilnehmer angeht, die also „nur“ Zeugen dieses öffentlich zur Schau gestellten, außergewöhnlichen Destruktionstriebes werden, haben sie vermutlich nur eines im Sinn: sich möglichst schnell in Sicherheit zu bringen, um nicht eventuell vom gleichen Schicksal heimgesucht zu werden. So macht sich auch meine bessere Hälfte das entstandene Chaos zu Nutze, schwenkt möglichst unauffällig mit seinem auffälligen Panzerauto nach rechts aus und überholt den Ort des Geschehens, als wäre der Vorfall nicht weiter von Belang. Jeder, der daran vorbeifährt, schaut sicherlich nicht rein zufällig in die entgegengesetzte Richtung und hofft insgeheim, nicht die Bekanntschaft des Taxifahrers und seiner Eisenstange zu machen. Meine bessere Hälfte beobachtet nunmehr durch den Rückspiegel, dass der Taxifahrer sich mit Bedacht vergewissert, dass auch wirklich keine Scheibe am weißen Auto heil geblieben ist. Er geht erneut um das

Auto herum, diesmal ohne zuzuschlagen, öffnet die Tür des Taxis, legt die Eisenstange sorgfältig wieder zurück an ihren Platz, steigt ein und fährt einfach weiter, die Ruhe in Person. Es leuchtet vermutlich jedem solidarisch eingestellten Leser, der an dieser Stelle das Verhalten meines Ehemannes und aller anderen Verkehrsteilnehmer kritisiert, ein, dass jegliches gutgemeinte Einschreiten oder sonstige Form von Zivilcourage in diesem Fall sicher nicht zu Gunsten der betroffenen Person ausgegangen wäre.

Nachdem eine gewisse Zeit vonnöten ist, um den ersten Schock und im Anschluss daran die Detailschilderung meines Gatten zu verarbeiten, halte ich es für angebracht, die Meinung eines Einheimischen oder doch zumindest die eines Afrikaners dazu einzuholen. Unser Gärtner Zondi erscheint mir als der geeignete dafür, denn schließlich war er es, der mich in die Welt der Joburger Taxifahrer eingeweiht hat. Bei der erstbesten Gelegenheit beschreibe ich ihm also den Vorfall, gespannt darauf zu erfahren, wie er das gewalttätige Verhalten dieses Taxifahrers einordnen wird. Zondi folgt mit größter Aufmerksamkeit meiner detaillierten Schilderung der Geschehnisse und hat sogar den Aufbau des Spannungsbogens und den Höhepunkt der Erzählung sehr wohl erkannt. Ich sehe ihm allerdings an, dass er gestresst versucht herauszufinden, inwiefern er in den Ablauf der Geschichte verwickelt sein und welche Schuld ihn treffen könnte. Warum erzähle ich dem armen Burschen diese Geschichte und was erwarte ich eigentlich von ihm, der da vor mir steht und in dessen Arbeits- und Verfügungsbereich nur das fachmännische Beschneiden und Bewässern von Bäumen und Hecken vorgesehen ist? Alsbald helfe ich ihm aus dieser weniger kommoden

Situation heraus: *Zondi, was würde denn die Polizei in diesem Fall tun? Ich meine, wenn sie das alles mitbekommen würde. Den Taxifahrer festnehmen? Dem Opfer unter den Scherben der zertrümmerten Windschutzscheiben zu Hilfe eilen? Die Augenzeugen aufgrund fehlender Zivilcourage zurechtweisen?*

Dem guten Gärtner ist es anzusehen, dass er mit diesen europäischen Fragen eindeutig überfordert ist. Trotzdem kratzt er notdürftig zwei Sätze zusammen, die anscheinend immer und unabhängig vom Kontext passen: *Totally corrupt, they are useless because they are totally corrupt. But the European police is cool!* Sekundenbruchteile sind nötig, damit sich mir die Logik, die sich hinter dieser Aussage verbirgt, erschließt. Wie alle Bewohner Südafrikas, egal ob einheimisch oder nicht, sind auch wir schon des Öfteren in den Genuss gekommen, die Qualität der hiesigen Polizisten zu testen und haben dabei nicht nur negative Erfahrungen gemacht. Erwartungsvoll schaut mich Zondi an, aber sein Gesichtsausdruck verrät mir, dass er nicht sicher ist, ob er mir mit seinem Statement die richtige Antwort gegeben hat. Ich versuche es einmal anders und lasse durchblicken, dass ich nun seine persönliche Meinung dazu hören möchte. Nicht mehr und nicht weniger. *So Zondi, what do you think of this story? I bet you would not act the same way, would you?*

Zondi lächelt mich an, froh erkannt zu haben, dass ich ihn nicht auf eine Stufe mit diesem Taxifahrer stelle. Und nun, da er realisiert hat, dass er keinerlei Verantwortung zu übernehmen braucht, betrachtet er die neue Sachlage sozusagen als Freibrief und setzt zu einem Geschimpfe ohnegleichen an. Wie so oft und unabhängig davon, ob es um

Hadedas, Gewitter oder Taxifahrer geht, versucht er wieder, es mir nach allen Regeln der Kunst recht zu machen. Diese Burschen seien nicht wie die tadellosen Taxifahrer in Europa, oh nein, sie seien noch nicht einmal imstande, richtig zu fahren oder anzuhalten. In Europa sei das alles ganz anders, zumal die Taxifahrer dort höfliche, zivilisierte und gebildete Menschen seien, während hier, OMG diese Brüder hätten teilweise einen derart lebensgefährlichen Fahrstil drauf ... man solle sich wirklich vorsehen ... man solle sich nie mit ihnen anlegen, *because they carry guns and kill people just like that* und dabei schnippst er mit den Fingern. Einfach so! *South Africa is dangerous because of people like this. It's not like Europe. Europe is cool.*

Und nachdem er wieder eine Predigt über das gelobte Europa gehalten hat, wird eine Sendepause eingelegt, sodass ich, warum auch immer, nicht umhin komme, die selbige zu überbrücken und noch einmal kurz nachzuhaken: *So you would not behave like this, would you?* Freudestrahlend schüttelt er verneinend den Kopf: *No, I would not behave like this. Of course I would not. I am not able to drive.*

17. Die Perle Pamela

Wenn ich meinen Freunden in Europa erzähle, dass die Dienstmädchen, Putzfrauen, Haushaltshilfen und *domestic workers*, wie sie in Südafrika genannt werden, Namen wie Sunshine, Charity oder Happiness tragen, lächeln sie anerkennend, fragen jedoch nicht weiter nach. Auch mein Versuch, ihnen zu erklären, dass es sich bei den Namen meist um die englische Übersetzung aus der jeweiligen Bantu-Sprache handelt, stößt kaum auf Resonanz. Also muss ich konkreter werden und füge hinzu, dass die Eltern bei der Namensgebung nicht hirnlos vorgehen, also keine *celebrity names* wie beispielsweise Kevin oder Justin aussuchen. Exotisch klingende Namen wie Chantal werden ebenfalls ausgeschlossen und somit die Wahrscheinlichkeit, dass der Name ihres Kindes zu einer Diagnose wird. Statt dessen verfolgen sie das lobenswerte Ziel, dem Spross durch den Namen den jeweiligen Charakterzug mit auf den Lebensweg zu geben. Meine Argumentation wird erneut mit einem müden Lächeln quittiert.

Sobald ich jedoch ganz nebenbei die Bemerkung fallen lasse, dass meine Perle den Namen Pamela trägt, regen sich die Gemüter. Es ist ausnahmslos mit der gleichen Reaktion zu rechnen, vor allem unter der männlichen Bevölkerung. Diese reißt nämlich Augen und Mund weit auf und für Sekunden verschlägt es ihnen die Sprache. Es wird nach ganz bestimmten Einzelheiten gefragt, nach vollem blonden Haar und Collagen-Lippen und auch danach, ob es sich bei Pamela um eine barbusige Schönheit handelt. Die schwungvollen Bewegungen mit beiden Händen, die in der Luft einen beneidenswerten Frauenkörper mit kurvigen Idealmaßen zeichnen, sind ebenfalls schnell interpretierbar. Große Bewunderung ernte ich für die Putzfrau mit dem sexy Namen und nur eine Verwandte aus Mailand bringt es fertig, meine Reinemachefrau zu toppen, denn ihre Haushaltshilfe heißt doch tatsächlich Soraya und bringt somit einen aristokratischen Hauch aus dem damals noch westlich orientierten Persien in die Mailänder Wohnung. Trotz ihres Namens weist Soraya keinerlei Allüren auf und weiß sehr wohl, wie man ein Haus auf Vordermann bringt. Auch Pamela versteht ihr Handwerk und darum sind jegliche Ähnlichkeiten mit der Hollywood-Schauspielerin, auf die Männer so fixiert sind, von der Hand zu weisen. Schließlich soll sie bei mir zu Hause mit dem Putzlappen umgehen können und weder als dürftig bekleidetes Model die Gemüter bzw. die feuchten Männer-Fantasien wecken noch röchelnde Schwimmer aus dem Pool fischen. Sie soll schlicht und einfach nur sauber machen. Und zwar möglichst gründlich.

Im Gegensatz zu ihren Kolleginnen hat Pamela ihren wirklichen Namen nicht einfach aus ihrer Heimatsprache übersetzt. In ihrem Pass steht der Vorname Amandlenkosi und der Nachname *Moyo*, was ich übrigens gegoogelt habe, um herauszufinden, dass es so viel wie „Magie“ bedeutet. Statt sich also *Magic* zu nennen, was ja so schlecht gar nicht klingt, hat sie sich keck einen neuen Namen zugelegt, der ihren Vorstellungen von etwas Nettem gerecht wird. Und so keck und ganz in Rosa gekleidet steht sie dann eines Tages vor der Tür und stellt sich vor. *Hi* (ausgesprochen: Haaaaaaaaaaiii), *I'm Pamela.*

Pamela stammt aus Zimbabwe, gehört dem Ndebele-Stamm an, ist verheiratet, hat eine Tochter und zwei Söhne, spricht gebrochen Englisch und lebt seit über zehn Jahren in Johannesburg. Die ersten zwei Kinder hat sie aus erster Ehe. Ihr damaliger Mann kam bei einem Minenunglück um. Ähnliche Geschichten habe ich schon des Öfteren über und von Witwen gehört, deren Männer in jungen Jahren entweder im Untertagebau umgekommen oder bei einer Schießerei ihren Verletzungen erlegen sind. Auf jeden Fall heiratete Pamela bald danach ihren zweiten Mann, von dem sie das dritte Kind hat.

Ich muss gar nicht erst nach ihr suchen, denn sie wird mir von der Hausbesitzerin wärmstens empfohlen, genau so wie der Gärtner Zondi. Beide arbeiten seit Jahren hier und sorgen jeweils drinnen bzw. draußen für Ordnung und Sauberkeit. Schon in der ersten Woche winkt mir Pamela mit einem Papier, um mir zu erklären, dass wir beide einen Vertrag unterschreiben müssen. Überrascht nehme ich das vier-seitige Schreiben entgegen, in dem sowohl ihre als auch meine Pflichten, vor allem aber ihre Rechte, ausführlich beschrieben sind. Später erfahre ich von der *relocation agency*, dass das in Südafrika so üblich und unumgänglich ist, da *domestic workers* während der Apartheid-Regierung keinerlei gesetzlichen Schutz genossen und somit potenzielle Opfer eines jeden Weißen darstellten. Mit diesem Vertrag gilt es also Missbrauch und Misshandlung vorzubeugen. Somit stehen Pamela täglich eine Kaffeepause und eine einstündige Lunch-Pause zu. Beides genießt sie in vollen Zügen. Und das ist auch gut so.

Im Laufe der Zeit wird mir bewusst, was für ein großes Glück ich mit Pamela habe. Geschichten über *domestic workers* oder *maids*, wie sie hierzulande heißen, tragen nämlich entschieden dazu bei, dass sich mein welliges Haar senkrecht in die Höhe sträubt. Die meisten Mädchen oder Frauen kommen aus den Townships, meist aus Soweto, oft genug jedoch auch aus *informal settlements oder squatter camps*, wo grundlegende Hygieneregeln nicht eingehalten werden können. Dort schlafen die Familien auf engstem Raum in einer notdürftig gezimmerten Hütte auf dem Lehmboden, als Matratze dient ihnen ein auseinander gefalteter Pappkarton. Ihr armseliges Geschirr wird im besten Fall einfach nur abgewischt, bevor es wieder für die nächste Mahlzeit mit dem Getreidebrei aus Maismehl, dem sogenannten *mielie pap* oder *pap* überhäuft wird. Es wäre also schlichtweg zu viel verlangt, wenn man beim Reinigen eine westliche Vorstellung von Sauberkeit voraussetzt, wie etwa, dass draußen nicht gleich drinnen ist oder der Fußboden als Fläche weder mit dem Tisch noch mit den Regalen gleichzustellen ist und darum anderer Fürsorge bedarf. Ganz zu schweigen von dem Staubsauger. Was für ein Riesenschreck muss wohl den bemitleidenswerten Frauen in die Glieder fahren, wenn dieser Satansbraten zum ersten Mal angeschaltet wird! Bei solch einem ohrenbetäubenden Getöse liegt die Annahme der Frauen nahe, dass das Ding des Teufels ist. Diese Vermutung hilft ihnen aber nicht gerade dabei, das Haushaltsgerät richtig zu betätigen. Ähnliches gilt auch, wenn es darum geht, Fenster streifenfrei zu wischen oder Putzlappen je nach Anwendungsbereich zu unterscheiden. Unter diesen Umständen hören sich Geschichten bezüglich *maids*, die den gleichen Putzlappen für die Klobrille und dann zum Abtrocknen des Geschirrs benutzen, nicht unbedingt an den Haaren herbeigezogen an. Es kann ebenso leicht passieren, dass Hemden, welche gerade von der Reinigung abgeholt wurden, das Zeitliche segnen, weil sie – unverständlich warum – gleich mit der Plastikhülle mitgebügelt werden. Unser Freund kann es immer noch nicht fassen, dass innerhalb weniger Sekunden sein Bügeleisen gebrauchsuntüchtig war und seine Hemden einen entsprechenden Plastiküberzug vorwiesen und damit gleichfalls nicht mehr zu verwenden waren. Auch Wollpullover, die nach dem Waschen die Größe XXXS annehmen und nur noch mit Müh und Not Vorschulkindern passen, gehören oft genug zu den Missgeschicken einer *maid* und werden mit einem *I am sooooo sorrrrrry* quittiert, sobald sie diesbezüglich angesprochen werden.

Ein weiteres Beispiel aus unserem südafrikanischen Bekanntenkreis zeigt, dass Pamela im wahrsten Sinne des Wortes eine Perle ist. Nach einem stressigen Arbeitstag und einer Geschäftsreise nach Cape Town kommt eine berufstätige Freundin nach Hause und findet ihre *maid* namens Confidence im Bett liegen. Ziemlich verärgert darüber, dass Confidence trotz ihres Namens das Vertrauen ihrer Arbeitgeberin missbraucht und sich schon des Öfteren etwas zu zutraulich verhält, muss meine Bekannte energisch werden. Sie reißt die zu souveräne *maid* aus dem tiefen Schlaf und unterbricht ihre süßen Träume auf grausamste Weise. Statt erschrocken zu reagieren oder doch wenigstens unter Zuhilfenahme einer plausiblen Ausrede um Entschuldigung zu bitten, kommt nur die patzige Feststellung mit dem lang gezogenen Vokal und dem gerollten „r" *oooooh you are alrrrrrready here!* Meine Freundin – unfähig, sich für ihr vorzeitiges Erscheinen zu rechtfertigen – unternimmt den Versuch, Confidence zur Rede zu stellen, doch diese ist nicht auf den Mund gefallen: sie (also meine Freundin) arbeite schließlich auch kaum und sei ständig auf Reisen (gemeint sind die Geschäftsreisen). Folglich stehe ihr (also der *maid*) ebenso das Recht zu, die Arbeit niederzulegen und sich ein bisschen hinzulegen, da sie ungeheuer müde sei und sich ausruhen müsse ...

Die südafrikanischen Haushalte gehen recht anspruchsvoll mit ihren *maids* um und man könnte daraus schließen, dass die Frauen des Hauses alles perfekt haben wollen, weil sie selber die Arbeiten perfekt vormachen können. Dem ist aber nicht so, lasse ich mir von einem reizenden, älteren, weißen Südafrikaner sagen – ganz im Vertrauen, versteht sich. Mit einem ängstlichen Seitenblick auf die Ehefrau raunt er mir zu, dass recht viele weiße Frauen in diesem Land eine diffuse Vorstellung davon hätten, was Hausarbeit betreffe. Wenn sie in etwas wirklich hervorragend seien – dabei runzelt er etwas verstört die Stirn – dann sei es weder Kochen noch Wischen oder Spülen, sondern den regelmäßigen Besuch beim Frisör oder bei der Maniküristin zu planen. *Und wie sieht es mit den Männern aus?* wage ich zurückzuflüstern, ebenfalls ohne den Blick von der Ehefrau abzuwenden. Das gelte natürlich umso mehr für den männlichen Teil der weißen Bevölkerung, der sich im Haushalt noch weniger nützlich machen könne, gibt er ohne weiteres zu. Es habe ja immer die *domestic workers* gegeben, die sich um alles hätten kümmern müssen und daran habe sich bis heute trotz Mandela und ANC nichts geändert.

Nach dieser Insider-Information beobachte ich gerne Leute in Hotels am Frühstücksbüffet dabei, wie ungeschickt sie sich anstellen können und beispielsweise beim Einschenken den Kaffee verschütten, die Kaffeekanne nicht etwa wieder zurück in die Kaffeemaschine zum Warmhalten stellen, sondern sie einfach irgendwo vergessen, die Milchkanne nicht wieder zurück in den Eiswürfelbehälter bringen, sondern in der durch ihre Unbeholfenheit fabrizierten Milchlache zurücklassen. Es ist unfassbar, wozu einige Leute nicht imstande sind. Es sei nun allerdings dahingestellt, ob es sich jedes Mal um tapsige Südafrikaner handelt, denn mit ungeschickten Menschen können sicher auch noch andere Länder aufwarten. Bei einer Stand-up-Comedy in Johannesburg werde ich Zeuge einer ähnlichen Feststellung und muss an den sympathischen rüstigen Herrn – den mit dem ängstlichen Seitenblick auf die Ehefrau – zurückdenken. Wahllos werden zwei Leute aus dem Publikum darum gebeten, doch bitte auf die Bühne zu kommen, um eine Bettdecke mit einem entsprechenden Bezug zu beziehen. Es ist als Pause des Programms gedacht, entwickelt sich jedoch zu einem Gag ohnegleichen, bei dem das Publikum vor Vergnügen nur so schreit, weil sich die beiden doch recht unbeholfen anstellen. Keiner kommt auf die Idee, den Überzug zunächst auf links zu drehen und dann mit beiden Armen in den umgestülpten Bezug hineinzufassen, sich zwei Ecken der Bettdecke zu greifen und den Überbezug bequem über die Decke zu ziehen. Statt dessen krabbeln sie in den offenen Bezug hinein, die Bettdecke im Schlepptau, ohne zu wissen, wie sie da wieder hinaus kommen sollen. Das kann ja beim besten Willen nichts Gescheites werden. Kein Wunder, dass unter diesen Umständen in vielen Haushalten ein oder sogar mehr *domestic workers* benötigt werden.

Wenn Freunde und Bekannte von dem durch ihre *domestic worker* misshandelten Inhalt ihrer Kleiderschränke oder von anderen durch die *maid* verursachten Missgeschicken erzählen, heißt das folglich noch lange nicht, dass sie es besser machen könnten. Vermutlich hätten sie sogar noch größeren Schaden angerichtet! Trotzdem versuchen sie, sich gegenseitig zu übertrumpfen, indem sie ihre Darbietung mit dem Satz einleiten, *ach das ist doch noch gar nichts im Vergleich zu dem, was sich meine maid neulich geleistet hat*. Auf jeden Fall bin ich nur froh, dass ich in keinster Weise mit ähnlichen Geschichten zur allgemeinen Erheiterung beitragen kann, denn an Pamela ist nichts dergleichen auszusetzen. Sie ist gründlich, zuverlässig und ehrlich. Und äußerst unterhaltsam, wie ich – aber auch der werte Leser – im Laufe der Zeit erfahren soll.

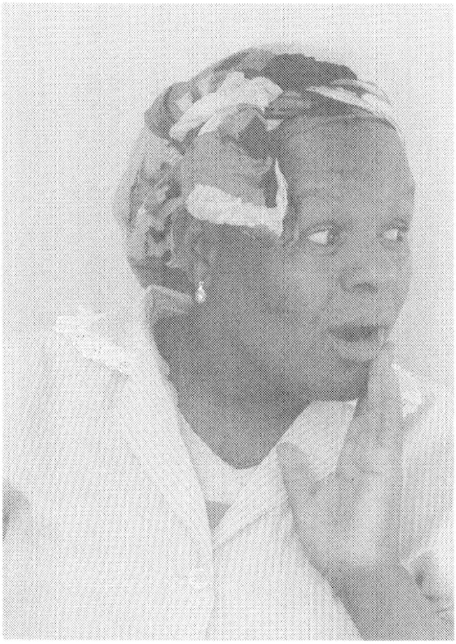

18. Unser Gärtner Zondi

Zondi hat die Nachbarschaft unter Kontrolle, das kann man nicht anders sagen. Und das mit nur einem Auge. Zondis rechtes Auge ist nämlich zugenäht. Obwohl ich ihn fast jeden Tag sehe, bringe ich – im Glauben, dass eine Frage danach von Taktlosigkeit zeugen würde –, das Gespräch nie auf dieses Handicap und bin geflissentlich darauf bedacht, ihm beim Gespräch nicht auf die Narbe zu schauen. Eines Tages – ich muss wohl schon fast ein Jahr in Johannesburg leben – fragt er mich ohne Umschweife und ganz unverfänglich, ob ich denn nicht erfahren wolle, wie er sein Auge verloren habe. Etwas unvorbereitet auf eine so direkte Konfrontation, versuche ich ihm die Sache mit dem Takt und der Diskretion zu veranschaulichen, was nicht so recht gelingen will, bis mir schließlich aufgrund seines Gesichtsausdrucks nichts weiter übrig bleibt, als über meine Hilflosigkeit zu seufzen und – obwohl ich weiß, wie weitschweifig er erzählen kann – zu erwidern: Wenn er es mir erzählen wolle, dann könne er es gern tun. Genau so direkt wie er seine Frage gestellt hat, beginnt er mit der Wiedergabe des Geschehens. In Fourways lebe einer seiner Cousins – ich wisse doch, wo Fourways liege, oder? – ja, natürlich wisse ich das. Ich nicke und wundere mich insgeheim, dass seine unüberschaubare Verwandtschaft nun die Grenzen von Soweto gesprengt hat, um auch Fourways mit ihrer Anwesenheit zu beglücken. Dort also sei er vor zwei Jahren zwecks Besuches des Cousins gewesen und auf der Straße hätten ihn vier Männer überfallen und ihm das Handy weggenommen. Dabei hätten sie ihm dermaßen zugesetzt und ihn so arg verprügelt, dass er das rechte Auge verloren habe. Er pustet bei seinen Schilderungen einige landesübliche Laute wie „Eish" und „Shoo" aus, auch der Ausdruck „shame" kommt dabei nicht zu kurz.

Die Geschichte ist für meine Begriffe schon schockierend genug und ich würde eigentlich gern von einer detaillierteren Schilderung absehen, zu der Zondi gerade im Begriff ist auszuholen. Bestürzt von so viel Rohheit, zu der es nur eines mobilen Telefons wegen kommt, drücke ich ihm meine Anteilnahme aus, bekomme aber vor lauter Betroffenheit sonst kein Wort mehr über die Lippen. Zondi rettet mich aus der Verlegenheit und redet hastig weiter, um mir die Möglichkeit einer Operation und eines Glasauges mitzuteilen. Wie ich das denn fände? Erleichtert darüber, welche Wendung die Unterhaltung nimmt, kann ich mich diesem Vorschlag lediglich anschließen und mit Müh und Not ein klägliches *amazing* herauspressen. Eigentlich würde ich ihm gern die Vorteile eines operativen Eingriffes aufzählen, ihn von der Notwendigkeit einer OP überzeugen und ihm generell gut zureden. In diesem gelähmten Zustand bekomme ich allerdings nichts dergleichen über die Lippen – und schon gar nicht auf Englisch –, stelle jedoch alsbald verwundert fest, dass es gar keiner großen Überredungskünste bedarf. Er hat – so scheint es mir – schon einen Termin für die Operation ausgemacht und argumentiert damit, dass seine Frau sich außerordentlich darüber freuen werde, wenn er sie in Zukunft mit zwei Augen anschauen könne. *That' s cool!* Ich pflichte ihm bei, obwohl ich genau weiß, dass das Glasauge die Sehfähigkeit nicht gravierend verbessern wird und sich im Endeffekt nichts daran ändern wird, wie er sie, sondern vielmehr wie sie ihn anschaut. Das einzige an englischem Vokabular, was ich noch völlig benommen hinzufügen kann, ist, dass er schließlich ein *good looking young man* sei. An dieser Stelle lächelt Zondi, bedankt sich für das Gespräch und wendet sich wieder der Pflege des Gartens zu.

Einige Tage später steht er vor mir und lacht mich mit seinen weißen Zähnen an. Donnerwetter! Der Unterschied zwischen dem gesunden und dem gläsernen Auge fällt nur unwesentlich auf. Ich gratuliere ihm und freue mich für ihn. Zondi bedankt sich bei mir für mein gutes Zureden, denn ohne mich hätte er sich nie dazu entschlossen. *Cool!* Jetzt werde ich aber langsam hellhörig und hake nach, wie er das denn meine. Er besteht darauf, dass er den Schritt nie ohne diese Unterhaltung gewagt hätte und er mir sehr dankbar dafür sei, dass ich darauf bestanden hätte. Die OP habe übrigens so und so viel Rand gekostet, schließt er das Gespräch ab und schaut mich erwartungsvoll an. Was soll ich nun davon halten? Zondi hat sofort die Lösung zur Hand und erklärt, dass ich ja schließlich diejenige gewesen sei, die ihn zu der OP überredet habe, also müsse er jetzt konsequenterweise einen Teil der Kosten von mir erstattet bekommen. So so, denke ich und staune über so viel Raffinesse! Gar nicht cool finde ich das!

Drei Wochen später ist Zondi verschwunden. Auf und davon. Da mir weder Gärtner noch Putzfrauen aus der Nachbarschaft persönlich bekannt sind, welche – und da gehe ich jede Wette ein – bestimmt wissen, wo Zondi geblieben ist, knöpfe ich mir seine Frau Soyaphi vor, die ja nun seit einigen Monaten auch im Häuschen *next to us* wohnt und immer nur schüchtern lächelnd vorbei schleicht, ohne ein Wort zu sagen. Auf die Frage, wo denn ihre bessere Hälfte sei, erwidert sie etwas in fließender Bantusprache, was ich erwartungsgemäß außerstande bin zu verstehen. *Do you speak English, Soyaphi*?, versuche ich es bei Adam und Eva. Wieder kommt ein vermutlich perfekt strukturierter Satz in ihrer Muttersprache, von dem ich ebenso wenig begreife. Ich gebe auf.

Am nächsten Tag klopft es an der Haustür, was nur Zondi und Pamela zu tun pflegen, denn sie kennen den Code des großen Eingangstors, um das Gelände zu betreten. Alle anderen müssen erst einmal am Tor schellen. Vor mir stehen Zondis Frau Soyaphi und ein junger Mann, der sich als ihr Bruder vorstellt und der englischen Sprache mächtig ist, sodass mich endlich jemand über die Gründe für Zondis Abwesenheit aufklären kann. Zondi habe plötzlich nach Hause fahren müssen, weil ein Onkel gestorben sei und nur er – also Zondi – die Beerdigung und noch vieles mehr organisieren könne. Dafür brauche er drei Wochen. Allerdings könne er – also der Schwager – in der Zwischenzeit im Garten nach dem Rechten sehen, und somit Zondis Arbeit übernehmen. Auf die Frage, warum mich Zondi nicht benachrichtigt habe, kommt keine präzise Antwort, nur eine knappe Zusammenfassung des vorher dürftig Formulierten, dass nämlich dieser Onkel das Zeitliche gesegnet habe. Es entzieht sich meiner Kenntnis, wie eine Bestattung in Malawi durchgeführt wird. Trotzdem sehe ich nicht ganz ein, wozu Zondi drei Wochen benötigen soll, selbst wenn die Fahrt von Südafrika nach Malawi zugegebenermaßen kein Kinderspiel ist. Aber das wird er mir hoffentlich alles erklären, sobald er wieder strahlend vor mir steht.

Nach fast vier Wochen steht er tatsächlich wieder strahlend vor mir, charmant lachend gibt er den Blick auf sein cooles weißes Gebiss frei, das ohne weiteres aus einer Zahnpasta-Werbung stammen könnte. Es gehe ihm gut, flötet er, trotz des Todesfalles. Sein Onkel sei eine wichtige Person in der Familie gewesen, fast so wie ein Vater. Eine Bitte habe er, nämlich ob er einen Vorschuss in Höhe von umgerechnet 1.000 Euro bekommen könne, denn die Kuh, von deren Milch die ganze Familie lebe, habe das Zeitliche gesegnet und außerdem müsse das Dach der Hütte repariert werden, weil es momentan in den Innenraum hineinregne. Und da er der einzige in der Sippschaft sei, der einen festen Job habe, müsse er für alles sorgen, was die Familie betreffe. Wir zeigen Mitgefühl und Anteilnahme und geben ihm den gewünschten Betrag, den er, nachdem er sich überschwänglich dafür bedankt hat, angeblich noch am gleichen Tag mit einem der unzähligen Cousins, die in Soweto oder Fourways wohnen, in die Heimat zwecks Rettung der Familie schicken will.

Nur zwei Tage später fährt Zondi mit einem Motorrad durch das Tor und pfeifend an mir vorbei. Als das Motorrad auch nach einer Woche immer noch vor seiner Haustür steht, spreche ich Zondi darauf an und er erklärt mir fröhlich, dass er sich das Motorrad für ein paar Tage von einem Cousin (noch einer!) geliehen habe, weil das Ding so praktisch sei. Um mich seines Wortschatzes zu bedienen:

it is cool, aber ich gehe dieses Mal davon aus, dass er damit „praktisch" meint. Auf meine Frage, ob die Familie in der Heimat nun eine neue Kuh und ein regenfestes Dach habe, nickt er lachend, ohne ins Detail zu gehen.

Die Wochen und Monate gehen ins Land und das Motorrad ist fester Bestandteil von Zondis Haustür geworden, er parkt es direkt neben der Fußmatte, auf der er sich die Schuhe abwischt, bevor er hineinmarschiert. In jeder freien Minute hockt Zondi vor seinem Liebling, putzt und poliert daran herum, als würde er es für den nächsten Schönheitswettbewerb vorbereiten. Nie wieder frage ich Zondi nach der Kuh oder gar nach dem Dach, ebenso wenig wie ich mich danach erkundige, wie der Cousin die ganze Zeit so ganz ohne sein Motorrad zurechtkommt.

Je länger ich in diesem Haus wohne, desto undurchschaubarer wird mir Zondi. Ich wage nicht, Pamela nach ihrer Meinung zu fragen, denn mit einem unglücklich formulierten Kommentar könnte ich mehr Schaden anrichten als Dinge klären, zumal ich außerstande bin abzuschätzen, wie fest die Freundschaft zwischen den beiden wirklich ist. Ohne die Kenntnis der Sprache lässt sich nur schwer beurteilen, ob es sich um dicke Freunde, um gute Bekannte oder nur um eine kollegiale Beziehung handelt. Mein bisheriger Eindruck ist jedenfalls, dass sich die beiden gut verstehen und Pamela auch mit Zondis Frau Soyaphi befreundet zu sein scheint, denn in ihrer Mittagspause geht sie gern zu ihr hinüber und bleibt manchmal länger als es ihr laut Vertrag erlaubt ist.

Zondi und Pamela unterhalten sich oft und dabei gibt es stets viel zu lachen. Es beginnt morgens immer wie folgt:

– *Kunjani, Zondi!*

– *Ngiyaphila!*
– *Ngiyaphila kunjani lawe!*

Ich habe mir erklären lassen, dass das in etwa zu übersetzen ist mit:

– *Wie geht es dir, Zondi?*
– *Mir geht es prima, und dir?*
– *Mir geht es auch gut!*

Manchmal werde ich dazu gerufen, als beispielsweise Pamela auf ihrem Smartphone Fotos von zu Hause, also von Zimbabwe zeigt. *Pictures from home.* Ihr Bruder, der eine Art Häuptling im Dorf ist und irgendwo im Land einen großen Goldbrocken gefunden hat, errichtete kurz vor Weihnachten ein neues Grab für ihre Eltern, welches sage und schreibe 36.000 Rand gekostet hat. Zu dieser Feierlichkeit ist Pamela mit ihrem Jüngsten nach Zim gefahren. Auf den Fotos tragen die meisten Frauen und Kinder, aber auch einige Männer, ein weißes Gewand mit einem blauen zusätzlichen Schulterüberwurf, ein *isembatho*, das man üblicherweise sonntags in der Kirche trägt. Während auf den Fotos einige übermütige Frauen mit ihrem geschmacklich streitbaren Äußeren haarscharf am Barbie-Kitsch vorbeizuschrammen drohen, zeugt Pamela in ihrem dezenten, figurbetonten Kleid und den passenden Schuhen von einer solch vornehmen Noblesse, dass ich nur anerkennend zum Lob ausholen kann. *Pamela, you look amazing!* Gut gelaunt und über das ganze Gesicht strahlend bedankt sie sich bei mir für das Kompliment und zeigt noch mehr Fotos von daheim. Auch Zondi kommentiert die Fotos, und zwar in ihrer für mich unverständlichen Bantusprache, sodass ich mich leider nicht wie Pamela darüber amüsieren kann. Überhaupt scheint Zondi über einen außerordentlich ausgeprägten Sinn für Humor zu verfügen, in dessen Genuss ich allerdings aus welchen Gründen auch immer leider nie komme ...

Als ich eines Tages vom Supermarkt zurückkehre, wischen Zondi und Pamela gemeinsam die Fenster. Pamela drinnen, Zondi draußen. So ist es im Vertrag vorgesehen. *Howzit Zondi?*, frage ich ihn durch das Autofenster hindurch, während ich den Wagen durch das enge Garagentor hineinmanövriere, wohlbedacht darauf, Autotüren und Kotflügeln nicht mit Schrammen zu versehen. *I am fine, thank you! How are you?* erwidert er Freude strahlend und ich antworte mechanisch *Good, good*, obwohl mich dieses verflixte Garagentor nervt. Jedes Mal wenn ich vom Supermarkt komme, bringe ich meiner Perle Pamela gerne etwas mit, denn ich weiß, dass sie eine sehr hohe Miete zahlen muss und nur schwer über die Runden kommt. Wenn die Entscheidungsgewalt bei mir läge, wäre Pamela schon längst mit ihrer Familie in das kleine Gärtnerhäuschen gezogen. Oft erwähnt Pamela, wie gut es doch Zondi hat, der keine Miete zu zahlen braucht, und ich meine, eine gehörige Dosis Trauer, vielleicht auch Neid herauszuhören.

Dieses Mal bringe ich zwei große Torten mit, also eine für Pamela und eine für Zondi. Als ich ihnen die Torten zeige, möchte Zondi Pamela den Vortritt lassen. Schon hole ich aus, ihn für seine Kavalierstat zu loben, da sagt er doch tatsächlich, dass Mama Vorrang habe, weil sie schließlich älter sei. Ziemlich überrascht von der Begründung und auch davon, dass sich Pamela nicht sonderlich daran stört, versuche ich, beiden zu erklären, dass es in Europa bzw. in der westlichen Welt generell Usus ist, – und zwar unabhängig vom Alter – den Frauen Vorrang zu lassen. Das Alter einer

Frau zu erwähnen, sei in Europa absolut kein Kompliment, sondern könne eher als Beleidigung aufgefasst werden. Pamela und Zondi verstehen meinen Einwand noch nicht einmal annähernd, denn in ihrer Kultur geht es hauptsächlich darum, Älteren Respekt zu zollen und nicht Frauen die Türe aufzuhalten. Auch hat es wenig Zweck, zu erklären, was für eine Stimmung man in westlichen Ländern fördern würde, wenn man alle volljährigen Frauen „Mama" nennen würde.

Das sind nur einige wenige Beispiele von den netten gemeinsamen Momenten mit Zondi und Pamela im Haus, jedoch beschleicht mich der Verdacht, dass sich etwas geändert haben muss, denn Pamela scheint Zondi mit demonstrativer Nichtachtung zu strafen. Es finden keine Unterhaltungen mehr statt, geschweige denn, dass gelacht wird. Die Gründe, die sich dahinter verbergen, werden mir bewusst, als Pamela eines Morgens ganz verstört ankommt und mich bittet, sofort wieder nach Hause zurückgehen zu dürfen. Auf meine Frage hin, was denn los sei, erklärt sie mir, dass sie ihr Handy zu Hause auf dem Tisch habe liegen lassen und dass sie ihren zwei Untermietern nicht über den Weg traue. Also rennt sie los und kommt eine Stunde später erleichtert zurück. Schon am Eingangstor winkt sie mir mit dem Handy.

Von Anfang an habe ich Pamela meine Bedenken dazu erörtert und halte auch heute noch daran fest, dass sie sich mit diesen jungen Burschen, die sich bei ihr zu Hause einquartiert haben, ein gehöriges Kuckucksei ins Nest gesetzt hat. Schnellstmöglich sollten sie vor die Tür gesetzt werden, denn schließlich sind es weder Freunde noch Verwandte, sondern Unbekannte, die ihr und ihren Kindern zu nahe kommen könnten. Darüber hinaus habe ich Angst, dass sie Pamela auf ihrem Weg zur Arbeit verfolgen und schneller als es uns lieb ist, mit ihr durch das Eingangstor hineingelangen und somit für uns gefährlich werden könnten. Man hört ständig solche Geschichten und darum sehe ich in den Untermietern nicht nur für sie, sondern auch für uns eine Gefahr, deren Tragweite weder ich selbst noch Pamela ermessen können.

Ungeachtet der Gefahr, der sie sich aussetzt, ist ihr Argument stets mit dem finanziellen Faktor verbunden und um ihrem Einwand Nachdruck zu verleihen, reiht sie mir zum wiederholten Male die Ausgaben für ihre drei Kinder und das Enkelkind auf. Außerdem hätten sie und ihre Familie genug Platz in dem einen Zimmer und könnten somit gut und gerne auf das zweite Zimmer verzichten. Ich schäme mich in dem Moment, so viele Zimmer in diesem Haus und keinen einzigen Untermieter zu haben. *I don't trust them*, sagt sie mir immer wieder und wohl auch zurecht, denn bei der hohen Kriminalitätsrate in diesem Land muss man wirklich auf der Hut sein. Schon seit geraumer Zeit ärgert sich das Ehepaar über diese jungen Untermieter, die abends rauchend und trinkend im Zimmer sitzen, obwohl ihr Mann es ihnen, noch bevor sie eingezogen waren, strengstens untersagt hatte.

Pamela setzt nun an, vom gestrigen Abend zu berichten, an dem sich etwas Einschneidendes ereignet zu haben scheint und bekommt selbstverständlich meine ungeteilte Aufmerksamkeit. Gestern Abend seien sie doch tatsächlich so dreist gewesen, ihre Freunde mitzubringen und sich in ihrem, also Pamelas Wohnzimmer, niederzulassen, dort zu rauchen und Alkohol zu trinken. Mit scharf die

Luft zerschneidenden Gesten erzählt sie, wie ihrem Mann letztendlich der Kragen geplatzt sei und er ihnen gekündigt habe, also müssten sie Ende des Monats ihre Siebensachen packen und die Wohnung auf Nimmerwiedersehen verlassen. Und weil es gestern Abend durch den Streit spät geworden sei, habe sie heute früh verschlafen und durch die Hektik, trotzdem rechtzeitig bei mir zu erscheinen, ihr Handy zu Hause vergessen. Erleichtert atme ich auf, doch Pamela gibt keine Ruhe, sondern fährt wutschnaubend fort: *We are Christians! We don't drink alcohol and we don't smoke cigarettes. And every Sunday morning we are going to church.* Da für die fromme Pamela Trinken und Rauchen des Teufels sind, beurteilt sie Menschen danach, ob sie rauchen, trinken und sonntags in die Kirche gehen. So aufgebracht sehe ich sie höchst selten.

In ihrer Aufregung verrät sie mir dann ohne es zu wollen: *Zondi is also drinking alcohol. Oh my Goodness, he drinks a lot.* Entsetzt schaue ich sie an. Ebenso entsetzt schaut sie mich an und hält die Hand vor ihren Mund. Diese unbedachte Äußerung ist ihr ganz offensichtlich herausgerutscht, und nun tut es ihr Leid, Zondi verraten zu haben, obwohl sie ihm damit vermutlich kein großes Unrecht tut. Nach einer endlosen Schweigepause und nachdem vor meinem geistigen Auge einige Bilder von Zondi Revue passieren, ergreife ich das Wort. Ich erzähle ihr, dass ich Zondi an einem Sonntag wegen einer Kleinigkeit in den Garten gerufen hätte, und er in einem arg alkoholisierten Zustand den Weg aus seinem Häuschen kaum gefunden habe. In derart gelöster Stimmung, vom Alkohol angewärmt habe er vor mir gestanden und torkelnd und taumelnd Laute von sich gegeben, die ich beim besten Willen nicht imstande gewesen sei, zu interpretieren. Ich sei entsetzt gewesen, zumal ich Zondi einer neuen Nachbarin empfohlen hätte und sie vor ein paar Tagen ausdrücklich nachgefragt habe, ob er trinke und ich vehement dagegen gehalten hätte. Was für eine heikle Angelegenheit! Wie Schuppen fällt es mir nun von den Augen. Wie naiv bin ich eigentlich, dass mir vorher nie etwas aufgefallen ist? Pamela hört mir zu, ohne jegliche überraschte Regung zu zeigen und lässt nur durchblicken, dass das wohl eher der Normalfall bei Zondi sei. Am Ende meiner Ausführungen vermutet sie ganz trocken, dass Zondi am Tage darauf relativ freimütig eingestanden habe, dass er nur eine Kleinigkeit getrunken habe, weil sein Cousin Geburtstag gehabt habe. *Pamela, how do you know?* Genau so ist es nämlich tatsächlich am nächsten Tag gewesen und genau diese Worte hat er als Ausrede benutzt.

Pamela sieht erst gar nicht die Notwendigkeit ein, mir Erklärungen geben zu müssen und stellt mir stattdessen eine Frage: Ob ich wisse, dass sein Auge vom vielen Trinken abhanden gekommen sei. *Nicht bei einer Schlägerei?* wage ich ungläubig zu fragen, unfähig dabei meine Irritation zu verbergen. Obwohl es eher zum Weinen ist, lacht Pamela bitter und schüttelt dabei entschieden den Kopf. Offensichtlich will sie nun dazu beitragen, dass ich mir über bestimmte Dinge Klarheit verschaffe und setzt mit sorgenvoller Miene zu einer Aufklärungsstunde an. Ob ich mich nie darüber gewundert hätte, warum seine Frau nun hier wohne und nicht mehr in Malawi. Ich zucke mit den Achseln und hatte das bis jetzt auf eine liebevolle Beziehung und auf das Bedürfnis nach Zweisamkeit zurückgeführt. Pamelas Antwort klingt allerdings nicht nur durch ihr verächtliches Schnauben realistischer: Na weil er ständig Frauen nachstelle, egal ob in nüchternem oder trunkenem Zustand. Aber dieses hormongesteuerte Treiben scheine in der Familie zu liegen und man könne ihm wohl keinen Einhalt gebieten, gibt Pamela etwas abwertend zu bedenken. Meine Augenbrauen ziehen sich zusammen und vermutlich bildet sich nun auf meiner Stirn diese verhasste senkrechte Falte, die mehr oder weniger die Frage wiederspiegelt, die ich mir gerade stelle: OMG, was bekommen meine Ohren heute noch zu hören? Tatsächlich kommt es schlimmer: Ob ich wisse, was einer seiner Cousins für einen Beruf habe. Ich zucke erneut die Achseln. *He is a hyena man.* Ich komme nicht umhin, zu fragen, warum jemand auf die Idee kommen sollte, Hyänen zu züchten. Pamela lacht und schüttelt den Kopf über so viel Ignoranz und Begriffsstutzigkeit. Als sie dann mit einer ausführlichen job description zu erklären versucht, welche Aufgaben einem *hyena man* anvertraut werden, traue ich wieder einmal meinen Ohren nicht. Es handle sich um einen Mann, der dafür bezahlt werde, junge Mädchen direkt nach der ersten Menstruation zu entjungfern, sozusagen ein Sexarbeiter der ganz besonderen Art. *It's a tradition in southern Malawi.* Mit diesem „Ritual der Reinigung" solle der Übertritt ins Erwachsenenalter markiert werden. Sofort wird mir allerdings klar, dass sich in Wirklichkeit ein verheerender Aberglaube dahinter verbirgt, denn Pamela erklärt mir, was die Menschen dort glauben. Angeblich würde nicht nur der Familie sondern dem ganzen Dorf alles Unheil dieser Welt drohen, falls sich ein Mädchen weigern sollte, mit dem *hyena man* zu schlafen. Meine Perle wartet mit noch mehr Informationen auf: *There is also the practice of „widow cleansing", when a widow must have sex after her husband dies.* Sonst könne der Verstorbene nicht beerdigt werden. Auch Frauen, die eine Abtreibung hinter sich hätten, müssten dieses Ritual über sich ergehen lassen.

Nach diesen detaillierten Ausführungen ist mir die Lust auf afrikanische Traditionen und Rituale einstweilen vergangen. Da hier zwei Welten aufeinander prallen, möchte ich vorerst mit meinen Gedanken allein sein und bitte darum Pamela, den Teppich auszuklopfen. Sie macht sich sofort an die Arbeit. Apathisch schaue ich ihr zu, wie sie den Teppich zusammenrollt, nach draußen bringt, ihn über die dafür vorgesehene Stange hängt und ohne nennenswerten Elan ausklopft. Ich weiß nicht, was in diesem Moment in mich fährt, aber wie in Trance gehe ich hinaus, nehme der perplexen Pamela den Teppichklopfer aus der Hand und murmele so etwas wie, *du musst dir vorstellen, da hängt jemand, auf den du überhaupt nicht gut zu sprechen bist* und bevor sich Pamelas Fantasie regt, dresche ich schon auf den Teppich ein, als wäre er an allem schuld. An Pamelas Blick ist eindeutig zu erkennen, dass sie die Welt nicht mehr versteht. Nichtsdestotrotz klopfe ich immer fester und Gedanken über Ungerechtigkeiten und Ungereimtheiten schwirren in meinem Kopf wild durcheinander, bis ich mich dermaßen hineinsteigere, dass der Teppichklopfer in zwei Teile bricht.

II.

SÜDAFRIKA

FÜR

FORTGESCHRITTENE

19. Villa Kunterbunt

In Südafrika gibt es einen Begriff, der gern verwendet wird: *rainbow nation.* Während der drei Jahre in diesem wundervollen Land stelle ich mir wiederholt die Frage: Entspricht das Gefühl, das die Südafrikaner heutzutage bei diesem Begriff haben – ein Begriff, der durchaus wohlklingend ist und positives Empfinden suggeriert – wirklich den damaligen Vorstellungen der Visionäre Nelson Mandela und Desmond Tutu? Denn so wie die Farben des Regenbogens schön brav parallel und nebeneinander verlaufen, ohne sich zu vermischen oder irgendwo anzuecken, so leben die verschiedenen südafrikanischen ethnischen Gruppen ebenfalls meist nebeneinander und zwar in Parallelgesellschaften. Sicher gibt es auch diejenigen, die MITeinander leben, aber so wie ich persönlich Südafrika erlebt habe, handelt es sich eher um Ausnahmen. 1994 endete die Apartheid-Ära und mit ihr die Rassentrennung. Seitdem hat sich die ganze gesellschaftliche Struktur verschoben. Die schwarze Mehrheit hat in der Politik das Ruder übernommen, sodass es nunmehr wohlhabende und gut situierte Schwarze gibt, denen sowohl Geld als auch Macht anzusehen ist.

Wenn also in Südafrika von der Regenbogennation die Rede ist, denkt jeder erst einmal an ein zusammengewürfeltes Volk aus Schwarz und Weiß. Alles, was früher aus den Zeiten der Apartheid nach Europa durchsickerte, war die Unterdrückung der Schwarzen durch die Weißen, also glauben viele immer noch, dass es zwei Gruppen gibt. Aber die südafrikanische *rainbow nation* ist weitaus mehr als ein Schachbrett, auf dem zwei Farben etwas ungleich zusammengesetzt sind.

Tatsächlich geht es in dieser Villa Kunterbunt nämlich recht vielfarbig zu. Will man beispielsweise den Stammbaum eines Weißen untersuchen, muss man feststellen, dass es Nachfahren von Franzosen, Deutschen und Holländern sind, die sich allesamt Buren nennen, größtenteils Protestanten sind und behaupten, sich hier als erste Europäer niedergelassen zu haben. Manchmal hört man auch, dass einige Vorfahren aus den skandinavischen oder baltischen Ländern ausgewandert sind. Sie nennen sich samt und sonders „Afrikaaner“ oder im Englischen „Afrikaners“, was ihre tiefe Verwurzelung in Afrika zum Ausdruck bringt, denn immerhin leben sie schon seit vier Jahrhunderten hier und haben den Bezug zu Europa verloren. Dies gilt übrigens weniger für die Briten, die erst später einwanderten, und heute noch oft genug über einen zweiten, nämlich den britischen Pass verfügen. Wiederum etwas später folgten Südeuropäer, die peu à peu ins Land kamen: Italiener, Portugiesen und Griechen, die heute noch größtenteils ihre Muttersprache sprechen und ein besonders enges Verhältnis zu ihrer früheren Heimat hegen.

Wer nun nach diesen Ausführungen dem Glauben verfallen ist, dass in Südafrika nur die Weißen auf so eine gemischte Abstammung zurückblicken können, der sollte schnurstracks zum ATM gehen – ein Begriff, der jedem auf der Welt geläufig sein dürfte außer den Deutschen, die statt der einfachen drei Buchstaben lieber die Begriffe Geldautomat, Geldausgabeautomat (GAA), Bankautomat oder Bankomat benutzen. Kurzum, an diesem Automaten sollte jeder Tourist den Versuch unternehmen, Geld abzuheben. Und spätestens dann wird einem klar, warum in Südafrika von der Regenbogennation die Rede ist, was man salopp mit „multikulti“ übersetzen könnte. Das Erste, worum man an Ort und Stelle gebeten wird, ist *please choose your language.* Unter dieser Aufforderung werden nicht etwa zwei, auch nicht drei oder vier, sondern acht Sprachen angegeben.

Jeder übermüdete Reisende, der zum ersten Mal nach Südafrika kommt und nicht vorgewarnt ist, schaut am Flughafen von Johannesburg sicherlich nicht weniger irritiert als meine Wenigkeit auf diesen Bildschirm. Es ist sehr früh am Morgen. Wir kommen jeder mit zwei großen schweren und zwei kleinen schweren Koffern aus London am Flughafen O.R. Tambo an, haben eine lange Nacht im Flieger hinter uns, danach zwei Stunden *queuing* zwecks Passkontrolle und Immigration-Kontrolle. Der Stress kurz vor dem Abflug und durch den Umzug war so groß, dass keiner von uns beiden daran gedacht hat, in London Geld umzutauschen. Kein Problem, schließlich gibt es ja an jedem Flughafen der Welt diese Geldautomaten. Also begeben wir uns zum erstbesten. Einer in feuerroter Farbe. Ich stecke die Karte in den Schlitz und tippe das ein, was man üblicherweise an einem ATM eingibt.

Auf dem Bildschirm stehen folgende Sprachen zur Auswahl: Ganz oben links die Sprache Afrikaans, von der eben nicht jeder weiß, dass es die Sprache der Buren ist – Sie erinnern sich? – und große Ähnlichkeit mit dem Holländischen aufweist. Oder zumindest früher einmal aufgewiesen hat, denn es sind sowohl französische Elemente als auch asiatische und afrikanische hinzugekommen, die die Sprache angereichert und für einen Niederländer eventuell bis zur Unkenntlichkeit entstellt haben. Generell kursiert in Südafrika die Ansicht, dass die Südafrikaner Holländisch verstehen, die Niederländer allerdings kein Afrikaans.

Zurück zum Monitor: Direkt unter Afrikaans ist die einzige Sprache zu finden, die keiner Erklärung bedarf: English. Während ich die Liste aus purer Neugier durchgehe, wird es immer spannender, allein schon weil ich den Versuch unternehme, all diese exotischen Namen auszusprechen: Als da wären nämlich die Sprachen Sesotho sa Leboa, Xitsonga, Sesotho, isiXhosa, isiZulu, Tshivenda. Aha! Meine rechte Augenbraue hüpft überfordert in die Höhe. Sichtlich irritiert drehe ich mich zu meiner besseren Hälfte um und schaue ihm tief in die übermüdeten Augen. *Was gibt es da groß zu überlegen?* fragt er mich. Wo er Recht hat, hat er Recht! Unter Aufbietung aller meiner nach zwölf Flugstunden verbliebenen Kräfte berührt mein rechter Zeigefinger das einzige Feld, das für uns in Frage kommt. Der Bankautomat spuckt unsere ersten Rand aus. Ich halte das südafrikanische Geldbündel in der Hand, begeistert davon, dass die *Big Five* der hiesigen Tierwelt auf den Geldscheinen platziert sind. Jedem der fünf Tiere, nämlich Nashorn, Elefant, Löwe, Leopard und Büffel, steht sein eigener Schein zu; das nenne ich eine gerechte Aufteilung. Unabhängig von Farbe oder Wert schaut mir auf der Vorderseite eines jeden Scheines ein sympathischer und wohlwollender Nelson Mandela entgegen. Ich bin ganz angetan von alldem und versuche, auch meinen Mann dafür zu begeistern, aber er ist zu sehr damit beschäftigt, den richtigen Ausgang zu finden und weiß anscheinend, dass wir in Zukunft viel öfter die Debitkarte zücken werden als die Scheine mit dem lächelnden Nelson Mandela drauf.

Später erfahre ich dann ganz nebenbei, dass es in Südafrika nicht eine Amtssprache gibt, sondern dass es derer elf sind, also Afrikaans, Englisch und 9 afrikanische Sprachen, die den entsprechenden hiesigen Ethnien zuzuordnen sind. Man muss sich einmal vor Augen führen, was elf Amtssprachen für einen enormen Aufwand an Übersetzung erfordern, fast mit dem in der EU vergleichbar. Eigentlich bin ich schon von der Anzahl der ATM-Sprachen überwältigt, aber als ich erfahre, dass es sich dabei nur um eine geringe Auswahl an Bantusprachen handelt, bin ich zutiefst beeindruckt. In Südafrika sind nämlich weitaus mehr Stämme heimisch: Zulu, Xhosa, Sotho, Pedi, Tswana, Venda, Tsonga, Pondo, Swazi und Ndebele. Die Sprache der größten Gruppe, der Zulu, heißt isiZulu, gefolgt von der Sprache der Xhosa, isiXhosa und das geht dann immer weiter, bis man bei der Sprache isiNdebele landet, die von einer der kleinsten afrikanischen Gruppe gesprochen wird.

Es wird wohl niemanden verwundern, dass alle hiesigen Sprachen in meinen Ohren gleich fremd klingen. Seitdem ich aber herausgefunden habe, dass sich die Xhosa – sprich (Schnalzlaut)Kossa – ihrer Schnalzlaute bedienen, und zwar gleich dreier verschiedener, kann ich wenigstens diese Sprache unterscheiden, weil vor und innerhalb von vielen Wörtern geschnalzt wird, als wolle man Pferde dressieren.

Die zwei bekanntesten Repräsentanten Südafrikas auch über die Grenzen hinaus sind übrigens Xhosa: Die zwei Nobelpreisträger Nelson Mandela und Desmond Tutu.

Trotz der vielen Ethnien und Sprachen klappt die Verständigung recht gut, habe ich mir sagen lassen, was insofern keine große Überraschung darstellt, wenn man die sprachliche Verwandtschaft auch auf unser Europa überträgt. Die skandinavischen Sprachen sind so verschieden nicht, die romanischen und slawischen Sprachen weisen ebenfalls große Ähnlichkeiten untereinander auf, nur die Griechen sitzen wieder einmal allein in ihrem Bötchen, sodass sie sich von niemandem verstanden fühlen. Als Entschädigung dafür haben sich allerdings viele der Europäer eine nicht zu unterschätzende Anzahl von Begriffen aus dem Griechischen geliehen. Dankenswerterweise werden diese im Duden durchweg als gehobener Wortschatz klassifiziert.

Wie schon erwähnt, scheint die Verständigung unter der schwarzen Bevölkerung Südafrikas kein Problem zu sein, trotzdem kann ich mich des Eindrucks nicht erwehren, dass sich die elf offiziellen Ethnien hierzulande zwar problemlos verständigen, sich aber nicht immer sonderlich gut verstehen. Häufig höre ich von Zulu, dass sie den Xhosa gegenüber Vorbehalte haben und umgekehrt. Das Gleiche gilt ebenfalls oder erst recht für die Ethnien außerhalb der Grenzen Südafrikas. Wenn man schwarze Südafrikaner nach den Bewohnern der Nachbarländer befragt, kommt meist skeptisches Kratzen am Kopf oder ratloses Achselzucken als Antwort, aber mit einer Intensität, als wolle man die Ohren mit den Schultern bis zum Scheitel hinaufschieben. Kein Lächeln, kein begeistertes Kopfnicken, nichts dergleichen ist mir aufgefallen. Generell scheint man ausgerechnet die Migranten aus den Nachbarländern Zimbabwe und Mozambique am wenigsten zu mögen, zumal sich mittlerweile Millionen von ihnen in Südafrika aufhalten. Wenn man den Spieß übrigens umdreht, sieht es nicht besser aus, denn die Migranten bringen den einheimischen Zulu und Xhosa ebenfalls ein gewisses Misstrauen entgegen.

Ganz ernst wird das Gespräch, wenn man den Kongo oder Nigeria erwähnt. Dann äußern sich die Südafrikaner direkter und ohne Vorbehalte und vermutlich auch nicht ganz vorurteilsfrei: Das sind angeblich die Hauptverantwortlichen für den Anstieg der Kriminalität hierzulande, und bei diesen Worten nickt man sichtlich überzeugt und schickt noch ein *I promise you* hinterher, um das Argument zu untermauern, dass diese Gruppe für jegliche kriminelle Handlung, angefangen bei Taschendiebstahl bis hin zu Drogenhandel und Messerstecherei, haftbar gemacht werden muss. Dabei bin ich mir ziemlich sicher, dass die Kriminalität in diesem Land schon vor Mandelas Machtübernahme 1994 einen hohen Stand erreicht hatte und eigentlich nicht auf die Hilfe von auswärts angewiesen war.

Dieser Mangel an Sympathie ist vermutlich dem Umstand zu schulden, dass Millionen von Migranten aus ärmeren Ländern in das reichere und auch politisch stabilere Südafrika strömen und somit den Einheimischen Arbeitsplätze wegnehmen. Meine Annahme wird öfters von weißen Südafrikanern bestätigt, die nicht etwa ihre eigenen schwarzen Landsleute als Arbeitnehmer, sondern lieber die aus Zimbabwe und Malawi vorziehen. Die Begründung dafür ist stets die gleiche: Den schwarzen Südafrikanern ist eine Menge von ihren Politikern versprochen worden. Sie haben sich zurückgelehnt und warten immer noch darauf, dass ihnen die Dinge in den Schoß fallen. Die Leute aus den Nachbarländern dagegen bekommen nichts geschenkt und sind darum tüchtig.

Nach diesen Ausführungen glauben die meisten Leser nun eventuell, dass das Bevölkerungsgemisch hierzulande nicht über die Farben Schwarz und Weiß hinausgeht. Weit gefehlt! Der südafrikanische Tuschkasten verfügt über weit mehr Schattierungen, was schon die Flagge signalisiert, die mit sechs verschiedenen Farben die ethnische Vielfalt und das Heterogene des Landes hervorhebt.

Um die Palette der Rassenvielfalt abzurunden, seien an dieser Stelle Inder, Malaysier und Indonesier erwähnt, die hierzulande ebenso heimisch sind – ganz zu schweigen von den Millionen Mischlingen, die nach Darwins Erkenntnissen bei solch farbigen Verbindungen zustande kommen! Man sollte das einmal überschlagen – wenn man denn ein Mathematikgenie wäre und es könnte – welche Vermischungsmöglichkeiten sich unter diesen multikulturellen Regenbogenbedingungen auftun. Wahrlich die reinste Rechenaufgabe, der nur Experten gewachsen sind. Diese Mischlinge werden übrigens mit der landesüblichen Bezeichnung *coloureds* versehen. Nicht zu verwechseln mit dem bundesweit üblichen Begriff „Farbiger"! In Südafrika ist ein Schwarzer *black*, ein Weißer *white* und alle anderen, die farblich dazwischen liegen sind *coloureds*, und das ist nicht nur *politically correct*, sondern die Begriffe *Black, White, Coloured* und *Indian* werden sogar offiziell zur Identifizierung der Personen benutzt. Diejenigen Touristen also, die aus der betont toleranten, politisch korrekten Welt einfliegen, sollten nicht glauben, dass sie einem Schwarzafrikaner einen Gefallen tun, wenn sie ihn *coloured* nennen! Und noch etwas: Es wäre durchaus vorstellbar, dass die *coloureds* des ewigen Tauziehens zwischen Weiß und Schwarz überdrüssig sind. Während der Apartheid-Zeit waren sie nämlich *too black to be white.* Seit Mandelas Partei ANC regiert, sind sie allerdings *too white to be black.* Immer sitzen sie zwischen zwei Stühlen.

Dem werten Leser, der annehmen sollte, die Weißen seien so ganz ohne Ressentiments untereinander, sei ein kurzer Blick in die Geschichte Südafrikas empfohlen: Durch die zwei gar nicht so lange zurückliegenden Burenkriege hat sich nämlich ein tiefer Graben gebildet, der die Beziehungen zwischen Engländern und Buren auch heute noch anhaltend beeinflusst. Und zwar nicht unbedingt positiv.

Inwieweit sich das Verhältnis zwischen Weißen und Weißen, Schwarzen und Schwarzen, Weißen und Schwarzen im Rahmen der relativ jungen *rainbow nation* verbessert hat und inwiefern die Schwarzen und *coloureds* die Apartheid-Zeit infolge von Mandelas Beschwörungen und eindringlichen Bitten um *reconciliation*, also Versöhnung, sowohl vergessen als auch verzeihen können, sei dahin gestellt. Oft entsteht nämlich der Eindruck, dass Südafrikas Rassenpolitik 1994 zwar das Parlament, nie aber den Alltag der Menschen verlassen hat. Mandelas *rainbow nation*, die in den Medien stets gepriesen wird, bleibt vorerst eine Vision dieses großartigen Mannes. Besonders nach seinem Tode weist sie im Alltag eine eher bröckelnde Fassade vor. Leider.

20. Man lernt eben nie aus, Teil I – Viel Spaß beim Lernen!

Meinen Beruf als Lehrerin übe ich überall aus. Da kann sogar ein Umzug nach Johannesburg nichts gegen ausrichten. Entweder praktiziere ich den Skype-Unterricht mit Schülern, die nicht gleich um die Ecke wohnen, sondern in Europa, oder ich unterrichte *physically* und sitze den Schülern somit ganz traditionell gegenüber.

Am Nachmittag erwarte ich eine Gruppe junger Südafrikanerinnen, denen ich innerhalb kürzester Zeit so viel an Deutschkenntnissen vermitteln soll, dass sie im kommenden Mai bei einem deutschen Unternehmen in Stuttgart mit einem Praktikum beginnen können. Jemandem, der Afrikaans als Muttersprache spricht, fällt es relativ leicht, Deutsch zu lernen, denn diese südafrikanische Sprache ist – wie ich schon wiederholt erwähnt habe – eine Mischung aus Deutsch, Holländisch und Französisch.

Nach und nach kommen die drei Mädels, setzen sich an den Tisch und erzählen ein bisschen, wie der heutige Tag war. Sie heißen Ilka, Yvette und Melissa. Heute möchte ich die Jahreszeiten einführen, da im Kursbuch die üblichen Fotos dazu zu sehen sind: ein Frühlingsfoto mit einer Wiese und bunten Blumen und auf dem Herbstfoto sind Bäume mit rot-gelber Laubverfärbung abgebildet. Dass Sommer und Winter auf der südlichen Erdhalbkugel spiegelverkehrt sind, haben wir schon geklärt, jetzt merken die Schülerinnen, dass es sich mit den Jahreszeiten Frühling und Herbst genauso verhält. Die Ostereier hängen in Südafrika nämlich an herbstlichen Zweigen und in den Monaten Oktober und November – also in der frühen Vorweihnachtszeit – ist es Balsam für die Seele, aber vor allem für das Auge, durch die Straßen mit dichtbewachsenen Jacaranda-Bäumen zu fahren oder spazieren zu gehen.

Bei dieser lila Blütenpracht kommt man kaum auf die Idee, dass man sich in der Vorweihnachtszeit befindet und sich bald Gedanken über die notwendigen Weihnachtsgeschenke machen sollte. Ilka, Yvette und Melissa teilen meine Begeisterung für diese Jacaranda-Bäume und sie pflichten mir bei, dass das die schönste Zeit in Joburg ist. Dabei erwähnt Melissa ganz nebenbei, dass sich die Idee, diese Bäume von weit her zu holen, doch langfristig bezahlt gemacht habe. Ich verstehe nicht, was sie meint und hake nach: *So, jacaranda is not an African tree?* Aber nein doch! Es folgt ein umfangreiches Geschichtsseminar, das uns vom Kursbuch und den europäischen Gewohnheiten abbringt und uns in das Jahr 1886 versetzt. Melissa erklärt, dass die hohen Bäume damals nicht zur Zierde angepflanzt worden seien, sondern einen bestimmten Zweck erfüllt hätten. Als nämlich im besagten Jahr am Witwatersrand in Transvaal – *also ganz hier in der Nähe*, wirft Yvette ein, – Gold gefunden worden und Goldbergwerke entstanden seien, die Südafrika zum größten Goldproduzenten der Welt machen sollten, sei Holz gebraucht worden, und zwar jede Menge. Also seien in Ermangelung geeigneter einheimischer Bäume kurzerhand welche aus dem Ausland importiert worden. Schnell wachsen sollten sie, möglichst in den Himmel. Da es in der unmittelbaren Nachbarschaft keine gegeben habe, sei man auf der Suche nach in Frage kommenden Stämmen genötigt gewesen, weitere Kreise zu ziehen – und zwar im wahrsten Sinne des Wortes – und habe sich Jacaranda aus Lateinamerika ins Land geholt. *Auch Eukalyptusbäume aus Australien*, ergänzt Yvette wieder.

Tief imponiert von so viel Aufwand, denke ich mir meinen Teil: Außergewöhnliche Situationen erfordern außergewöhnliche Maßnahmen und wenn es um Gold, Geld und Profit geht, scheut man keinerlei Ausgaben, weder für Fernreisen noch für den Transport. Aber diese Gedanken behalte ich sicherheitshalber für mich, denn wer weiß, von welchen Goldgräber-Urgroßvätern die drei Mädels abstammen. Es ist wirklich nicht auszuschließen, dass sie nunmehr in vierter oder fünfter Generation hier vor mir sitzen und meine Kommentare missverstehen könnten. Melissa fährt unermüdlich fort: Die Stämme der Eukalyptusbäume könnten Unmengen an Wasser absorbieren und hätten darum hervorragend dazu gedient, die feuchten unterirdischen Schächte als Balken abzustützen. Die Jacaranda dagegen seien zur Herstellung von Trögen genutzt worden, in denen die Goldbrocken genügend Platz gehabt hätten, um aus der Tiefe ihren Weg ans Tageslicht zu finden. *If you are interested in seeing how they once used the wood of the trees, then you should do the Gold Reef City Mine Tour. That's really interesting.* Von den drei Mädels hat sich nur Melissa die Mühe gemacht, in den Schacht hinunterzusteigen und zwar aus gutem Grund: *My grandfather's grandfather used to work in the mines, that's why our family did this tour when I was little.* Also lag ich ganz richtig mit meiner Vermutung. Melissas Vorfahren stammen aus England und der Ururgroßvater hat damals am Witwatersrand sein Glück versucht.

Anders sieht es mit Yvettes Herkunft aus. Ihre Vorfahren waren Hugenotten, die Frankreich aus religiösen Gründen verlassen mussten und in Südafrika ein neues Leben beginnen wollten. Ilka hat mit dem *Goldrush* ebenfalls nichts zu tun, denn ihre Ahnen waren Boers, kamen somit drei Jahrhunderte vorher aus Holland und ließen sich am Cape nieder. Eigentlich hätte ich es mir denken können, auf was für eine Ahnengeschichte jede zurückschaut, denn an den Familiennamen ist es mehr oder weniger zu erkennen: Die Namen Smith, du Plessis und van der Weijden sprechen Bände. Melissa unterbricht meine Gedanken mit einer interessanten Information: *We named our currency, the Rand, after Witwatersrand. Did you know that?* Wie interessant! Melissa merkt, dass ich solche Hinweise liebe und erzählt weiter. Nur Ilka scheint sich zusehends zu langweilen, dabei ist das doch die Geschichte ihrer Heimat. Aber vermutlich wäre es ihr lieber, über den *Great Trek,* über die Flucht der Buren aus der Kapkolonie zu sprechen, die sich in der ersten Hälfte des 19. Jahrhunderts zugetragen hatte.

Doch Melissa möchte die Geschichte des Goldes zu Ende bringen: *Das Gold ist bald versiegt,* erklärt sie darum, *Schächte und Stollen sind verfallen. Was aber hoffentlich für die Ewigkeit bleibt, ist der Titel, den die Stadt durch die Jacaranda und Eukalyptusbäume für sich beansprucht als*

„*the world's largest urban forest*". Obwohl ich meine, etwas Ähnliches auch schon einmal über Rio de Janeiro und den *Tijuca Forest* gehört zu haben, wage ich nicht nachzufragen und freue mich stattdessen einfach nur darüber, dass ich in einer Stadt mit so vielen Alleen wohne. Seit Joburg meine Wahlheimat ist, kommt mir jede andere Stadt mit weniger Bäumen tatsächlich kahl vor. Selbst wenn ich nicht wirklich das Gefühl habe, in einem *forest* zu leben, genieße ich Johannesburg vor allem in den Frühlingsmonaten Oktober und November. Wenn sich der lila Schleier über die Stadt legt, bis die Blüten abfallen und den langweiligen grauen Asphalt in einen wunderschönen fliederfarbigen Teppich verwandeln, ist die Stadt einfach nur unsagbar schön.

Durch die Stille um mich herum merke ich, dass dieses farbenfrohe Bild mit der Lehrerin durchgegangen ist, also versuche ich, mich wieder zu sammeln und auf das Kursbuch überzuleiten. Schließlich wartet Stuttgart auf die drei Damen, wo es ebenfalls genügend Bäume gibt.

21. Man lernt eben nie aus, Teil II – Von Himmelsrichtungen und Wettereinflüssen

Wie gesagt, die Deutschkenntnisse meiner Schülerinnen sollen sich bis Mai so weit verbessern, dass dem Praktikum in Stuttgart nichts mehr im Wege steht. Und was gibt es Wichtigeres für einen Schüler, der sich längere Zeit in Deutschland aufhalten wird, als sich die Fertigkeit anzueignen, über das Wetter zu sprechen? Zusammen mit den Himmelsrichtungen gilt es also, wetterrelevante Ausdrücke zu festigen.

Die Windrose im Lehrbuch zeigt alle Himmelsrichtungen mit den bekannten Buchstaben N, S, W und O und kombiniert sie mit Abbildungen, die bestimmte Wetterverhältnisse darstellen. Widriges Wetter wie Regen, Schnee, Wind oder Hagel überraschen die Figuren im Buch, die nicht gewappnet zu sein scheinen und sich vor Wettereinflüssen nicht zuverlässig schützen können. Starker, fast sturmähnlicher Wind wird mithilfe eines zerzausten, aber ansonsten eleganten Herrn dargestellt, der dem Wind auf

Gedeih und Verderb ausgeliefert zu sein scheint. Besagter Herr könnte ohne weiteres der Serie „Mit Schirm Charme und Melone" entsprungen sein. Er wird so gehörig vom Wind durchgepustet, dass sein Stockschirm, der nicht allzu hohe Windstabilität aufweist, total versagt, den Nordwind nicht übersteht und umschlägt. Der umgestülpte Regenschirm scheint unwiderruflich beschädigt, die Speichen mehrfach geknickt und verbogen zu sein. Eigentlich sollte er sich nach dem nächsten Mülleimer umschauen, denn es ist höchst unwahrscheinlich, dass dieser Gebrauchsgegenstand wieder funktionstüchtig wird.

Soviel zur phantasievollen Darstellung des windigen Nordens. Der Süden wartet dagegen mit weniger Vorstellungskraft auf. Das Lehrbuch bedient sich hierfür typischer Motive: Eine rudimentär bekleidete, am Strand liegende Schönheit kaut gelangweilt an einem Strohhalm. Ihre Haut ist so unnatürlich braun, wie sie es seit dem Ozonloch eigentlich nicht mehr sein sollte, doch scheint die Dame es darauf anlegen zu wollen und lässt die Sonne gnadenlos auf sich herabscheinen.

Als Lehrerin stehen einem mehrere Methoden offen, das Vokabular der Schüler zu aktivieren, ich greife in Ermangelung blühender Phantasie zu der einfachsten: Sie sollen in einem Rollenspiel die Szenen nachspielen und die Personen im Buch interviewen. *Na dann macht mal*, denke ich und warte ab. Keine der drei Schülerinnen scheint allerdings auch nur annähernd motiviert zu sein, um das, was ich im Sinn habe, in die Praxis umzusetzen. Etwas an den Abbildungen muss sie wohl irritieren. Vermutlich haben sie nicht auf Anhieb verstanden, worum es geht, also setze ich zu einer Erklärung an und schildere die üblichen europäischen Wetterverhältnisse: Der Norden Europas kann extrem kalt, der Süden dagegen sehr warm sein. Gleiches gilt für Nord- bzw. Südwind. Um das Ganze zu veranschaulichen, erwähne ich noch, wie in Griechenland Autos, Straßen und Balkone manchmal mit einer gelben oder roten Schicht überzogen sind, weil der Südwind Sand aus Nordafrika direkt nach Griechenland geweht hat. Dieses nach Sand knirschende Bild setzt dem Ganzen die Krone auf. Der Groschen will partout nicht fallen.

Es bleibt mir nichts anderes übrig, als den Spieß umzudrehen und – so gut es geht – meine eigene Unzurechnungsfähigkeit hierzulande darzustellen. Ich erzähle ihnen, dass mich in Südafrika nicht nur die Jahreszeiten völlig aus dem Konzept bringen, sondern auch die Himmelsrichtungen. Osten und Westen haben hier auf der südlichen Weltkugel zwar ihre Merkmale beibehalten, nicht jedoch Norden und Süden. Ich versuche ihnen beispielsweise zu erklären, dass ich am Boden zerstört bin, als ich feststelle, dass unser Haus nach Norden schaut, denn ich stelle mir vor, wie kalt es im Winter wird, wenn der Nordwind durch die undichten Fenster und die dazugehörigen Fensterritzen pfeift. Und da ich bekannt dafür bin, dass ich gern aushole, füge ich noch Cape Town hinzu, wo mir mein Denkfehler bewusst wird: Kurz nach Weihnachten, also in Südafrikas Hochsommer, weht uns ein eiskalter Wind um die Nase und an der *Waterfront* peitscht das Wasser gegen die Promenade, sodass ich mich genötigt sehe, mein englisches Vokabular um den Ausdruck *summer, my ass* zu erweitern. (Letzteres teile ich meinen Schülerinnen aus verständlichen Gründen nicht mit!) Ein Bekannter klärt uns darüber auf, dass es bei Südwind immer so kalt ist, denn schließlich kommt dieser direkt von der Antarktis geweht. Das leuchtet natürlich ein, vorausgesetzt man dreht die Weltkugel innerlich auf den Kopf. Nur dann begreift man, warum das Meer in Camps Bay oder Kalk Bay nicht nur zu dieser Zeit eisig kalt ist. Durch den Temperaturanstieg schmilzt das antarktische Eis, vereint sich mit dem Meereswasser und wird von den Strömungen bis nach Cape Town getragen, wo die sonnenanbetenden Urlauber zwar in der Sonne brutzeln, sich aber aus nachvollziehbaren Gründen nicht ins Wasser trauen. Erst als ich meine Zehen ins Wasser tauche und nach Sekundenbruchteilen wieder herausziehe, weil sie sich wie Eisklümpchen anfühlen, leuchtet es mir auch in der Praxis ein.

Den Mädels fehlt es womöglich an genau diesem praktischen Bezug mit den vereisten Zehen in Cape Town, denn nichts von meinen Ausführungen scheint sie zu beeindrucken. Sie sitzen am Tisch und schauen mich nur verständnislos an. *Na wartet ab, bis ihr in Stuttgart landet,* sage ich frustriert und durch die Ausführungen ziemlich außer Atem. *Dann werdet ihr schon sehen, wie sich die verkehrte Welt anfühlt.* Und mit einem kleinen Schuss Schadenfreude füge ich noch in Gedanken hinzu: *Vor allem, wenn ihr versucht, die erworbenen Deutschkenntnisse bei den Schwaben anzuwenden ...*

22. Zeigt her eure Füße

Nagelpflege muss sein. Darum gehe ich in Johannesburg regelmäßig ins entsprechende „Studio", wo die Maniküristinnen oder – wie sie ebenfalls genannt werden – die Nailmodellistinnen alle im weißen Kittel und mit Scholl-Sandalen eher wie Ärztinnen aussehen und somit den entsprechenden Respekt einflößen. Solch ein seriös anmutendes Ambiente verleiht dem Nagelstudio zweifellos Prestige. Zeigt her eure Füße, warum also nicht auch eure Hände, schließlich sind gepflegte Hände und Nägel eine Art Visitenkarte und vermitteln einen ersten, möglichst positiven Eindruck der jeweiligen Person. Mittlerweile lasse ich mir die Nägel allerdings nicht mehr nur wegen dieses ersten Eindrucks oder aus Eitelkeit lackieren, sondern aus einem viel wichtigeren Grund: Landeskunde. Als ich nämlich meinen Gatten vor einigen Jahren auf einem Business-Trip nach Dubai begleitete, habe ich mit Entzücken festgestellt, dass ein Besuch bei der Maniküristin im jeweiligen Hotel sehr viel aufschlussreicher über ein Land sein kann als jeder Reiseführer von *lonely planet* oder *DuMont*. Was sich da für Welten auftun, wenn die Damen aus dem Nähkästchen plaudern, ist einfach unfassbar.

Seitdem lasse ich mir die Nägel viel öfter pflegen als sie es eigentlich nötig haben. So also auch in Johannesburg. Hier habe ich einen Salon entdeckt, in dem gleich mehrere Damen tätig sind, was die Landeskunde noch spannender macht. Ich liebe es, dem Getratsche und Geschwätz der schwarzen Maniküristinnen zuzuhören und meinen Beitrag zur allgemeinen Erheiterung zu leisten. Um jeglichen Missverständnissen bezüglich Rassismus und Diskriminierung zuvorzukommen, sei einleitend erklärt, dass hierzulande – im Gegensatz zu den USA oder zu Europa – der Begriff *black*, also schwarz für die dunkelhäutige afrikanische Bevölkerung verwendet – und darin auch nichts Verwerfliches oder gar politisch Unkorrektes gesehen wird.

Der Salon wird durch Tische, die nebeneinander stehen, in zwei Bereiche geteilt. Auf der einen Seite sitzen die Kundinnen und auf der anderen Seite die Maniküristinnen. Ungefähr zehn afrikanische junge Frauen arbeiten nebeneinander und unterhalten sich während der Arbeit in gemäßigtem Ton miteinander. Dabei wird nicht etwa Englisch gesprochen. Oh nein! Die schwarze Bevölkerung unterhält sich in der Muttersprache, derer es neun gibt. Jawohl NEUN! Die Damen im Salon sind meist sehr jung und gehören eher der *born free generation* an. Damit sind diejenigen schwarzen Bürger gemeint, die nach 1994 geboren sind und folglich das Apartheid-System nicht kennen gelernt haben. Andere wiederum sind schon über dreißig und haben Familie. Unabhängig vom Alter ist eine Unterhaltung mit jeder von ihnen ein Erlebnis. Da sitze ich also und lasse mich von zwei Expertinnen verwöhnen, eine feilt an meinen Zehennägeln und Fersen herum und die andere eine Etage höher an meinen Fingernägeln. Ich versuche, mich in ihre Unterhaltung einzuschalten, indem ich mich bemühe, einzelne Wörter herauszufischen und nach ihrer Bedeutung zu fragen. Diesmal glaube ich den Begriff *squeeza* aufgeschnappt zu haben. Also frage ich wissbegierig in die Runde, was dieses Wort bedeutet. Die Maniküristinnen sind es anscheinend nicht gewohnt, dass man solche Fragen stellt und schauen etwas irritiert. Sunshine, die nicht wirklich Sunshine heißt, sondern halt Sunshine in der SeSotho-Sprache, was Mamotseare geschrieben, aber doch irgendwie anders ausgesprochen wird, also meine Maniküre-Perle Sunshine übersetzt den Begriff ins Englische, und klärt mich darüber auf, dass das die *sister-in-law* sei. Ihre Schwägerin heiße eigentlich Mbali, was in der Zulu-Sprache soviel wie „Blume" bedeute, aber sie benutze den Namen nie, sondern nenne sie immer squeeza. Und um das Gesagte zu untermauern, zeigt sie mit Feile und Zeigefinger auf eine junge Frau am anderen Ende der Tischreihe und ruft: *Heeeee, squeeza!,* woraufhin die junge Frau aufschaut und uns ein beneidenswert weißes Lächeln über die Tische hinwegschickt.

Ab sofort darf ich jetzt auch an der Unterhaltung teilnehmen, die nunmehr auf Englisch mit afrikanischem Akzent stattfindet, sodass sich viele Konsonanten härter anhören und das „r" gehörig gerollt wird. Woher ich denn sei und seit wann ich hier wohnen und wie lange ich noch bleiben würde usw. Die Basis-Informationen werden ausgetauscht. Beim zweiten und dritten Besuch ist man dann schon vertrauter, sodass die Mädels auf die neugierige Europäerin warten und munter darauf losschwatzen. Ich sehe die Gelegenheit gekommen, weltbewegende Fragen zu stellen, die mir schon lange auf dem Herzen liegen, wie die folgende:

Wie kann man die Xhosa von den Zulu auseinander halten? Nosiphiwo, die meine Füße pflegt und übersetzt „Die Gabe“ heißt, antwortet: *Xhosa are the most beautiful people in South-Africa.* Daraufhin prustet Sunshine, die an meinen Händen hantiert, los. Auch alle anderen brechen in schallendes Gelächter aus. Es stellt sich heraus, dass die Gaben-Dame bei ihrer Bewertung nicht gerade objektiv vorgeht, da sie selber dem Stamm der Xhosa angehört.

Sunshine kann es sich nicht verkneifen und feuert eine Spitze nach der anderen in Richtung meiner Füße ab. Angeblich sind die Xhosa-Frauen nicht nur besonders klein, sondern – sie drückt mir ein Auge zu – auch mit enormen *hips* ausgestattet, dabei hält sie beide Hände jeweils rechts und links an ihre Hüften, ohne diese zu berühren. Pantomimisch versucht sie, denjenigen mit weniger Vorstellungskraft Ausgestatteten visuell nachzuhelfen. Ein paar Minuten schwatzen alle wild durcheinander und ich verliere wieder den Faden, aber es geht wohl um Shakiras Lied, *Hips don't lie.* Obwohl sich die Musik als Brücke für die Fortsetzung der Unterhaltung geradezu anbietet, traue ich mich nicht, nach dem hiesigen weiblichen Schönheitsideal zu fragen, aus Angst in irgendein Fettnäpfchen zu treten. Dabei böten die MTV Africa Music Awards, die ich erst gestern im Fernsehen verfolgte, allemal Anlass dafür. In bunte Gala-Kleider gehüllt moderierten verschiedene VIPs, die allesamt – vor allem unten herum – üppig ausgestattet waren. Ihre gut platzierten Rundungen wurden durch die eleganten, viel zu engen Papagei farbigen Abendkleider zusätzlich betont. Vermutlich hatten sie sich in die selbigen einnähen lassen, denn sonst sehe ich beim besten Willen keine Möglichkeit, sich den Weg in diese Kleider voller Glitzer zu bahnen.

Während die Damen um mich herum immer noch die Merkmale der Xhosa ausdiskutieren, überlege ich mir die nächste Frage, um von diesem Thema abzulenken und dem Ganzen wieder eine Struktur zu verleihen, denn als langweilige Europäerin kommt man nicht umhin, Strukturiertes jeglicher Art vorzuziehen. Vor allem aber möchte ich aus verständlichen Gründen die Weichen wieder so stellen, dass auf der englischen Schiene weitergesprochen wird. Also frage ich etwas ganz Primitives, nämlich ob Sunshine Kinder hat. Etwas Anspruchsvolleres fällt mir im Eifer des Gefechts und aufgrund der allgemeinen Unruhe um mich herum nicht ein. Jawohl, einen Sohn. Wie alt er denn sei. Zwölf, ist die Antwort. In einem Atemzug – und ohne dass ich sie danach gefragt hätte – klärt sie mich darüber auf, dass der Sohn mit ihrer Mutter zusammenlebe, weil Sunshine jeden Morgen unglaublich früh, nämlich um 3.45 Uhr, aufstehen müsse, denn von Soweto aus, wo sie wohne, fahre der Bus um 5.00 Uhr früh in Richtung CBD ab und abends sei sie dann so ausgelaugt, dass sie schon um 20.30 Uhr müde ins Bett falle. Sie mache kein Hehl daraus, dass die arme Großmutter ihr Leid mit dem Enkelkind habe. Diese müsse ihm nämlich jedes Mal gehörig die Ohren langziehen, damit er sich dazu bequeme, die Hausaufgaben zu machen. Und neulich habe sich der Junge deswegen bei der Mami beschwert und ihr sogar damit gedroht, dass er sich an die *Child Care Line* wenden werde, um den Sozialarbeitern am Telefon zu verraten, *my grandmother is abusing me!* Daraufhin habe ihm Sunshine gedroht, dass sie, als Mutter, im Gegenzug die Polizei anrufen werde, um ihr mitzuteilen, *my son is abusing me emotional!* Und wenn er sich nicht sofort auf den Hosenboden setze, um seine Hausaufgaben zu machen, werde sie ihn an seinen Wuschelhaaren packen und ihn zum nächsten *shack settlement* verfrachten. Dort könne er dann mit den Ärmsten der Armen in einer Wellblechhütte hausen und brauche nie wieder zur Schule zu gehen. Vorerst wirke diese Drohung, meint Sunshine. Fragt sich bloß, wie lange!

Der dazugehörige Vater, der gut daran täte, an der Auseinandersetzung mit dem Sohnemann teilzuhaben, wird anfangs völlig verschwiegen. Später erfahre ich allerdings beiläufig, dass er Polizist gewesen und vor einigen Jahren bei einer Auseinandersetzung in Soweto erschossen worden sei. An seiner Stelle wird ein Verehrer wie ein Joker aus dem Ärmel gezogen, der wohl in letzter Zeit eine nicht unbedeutende Rolle in ihrem Leben zu spielen scheint. Aha! Als ich nachfrage, was sie denn an ihm am meisten schätze, kullert sie mit den schwarzen Augen und schaut an die Decke, als würde da ein Bild von den am meisten geschätzten Merkmalen hängen. *His muscles*, vertraut sie mir mit der nötigen Gelassenheit an und dabei reißt sie die Augen ganz weit auf und spreizt die wulstigen Lippen wie zu einem kleinen Trichter, jede einzelne der drei Silben betonend und die zwei Worte, die die vielen Muskeln dieses Adonis beschreiben, in die Länge ziehend. Sie bitte ihn immer wieder in besonderen Momenten – ich wisse schon, wann –, ihr seine Schwäne zu zeigen. Da ich nicht auf Anhieb im Bilde bin, was gemeint ist und ich mich aufgrund der Wahl des Tieres außerstande sehe, etwas Obszönes dahinter zu vermuten, bitte ich sie darum – nachdem ich ein erneutes Aha! von mir gebe –, mir dies doch näher zu erläutern. Sunshine kommt meiner Bitte gerne nach. Sie legt die Instrumente auf den Tisch, um zur Show ansetzen zu können, spreizt beide Arme seitwärts, winkelt die Unterarme senkrecht nach oben ab und hält die Hände zur Faust geballt, wie es Bodybuilder zu tun pflegen. Und jetzt brauche ein muskulöser Mann, wie ihrer es sei, nur die Fäuste nach außen zu drehen und die Muskeln der Oberarme spielen zu lassen und schon erkenne man zwei wunderschöne Schwäne. Ich solle mir das Ganze in einem ärmellosen Muskelshirt, das die gut durchtrainierten Oberarme zur Geltung bringe, vorstellen.

Nachdem wir uns beide vor Lachen gehörig gebogen und auch die restliche Mannschaft damit angesteckt haben, arbeitet sie wieder an meinen Nägeln und lässt mich noch mehr über ihren Schwanen-Manne wissen. *My BF is from Nigeria.* Durch meinen irritierten Blick ist sie erneut genötigt, Erklärungen abzugeben: *My goodness, it means boyfriend.* Sunshine verdreht die Augen und denkt vermutlich, dass diese Weiße, mit der sie sich törichterweise auf ein Gespräch eingelassen hat, dümmer ist als es die Polizei erlaubt. *I see,* stoße ich zu meiner Entschuldigung hervor und schweige vorerst, um meinen Ruf und vor allem den meiner Auffassungsgabe nicht vollends zu ruinieren. *Nigerian men are the most handsome guys in Africa,* nimmt sie das Gespräch wieder auf, dort seien die Männer groß und gut gebaut, nicht wie die Schießbudenfiguren hier im Süden. Natürlich bedient sie sich nicht dieses Begriffs, da sie generell nicht der deutschen Sprache mächtig ist, aber ich könnte es beschwören, dass sie ihre männlichen Landsleute mit genau diesem Ausdruck schmücken würde, wenn sie mir ihre Geschichte auf Deutsch erzählen könnte. Zumindest lässt ihre Miene darauf schließen. *South Africans are short and not really handsome,* das sei mir sicherlich schon aufgefallen. Oder? Nichts dergleichen ist mir persönlich aufgefallen, aber warum soll ich ihr dieses durchtrainierte Schwanen-Muskelpaket madig machen?

Der vorige Lover sei übrigens auch aus diesem Land gewesen. Unbeirrt fügt sie noch einen weiteren wichtigen Grund hinzu, warum ihr generell Nigerianer gefallen würden. Dieser bestehe darin, dass sie dunkler als die hiesigen Pappnasen seien. Wieder Aha! Tatsache ist jedoch, dass die Natur die Bewohner des Schwarzen Kontinents um den Äquator herum mit einer dunkleren Hautfarbe versehen hat, um sie besser vor den schädlichen UV-Strahlen, die in diesen Gegenden intensiver sind, zu schützen. Außerdem sei ihr BF ein besonders hübsches Exemplar und ohne diesen flachen Hinterkopf, den viele Nigerianer hätten, während der Hinterkopf der Südafrikaner – und dabei fasst sie sich an ihren eigenen – eher einer halben Honigmelone gleiche und nett nach hinten abstehe. Instinktiv fasse ich auch an meinen Hinterkopf, der aufgrund meiner Abstammung aus dem mittlerweile türkischen Pontos an der Schwarzmeerküste große Ähnlichkeit mit Nigerianern zu haben scheint. Aha!

Wie unschwer zu erkennen ist, löst Sunshines Erzählung eigenartige und nicht zum Thema gehörende Assoziationen in meinem ebenfalls flachen Hinterköpfchen aus. Aber am meisten gibt es mir zu denken, dass sie genau die Sorte von Afrikanern anhimmelt, von denen alle anderen im Land – und zwar unabhängig von ihrer Hautfarbe – behaupten, sie seien mit Vorsicht zu genießen. Man solle sich vor Nigerianern hüten, weil sie angeblich samt und sonders Drogenhändler seien. Die üblichen Vorurteile, die – wie es scheint – auf jedem Kontinent kursieren und Ausländer in kein besonders günstiges Licht rücken.

Zielbewusst hole ich zur nächsten Frage aus: Ob sie denn ein Foto von diesem *sugar honey honey* habe. Wieder schallendes Gelächter. Wie ich denn auf diesen Namen käme. Ich singe den farbigen Manikür-Expertinnen kurz das Lied aus den 60ern vor, als *The Archies* noch behaupteten, *sugar, na na na na na naaaa, uhuuu honey honey, na na na na na naaaa, you are my candy giiiirl.* Die Damen um mich herum staunen nicht schlecht über den Übermut dieses Bleichgesichts, mit solchen doch mäßigen Gesangskünsten in aller Öffentlichkeit einen zum Besten zu geben. Sie kennen das Lied nicht. Kein Wunder! Ich hätte es auch nicht wieder erkannt! *Honey Honey* hat einen typisch afrikanischen Namen mit vielen „b", den ich leider aufgrund meiner ungeübten Ohren, eventuell aber auch wegen eines gewissen Herrn, der sich immer öfter ungefragt in mein Leben schleicht und sich Alzheimer nennt, an dieser Stelle nicht mehr reproduzieren kann. Auf die Frage nach dem Alter von *Honey Honey* kommt nur die schnippische Gegenfrage, *who cares about numbers?* Nun gut.

Ich möchte mich nicht in indiskreten Details verlieren, frage aber dennoch die Dame, die „Gabe" heißt und meine Füße verwöhnt, etwas gewagt, ob sie Sunshines Muskelprotz schon gesehen habe oder ob es sich nur um eine fiktive Figur handle, mit der mich Sunshine beeindrucken wolle. Das lässt Sunshine natürlich nicht auf sich beruhen und kramt aus ihrer großen Handtasche ihr Handy hervor, um mir *Honey Honey* zu zeigen. Tatsächlich lacht mir ein Prachtexemplar von einem Mann entgegen und blendet mich – wie es sich für diesen Kontinent gehört – mit dem dazugehörigen weißen Zahnpasta-Lächeln! Hätte ich Sunshine gar nicht zugetraut mit ihren üppigen *hips* und ausgeprägten Oberschenkeln! Alle Achtung! Nun werde ich noch mutiger und behaupte einfach, Sunshine binde mir mit diesem Foto einen Bären auf, denn wahrscheinlich habe sie das Foto einfach nur aus dem Internet heruntergeladen, um hier in großer Runde damit zu prahlen. Sunshine reißt wieder die schwarzen Augen auf, formt die breiten Lippen zu einem entsetzten „O" und schleudert mir ein pikiertes *Shoo* entgegen. Dass dieser Begriff *Shoo*, der sich wie ein kurzer deutscher „Schuh" anhört, dessen oooos aber beliebig in die Länge gezogen werden können, als Ausdruck für alle möglichen Gefühlsregungen dient, habe ich hier in den wenigen Monaten schon realisiert. Sunshine ist ganz offensichtlich überrascht – aber nicht negativ. Sonst hätte sie sich nämlich des anderen Ausrufs bedient, den ich auch ständig höre, der aber eher „Oh, nein!" oder „Ach, du meine Güte!" bedeutet, nämlich *Eish*, was sich ausgesprochen wie „aisch" oder wie „isch" anhört und genauso gut aus dem Mund eines Kölner LKW-Fahrers stammen könnte. Als Freund und Helfer wird nun die squeeza in den Zeugenstand gerufen, die in knappen SeSotho-Sätzen darüber in Kenntnis gesetzt wird, was diese Europäerin gerade von sich gegeben hat. Ich verstehe nur die Begriffe *internet* und *download*, für die es wohl in der afrikanischen Sprache keine Entsprechungen zu geben scheint. Squeeza kneift die Augen zusammen und lacht laut heraus. Und da dieser heitere Zustand bekanntlich nicht nur gesund, sondern auch ansteckend ist, halten sich bald alle im Raum den Bauch vor Lachen.

Nosiphiwo, die übrigens durch ihr ausgeprägtes Gebiss eine große Ähnlichkeit mit der Hollywood-Schauspielerin Whoopi Goldberg aufweist, glaubt nun, dass der geeignete Moment dafür gekommen sei, sich nicht nur mit meinen 10 Zehen zu beschäftigen. Sie wolle zur Klärung des Sachverhaltes beitragen und darum folgende Geschichte erzählen: *Honey Honey* (der Nigerianer scheint seinen Spitznamen wegzuhaben) habe an einem Morgen auf Sunshine gewartet und ihr doch tatsächlich eine *breakfast box* mitgebracht. Wie aufmerksam! Sunshine sei ganz hingerissen von so viel Feingefühl gewesen und habe die *box* dankend entgegen genommen. Aber Nosiphiwo betont immer wieder, man müsse sich das mal vorstellen, eine *breakfast box*!!! Wie er wohl auf so eine Idee gekommen sei? Unverständlich sei es schon, erwidere ich, zumal es in keinster Weise irgendeinem Hollywood-Vorbild entspreche. Als *Honey Honey* habe gehen müssen, weil die Mädels ja schließlich hätten arbeiten sollen und müssen, habe Sunshine den Inhalt der *box* an die restliche Belegschaft verteilt. Begründung: Sie sei auf Diät! Grund: Der Muskelmann. Großes Gelächter von allen Seiten, denn die Mädels hören natürlich zu, wenn es so etwas Pikantes zu erzählen gibt, außerdem waren ja alle dabei und haben sich den Inhalt der *box* geteilt, an besagtem Morgen. Nur Sunshine lacht nicht, aber nicht etwa, weil es ihr peinlich ist, dass man sich über ihr Liebesleben lustig macht. Zumindest ist jetzt bewiesen, dass es sich bei dem Handy-Foto um kein Phantom-Bild handelt, sondern um einen reellen Verehrer.

Während die allgemeine Heiterkeit noch anhält, unterhalten sich die zwei Damen wieder in ihrer Muttersprache. Ich warte ab, wann es zur ersten Atempause kommt, um mich wieder einzumischen und weiß nichts Besseres von mir zu geben, als die Xhosa-Dame dafür zu loben, dass sie ihrem Namen „Gabe" alle Ehre macht, denn sie hat die Gabe, ein *storyteller* zu sein. Nosiphiwo geht sofort darauf ein und setzt schon an, um mir ihre Geschichte zu übersetzen, aber Sunshine fällt ihr ins Wort. Ganz offensichtlich ist diese Geschichte nicht für meine Ohren bestimmt. Na gut, dann eben nicht. Aber Nosiphiwo setzt sich durch. Sunshine schüttelt nur den Kopf, hält die Hand vor die Augen und schaut entsetzt auf den Boden! Was mag da wohl kommen?

Nosiphiwo setzt neu an und erzählt von einem *liquid*, das sie sich zusammenbraue und das ganz bestimmte Bedürfnisse und Fähigkeiten in ihr wecke. Immer wenn sie diesen Sud trinke, habe sie mehr Spaß an *house and home*. Außerdem halte die Wirkung dieser Flüssigkeit drei Stunden an, sodass man sich länger mit *house and home* beschäftigen könne. Ich schaue etwas irritiert in die Runde und frage ganz naiv, die unmittelbaren Konsequenzen nicht abschätzen könnend, ob es nicht ein bisschen übertrieben sei, wenn eine junge Frau von 30 Jahren – denn älter ist Nosiphiwo gewiss nicht – so einen Aufwand betreiben müsse, nur um Staub zu wischen und zu putzen. Die Tatsache, dass sie von kräftiger Statur ist und solch einer Vorbereitung nun wahrlich nicht bedarf, behalte ich wohlweislich für mich. Sendepause von der Gegenmannschaft. Alle schauen sich nur für Sekundenbruchteile an und lachen wieder wie auf Kommando Tränen.

Was ist denn nun los? Da wiegt man sich im Glauben, eine geistreiche Bemerkung gemacht zu haben und genau das Gegenteil ist der Fall. Ich scheine von einem Fettnäpfchen ins nächste zu stapfen. Während ich erneut meine unheilbare Neugier verfluche, wischen sich die Damen die Lachtränen aus den Augen. Zu meiner und der geehrten Leser Aufklärung sei erwähnt: *House and home* hat weniger mit Haushalt oder Küche zu tun und bezieht sich in keinster Weise auf eintönige Tätigkeiten, die einen Haushalt instand setzen oder sauber halten. Ganz im Gegenteil, es handelt sich bei diesem Ausdruck um die diskrete Beschreibung eines freudigen Ereignisses, das Mann und Frau in meist horizontaler Stellung näher bringt und hin und wieder auch der Fortpflanzung unserer Spezies dient.

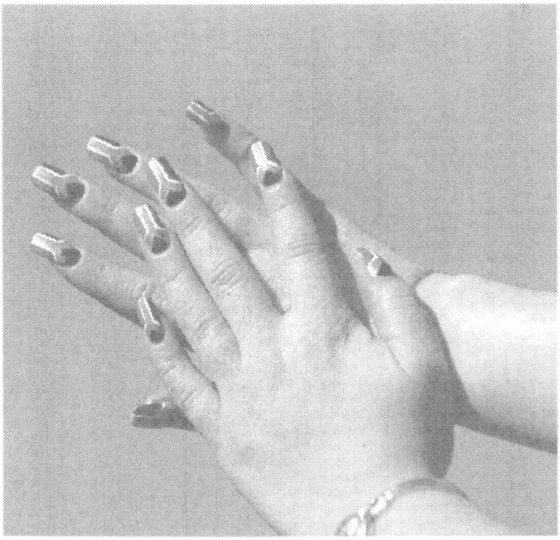

ADT

23. Wie gut, dass wir eine Alarmanlage haben!

Es ist wirklich ein Kreuz mit unserer Alarmanlage. Bevor ich das Haus verlasse, stelle ich jedes Mal alles vorschriftsmäßig ein, schließe die Haustür und das Garagentor und drücke auf den roten Knopf des Transponders. Dieser signalisiert mir nach drei Sekunden mittels eines Blinkzeichens, dass ich nun beruhigt von dannen ziehen kann, denn das Haus befindet sich einbruchsicher in den Händen der ADT. Das ist das bekannteste Security-Unternehmen des Landes und der größte Anteil der Häuser ist mit einem entsprechenden Schild am Einfahrtstor versehen, das dem noch unschlüssigen Einbrecher mehr oder weniger signalisiert, lieber die Finger von diesem Haus zu lassen und mit einem anderen Gebäude vorlieb zu nehmen, für dessen Sicherheit dieses Unternehmen nicht verantwortlich ist.

Für den Fall, dass der potenzielle Einbrecher unbelehrbar und unbekehrbar sein sollte, ist das Haus direkt mit der ADT-Zentrale verbunden, die – kaum heult der Alarm auf – mich unverzüglich übers Handy anruft und mir erst einmal die landesübliche Frage stellt: *Hi Madame, how are you?* Ich meinerseits erwidere artig und wohlerzogen, der Rituale des Landes nunmehr kundig, selbst wenn die Wahrscheinlichkeit groß ist, dass gerade das Haus abgefackelt oder die halbe Familie fachmännisch ins Jenseits verfrachtet wird, falls sie sich dummerweise im Haus befinden sollte: *Hello. Thank you, I am fine. How are you?* Die ADT-Antwort ist, wie nicht anders zu erwarten: *Thank you, good good. This is ADT, Madame. Whom am I speaking to?* In fließendem Englisch nenne ich ihr meinen Namen. *We received an alarm call from your property. Are you at home?* Spätestens an dieser Stelle könnte man der höflichen Dame am anderen Ende sagen, dass die Alarmanlage einen äußerst ungünstigen Moment ausgesucht hat, um auf ihre Existenz aufmerksam zu machen. Das Gleiche gilt für die Dame in der Telefonzentrale, denn entweder erwischt sie mich gerade in der Umkleidekabine und ich blicke nur notdürftig bekleidet in den Spiegel oder ich bin dabei, die vollen Supermarkttüten in dem Kofferraum zu verstauen oder ich liege bei der Physiotherapeutin auf der Bank, welche überall da drückt, wo es am meisten weh tut. Zu gern wüsste ich, welcher Teufel diese Anlage reitet, denn jedes Mal, wenn mich die Damen von ADT anrufen, ist es im unmöglichsten Moment und ich spreche mit ihnen nie freihändig, sondern das Telefon zwischen Schulter und Ohr festgeklemmt in der Hoffnung, dass es nicht krachend auf dem Boden zerschellt.

Die ADT-Angestellte ruft mich meist eine knappe Stunde nach Verlassen des Hauses an. Jedes Mal. Jeden Tag. Auch im Urlaub. Auch wenn wir über alle Berge, also in Europa sind. Sie leiert ihren Spruch herunter und fragt, ob sie jemanden nach Hause schicken soll, der nach dem Rechten schaut. Im Klartext bedeutet dies Folgendes: Der ADT-Angestellte, der in der Nachbarschaft auf einem Fahrrad patrouilliert, kommt bis ans Tor und ruft unserem Gärtner Zondi lautstark zu, ob alles ok sei. Dieser schaut gelangweilt bei uns durch die Fenster und bestätigt der Patrouille, dass im Haus soweit keiner röchelnd in einer Blutlache liegt. Zumindest im Erdgeschoss, denn was sich im Obergeschoss abspielt, kann er nicht wissen. Und die Tür aufbrechen darf er nicht. Weder er noch die ADT-Patrouille. So steht es im ADT-Vertrag. Der Fahrradfahrer der ADT hinterlässt nach Erfüllung der Pflicht einen Zettel, auf dem sein Name und die Uhrzeit der Kontrolle verzeichnet sind. Somit hat er seine Schuldigkeit getan und kann sich beruhigt seiner Fahrradfahrt im Schatten der Jacaranda-Bäume hingeben.

Wenn man den Ernstfall durchspielt, wird klar, dass diese Art von Kontrolle wirklicher Effektivität entbehrt. Nehmen wir einmal an, die Alarmanlage schlägt aus gutem Grund an, da ich tatsächlich im Haus festsitze und von Einbrechern mit der Waffe bedroht werde. Das Telefon läutet und die kriminellen Eindringlinge verbieten mir, es abzuheben. Der ADT-Fahrradfahrer wird zwecks Kontrolle geschickt, kommt bis ans Tor, hinterlegt seinen Zettel im Briefkasten und radelt wieder davon, während ich im Innern des Hauses Todesqualen durchstehen muss. Im besten Fall!

Nehmen wir an, die Einbrecher erlauben es mir, ans Telefon zu gehen, damit kein Verdacht erregt wird. Das Gespräch läuft wie schon beschrieben und die ADT-Angestellte fragt mich nach dem Kennwort. Wenn ich das vereinbarte Kennwort aufsage, kommt keine Hilfe, denn es ist der Beweis dafür, dass alles in Ordnung ist und ich nicht in Lebensgefahr schwebe. Im Gegenteil, ich erfreue mich bester Gesundheit und es handelt sich wieder einmal nur um falschen Alarm, der mittlerweile zur Tagesordnung gehört. Wenn ich aber absichtlich ein falsches Kennwort nenne – so wie wir bei dem Seminar belehrt wurden – ist dies für die ADT das vereinbarte Signal dafür, dass gerade Einbrecher neben mir stehen, mir die Pistole an die Schläfe halten und im besten Falle vorhaben, das Haus möglichst schnell um alles Wertvolle zu erleichtern, sobald dieser aufdringliche ADT-Mensch auflegt.

Das Erkennungswort, das das Unternehmen übrigens für uns ausgesucht hat, ist aufgrund unserer Herkunft „Hellenic“. Und da die Sirene jeden Tag heult, findet das Telefongespräch jeden Tag statt und ich raune in Gegenwart der Physiotherapeutin, des Frisörs, der Kassiererin, der Verkäuferin oder wessen auch immer, der sich in diesem verflixten Moment vor mir befindet, das Erkennungswort möglichst leise in den Hörer, muss es jedoch wiederholen, da es die Dame am anderen Ende natürlich nicht vernehmen kann. Mit anderen Worten, dieses „Hellenic“ kennt bald mein ganzer Bekanntenkreis, und zwar ausnahmslos. Ganz zu schweigen von allen ADT-Angestellten, die Fahrrad fahren können. Also eine ansehnliche Anzahl von Joburgern. Übrigens ist in unserer Nachbarschaft ohnehin ununterbrochen ein ADT-Fahrradfahrer präsent und bewacht das Haus unseres Nachbarn. Darüber hinaus gibt es auf dem Bürgersteig ein ganzes Häuschen mit Wachpersonal, das den wichtigen Nachbarn vor jeglicher Gefahr beschützt. Welcher Einbrecher würde sich bei solchen Sicherheitsvorkehrungen in besagtes Haus oder in das direkt daneben liegende wagen? Dem Ex-Präsidenten und seinem Bewachungsapparat sei Dank!

24. Ein Schmelztiegel am südlichsten Zipfel

Es liegt auf der Hand, dass es mit den täglichen ADT-Telefonaten so nicht weiter gehen kann. Also bin ich diejenige, die zur Abwechslung beim Security-Unternehmen anruft, die Lage schildert und einen Angestellten anfordert, der die Alarmanlage samt dazugehörigem Überwachungssystem checken möge. Schon am nächsten Tag steht er vor der Tür: klein, untersetzt, von braungelblicher Hautfarbe, mit krausem Haar. Gleich nach der südafrikanischen Begrüßungszeremonie reicht er mir seine Visitenkarte, vermutlich weil er mir anmerkt, dass ich seinen Namen nicht wirklich verstanden habe. Ein Blick auf die Karte hilft enorm weiter: Neville Telemachus. So schwierig ist der Name gar nicht, aber durch seine singende Aussprache und dadurch, dass er wirklich alle Silben in die Länge zieht, hört sich sein Englisch wie eine andere Sprache an.

So, where are the cameras? fragt er mich in seiner singenden Art und Weise. Richtig, er ist ja wegen dieser lästigen Alarmanlage hier! Also führe ich ihn hinaus in den Garten und zeige ihm, wo diese unnützen Dinger platziert sind. Dabei brennen mir verschiedene Fragen auf der Zunge, allen vorneweg die nach seinem Nachnamen. Wie mag er es wohl angestellt haben, mit so einem nicht-griechischen Aussehen einen Nachnamen aus ebendiesem Land zu haben? Ich überlege, wie ich es angehen soll, um nicht indiskret zu wirken – was ich ja eigentlich bin – und hoffe nur, dass er lange genug an dieser törichten Anlage herumbasteln muss, sodass ich Gelegenheit haben werde, das Gespräch in die gewünschte Richtung zu lenken.

Er kommt mir leider zuvor und stellt die üblichen Fragen, die man hierzulande einer Europäerin stellt und möchte wissen, ob mir die Entscheidung, nach Johannesburg zu ziehen, schwer gefalle sei. Ich beschreibe ihm unsere Bekannten und Freunde in London, denen wir damals von unserem bevorstehenden Umzug nach Johannesburg erzählt hatten. Wie erwartet kamen ängstliche Blicke gepaart mit der entsetzten Frage: *Was? In diese gefährliche Stadt wollt ihr ziehen? Da herrscht doch Mord und Totschlag!* Neville lacht und nickt dabei: *Dafür gibt es in London des Öfteren Terroranschläge und es regnet ununterbrochen Katzen und Hunde, könnte man darauf erwidern.* Ich stimme ihm zu, auch wenn ich eher der Ansicht bin, dass einige Dinge nicht unbedingt miteinander vergleichbar sind. *Wissen Sie eigentlich, dass in der internationalen Statistik der Städte mit hoher Kriminalitätsrate Johannesburg momentan auf Platz Nummer 50 rangiert?* Er reagiert erstaunt darüber, dass Joburg nicht höher in der Liste anzutreffen ist und ich wiederum finde seine Reaktion erstaunlich: *Wenn man sich an die Anweisungen und an Faustregel Nummer eins, nämlich „be aware!" hält, kann eigentlich nicht viel passieren.* Kürzer kann eine Zusammenfassung von der Gefährlichkeit Johannesburgs kaum formuliert werden.

Als er sich mit dem Schraubenschlüssel über die erste Kamera hermacht und kopfschüttelnd ihren Zustand bewertet, tue ich so, als würde mich die Reparatur der selbigen ungeheuer interessieren. Ich schwenke dann etwas ungeschickt auf Cape Town hinüber, weil ich schon einmal gehört habe, dass die Südafrikaner mit asiatischem Aussehen meist aus der Provinz Westkap kommen. Darum frage ich ganz auf blond schaltend und so tuend als wüsste ich es nicht, ob in Cape Town die Kriminalitätsrate ebenso hoch sei. Er nickt und fügt hinzu, dass er lange genug in Kapstadt gelebt hat, um es aus erster Hand zu wissen. Ich klopfe mir innerlich auf die Schulter, stolz darauf, anhand seines Äußeren und seines Tonfalls richtige Vermutungen angestellt zu haben. Also versuche ich das Gespräch so zu leiten, dass er mir innerhalb von wenigen Minuten die wichtigsten Anhaltspunkte zu seiner Person erzählt. Er sei in Cape Town geboren, lebe aber seit gut 20 Jahren in Johannesburg. Der Arbeit wegen. Vermutlich gebe es sonst keinen anderen plausiblen Grund, diese zwei Städte gegeneinander auszutauschen. Beim letzten Satz lacht er etwas bitter. In Joburg sei der Arbeitsmarkt einfach größer und man habe darum bessere Chancen als in der Mother City. Wieder meine ich einen Hauch von Trauer herauszuhören. Die Kapstädter nennen ihre Heimatstadt liebevoll „Mother City", weil es die erste Stadt am südlichen Zipfel Afrikas ist, die von Europäern gegründet wurde. Eigenartig, dass der Ausdruck von jemandem benutzt wird, der so gar nicht europäisch aussieht.

Waren Sie schon einmal in Cape Town? Ich nicke und erkläre ihm, dass mir seine Heimatstadt sehr gefalle. Während er seinen Blick durch den Garten wandern lässt, kommt eine etwas aus dem Zusammenhang gerissene Feststellung: In Cape Town gebe es viele solcher Häuser wie dieses. In Johannesburg würden die meisten Menschen dagegen in einem „cluster" oder "complex" leben. Dem ahnungslosen Leser sollte an dieser Stelle erklärt werden, dass es sich dabei um einen Wohnkomplex handelt, der von einem kantigen Mauerwerk mit den dazugehörigen elektrischen Vorrichtungen nebst Kameras, Einfahrt samt Wächtern umgeben wird und somit als einbruchsicher gilt. *Wie kommt es, dass Sie sich nicht für ein cluster entschieden haben? Alle Expats wohnen in einem cluster. Aus Angst. Weil Joburg so gefährlich ist.* Statt eine Antwort abzuwarten, zieht Neville eine abwertende Grimasse und findet, dass wir hier viel schöner als in diesen „clusters" wohnen würden. Er möge diese riesigen Komplexe absolut nicht. Ich solle mir vorstellen, dass dort gut und gerne bis zu 500 Parteien leben würden. *Es ist ein regelrechtes Dorf. Der Vorteil ist, dass man sich im Inneren mehr oder weniger frei bewegen kann. Die Kinder spielen unbeschwert und können mit dem Fahrrad fahren.* Ich muss lachen und da er mich fragend anschaut, erkläre ich ihm, dass man das in Europa normalerweise auch ohne den ganzen Security-Schnickschnack hinbekomme. Erstaunt lässt er Kabel, Kamera und Schraubenzieher sinken. *Es gibt in Europa keine Alarmanlagen? Keine Mauern?* So pauschal könne man das nicht sagen, Alarmanlagen gebe es in den letzten Jahren schon, da sich die Einbruchszahlen vervielfacht hätten. Sicherlich aber gebe es keine meterhohen Mauern um die Häuser herum. Ich erkläre ihm außerdem noch, welche Assoziationen ich hatte: *Als ich zum ersten Mal so eine Konstruktion von wuchtiger und massiver Mauer mit elektrischen Drähten obendrauf sah, wurde mir flau im Magen und unweigerlich kam das gleiche Gefühl in mir hoch, wie damals in den 1980er Jahren, als ich zum ersten Mal der Berliner Mauer gegenüberstand.* Da Neville nicht genau versteht, was ich meine, wechsle ich schleunigst das Thema. Wozu soll ich den armen Burschen mit Details über das SED-System nötigen? Stattdessen beschreibe ich ihm, wie überrascht ich war, als ich zum ersten Mal Soweto besuchte: *Bis zu diesem Tag hatte ich den Eindruck, dass sich nur die reichen Weißen Überwachungssysteme leisten. In Soweto und vermutlich auch in anderen weniger bekannten Townships sind ebenfalls viele Häuser ummauert und mit gehörig viel elektrischem Draht versehen.* Neville nickt bestätigend: *Die nicht-weiße Bevölkerung hat sogar eher Grund zur Vorsicht, denn offiziell sind bei den meisten Delikten sowohl Täter als auch Opfer schwarzer Hautfarbe. Der Großteil der Verbrechen findet in den ärmsten Vierteln statt, also sind Reiche eigentlich weniger davon betroffen.*

Neville widmet sich nun mehr den Kameras, die nicht richtig zu funktionieren scheinen, und schweigt in den folgenden Minuten, während ich etwas Zeit benötige, um das gerade Vernommene zu verinnerlichen. Ich kann mich des Eindrucks nicht erwehren, dass keiner von uns beiden dieses unbehagliche Thema *crime* analysieren möchte. Eigentlich hatte ich doch vor, ihn etwas ganz anderes zu fragen. Was war es noch einmal? Dabei fällt mein Blick auf die Visitenkarte, die ich schon die ganze Zeit in der Hand halte. Richtig! Ich wollte ihn auf seinen Nachnamen hin ansprechen, also winke ich ihm mit der Karte zu und frage ihn etwas zu direkt und ohne jegliche Überleitung, ob er wisse, dass es sich dabei um einen griechischen Namen handle. Neville nickt lachend und schließt messerscharf: *Are you Greek? Only Greeks ask me about my name.* Gleichzeitig lässt er den Schraubenzieher sinken, nimmt die Baseballmütze ab und kratzt sich den Kopf. *Um ehrlich zu sein, ich habe mir nie in der Vergangenheit Gedanken darüber gemacht, was meinen Namen angeht. Bis ich eine Herkunftsanalyse habe machen lassen.* Erwartungsvoll schaue ich ihn an, denn ich bin nicht auf Anhieb im Bilde, was er damit meint. Es hat den Anschein, dass er seine Geschichte gern und dementsprechend oft erzählt, denn die Details kommen ihm recht flüssig über die Lippen: *Durch diese Herkunftsanalyse habe ich ganz nebenbei erfahren, dass Telemachos der Sohn dieses Odysseus gewesen ist. Da bin ich neugierig geworden und habe angefangen nachzulesen und somit herausgefunden, dass Odysseus ein sehr berühmter und raffinierter Mann war. Stimmt doch, oder?* Eine Griechin nach dem Schlitzohr Odysseus zu fragen, kann so falsch nicht sein, wird Herr Telemachus sich gedacht haben, bevor er die Frage formuliert hat. Das mag schon stimmen, trotzdem verstehe ich den Zusammenhang nicht. Wie in aller Welt kommt ein Südafrikaner aus Cape Town zu einem altgriechischen Namen? Noch dazu Nachnamen! Jetzt erst recht neugierig geworden, frage ich ihn direkt heraus: *Was hat es mit dieser Herkunftsanalyse auf sich?*

Stolz teilt er mir mit, dass er sich dazu entschlossen hatte, um seine Abstammung zu erfahren. Erklärend fügt er hinzu: *Die Bewohner am Kap haben eine sehr gemischte Herkunft. Sie wissen, dass einige unserer Vorfahren Sklaven waren, nicht wahr?* Zu meiner Schande sind mir Einzelheiten dazu nicht bekannt, darum setzt Neville zu weiteren

Erklärungen an. Es scheint mir, als würde er dabei erneut etwas bitter lächeln. Aus den niederländischen Kolonien seien damals Sklaven aus Südostasien hierher gebracht worden, die auf den Feldern hätten arbeiten müssen. Es seien meist Menschen aus Indien, Indonesien und Malaysia, aber auch aus Mozambique, Madagaskar und der Ostafrikanischen Küste gewesen. Später seien aus diesen Ländern, vor allem aus Indien, Händler dazu gekommen. *Mein Vater behauptet immer, dass sein Urgroßvater Händler gewesen sei, aber ob das wirklich stimmt?* Er zuckt beim letzten Satz mit den Achseln. Ich versuche, ihm innerlich mit dem Finger auf der Landkarte zu folgen und muss bald gestehen, dass es bei so einem multikulturellen Hintergrund durchaus plausibel erscheint, Ahnenforschung zu betreiben. Trotzdem verstehe ich den Bezug zu Griechenland nicht, darum stelle ich eine dumme Frage nach der anderen: *Was hat also dieser Test ergeben? Sind Sie ein Nachkomme von Odysseus? Kommen Ihre Vorfahren ursprünglich aus Griechenland?* Ich weiß gar nicht, in welcher Reihenfolge ich die Details einholen soll, die sich aus dem Gespräch ergeben, jedoch halte ich mich mit der verfänglichsten aller Fragen noch etwas zurück, bis auch diese in etwas gesetzterer Form heraussprudelt, als ich es an dieser Stelle schildere: Und was hat Odysseus, dieser Teufelsbraten, angestellt, um asiatische Nachkommen zu hinterlassen? Dass er auf seiner zehnjährigen Irrfahrt großen Erfolg bei Frauen hatte und die arme Penelope auf Ithaka schmoren ließ, ist ja kein Geheimnis. Aber dass sein Fortpflanzungstrieb ihn bis nach Südostasien getragen hätte, ist mir völlig neu. Nevilles schallendes Gelächter bringt Odysseus wieder in den Mittelmeerraum zurück, wo er hingehört. *Ich und Grieche?*

Nein, wo denken Sie hin? Gute Frage! Wo denke ich wieder einmal hin? Glücklicherweise wartet er keine Antwort ab und fährt fort. Er sei größtenteils indonesischer und indischer Herkunft. Sichtlich irritiert schaue ich in sein asiatisches Gesicht und kann mir immer noch keinen Reim auf seinen griechischen Namen machen. Ob er womöglich von Alexander dem Großen abstammt? Rein geografisch gesehen kommt dieser als griechischer Namensgeber auf jeden Fall eher in Frage. Der Makedonier schaffte es schließlich in wenigen Jahren, bis nach Indien vorzustoßen und dabei ein ganzes Reich auf die Beine zu stellen. Da muss wohl jemand von Nevilles Ahnen im Geschichtsunterricht gehörig geschlafen und bei der Namensfindung die großen griechischen Männer und deren geografische Reichweite durcheinander gebracht haben. Und zwar eminent. Anders lässt sich dieses Missverständnis kaum erklären.

Neville repariert nun schon die dritte Kamera, während ich hinter ihm herdackele und viel mehr an seinen Ausführungen als an der Alarmanlage interessiert bin. Er klärt mich endlich darüber auf, was die Namensgebung bei den Sklaven und somit die seiner Familie angeht und ich bin sehr auf des Rätsels Lösung gespannt. *Die Sklaven wurden, wie gesagt, zu einem großen Teil aus Südostasien und von den indischen Küstengebieten, beispielsweise aus Bengalen, hierher verfrachtet.* Enttäuscht stelle ich fest, dass Alexander der Große seine Finger doch nicht im Spiel haben konnte, denn sein Imperium reichte nur bis zum indischen Festland. Neville ahnt zum Glück nicht, welche Eskapaden meine Fantasie die letzten Minuten macht und erzählt munter weiter: *Als man diese Menschen ans Kap brachte, gab man ihnen neue Namen. Da gab es Namen, die die Herkunft signalisierten, z.B. Abraham van Bengal. Wenn ein Kind von Sklaven am Kap geboren wurde, hieß es van der Caab. Auch Monatsnamen wurden zur Namensgebung benutzt, beispielsweise April oder September. Das Alte Testament diente ebenfalls als Pate mit den Namen Adam, Moses, Isaac, Abraham, David oder Solomon. Schließlich gab es noch die klassischen Namen, also Namen von mythischen Figuren oder von Herrschern, als da wären Alexander, Hector, Titus, Hannibal, Hercules, Achilles, Jupiter und eben Telemachus.* Ich bin erstaunt über den kolonialen Facettenreichtum und darüber, dass Menschen auf der südlichen Erdhalbkugel auf geschichtsträchtige Namen hören, ohne je mit dem entsprechenden Land oder deren Nachkommen in Berührung gekommen zu sein. Der Herr Telemachus hätte also genauso gut Herr Alexander heißen können, egal wie weit der Makedonische König auf seinem Weg gen Osten gekommen ist. Auch die Abenteuer des Frauenhelden Odysseus sind völlig sekundär und haben keinerlei Einfluss auf die Person, die gerade vor mir steht. Schade eigentlich. Zumindest leuchtet mir jetzt ein, warum in Südafrika bis heute so eine Vielfalt an Namen erhalten geblieben ist.

Einige Dinge sind im Leben bekanntlich nicht zu ändern. Zum Leidwesen meiner Mitmenschen gehört dazu wohl auch die Mentalität „Einmal Lehrerin, immer Lehrerin“, darum nehme ich mir die Freiheit, nochmals zusammenzufassen: *Sie sind also halb Indonesier, halb Inder, haben aber zufällig einen griechischen Namen.* Ich mache es mir wohl etwas zu einfach, denn Neville schüttelt sogleich lächelnd den Kopf und erklärt, dass der Test bei ihm noch mehr gezeigt habe. Fassungslos reiße ich die Augen auf, denn meines Erachtens geht es in seinen Adern eigentlich schon international genug zu, aber er scheint mit noch mehr multikulti aufwarten zu können. Bei der Untersuchung seien holländische Charakteristika, genauso wie Merkmale der Eingeborenen Khoikhoi entdeckt worden. *Sie wissen schon, die Khoikhoi, die von den Europäern, bzw. von den Holländern damals Hottentotten genannt wurden.* Mir leuchtet diese Kombination nicht ganz ein, doch Neville weiß auf hierauf die Antwort: *Zu Beginn der Burenzeit im 17. Jahrhundert war in der damaligen europäischen Männergesellschaft am Kap der Mangel an weißen Frauen groß, also griffen die hellhäutigen, „fair skin" Europäer auf afrikanische oder asiatische Sklavinnen, als Konkubinen zurück. So sind die coloured Kap-Malays entstanden, die mit den ausgeprägten Wangenknochen.* Bei den letzten Worten zeigt er als Beweis für seine Herkunft auf seine eigenen Wangenknochen. Ich bin allerdings noch mit meinen Gedanken beim ersten Teil des gerade Vernommenen: Ist es nicht entzückend, was für Lösungen die Männerwelt bereithält, um Bedürfnisse jeglicher, aber vor allem sexueller Art, zu befriedigen? Da werden Religionskriege geführt und Rassengesetze verabschiedet, aber wenn es um den Austausch von Körperflüssigkeiten geht, nimmt man es mit den Vorgaben nicht so genau. Neville scheint Gedanken lesen zu können und versucht einem feministischen Gegenschlag zuvorkommen zu wollen, denn er analysiert mir die Vorteile, die sich für das weibliche Geschlecht daraus ergaben. Oft sei für eine Sklavin die Heirat mit einem Weißen der einzige Weg in die Freiheit gewesen, vorausgesetzt sie habe der „Dutch Reformed Church" angehört und sei der Sprache der Weißen mächtig gewesen. Bis zum Jahre 1823 sei die Eheschließung unter Sklaven gar nicht möglich gewesen und danach nur für Christen und nachdem der Besitzer ihnen die Erlaubnis dazu gegeben habe. *Aus diesem Grund konvertierten damals viele Muslime. Um heiraten und Familie gründen zu können.*

Neville versetzt mich erneut ins Staunen, hatte er doch kein einziges arabisches Land genannt. *Woher kamen denn damals die Muslime?* will ich neugierig wissen und die Antwort lässt nicht lange auf sich warten: *Aus dem indonesischen Archipel.* Es seien zum größten Teil politische Anführer gewesen, Aristokraten und gelehrte Muslime, die sich gegen die holländische Dominanz in den Kolonien aufgelehnt hätten und darum angeblich als Exilanten, eigentlich aber als Sklaven ans Kap verschleppt worden seien. *In der Strafkolonie gaben sie dann einstweilen Ruhe.* Etwas überfordert von der Masse an Informationen bereue ich es schon fast, Odysseus Sohn überhaupt gefragt zu haben. Innerlich verfluche ich zum wiederholten Male meine Neugier, unternehme jedoch als unverbesserliche Lehrerin einen erneuten Versuch, die Informationen strukturiert zusammenzufassen: *Also waren Sklaven damals Muslime und Hindi, während die Herren Christen waren?* Neville bestätigt es: *Solange Sklaven nicht getauft werden durften, war es so.* Unglaublich, was für eine internationale und „multi-religiöse" Sklavengesellschaft an der Südspitze Afrikas entstand, die den Grundstein für die heutige Zusammensetzung der südafrikanischen „rainbow nation" legte. Von allein wäre ich nicht auf die Idee gekommen, dass die südafrikanischen „coloureds" Mischlinge afrikanischer, asiatischer und europäischer Herkunft sind.

Als sich Neville auch der letzten Kamera annimmt, lobe ich seine historischen Kenntnisse und frage ihn, was er denn nun sei, ein „Cape-Coloured" oder ein „Cape-Malay"? Christ oder Muslim? *Guess*, grinst er mich an. Etwas überfordert von dem ausführlichen, interaktiven Geschichtsunterricht tippe ich einfach auf „Cape-Coloured“ und treffe damit sogar ins Schwarze. Woran ich das erkannt habe, will er wissen. Lachend zucke ich die Achseln und er geht nicht weiter darauf ein, sondern erklärt mir stattdessen: *Wenn die Herkunftsanalyse nicht gewesen wäre, hätte ich mich nie im Leben so intensiv mit diesem Thema auseinandergesetzt. Aber die Zusammensetzung meiner Gene hat mir doch zu denken gegeben.* Lachend antworte ich ihm, dass er mich auf die Idee gebracht habe, es ihm gleich zu tun. *Ist Ihre Familiengeschichte auch so kompliziert?* Ohne meine Antwort abzuwarten, setzt er beflissen fort, dass er seitdem im Internet recherchiert und unzählige Bücher gewälzt habe. Wenn ich Interesse daran hätte, könne er mir gern einige empfehlen und er holt aus, um mir einige Titel zu nennen. Allesamt in Afrikaans. Mein Gesichtsausdruck verrät ihm, dass ich dieser Sprache nicht mächtig bin, was er in seinem Übereifer völlig vergessen hat und sich darum mit der Hand gegen die Stirn schlägt. Prompt kommt er auf das nächste Thema und fragt mich, ob ich übrigens wisse, wie die Sprache Afrikaans entstanden sei. *Soviel ich weiß aus dem Holländischen*, antworte ich etwas verunsichert und ahne, dass ich es mir damit zu einfach mache. Odysseus´ Sohn weiß auch diesbezüglich mehr: Das Grundvokabular in der Kap-Kolonie sei zwar Holländisch gewesen, aber eigentlich sei Afrikaans aus der Sprache zwischen Sklaven und Herren entstanden und enthalte somit bis heute viele malaiische und afrikanische Elemente. Außerdem habe es viele Einwanderer aus Deutschland und Skandinavien und natürlich die Hugenotten gegeben, die damals aus religiösen Gründen Frankreich hätten verlassen müssen, sodass die Buren und ihre Sprache Afrikaans ein Produkt dieses Vielvölkergemisches sei. Aha, darum also die vielen französischen und deutschen Namen hierzulande!

Als sich Herr Telemachus nach getaner Arbeit bei mir verabschiedet, schwirrt mir der Kopf von den vielen Informationen, die ich außerstande bin, auf Anhieb zu sortieren. Mit wachsender Besorgnis muss ich feststellen, dass diese Informationsschwemme nur mit einem gezielten Gehirnjogging zu meistern ist, denn sonst dürfte es weder um die Leistungsfähigkeit meiner grauen Zellen noch um die meines Gedächtnisses gut bestellt sein. Und vielleicht macht es sogar Sinn, Ahnenforschung zu betreiben um herauszufinden, wen ich für mein unzulängliches Gedächtnis verantwortlich machen könnte ...

SOUTH

25. Das südafrikanische Stadion, Teil I

Jedes Volk hat seinen Nationalsport. Nur Südafrika hat derer zwei. Die schwarze Bevölkerung begeistert sich vorwiegend für Fußball – hierzulande Soccer genannt – der weiße Teil des Landes dagegen spielt meist Rugby, *as if there is no tomorrow.* Gemeint ist dieses harmlose Spielchen mit einem nicht enden wollenden Gerangel, bei dem die Spieler der zwei Mannschaften in unbeherrschtem Zorn aufeinander losgehen, weil sie beim besten Willen nicht den Dritten Weltkrieg zum Austoben abwarten können. Ganz eindeutig stehe ich mit meiner Meinung völlig allein da, denn ein Sprichwort beschreibt diese Sportart ganz anders als ich sie realisiere: *"Football is a gentleman's game played by ruffians and rugby is a ruffian's game played by gentlemen."* Mit den Augen eines Laien betrachtet lässt sich allerdings selbst unter größten Anstrengungen kein Gentleman finden, Raufbolde hingegen jede Menge. Allerdings möchte ich nicht die Wahrscheinlichkeit ausschließen, dass diese Sportart die Gentlemen in erstaunlicher Schnelle in Raufbolde verwandelt.

So oder so, Tatsache ist, dass Rugby als Sportart des „*Establishment*“ gilt, das meist von Mitgliedern der Ober- und Mittelschicht gespielt wird und vor allem in der südlichen Hemisphäre äußerst populär ist. Eigenartigerweise wurden von dieser friedlichen Freizeitgestaltung auch winzig kleine Länder angesteckt, von denen nur wenige Geographiekundige mit Bestimmtheit sagen könnten, auf welcher Erdkugelhälfte sie sich befinden. Gemeint sind einige ozeanische Länder wie Fidschi, Samoa und Tonga, die Rugby zu ihrem Nationalsport erkoren haben. Führende Nationen sind allerdings nicht diese Liliputstaaten, sondern Südafrika, Australien, Argentinien, England, Schottland, Frankreich und allen voran Neuseeland, das in schöner Regelmäßigkeit den Rugby World Cup gewinnt. Kein Wunder, denn allein schon bei dem Maori Dance, den die Neuseeländer sozusagen zur Einstimmung hinlegen, kann einem Angst und Bange werden. Ist es tatsächlich wilder Hass, was da in ihren Augen glimmt? Schwer vorstellbar, aber wer weiß! Wenn ich jedenfalls Kapitän der gegnerischen Mannschaft wäre, würde ich ihnen nach dieser hervorragenden Leistung den Pokal für das beste Horrorkabinett überlassen. Und zwar ohne vorher gespielt zu haben.

In Südafrika war Rugby früher zweifellos der Sport der Weißen, denn das Apartheid-System hat es auch diesbezüglich geschafft, einen tiefen Graben durch die Gesellschaft zu ziehen. Während damals der weiße Elite-Sport Rugby so etwas wie die Religion der regierenden weißen Klasse war, gibt es heute einige schwarze Spieler in der Rugby-Mannschaft, während beim Soccer – gemeint ist der europäische Fußball – so manch ein Weißer mitspielt. Bei dieser Veränderung ist die Tendenz steigend, was eindeutig Nelson Mandela zu verdanken ist. Dieser versuchte nämlich, der schwarzen Bevölkerung den weißen Sport Rugby näher zu bringen. Um dieses Unterfangen mit einer annähernd zutreffenden Wendung zu formulieren, könnte man sagen, dass es zwar langfristig, aber eben nur langsam Früchte trägt. 1995 unternahm Mandela beim Endspiel des Rugby World Cup gegen Neuseeland wirklich alles, damit die Rugby-Union-Nationalmannschaft mit dem Spitznamen *Springbok*, deren grün-gelbes Trikot allein schon Rassenprivileg und Rassentrennung ausstrahlte, in erstaunlich kurzer Zeit von der schwarzen Bevölkerung akzeptiert wurde. Ein Beispiel dafür, wie „weiß" diese Sportart allerdings auch heute noch ist, liefern eventuell die Namen zweier Spieler: Bismarck du Plessis und Schalk Burger. Im Hollywood-Streifen *Invictus*, kann man übrigens Morgan Freeman alias Nelson Mandela genießen, dessen „unbezwungenes" Anliegen es ist, die tiefe Kluft zwischen der weißen Minderheit und der schwarzen Mehrheit zu überwinden, sodass aus Feinden Freunde werden.

Eines Tages soll ich Zeuge davon werden, dass die schwarze Bevölkerung tatsächlich keine besondere Vorliebe für Rugby hegt. Während ich bei Tashas* nichtsahnend eine Tasse Kaffee zu mir nehme, fällt mein Blick auf die tuschelnden und kichernden Kellner und deren grobe tänzerische Bewegungen. Ihr Gehabe ist insofern schwer einzuordnen, da Schwarze generell fantastisch tanzen und ihren Körper derart rhythmisch hin- und herwiegen können, dass es einem vor lauter Bewunderung die Sprache verschlägt. Hier im Café ist dem jedoch nicht so. Als ich sie nach dem konkreten Sinn ihrer ungehobelten Gebärden frage, zeigen sie mit einer Kopfbewegung in Richtung eines

Tisches, wo eine Gruppe von breitschultrigen Rugby-Spielern sitzt, deren Köpfe anscheinend übergangslos auf die massiven Körper geschraubt sind. Die neuseeländische Nationalmannschaft sitzt doch tatsächlich höchstpersönlich *next to me* und ich schlafe den Schlaf des Gerechten. Die Kellner ziehen eine Show ohnegleichen ab und machen sich über die Spieler und ihre Sportart lustig. Sie schauen aggressiv, strecken die Zunge heraus, rollen mit den Augen und imitieren dabei, so gut sie können, den Maori Haka Dance.

Das Schicksal will es, dass ich sogar in den Genuss eines Rugby-Union-Länderspieles Südafrika gegen Neuseeland kommen soll und mir aus der Nähe ein Bild davon machen darf, womit sich die Mehrheit der weißen Gemeinde hierzulande in ihrer Freizeit beschäftigt. In Südafrika ist es, wie gesagt, Rugby und das Johannesburger Ellis-Park-Stadion dessen heiliger Austragungsort. Nie im Leben hätte ich mir ausmalen können, dass ich am anderen Ende der Welt dem Länderspiel einer Sportart beiwohnen würde, von der ich, gelinde ausgedrückt, so gut wie keine Ahnung habe. Die einzige Information, die ich weitergeben könnte, wäre, dass der Ball – wenn man dieses oval-förmige Ei denn so nennen mag – kein Ball im herkömmlichen Sinne ist.

Im Stadion wird mir schon nach wenigen Minuten klar, dass diese Sportart über die undurchsichtigsten aller Spielregeln verfügt, die gegen jede mir bekannte Logik verstoßen. Trotz wiederholter Versuche engagierter Südafrikaner, mir die Regeln näher zu bringen, finde ich mich schnell damit ab, dass meine Aufnahmefähigkeit in diesem Bereich unter dem Durchschnitt liegt. Und zwar erheblich. Mein Intelligenzquotient scheint aufgrund der neuerdings entdeckten Kalkablagerung in meiner Schulter sogar dermaßen beeinträchtigt zu sein, dass ich während des drei-minütigen Aufenthaltes meines Ehemannes auf dem stillen Örtchen noch nicht einmal realisiere, dass die gegnerische Mannschaft zehn Punkte aufgeholt hat. Die Tatsache, dass ich keinerlei Jubelschreie vernehme, trägt entscheidend dazu bei, dass ich beim Spielen mit meinem Smartphone nicht gestört werde und somit kein triftiger Grund vorliegt, um aufzuschauen. Auf seine Unheil verkündende Frage, was denn in den drei Minuten so Schlimmes hat passieren können, dass „wir" plötzlich verlieren, kann ich ihm beim besten Willen keine Auskunft geben, woraufhin er in einer Aufwallung heftigen Zornes ein ausführliches Selbstgespräch führt. Auch diese männliche Reaktion ist mir unverständlich. Auf Versöhnungskurs aus versuche ich, ihm zu erklären, welche Spielregeln ich mir einprägen konnte, aber er winkt nur ab, da er, wie am tadelnden Unterton in der Stimme wohl nur schwer zu überhören ist, mit sichtlich Wichtigerem beschäftigt ist. Also tue ich, wie mir geheißen und schweige vorerst.

Aber vielleicht haben ja die verehrten Leser Interesse daran, ihr Allgemeinwissen bezüglich des Sports Rugby zu erweitern. In diesem Fall sei Folgendes erwähnt: Das Treten des „Balles" in alle Richtungen ist erlaubt. Aber sobald man das eiförmige Gebilde in der Hand hält, damit nach vorne läuft und es jemandem zuspielen will, muss man es nach hinten werfen. Und wenn man aus Versehen in die logische Richtung wirft, nämlich in die, die der Mannschaft keine Punkte bringt, wird man mit so einer Art Elf-Meter, einem „Gedränge" bestraft, was bedeutet, dass um den Ball „geschoben" wird. Der Begriff erinnert zwar an

Schiebung, ist aber ganz offensichtlich brutaler als dieselbe. Dieses Kräftemessen kann wahrhaftig furcht erregende Dimensionen annehmen, stehen sich doch erwachsene Männer in gebückter Haltung mit geradem Rücken ineinander verschachtelt gegenüber. In dieser Stellung drücken sie gegeneinander, was das Zeug hält bzw. was die Schulter aushält. Und zwar unablässig. Das Ganze erinnert an eine Riesenschildkröte, die nicht so recht weiß, ob sie sich nach links oder rechts begeben oder sich doch lieber nicht von der Stelle bewegen soll und so lange schaukelt sie darum unentschlossen hin und her. Ziel dieses Kilogramm schweren, statischen Stemmens ist es vermutlich, zu beweisen, welche Misshandlungen ein Mensch aushalten kann, wenn er nur will. Und um Hals, Schultern und Oberarme vor eine Zerreißprobe zu stellen. Ganz nebenbei wird dabei auch der Gegner weggeschoben. Irgendwann fällt dieses Gebilde – man sollte fast meinen, im Zustand körperlicher Erschöpfung – in sich zusammen, ein Spieler erwischt aus unerfindlichen Gründen die ovale Trophäe und rennt unter tosendem Beifall der Zuschauer blind drauflos. Das wirklich aller, allerletzte, was mir als einer unbedarften Zuschauerin dabei vermittelt wird, ist die Sicherheit, dass er in dieser Situation den nötigen Überblick behält. Nichtsdestotrotz schafft er es, auf dem Rasen eine undefinierbare Anzahl von Spielern zurückzulassen, die in einem ziemlich lädierten Zustand, jedoch mit bemerkenswertem Enthusiasmus versuchen, sich zu sammeln und die Orientierung wieder zu finden, während aaaaahs und oooohs einheitlich durchs Stadion hallen.

Ähnliches habe ich früher schon öfter gesehen, wenn ich meine Töchter von der Grundschule abholte und nie genau wusste, wie ich mich durch ein Knäuel von Jungen durchkämpfen sollte, das mir wort-wörtlich zu Füßen lag. Den selbigen mit bleichem Entsetzen beobachtend fragte ich einmal recht irritiert, ob es sich dabei um eine neue Methode handle, den Fußboden zu wienern oder gar zu bohnern. Meine Töchter schauten mich nur verständnislos an und erwiderten, als wäre es das Natürlichste von der Welt, dass die Jungen in der Pause und nach Schulschluss nicht länger an sich halten könnten und immer so übereinander herfallen würden und dass sogar derjenige, der zuunterst liege und keine Luft mehr bekomme, am meisten Spaß daran habe. Bei Schulkindern kann man so ein ungestümes Verhalten noch entschuldigen, vor allem, weil in pädagogischen und psychotherapeutischen Kreisen unablässig davon die Rede ist, dass aufgestaute Energie und kumulierte Aggressionen abgebaut werden und sich Kinder zu diesem Zweck draußen austoben müssen ... Aber der Umstand, dass sich das manche auch zwanzig Jahre später nicht abgewöhnen können, ist schon signifikant und lässt tief blicken.

Doch zurück zum Ellis-Park-Stadion, wo diese Schränke von Männern im Unterschied zu den Spielern des amerikanischen Football auf den Großteil der Schutzkleidung verzichten. Ihre Kollegen auf der anderen Seite des großen Teichs tragen Helm oder Gesichtsmaske und aufgesetzte Schulterpads, was ihnen zwar eine große Ähnlichkeit mit Außerirdischen verleiht, jedoch aufgrund des hohen Unfallrisikos zweckmäßig erscheint. Das Fehlen dieser schützenden, aber gleichzeitig entstellenden Utensilien macht sich in den südafrikanischen Gesichtszügen wiederum weniger nachteilig geltend und imponiert dem schwachen Geschlecht darum umso mehr. Und so ganz ohne Vorkehrungen, vom Zahnschutz einmal abgesehen, schliddern, rutschen, krauchen, kraulen, robben, stolpern und rennen die vor Testosteron strotzenden Rugby-Spieler über den Rasen, ohne eine kleine Erholungspause einzulegen, bis sie von einem Gegner, oder auch mehreren, zur Strecke gebracht werden und der Sanitäter mit seiner Tasche herbeieilen muss, die restlichen Spieler jedoch weiterhin ihren niederen Instinkten folgen, als hätte gerade keiner der Kollegen beinahe das Zeitliche gesegnet.

Nachdem ich also weder vom Spiel und dessen Regeln noch von der Begeisterung der Zuschauer viel begreifen konnte, glaube ich, doch erkennen zu können, dass besagtes Spiel zu Gunsten Neuseelands beendet ist. Die südafrikanischen Zuschauer erholen sich erstaunlich schnell von der Niederlage und bewegen sich ohne jegliche Hast hinaus, wo die Fortsetzung des Spektakels wartet ...

* **Tashas:** Südafrikanische Kette von Restaurants bzw. Cafés

26. Das südafrikanische Stadion, Teil II

Die Fortsetzung des Spektakels nennt sich *braai.* Wer nämlich glaubt, dass die Fans nach einer Niederlage geschlagen nach Hause trotten werden, um den Sieg der gegnerischen Mannschaft zu verinnerlichen, der irrt gewaltig. Wenn man sich schon zu so einem wichtigen Anlass im Stadion trifft, dann kann man auch gleich grillen. Jawohl, grillen! Denn ein Stadionbesuch ist nicht einfach nur der Besuch eines Stadions, sondern ein besonderes Ereignis, ein gesellschaftliches Vergnügen, ein Event gekoppelt mit einer hervorragenden Location, die sich für so ein Happening wie das Grillen geradezu anbietet. Unabhängig davon, was man IM Stadion macht und sieht, UM das Stadion herum wird gegrillt. Und zwar vorher und nachher! Und zwar ausnahmslos! Dies gilt genauso für Konzerte.

In Johannesburg finden große Konzerte und Rugby-Spiele meist an Wochenenden statt, was dem Ereignis eine südafrikanische Note verleiht und das Ganze zu einer Fiesta verwandelt. Schon zur Frühstückszeit lässt man sich auf den

Grünanlagen um das Stadion herum nieder und aus dem Wagen purzelt nach und nach die gesamte Camping-Kultur heraus: Stühle und Tische werden ausgeklappt, die mit südafrikanischen Weinflaschen gefüllte tragbare Kühltasche oder Kühlbox wird aufgestellt, die Musik laut aufgedreht, einige zupfen sogar an ihren Gitarren und so trinkt und musiziert man sich in Fahrt, bis man den zweitwichtigsten Höhepunkt des Tages erreicht, das Grillen nämlich, ohne dass ich beschwören könnte, dass das Konzert bzw. das Rugby-Spiel der wichtigste ist. *Braai* ist hierzulande ein gesellschaftliches, was sage ich, ein sozialpolitisches Ereignis und genießt einen hohen Stellenwert, weil es sich nicht einfach nur um schnödes Grillen handelt, sondern über das reine Grillvergnügen hinausgeht. Es ist ein Lebensgefühl, das mit Freunden und der Familie unter freiem Himmel veranstaltet wird und da ist jeder Anlass willkommen, sogar ein Konzert im FNB-Stadion oder ein Rugby-Spiel im Ellis-Park-Stadion.

Braai ist in Südafrika absolute Männersache und der Herr über das Feuer der sogenannte *braai master.* Von einem klapprigen Grillgestell á la deutscher Schrebergarten kann nicht die Rede sein, ganz im Gegenteil. Auf dem robusten und professionellen Grillrost landet Fleisch, das noch nach richtigem Fleisch schmeckt und man lässt sich Sorten wie Antilope, Springbock oder Strauß oder die traditionelle *Boerewors* im Schneckenformat schmecken. Während des Konzerts oder des Spiels wird übrigens ebenfalls genascht, nämlich südafrikanisches *Biltong*, worunter man luftgetrocknetes Rind- oder Wildfleisch versteht. Nach dem Konzert oder dem Spiel lässt man sich Zeit und ergreift nicht panikartig die Flucht, als wäre eine Bombe eingeschlagen. Am Auto angekommen isst und trinkt man in aller Ruhe das zu Ende, was man aufgrund des einsetzenden Ereignisses hat stehen lassen. Allgemein könnte folgende Regel gelten: Vor dem jeweiligen Event wird mit Begeisterung gegrillt, um die Erwartung zu verkürzen und die Spannung zu steigern. Nachher um nicht direkt nach Hause fahren zu müssen.

Wie schon erwähnt, kann sich vorwiegend der schwarze Anteil Südafrikas für Fußball ereifern. Darum ist die weiße Bevölkerung Johannesburgs selten im FNB-Stadion anzutreffen. Sogar der Umstand, dass das Stadion eigens für die Fußballweltmeisterschaft 2010 umgebaut wurde, scheint die weißen Südafrikaner nicht besonders zu berühren, geschweige denn zu einem Besuch zu motivieren. Eine ausschlaggebende Rolle dabei spielt die Tatsache, dass sich das FNB-Stadion in Soweto befindet, dem vermutlich bekanntesten aller schwarzen Viertel, denn schließlich haben sich während der Apartheid-Ära Szenen des *struggle* dort abgespielt, die langfristig zur Wende geführt haben. Und genau in diesem Stadtteil befindet sich ebenfalls Mandelas Haus, das zu einem Museum umfunktioniert wurde. Nicht umsonst ist auch das Apartheid Museum in dieser geschichtsträchtigen Township errichtet worden. Aus nachvollziehbaren Gründen sind die schwarzen Südafrikaner also besonders stolz auf Soweto, das nicht zu Unrecht in den touristischen Mittelpunkt der Millionenstadt rückt. Nicht so die Weißen. Abgesehen davon, dass sie höchst selten begeisterte Fußball-Fans sind, sehen sie keine Notwendigkeit darin, sich Soweto einschließlich Apartheid Museums und Mandela-Hauses zu nähern, um den Niedergang der weißen Ära dokumentiert zu bekommen. Kaum einer unserer weißen

Bekannten in Johannesburg würde je auf den Gedanken kommen, freiwillig dorthin zu fahren. Aber vielleicht ist es auch einfach nur Zufall. Jedenfalls betrachten uns ebendiese Bekannten als eigentümliche, wenn nicht gar verdächtige Wesen, die anscheinend nichts Besseres zu tun haben, als jeden Besucher aus Europa dorthin zu verfrachten.

Aus den detaillierten Ausführungen dürfte ersichtlich werden, dass ein weißer Südafrikaner nur ein Argument für den Besuch des Stadtteiles Soweto geltend macht: ein Konzert im FNB-Stadion mit vorangehendem und anschließendem *braai*. Wenn es dann zu einem dieser seltenen Ereignisse kommt, brechen die Weißen im Morgengrauen auf, um den ganzen Tag im und am Stadion zu verbringen. Zusammen mit Tausenden von Johannesburgern nehmen auch wir die Gelegenheit wahr, in den Genuss von Bruce Springsteen und seiner Musik zu kommen, zumal es sein erstes Konzert in Südafrika ist. Was für eine Atmosphäre! Nicht umsonst wird er „The Boss" genannt! Trotz seines fortgeschrittenen Alters – immerhin Jahrgang 1949 – hüpft und läuft und rockt er derart auf der Bühne – und das trotz Regens –, dass sich so manch jüngerer Star eine Scheibe abschneiden könnte, wie beispielsweise Rihanna, die bei ihrem Konzert in Joburg keinerlei Anstalten macht, den gleichen Aufwand an Energie oder gar an Zeit aufzubringen. Bruce geht auf das Publikum ein, wie selten ein Star es tut und spielt schon um 17.30 Uhr im Alleingang ein paar Lieder unplugged und zwar für diejenigen, die sich die Mühe gemacht haben, Stunden vorher ins Stadion zu kommen. Zum Auftakt des eigentlichen Konzerts wählt er ein Lied, das passender nicht sein könnte und den Titel *Free Nelson Mandela* trägt.

Ein besonders eigenartiges Gefühl beschleicht mich, wenn ich die weißen Südafrikaner beim Lied *Born in the USA* mitgrölen höre und mithüpfen sehe. Aber ist es in Europa nicht ähnlich? Auch dort lassen sich die Fans von diesem Song mitreißen, ohne in den USA geboren worden zu sein oder gar in Vietnam gekämpft zu haben. Vermutlich haben die weißen Südafrikaner sogar mehr Gründe als die Europäer, sich den Amerikanern verbunden zu fühlen. Vielleicht sogar mehr als ihnen lieb ist. Denn schließlich weisen sie nicht wenige Gemeinsamkeiten auf: Sie sprechen die gleiche Sprache wie die Auswanderer auf der anderen Seite des großen Teichs, wenn auch mit einem viel netteren Akzent, durch den die Wörter nicht entstellend zerkaut werden. Ihre Vorfahren stammen ebenfalls allesamt aus Europa und genetisch handelt es sich eindeutig in beiden Fällen um ein Kraut-und-Rüben-Volk. Könnte das ein möglicher Grund dafür sein, dass alle um uns herum bei dem Song völlig aus dem Häuschen sind? Aber ein wesentlicher Unterschied zu den amerikanischen Migrations-Kollegen besteht vermutlich darin, dass der Anteil der weißen Bevölkerung bei der südafrikanischen Regenbogennation mittlerweile noch nicht einmal 10% beträgt.

Übrigens stellen wir zu unserer Überraschung fest, dass das Publikum im Einklang mit dem Teint des jeweiligen Stars erschienen ist: Der Großteil des Publikums bei Bruce Springsteen ist weißer, der bei Rihanna schwarzer Hautfarbe. Liegt etwa eine Ähnlichkeit zu den zwei beliebtesten Sportarten im Lande vor? Denn so wie in musikalischer Hinsicht eine gewisse Einheitlichkeit beobachtet werden könnte, wird auch der Sport in Südafrika traditionell getrennt: Fußball für die schwarze, Rugby für die weiße Bevölkerung. Allerdings währen selbst Traditionen nicht ewig, denn in den letzten Jahren gibt es, wie schon erwähnt, immer mehr weiße Fußballspieler und zunehmend schwarze Rugbyspieler, was den Weitblick des großen Mannes Nelson Mandela bestätigt und seinem Begriff „*rainbow nation*" umso mehr Gewicht verleiht.

27. Gestörte Kommunikation

Man könnte behaupten, dass internationale Begriffe dazu beitragen, eine gemeinsame Basis zu schaffen, sodass lebenswichtige Wörter wie Demokratie, Philosophie oder Psychologie überall auf der Welt identisch sind und sich nur ein wenig in der Aussprache unterscheiden. Also kann ein gewisser Prozentsatz an englischen, französischen, italienischen, spanischen und griechischen Begriffen von den Völkern der entsprechenden Länder realisiert und verstanden werden, ohne dass eine zusätzliche Fremdsprache hinzugezogen werden muss. Theoretisch zumindest.

Wie schon mehrmals erwähnt, spricht man in Südafrika offiziell elf Sprachen. Obwohl sich die meisten Weißen in Johannesburg auf Englisch verständigen, liegt der Gedanke nahe, dass aufgrund dieses linguistischen Reichtums Komplikationen oder Missverständnisse nicht auszuschließen sind. Genau davon handelt die Geschichte, die ich nun erzählen möchte, und bei der meine Schultern, die eine Vorliebe für alle möglichen Leiden haben, keine unerhebliche Rolle spielen. Die linke ist schon vor Jahren von einer Kaltfront befallen worden, sodass dieses Leiden den eindrucksvollen wissenschaftlichen Namen *frozen shoulder* trägt. Die rechte wollte es der linken nicht gleich tun und entschied sich für Verkalkung, was teilweise mit dem fortschreitenden Alter der Besitzerin beider Schultern einhergeht. Also habe ich seit geraumer Zeit rechts eine Kalkschulter, die ich mit einer Stoßwellentherapie behandeln lasse, was wie folgt abläuft. Die an der Schulter geschädigte Person, also ich, sitze auf einem Stuhl und der Arzt mit dem asiatischen Gesicht, der amerikanischen Aussprache und dem südafrikanischen Pass richtet sich zu majestätischer Größe auf – *I promise you*, er ist keine 1,48 m groß – und beschießt mit einem pistolenähnlichen Apparat eine Fläche Haut von 10x10 cm. Seine bloße Erscheinung erstickt jeden Widerstand im Keim und so nimmt er sich die Freiheit, mich ungefähr fünfzehn Minuten lang gnadenlos zu malträtieren, zwar ohne Munition, aber auch ohne Geschoss leide ich nicht unerheblich. Diese Tortur muss man insgesamt drei Mal über sich ergehen lassen und dann dürfte die Kalkablagerung in viele winzige Teile zerfallen und irgendwie im Organismus abtransportiert werden, sodass sie den Betroffenen, in diesem Falle mich, nicht mehr stört.

Zwei von diesen Sitzungen habe ich schon mit Bravour hinter mich gebracht. Nun steht mir die dritte *session* bevor, die für den heutigen Dienstag angesetzt wurde. Während ich mich gemächlich zum Aufbruch anschicke, um vor dem Shooting noch allerhand zu erledigen, ruft mich die Sekretärin aus der Klinik an und teilt mir mit, dass mich Dr. Shang heute nicht beschießen kann, denn ... *he will be in theatre*. Sendepause. Da ich glaube, etwas falsch verstanden zu haben, bitte ich die Sekretärin um Wiederholung. Daraufhin folgt der gleiche Satz in etwas langsamerer Form, dieses Mal mit dem Zusatz *the whole day*. Ist schon allerhand, was für Prioritäten manche Leute setzen, aber diesen Gedanken behalte ich wohlweislich für mich. Stattdessen ringe ich um meinen dritten Termin: *Na dann vielleicht ... am Mittwoch?* Nein, am Mittwoch müsse er ebenfalls ins Theater, ob ich am Donnerstag könne, denn da habe er kein Theater.

Ich muss mich sehr zusammennehmen, um keinen ironischen Kommentar abzugeben. Was für eine Art Klinik soll das denn bitte schön sein, in der Proben oder Vorstellungen Vorrang haben, statt den Patienten den Kalk aus der Schulter zu schießen. Ganz abgesehen davon, dass dieser Termin ja nun schon vor einer Woche vereinbart wurde. Man sollte davon ausgehen können, dass der schauspielende Arzt eine hochentwickelte Persönlichkeit von scharf ausgeprägter Intelligenz ist und doch eigentlich im Voraus wissen müsste, an welchen Tagen er Proben hat, um erst gar nichts Unbedachtes zu vereinbaren oder gar Termine zu setzen. Jetzt muss gecancelt werden, sodass seine Unzuverlässigkeit erst recht auffällt. Er könnte seinen schauspielerischen Bedürfnissen doch mit Leichtigkeit nachgehen, ohne es auf diese ungeschickte Art und Weise in die Welt hinauszutragen! Zum Glück bin ich in diesem Moment so perplex, dass ich außerstande bin, meiner spöttischen Art freien Lauf zu lassen. Außerdem fehlen mir wort-wörtlich die Worte dafür, und zwar die englischen!

Als ich auflege, ebbt mein Missmut etwas ab und macht Platz für eine Art Bewunderung. Diese eher kleine Person beschießt nicht nur Menschen von eher hohem Wuchs, sondern steht auch auf den Brettern, die die Welt bedeuten. Unglaublich, dieser Pimpf! Hätte ich ihm gar nicht zugetraut, dass er so ein Hobby hat und auch noch so viel Zeit dafür investiert. Was für Rollen er wohl bekommt? Unwillkürlich muss ich daran denken, wie ich vor Jahren *Hangover* im Kino sah – keine Ahnung mehr, welche der drei *sequels* es war – und der ganze Saal vor Lachen bebte, als der skurrile Asiate wie wild herumhüpfte, ohne Ende Grimassen schnitt und sich selber unablässig mit seinem grotesken Verhalten überbot. Ob mein Arzt wohl die Rolle so einer Schießbudenfigur bekommen hat? Denn den Casanova wird er wohl schwerlich abgeben können. Trotzdem imponiert mir dieser Knirps von Arzt immer mehr, auch wenn seine Arbeitsmoral ja nun wirklich zu wünschen übrig lässt. Es ist sicherlich nicht die feine Art, Patienten zu versetzen und vielleicht sogar langfristig zu vergraulen, nur um auf der Bühne zu stehen. Das könnte man sich in Europa nicht leisten. Aber schließlich sind wir in Südafrika, da läuft so manches anders ...

Abends kommt mein Mann heim und beim Abendessen unterhalten wir uns ausgiebig über die Geschehnisse des Tages. Also erzähle ich ihm unverzüglich, dass Dr. Shang Schauspieler ist und für eine Vorstellung proben muss und dass ich ihn beim nächsten Besuch fragen werde, wo er denn spielt, damit wir uns aus der Nähe von seinem schauspielerischen Talent überzeugen können. Mein Gatte ist ein netter Mensch mit unzähligen Stärken, jedoch hat er einen Makel. Egal was er gesagt bekommt, sicherheitshalber bezweifelt er es erst einmal. Seine Lieblingsreaktionen sind je nach Ereignis „*Kann doch nicht sein! – Das ist ausgeschlossen! – Bist du sicher?*“. Als ein von mir überzeugter Mensch reagiere ich meist etwas ungehalten auf seine Kommentare, was in keinster Weise meinem Selbstbewusstsein, dafür aber meinen Nerven schadet, denn ich gehe in schöner Regelmäßigkeit in die Luft, wie das cholerische HB-Männchen von früher. Er beharrt dieses Mal mehr auf seiner Meinung als normal. Wann mir dieser Arzt das denn erzählt habe, will er mit tadelndem Unterton wissen. *Gar nicht erzählt hat er es mir. Die Sekretärin hat angerufen und den Termin für heute abgesagt, weil er zum Theater muss. Und am Mittwoch genauso, darum habe ich einen Termin für Donnerstag bekommen.*

Der nette Mensch mit dem Makel schaut mich für Sekunden an und bricht in schallendes Gelächter aus. Mein Blick dagegen ist ein einziger stummer Vorwurf. Als er mich darum bittet, den Satz zu wiederholen, den mir die Sekretärin mindestens drei Mal durchs Telefon geflötet hat, klärt er mich auf: In Südafrika und in UK ist *theatre* die Entsprechung für Operationssaal oder Operation, während man für Theater *show* benutzt ... Mein Blick spricht Bände und beweist zum wiederholten Male, dass ich im Englischunterricht eben nicht immer konzentriert bei der Sache war ... Zum Glück habe ich meinen Arzt nicht nach Freikarten gefragt. Man stelle sich einmal die Situation vor! Wie peinlich ...

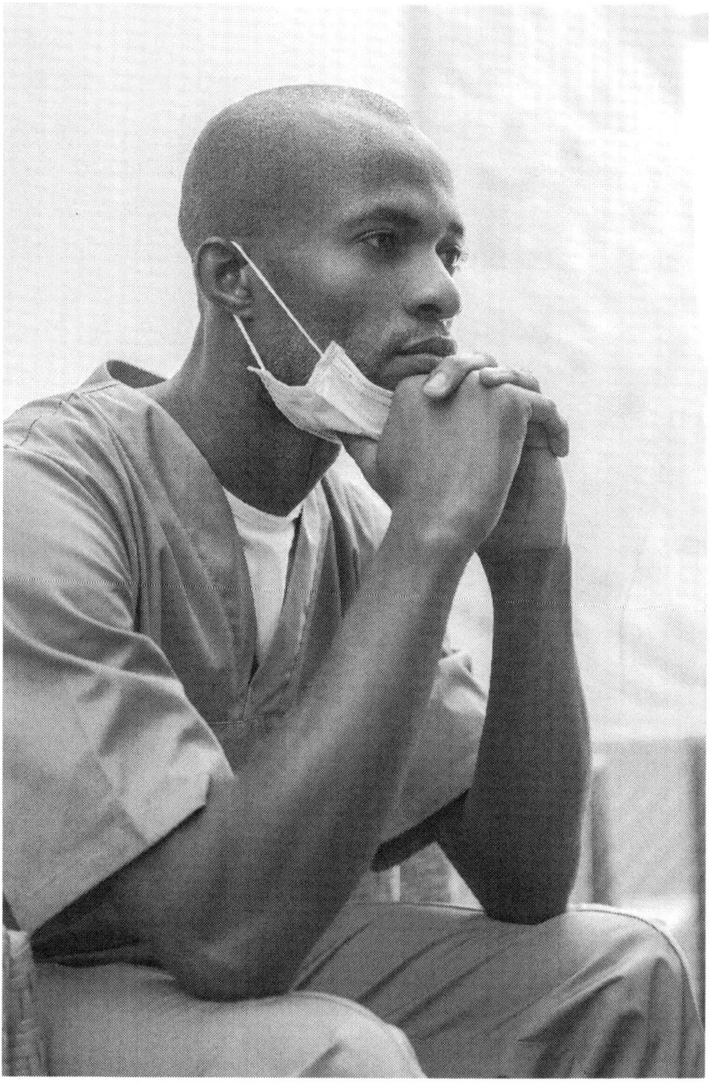

28. Von Verkalkung, Kalkablagerung und Ähnlichem

Was Operationen angeht, kann ich mich bis jetzt – klopf auf Holz – glücklich schätzen, denn ich habe nur die Standardeingriffe machen lassen. Im zarten Alter von nur neun Jahren wurde ich ins Opladener Krankenhaus eingewiesen, wo man mir den Blinddarm herausnehmen sollte, ihn aber törichterweise nicht auf Anhieb fand und sich darum auf etwas ungeschickte, ich möchte fast sagen ungehobelte Art und Weise nach dem Motto *lost and found* auf die Suche nach ihm begab. Als bleibendes Andenken daran wurde mir eine Riesennarbe am Bauch vermacht, die zu allem Übel mit zwei Querbalken versehen ist. Das Ganze erinnert an ein Päckchen, das kreuz und quer mit braunem Klebeband versehen ist, damit es auch ganz bestimmt wohlbehalten zu Weihnachten beim Empfänger abgeliefert wird. Dieses Gebilde auf meinem Bauch hat sich im Laufe der Jahre nicht gerade verkleinert und bietet eigentlich nur den Beweis dafür, dass einige Chirurgen sich gehörig in der Wahl ihres Berufes vergriffen haben und vielleicht doch lieber Klempner hätten werden sollen.

Während meiner Studienzeit musste ich mich von meinen Mandeln verabschieden, wodurch ich mich ein für allemal der lästigen Angina entledigte, mich seitdem aber mit einer permanenten Rachenentzündung herumplagen muss. Da greift man auf blutige Lösungen mittels chirurgischer Instrumente wie Messer und Skalpell zurück, lässt sich Teile des eigenen Gaumens entfernen, weil man Fieber, Mundgeruch und Antibiotika überdrüssig ist und handelt sich an deren Stelle eine Pharyngitis mit purpurrotem Hals ein, die einen das ganze Leben lang begleitet, als hätte man ihr das Ja-Wort gegeben. Vollgepackt ist der Koffer nunmehr mit Mundwasser, Gurgellösungen oder Halsbonbons jeder Größe und Farbe und damit reise ich wie ein Junkie um den Globus und habe schon des Öfteren in einer Flughöhe von 35.000 Fuß durch dieses markante Gurgeln im winzigen WC Aufsehen erregt. Denn ungeübte Ohren haben es auch schon als Röcheln eines im Sterben Liegenden gedeutet – *believe it or not.*

Meine stationären Erfahrungen beschränken sich also auf diese Begebenheiten und auf die Geburt meiner zwei Kinder, die ich tapfer und ohne nennenswerte Verluste zur Welt brachte. In beiden Fällen gelang es mir, sie innerhalb von jeweils 20 Minuten aus meinem Körper zu pressen, als handelte es sich um ein überdimensionales Straußenei. Interessanterweise sind beide Mädels an einem Samstag auf die Welt gekommen, was nach dem griechischen Volksmund Glück bringen soll. Die Ältere erblickte im Winter um 17.40 Uhr das Licht der Welt und die Jüngere im Sommer um 18.40 Uhr, brav und artig die Sommerzeit einhaltend, nach der man die Uhrzeiger um eine Stunde vorrückt. Meine Kinder haben von Anfang an bewiesen, dass sie gut erzogen sind und sich an Regeln halten können.

Diese Erinnerungen schießen mir durch den Kopf, während ich in Johannesburg in der *Morningside Clinic* liege und geduldig darauf warte, dass sich der Chirurg meiner Kalkschulter annimmt und mich auf Nimmer-Wiedersehen von diesem garstigen und lästigen Kalkstück befreit. Nachdem die *shockwave therapy*, auf Deutsch Stoßwellentherapie nicht die gewünschten Heilungsergebnisse gebracht hat und ich ganz umsonst mit hochenergetischen Ultraschallwellen beschossen wurde, bleibt mir nur noch der operative Eingriff, dieses Mal minimal-invasiv, also ohne große Schnitte. Bei der Schulterarthroskopie will der Chirurg doch tatsächlich sozusagen „durch das Schlüsselloch" in mein Gelenk hineinschauen, indem er eine Kamera hineinführt. Irre! Hätte dieser Metzger von Chirurg damals in Opladen so eine Kamera gehabt, wäre mir die Narbe, das Lurch-ähnliche Gebilde, auf meinem Bauch womöglich erspart geblieben, es sei denn er wäre auch damit dilettantisch und tölpelhaft umgegangen, was nicht auszuschließen ist.

Viele fragen mich, warum ich denn diese OP nicht sicherheitshalber im europäischen Zuhause habe machen lassen. Schließlich zeugt meine hervorragende Narbe auf dem Bauch von professionellem und fachmännischem Vorgehen, nicht wahr? Es entzieht sich ihrer Kenntnis, dass Südafrika nach den USA die besten Orthopäden der Welt vorzuweisen hat und zwar aus dem verrückten Grund, dass hier Rugby gespielt wird, *as if there is no tomorrow.* Bei so viel Begeisterung für Brutalität wundert es kaum, dass sich Orthopäden und Chirurgen in Südafrika eine goldene Nase verdienen, indem sie Knochen, Sehnen und Muskeln wieder zusammenkleistern. Wem es schon einmal vergönnt war, einem Rugby-Spiel auch nur ansatzweise beizuwohnen, der wird einsehen können, warum ich mich dazu entschlossen habe, diese OP in Südafrika und nicht in Opladen machen zu lassen. Noch ein Lurch an meinem Körper wäre nämlich entschieden zu viel des Guten.

In dieser Klinik in Johannesburg scheint man aufs Detail zu achten, darum muss ich erschreckend viele Formulare ausfüllen, vollgespickt mit Fragen, die mehr oder weniger identisch sind. Lediglich die Farbe des Papiers unterscheidet sich, also fülle ich rote, grüne und blaue Formulare aus und vermute, dass es mit der Farbkonstellation schon seine Richtigkeit haben wird. Die Krankenschwestern schauen mir dabei andächtig zu. Es handelt sich ausnahmslos um Schwarzafrikanerinnen, deren typische Stahlwolle-Krause den Kopf ziert und deren markantes Hinterteil förmlich dazu einlädt, ein Glas Wasser darauf abzustellen, weil man die Gewissheit hat, dass es keinerlei Anstalten machen wird umzukippen. Wie gerne hätte ich auch so ein beneidenswertes Gesäß! Vielleicht wäre das ganze Gerüst doch etwas zu üppig und zu viel an Sitzfleisch, aber ein großzügiger Teil davon würde sicherlich die kümmerliche, flache Landebahn, über die ich an ebendieser Stelle verfüge, vorteilhaft ausstaffieren. Während ich Gedanken nachhänge, die meinem Äußeren etwas Exotik verleihen könnten, überfliegt die Oberschwester mit ebendiesem Haar und dem wogenden Po afrikanischer Bauart die Formulare. Mit sachkundigem Blick äußert sie ihr Erstaunen darüber, dass mir in meinem Alter – ich wage nicht zu fragen, wie sie das genau meint, habe allerdings eine Vermutung diesbezüglich – nur Blinddarm und Mandeln fehlen und ich sonst alle Innenorgane wohlbehalten und von keinem Chirurgen angetastet mit mir herumschleppe. An dieser Stelle sollte vielleicht erwähnt werden, dass die durchschnittliche Lebenserwartung auf dem afrikanischen Kontinent sehr niedrig ist, in Südafrika beträgt sie angeblich 63 Jahre. Wenn ich also länger hier verweilen sollte, stehen mir nur noch ein paar glückliche Jahre bevor. Nun gut!

Man bringt mich hinunter ins *theatre*, von dem ich seit geraumer Zeit weiß, dass es keine Shakespeare-Aufführung darzubieten hat. Es handelt sich lediglich um einen gewöhnlichen OP-Saal, in dem man umsonst nach Publikum, einem Vorhang und den Brettern, die die Welt bedeuten, Ausschau hält. Der Anästhesist kommt strahlend auf mich zu und stellt sich vor. Ein hochgewachsener Asiate, dessen Vorfahren vermutlich vor längerer Zeit aus Japan eingewandert sind. In diesem Land habe ich es aufgegeben, die Leute nach ihrem Ursprungsland zu fragen, denn egal wie groß oder klein, wie dunkel oder hell sie sind, wie indisch, malaiisch, chinesisch, irisch, holländisch oder deutsch sie aussehen oder sich anhören, jede Frage nach ihrer Herkunft mündet in der Antwort, *I am South African*.

Der asiatische Anästhesist beginnt mit seinen Ausführungen bezüglich der bevorstehenden Operation, indem er sich bemüht, mir zu erklären, was er in den nächsten Stunden mit mir vorhat und welche Arzneimittel mir verabreicht werden. Stolz schlägt er einen Ordner auf und platziert ihn so vor meiner Nase, dass ich mitlesen soll. Es folgt ein Procedere, für das wir DaF-Lehrer die Begriffe Hörverständnis und Leseverständnis verwenden. In einer Tabelle mit sorgfältig gezogenen waagerechten und senkrechten Linien stehen Wörter geschrieben, die selbst von Personen ohne sonderliche Sehstörungen als schwer leserlich bezeichnet werden könnten. Nun versucht mir der südafrikanische Anästhesist aus Japan doch tatsächlich jedes Medikament, das er während der OP in mich hineinpumpen will, zu erklären und mir zu verstehen zu geben, wozu jeder gekrakelte Begriff dienen soll. Und als ob das Leseverstehen an sich nicht schon anspruchsvoll genug wäre, versucht er, mir die Begriffe auch inhaltlich näher zu bringen. Es ist in jeder Hinsicht hoffnungslos, ihm folgen zu wollen, denn alle diese Ausdrücke sind Spanisch für mich – oder wie die Engländer zu sagen pflegen *it is all Greek to me.* Die Medizin verfügt zwar zur Genüge über Begriffe aus meiner Muttersprache, trotzdem stehe ich wieder einmal wie der berühmte Ochs vor dem Berg. Als dann lateinische Wörter an meinen Ohren vorbei peitschen, frage ich mich allen Ernstes, ob ich damals in der Schule gut daran getan habe, die Finger vom Großen Latinum zu lassen. In der Vorhalle des *theatres* hätte dieses Wissen, das ich mir durch *De Bello Gallico** angeeignet hätte, einen unvorstellbar hohen Wert. Sowohl akustisch als auch visuell, aber erst recht inhaltlich völlig überfordert schaue ich den Arzt nur flehend an, in der Hoffnung, dass diese Einweisung à la Schulmeister doch bitte bald ein Ende findet.

Tatsächlich scheint er meinen Blick verstanden zu haben und schließt seine Ausführungen ab, allerdings mit einer Bemerkung, die völlig vom Thema abweicht: Sein Freund Jannis sei Grieche und zusammen hätten sie schon einige Male die griechischen Inseln unsicher gemacht. Endlich kann ich meine Englischkenntnisse anwenden, denn dieses *Island-Hopping*-Vokabular ist mir geläufig. Also frage ich ihn nach seiner Lieblingsinsel. *Ios*, schmettert er mir glücklich entgegen, ohne lange überlegen zu müssen. Stirnrunzelnd erinnere ich mich an meinen ersten Eindruck von der Kykladen-Insel, als ich erwartungsvoll mit dem Auto aus der Fähre hinausfuhr und mich durch das Gedränge wühlen wollte, eine unübersichtliche Menschenmenge, deren Altersdurchschnitt die 21 Jahre keinen einzigen Monat überschritt. Sichtlich beunruhigt male ich mir aus, wie der Herr Doktor auf dieser Party-Insel die Nacht durchmacht, den Tag dagegen verschläft und hoffe inständig, dass seine Jugendsünden der Vergangenheit angehören, denn schließlich ist er für meine Narkose verantwortlich und eigentlich habe ich noch einiges im Leben vor, wie beispielsweise diese Geschichten zu schreiben und sie als Buch zu veröffentlichen. Aus gegebenem Anlass tue ich mich schwer damit, ihm Vertrauen entgegenzubringen und versuche, ihm darum auf den Zahn zu fühlen, bevor es zu spät ist. Im Schnellverfahren stelle ich ihm gezielte Fragen, um festzustellen, ob er sich zu einem seriösen Arzt entwickelt hat oder immer noch mit Jannis auf dieser Partyinsel Urlaub macht.

Es stellt sich heraus, dass wir im gleichen Sommer auf Ios waren, sodass dem gemeinsamen Schwärmen nun nichts mehr im Wege steht. Wir sind uns einig, dass die Strände herrlich und die Gassen der chora malerisch sind. Damals war es zumindest so. Allerdings entzaubere ich das wunderschöne Dorf in gewisser Weise, indem ich beiläufig hinzufüge, dass es nur dann wunderschön anzusehen ist, wenn man sich vorher die Nase zugestopft hat. Er scheint damals kein ausgeprägtes Riechorgan gehabt zu haben, dass es nämlich an allen Ecken und Winkeln nach weniger Appetitlichem roch, was Menschen nach durchzechter

Nacht an Körperflüssigkeiten auszuscheiden pflegen – wobei vergossener Alkohol noch der erträglichste aller üblen Gerüche war – nein ... dieses Detail sei ihm nicht weiter aufgefallen. Ebenso wenig wie die in postkoitaler Glücksseligkeit eng umschlungenen, weniger nüchternen Paare. Wie beunruhigend, denke ich beunruhigt und hoffe, dass sein Mangel an Beobachtungsgabe bei der bevorstehenden OP weniger von Bedeutung sein wird. Er erzählt mir, wie gern er sich nachmittags auf Ios in Bungeejumping geübt habe, während unten die Leute begeistert geklatscht hätten. Ich weiß sofort, was er meint, denn unter den weniger begeisterten Zuschauern verweilte ich einige Male und bekam ständig nasse Hände, wenn sich jemand hinab fallen ließ. An einem Nachmittag, womöglich dem gleichen, an dem auch der Herr Doktor sprang, stand eine Gruppe von jungen Leuten auf dem Kran, ihre Intimzone in unauffällig weißen Stoffen gehüllt. Ich fragte mich, ob es wohl einen Grund für diesen Andrang gab. Tatsächlich gab es einen. Jungen und Mädchen sprangen abwechselnd in die Tiefe. Die Jungen lösten beim Fall das Stück Stoff von ihren Lenden und die Mädchen befreiten auf die gleiche Art und Weise ihre Brüste, so dass Geschlechtsteile samt haariger Hoden bzw. pralle Brüste munter im Winde wedelten. Das weiße Stück Stoff spannten sie vor ihrer Brust. Es war die Fahne ihrer Heimat, wie ich verwundert feststellte. Später erfuhr ich, dass es Direktflüge aus Tel Aviv nach Santorin gab, die von vielen jungen Leuten genutzt wurden und die dann mit der nächsten Fähre nach Ios kamen. Unter Freunden bin ich ja für meine schweren Koffer berüchtigt, aber auf die Idee, eine Fahne einzupacken, ohne zu einem Fußballspiel zu gehen, bin ich noch nie gekommen. Statt diese Israel-Geschichte zu erzählen, die mir *politically* nicht unbedingt *correct* erscheint – man weiß ja nie, an wen man gerät – frage ich ihn, ob er nie Angst hatte, zu springen und erwähne zur Untermauerung meiner Akrophobie und ganz beiläufig den Bungeejumping-Unfall, der sich vor einigen Jahren an den Victoria Fällen ereignet hatte. Eine 22-jährige Australierin sprang von der Brücke in den Fluss Zambezi – immerhin 100 Meter Tiefe –, das Seil riss, doch sie überlebte wie durch ein Wunder und schwamm mit gebundenen Beinen ans Ufer.

Der Anästhesist, der sich vor zwanzig Sekunden noch ganz selbstbewusst mit seinen Bungee-Jumping-Erfahrungen in die Brust geworfen hat, wirft mir nun verwirrte Blicke zu, die mir signalisieren, dass er nicht so recht weiß, ob er meiner Horrorgeschichte Glauben schenken soll. Da ich einen faszinierten Zuhörer gefunden habe, setze ich noch eins drauf und erzähle ihm von den Krokodilen, die ganz gemütlich und friedlich im Zambezi-Fluss verweilten. Ziemlich perplex schauten sie aus ihrem Krokodilleder, als die junge Frau mehr oder weniger freiwillig neben ihnen landete, ohne dass sie selber einen Finger oder einen ihrer ansonsten effektiven Zähne hätten krumm machen müssen. Die Überraschung war wohl so groß, dass sie ganz vergaßen zuzuschnappen und noch überraschter mussten sie tatenlos mitansehen, wie ihr Mittagessen weitergeschwemmt wurde. Zum zweiten Mal hatte die Australierin sozusagen tierisches Glück und wurde von den Strömungen des nicht umsonst *mighty* genannten Zambezi weiter getrieben, sodass sich die Krokodile vor Ärger über die vertane Gelegenheit regelrecht in den Allerwertesten beißen konnten. Ein Blick in sein leicht geplättetes Gesicht gibt mir die Gewissheit, dass ich noch weiter vom Thema abschweifen darf und so begebe ich mich in den Osten Afrikas: Ganz anders gehen nämlich dort die Krokodilkollegen am Mara Fluss vor, der durch Tansania und Kenia fließt. Jedes Jahr bei der Wanderung der Gnus und der Zebras lauern die Krokodile listig im Wasser und beißen dann einfach in eins der Gnubeine, die samt den unzähligen Gnus gerade über ihren Köpfen hinweg trampeln und versuchen, auf die andere Seite des Flusses zu gelangen. Der Anästhesist hört die ganze Zeit brav zu, ohne mich zu unterbrechen und als ich mit meiner Beschreibung zu Ende bin, wagt er doch etwas irritiert zu erwidern, dass es damals auf Ios keine Strömungen gab. Seines Wissens auch keine Gnus. Von Krokodilen ganz zu schweigen. Und abgesehen davon – gibt er zu –, war er damals ja noch sehr jung und leichtsinnig. Heute würde er natürlich nicht mehr von Brücken oder Kränen springen. Ich atme auf! Alle meine Bedenken, ihm dic Durchführung der Anästhesie anzuvertrauen, lösen sich in Wohlgefallen auf.

Nachdem ich die Operation wohl erfolgreich überstanden habe, wache ich auf und weiß nicht so recht, wo ich genau bin. Am Krankenbett steht auf jeden Fall – dessen bin ich mir sicher – eine Delegation von *United Colours of Benetton*: der weiße Chirurg, der asiatisch aussehende Anästhesist und die schwarze Oberschwester, die ihre unbändige Haarpracht in einer blauen Plastikhaube verstaut hat. Beide Ärzte tragen keine Kittel mehr, sondern erscheinen in Zivil. Ihre labbrigen Jeans mit ausgebeulten Knien rutschen schlaff und ohne eine Spur von Festigkeit an ihren Beinen hinunter und schaffen es noch nicht einmal bis zu den Knöcheln. Hochwasser nannten wird dieses Phänomen früher in der Schule. Karohemden und Schuhe dieser Art, wie man sie sonst gewöhnlich nur in der amerikanischen Provinz sieht, lassen in keinster Weise auf die Identität und den Beruf der Personen deuten. Gleiches gilt für die hiesige Bevölkerung. Beide Ärzte sind mit je einem schweren Rucksack beladen und wenn ich nicht genau wüsste, dass es sich um renommierte Akademiker handelt, ich würde eher darauf tippen, dass sie sich zum Hiking oder Steilwandklettern fertig gemacht haben und von mir nur den Startschuss erwarten.

Gut gelaunt und fröhlich plappernd erklären sie mir, dass alles blendend gelaufen ist und in den zwei Stunden OP dem Kalkstück beigekommen wurde. Es ist definitiv herausgeschabt worden, obwohl es größer und härter war, als man anfangs vermutet hatte. Als Beweismaterial zeigen sie mir die Fotos, die die winzige Kamera in meiner Schulter gemacht hat und der Chirurg betont immer wieder, dass man an der knallroten Farbe der Sehne erkennen kann, *the tendon was not happy at all*! Eigenartig was für einen Gebrauch die Südafrikaner von dem Begriff „*happy*" machen. Auch meine Frisörin fragt mich am Ende stets *Are you happy with your hair?* Man sollte meinen, dass Südafrikaner wirklich keine hohen Ansprüche an das Leben stellen und sich schon mit einer netten Frisur glücklich schätzen. Was wohl Pharrell Williams** dazu meint? Genauso schleierhaft ist es mir, wie ich die Frage des Anästhesisten einordnen soll. *Did you enjoy your anesthesia?* wird man schließlich nicht alle Tage gefragt. Eigentlich bin ich bis jetzt immer davon ausgegangen, dass man den Begriff nur im Zusammenhang mit netten Ereignissen verwendet, beispielsweise *holidays*, *food* oder *concert*, aber dass jemand auf die Idee kommt, an einer Narkose Gefallen zu finden, bin ich ehrlich gesagt noch nie gekommen. Man lernt eben nie aus. *But I really enjoyed the staff and the food in the clinic* und *happy* bin ich auf jeden Fall auch darüber, dass sich der Kalk bei mir an der Schulter festgesetzt hat und nicht etwas weiter oben, wo er die grauen Zellen auf grausige Art und Weise hätte durcheinander bringen können. An der Schulter kann man den dummen Kalk wenigstens ausschaben. Im Kopf dagegen? Nicht auszudenken!

Die Herrschaften verabschieden sich von mir und eine lange Nacht steht mir bevor, eine Tatsache, die mir erst im Laufe dieser langen Nacht bewusst wird. Als wäre es nicht schon genug, dass der rechte Arm in einer Schlinge liegt, kommt an den linken Arm der obligatorische Tropf und – man höre und staune – an beiden Waden eigentümliche Umschläge, die man an Kabel anschließt, um arteriellen Durchblutungsstörungen zuvorzukommen. In der Praxis gestaltet sich das so, dass alle zehn Sekunden ein Schub durch die Umschläge geht, diese sich aufplustern und mich so abwechselnd eine Art Massage an jeder Wade beglückt, bis die Luft wieder hinausgepustet wird. Mit allen Vieren an das Bett gefesselt soll ich nun nach der OP schlafen. So ähnlich müssen sich wohl Kraken – auch Oktopus genannt – fühlen, die man zum Trocknen in die Sonne gelegt hat und die sich weder bewegen noch einen Ton von sich geben können. Die Frage, ob Kraken überhaupt akustische Signale senden, erübrigt sich in diesem Moment. Erschwerend hinzu kommt auf jeden Fall der Umstand, dass ich nie auf dem Rücken schlafe, sondern mich normalerweise von links nach rechts wälze, bis das Sandmännchen endlich die notwendige Ladung in die Augen gestreut hat. An Schlaf ist also nicht zu denken, zumal der Tropf sein Übriges tut und ich einige Male in der Nacht auf Toilette muss. Zu diesem

Zweck drücke ich auf den roten Knopf, die Nachtschwester kommt und stöpselt den ganzen Kabelsalat aus, um ihn dann nach verrichteter Dinge wieder fein säuberlich zusammen zu montieren! Kein Wunder, dass ich an Claire Zachanassian denken muss, diese eigentümliche Göttin der Rache mit den unzähligen Prothesen in Dürrenmatts *Besuch der alten Dame*!

Irgendwann so gegen 4.30 Uhr steht dieser Südafrikaner japanischer Abstammung doch tatsächlich in voller Montur an meinem Bett und wünscht mir fit wie ein Turnschuh ein donnerndes *Καλησπέρα, Χριστίνα*! {Kalispera, Christina!} Wie man um die Zeit so quietschfidel sein kann, ist mir in diesem Land der Frühaufsteher immer wieder ein Rätsel! Blinzelnd versuche ich ihm zu verstehen zu geben, dass er sich in der Wortwahl um zwölf Stunden vergriffen hat, denn frühmorgens sagt man in Griechenland definitiv *Καλημέρα* {Kalimera}, was ihm sein Freund Jannis auf Ios wohl nicht richtig vermittelt hat. Vermutlich hatte er morgens nie die Gelegenheit dazu, da sie nach durchgezechter Nacht erst nachmittags aus dem Bett fielen, sich als Erstes im Supermarkt vier Flaschen Bier besorgten und sich dann zum Bungeejumping begaben, um den Tag ohne patriotisches Gehabe und Flaggen, dafür aber gut gelaunt anzugehen.

* **De Bello Gallico:** Bericht des römischen Feldherrn Gaius Iulius Caesar über den Gallischen Krieg (58-50 v. Chr.).

** **Pharrell Williams:** Musiker, Komponist, Produzent, der weltweit vor allem für seinen großen Erfolg „Happy" bekannt ist.

29. Der Zulu Präsident Jacob Zuma*, Teil I

In Joburg kann man nicht einfach irgendein Taxi nehmen, sondern reserviert bei einem *reliable taxi service* einen Wagen samt Fahrer im Voraus. Am Flughafen O.R.Tambo angekommen steht also der bestellte Taxifahrer mit adretter Jacke bereit. Von weitem sehe ich das Schild mit meinem Namen und schmunzle über die Ideenvielfalt, mit der jedes Mal mein Familienname transkripiert wird. Mit allergrößter Wahrscheinlichkeit hätte ich nicht weniger Schwierigkeiten, die südafrikanischen Namen voller aufeinanderfolgenden Konsonanten und Klicklauten niederzuschreiben, wenn man sie mir am Telefon durchgeben würde. Einer der wenigen für Expats verständlichen Namen hierzulande ist der von Nelson Mandela, weil Konsonanten und Vokale hübsch abwechselnd aneinander gereiht sind und der Vorname alles andere als afrikanisch klingt.

Nach landesüblichem Vorgehen erkundige ich mich zu allererst mit einem besorgten *How are you?* nach dem Wohlbefinden des Taxifahrers und dieser bestätigt mir mit Begeisterung sein außerordentlich gutes Wohlergehen und möchte sich unbedingt vergewissern, dass auch ich mich wirklich bester Gesundheit erfreue. *Thank you, I am fine. How are you?* Daraufhin muss ich es ihm gleichtun und bekräftigen, dass es mir ebenfalls gut geht. *I am good. Thank you!* Nachdem keinerlei Zweifel daran bestehen, dass wir beide weder an psychischen noch an physischen Schäden leiden, kann endlich zum eigentlichen Thema übergeleitet werden. Ich tippe mit dem Zeigefinger auf das Schild und gebe mich als die Person auf dem selbigen aus. Dabei erlaube ich mir, wie schon so oft, einen Scherz mit der Frage, wie er denn wohl meinen Namen aussprechen würde. Und zum allerersten Mal in diesem Land höre ich verwundert, wie jemand meinen Namen nicht nur richtig ausspricht, sondern auch korrekt betont. Dann toppt er den Überraschungsmoment noch, indem er mir höflich lächelnd die Hand reicht und mir zuflötet: *Kalimera! My name is Baruti.* Auf Griechisch hat mich bis jetzt noch kein Südafrikaner begrüßt. Und erst recht keiner namens Baruti. Auf meinen verblüfften Gesichtsausdruck erwidert er, dass er bei einem griechischen Metzger gearbeitet und darum sofort an meinem Nachnamen meine Herkunft erkannt habe. Auch andere Vokabeln meiner Muttersprache sind ihm geläufig, die er alle der Reihe nach aufsagt, darunter natürlich das weltweit bekannte Schimpfwort *Maláka*. Wir lachen beide über seine erweiterten Griechischkenntnisse und er bleckt mir dabei seine strahlend weißen Zähne entgegen. *So do you know what your name means in Greek? Did your employer ever tell you?* frage ich ihn und habe Mühe, dabei ein Lachen zu unterdrücken. *Of course he did, that's why he always called me „explosion".* Für alle nicht-Griechisch Sprechenden sei angefügt, dass *baruti* auf Griechisch übersetzt das Kanonenpulver ist. Und wenn jemand vor Wut in die Luft geht, heißt es in Griechenland, dass er *baruti* geworden ist.

Da ich einem Gespräch mit Einheimischen nie abgeneigt bin, stelle ich im Auto die einleitenden Fragen und weiß bald, dass er dem Stamm der Tswana angehört, einem der kleinsten *tribes*, der keine vier Millionen Seelen zählt und im Norden Südafrikas, zur Grenze nach Botswana angesiedelt ist. *It's the first time I meet a Tswana*, lasse ich ihn wissen und verfange mich damit unversehens in ein Gespräch, das sich in die Länge ziehen wird. *Meistens treffe ich auf Zulu, Sotho oder Xhosa.* Ich erwähne dies ohne jegliche Wertung, doch unwissentlich öffne ich damit die Büchse der Pandora. Offensichtlich fällt es ihm schwer, den verächtlichen Laut zu unterdrücken, der von einem entsprechenden Gesichtsausdruck begleitet wird: *Ohhh, Zulu*! Der Verdacht liegt nahe, dass er es nicht zulassen will, dass ich mir selbst ein ausgewogenes Bild von den neun unterschiedlichen ethnischen Gruppen Südafrikas mache, um zu einer eigenständigen Einschätzung zu gelangen. Es ist nicht das erste Mal, dass ich mitbekomme, wie sich ein Südafrikaner über eine andere südafrikanische Ethnie ein abschätziges Urteil erlaubt. Baruti offenbart mir – ohne dass ich danach gefragt hätte – die Erklärung für seine fehlende Sympathie: *Zulu are aggressive and they love war.* Wie oft habe ich das schon gehört! Und wie oft habe ich supernette Zulu kennen gelernt, auf die Barutis Behauptung garantiert nicht zutrifft! Baruti ahnt wohlmöglich, dass ich zu einem Versuch aushole, die Zulu in Schutz zu nehmen und stellt direkt seine These diesbezüglich auf, in der er ihnen schlichtweg die Fähigkeit einer friedlichen Einstellung abspricht: Die Zulu würden gern wieder Kriege führen, wie damals zu Shakas Zeiten. Notgedrungen müssten sie sich jedoch zurückhalten, weil es nicht im Sinne der *rainbow nation* sei. *You know, what I am talking about, don't you?* Heftig nickend erkläre ich ihm, dass ich lange genug in diesem Land leben würde, um zu wissen, dass Archbishop Desmond Tutu 1994 den Begriff *rainbow nation* geschaffen habe, um das Post-Apartheid-Südafrika nach den ersten demokratischen Wahlen zu beschreiben. Es waren übrigens die ersten Wahlen, an denen endlich alle, aber auch wirklich alle Bevölkerungsgruppen wählen durften, also *white, black, coloured, Asian and Indian.* Baruti zwinkert mir selbstbewusst zu. *You see, Tutu was half-Xhosa and half-Tswana. And he was a brave man with a vision. Nelson Mandela was also a Xhosa. You see? Xhosa and Tswana are the best!* Was für eine sachliche und vorurteilsfreie Feststellung!

Da Baruti festgefahrene Ansichten und Sympathien zu haben scheint, wage ich es, ihn ein bisschen mit den Zulu zu provozieren: *So the Zulu have no vision? But the ANC is full of Zulu, right?* Bei dem ANC handelt es sich um die seit 1994 regierende Partei. Schulmeisterhaft hebt Baruti den Finger und hält inne, vermutlich um den Spannungsbogen aufzubauen, wie unsereins so schön im Deutschunterricht zu sagen pflegt. An der Regierung seien jetzt durch den Staatspräsidenten Zuma zwar die Zulu, aber vorher seien es durch Mandela und Mbeki die Xhosa gewesen. Ich merke, dass ich in diesem Gespräch nicht die Lehrerin bin. Anfangs, also 1912, hätten nur gebildete Leute Parteimitglied werden können und das seien nun einmal größtenteils Xhosa gewesen, woran sich bis zu Mandelas Zeiten des *struggle* gegen das Apartheid-Regime nichts geändert habe. *Ooohh! I see!* rutscht es mir sehr südafrikanisch heraus. Was bin ich stolz auf mich, dass ich die Hintergründe in diesem komplizierten Land erkennen kann.

Diese Taxifahrt ist das reinste Fortbildungsseminar für mich und genüsslich höre ich zu, wie er mit seinem Wissen schwadroniert. Baruti studiert Politikwissenschaften und jobbt nebenher als Taxifahrer, um die Studiengebühren bezahlen zu können. Da wir auch schon auf das Thema *the struggle* gekommen sind, bieten sich audio-visuelle Anreize an, wie beispielsweise ein Schild, an dem wir just in diesem Moment vorbeifahren. Es hängt überall in Johannesburg und man möchte meinen, dass es sich mit seinem Inhalt recht lautstark beschwert: *I did not join the struggle to be poor.* Als ich Baruti daraufhin anspreche, lächelt dieser bitter. *South Africa is still struggling to fulfill Mandela's hopes and dreams.* Tja, denke ich, dass Mandelas Hoffnungen und Träume nicht erfüllt wurden, kann man tatsächlich in den *informal settlements* sehen. Aber Baruti ist mit seinen Ausführungen schon weiter: Mit „*poor*" seien sicher weder die *coconuts* noch die heutigen Politiker wie beispielsweise der Staatspräsident Zuma gemeint, denn dieser und Seinesgleichen hätten Millionen auf dem Konto angehäuft, was vorher in der Staatskasse gewesen sei und eigentlich auch dahin gehöre! Wenn ich Baruti richtig verstehe, dann versucht er die heutige politische Lage wie folgt zusammenzufassen: Die Vision von Freiheit und Gleichberechtigung ist praktisch im Abfalleimer der Korruption und der Vetternwirtschaft gelandet und das einzige, worin heutige Politiker wirklich bemerkenswertes Talent zeigen, ist, von den eigenen Verfehlungen abzulenken.

Der junge, gebildete Mann auf dem Fahrersitz hat Angst

vor der Zukunft, eine Angst, die sich längst als berechtigt herausgestellt hat. Für ein paar Sekunden ist es still im Taxi und die Schülerin lässt Barutis Worte auf sich wirken, hat aber dabei eine unbekannte Vokabel: *What do you mean by coconuts?* Er schaut ungläubig in den Rückspiegel. Der Schülerin scheint es an Grundkenntnissen zu fehlen, ihre Wissenslücken sind nicht zu entschuldigen, müssen jedoch tunlichst geschlossen werden. *As you know, coconuts are white inside and brown outside.* Er schaut mit prüfendem Blick in den Spiegel, ob ich wohl den Anforderungen gewachsen bin. Ich nicke etwas kleinlaut. Soweit sei ich im Bilde, aber trotzdem könne ich mir keinen Vers darauf machen. *Like Oreo cookies! They are also black on the outside and white on the inside. You know, the chocolate wafers with the creme filling in between.* Ich muss langsam zugeben, dass ich mich im Zustand geistiger und seelischer Verstörung befinde. Also mache ich das Fenster auf, um ein bisschen frische Luft zu bekommen und warte geduldig auf des Rätsels Lösung: *And so are a lot of South Africans: They look brown, but they live like white people.* Ah jetze! Gemeint ist damit die nach dem Ende des Apartheid-Regimes durch den ANC entstandene schwarze Mittel- und Oberschicht. Diese schwarze Elite verdient sich mit relativ wenig Mühe vorwiegend durch Politik und Beamtentum ihr Geld und hat somit die Möglichkeit, den weißen Lebensstil zu übernehmen. Für den Großteil der schwarzen Bevölkerung hat sich hingegen – zumindest ökonomisch – wenig geändert.

We call it gravy train. Do you know what it means? Erneut ertappt er mich dabei, unvorbereitet in sein Taxi eingestiegen zu sein. Ich schüttle zum wiederholten Male betreten den Kopf. Baruti hat es nunmehr aufgegeben, auf eine Antwort meinerseits zu warten. Er kennt seinen Pappenheimer und schießt los. *It's a job where no work is involved. You get paid for doing almost nothing. Like standing around at work and talking all day. That's what government is practising: it provides money to many people without requiring much work or effort. So they earn a lot of benefits without really deserving them.* Unglaublich, wofür es Wortkreationen gibt. Wie würde man das wohl übersetzen? Mit „Vetternwirtschaft", „Klüngelei" und „Klientelismus" käme man der Definition zwar verdächtig nahe, aber allein damit wäre es nicht getan. Mir geht jetzt allerdings ein Licht auf! Darum also ist in den großen Malls, in den teuren Geschäften und in den guten Restaurants immer ein beträchtlicher Anteil der schwarzen Bevölkerung vertreten. Sie sind stets auffällig und nach dem letzten Schrei der Mode gekleidet. Ausnahmslos halten sie – für jeden gut erkennbar – ein sündhaft teures Smartphone – natürlich das allerneueste Modell – in der Hand. Obligatorisch sitzt eine luxuriöse Sonnenbrille auf der Nase, obwohl die Sonnenstrahlen große Mühe haben, in die überdachte Mall einzudringen. Von oben bis unten eingehüllt in europäischer Markenkleidung, die sich nur sehr wenige Europäer leisten können, genehmigen sie sich im Kreise ihrer ebenfalls aufgeputzten Freunde einen Kaffee. Elegante, geschmeidige Damen, makellos straff, wie aus einem fremdartigen perfekten Material geschaffen, führen extrem exklusive Handtaschen im Wert eines Kleinwagens mit sich und fahren – außerhalb der Mall natürlich – passend dazu schnittige Cabrios. Fast immer kündigt laute Musik aus dem offenen Wagen ihr Kommen an, damit selbst der letzte schwerhörige oder kurzsichtige Mitbürger bemerken kann, wie weit sie es gebracht haben. Vermutlich handelt es sich genau um diese neue gesellschaftliche Schicht in Südafrika, von der Baruti mir gerade erzählt: Die arroganten Neureichen und deren verzogenen Gören.

Während ich verschiedene Gesichter von diesem Kaliber, denen ich täglich in den Malls begegne, Revue passieren lasse, ist der beste Taxifahrer von allen – Ephraim Kishon sei Dank – schon einen Schritt weiter, nämlich bei dem Hauptschuldigen für diese Schmarotzer. *And do you know who is mainly to blame for this?* Diesmal weiß ich die Antwort und schleudere ihm stolz den Namen, den er hören will, entgegen: *Jacob Zuma!* Sein anerkennender Blick in den Rückspiegel erfüllt mich mit Erleichterung! *Exactly mama!* Nun lebe ich schon lange genug in Südafrika, um mich über verschiedene Dinge nicht mehr zu wundern und erst recht nicht zu ärgern. Eins davon ist, dass man mich *mama* nennt, im festen Glauben daran, mir damit einen Gefallen zu tun und – für europäische Verhältnisse noch unbegreiflicher – mir Respekt zu zollen. Anyway! Das zweite Verwunderliche ist immer wieder aufs Neue die Feststellung, dass Zuma alles andere als einen guten Ruf hat. Er macht sich nicht nur bei der weißen, sondern auch bei der schwarzen Bevölkerung mehr als unbeliebt. Wer zum Kuckuck wählt ihn dann eigentlich? Jedenfalls nicht *die* Leute, mit denen ich jedes Mal ins Gespräch komme. Und erst recht nicht Baruti, der jetzt, da von Zuma die Rede ist, seinem griechisch klingenden Namen alle Ehre macht und in die Luft geht. *So why do you vote for him?* Sichtlich gereizt gibt er zu: *Our people don't vote for Zuma, but for the ANC.* Darum also ist er seit 2009 Präsident. Diese Partei wird gleichgesetzt mit dem Antiapartheid-Kampf, *the struggle*, Nelson Mandela und der Befreiung. Und so gesehen kann jede Schießbudenfigur kandidieren, denn solange sie den ANC anführt, wird sie blind gewählt. Das höre ich immer wieder von Südafrikanern, aber Baruti gibt mir noch mehr Informationen dazu, beispielsweise, dass Zuma das Blaue vom Himmel versprochen hat, wie z.B. in das Bildungssystem zu investieren und Arbeitsplätze zu schaffen. Wahrlich ein Mann, ein Wort.

Aufgrund seines Studiums kann der Insider Baruti viel an Hintergrundwissen vermitteln. Also erklärt er mir als Nächstes die Vorgehensweise des Populisten Zuma. Dieser versuche der breiten Bevölkerung zu zeigen, dass er sie nicht vergessen habe und diese Volksnähe werde gerade von den Armen als positiv empfunden. Eine seiner häufigsten Showeinlagen bestehe etwa darin, auf Parteiversammlungen zu singen und zu tanzen. Dazu stimme er oft den ANC-Protestsong aus den *struggle*-Zeiten an und bewege die Arme entsprechend. Wir stehen gerade an der Ampel und warten auf Grün, was Baruti dazu nutzt, um mir das Lied in Jacob-Zuma-gerechtem Rhythmus vorzusingen: kreisende Bewegungen mit angewinkelten Ellbogen und erhobenen Fäusten in Brusthöhe, als würde er mit beiden Armen eine Maschine aus dem vorigen Jahrhundert ankurbeln. Das Lied heiße *Awuleth' Umshini Wami*, was mit nichts Geringerem als „Bring mir mein Maschinengewehr" übersetzt werden könne. Baruti schaut in den Rückspiegel, gespannt auf meine Reaktion. Meine Augenbraue hüpft – wie immer in solchen Situationen – etwas ungehalten nach oben und weil im Taxi Stille eingetreten ist und seine Augen auf mich gerichtet sind, sehe ich mich dazu verpflichtet, einen adäquaten Kommentar abzugeben. *Das ist allerdings etwas gewagt*, finde ich, in der Hoffnung meinen Seminarleiter nicht allzu sehr zu erzürnen. Gewagt sei gar kein Ausdruck, pflichtet Baruti mir sichtlich aufgebracht bei. *This guy is insane*! Zumal dieser polemische Protestsong die Gemüter nicht gerade besänftige und somit Mandelas Hauptgedanken der Wiederversöhnung, der *reconciliation*, alles andere als fördere.

Sein Zorn kann in den nächsten Minuten nicht verrauchen, dazu heizt er mit Details zu sehr nach. *Do you know, what Desmond Tutu, this old and wise man said?* Der gute Erzbischof und Friedensnobelpreisträger wird viel Kluges von sich gegeben haben, aber just in diesem Moment weiß ich natürlich nicht, worauf der junge Fahrer hinaus will. Warum hat mich kein Mensch vorgewarnt, dass es bestimmte Hausaufgaben zu machen gilt, bevor man in ein südafrikanisches Taxi steigt? Baruti ahnt nichts von meinem Stress und rückt alsbald mit der Sprache heraus: *'I am ashamed to call this lickspittle bunch my government', that's what he said.* Tutu scheint also ebenso wenig vom ANC zu halten, sonst würde er nicht von einem Haufen Speichelleckern reden. Fürwahr nicht. Zuma und seine *comrades* scheinen – wie man in weniger gesetztem Deutsch sagen würde – völlig unten durch zu sein, und zwar querbeet durch die ganze Bevölkerung. Endlich bin ich es, die Baruti eine Frage stellt: *Aber das Gute an der Demokratie ist doch, dass man Anführer auch wieder nach Hause schicken kann, wenn sie sich als dermaßen ungeeignet erweisen. Oder?* Mein Taxifahrer ist nie um eine Antwort verlegen: Das stimme zwar einerseits, ABER andererseits räume die Verfassung des Landes dem Präsidenten von vornherein zu viel Macht ein, weil man damals Nelson Mandela im Sinn gehabt habe. Zuma weise jegliche Kritik einfach von sich und rufe das Volk sogar dazu auf, die Probleme des Landes nicht ständig zu übertreiben. *You know what he said in his Reconciliation Day speech?* Das Einzige, was ich in diesem Moment weiß, ist, dass ich am Ende dieser Fahrt eine Fünf im Fach Südafrikanische Geschichte und Politik bekomme. Vor meinem geistigen Auge sehe ich Baruti schon wutschnaubend brüllen: *Setzen Sie sich! Nicht bestanden! Sie kommen mir nicht noch einmal in mein Taxi!* Der Präsident des ökonomisch stärksten Landes auf dem afrikanischen Kontinent habe also indirekt und durch die Blume folgende Anweisung an sein Volk gegeben: *We exaggerate our problems and make people think that South Africans are "funny" people!* Dabei stellt sich die Frage, wer denn nun der komische Vogel ist, der die skandalöse Dreistigkeit besitzt, dem Volk zu unterstellen, dass es übertreibt. Praktisch schiebt Zuma damit der Bevölkerung die Schuld für sein Versagen in die Schuhe. Nicht er, sondern die Südafrikaner tragen die Verantwortung für das mehr oder weniger negative Ansehen ihrer Heimat im Ausland. Haarsträubend, was mir der beste Taxifahrer von allen da an Wissen und Informationen vermittelt!

Baruti wartet mit noch einer Information von allergrößtem Interesse auf: *By the way ... Zuma ist so gewieft, dass er sich in seiner Wahlkampagne sogar an die einzelnen, hier lebenden ethnischen Gruppen wendet, und zwar in ihrer jeweiligen Muttersprache.* Ob mir die Plakate dazu schon aufgefallen seien. Nichts dergleichen ist mir aufgefallen, woraufhin Baruti auf ein Plakat zeigt, das an einem Pfahl angeheftet ist. Ich traue meinen Augen nicht ... Die in Südafrika lebenden Griechen werden tatsächlich in ihrer Muttersprache dazu aufgefordert, den ANC zwecks besserer

Zukunft zu wählen. Wenn man dem Slogan auf dem Plakat Glauben schenken darf, dann lässt sich das Land nur mit vereinten Kräften vorwärts bringen. Zuma zieht wahrlich alle Register ...

Ebenso unglaublich scheint es mir, dass eine Ampel so lange auf Rot geschaltet bleiben kann. *Baruti, what's wrong with the robot? Robot* heißt hierzulande die Ampel, *believe it or not!* So sehr hat er sich in die politischen Verhältnisse seiner Heimat hineingesteigert, dass es ihm gar nicht weiter aufgefallen ist, dass wir schon geschlagene fünf Minuten an der Ampel stehen und sich vor uns rein gar nichts tut. Während Zuma im Taxi die Gemüter erhitzt, stehen vor uns kreuz und quer Fahrzeuge, die aus allen Richtungen zusammengekommen sind und ein Weiterkommen schier unmöglich machen. Baruti fasst die Situation mit einem einzigen Begriff zusammen: *problem*. Ich schaue auf die Uhr und bin froh, dass ich für heute nichts weiter geplant habe. Außerdem ist die Unterhaltung im Taxi wirklich kolossal interessant.

Zurück zu Zuma: Ob er wohl früher mit Mandela befreundet war und ihm seine Karriere zu verdanken hat, schießt es mir durch den Kopf. So direkt wage ich jedoch nicht, Baruti zu fragen, sondern formuliere es etwas allgemeiner. *So Zuma was also part of the struggle? With Mandela?* Entsetzt schüttelt Baruti den Kopf. Wer mir das denn erzählt habe, fragt er erschüttert, woraufhin ich nur ein simples *nobody* zustande bringe. Solche falschen Schlüsse ziehe ich meist im Alleingang, also ohne jegliche fremde Hilfe. Schon wieder ein Fettnäpfchen, das ich übersehen habe. Baruti versucht, meine Gedanken in geordnete Bahnen zu lenken: Zuma habe zwar auch schon früh dem ANC angehört und sei wegen Planung eines Aufstands fast zur gleichen Zeit mit Mandela auf der Robben Island inhaftiert gewesen. Aber mit Mandela habe er kaum etwas zu tun gehabt, denn sie hätten nicht nur altersmäßig zu weit auseinander gelegen. Da ich schon mehrere Filme über Mandelas Leben gesehen und auch Robben Island besucht habe, weiß ich eigentlich ziemlich sicher, dass der Name Zumas nie in Zusammenhang mit Mandela und der Gefängnis-Insel genannt wird. Als ich das Baruti mitteile, nickt dieser bestätigend. Allerdings habe Zuma die Tatsache, dass er zehn Jahre auf Robben Island verbracht habe, bei seiner späteren Politikerkarriere enorm ausgeschlachtet. ANC und *struggle* hin, Robben Island her, Baruti besteht auf seiner Meinung: *He is not a good man!* Das könne man unter anderem auch daran erkennen, dass er von Zambia aus den ANC-Geheimdienst geleitet habe. Das sei allerdings ein sehr undankbarer Posten, gebe ich zu bedenken und weiß im Moment keinen Politiker zu nennen, der durch eine ähnliche Position seinem Image gefördert hätte. Doch Baruti bleibt beharrlich: Im Gegensatz zu Mandela sei er schlichtweg ein schlechtes Vorbild für die Jugend. Eigentlich sei er gar kein Vorbild. Unterschiedlicher könne der Hintergrund der beiden Politiker gar nicht sein. Der junge Student vor mir scheint sich ernsthafte Sorgen um seine Heimat zu machen und schweigt eine Weile. Diese Pause nutze ich, um mein Smartphone effektiv einzusetzen und ein paar Punkte zu gewinnen, weil mich Baruti sonst garantiert in der gleichen Klasse sitzen bleiben lässt. Durch meine schnelle Recherche im Internet muss ich feststellen, dass der beste Taxifahrer von allen Recht hat: Mandela, ein Xhosa, stammte von einer edlen Familie ab und studierte Jura, während der Zulu Zuma Ziegen und Kühe hütete, bis er mit seiner Mutter nach Durban zog, wo diese Arbeit als Dienstmagd gefunden hatte. Zuma hat keine formale Schulbildung. Die Geister scheiden sich sogar, ob er die 4. oder 5. Klasse beendet oder erst als junger Mann auf Robben Island lesen und schreiben gelernt hat. Das ist zugegebenermaßen schon unziemend und mehr als dürftig für ein Staatsoberhaupt. Der junge Taxifahrer dagegen ist akademisch gebildet und das in Fächern, deren Studium Zuma, der jetzt willkürlich über dieses Land entscheidet, ganz gut getan hätten.

Nach der kurzen Sendepause setzt Baruti wieder an und ist nicht mehr zu bremsen. Zuma sei gerissen. Basta! Es sei dahingestellt, ob er nun aufgrund seines teuflischen Charakters beim Geheimdienst gelandet sei oder ihn seine Tätigkeit beim Geheimdienst zu dem gemacht habe, was er heute sei. Und in diesem Zusammenhang beginnt Baruti ziemlich aufgelöst mit einer detaillierten Beschreibung einer Person, die man zusammenfassend und auf gut Deutsch als Schlitzohr bezeichnen könnte. *He is street smart*, gewieft und durchtrieben. Schon vor seinem Amtsantritt sei er in Intrigen verwickelt gewesen; Korruption, Geldwäsche und Steuerhinterziehung hätten ihm Millionen zugeschustert. Aber dieser Fuchs streite alles ab und lache sich schlichtweg kaputt. Sogar die Vergewaltigung der Tochter eines früheren Genossen streite er ab. Man stelle sich vor: Das Gericht habe befunden, dass der Geschlechtsverkehr einvernehmlich stattgefunden habe. Einvernehmlich! Er wiederholt das Wort einige Male und schüttelt dabei den Kopf dermaßen heftig, als ginge es darum, einen schwer beladenen Birnbaum von seiner saftigen Früchtepracht zu befreien.

Ein Staatsoberhaupt, das der Vergewaltigung einer jungen Frau beschuldigt wird, ist – gelinde ausgedrückt – skandalös. Mir wird flau im Magen. Da wir in den letzten zehn Minuten keinen Meter weitergekommen sind und Baruti in mir eine interessierte Zuhörerin gefunden hat, lehnt er sich zurück und zerfleischt das Staatsoberhaupt nach allen Regeln der Kunst. Mit dieser Vergewaltigungsgeschichte scheint sich Zuma ja überhaupt der Lächerlichkeit als solcher preisgegeben zu haben, allein schon durch die Behauptung, dass er von der HIV-Infektion dieser Frau gewusst habe. *So guess what he said after he had unprotected sex with a young woman knowing she had HIV! Guess what a president said in public! Remember: Not as a joke to his friends, but in public!* Ich zucke mit den Achseln und bin gespannt wie ein Flitzebogen, um endlich zu erfahren, was ein Präsident in diesem Fall wohl in der Öffentlichkeit von sich geben mag. Alles an dieser Geschichte ist bedenklich, angefangen bei der sexuellen Nötigung bzw. Vergewaltigung. Was kann denn noch derber sein, das meinen Taxifahrer dermaßen in die Luft gehen lässt und ihn wort-wörtlich zu einem griechischen Baruti macht? *Our president*, setzt Baruti in einem Ton an, der an Spott nicht zu überbieten ist, *said that in order to protect himself from contracting HIV, he had taken a hot shower quickly afterwards.* Tragisch und unerhört, was mir da zu Ohren kommt, dass nämlich ein Staatsoberhaupt behauptet, die Gefahr dieses Virus nach dem Akt einfach durch eine heiße Dusche zu bannen. Ich bin dermaßen geschockt, dass ich es beim besten Willen nicht annähernd lustig finden kann. Der junge Taxifahrer schüttelt sich jedoch vor Lachen. Das Auto bebt buchstäblich und ich bin froh, dass wir an der Ampel festsitzen und Baruti sich nicht bei 100 km/h über Zuma amüsiert und dessen Praktiken kommentiert. Jedes Kind in Südafrika wisse mittlerweile, wie HIV übertragen werde und der einfach gestrickte Präsident dusche schlichtweg. Ich muss zugeben, dass solche Aussagen einem Staatsoberhaupt – egal welchen Landes – nicht gerade das Image aufpolieren. Aber andererseits passt es doch irgendwie, wenn man voraussetzt, dass er als Kind zu heiß gebadet wurde, oder?

Baruti will mir unbedingt anhand von Beispielen beweisen, was für ein Hohlkopf dieser glatzköpfige Zuma ist. Zeit genug haben wir ja dafür ... *Do you know Zapiro?* Da ich wieder einmal überfragt bin, klärt mich Baruti über den südafrikanischen Karikaturisten auf. Dieser stelle nämlich Zuma nach dem Skandal mit der HIV-Dame nur noch mit einer Brause auf dem Kopf dar, egal in welchem Zusammenhang. Mein Taxifahrer mit dem griechischen Namen amüsiert sich köstlich und schlägt sich ununterbrochen auf den rechten Oberschenkel. Ich mobilisiere meine Fantasie und setze dem kleinen Dicken, den ich aus den Nachrichten kenne, einen runden Brausekopf auf die runde Glatze seines runden Schädels und schon haben wir ein vortreffliches Erscheinungsbild. Ich muss schmunzeln. Baruti ist dermaßen in Fahrt, dass er bereits beim nächsten Künstler ist, der das Staatsoberhaupt zur Zielscheibe gemacht hat. Brett Murray habe noch einen drauf gesetzt und Zuma in selbstgefälliger Lenin-Pose gezeichnet, aber mit offener Hose und heraushängenden Geschlechtsteilen. Der treffende Name des Werkes laute *„The Spear"*. *Das hat man davon, wenn man polygam ist und der Vergewaltigung bezichtigt wird,* schnaubt Baruti recht polemisch. Nicht zu fassen, was man so alles erfährt, wenn die Ampel nicht funktioniert. Die etwas steife Europäerin meldet sich zu Wort und gibt zu Bedenken, dass eine derartige Abbildung doch etwas zu weit gehe und alles andere als *politically correct* sei. Baruti bleibt das Lachen in der Kehle stecken, er dreht sich herausfordernd zu mir um und nagelt mich mit seinen kohlschwarzen Augen fest. Um seinem strengen Blick zu entkommen, lasse ich den meinigen sicherheitshalber in Richtung der Autodecke davonirren. Ob ich etwa auf Zumas Seite stünde? Aus Angst, womöglich den Rest der Strecke laufen zu müssen, vergesse ich die westliche *political correctness*, die einem hierzulande nur Ärger einbringt. Wo denke er hin? Natürlich nicht! Mein Gesichtsausdruck verrät ihm offensichtlich, dass mir nichts ferner liegt als Zuma in Schutz zu nehmen, vor allem in so einem kleinen Gefährt, aus dem jeglicher Fluchtversuch ausgeschlossen ist. Abgesehen davon stünde ich schon längst im Guinness-Buch der Rekorde, weil ich kontinentalweit die einzige Weiße wäre, die Zuma unterstützen würde. Wer soll einem diese Geschichte abnehmen?! Baruti, ich bitte dich!

Für kurze Zeit ist es still im Taxi, die Vermutung liegt nahe, dass der junge Fahrer nicht weiß, was er von mir halten soll. Eine Weiße, die Zuma in einem Atemzug mit dem Ausdruck *politically correct* nennt. Wo gibt es denn so etwas? Ich nutze die Funkstille, um die gerade erhaltenen Informationen zu googeln und finde die Karikaturen, von denen die Rede ist. Donnerwetter, sie haben es wirklich in sich! *Look, Baruti!* Ich bin auf dem Versöhnungstrip und halte ihm die Abbildungen unter die Nase. Der beste Taxifahrer von allen wirft mir einen Seitenblick zu, tut meinen *political-correctness*-Spleen wohlmöglich als weißes Tussi-Gehabe ab und verzeiht mir noch einmal. Ich fasse zum Dank dafür die wichtigsten Informationen aus dem Netz zusammen: Der ANC habe den Künstler, also Brett Murray natürlich verklagt. Bei einer Ausstellung sei das Bild dann zu allem Übel mit Farbe beschmiert worden, woraufhin Zapiro sich etwas Neues ausgedacht habe. Er habe sich Murrays Abbildung ausgeliehen, dem Zuma-Lenin eine Brause auf den Kopf geschraubt und die Geschlechtsteile gegen eine zweite Brause ausgetauscht. Von der Lenden-Brause fließen nun statt Wasser vier Begriffe: *Sex Scandals, Corruption, Nepotism, Cronyism,* also auch Vetternwirtschaft und Klüngelei sei vom Künstler gebührend bedacht worden. Ich scrolle etwas weiter und finde tatsächlich das im Artikel beschriebene Bild, auf dem oben rechts Zapiro die ausgeprägten sexuellen Bedürfnisse des Präsidenten wie folgt kommentiert: *With apology to Brett Murray. No apology to President Zuma. Want Respect? ... earn it!* Als ich Baruti auch dieses Bild stolz unter die Nase halte, bekommt er einen Lachanfall und steckt mich damit gehörig an. Und da Lachen bekanntlich gesund ist, stört es mich kein bisschen, dass wir seit einer halben Ewigkeit keinen Zentimeter vorangekommen sind ...

* **Jacob Zuma:** Diese Episoden spielen sich während der Regierungszeit des 4. Präsidenten Südafrikas, Jacob Zuma ab (9.5.2009 – 14.2.2018). Jedoch hat sich an der Situation im Lande selbst nach seiner Amtszeit nichts Gravierendes verändert.

30. Der Zulu Präsident Jacob Zuma, Teil II

Es ist wirklich bemerkenswert, welche Möglichkeiten einer unbedarften Europäerin in Südafrika offen stehen, ihren Horizont zu erweitern. Eine Taxifahrt und ein Stau scheinen dafür beispielsweise bestens geeignet zu sein. Es stellt sich schon nach kurzer Zeit heraus, dass Baruti nicht nur der beste Taxifahrer, sondern auch der beste Seminarleiter von allen ist. Je länger wir im Stau stecken, desto fröhlicher geht die Verunglimpfung des Präsidenten Jacob Zuma weiter und wenn dieser Wind davon bekäme, würde er Barutis politisches Seminar garantiert als einen Affront betrachten. Sicherheitshalber werfe ich jegliche *political correctness* vorerst über Bord, um die Gelegenheit zu nutzen, soviel *gossip* wie möglich aufzuschnappen und stelle zu diesem Zweck eine passende Frage: *Zuma lebt also polygam?* Als ein heftiges Nicken begleitet von einem noch heftigeren Kichern keinen Raum für Zweifel lässt, frage ich törichterweise, ob das denn unter Zulu akzeptiert werde. Baruti erwidert lachend: *Was heißt unter Zulu? Polygamie ist in Südafrika legal, wird allerdings meist nur in ländlichen Gegenden praktiziert.* Was Zuma angehe, berufe sich dieser dabei auf alte Traditionen und sei nicht nur polygam, sondern heirate auch entsprechend in traditioneller Zulu-Zeremonie, also tanze er mit der Auserwählten, und zwar bekleidet mit einem Leopardenfell und mit einem Zulu-Schild in der Hand. Davon gebe es übrigens bei YouTube genügend Beweismaterial, falls ich ihm nicht glauben sollte, zwinkert er mir im Rückspiegel zu. Mein Gesichtsausdruck spricht zweifellos Bände. Ein Staatspräsident, der ein bekennender Polygamist ist! Man ist ja heutzutage allerlei Bekenntnisse gewohnt. Dass man sich zu seiner Homosexualität bekennt, gehört mittlerweile zum Alltag. Und das ist auch gut so! Dass sich Extremisten zu einem Attentat bekennen, ist inzwischen ebenfalls Teil unseres Alltags, was allerdings weniger gut ist. Dass sich ein Staatspräsident, in diesem Fall ein afrikanischer, zur Polygamie bekennt, ist jedoch an politischer Erfindungsgabe kaum zu überbieten. Baruti steigert sich ins Thema hinein: Zuma sei ein energischer Verfechter dieser Lebensweise, was er bei jeder Gelegenheit aktiv gegenüber der Öffentlichkeit kundtue. *But this is no good sign for our future, you know! Polygamy is not a progress for our country. It's a step back.* Tja, was soll ich als weiße, emanzipierte Europäerin darauf antworten? Nie wäre ich je auf die Idee gekommen, dass ich in ein so überholtes Gesprächsthema verwickelt werde.

Jetzt will ich es aber genau wissen und frage vorsichtig nach der genauen Anzahl. Baruti weiß selber nicht so recht, wie viele Frauen zu Hause auf *sweet* Zuma warten. Er fängt an, die Mitglieder des Harems an den Fingern abzuzählen: Mit der ersten Ehefrau sei er seit seiner Jugend zusammen, von seiner zweiten Frau habe er sich scheiden lassen, seine dritte habe Selbstmord begangen, dann habe er Nummer Vier und Nummer Fünf geheiratet, mit Nummer Fünf habe er übrigens schon vorher drei gemeinsame Kinder gehabt. Tja und vor kurzem habe er mit seinen strammen 70 Jahren zum sechsten Male eine Frau geehelicht, denn auch in diesem Fall gab es einen Sohn, der in geregelten Verhältnissen groß werden sollte. Die Gerüchteküche brodle übrigens ganz gewaltig, dass er baldigst zum siebten Male das Jawort geben werde. Die doch ansehnliche Anzahl an Bräuten legt die Vermutung nahe, dass Zuma im Bett von einer Bestimmtheit zu sein scheint, die man ihm weder auf den ersten noch auf den zweiten Blick zutrauen würde. *Don't tell me that he is paying lobola every time*, frage ich insidermäßig und stolz darauf, dass auch ich ein bisschen Ahnung von Südafrika habe. Schmunzelnd stelle ich mir gerade vor, wie Zuma den Preis aushandelt und die festgelegte Anzahl von Rindern an die Herkunftsfamilie der Braut abgibt. Sichtlich unbeeindruckt von meinen landeskundlichen Kenntnissen kommt die Antwort ganz ernsthaft zurück: So viel er wisse, zahle Zuma jedes Mal brav den Brautpreis, also *lobola*.

Was Zumas Beziehungskisten anbelangt, handelt es sich ja um ein abwechslungsreiches Programm, wage ich meinen Kommentar dazu. Tatsächlich ist alles dabei: Jugendliebe, Scheidung, Selbstmord. *Shoe, that's nothing comparing to Number 4! She really is trouble.* Barutis Augenbrauen erreichen fast den Haaransatz, sozusagen zur Untermalung dafür, dass Nummer Vier es wirklich faustdick hinter den Ohren hat. *Na dann erzähl mal, Baruti!* Und prompt folgt eine Klatschgeschichte wie im Bilderbuch: Zuerst soll also die Nummer Vier Zuma mit dem Bodyguard betrogen haben, dann war sie schwanger, aber das Kind soll nicht von Zuma, sondern von dem Liebhaber gewesen sein, dann habe sie angeblich versucht, Zuma zu vergiften, denn er habe plötzlich mysteriöserweise Halluzinationen gehabt und mit seiner Mutter gesprochen, die doch schon längst nicht mehr unter den Lebenden weile. Wenn ich seine Worte richtig deute, dann sind das eigentlich genügend Gründe für ein Staatsoberhaupt, um den berüchtigten Kragen platzen zu lassen, sodass kurz danach der Bodyguard mausetot aufgefunden wurde. Unerklärlicherweise! Sein ehemaliges Herzblatt lebe nun samt den drei Gören – von wem auch immer sie stammen mögen – nicht mehr im Kreise der Großfamilie, nicht mehr im *homestead*, sondern in Durban. *She is still entitled to benefits, as she and Zuma are not divorced.* Aber selbst nach dem angeblichen Giftanschlag sei Zuma anscheinend noch immer bester Laune. *And you know why?* Keine Ahnung, warum dieser Mann unverwüstlich ist, aber das sind Politiker doch öfters, oder? *Come on, Baruti, he is not the only one! Africa is full of politicians like him!* Ich bin mir ziemlich sicher, dass auf dem schwarzen Kontinent die Mehrheit der Politiker so tut, als würde sie regieren, in Wirklichkeit aber einfach nur in Saus und Braus lebt. Er schüttelt den Kopf. *Ja, aber Südafrika ist anders. Wir haben einen Nelson Mandela vorzuweisen, einen Desmond Tutu.* Er nennt noch zwei weitere Namen. *Welches andere afrikanische Land kann bitte schön auf vier Friedensnobelpreisträger stolz sein? Samt dazugehörigen Statuen in Cape Town?*

Um wieder auf Zuma zurückzukommen: Weder Skandal noch jegliche Kritik könnten ihm die Petersilie verhageln, da er nämlich plane, als Nachfolgerin seine Ex-Frau in Position zu bringen. Das sei die Nummer Zwei, von der er sich habe scheiden lassen. Es heißt, dass sie als Staatsoberhaupt dafür sorgen solle, ihren Ex nach seiner Amtszeit vor einer längeren Gefängnisstrafe zu bewahren. Zum wiederholten Male wundere ich mich über den unverhofften Informationsaustausch. Dem Stau sei Dank. Baruti besitzt faszinierend tiefe Einblicke in die südafrikanische Politik und verfügt über einen scharfen Verstand. Ich höre ihm gefesselt zu, komme aber nicht umhin, meinen Beitrag dazu zu leisten. *Frauen an der Macht! Das wäre doch einmal eine nette Abwechslung in Südafrika oder nicht?* wage ich einzuwerfen. *Aber doch nicht so!* wendet Baruti zu Recht ein. Zuma benutze seine Ex-Frau aus einem ganz offensichtlichen Grund, aber nach außen hin unter dem Vorwand, dass es an der Zeit sei, eine Frau zum Staatschef zu ernennen. Damit stülpe er seinen korrupten Machenschaften auch noch ein fortschrittliches und frauenfreundliches Cover über. Wer ein bisschen Ahnung von Südafrika und seinen Politikern habe, dürfte nur noch mit dem Kopf schütteln. Natürlich könne das Land mit genügend fähigen Frauen aufwarten. Es habe einige gegeben, die eine große Rolle in der Politik gespielt hätten, allen voran Helen Zille, die ehemalige Bürgermeisterin von Cape Town und Premierministerin der Provinz Western Cape. Nicht dass sie sein Fall sei, aber respektieren müsse man die Dame wohl schon. Zille, Zille geht es mir im Kopf herum, der Name sagt mir doch etwas. Wer war das noch einmal? Google weiß ja bekanntlich alles und hilft mir auch jetzt weiter. Diese Politikerin in Cape Town ist tatsächlich eine Großnichte des Berliner Milieumalers Heinrich Zille. Wie klein die Welt doch ist.

Baruti lenkt das Thema wieder auf Zumas Frauen. Etwas

überfordert von dem Frauenverschleiß des Präsidenten multipliziere ich vage seine Nachkommen, bin dabei allerdings auf fremde Hilfe angewiesen. Auf die Frage, wie viele Kinder Zuma denn nun in die Welt gesetzt habe, weiß der Taxifahrer auf Anhieb keine genaue Zahl zu nennen, aber die Sprösslinge von den offiziellen Ehefrauen müssten schätzungsweise ... er hält inne, fängt an, Namen vor sich hinzumurmeln und ist dabei ganz auf seine Finger fixiert, an denen der Nachwuchs Zumas nach dem biblischen und nicht weniger altbewährten Motto *Seid fruchtbar und mehret euch* protokolliert werden soll. *I guess there must be about 20-22*, lautet das Ergebnis seiner Rechenaufgabe, aber es gebe außerdem noch eine Menge anderer Kinder von diversen Liaisons, die wohl übers ganze Land verstreut seien. Ziemlich perplex bei der Vorstellung solcher enormen Massen an Schnullern, Windeln und Milchflaschen samt dazugehörigem Geschrei und Geplärre mache ich intuitiv das Fenster auf, um ein bisschen nach Luft zu schnappen. Also an Lendenlahmheit scheint Zuma nun nicht gerade zu leiden, schießt es mir durch den Kopf. *But you know what's the funny thing about it?* Ich finde diesen unkontrollierten Fortpflanzungstrieb des Präsidenten schon eigenartig genug, aber Baruti schafft es, auch das zu toppen: Zuma verteidige sich und seine Polygamie mit dem Argument, dass durch Ehe legalisierte Beziehungen besser seien als wilde Affären. Ein feines Bürschchen ist dieser Zuma! Während ich so untätig im Taxi sitze, stelle ich wohl eine typisch europäische Frage: *Was wäre aber, wenn er nach westlichem Modus eine einzige Frau hätte, sagen wir mal die Erste, mit der er schon als Teenager zusammen war. Wie viele Kinder hätte der Staatspräsident dann?* Baruti lacht laut auf und zwar aus gutem Grunde, wie ich bald erfahren werde: Mit der ersten Ehefrau, die den unmodischen Namen Gertrude trägt, hat er kein einziges Kind. Also würde unter Berücksichtigung dieser neuen Erkenntnis die Wahrscheinlichkeit einer außerehelichen Kindertruppe wohl ins Enorme steigen.

Polygamie hin oder her: Zuma scheint mindestens so viele Affären zu haben wie wir Finger zählen, die Zehen miteinberechnet. Er stürzt sich wohl von einem delikaten Abenteuer ins nächste. Ganz nebenbei erfahre ich, dass sein polygamer Lebensstil den südafrikanischen Steuerzahler umgerechnet über eine Million Euro jährlich kostet. Baruti macht zum x-ten Male seinem Namen alle Ehre und explodiert: Das Volk lebe im Elend, um sich vier „First Ladies" leisten zu können. *How ridiculous is that?* will Baruti wissen. *Sehr*, gebe ich kopfnickend zu. Und wenn wir uns auf Deutsch unterhalten würden, käme sicher auch noch der Ausdruck „krass" ins Spiel. *Welche der vier „First Ladies" nimmt er denn mit, wenn er zu einem offiziellen Treffen geht?* frage ich neugierig. Baruti lacht: *For Mandela it was much easier!* Tatsache ist, dass jedes andere Staatsoberhaupt nicht lange zu überlegen braucht und sich einfach seine einzige Frau schnappt und damit gut. Wie handhabt Zuma also die Angelegenheit? Baruti antwortet mit einem Begriff, den man mit „reihum" übersetzen könnte. Derweil google ich neugierig Zumas Frauen und stoße auf ein idyllisches Familienfoto, auf dem der Hahn im Korb mit seinen vier Herzblättchen abgebildet ist. Zuma steht in der Mitte, links und rechts von ihm jeweils zwei Damen und zu Fünft wird eine Torte mit der Zahl 70 angeschnitten, der runde Geburtstag des Präsidenten. Nur die älteste Dame ganz rechts, vermutlich diese Gertrude, schaut etwas griesgrämig, alle anderen Mitglieder der Großfamilie strahlen übers ganze Gesicht und haben ihr glücklichstes Familienlachen aufgesetzt. Was die First Ladies außer ihrem Titel noch an Gemeinsamkeiten vorzuzeigen haben, sind definitiv ihre kurvenreichen Körper. Ich versuche mir vorzustellen, wie es anmutet, wenn Zuma mit einer seiner vollschlanken Gattinnen ineinander verschlungen auf das Bett fällt und muss gegen das Bedürfnis ankämpfen, laut loszulachen, was mir nur bedingt gelingt. Baruti fordert mich mit seinem neugierigen Blick in den Rückspiegel regelrecht auf, meine Gedanken mit ihm zu teilen. Also verleihe ich meinem Verdacht Ausdruck: *Zuma scheint es voluminös zu mögen.* Der beste Taxifahrer von allen bestätigt mit diversen Handbewegungen, wie füllig Zumas Frauen oben und unten herum sein müssen. Im Stau können die markanten „Luftzeichnungen" glücklicherweise keinen Auffahrunfall hervorrufen.

„Baruti, how many wives do you have?" Etwas wehmütig, scheint mir, schüttelt der junge Mann den Kopf. Auch seine Vorfahren hätten früher diese Tradition der Polygamie, aber heute halte sich kaum einer mehr daran, es sei denn, es handle sich um wohlhabende Südafrikaner, die sich mehrere Frauen leisten könnten. *No money, no honey*, lacht Baruti und erzählt weiter. Wenn früher die Ehefrau außerstande gewesen sei, Söhne zu gebären, wodurch die Zukunft der Familie in Gefahr gewesen sei, habe der Mann seine Frau darum gebeten, eine zweite Frau heiraten zu können, die von der Erstvermählten ausgesucht worden sei. Meine Augenbraue hüpft erneut nach oben. Mit meinem Gedächtnis steht es zwar nicht allzu gut, aber ich meine, mich erinnern zu können, dass es der Mann ist, der – rein

zeugungsmäßig gesehen – das Geschlecht des Kindes bestimmt. Baruti lässt mir keine Zeit zum Recherchieren und redet weiter: Voraussetzung für weitere Ehen sei, dass die erste Frau zustimme und die Haremskolleginnen aussuche. Meist stelle sie es ganz raffiniert an und suche als zweite oder dritte Ehefrau ihre eigenen jüngeren Schwestern aus. Damit habe sie dann gleich Verbündete. Trotz seiner ansonsten progressiven Einstellungen ist Baruti von den Vorteilen der afrikanischen Großfamilie überzeugt und erklärt mir den ausschlaggebendsten Grund für ihre Existenz. Nie im Leben wäre ich von allein darauf gekommen, wie gut es sowohl Kinder als auch Ehefrauen solcher Familien haben. Es ist immer jemand da, der sich um die Kinder kümmert, vor allem wenn die eigene Mutter arbeiten muss oder – noch schlimmer – nicht mehr am Leben ist. Außerdem helfen sich die Frauen gegenseitig, was alltägliche Dinge oder Haushalt angeht. Mein junger Taxifahrer ergänzt augenzwinkernd ein prickelndes Detail: *Übrigens muss die erste Frau zustimmen, wenn der Mann die Nacht in der Hütte – bei reichen Leuten eben im Haus – einer anderen Frau verbringen will.*

Apropos Haus! Baruti setzt zu einem neuen Kapitel in Zumas ereignisreichem Leben an: *Did you hear about Zuma's homestead?* Mit einem Blick auf den Stau und dann auf die Uhr versuche ich zweierlei zu erraten, nämlich erstens wann ich wohl zu Hause ankommen werde und zweitens ob noch genug Zeit ist, um zu erfahren, was es mit diesem Gehöft konkret auf sich hat. Mir sei schon einiges zu Ohren gekommen, erwidere ich. Unter anderem, dass es wohl sehr geräumig sei. Der Taxifahrer schaut verdutzt in den Rückspiegel: *Geräumig, ist gar kein Ausdruck. Es ist eine Festung!* Abgesehen davon handle es sich ja nicht nur um EIN einziges Haus, denn Zuma habe in jeder südafrikanischen Großstadt jeweils eins. Und wenn ich Baruti richtig verstehe, macht das drei festungsartig ausgebaute Edelhütten plus das Nonplusultra an Domizil in seinem ansonsten ärmlichen Heimatort Nkandla, wo präsidialer Luxus herrscht. Und um dieses noble Anwesen, das Zuma liebevoll *homestead* nenne, gehe es seit geraumer Zeit. Bei dem Ausdruck „liebevoll" glaube ich einen Hauch von Ironie herauszuhören. *So, what's wrong with this homestead?* möchte ich wissen. Meine Frage scheint Baruti eine herrliche Startrampe für seine bissige Tirade zu bieten, die er einfacher nicht einleiten könnte: *Everything is wrong!* Und da ich die Augen ungläubig aufreiße, holt er aus: *Because it is not his money. He spent taxpayers' money on upgrading his rural home.* Ich verstehe! *Do you know how much money he spent?* Baruti scheint nicht glauben zu wollen, dass ich nicht im Bilde bin. *He has been under fire for spending about 240 Million Rand*, ergänzt er, um mir auf die Sprünge zu helfen. Das ist zugegebenermaßen ein beträchtlicher Betrag mit vielen Nullen, auch in europäischer Währung, wofür wohlgemerkt der Steuerzahler gerade stehen muss. Zuma behaupte zwar, dass er es mit eigenem Geld finanziert habe. Die Rechnung gehe aber bei einem Jahresgehalt von 200.000 Euro und einer langen Schuldengeschichte nicht auf.

You love googling. So google it and you will see what I am talking about. Wo Baruti Recht hat, hat er Recht: Die Fotos, die das Netz diesbezüglich zu bieten hat, spotten jeglicher Beschreibung. Eingebettet in grüne Hügel der Provinz KwaZulu-Natal ist der schillernde Villenkomplex mit

Buschhütten-Optik, also strohgedeckt, schon auf den ersten Blick mehr als beeindruckend. Unter dem Foto steht zu Recht „*Zumaville*". Als ich nach dem Grund dieser großartigen Anhäufung von Gebäuden frage, weiß mein Taxifahrer auch hierauf die richtige Antwort: Durch die Erweiterung und den Ausbau des Landsitzes würden nun 21 Häuser allein für Bedienstete und Sicherheitspersonal Platz finden. Zumas Vorgänger Thabo Mbeki und Nelson Mandela habe der entsprechende Ausbau der Privathäuser nur einen Bruchteil gekostet, wirft der Taxifahrer skeptisch ein. Das Regierungsverständnis sei nun mal von Staatschef zu Staatschef anders, gebe ich zu bedenken.

And guess what excuse did he come up with! Schon öfters habe ich mir eingestehen müssen, dass mir die Fantasie in diesem wunderbaren Land ausgegangen ist. Nun erst recht. Auf mein Achselzucken kommt die erlösende Erklärung. Die offizielle Begründung für die Ausgaben in Millionenhöhe laute: um neuen Sicherheitsanforderungen zu genügen. In diesem Rahmen habe zur Verbesserung seiner Sicherheit und der seiner Frauen einiges geändert werden müssen. Und dazu gehört nun einmal auch der Bau eines nagelneuen Schwimmbeckens. *Guess why!* Erneut hilft mir meine Vorstellungskraft nicht weiter, um Sicherheitsmaßnahmen und Swimming-Pool unter einen Hut zu bringen. *Na, zum angeblichen Brandschutz,* zwinkert mir Baruti zu und zeigt mir einen Vogel, was hierzulande soviel wie „Kapiert?" bedeutet. Der Pool dient der Feuerwehr somit zur Wasserreserve, wenn es denn mal brennen sollte. Nach dem gleichen Schema kann man einiges in diesem Hochsicherheits-Luxuskomplex umdeuten, so auch das Amphitheater mit dem dazugehörigen *home cinema*, den Hubschrauberlandeplatz, die klimatisierten Untergrundgemächer und erst recht den Bunker samt der Fluchtwege, die unter der Erde zementiert sind. Von Kronleuchtern und Edelmobiliar ganz zu schweigen. Angeblich alles Sicherheitsmaßnahmen.

Was den jungen Mann auf dem Fahrersitz diesbezüglich jedoch am meisten auf die Palme bringt, ist die Tatsache, dass Zuma soweit geht, in seiner Wahlkampfrede eine erstaunlich persönliche Erklärung für den kostspieligen Prachtpalast abzugeben. *Guess what he had the courage to say! He really believes we are all stupid.* Warum soll ich ständig Vermutungen anstellen, wenn sie erstens ohnehin verkehrt sind und zweitens er mir sowieso bald die Lösung nennt? Ich schüttle vielsagend bzw. nichtssagend den Kopf. Baruti schießt los: Eine seiner vier Ehefrauen sei angeblich durch zwei Einbrecher vergewaltigt worden, während er selber verreist gewesen sei. Ehrlich gesagt, mich wundert gar nichts mehr. Aber so ist das halt, wenn man irgendwann ein gewisses Maß an Fassungslosigkeit erreicht hat! Zuma scheint vor nichts zurückzuschrecken, auch nicht davor, in seiner Privatsphäre herumzuwühlen und geeignete Ausreden herauszufischen, um diese dann unter aller Nasen zu reiben. Ein geschicktes Ablenkungsmanöver ist es allemal. Genau deswegen ist Baruti auf Hundertachtzig. Jeder Blinde sei doch in der Lage zu sehen, was da vor sich gehe, oder? *Sure*, erwidere ich nickend und ergänze in Gedanken: jeder Blinde mit dem Krückstock! *You know Watergate?* will er nun plötzlich aus dem Zusammenhang losgerissen wissen. *Die US-Affäre?* frage ich behutsam und hoffe insgeheim, dass Zuma und Nixon sich nie im Leben über den Weg gelaufen sind. *Exactly! This is our „Nkandlagate“.*

Kein Wunder, dass über Südafrikas Präsidenten so viele

Witze kursieren. Vermutlich mehr als über jeden anderen amtierenden Staatschef Afrikas. Dabei gehört er noch nicht einmal zu den reichsten Regierungschefs des afrikanischen Kontinents, wie Baruti mich gerade wissen lässt. Zuma lebe zwar in Prunk, aber sein Vermögen könnte vergleichsweise als bescheiden gelten. Was das fette Bankkonto angehe, würden ihn laut „Forbes"-Magazin viele andere waschechten Kleptokraten Afrikas weit zurücklassen, die es höchstwahrscheinlich noch korrupter und noch ausschweifender treiben würden. Sogar der König des kleinen Swasilands, das innerhalb Südafrikas liege, sei reicher als Zuma. *You see, rich and corrupt go together*! Da kann ich Baruti nur uneingeschränkt zustimmen. *Und unsereins muss mit dem spärlichen Gehalt halbwegs über die Runden kommen*, lamentiert Baruti und fügt in seiner Muttersprache etwas hinzu, was ich zwar nicht verstehe, aber anhand des Tonfalls wie folgt übersetzen würde: *Am liebsten würde ich alle dorthin wünschen, wo der Pfeffer wächst*!

Barutis Trauer schwingt spürbar mit, als er mir erklärt, dass er in Alexandra lebt. *Do you know Alexandra?* Nun ja, kennen ist übertrieben. Ich weiß lediglich, dass es sich dabei um die älteste Township in Johannesburg handelt und nur wenige Kilometer vom reichen Sandton entfernt liegt. Ich würde mich nicht trauen, dorthin zu fahren, da es als der gefährlichste Stadtteil Joburgs gilt. Vermutlich ist Baruti die Angst der weißen Bevölkerung vor Alexandra bewusst, darum wartet er erst gar nicht eine Antwort ab. Stattdessen hat er etwas anderes auf dem Herzen und fährt mit leiser Stimme fort: *Hunderttausende Menschen wohnen in Alexandra, dicht gedrängt. Es hat sich nichts verändert in den letzten Jahrzehnten.* Er macht eine kurze Pause und spricht weiter. Er gehöre auch zu der *born free generation*, die den direkten Bezug zum Befreiungskampf nicht mehr habe. Aber für sie sei es entscheidend, was die Politiker für ihre Zukunft leisten würden. Und da sehe er persönlich ja schwarz. Die Vision von der harmonischen und erfolgreichen Regenbogennation werde gerade verspielt, weil die Korruption täglich für Schlagzeilen sorge und die zahllosen Verstrickungen immer undurchsichtiger würden. Das mache viele wütend. Die Lage sei besorgniserregend.

Nachdem minutenlang keiner von uns ein Wort von sich gibt und sich auf der Straße nichts Weltbewegendes ereignet, außer dass sich ein Polizeiwagen mit Hilfe des Martinshorns den Weg durch die verknoteten Fahrzeuge zu bahnen versucht, fasse ich mir ein Herz und frage zwecks Auflockerung der Stimmung etwas Unpolitisches: *Was heißt eigentlich Baruti? Wie würdest du deinen Namen übersetzen?* Der beste Taxifahrer von allen lacht herzlich und erklärt mir, dass Baruti in seiner Muttersprache Setswana *teacher, educator* bedeutet. Wieder hüpft meine linke Augenbraue gen Haaransatz. Was würde diese letzte Information bei meinen Schülern doch für Schadenfreude auslösen. Ich höre sie förmlich tuscheln: *Na, endlich hat sie ihren Meister gefunden*. Im wahrsten Sinne des Wortes.

31. Der Zulu King Shaka

Ein Gespräch mit Pamela ist das reinste Vergnügen. Jedes Mal, wenn ich ihr etwas mitteile, was nicht ihrer Welt entspricht oder neu für sie ist, reißt sie die runden Kulleraugen weit auf und bewertet diese neue Information mit einem *ok*. Aber nicht etwa mit einem einfachen *ok*, wie wir es kennen, sondern eins mit einem langgezogenen „o“ und einem ebenso langen „e“, also oooooooookaaaaaay! Wie alle Afrikaner drückt sie ihre Überraschung mit verschiedenen Vokalen aus und bewertet gerade vernommene Informationen mit einem kurzen „u“ oder einem ebenso kurzen „a“. Beides hört sich eigentlich mehr wie ein momentanes Stöhnen an. Übersetzt könnte dieser kurze Laut in etwa mit „Ach, du meine Güte!“ oder „Echt?“ übersetzt werden. Nun gibt es hierzulande sogar Begriffe, die eine Reaktion auf etwas Unerwartetes signalisieren sollen, beispielsweise „*Eish*“, was sich ausgesprochen wie „*aisch*“, „*eisch*“ oder auch wie „*isch*“ anhört. Das Gleiche gilt für „*shoo*“, ausgesprochen wie *Schuh*, aber mit kurzem „u“, ein Ausruf, der ganz oben auf der südafrikanischen Liste steht und ständig zu hören ist. Beide Ausdrücke gehören zu Pamelas Lieblingsrepertoire. Den Begriff „*shame*“

gibt sie ebenfalls regelmäßig von sich, und zwar nicht nur zu negativen Anlässen. Und dann gibt es noch ein langgezogenes „*mmmmmmmmm*", das etwa mit „was du nicht sagst!" übersetzt werden könnte.

Gespannt spitze ich jedes Mal die Ohren, wenn sie ans Handy geht. Ich versuche dann etwas von dem Wortschwall aufzuschnappen, der zuerst durch das Haus plätschert und dann in komprimierter Form auf die Person am anderen Ende der Leitung prasselt. Zugegebenermaßen entspricht mein nicht gerade diskretes Verhalten sicherlich nicht dem Savoir-vivre, aber man möge mir verzeihen, denn verstehen tue ich ohnehin nicht das Mindeste. Da sie sich des Umstands bewusst ist, dass ich zwar ihre Gespräche höre, ihnen aber nicht folgen kann, plappert sie jedes Mal eifrig darauf los, ohne auf die Lautstärke zu achten oder hört der Person, mit der sie kommuniziert, andächtig zu. Immer wieder bin ich fasziniert davon, wie sie die verschiedenen Vokale und Konsonanten aneinander reiht und artikuliert, wie sie die unmöglichsten Laute miteinander kombiniert und mit einer beneidenswerten Leichtigkeit über die Lippen bringt. Besonders stolz auf meine Spionier-Leistung bin ich, wenn ich die Momente der Freude oder Überraschung heraushören kann.

Eigenartigerweise bedient sie sich der englischen Sprache, wenn es darum geht, Zahlen oder Wochentage zu nennen. In dem Wust von Ndebele-Lauten hört man dann plötzlich *yes, thirty five rand* oder *see you on Tuesday.* Auch das Vokabular, das mit ihrer Aufenthalts- oder Arbeitserlaubnis zu tun hat, ist anscheinend auf Englisch einfacher zu handhaben. Als sie eine Woche lang auf glühenden Kohlen sitzt, weil sie eventuell des Landes verwiesen wird, geht es am Telefon heiß her und ich höre aus jedem Telefongespräch mehrfach den Ausdruck „*permission*" heraus. Auf meine Frage hin, warum das denn so sei, erwidert sie, dass diese Begriffe auf Englisch nicht so kompliziert wie in ihrer Muttersprache seien. Zahlen und Wochentage seien außerdem in jedem afrikanischen Dialekt anders und darum seien die englischen Begriffe einfacher zu verwenden. Als ich nachfrage, ob sie sich denn mit den Zulu, den Sotho oder den Xhosa – drei der neun südafrikanischen Stämme, die ich in dem Moment einfach herauspicke – besser verständigen könne, holt sie weit aus, um mich aufzuklären.

Do you know Shaka? fragt sie einleitend und ist sichtlich erstaunt darüber, dass er mir als der größte Zulu-König ein Begriff ist. Als Lehrer beherrscht man ja sein Metier, also erkläre ich ihr schulmeisterhaft, woran ich mich noch erinnern kann, nämlich dass es unter Shaka zu einer enormen Expansion der Zulu Anfang des 19. Jahrhunderts gekommen sei. Die Zulu hätten es mehr oder weniger ihm zu verdanken, dass sie heute die größte afrikanische Volksgruppe der Bantu und die größte ethnische Gruppe Südafrikas seien. Ob wir das alles in Europa in der Schule lernen würden, will Pamela neugierig wissen. Diese Frage muss ich entschieden verneinen, denn unser Geschichtsunterricht holt sicherlich nicht dermaßen international aus. Aber wozu gibt es denn das Fernsehen, das schließlich nicht wenig zu meiner Allgemeinbildung beigetragen hat.

Ich weiß noch, wie ich Anfang der 80er Jahre jede Woche gespannt auf die Fernsehserie *Shaka Zulu* wartete und mit meinem alten Kassettenrecorder und dem extra zu diesem Zweck erstandenen Mikrophon versuchte, das rhythmische Intro aufzunehmen. Jedes Mal ging etwas dabei schief, denn entweder platzte meine Mutter mit der Frage, ob wir Hunger hätten, ins Wohnzimmer oder das Telefon klingelte just in dem Moment. Das ganze All schien sich gegen mich oder vielleicht auch gegen Shaka verschworen zu haben, sodass es trotz der wiederholten Versuche ein Ding der Unmöglichkeit blieb, das Lied ohne jegliche Nebengeräusche aufzunehmen. Sogar ein Besuch bei Saturn erwies sich als erfolglos, denn es gab keine LP zu dieser Fernsehserie. Den Jüngeren sei gesagt, dass es damals weder YouTube noch andere Möglichkeiten gab, sich ein Lied einfach aus dem Netz herunterzuladen. Der Begriff YouTube existierte noch nicht einmal in den kühnsten Träumen ihrer Erfinder, während das Netz einzig und allein zum Fischfang bestimmt war. Also blieb nur die Lösung, sich mithilfe des Kassettenrecorders ein Lied aufzunehmen.

Nun war ich jedoch nicht nur von dem Lied angetan, sondern auch von der Geschichte dieses einzigartigen Mannes, der rudimentär bekleidet neue Kriegstechniken entwickelte, ohne dass ihm der knappe Lendenschurz auch nur einen Zentimeter hinunterrutschte oder bei abrupten Bewegungen Einblicke hinter den selbigen erlaubte. Schon damals fragte ich mich, wie er wohl der lästigen Behaarung auf Brust und Rücken zu Leibe rückte. Waxing und Laser waren weder zu Lebzeiten Shakas noch während der Dreharbeiten 150 Jahre später verbreitet. Ohne den lästigen Pelz kamen jedenfalls durchtrainierte Brust und Waschbrettbauch besser zur Geltung und mit seinen weißen Ohrringen war er, was stilvolle Details angeht, seiner Zeit ebenfalls um einiges voraus. Folge für Folge sah ich mir also mit großem Interesse das kriegerische Treiben dieses hochgewachsenen Mannes an, so als hätte ich damals schon geahnt, dass ich irgendwann einmal in seine Heimat ziehen würde. Als ich jedoch dreißig Jahre später außerhalb von Johannesburg eine Skulptur des Zulu-Königs sah, war die Entzauberung groß, denn das Wesen, das ich erblickte, zeichnete sich nicht gerade durch ästhetische Exzellenz aus. Der kleinwüchsige, hässliche Giftzwerg konnte keinerlei Ähnlichkeit mit dem Hauptdarsteller in der Serie vorweisen.

Nachdem ich Pamela mit der Beschreibung der Fernsehserie zutiefst beeindruckt habe, fragt sie mich nach dem *Mfecane* und erwartet nunmehr, dass ich durch diese Fernsehserie alles, aber auch wirklich alles über die Geschichte Afrikas weiß. Leider muss ich sie diesbezüglich enttäuschen, zumal die Serie eine geraume Zeit zurückliegt und Alzheimer mein bester Freund zu werden droht. Also setzt Pamela mit ihrer Erzählung an und versucht zuallererst den unaussprechlichen Ausdruck *Mfecane* zu definieren. Dazu reibt sie ihre Handflächen mit Wucht gegeneinander und zieht zur Untermauerung eine aggressive Grimasse, um mir zu bedeuten, dass dieser für mich unaussprechliche Begriff so etwas wie „zermalmen" heiße. *Mfecane* scheint alles Schlimme zusammenzufassen, was Krieg so mit sich zu bringen pflegt, also das Übliche: Eroberungen, Vertreibungen, Flüchtlingsbewegungen, Hungersnöte und natürlich die Gegenschläge, die Shaka mit seinen Angriffen verursachte. Ich solle jedoch nicht glauben, dass er nur bei seinen Feinden gefürchtet gewesen sei! Auch unter den Zulu sei der kleinwüchsige König Shaka nicht gerade beliebt gewesen, da er den Militärdienst eingeführt und auf ein zölibatäres Leben bestanden habe. Für die Zulu-Krieger sei es damals nämlich verboten gewesen, vor ihrem

30. Lebensjahr zu heiraten. *Kein Wunder,* unterbreche ich Pamelas Redeschwall, was zugegebenermaßen nicht ganz so einfach ist, *vermutlich ist es ihm mit dieser Regelung gelungen, alle Krieger möglichst lange unter seiner Kontrolle zu halten und für seine Zwecke zu benutzen.* Pamela lobt mich für meine aufmerksame Bemerkung, indem sie die Augen noch weiter aufreißt und mir ein kurzes „a“ entgegen schickt, nicht ohne kurz und bestätigend zu nicken. So etwas könne ein König aber nicht lange mit seinen Kriegern machen, warnt sie, denn diese seien irgendwann des vielen Kämpfens und Blutvergießens überdrüssig gewesen und hätten endlich mit dem anderen Geschlecht ein bisschen Spaß haben wollen. An dieser Stelle zwinkert sie mir schelmisch zu und lacht laut los. Ich weiß nicht, worüber ich mehr grinsen soll, über Pamela und ihren originellen Geschichtsunterricht oder über die Vorstellung, dass die Krieger endlich mal in der Praxis sehen wollten, wie man Körperflüssigkeiten mit Frauen austauscht.

Sie lässt mir keine Zeit, über diese tiefschürfende Frage nachzudenken, sondern fährt energisch mit ihren Ausführungen fort, indem sie ihre Fäuste gegeneinander schlägt. Aha, denke ich, jetzt wird es brenzlig. Tatsächlich erklärt sie mir, wie es mit einem seiner Unterführer, dem Leutnant Mzilikazi und Hauptakteur der *Mfecane*, bald zum Zerwürfnis gekommen sei, als dieser Widerstand gegen das Zwangszölibat geleistet habe. Meine Frage, ob besagter Leutnant – wie hieß er doch gleich? – den Streit überlebt habe, versetzt Pamela in ekstatische Verzückung. Sie scheint diesen Leutnant zu mögen, ganz im Gegensatz zu dem Zulu-König Shaka, für den sie nichts weiter als eine abfällige Handbewegung übrig hat. Da der Rebell wohl oder übel mit seiner rituellen Hinrichtung habe rechnen müssen, aber noch vor seinem Tod in den Genuss des Geschlechtsverkehrs habe kommen wollen, sei er sicherheitshalber mit seinem Stamm, den Khumalo, aus KwaZulu, dem heutigen Osten Südafrikas, geflohen. Fürwahr ein kluger Entschluss, gebe ich anerkennend zu. Zumal für einen Mann in jungen Jahren die Praktizierung dessen, was wir heute Sex nennen, bestimmt eine nicht zu unterschätzende Motivation ist.

Die Geschichte wird immer interessanter, finde ich. *Und wohin ging die Flucht?* Pamela zeigt mit dem Zeigefinger an die Decke und ich schaue hoch. Wie meint sie das denn jetzt? Doch wohl nicht, dass sie sich alle im ersten Stockwerk dieses Hauses versteckt haben! Als sie dann aber die Länder Mozambique und Zimbabwe erwähnt, wird mir klar, dass sie nordwärts meint. Im heutigen Zimbabwe habe er das Königreich der Matabele oder Ndebele gegründet und nebenbei auch noch die *Shona* unterworfen, erzählt Pamela nicht ohne Stolz. Die *Shona*? *Du meinst, den Stamm, der euch jetzt verfolgt?* frage ich verwundert. *Ihr Ndebele müsst doch vor den Shona aus Zimbabwe fliehen, oder nicht?* Pamela nickt eifrig und erklärt, dass die Ndebele früher dominanter als die *Shona* gewesen seien. Aber das scheint sich ja nun ins Gegenteil verkehrt zu haben, sonst wären die Ndebele nicht alle auf der Flucht und in Südafrika gelandet. Erstaunt stelle ich fest, dass die Macht in diesem Gebiet häufiger von Stamm zu Stamm wechselt. Bei den Ndebele scheint es sich also im Endeffekt um eine Abspaltung der Zulu zu handeln, was teilweise die Antipathie Pamelas den Zulu gegenüber erklärt. Ich kenne wirklich genug Leute, die mit ihrer direkten Verwandtschaft auf Kriegsfuß stehen und die selbige am liebsten dorthin wünschen würden, wo der Pfeffer wächst. Warum soll es in afrikanischen Ländern anders sein? Abschließend fasst Pamela noch einmal zusammen, um dem Fall vorzubeugen, dass ich doch begriffsstutziger bin als ich vorgebe: *Darum also sprechen Ndebele und Zulu mehr oder weniger die gleiche Sprache.* Ich erinnere mich vage, vor einer Stunde gefragt zu haben, ob sie sich mit den Zulu, den Sotho oder den Xhosa besser verständigen könne. Statt mir kurz und schmerzlos „mit den Zulu" zu antworten, fängt sie bei Adam und Eva Afrikas an. Genial, wie meine Perle das eingefädelt hat, denn an der Höhe der Bügelwäsche hat sich in der letzten Stunde natürlich nichts geändert. Und das ist auch gut so!

32. *Home is Home*

Pamela kommt drei Mal wöchentlich zu uns, was einmal zu viel ist. Als ich versuche, ihr zu erklären, dass zwei Tage in der Woche eigentlich voll und ganz genügen würden, fragt sie mich herausfordernd, wie ich mir das denn vorstellen würde, schließlich habe sie drei Kinder zu versorgen und müsse hohe Miete zahlen. Kleinlaut füge ich mich den Bedürfnissen ihrer Familie.

In ihrem Vertrag, den wir fast unverändert von der Besitzerin des Hauses übernehmen, wird ein bestimmter Ritus festgelegt, was Schrubben, Putzen, Wischen, Fegen, Staubwischen, Staubsaugen, Moppen und vieles mehr betrifft. So ist ein separater Absatz im Vertrag doch tatsächlich der Sauberkeit und Staubfreiheit der Lichtschalter sowie der Pflege des Kachelbodens gewidmet. Letzterer bedarf aufgrund seiner nicht gerade pflegeleichten Farbe einer besonderen Prozedur. Die Auswahl von Weiß für eine Fläche, die wort-wörtlich mit Füßen getreten wird, wirft bei mir fast täglich die Frage auf, ob die Besitzer dieses Hauses bei ihrer Auswahl nur die idyllischen Fotos in Illustrierten wie *Schöner Wohnen* oder auch praktische Faktoren wie Regen, Matsch und Schokolade essende Kinder mit entsprechend braunen Fingern berücksichtigt haben. Pamela dagegen scheinen Fragen dieser Art weniger zu plagen, denn sie ist froh, dass es Häuser wie dieses gibt, die ihr ein sicheres Einkommen garantieren. Am vierten Donnerstag des Monates verkündet sie mir, dass die Kacheln vertragsgemäß wieder zu ihrer ursprünglichen weißen Farbe zurückfinden sollen. In ihrem roten Kittel, der hierzulande den Namen *overall* oder *uniform* trägt, steht sie selbstbewusst vor mir. Ich muss schmunzeln, denn ich erinnere mich, wie sie ganz am Anfang nach einem *overall* verlangte und ich ziemlich perplex fragte, was sie denn damit vorhabe. Sie erklärte mir, dass sie das Ding bei ihrer Arbeit, also beim Saubermachen, tragen wolle. Ich wunderte mich damals, dass sie einen *overall* zum Arbeiten brauchte, wo sie doch sonst immer nur Röcke oder Kleider trägt. Als sie mich in den Supermarkt schickte, wo ich ihr zwei davon kaufen sollte, merkte ich bald, dass es sich dabei um ganz ordinäre Kittel handelt, die man als Arbeitgeber kaufen muss.

Mit fachmännischem Blick prüft sie jetzt die Kacheln: *I am gonna scrub the floor tiles today*. Ach Herrje, seufze ich, schon wieder dieses Prozedere, bei dem sie auf den Knien Kachel für Kachel mit einer harten Bürste und ordentlich viel Schaum bearbeitet. Bevor es an die Arbeit geht, trinken wir in der Küche gemeinsam einen Kaffee, was für südafrikanische Verhältnisse eher unüblich und darum alles andere als vertraglich festgelegt ist. Ich meine damit, dass die „Frau des Hauses" und die *domestic worker* zusammen Kaffee trinken und ein Plauderstündchen halten, ist in Südafrika auch ohne Apartheid wohl eher die Ausnahme. Nichts destotrotz sitzen wir uns gegenüber und sie lächelt mich verschmitzt an. Ob sie mich etwas frage dürfe. *Sure*, erwidere ich auf eine selbstgefällige Art und Weise, die ich schon bald bereuen soll. Ob ich ihr 10.000 Rand Vorschuss geben könne, kommt sie ohne Umschweife zum Thema und lässt ganz bewusst keinen Raum für andere Deutungsmöglichkeiten. Innerlich verfluche ich mich und meine Naivität dafür, dass ich jedem – egal, ob Schüler oder *domestic worker* – zu viele Fragen erlaube. *Das ist allerdings eine sehr direkte Frage,* rutscht es mir heraus, gefolgt von einem *What for?* Da es sich schließlich nicht gerade um einen kleinen Betrag handelt, möchte ich wissen, wie sie mein Geld anlegen will. Sie komme doch aus Zim, erklärt sie zur Einleitung. Gespannt warte ich, worauf sie wohl hinaus will. *Zim* ist keineswegs eine chinesische Provinz, sondern die in Südafrika benutzte Abkürzung für ihre Heimat Zimbabwe, dementsprechend werden ihre Einwohner hierzulande *Zimbos* genannt.

In Zim also habe sie sich vor Jahren ein Grundstück gekauft. Und zwar in Bulawayo, der zweitgrößten Stadt des Landes. Und in einem Atemzug knüpft sie an unser letztes Gespräch an. *Du kannst dich doch sicher noch an Mzilikazi erinnern, oder? Das war Gründer des Matabele-Königreichs.* Meine rechte Augenbraue hüpft nach oben, als Zeichen dafür, dass mir der Zusammenhang nicht einleuchtet, aber anscheinend hat dieser König mit dem unaussprechlichen Namen etwas mit dem Kredit zu tun, den sie bei mir aufnehmen will. Sie lässt mir nicht viel Zeit zum Überlegen und erklärt, dass der damalige König bis Ende des 19. Jahrhunderts zwar souverän regierte, *but then came the smart Cecil Rhodes.* Hmmm ... so wie ich es auslegen würde, kam Rhodes mit seiner *British South Africa Company* daher und gemeinsam mit anderen weißen Seinesgleichen gründete er den Diamantenkonzern De Beers. Anhand dieser historisch belegbaren Fakten kommt Pamela zu der nicht ganz nachvollziehbaren Schlussfolgerung: *White men are very intelligent.* Daraufhin versuche ich ihr zu verstehen zu geben, dass der gesamte gesunde Menschenverstand auf unserem hübschen Globus ganz gewiss nicht nach Hautfarbe aufgeteilt wird und beispielsweise in meinen Klassen durchaus auch weniger gesegnete Exemplare der weißen Rasse sitzen. Leider ist es mir nicht erlaubt, diese Gören mit den Noten zu versehen, die sie objektiv verdienen würden ... Mit einer abweisenden Handbewegung fährt sie jedoch unbeirrt fort und erbringt den untrüglichen Beweis für ihre Behauptung. Während sie mir ins Haar fasst, stellt sie doch tatsächlich die These auf: *White people have long hair and long brains.* Triumphierend schaut sie mir in die Augen und ist anscheinend mehr als stolz darauf, mich und meinesgleichen als besonders gescheit bezeichnet zu haben. Schon die englische Wortwahl scheint mir nicht ganz geglückt zu sein, von dem Inhalt ganz zu schweigen. Wie sie denn auf diese unglaubliche, *politically* völlig inkorrekte Schlussfolgerung komme, möchte ich gern wissen, ohne einen Hauch von Ironie unterdrücken zu können. Der weiße Mann habe damals schon gewusst, dass es in der Erde Gold gegeben habe und ihr *Ndebele*-König eben nicht, antwortet sie mir siegesbewusst. Nun ja, der Kolonialpionier Cecil Rhodes liegt IQ-mäßig sicherlich über dem Durchschnitt meiner Klassen und wie viele Europäer der damaligen Zeit hatte er mit dem Kolonialismus kein moralisches Problem. Als aufgeklärte Europäerin versuche ich ihr darum den moralischen Gesichtspunkt zu analysieren: Alle Kolonialherren, und nicht zuletzt die Briten seien ruchlos und verwerflich gewesen. Tief überzeugt davon, dass der Kolonialismus gottgefällig und ein Segen für die Kolonisierten gewesen sei, habe sich nach Meinung der Briten jedes Volk, das von ihnen unterworfen worden sei, sogar glücklich schätzen können. Cecil Rhodes sei obendrein noch einen Schritt weiter gegangen und habe die Engländer für „die erste Rasse der Welt" gehalten. Es wäre müßig, Pamela mitzuteilen, dass Rhodes plante, Kairo durchgehend mit Cape Town zu verbinden und zwar nicht nur durch ein Eisenbahnnetz. Zu dem Kap-Kairo-Plan kursierten damals schon Spottbilder, mit denen sowohl dieses großspurige Vorhaben als auch die allgemeine Überheblichkeit des britischen Kolonialismus gebrandmarkt werden sollten. Es würde vermutlich zu weit führen, ihr die beste Karikatur von allen, also den Vergleich mit dem griechischen *Colossus of Rhodes* und gleichzeitig das geniale Wortspiel erklären zu wollen. Die Abbildung zeigt Rhodes als Riesen mit gespreizten Beinen. Mit dem linken Fuß steht er in Kairo und mit dem rechten Fuß in Cape Town und seine Arme zeigen – einer Vogelscheuche nicht unähnlich – in diese zwei Richtungen. Also belasse ich es lieber dabei, die Kolonialherren und ihre Vorgehensweise als Ganzes zu kritisieren.

Erwartungsvoll schaue ich sie an, um zu sehen, wie meine Moralpredigt auf sie wirkt. Sie schüttelt einfach nur den Kopf, um damit ihre gegenteilige Meinung kundzutun. Wenn jemand über die Lebensverhältnisse vor Ort Bescheid wisse, dann sei sie das doch wohl und darum stehe es außer Zweifel, dass Rhodes nun einmal ein cleveres Bürschchen gewesen sei. Da meine Argumentation nur begrenzten Erfolg hat, muss ich schließlich zugeben, dass

Rhodes ein untrügliches Gefühl für Bodenschätze gehabt habe. Anscheinend hat ihm dieses Gefühl verraten, dass Zimbabwe Diamanten und Gold von immensem Wert verborgen hielt. Der nächste Schritt war, den damaligen König von Pamelas Vorfahren davon zu überzeugen, dessen Land zu übernehmen. Darum muss ich ebenfalls zugeben, dass der *Ndebele*-König dem pfiffigen Rhodes Ende des 19. Jahrhunderts etwas naiv eine Land-Konzession zur Ausbeutung der Vorkommen erteilt habe, woraufhin sich viele Europäer angesiedelt hätten. *That was the time, when white people first came to our country,* erklärt Pamela mit rollenden Augen und vielen rollenden „r", die von der Vortrefflichkeit dieses Zustands zeugen sollen.

Nie hätte ich gedacht, dass es Afrikaner gibt, die von der Invasion der weißen Rasse begeistert sein könnten und wage darum einen erneuten Anlauf. Darin gebe ich zu bedenken, dass die weißen Repräsentanten unseres Planeten sicher nicht klüger, doch erst recht nicht netter als die afrikanische Bevölkerung seien: *Einen einfachen Beweis dafür liefert allein schon der aus der Kolonialzeit stammende Begriff Hottentotten, den die Buren den Eingeborenen Khoikhoi in Südafrika und Namibia gegeben haben. In diesem Wort schwingt wohl bis heute eindeutig eine abwertend diskriminierende Nuance mit.* Außerdem versuche ich ihr zu erklären, wie es überhaupt zu diesem Ausdruck kommen konnte. Die Sprache der damaligen Khoikhoi sei mit Klick- und Schnalzlauten durchsetzt gewesen – ähnlich wie die der heutigen Xhosa-Sprache – und das hätten die damaligen niederländischen Siedler wohl als Gestotter empfunden. *Also hießen sie kurzerhand hottentots, was im Dialekt des Afrikaans Stotterer heißt.*

Pamela kann nicht recht einsehen, warum dieser Begriff eine vermeintlich unterlegene Kultur und Mangel an intellektuellen Fähigkeiten signalisiert. *So what,* entgegnet sie mir schnippisch und zuckt mit den Achseln. Mir fällt siedend heiß ein, dass ich mit den Hottentotten und der Parallele zu den Xhosa ein falsches Beispiel ausgesucht habe, denn Pamela mag die Xhosa samt ihrer Schnalzlaute nicht sonderlich gern. Als nämlich eine Xhosa-Familie das Haus direkt neben uns kaufte, zog sie eine Schnute, mit der sie eindeutig ihre Missbilligung ausdrückte. Kaum wies ich sie darauf hin, dass sie voreingenommen sei, kam die selbstsichere Antwort, dass Xhosa nun einmal sehr von sich überzeugt seien und ein ausgeprägtes Geltungsbedürfnis hätten. Sie seien so stolz auf ihren Madiba, also auf Nelson Mandela und darauf, dass sie gebildeter als alle anderen *tribes* seien, dass man kaum mit ihnen reden könne. Tatsächlich ist die Xhosa-Nachbarin Gynäkologin von Beruf, kleidet sich immer adrett und hat anstandslos elf Millionen Rand für die Villa nebenan hingeblättert. Aber sie deswegen gleich zu verurteilen?

Während ich nun versuche, Details aus meinem Gedächtnis zu kramen, was die damalige Unterhaltung mit Pamela bezüglichen der neuen Nachbarin angeht, kann meine Perle wieder einmal Gedanken lesen und fragt mich: *Tell me, do the Xhosa next door have two or three cars in their garage?* In ihrer Stimme schwingt eindeutig eine gewaltige Portion Ironie mit und durch die Geschichte mit den Hottentotten fühlt sich Pamela in ihrer Abneigung zu den Xhosa sichtlich bestätigt. *Wenn schon die weißen Kolonialherren afrikanische Völker, deren Sprache vor lauter Schnalzlauten nur so strotzt, Stotterer nannten und nicht besonders freundlich zu ihnen waren, na ... das will doch schon etwas heißen, oder?* Ungewollt habe ich Wasser auf ihre Mühlen gegossen.

Pamela will von meinen historisch fundierten Bedenken bezüglich des weißen Mannes nichts wissen. Unbeirrt fährt sie mit ihrer Erzählung von den Weißen in ihrer Heimat fort und kommt dabei so richtig ins Schwärmen. *White people know how to find gold.* Dieses Edelmetall scheint es ihr wirklich angetan zu haben, denn sonst würde sie nicht wieder davon anfangen. *Von ihnen hat mein Bruder diese Kunst gelernt und einen gehörigen Klumpen Gold aus der Erde heraus bugsiert.* Bei dieser letzten Information lacht sie mich verschmitzt an. Wie so oft schaue ich auch dieses Mal etwas irritiert aus meinem netten Kleid und wundere mich darüber, dass sie sich bei mir Geld ausleihen will und nicht bei ihrem Bruder. Aber laut wage ich meine Gedanken nicht auszusprechen, stattdessen frage ich ebenso verblüfft: *Wie bitte? Dein Bruder hat einen Klumpen Gold gefunden? Ist das denn überhaupt erlaubt, nach Belieben und aufs Geratewohl in der Erde herumzuwühlen?* Meine Frage wird tunlichst überhört, dafür erfahre ich, dass der Bruder den Goldklumpen bei der Bank eingelöst habe und – aus dem Zusammenhang herausgerissen –, dass er davon das Grab der Eltern bezahlt habe. Wunderschön sei es übrigens geworden, das Grab, das der Bruder habe machen lassen und zur Feier sei das ganze Dorf eingeladen gewesen. Ich staune nicht schlecht, als sie mir die passenden Fotos dazu auf ihrem Smartphone zeigt. Behände schiebt sie ein Foto nach dem anderen von links nach rechts.

Jedes Mal bewundere ich Pamela aufs Neue, dass sie nie den Faden verliert, egal in wie viele Einzelheiten sie sich vorher auch verstrickt haben mag. Ehe wir es uns versehen, landen wir wieder bei den lobenswerten Weißen. Aus Pamelas Perspektive habe es erst durch sie Arbeitsplätze gegeben und der Bevölkerung sei es gut gegangen. Kaum hätten die Weißen das Land verlassen, gäbe es weder Arbeitsplätze noch Lebensmittel. Aber was sie eigenartigerweise völlig ausblendet, ist die Tatsache, dass die Briten das *Matabele*-Königreich eroberten und sicherheitshalber gleich vernichteten. Kein Wort darüber, dass Pamelas Heimat kurzerhand umgetauft wurde und den nahe liegenden Namen Rhodesien verpasst bekam, genau genommen Südrhodesien. Gleiches gilt für Nordrhodesien, was dem heutigen Zambia, abgekürzt Zam, entspricht.

Pamela gibt mir einen Einblick in die dunkle Geschichte ihrer Heimat, als hätte es die britischen Haudegen nie gegeben. So wie gute Lehrer nachzufragen pflegen, um sicher zu gehen, dass ihre Schüler wirklich alles von dem in der Klasse Durchgenommenen verstanden haben, fragt mich nun Pamela, *du erinnerst dich, dass unser König Mzilikazi damals die Shona unterworfen hatte, nicht wahr*? Ich bejahe ihre Frage und hoffe inständig, dass sie mich nicht nach irgendwelchen Einzelheiten fragt, die sie mir vor einer Woche erzählt hat, denn für alles, was länger als vier bis fünf Tage zurückliegt, kann ich gedächtnismäßig nicht haften. Dagegen erinnere ich mich sehr gut an etwas, was sich vor ein paar Minuten abgespielt hat und an alles, was dreißig, wenn nicht sogar vierzig Jahre zurückliegt. Die Zeitspanne dazwischen macht mir offen gestanden etwas zu schaffen! Glücklicherweise hakt Pamela nicht nach, wodurch Peinlichkeiten vermieden werden und mein Image noch einmal gerettet ist. Eifrig setzt sie ihre Schilderungen fort. Dieses

Mal geht es um die *Shona*, von denen ich geglaubt hatte, dass sie in Zimbabwe den kleineren Stamm ausmachen, da sie vor über zwei Jahrhunderten von den *Ndebele* unterworfen wurden. Doch jetzt überrascht mich Pamela mit der Richtigstellung, dass sie nämlich fast drei Viertel der Bevölkerung betragen, während Pamelas Stamm, also die *Ndebele*, zwischen einem Sechstel und einem Fünftel der Bevölkerung stellt und somit eindeutig in der Minderheit ist. Die zwei Stämme scheinen sich nach Pamelas Schilderungen nicht sonderlich zu verstehen. *In Zimbabwe heißt es immer, wir Ndebele sollen nach Südafrika gehen, wo wir herkommen und in Südafrika heißt es, wir sollen wieder nach Zimbabwe gehen, wo wir herkommen. Keiner will uns Ndebele haben. Wir gehören nirgendwo hin.* In ihren Worten schwingt Trauer und Sehnsucht nach Ruhe und Frieden mit.

Erneut holt sie weit aus, was eine direkte Auswirkung auf den Bakteriengehalt des Kachelbodens hat. Nach dem Ende des weißen Regimes sei Rhodesien erst einmal in Zimbabwe umgetauft worden. Von den Einzelheiten allerdings, die mir Pamela nun erklärt, habe ich keinen blassen Schimmer, außer dass das Land in ein Disaster gestürzt wurde, wie es für den afrikanischen Kontinent typisch ist. So wie Pamela es schildert, sei es zu erheblichen Spannungen zwischen den zwei Stämmen gekommen, da die *Ndebele* schon immer die Minderheit und zudem für die Bevölkerungsmehrheit der *Shona* fremde Eroberer und dummerweise auch noch Träger des letzten vorkolonialen Staates gewesen seien. Also habe es für die einheimischen *Shona* gleich drei triftige Gründe gegeben, gegen die *Ndebele* zu hetzen und gewalttätig gegen sie vorzugehen.

Die *Shona* seien ohnehin böse, ihre Schreckensregierung erst recht und der noch schlimmere Premier Robert Mugabe* sei an Boshaftigkeit einfach nicht zu übertreffen. Sie alle zusammen seien also mehr oder weniger daran schuld, dass sich nicht nur die weiße Bevölkerung genötigt gesehen habe, das Land für immer und ewig zu verlassen und zum größten Teil in Südafrika Zuflucht zu suchen. Pamela schlägt die Hände über den Kopf zusammen. Sie zählt alle ihre Familienmitglieder auf, sämtliche Geschwister – bis auf den einen Bruder –, Cousinen und Cousins plus deren Familien und weiß Gott, wer noch alles. Sie alle hätten das gleiche getan, um in Südafrika ein besseres Leben zu führen. *You see? That´s why I´m living in Johannesburg! Und da wir Ndebele arm sind, hausen wir im gefährlichen und ungastlichen CBD.* Als ich sie frage, wie viele es wohl insgesamt seien, schätzt sie drei, vielleicht sogar vier Millionen *Zimbos*, die zum größten Teil dem *Ndebele*-Stamm angehören und in Südafrika legal oder illegal festsitzen würden. *But the Shona, shoo, sie* rollt die schwarzen Augen, denen man ansieht, dass ihr diese Gruppe gehörig gegen den Strich geht: *They are enjoying a lot of privileges. Most of the public servants are Shona, you know.* Generell scheint Mugabe ein typischer Repräsentant derjenigen Politiker zu sein, die dafür sorgen, dass Vetternwirtschaft und Korruption reibungslos vonstatten gehen können. Und schwerreich ist er dadurch geworden, so sehr, dass er es mit seinen Machenschaften in die top 10 der Liste im „Forbes"-Magazin geschafft hat. Seine teuren Geburtstagsfeiern bieten jedes Jahr genügend Gesprächsstoff, so feiert er gern in einem Luxushotel nahe den Viktoriafällen und setzt auf die Speisekarte Provokatives wie beispielsweise

Elefantenfleisch. Diese delikaten Informationen aus dem Netz behalte ich allerdings lieber für mich, um Pamela nicht noch mehr zu erzürnen.

Ich wage, sie an dieser Stelle nochmals zu unterbrechen und sie zu fragen, worin in aller Welt der Zusammenhang zwischen dem geschichtlichen Exkurs und dem Kredit bestehe, ohne dabei die Hoffnung zu verlieren, dass trotzdem noch genug Zeit zum Kachelschrubben bleibt. *You know CBD, right?* setzt sie für den Fortgang unserer Unterhaltung voraus. Eben hat sie noch die weiße Rasse und ihre Intelligenz hochgepriesen und nun stellt sie mir so eine Frage. Etwas pikiert antworte ich, *Of course I do Pamela! The Central Business District,* worunter das ursprüngliche Stadtzentrum Joburgs mit der größten Dichte an Wolkenkratzern auf dem afrikanischen Kontinent gemeint ist. *That's where I'm living. On the 20th floor.* Das Wohnhaus gehöre von oben bis unten einer Inderin und deren Eintreiber stehe pünktlich am Ersten jeden Monats auf der Matte, um die Miete zu kassieren. Aha, denke ich, daher weht der Wind. Sie schuldet bestimmt ein paar Monatsmieten und braucht darum den Kredit.

Do you know, why am I living in CBD and not somewhere else? fragt Pamela mich jetzt direkt. Ehrlich gesagt, habe ich mir deswegen noch nie Gedanken gemacht, zumal viele Weiße das Stadtzentrum für eine *no-go area* halten. Aber da sie das Thema zur Sprache bringt, werde ich neugierig. Die Antwort ist einleuchtend: Weil dort fast nur Afrikaner aus den Nachbarstaaten, in den Townships dagegen meist schwarze Südafrikaner wohnen würden. *Do you know that living in CBD is much more expensive than living in the townships?* Pamela ist jetzt so in Fahrt, dass sie nicht mehr aufzuhalten ist und für den Kachelboden sehe ich beim Blick auf die Uhr ohnehin kaum Chancen. Sie wolle nichts von den billigeren Townships hören, weil sie Angst davor habe, inmitten von schwarzen Südafrikanern zu leben. Nun will ich es aber genau wissen und stelle eine etwas kniffelige Frage, nämlich wie denn die Südafrikaner von den restlichen Nachbarnationen unterschieden werden können. Pamela gibt zu, dass das eigentlich nur am Akzent bzw. an der Sprache erkennbar sei, denn mit der Hautfarbe könne man sich ganz schön vertun, auch wenn die Bevölkerung aus Zim in der Regel dunkler sei. *Überhaupt,* klärt sie mich auf, *je näher man sich am Äquator befindet, desto dunkler wird der Teint.* Meine Perle Pamela hätte etwas Besseres verdient, als Kacheln zu schrubben, stelle ich zum wiederholten Male anerkennend fest. Vermutlich ist ihr das schon längst klar geworden, darum hat sie diesen historischen Nachhilfeunterricht für heute angesetzt.

Ich gebe zu bedenken, dass CBD erst recht kein sicheres Pflaster darstelle, denn schließlich habe das Stadtzentrum nicht umsonst einen so schlechten Ruf. Außerdem sei ihre Angst vor den schwarzen Südafrikanern nicht ganz nachvollziehbar. Entrüstet reißt Pamela die Augen weit auf, ruft mir ein lautes, kurzes „a“, das sich eher wie ein „o“ anhört, zu und fragt mich danach, *Weißt du denn nicht, was 2008 passiert ist?* Ich weiß es nicht, zumal dieses historische Hin und Her durch die Jahrhunderte meine ohnehin schon strapazierte Konzentration nicht gerade fördert. Damals also hätten viele Südafrikaner die Flüchtlinge aus anderen afrikanischen Ländern für Arbeitslosigkeit und den Anstieg der Kriminalität verantwortlich gemacht. Die Gewalt habe sich vor allem gegen Einwanderer aus dem verarmten

Nachbarland Zimbabwe – also gegen ihre Leute – gerichtet. Pamela zieht plötzlich mit den Händen große Kreise um ihren Hals und zündet danach ein imaginäres Streichholz an. Da ich den Sinn dieser Pantomime nicht auf Anhieb verstehe, hilft sie mit Worten nach. Ihr Cousin sei Zeuge dabei geworden, wie man Leuten aus Zimbabwe Autoreifen um den Hals gelegt, diese mit Rizinusöl begossen und dann angezündet habe. Hütten seien in Flammen aufgegangen, Geschäfte von Ausländern geplündert worden. Es habe viele Tote gegeben. Am gleichen Nachmittag google ich dieses Ereignis und stelle entsetzt fest, dass es sich genauso zugetragen hatte. Tausende von Ausländern flüchteten wieder in ihre Heimat, wo Hunger, Elend und Diktatur auf sie warteten. Unter diesen unerfreulichen Umständen leuchtet es ein, dass Pamela nicht in einer Township leben will, weder in Soweto noch in Alexandra; im CBD fühlt sie sich dagegen sicherer, denn dort sind Ausländer mehr oder weniger unter sich und die Kriminellen dealen „lediglich" mit Drogen oder sind Taschendiebe. Natürlich sei man in diesem Land nirgendwo sicher, gibt sie zu, auch nicht in dem Hochhaus, wo sie wohne, denn der Wächter am Eingang sei ein blutjunger Typ aus Zim und wenn die alkoholisierten Nigerianer um Mitternacht nach Hause kämen, würden sie sich nichts von diesem Grünschnabel sagen lassen und ihn einfach davonpusten. Und überhaupt sei Südafrika unmöglich und sie setzt zum wiederholten Vergleich mit ihrer Heimat an, denn dort sei alles ganz anders, da würden Gesetze eingehalten und niemand würde sich trauen, auch nur eine Banane zu stehlen, geschweige denn, sich an jemandem zu vergreifen. *So eine Schreckensherrschaft hat also nicht nur negative Seiten,* zwinkere ich ihr zu. Aber sie ist zu aufgebracht, um den ironischen Seitenhieb zu realisieren. Gerecht scheint dieser Mugabe jedoch zu sein, denn unabhängig davon, ob eine Straftat von einem *Shona* oder einem *Ndebele* begangen wird, gelten die gleichen Gesetze. Und die sind hart.

Ein Blick auf die Kacheln und auf die Wanne, in der sich der Schaum schon längst in dem kalt gewordenen Wasser gesetzt hat, bringt mich wieder zurück in meine Realität und ich frage rundheraus: *Pamela, so what do you need the money for?* Sie schaut mich irritiert an und kann meine Begriffsstutzigkeit nicht fassen. Ob ich in den letzten Tagen nicht mitbekommen hätte, dass es schon wieder zu Übergriffen gegen Ausländer gekommen sei, vor allem ausländische Geschäftsinhaber aus Somalia seien in ihren Geschäften in Soweto angegriffen und getötet worden. Das weiß ich sehr wohl, die verheerende Nachricht hat sich schnell herumgesprochen, denn schließlich wird die Plünderung ihrer Läden in den Nachrichten übertragen. Das Foto von einem blutenden Mann aus Mozambique macht seit Tagen auf die xenophoben Ausschreitungen in Südafrika aufmerksam. Weiße Journalisten wurden Zeugen dieses Angriffs und konnten den jungen Mann nur noch ins nächste Krankenhaus bringen, wo er seinen Verletzungen erlag. Allerdings vermute ich, dass diese Nachricht in der westlichen Welt so viel öffentliches Aufsehen erregt wie eine Kompanie umgefallener Reissäcke in China. Denn egal wie groß das Unglück auf dem schwarzen Kontinent ist, die westliche Welt bringt im besten Fall nur ein Schulterzucken und ein desinteressiertes *whatever* dafür auf. Leider!

So langsam dämmert es mir und ich begreife den Zusammenhang zwischen dem Kredit, den historischen Ausführungen und den ausländerfeindlichen Ausschreitungen in Südafrika. Pamela ist auf die Südafrikaner noch nie besonders gut zu sprechen gewesen, vor allem nicht auf die schwarze Bevölkerung in diesem Land. *South Africans are good in calling strikes*, pflegt sie immer kopfschüttelnd zu sagen. Sie seien sogar so leichtsinnig, die Schule ihrer Kinder in Brand zu stecken, ohne darüber nachzudenken, dass ihre Kinder am nächsten Tag keine Schule mehr hätten. *South Africans do not like working, because they know that the government will be taking care of them.* Ihrer Meinung nach sei die Partei ANC daran schuld, die den Ärmeren sogar ein Matchbox-Haus in einer Township stelle, das sie Jahre vorher lediglich zu beantragen hätten. Mehr nicht. Also bestehe gar kein Grund dafür zu arbeiten und zu sparen. *What is a matchbox house?* frage ich, als würde diese Frage die Unterhaltung verkürzen. Bis jetzt kannte ich eigentlich nur Machtbox-Autos, aber man lernt ja gern dazu. Die Antwort klingt plausibel und eigentlich hätte ich auch allein darauf kommen können: Diese Häuser verdanken ihren Namen einerseits der übersichtlichen Größe und andererseits ihrer rechteckigen Form, ähnlich der einer Streichholzschachtel. *Do you know what they do with the matchbox house the government give them?* Ich vermute, hübsch einrichten, liege damit aber erneut völlig falsch. Sie vermieten das Haus und leben weiterhin in einem *shack***. Und als wäre das nicht schon schlimm genug, vermieten sie das bisschen Garten um das *matchbox house* herum, auf dem drei *shacks* Platz finden und haben dadurch ein recht ansehnliches Einkommen, ohne selber dafür gearbeitet zu haben. Ich komme aus dem Staunen nicht mehr heraus.

Besonders empört ist Pamela über den Zulukönig Goodwill Zwelithini. Ob ich ihn kennen würde. Ich hätte zwar nie persönlich das Vergnügen gehabt, erwidere ich, aber meine, mich entsinnen zu können, eine auffällige Gestalt im Fernsehen gesehen zu haben, die durchaus einen Zulukönig abgeben könne, da er reichlich mit Leopardenfellen behängt gewesen sei, ohne dabei allerdings seinen weniger anschaulichen, wabbeligen Oberkörper abzudecken. Eine Löwenzahn-Kette habe den Hals recht unvorteilhaft gesäumt, vermutlich ein Versuch den Fettgehalt des selbigen zu verbergen. Mit der zusätzlichen Information, dass sich bei seinem Anblick leichte Anzeichen von Übelkeit hätten erkennen lassen, schließe ich meine Beschreibung dieses Prachtexemplars. *That's him!* Pamela nickt bestätigend. Ich solle mal raten, was für dreiste Forderungen er stelle. Mir sei die Phantasie in diesem Land ausgegangen, gebe ich offen zu. Also hilft Pamela mit der Realität nach: *Obwohl schon jede der sechs Ehefrauen ein mittelgroßes Auto fährt* (gemeint ist der Mercedes-Benz E-Klasse, wie ich später nachlese) – *auf Kosten des Staates, versteht sich –, will er selber auch noch einen sehr großen Wagen haben* (es geht um den Mercedes-Benz S 600), platzt es aus ihr heraus. Meinen ironischen Einwand, dass Familien doch eigentlich in einem einzigen Wagen fahren sollten, weil das den Zusammenhalt fördere, realisiert Pamela nicht. Ich frage zur Sicherheit noch einmal nach der Anzahl der geehelichten Damen. Sie bestätigt mir die Zahl sechs, und noch einen Haufen Kinder dazu. Bestimmt an die dreißig. Solche Zahlen ändern sich ja bekanntlich laufend. Tendenz steigend. Alle Achtung! Kein Wunder, dass sie nicht alle in ein Auto passen. Eigentlich hätten sie einen ganzen Bus beantragen sollen. Doch Pamela wettert schon eifrig weiter. Schlimm genug, dass dieser Goodwill überhaupt existiere und der Allgemeinheit mit seinen sechs Ehefrauen und den unzähligen Kindern auf der Tasche liege, findet sie. Und überhaupt: Er ist kein Christ, *because Christians are married to only one wife!* Ich gebe ihr Recht, und werfe zaghaft ein, dass mit Leopardenfell bekleidete Menschen höchst selten Christen seien. Die tief religiöse und fromme Pamela hört mir gar nicht mehr zu und ist mit ihren Gedanken schon beim Hauptproblem. Dieser dreiste König also, dieser *bad guy* sei an allem Schuld. Wieder versuche ich einzulenken: Er habe doch nur eine repräsentative Position in Südafrika und sein Einfluss sinke kontinuierlich, sodass er doch eigentlich nichts anrichten könne. Pamela wird jetzt richtig bissig: Die Tatsache, dass er immer weniger zu melden habe, akzeptiere er nur deswegen stillschweigend, weil die jährlichen staatlichen Zahlungen stimmen würden und sie nennt mir eine Summe, die umgerechnet vier Millionen Euro ausmacht. *I am speechless*, wie man so schön in diesem Land zu sagen pflegt. Und sprachlos bleibe ich noch eine ganze Weile, als Pamela mich über seine offizielle Äußerung aufklärt. Diese sei nämlich der Auslöser der Pogrome gewesen, denn er habe die südafrikanische Regierung ausdrücklich zum Rauswurf der Ausländer gedrängt. Pamela übersetzt aus der Zulu-Sprache, damit ich mir ein Bild von diesem Unmenschen machen kann: *We ask foreign nationals to pack their belongings and go back to their countries.* Das ist ziemlich direkt formuliert, muss ich zugeben und überlege mir, was solch ein *politically* völlig inkorrekter Satz in einem europäischen Land bewirken würde. Nicht auszudenken.

Pamela hat im Moment andere Sorgen und holt mächtig

zu einem Rundumschlag gegen unser Gastland und gegen die schwarzen Südafrikaner aus. Diese würden den Ausländern, also vor allem Pamelas Landsleuten vorwerfen, dass sie ihnen die Arbeitsplätze wegnähmen. An dieser Stelle schlagen die Wogen noch höher. *But we work harder than they do. We are used to work. They are not. If you want to have a house in my country, you have to work hard and to build it with your own money.* Man bekomme in Zim nichts geschenkt. Zaghaft werfe ich ein, dass ich noch mehr Länder dieser Art kennen würde und das großzügige Südafrika tatsächlich nur eine Ausnahme sei, aber sie wettert unberührt weiter. Hier stelle man einfach nur einen Antrag auf ein Township-Haus und wenn man an der Reihe sei, bekomme man es vom *government* geschenkt. *In the meantime, they do nothing. They are just hanging around waiting.* Darum sei es auch mit der Arbeitsmoral der Südafrikaner nicht weit her. Es ist ihr in jedem Satz anzumerken, was sie von dieser Nation hält, nämlich nicht gerade viel.

Wie dem auch sei, es fällt mir schwer ihrem Gedankengang zu folgen, zumal es doch anfangs um etwas ganz anderes, nämlich um einen Kredit ging. Anscheinend kann meine Perle Gedanken lesen, denn sie schaut mir jetzt tief in die Augen, um mich darüber aufzuklären, was sie mit dem geliehenen Geld vorhat: auf vorhin erwähntem Grundstück in ihrer Heimatstadt in Zim ein Häuschen bauen. Ihre Augen leuchten und sie erklärt mir, dass sie das Grundstück an den Staat, an diesen Hund von Mugabe und dessen Frau verlieren werde, wenn sie nicht bis Ende des Monats wenigstens einen Betonboden aufs Grundstück gießen würden, um zu zeigen, dass es mit dem Bauvorhaben voran gehe. *Ja aber,* wende ich ein, *die Shona haben euch doch vertrieben. Ihr seid doch gar nicht sicher in Zim. Wie wollt ihr da ein Haus bauen?* Als ob ihr Leben in Südafrika sicher sei, gibt sie sarkastisch zurück. Und ein Haus würden sie hier ohnehin nie besitzen dürfen. Dann doch lieber zurück nach Hause. Sie zwinkert mir listig zu. *Und wer weiß! Vielleicht stoßen wir beim Buddeln auf vergrabene Schätze, auf Gold oder Diamanten, die Rhodes vergessen hat!* Dann ändert sich ihr Gesichtsausdruck, *Things will change*, sagt sie stoisch und bewährt sich einmal mehr als Merkspruch-Lieferant erster Güteklasse: *And after all, home is home.*

* **Robert Mugabe:** Diese Episoden spielen sich während der Regierungszeit des Präsidenten Zimbabwes, Robert Mugabe ab (1987 – 2017).

** **Shack:** Wellblechhütten in den Elendsvierteln.

33. Große Kinder – Große Sorgen, Teil I

Heute kommt Pamela nicht wie sonst gut gelaunt durch die Haustür. Beim gemeinsamen Kaffeetrinken rückt sie sofort mit der Sprache heraus, ohne dass ich sie zu fragen brauche, wo der Schuh drückt. *I am worried about my daughter.* Leider gehöre ich zu den Menschen mit der verhassten Angewohnheit, dem Gesprächspartner die besserwisserische Floskel „Das war ja vorauszusehen!" ins Gesicht zu schmettern, aber dieses Mal werfe ich mein siegesgewisses Gehabe über Bord und stelle die verständnisvolle, jedoch eigentlich überflüssige Frage nach dem Grund ihrer Sorge. Schon im nächsten Moment werden meine Ahnungen bestätigt. Ob ich noch wisse, dass ihre 19-jährige Tochter Dalubuhle die Ausbildung zur Krankenschwester in Zim abgebrochen habe, weil sie schwanger gewesen sei. *Of course, I remember!* So wie viele junge Frauen mit mittelprächtigem Urteilsvermögen glaubte auch sie, den Mann fürs Leben kennen gelernt zu haben, und zwar einen von der Sorte, auf den man sich erst gar nicht einlassen sollte.

Pamela war dieser Bursche, den sie nie beim Namen nennt, von Anfang an nicht geheuer, wofür allein schon die Tatsache, dass er ein *Shona* ist, voll und ganz ausreicht. Ihre Voreingenommenheit diesem jungen Mann gegenüber geht anscheinend soweit, dass sie sich selbst dann nicht an seinen Namen erinnern kann, wenn ich sie ausdrücklich danach frage: *So what's his name? How do you call him?* Prompt gibt sie mir die für einen Europäer nicht gerade einsichtige Antwort: Der Vater des Sohnes. Mein Gesichtsausdruck verrät, dass ich nähere Erklärungen erwarte. Diese folgen auf Anhieb: Der mittlerweile einjährige Wonneproppen, also Pamelas Enkel, hat zwei Namen, den westlichen Prince und den afrikanischen Tatenda, was so viel wie „Thank you God!" bedeutet. Also heißt der junge *Shona*, den sich Pamelas Tochter da törichterweise angelacht hat, in isiNdebele „babaka Tatenda" und übersetzt „Princes Vater". Ich bin sichtlich irritiert, stelle jedoch gleich die nächste Frage: *Ja aber irgendeinen Namen musste dieses Prachtexemplar von Mann doch haben, bevor er Vater wurde!* Pamela zuckt desinteressiert mit den Achseln. Ich begreife, dass es nur mir um dieses belanglose Detail geht. Also versuche ich es anders herum: *Und wie lange heißt also euer Prince Prince? – Until he has a child of his own*, kommt es recht logisch klingend zurück. Denn dann werde ihn keiner mehr bei seinem Namen nennen. Stattdessen heiße der frischgebackene Papa ab diesem Moment „der Vater des Kindes" und zwar des erstgeborenen, egal ob Junge oder Mädchen. Deutlich verblüfft erfahre ich ganz nebenbei, dass ich tatsächlich zu den wenigen Menschen in ihrem Leben gehöre, die „Pamela" zu ihr sagen würden. Sowohl für ihre ganze Familie als auch für ihren gesamten Freundeskreis heiße sie aufgrund ihrer erstgeborenen Tochter aus erster Ehe „Mamaka Dalubuhle". Nur ihr zweiter Ehemann halte sich nicht daran und nenne sie nach ihrem gemeinsamen Sohn, der Pamelas drittes Kind ist, also „Mamaka Mlungisi". Konsequenterweise heißt Pamelas Mann also "Babaka Mlungisi".

Pamela legt mit ihrem Lieblingsspruch „In our culture ... " los und erklärt mir, dass auf diesem Kontinent Erwachsene und vor allem ältere Menschen nicht beim Namen genannt werden, denn dies werde als ein Zeichen der Respektlosigkeit gedeutet. Stattdessen benutze man je nach Geschlecht den Titel

„Mama" oder „Baba". Jetzt erst geht mir ein Licht auf. Kassiererinnen, Verkäuferinnen, Tankwarte, Handwerker und Polizisten reden mich also samt und sonders nicht mit „ma'am", mit der Kurzform für „madam" an, wie ich irrtümlicherweise glaubte – oder eben glauben wollte –, sondern mit „Mama", sozusagen als untrüglichen Beweis dafür, dass mir das Klima hier nicht bekommt. Als Beweis dafür, dass ich vorzeitig altere.

Erst gestern noch schaute mir der *security guide* in der Rosebank Mall belustigt zu, wie ich, über meine riesige Handtasche mit den vielen Fächern gebückt, ungehalten nach dem Parkschein suchte. So gewann er nicht nur einen Eindruck von den Gemütsschwankungen einer weißen, und – was mir in diesem Moment nicht bewusst war – älteren Expat, sondern auch von dem Inhalt ihrer viel zu großen Tasche, denn in meiner Verzweiflung kramte ich so ziemlich alles heraus, was sich herauskramen ließ: lose Quittungen, ein Dutzend Einkaufszettel vom letzten Monat, Portemonnaie, Haarkamm, sowohl helle als auch dunkle Lippenstifte, Labello, Schminkbeutel, Hausschlüssel, Stifte, Halsbonbons, zwei mobile Telefone – eins mit afrikanischer und eins mit europäischer Nummer – nur der verhexte Parkschein war wie vom Erdboden bzw. von der Handtasche verschluckt. Als ich von der unheilvollen XXXL-Tasche aufschaute, trafen sich unsere Blicke und er verkündete mir nur heiter *You have your lucky day today, mama,* drückte genüsslich auf den Knopf und hoch ging der Schlagbaum, ohne dass ich die für europäische Verhältnisse lächerlichen 8 Rand – umgerechnet weniger als 0,50 Euro – dafür hätte entrichten müssen. Der junge Mann war vermutlich aus diesem unfassbaren Grund so reizend zu mir: weil ich ihn an seine Mutti zu Hause erinnerte.

Ist es aus westlicher Sicht nicht entzückend, dass man auf Schritt und Tritt an sein Alter erinnert wird und daran, dass man älter als die Mehrheit um einen herum ist? Wenn man dann auch noch bedenkt, dass die Lebenserwartung in Südafrika nur um Einiges über 60 liegt und ich vor wenigen Jahren meine halbes-Jahrhundert-Feier hingelegt habe, leuchtet es ein, woher dieser Respekt meiner Person gegenüber kommt. Ich gehöre nach hiesigen Verhältnissen schon bald unter die Erde. Eine inspirierende Erkenntnis, die einem – wie ich finde – den unmissverständlichen Auftrieb gibt, lieber zu Hause auf der Couch sitzen zu bleiben als sich unter Menschen – und da wir schon bei der Ndebele-Sprache sind unter *Bantu* – zu mischen.

Pamela merkt, dass ich meinen Gedanken freien Lauf gelassen habe und versucht, mich wieder zum Thema Namensgebung zurückzubringen. Sie erklärt mir, dass man im Laufe der Zeit immer mehr die Mentalität der Weißen übernehme, vor allem junge, gebildete Leute würden eher den Vornamen verwenden als die jeweilige Familienkonstellation. Aha! Eindeutig verkehre ich weder in Kreisen mit gebildeten jungen Menschen noch im hiesigen Literaturzirkel. Pamela fährt mit ihren Ausführungen fort: Ihr falle es trotz dieses Trends schwer, mich beim Namen zu nennen. Jedes Mal wenn sie es tue, bekomme sie einen Stich ins Herz, denn schließlich sei ich ja älter als sie und sie dürfe mir gegenüber nicht respektlos sein. Fassungslos höre ich ihr zu und mir fällt – wie man in solchen Fällen so schön zu sagen pflegt – wirklich nichts mehr dazu ein.

Name hin oder her, Pamela hat eigentlich ganz andere Sorgen, als mir Nachhilfeunterricht in der Ndebele-Sprache zu geben oder den Schwiegersohn beim Namen zu nennen. Stattdessen nennt sie das Kind beim Namen und schimpft über seine Arbeitslosigkeit und über die Tatsache, dass er in Zim, also im Nachbarland Zimbabwe, lebt und folglich seinen Vaterpflichten nicht nachkommt. Damit sind jegliche Pflichten gemeint, angefangen bei den finanziellen. *He hasn't even paid Lobola.* Ohne dass ich sie danach gefragt hätte, was das denn sei, führt sie die Sache in aller Breite aus: Es gehe dabei um den Brautpreis, den der Bräutigam an die Herkunftsfamilie der Braut abzugeben habe, sodass die Hochzeitsvorbereitungen eingeleitet werden könnten. Sogar Nelson Mandela sollte *Lobola* zahlen. Früher seien es *cattle*, also Rinder gewesen, aber mittlerweile habe man sich auch diesbezüglich dem Westen angepasst und zahle in cash. *Demnach ist es nie zu einer Eheschließung gekommen?* frage ich vorsichtig. *Of course not! No Lobola, no ceremony.* So einfach ist das! „*In our culture ...*" und schon bekomme ich einen ersten Einblick in die umständlichen Einzelheiten und erfahre, wie eine Hochzeitsfeier bei den Ndebele zu organisieren ist. Damit es überhaupt dazu kommen könne, müssten normalerweise eine Reihe von familiären Treffen organisiert werden. Dies sei eigentlich Aufgabe eines Onkels oder zumindest eines Älteren, aber im Falle einer Schwangerschaft sei die Präsenz eines Mannes höchst unangebracht, darum nehme eine Tante die Organisation der ersten Zusammenkunft in die Hand. Die Babakazi oder die Malumekazi, also eine der Tanten väterlicher- bzw. mütterlicherseits, werde von der schwangeren Frau über die anstehende Eheschließung informiert und damit beauftragt, die Eltern des Brautpaares davon in Kenntnis zu setzen. Die Vermutung, dass sich die Tochter nicht traut, es ihren Eltern persönlich beizubringen, behalte ich für mich und lasse die so richtig in Fahrt gekommene Pamela gewähren. Dann erst komme es also zum ersten formellen Treffen der zwei Familien, zu dem der Bräutigam nicht kommen dürfe und an dessen Stelle ein Repräsentant, der *Idombo,* geschickt werde. Ich denke mir wieder meinen Teil: Schwängern darf der Kerl das Mädchen, aber zur ersten offiziellen Begegnung darf er nicht erscheinen. Ist schon eigenartig. Bei dieser Zusammenkunft also werde *Lobola* ausgehandelt, Vater und Onkel der Braut würden ihre Forderungen stellen. Der *Idombo* lege Geldscheine in einen Korb, was *Ukangaziwe* genannt werde und salopp übersetzt *now you know me* bedeute. Praktisch heißt es, dass sich der Bräutigam dadurch bei den Schwiegereltern vorstellt, zwar nicht persönlich, aber immerhin.

Mir schwirren die vielen fremden Begriffe im Kopf herum und es fällt mir wahrlich schwer mich zu konzentrieren. Wozu es allerdings keiner blühenden Fantasie bedarf, ist die Tatsache, dass die tüchtige Frau vor mir eine enorme Wut im Bauch hat, und zwar auf diesen jungen, mittellosen Mann, der es innerhalb weniger Sekunden vollbracht hat, ihre Tochter zur Mutter und sie selber zur Großmutter umzumodeln. Und um die Geschichte mit besagtem Familientreffen abzuschließen, sei hinzugefügt, dass Pamela so gut wie niemanden zu Gesicht bekommen habe. Weder den Bräutigam, da es traditionsgemäß so vorgeschrieben sei, noch dessen Eltern, da diese schon längst das Zeitliche gesegnet hätten. Von *Lobola* ganz zu schweigen, denn das einzige, was dieser Unsägliche mit dem *Idombo* habe kommen lassen, sei eine halbe Ziege gewesen. Pamelas Augen flunkern gefährlich: *Not even a whole one! Das ist erbärmlich.* Pamela ist nicht mehr zu bremsen. Der Brautpreis gehe jedoch üblicherweise über das Geld, das der Bräutigam bei der ersten Begegnung zu zahlen habe, hinaus und werde in Raten, auch nach der Geburt des Kindes weitergezahlt. Nichts davon sei je geschehen, der Bursche habe sich nie in Joburg sehen lassen, obwohl das Kind schließlich schon über ein Jahr alt sei und ansonsten würden ihre schlaue Tochter und dieser Taugenichts eine Fernbeziehung führen. Das einzige, was an diesem Ausdruck der Realität entspricht, ist das erste Bindeglied „Fern", von einer Beziehung kann – und da muss man Pamela doch nun wirklich zustimmen – nicht die Rede sein. Nicht dass es der Schwiegermutter um den moralischen oder emotionalen Aspekt dieser so genannten Beziehung zu tun wäre, vielmehr geht es ihr um das, was Bertold Brecht doch sehr treffend formulierte: Erst kommt das Fressen, dann die Moral. Nach diesem Motto ist die aufgebrachte Pamela kurz davor, wutschäumend und Feuer speiend auf einem Besen durch den Schornstein in die Höhe zu sausen, auf die Gefahr hin, den Weg zur Erde nicht wieder zurückzufinden.

Im letzten Moment schaffe ich es noch, sie kurz vor dem Abheben vom Besen herunterzuholen und ihr gut zuzureden. *Let's have some tea, shall we?,* schlage ich vor, denn Kaffee wäre jetzt wirklich unangebracht und würde ihr angekratztes Nervensystem nur unnötig belasten. Zum wiederholten Male und völlig beiläufig stelle ich fest, dass es Pamela aufgrund ihrer Redseligkeit nicht schwer fällt, das Pensum von zwei Arbeitstagen im Haus auf drei Tage zu verteilen. Anyway ... Was mir ebenfalls auffällt, ist die Tatsache, dass der Tee bei ihr keinerlei beruhigende Wirkung zu haben scheint; sie schnaubt mit der gleichen Energie weiter gegen den verfluchten Mistkerl. Eigentlich sollte sich *Prince's father* – oder in der Ndebele-Sprache *Babaka Prince* – auf Anraten der Schwiegermutter bei der Armee verpflichten lassen, weil er sonst auf keinen grünen Zweig komme. Und so holt sie zum verbalen Kinnhaken gegen den vermeintlichen Schwiegersohn aus: *But he is useless!* Selbst das habe der Nichtsnutz verbockt, wettert Pamela nach allen Regeln der Kunst weiter und verliert sich in Einzelheiten, was die Qualitäten dieser Person angeht. *Now I have to support my own three children and my daughter's child. I have to support four children!* Und verzweifelt streckt sie mir die vier Finger ihrer rechten Hand entgegen. Das ist wahrlich hart, sinniere ich.

Dabei hat Pamela – verglichen mit anderen Frauen auf diesem Kontinent – dreifaches Glück, denn sie hat einen Mann. Dieser verdient sogar Geld und steht ihr obendrein zur Seite. Tatsache ist nämlich, dass eine stattliche Anzahl von Männern hierzulande eher so vorgeht wie Pamelas

Schwiegersohn, der gar keiner ist. Mit ungezügeltem Eifer geben sie sich ihren sexuellen Spielchen hin, ohne jegliche Vorkehrungen zu treffen. Die natürliche Folge ist, dass eine Reihe von Kindern in die afrikanische Welt gesetzt wird. Diese Kids wachsen somit in – zumindest für westliche Begriffe – weniger intakten Verhältnissen auf. Nachdem diese Herrschaften ihre Gene erfolgreich verteilen, sehen sie ihre Aufgabe als Deckhengst erfüllt und haben nunmehr kaum gesteigertes Verlangen, der Entwicklung dieser Gene beizuwohnen oder etwa für deren Schutz Sorge zu tragen. Ihr Beitrag zur Erziehung oder zur finanziellen Unterstützung der Kinder ist alles andere als vorbildlich. Man könnte ihn als unerheblich, in den meisten Fällen sogar als nicht existent beschreiben, denn diese Sorte von angehenden Vätern beweist ein ausgeprägtes Geschick darin, von der Bildfläche zu verschwinden, um sich vor kommenden Verpflichtungen zu drücken.

Immer wieder höre ich Geschichten, die sich nur unwesentlich voneinander unterscheiden und wie folgt zusammengefasst werden könnten: Alleinerziehende junge Frauen schlagen sich unter widrigen Bedingungen und ohne männliche Unterstützung durchs Leben, unfähig die Grundbedürfnisse ihrer Kinder, geschweige denn ihre eigenen zu befriedigen. Der Nachwuchs hat in diesem Fall nur selten den gleichen Vater, weil die Frauen fälschlicherweise annehmen, dass beim nächsten Mann alles anders wird. Die Erziehung bzw. Fürsorge der Sprösslinge wird häufig der Großmutter, den Tanten oder den Großtanten überlassen, während die jungen Frauen versuchen, etwas Geld zu verdienen. Von den männlichen Darstellern in diesem Drama fehlt häufig jede Spur, weil sie sich schon mit der

Nächsten vergnügen. Oft genug allerdings bleiben sie der Familie fern, weil es das Schicksal so will und sie einem Gefecht in den Townships zum Opfer gefallen oder bei einem Grubenunglück ums Leben gekommen sind. Vielleicht ist so der afrikanische Spruch der Fremdbetreuung „*It takes a village to raise a child*“ entstanden. Wenn der Vater nicht greifbar und die Mutter berufstätig ist, muss ja jemand einspringen, im schlimmsten Fall eben das ganze Dorf, auch wenn es dem Kind keine exklusive Zuwendung, sondern nur geteilte Aufmerksamkeit bieten kann.

Wenn jemand wirklich Grund zum Verzweifeln hat, dann sind es Frauen in Afrika, die von solch einem harten Schicksal heimgesucht werden. Im gleichen Moment muss ich an alle diejenigen Bewohner des Westens denken, die ihr Geld zum Psychiater tragen und ihre existentielle Krise auf dessen Couch bewältigen, indem sie ihre großen und kleinen Probleme ebenda hin und her wälzen. Vielleicht täten sie gut daran, eine Weile in Südafrika zu leben, um einen Einblick in das Leben der Menschen zu bekommen und endlich eine gesunde Perspektive auf das Leben zu gewinnen. Nicht wahr?

34. Große Kinder – Große Sorgen, Teil II

Meine Perle Pamela ist eine Seele von Mensch und lebt nur für ihre Familie. Sie gibt sich allergrößte Mühe, damit es ihren Kindern an nichts fehlt. Ihrer Tochter Dalubuhle soll es einmal besser gehen als ihr. Gebildet soll sie sein, einen Beruf soll sie erlernen und ihr eigenes Geld verdienen, um finanziell nicht von einem Mann abhängig zu sein. Doch gerade diese Tochter hat ihrer Mutter und nicht zuletzt sich selber Einiges an Ärger eingehandelt. Offenbar hat der Tee, den Pamela schon seit gut einer Stunde trinkt, ihre Nerven beruhigt, sodass sie etwas entspannter Dalubuhles Abenteuer beschreiben kann. Diese arbeite seit einigen Monaten als *security guard*, und zwar immer in Nachtschicht. Jeden Morgen komme sie um 4.00 Uhr nach Hause und kippe erst einmal nach Schlaf verlangend ins Bett. *Diese Beziehung zu dem Taugenichts hat übrigens auch einen großen Vorteil. Durch Princes Geburt ist meiner Tochter nämlich endlich die Erleuchtung gekommen,* behauptet Pamela und ihre Augen rollen für einen kurzen Moment nach oben: *Only if you have children, you know about life!*

Die Eingebung bestehe darin, dass sie von dem verdienten Geld das letzte Jahr ihrer Ausbildung in Zim finanzieren wolle. Sie habe sich das Ziel gesetzt, auf jeden Fall ihren Abschluss dort zu machen und danach als Krankenschwester zu arbeiten. *Also sieht es so aus, als würde sich alles zum Besten ordnen.* Mit diesen Worten versuche ich Pamela noch mehr aufzubauen und ihr zu zeigen, dass es ihrer Tochter doch offenbar gelingen wird, die Widrigkeit ihres Schicksals ins Gegenteil zu verkehren. *That's wonderful!* lächle ich ihr aufmunternd zu. Doch sie scheint nicht so überzeugt, geschweige denn begeistert von den Entscheidungen ihrer Tochter zu sein. In einigen Monaten wolle diese nach Zim reisen, um die Geburtsurkunde des kleinen Prinzen zu beantragen und sich ins letzte Jahr einzuschreiben. So weit, so gut! Außerdem werde sie aber leider den Unsäglichen dort treffen. Bei diesen Worten schaut sie betrübt zu Boden. Das ist allerdings eine weniger gute Nachricht, denn ein solches Treffen könnte neun Monate später Folgen mit sich bringen, vor denen Pamela jetzt schon zittert. Vier Kinder zu versorgen ist schon kein Zuckerschlecken, geschweige denn ein Fünftes ... Pamela scheint meine Gedanken zu lesen, zieht ihre Augen zu kleinen Schlitzen zusammen und holt unheilvoll aus. *If she gets pregnant again, I will kill her*, sagt sie leise. Kein Zweifel, Pamelas ohnehin schon leidlich lädiertes Nervenkostüm wird in solch einem Unglücksfall endgültig ruiniert sein, sodass keiner die Garantie für ihr Tun und Handeln übernehmen kann.

Den Ernst der Lage blickend schalte ich sofort auf fröhlich-optimistisch und versuche, ihr die einfachen Lösungen zu vermitteln, die es diesbezüglich gibt, vergesse dabei allerdings wieder einmal, auf welchem Kontinent ich mich befinde. *What about contraception? What about condoms?* Mit einem verächtlichen „a" und einer entsprechenden Handbewegung deutet sie an, dass ich mir diese Idee hätte verkneifen können. *We are Christians!* betont sie und ist scheinbar entsetzt darüber, wie ich auf so einen Gedanken wie Verhütung verfallen kann. Schuldbewusst beiße ich mir auf die Zunge, weil ich dieses Detail nicht mit der nötigen Aufmerksamkeit bedacht hatte und merke an ihrem empörten Blick, dass sich ein Sturm gegen mich zusammenbraut. Nichts liegt mir ferner, als mich mit Pamela zu überwerfen. Also muss ich unsere Beziehung wieder kitten, bevor der religiöse Knacks in die Tiefe geht. Mir ist sehr wohl bewusst, dass meine Perle außerordentlich gottesfürchtig ist, sie lässt es mich sozusagen jeden Tag fühlen. Immer wenn ich ihr etwas schenke oder Fleisch aus dem Supermarkt für sie mitbringe, schaut sie mich mit wehmütigem Blick an und wünscht mir mehrere *God bless you*, die allesamt ehrlich gemeint sind. Das gibt mir ein unbeschreiblich gutes Gefühl und ich freue mich jedes Mal darauf, es zu hören, weil ich weiß, es kommt wirklich von Herzen.

Ganz zu Anfang ihrer Dienstzeit bei uns hatte sie mich gefragt, ob ich Christin sei. Da ich die Frage wohl oder übel bejahen musste, kommt seitdem mit dem Eifer eines Inquisitors immer die gleiche Frage auf mich zugeschossen, nämlich ob ich sonntags in den Gottesdienst gehe. Meist stellt sie montags diese Frage und leitet sie mit strahlendem Gesicht wie folgt ein: *So wie jeden Sonntag habe ich gestern frühmorgens mein Isembatho angezogen und dem Gotteshaus einen Besuch abgestattet.* Bei besagtem Kleidungsstück handelt es sich um ein weißes Gewand mit blauem Schulterüberwurf. *Did you go to church yesterday?* Montags ist der kirchliche Einfluss vom Vortag so stark, dass ich mich mit meinen Erklärungen und Ausflüchten regelrecht durchkämpfen und rechtfertigen muss. Mit mäßigem Erfolg kläre ich sie darüber auf, dass wir Europäer zwar Christen sind, aber deswegen nicht gleich alle sonntags ganz in Weiß zur Kirche rennen, es sei denn wir heiraten. Und da selbst die heiratsfreudigsten Europäer dies nicht jeden Sonntag praktizieren, schlafen sie lieber stattdessen aus oder joggen. Persönlich ziehe ich Ersteres vor.

Um ein bisschen davon abzulenken, dass ich ein Kirchenmuffel bin, frage ich sie nach ihrer Religion und erfahre, dass sie und ihre gesamte Familie der Zion Christian Church (ZCC) angehört. Und wie jedes Mal, wenn sie mir etwas erzählt, von dessen Existenz ich keinen Schimmer habe, google ich später dieses Lemma und finde heraus, dass es sich um die größte afrikanische Kirche in der Republik Südafrika handelt, die mehr als vier Millionen Mitglieder zählt, die sich auch über die Nachbarländer Zimbabwe, Botswana, Namibia und Malawi verteilen. Sie gehört zu den sogenannten „unabhängigen Kirchen in Südafrika", die nicht unter der Führung von Weißen stehen. Bei Wikipedia, wo ja wirklich alles nachzulesen ist – was haben wir früher nur für ein ignorantes, jämmerliches Dasein gefristet, so ganz ohne Internet? – finde ich die Information, dass in dieser Kirche der traditionelle afrikanische Glaube mit strenger christlicher Lehre zusammengefasst wurde, wodurch sich die rasche Verbreitung unter den schwarzen Bewohnern erklärt. Unwillkürlich muss ich an die etlichen Frauen und Kinder denken, an denen wir sonntags im CBD vorbeifahren, um in Arts on Main* zu brunchen und stelle dabei fest, dass wir eindeutig ganz andere Prioritäten setzen, wenn es um die Gestaltung des arbeitsfreien Vormittags geht. Diese Frauen und Kinder tragen zur Feier des Tages genau das Gewand mit dem blauen Schulterüberwurf, von dem Pamela gerade schwärmt. Viele sind – je nach Kirchenzugehörigkeit – ganz in Blau, andere wiederum ganz in Lila gekleidet.

Um mein nicht gerade gesteigertes Interesse am Gottesdienst zu rechtfertigen, versuche ich, das Thema historisch aufzuarbeiten und argumentiere damit, dass die Afrikaner schließlich nicht immer gottesgläubig waren, sondern diese Idee von den feinen Eroberern aus Europa – im Falle der ZCC auch von den Amerikanern – übernommen hätten. Sehr viel später stoße ich beim allwissenden Mr. Googel zufällig auf eine Statistik über Südafrika, nach der von den 85 % der christlichen Bevölkerung des Landes doch sage und schreibe 62 % regelmäßig den Gottesdienst besuchen. Erst bringen die Europäer neue Gewohnheiten und Regeln in fremde Länder, um sich dann selber nicht daran zu halten. *How ridiculous is that?* Aber Pamela verfügt nicht über den gleichen *sense of humour* und tut sich schwer, darüber zu lachen. Auch den weisen Spruch des Nobelpreisträgers Desmond Tutu kann ich ihr leider nur mit mäßigem Erfolg nahe bringen: „*When the missionaries came to Africa they had the Bible and we had the land. They said 'Let us pray.' We closed our eyes. When we opened them we had the Bible and they had the land.*"

Pamela beharrt dermaßen auf ihrer Meinung, dass ich trotz aussagekräftiger Argumente, die sicherheitshalber mit Beispielen belegt werden, nichts auszurichten vermag. Also durchwühle ich mein Gehirn nach einem passenden Stichwort, um das Gespräch wieder auf die Tochter zu bringen, denn um diese samt der mangelnden Verhütung geht es ja schließlich in unserer heutigen Unterhaltung, die Eimer und Mopp erneut funktionslos machen. Ich erkläre meiner Perle also, wie sich die Beziehung der Europäer zur Religion im Laufe der Jahrzehnte verändert hat und bringe dafür gezielte Beispiele. *Wir Europäer gehen selten in die Kirche und halten uns auch nicht mehr an alle ihre Vorschriften, vor allem nicht an die eine: Seid fruchtbar und mehret euch. Wenn wir die Bevölkerungszahl unserer Heimat nicht grundlos erhöhen wollen, benutzen wir Kondome.* In der englischen Sprache hört sich diese Aussage weniger geistreich an, zumal ich außerstande bin, Humoristisches richtig zu vermitteln, sodass mich die Gesprächspartner in den meisten Fällen ratlos anschauen und sich einzig und allein aus Höflichkeit auf die Suche nach der Pointe begeben.

Nichtsdestotrotz fahre ich mit meinen Ausführungen fort. Die Mehrheit der Frauen nähme auf diesem kleinen, europäischen Kontinent die Pille, weil dort selbstbestimmte Familienplanung schlichtweg groß geschrieben werde und obendrein nicht genügend Platz sei, um sich nach Lust und Laune zu vermehren. Vorsichtig leite ich auch zu der Möglichkeit über, diese dafür vorgesehene, und recht dehnbare Hülle im geeigneten Moment dem adäquaten Körperteil überzustülpen. Doch durch den neuen Anlauf zu diesem Thema ergibt sich überraschenderweise eine ganz neue Sicht. Pamela will es zunächst nicht zugeben, aber schon bald legt sie ihr kleines Geständnis ab und klärt mich über den doppelten Boden, den religiöse Regeln und Gebote so mit sich bringen, auf: Zwar sei es aus der kirchlichen und religiösen Perspektive untersagt und sündig, zu verhüten, aber andererseits habe die Bevölkerung Afrikas in der Praxis trotz überschüssiger Raumreserven kein gesteigertes Interesse daran, halbe Fußballmannschaften in die Welt zu setzen. Wie es denn dann zur Schwangerschaft und zu dem Prachtexemplar Prince habe kommen können, frage ich sie diese neuen Erkenntnisse ins Gespräch einarbeitend. Wieder einmal ist die Erklärung für einen Europäer nicht besonders einsichtig: Na weil einerseits Kinder Respekt zeigen müssten und darum solche heiklen Angelegenheiten nicht mit ihren Eltern besprechen dürften. Andererseits sei das Thema Verhütung tabu. Eltern würden sich hüten, es zur Sprache zu bringen, weil die Wahrscheinlichkeit einer falschen Deutung zu groß sei. Man würde damit vermutlich nur das Gegenteil erreichen, nämlich die Kinder, vor allem die Mädchen, nicht nur zum Sex verleiten, sondern den selbigen auch noch verharmlosen. Erinnert mich irgendwie an die Eltern-Kind-Beziehungen, die wir in Europa vor den befreienden 1968ern hatten. *Aufgrund der Armut sind wir jedoch dazu gezwungen zu verhüten. Obwohl wir Christen sind.* Das sehe ich nicht anders, liebe Pamela! Auf meine Frage, wie sie denn jetzt damit umgehe und auf meinen vorsichtigen Wink hin, dass es ja wohl spätestens seit der Geburt des Enkelkindes kein Tabuthema mehr sein dürfe, kommt eine positive Antwort. Tatsächlich könne nun die Tochter jegliches ehrfurchtsvolle Gehabe beiseite legen, stattdessen offen mit ihrer Mutter darüber reden und ins Krankenhaus gehen, wo es eine Abteilung für Familienplanung gebe. Dort bekomme sie die Pille verschrieben, damit ein zweiter fortpflanzungstechnischer Unfall vermieden werden könne. Erleichtert atme ich auf, denn Dalubuhle wird am Leben bleiben und Pamela nicht als Kindes- und

Kindeskindesmörderin hinter schwedischen Gardinen landen.

Nun gibt es noch eine Kleinigkeit, die ich schon länger auf dem Herzen habe und bei der Gelegenheit gern erörtern würde, bevor Pamela wieder zu ihrem religiösen alter Ego zurückfindet. In den Vierteln mit größtenteils schwarzer Bevölkerung sind an jedem Baumstamm und an jeder Ampel DIN-A4-Schilder angebracht. Es handelt sich dabei um Werbung sowohl für *hip and bum enlargement* als auch für *breast enlargement* bzw. *reduction.* Als ich das erste Mal diese Aufschrift las, beschlich mich das sonderbare Gefühl, dass ich einen Termin beim Augenarzt benötige. Dieser Eindruck festigte sich, umso mehr sich die Schilder in sexuelle Details verloren. Völlig perplex stand ich an der nächsten roten Ampel, an der mir Plakate entgegen schrien, dass es einen *expert* gebe, der *vagina tightening* garantiere und ein *lost lover specialist* versprach, *penis enlargement* vornehmen zu können. Da sich die Schilder in regelmäßigen Abständen wiederholten, glaubte ich meinen Augen wieder. Ich weiß nicht so recht, wie ich es Pamela beibringen soll. So gut es geht, veranschauliche ich den eventuell falschen Eindruck, den wir Europäer vom afrikanischen Mann und dessen Genitalien haben. Dabei versuche ich, möglichst wenig von meinen Händen Gebrauch zu machen. Wenn es denn wirklich so vorteilhaft um sein bestes Stück bestellt ist, wie wir Weißen glauben, warum sollte man es dann noch vergrößern lassen? Und eine rein praktische Frage: Hat der Betroffene es dann nicht schwer, sein bestes Stück in der Unterhose zu verstauen? Von anderen brisanteren Details ganz zu schweigen …

Irgendwie scheinen die Größenverhältnisse auf diesem

Kontinent andere zu sein, denn Hüften und Hinterteile sind bei den Frauen ohnehin sehr ausgeprägt, sodass sie beim Gehen wie ein vollbeladenes Boot hin und her schwanken. Warum sollte man diese noch zusätzlich aufblähen? Die Neigung zu Opulentem ist eindeutig eine afrikanische. Pamela lacht sich kaputt, als ich mit meinem Anliegen komme und schaut mich, nachdem sie sich wieder beruhigt hat, triumphierend an: *You see!* Sie fühlt sich in ihrer Theorie bestätigt, dass nämlich Südafrikaner nur Blödsinniges im Kopf haben: *That is South Africa! Only bad things! God has made me like I am, why should I change it?* Kichernd führt sie mir pantomimisch eine Figur vor, bei der ich unwillkürlich an Wackelpudding denken muss. Mit vielen kreisenden Bewegungen zeigt sie mir, was aus den *hips* und den *bums* wird, wenn die Frauen älter werden und alles anfängt, an Form zu verlieren und sich dem Boden zuzuneigen. Nach dieser Show gibt sie allerdings zu, dass auch die Frauen in Zim einen Spleen hätten, was die Ästhetik angeht. Sie seien nämlich ganz erpicht *darauf*, ihren Teint aufzuhellen. Zu diesem Zweck gebe es spezielle Salben, ja sogar Injektionen, aber man habe ja am Beispiel Michael Jacksons gesehen, wohin solche dummen Einfälle führen können! *You know, we are 9 siblings and only I am dark, because I am like my mother who used to be dark. And they all call me the dark one. But it is not embarrassing for me. I really don't care. What should I do now, trying to get light? I am what I am.*

Was das Thema *penis enlargement* angeht, erhoffe ich mir ganz umsonst prickelnde Informationen. Pamela kommentiert es leider überhaupt nicht und hat nur Kopfschütteln und rollende Augen dafür übrig. Nun gut, dann hoffe ich wenigstens, eine Antwort auf meine nächste Frage zu bekommen. Im CBD gibt es nämlich noch andere Schilder, mit denen Ampeln und Verkehrszeichen ebenso werbewirksam beklebt sind. Ich meine damit die Werbung für kostengünstige *abortion*, die sich der Schlagwörter *quick, safe, same day, pain free* bedienen. Immer wenn ich an solchen Plakaten vorbeifahre, fällt mir die einprägsame Handynummer auf. Aus nachvollziehbaren Gründen ist es nie eine Festnetznummer. *Backstreet abortion* nennt man das in Südafrika und sie finden in *illegal clinics* statt, obwohl die Abtreibung seit Nelson Mandela legal ist und in Krankenhäusern vorgenommen werden kann. Vor dem Hintergrund der legalen Abtreibung mag die *backstreet abortion* widersprüchlich erscheinen. Doch wieder kann ich mir dank Pamela einen Einblick in die Hintergründe verschaffen. Eine legale Abtreibung sei für ihre Tochter als Zimbo schon damals ausgeschlossen gewesen, denn selbst die einheimischen Mädchen würden vor den langen Warteschlangen in den Krankenhäusern zurückschrecken. Schließlich könne sie da jeder sehen und wisse dann genau, was sie vorhabe, denn man stehe stundenlang wie in einem Schaukasten, an dem jeder vorbei laufe und dumme Bemerkungen mache. Obendrein habe sie gehört, dass die Krankenschwestern und Ärzte den Mädchen gegenüber weniger liebenswürdig und entgegenkommend seien und alles andere als Verständnis für ihre Situation zeigen würden. Pamela kenne Frauen aus Zim, die extra deswegen nach Südafrika gekommen seien, denn in ihrer Heimat sei die Abtreibung verboten und werde mit Freiheitsentzug geahndet. *Und mit dem Gesetz ist in Zim bekanntlich nicht zu spaßen,* flüstert mir Pamela zu, indem sie sich leicht vornüberbeugt und dabei die Augen zusammenkneift, als vertraue sie mir ein Staatsgeheimnis an. Also würden die Zim-Mädels ihre Hoffnungen in die jeweiligen Schilder setzen, was sich jedoch bei den meisten als der reinste Albtraum entpuppe. Diese *backstreet abortion* seien einerseits sehr kostengünstig, andererseits aber gerade darum sehr gefährlich. Die Pillen, die man zur Abtreibung bekomme, seien zwar effektiv und würden ein Weiterleben des Fötus tatsächlich unmöglich machen. Gleichzeitig würden sie aber nicht selten dazu führen, dass die werdende Mutter an Ort und Stelle ihr Leben aushauche. Als sie Anstalten macht, unerbittliche Details des Prozedere samt verbluteter Frauen zu beschreiben, läuft mir ein Schauer über den Rücken und ich bitte sie inständig, doch davon abzulassen.

Nun weiß ich endlich, aus welchem Grund ihre Tochter das Kind behalten hat Wie hätte die gute Pamela diesen Kelch an sich vorübergehen lassen sollen? Folglich hat sie sich auf die Strapazen eingelassen, die so ein Enkelkind ohne Schwiegersohn mit sich bringen ... *This whole story makes me sick*, weint Pamela und meint es wörtlich, denn sie knöpft ihre Bluse auf und zeigt mir ihren Bauch, auf dem sich eine Pustel an die andere reiht. Mich schockiert der Anblick dermaßen, dass sie die Bluse sofort wieder zuknöpft. Dann erzählt sie mir, dass sie bei einem Arzt im CBD gewesen sei, der ihr etwas verschrieben habe, aber es jucke und schmerze weiterhin ohne Ende und nachts könne sie nicht schlafen. Als ich sie frage, was das denn für eine Krankheit sei, antwortet sie mit dem Begriff *shingles*, den ich erst einmal durch die Translater-App jagen muss: Herpes Zoster, oder auf gut deutsch: Gürtelrose. Dazu mache ich mich erneut bei Google schlau und erfahre, dass sie meist bei Menschen mit geschwächtem Immunsystem oder durch Stress auftritt. Kein Wunder also, dass ihr Bauch mit Blasen übersät ist, Seele und Körper agieren schließlich gemeinsam. Ich versuche, ihr den Begriff „psychosomatisch" zu erklären und sie nickt bestätigend mit dem Kopf: *I am thinking too much. I'm always thinking!* Und dabei macht sie mit den Händen kreisförmige Bewegungen um ihren Kopf herum. Tja, einer in der Familie muss ja wohl die Denkarbeit übernehmen und leider hat sie sich auch noch im Alleingang die Knochenarbeit aufgehalst. Der Ausdruck kräftezehrend beschreibt nur zu einem Bruchteil Pamelas Alltag und bei diesem Gedanken blicke ich mit einem schlechten Gewissen in Richtung Eimer und Mopp.

Die Tabletten, die sie von diesem Quacksalber bekommen hat, scheinen nicht zu wirken, also rufe ich kurzerhand bei unserem GP an und frage, ob wir vorbeikommen könnten. Drei Stunden später sitzen wir beide in seiner Praxis und Pamela erzählt ihm von ihrem Leid. Er bestätigt den Befund, erklärt, dass dieser Virus häufig bereits in der Kindheit übertragen werde und Windpocken verursache. Der gute Mensch verschreibt ihr andere Tabletten, mit deren Hilfe sie voraussichtlich in wenigen Wochen kuriert sein wird. Bei *clicks*, der südafrikanischen Drogerie schlechthin, kaufe ich die Tabletten auf Vorrat. Kaum sind wir zu Hause, klingelt das Telefon und der GP ist dran. Er wolle mir etwas privat mitteilen und erklärt mir, dass Gürtelrose eine typische Nebenerscheinung bei AIDS-Kranken und gerade in Zim weitverbreitet sei. Mir bricht der Schweiß aus, was er sogar durch das schnurlose Telefon zu bemerken scheint, denn er versucht, mich zu beruhigen, indem er mir mitteilt, dass fast alle Zimbos und generell die Afrikaner, eine etwas andere Auffassung von Moral und Sexualleben hätten, sodass *at the end of the day* durch die vielen Sexualpartner fast alle Beteiligten AIDS-Träger seien. Es bestehe allerdings keine Gefahr für uns Weiße, solange wir nicht an diesem abwechslungsreichen und kontaktfreudigen Sexualleben teilnehmen oder andere Körperflüssigkeiten mit ihnen austauschen würden. Vermutlich sei Pamela gar nicht darüber im Bilde, dass sie AIDS-Träger sei. Höchstwahrscheinlich sei sogar die ganze Familie davon betroffen, wisse es nur nicht. Was man so alles by the way erfährt, an einem Tage wie diesen, schießt es mir durch den Kopf. Erst als der GP mir versichert, dass dieser Virus weder durch Teller oder Besteck noch durch den bloßen Aufenthalt im Haus übertragbar sei, kann ich tief durchatmen.

Kaum lege ich auf (sagt man das überhaupt noch? Eigentlich drückt man doch nur noch auf einen roten Knopf oder berührt das Smartphone an einer bestimmten Stelle oder?), muss ich unwillkürlich an ein Werbeplakat in Uganda denken, auf dem uns junge Leute zulachten, die sich allesamt umarmten. Mit großen bunten Buchstaben hieß es: *Are you having sex with more than one person? Take charge. Get off this sexual network.* Wir ließen die Worte auf uns wirken. Und zwar lange. Ich weiß noch, wie wir zu Salzsäulen erstarrt vor dem Plakat standen und dieses Übermaß an Freiheit und Aufgeklärtheit nicht fassen konnten und schon bald zum nächsten Plakat stolperten, wo wir etwas lasen, das sich doch etwas gesetzter anhörte. *I am H I V. My baby doesn't have to be!*

Nach diesem Telefonat mit dem GP kommt es mir vor, als wäre die Person, die in den letzten zwei Jahren meines Afrikaaufenthaltes auf meiner Leitung gestanden hat, endlich weiter getrampelt, sodass ich nun den schwarzen Kontinent mit seinen Sexualpraktiken besser verstehen kann. Auch ein Plakat auf der Joburger Autobahn fällt mir dazu ein, an dem ich jeden Tag vorbeifahre und das ich bis jetzt nicht interpretieren konnte. Auf dem selbigen ist aus gutem Grund kein Bild zu sehen, es steht nur darauf geschrieben: *I like it from behind. And I like it safe.* Erst durch die Aufklärung durch den GP kommt mir die schleichende Erkenntnis, worum es bei dieser Werbung wirklich geht. Und ich muss sagen, es ist erstaunlich, ja eigentlich schon fast befremdlich, wie freizügig auf diesem Kontinent mit dem Thema Kopulation in jeglicher Form umgegangen wird, es aber andererseits als respektlos gilt, einen erwachsenen Menschen beim Namen zu nennen. Verstehe einer die Welt ...

* **Arts on Main:** Ehemaliges Fabrikgelände mit Lagerhallen, das zu einem Kulturzentrum umgebaut wurde. Dort befinden sich Galerien, Boutiquen, Ateliers, Restaurants und Cafés.

35. Von Fall ... zu Fall, Teil I

Heute ist Mittwoch und somit Pamela-Tag. Kaum kommt sie durch die Tür herein, fällt ihr Blick auf die Koffer, die noch im Wohnzimmer herumstehen. *We came back home very late last night*, komme ich ihr entschuldigend zuvor und öffne den ersten Koffer. Als ich diesen von seinem Inhalt befreien will, lacht mir meine neue Seidenbluse entgegen, deren Vorderseite durch einen unansehnlichen giftgrünen Fleck geziert wird, der aufs Reizvollste mit der ursprünglichen Farbe der Bluse kontrastiert. Ich begreife sofort. Da ich aufgrund meiner notorischen Pharyngitis vorbeugend mit einer Gurgelflüssigkeit im Koffer um den Globus reise, kann es schon einmal vorkommen, dass die Flasche leckt und das eine oder andere Kleidungsstück mit solch unappetitlichen Flecken versehen wird. Pamela setzt eine sorgenvolle Miene auf, bis ich ihr versichere, dass die Reinigung in der Rosebank Mall dem Desaster keine Chance lassen wird. *No worries, Pamela, let's have a cup of coffee.* Wir nehmen den gemeinsamen Kaffee recht unspektakulär zu uns, aus dem Kofferinhalt will sich irgendwie kein interessantes Gesprächsthema ergeben, also geht Pamela hinauf, um Staub zu saugen und ich setze mich mit meinem Laptop auf die Couch, schalte den Fernseher an, um vor der Arbeit noch kurz Nachrichten zu sehen, am besten EWN, um über Südafrika auf dem Laufenden zu sein. Während ich die E-Mails abrufe und ziemlich ziellos in den sozialen Netzwerken stöbere, höre ich nur mit halbem Ohr die Nachrichten im Fernsehen. Eigenartigerweise geht es heute bei EWN weder um Südafrika noch um andere afrikanische Länder, sondern um Oxford. Bilder von dem Oriel College werden gezeigt. Studenten halten ihre Transparente vor der Brust, einer von ihnen steht mit seinem Sprachrohr etwas erhöht und gibt den Ton an, *black lives matter* glaube ich herauszuhören und *de-de-decolonise*. Auf einem Transparent steht *Rhodes Must Fall* und ein junger Reporter erklärt mit hervorragendem *British BBC accent*, dass die Studenten eine etwas außergewöhnliche Stadtführung anbieten. Eigentlich ist es ein Protestmarsch, bei dem sie auf bestimmte Wahrzeichen eingehen, die für Großbritanniens koloniale Vergangenheit typisch sind. Am Ende machen sie vor der Cecil Rhodes Statue halt, um für deren Entfernung zu demonstrieren. Die Kamera schwenkt hinauf. An der Außenwand des obersten Stockwerks, sozusagen über allen anderen Statuen des Gebäudes, wird besagte Statue gezeigt, die – nach Meinung der Studenten – nicht mehr lange auf den Campus hinabschauen soll.

In diesem Moment kommt Pamela die Stufen herunter, stellt den Staubsauger neben dem Eimer und dem Wischmopp ab und baut sich mit verschränkten Armen hinter dem Sofa auf. Die etwa 100 Studenten rufen in dem Moment auf eine melodische Art und Weise, die an Gospel erinnert, „Amandla Awethu“ und schon steht ein junger Mann vor dem Mikrofon und wird interviewt. Der Name

Ntokozo Qwabe wird eingeblendet, ebenso die Information, dass es sich um den Organisator dieser Aktion handelt. Der Student bleckt seine strahlend weißen Zähne in die Kamera und erklärt das Ziel dieser Aktion: *Die Tatsache, dass Dinge umbenannt oder entfernt werden, zeigt, dass die Geschichte neu geschrieben werden muss.* Mich beschleicht der Verdacht, dass Pamela sich gleich dazu äußern wird, denn sie schnauft verdächtig, um nicht zu sagen verächtlich, und da sie extrem neugierig ist, kommt schon die erste Frage: *What is this Zulu boy talking about?* Ich versuche kurz das zusammenzufassen, was ich bis jetzt verstanden habe, nämlich dass sich die Kapstädter Rhodes-Must-Fall-Kampagne jährt und darum vermutlich gleichgesinnte Oxforder Studenten zum Zeichen der Solidarität Ähnliches wie in Kapstadt verlangen, nämlich die Entfernung der Cecil Rhodes Statue von dem Gebäude der Universität. *So, where did you say is this all happening?* Ich wiederhole den Namen der Stadt. *How come this Zulu boy is studying there?* Aus mir unerklärlichen Gründen traut Pamela dem Kerl kein Studium in Oxford zu. Ich erkläre ihr, dass man mit einem Rhodes-Stipendium an der Universität Oxford studieren könne, und füge hinzu, dass ein Abschluss dieser Universität sogar weltweit sehr hohes Ansehen genieße. *And who is giving him this scholarship?* will Pamela als Nächstes sehr forsch wissen. Soviel ich wisse, habe Cecil Rhodes eine Stiftung geschaffen, die Stipendien für die Oxforder Universität vergebe, vermutlich weil er selber dort studiert habe, und wenn ich mich nicht irren sollte, dürften sich Studenten aus dem Commonwealth darum bewerben.

Ungläubig schaut Pamela abwechselnd mich und den Fernseher an. Ich wolle doch wohl nicht behaupten, dass dieser Zulu, der sich gerade im Fernsehen wichtig tue – sie deutet dabei mit einer Kopfbewegung in die Richtung des Apparats – dank eines Stipendiums von Cecil Rhodes in Großbritannien studieren dürfe, ohne einen Rand (sie meint natürlich ein Pfund) dafür zu bezahlen? Ich bestätige durch ein Nicken ihren Gedankengang. Und genau dieser junge Undankbare gehe nun mit einem Sprachrohr auf die Straße, weil er die Entfernung der Rhodes-Statue verlange, also praktisch *the college's benefactor removal.* Ob sie das richtig verstanden habe. Bei den letzten Worten blinzelt sie angriffslustig mit den Augen. Ungeachtet ihrer Intentionen bleibt mir nichts anderes übrig, als ihre Frage zu bejahen und etwas zu spät fällt mir siedend heiß ein, dass es nicht das erste Mal ist, dass wir, was Cecil Rhodes angeht, nicht unbedingt einer Meinung sind. Gäbe es heutzutage einen Cecil-Rhodes-Fanclub unter der schwarzen Bevölkerung, wäre Pamela womöglich dessen Präsidentin und vermutlich gleichzeitig sein einziges eingetragenes Mitglied. *Das ist ja die reinste Undankbarkeit! Heuchelei ist das!* Um ihrem Einwand Nachdruck zu verleihen, bedient sie sich der üblichen Ausdrücke. *Shame*! Und ein paar „shoo" schickt sie sicherheitshalber auch noch hinterher, gepaart mit einem verächtlichen Schnaufen. Kein Zweifel, Pamela begreift die Welt nicht mehr. Darum versuche ich ihr auseinanderzulegen, dass es diesem jungen Mann ja nicht um die Statue als solche gehe, sondern um den europäischen Kolonialismus und die Vormachtstellung der Weißen. Außerdem sei es ja wohl allgemein bekannt, dass Cecil Rhodes eine kontroverse Person gewesen sei, die während der Kolonialzeit rassistische Maßnahmen Afrikanern gegenüber für gut befunden habe. Wenn er übrigens noch unter uns weilen würde, hätte sich an seiner recht intoleranten und einseitigen Einstellung vermutlich kaum etwas geändert.

By the way, how do you know this young guy is a Zulu? Diese Frage brennt mir schon die ganze Zeit auf der Zunge. Pamela ist um eine Antwort nie verlegen. Das könne sie am Tonfall heraushören, aber so ganz überzeugend klingt es nicht. Ich kann mich des Eindrucks nicht erwehren, dass sie diesen jungen Mann nicht ganz unvoreingenommen beurteilt und mit einem Schlag auch gleich verurteilt. Schon aus früheren Gesprächen weiß ich, dass sie besagtem Zulu *tribe* gegenüber nicht wohlgesonnen ist, ihnen also durchaus Undankbarkeit zutraut. Gleiches gilt übrigens für die Xhosa. Ich versuche es erneut. Sie solle nicht denken, dass Rhodes seine Stiftung nur aus Gutmütigkeit zum Leben erweckt habe, vermutlich habe er ganz Bestimmtes im Sinn gehabt, da er ja auf seine zugegebenermaßen arrogante Art davon überzeugt gewesen sei, dass die Engländer die führende Nation in allem gewesen seien. Nur die Engländer seien laut Rhodes imstande gewesen, die Welt zu verbessern. So sehr ich mich auch darum bemühe, meinen Argumenten Stichhaltigkeit zu verleihen, Pamela ist einfach nicht zu überzeugen. *Aber er hat doch ein Stipendium und braucht keinen Cent dafür zu zahlen.* Diese Tatsache scheint sie so sehr zu peinigen und mit Missmut zu erfüllen, dass jedes andere Argument an Relevanz verliert. Darum versuche ich durchblicken zu lassen, welche Idee dem Konzept des *scholarship* zugrunde liegt, dass nämlich die ausländischen Eliten durch die Stipendien in den Genuss eines Studiums in Oxford kämen und dazu motiviert würden, später die britischen Wertvorstellungen mit nach Hause zu nehmen und dort zu verbreiten. In diesem Rahmen wären solche Studenten für UK von großem Vorteil.

An ihrem Blick kann ich zwar erkennen, dass sie mir konzentriert zuhört, aber überzeugen kann ich sie mit meiner Argumentation hinsichtlich Rhodes' Hintergedanken in keinster Weise. Dieser Student im Fernsehen hat es ihr zweifellos angetan. *Könnte der junge Zulu, dieser Qwabe in, wie war der Name der Stadt noch einmal?* – ich leiste ein wenig Hilfestellung – *also könnte er in Oxford studieren?* Im Hinblick auf die Höhe der Studiengebühren an besagter Hochschule vermute ich eher nicht. Pamela reißt die Augen weit auf, als ich sie wissen lasse, was ein Student ohne Stipendium normalerweise dort entrichten muss. Sie wird immer wütender auf den Kerl: *Sagtest du nicht soeben, dass sein Universitätsabschluss weltweit hohes Ansehen genießt?* Ich nicke bestätigend und bereue es im selben Moment. *Is this guy kidding?* Ich vermute eher nicht, liebe Pamela. Das Detail bezüglich der Reputation hätte ich eventuell nicht erwähnen sollen, denn Pamela sitzt nun auf einem Hexenbesen und fliegt durch das ganze Haus – verbal, meine ich.

Sie kenne diese Sorte von Leuten genau, ruft sie mir mit einem kräftigen Gefühl der Verachtung vom Besen herab und unterstellt diesem Ntokozo Qwabe nun, ohne mit der Wimper zu zucken, dass er vermutlich glaube, ihm stehe das Geld zu. Rhodes schulde es ihm sozusagen, weil er es während der Kolonialzeit in Afrika gestohlen habe. Wenn dem so sei, warum akzeptiere er denn dann ein Stipendium von der Rhodes-Stiftung, wo das doch alles gestohlenes Geld sei. He? Ein ehrwürdiger Mann nehme so ein „blutiges" – sie setzt das Wort in Anführungszeichen, indem sie es entsprechend betont – Stipendium erst gar nicht an und starte erst recht nicht so eine Kampagne. *Am I right?* fragt mich die auf die Zulu dauerwütende Pamela zu guter Letzt auch noch. Ja schon, in gewisser Weise habe sie nicht Unrecht, aber Rhodes sei nun einmal kein besonders ehrwürdiger Mann gewesen, *he was not a particularly nice man, certainly by today's standards.* Heutzutage werde er für seine imperialistische Politik kritisiert *and after all, he was a racist,* daran bestehe nun einmal kein Zweifel. Meine zaghaften Bemühungen, diesen jungen Studenten zu rechtfertigen, lässt Pamela nicht gelten.

Was meine Perle Pamela angeht, sollte an dieser Stelle erwähnt werden, dass sie zwar weder einen Hochschulabschluss vorzuweisen hat noch darüber im Bilde ist, wie sich der Studentenalltag im Detail gestaltet, aber eines muss man ihr doch lassen: Sie ist imstande, Dinge auf eine Art und Weise zu analysieren, die ihr sehr eigen ist; eine Art, die ihrem scharfen Verstand entspricht. *Shouldn't students have more important things to protest about?* Wenn man die Statuen aller nicht sonderlich netten Leute von ihren Sockeln ziehen würde, gäbe es bald eine Menge leerer Sockel. *Das ist doch Geschichte! Man kann die Geschichte weder ignorieren noch ändern!* Wieder muss ich der guten Frau beipflichten.

Währenddessen ertönt im Fernsehen der Singsang der Studenten lauter, „Amandla Awethu“ rufen sie und zwischendurch sind Buhrufe zu hören, womit Pamela erneut Angriffsfläche geboten wird. *They are chanting Amandla Awethu. Do you know what it means?* Da es sich meiner Kenntnis entzieht, lasse ich mich gern belehren. Den Begriff „Amandla“ gebe es sowohl in der Zulu- als auch in der Xhosa-Sprach und er bedeute „Macht". Die einst verbotene Partei ANC habe ihn während des Kampfes gegen das Apartheid-Regime benutzt. *It is a rallying cry.* Der Anführer rufe „Amandla!" und die Menge erwidere darauf „Awethu", was so viel wie „ours" heiße. Man könne es ganz nach John Lennon mit „Power to the People" übersetzen, ergänze ich. Sie wirft mir einen irritierten Blick zu, lässt sich aber nicht aus dem Konzept bringen: Auch heute noch lasse sich dieser Begriff mit dem Kampf gegen Unterdrückung assoziieren, setzt Pamela fort, nur dass sie – und an dieser Stelle wird ihr Ton erneut leicht ironisch – in diesem Fall kein Zeichen von *oppression* sehe, so sehr sie auch danach suche. *Jetzt sag mir doch bitte schön, inwiefern sich dieser junge Zulu in Oxford unterdrückt fühlt?* Vermutlich gar nicht, aber die Kampagne sei ja nicht in Oxford, sondern ein Jahr zuvor in Cape Town gestartet und schon läuft im Fernsehen ein entsprechendes Video über Kapstadt, um dem Zuschauer ins Gedächtnis zu rufen, was sich vor ungefähr einem Jahr in Kapstadt abgespielt hat.

Wir schauen uns, ohne ein Wort zu wechseln, das Video an, bis ein Eimer roter Farbe über Rhodes' Kopf geschüttet wird, genauer gesagt über den Kopf der Statue. Grund genug für Pamela, tief Luft zu holen und ihrem Ärger freien Lauf zu lassen: Die heutige südafrikanische *born-free generation* demonstriere gegen alles, was Weiß sei. Das einzige, was sie im Endeffekt damit erreichen werde, sei nur eins: Südafrika in ein neues Zimbabwe umzuwandeln, also in ein Chaos. Von der Tatsache, dass die Universität Kapstadt letztes Jahr die Statue des weißen Kolonialisten Rhodes mit einem Kran von ihrem Campus habe entfernen lassen, hält sie rein gar nichts. Basta! Man sehe ja, was für

Wellen solche Aktionen schlagen würden. Bis nach Oxford seien diese Wellen geschwappt. Erneut holt sie zu einem Rundumschlag ohnegleichen aus. *Was soll denn eigentlich diese Manie, Statuen mit Farbe – und das im besten Fall – zu beschmieren?* Sie schaut mich mit großen Augen an, gespannt auf meine Reaktion und ich muss ihr in Letzterem vollkommen Recht geben, denn es besteht wahrlich ein Unterschied zwischen Farbe und Fäkalien. Ein Monat vor der Entfernung der Statue war ein Student tatsächlich auf die doch etwas unappetitliche und alles andere als akzeptable Idee gekommen, dem Äußeren der Statue mithilfe eines Eimers Kot einen weniger noblen Schliff zu verleihen. Pamela ist nicht zu bremsen. Man sollte doch bedenken, dass es Rhodes gewesen sei, der die Grundstücke gespendet habe, auf denen später die Universität in Kapstadt errichtet worden sei. Darum auch sein Denkmal auf dem Campus. *Aber Pamela, überleg doch einmal. Das gestiftete Land gehörte ihm doch gar nicht. Er hat einfach nur der damaligen schwarzen Bevölkerung Grund und Boden weggenommen. Nichts davon gehörte ihm wirklich. Legal, meine ich.* Pamela starrt mich wortlos an. Das sei Ausbeutung gewesen und in dieser Statue sähen viele zu Recht ein Symbol der Unterdrückung der schwarzen Mehrheit, versuche ich einen erneuten Anlauf und predige tauben Ohren, deren Besitzerin alsbald ausholt und ihre Argumentation mit einem gewaltigen „*Eish*" einleitet: *Aber das ist doch Teil der Geschichte! Man muss seine Geschichte wahren und nicht die Vergangenheit zerstören.*

Ein letzter Versuch und dann gebe ich auf, denke ich mir: Aber es sei doch nun wirklich nicht von der Hand zu weisen, dass es Rhodes gewesen sei, der schon im 19. Jahrhundert den Grundstein des rassistischen Apartheid-Systems und der Apartheid-Gesetzgebung gelegt habe. Wenn er als Regierungschef der damaligen Kap-Kolonie nicht die Reservate für die schwarze Bevölkerung errichtet hätte, wäre es vermutlich nie zu diesem Apartheid-Regime gekommen. Als Antwort ernte ich ein ironisches Lachen, das von einem mitleidigen „*shoo*" begleitet wird: *Wir Schwarzen können prima auch ohne die Weißen streiten, dass die Fetzen fliegen. Schau dir doch an, wie die Shona mit den Ndebele klarkommen! Nämlich gar nicht! Durch die weißen Kolonialherren haben wir wenigstens Straßen und Krankenhäuser und Schulen.*

Kopfschüttelnd höre ich mir ihre Argumentation an und bin verblüfft über die Struktur. Vielleicht stellt sie den Einfluss der Europäer auf ihr Land und auf den Kontinent im Allgemeinen nur deswegen so positiv dar, um mir, also einer Weißen, zu imponieren und um es mir Recht zu machen. Schließlich bin ich ihre Arbeitgeberin und sie ist auf den Job angewiesen. Energisch kommt sie wieder auf den unappetitlichen Teil des Gesprächs zurück: Und überhaupt, was das denn für ein politisches Zeichen sei, Eimer mit menschlichen Fäkalien über der Statue auszukippen! Die Kampagne *#RhodesMustFall* könne sich doch gewiss auch weniger übel riechender Methoden bedienen als Statuen mit Kot zu überhäufen! Die Sache mit den Fäkalien kann sie zweifellos nicht billigen, sonst würde sie es nicht ständig zur Sprache bringen und mir erst recht nicht die Frage stellen, ob ich wisse, wie intensiv Fäkalien in dieser Menge riechen würden. Wie schon oft zuvor weiß ich auch dieses Mal nicht, was ich auf Pamelas Frage antworten soll. Verlegen blicke ich hinaus in den Garten und dabei fällt mein

Blick auf den riesigen Jacaranda-Baum. Seit geraumer Zeit blühen diese herrlichen Bäume und schmücken Joburg mit ihrer lila Pracht. Um ehrlich zu sein, bin ich das Thema Rhodes langsam Leid und könnte mir vorstellen, stattdessen über angenehmere, ja sogar duftende Dinge zu reden. Völlig aus dem Zusammenhang herausgerissen frage ich darum einfach: *Pamela, look at the Jacaranda trees outside. Aren't they lovely?* Dieses Mal ist es zur Abwechslung einmal Pamela, die keine Antwort auf eine Frage weiß ...

CECIL JOHN
RHODES
1853-1902
YOVR HINTERLAND
IS THERE

36. Von Fall ... zu Fall, Teil II

Ich komme vom Einkaufen nach Hause und schwenke die Seidenbluse, die noch in der durchsichtigen Plastikhülle steckt. *Pamela, schau mal, der Fleck ist weg!* Pamela kommt mit dem Mopp zum Vorschein und schlägt die Hände über dem Kopf zusammen. Nachdem sie ein verblüfftes „Eish" über die wulstigen Lippen bringt, setzt sie zu einer Lobesrede an, die einzig und allein der Reinigung gewidmet ist. Kurz unterbricht sie sich dabei, um sich zu vergewissern: *Die Reinigung ist doch in weißer Hand, oder?* Ich nicke und begreife im selben Moment, dass das Thema von letzter Woche anscheinend noch einer Überarbeitung bedarf. Schwarz und Weiß: ein Thema ohne Ende. Mit einem ankerkennenden Blick sucht sie nach dem Fleck, der spurlos verschwunden ist. *Schau her, was die Weißen schaffen. Wenn Zuma so weiter macht, wird es das alles bald nicht mehr geben. Siehe Mugabe!* Ausnahmsweise bin ich es nun, die mit den Augen rollt. *Pamela, jetzt lass mal gut sein!* Je länger sie bei uns arbeitet, desto offener spricht sie ihre Befürchtungen aus, was die Zukunft von Südafrika angeht. Der jetzige südafrikanische Premier Zuma lässt ja nichts ungeschehen, um den Glauben daran zu verstärken. Let alone Mugabe in Zim!

Allein schon beim Aussprechen des Namens „Mugabe" scheinen sich bei ihr die Fußnägel hochzurollen und da sie es in Englisch nicht so gut kann, wie sie gern würde, folgt ein kurzes Intermezzo in der Ndebele-Sprache, von dem ich zwar kein Wort verstehe, mir allerdings anhand ihres Tonfalls und ihres Gesichtsausdrucks eine freie Übersetzung in gesetztes Deutsch gestatte, die in etwa lauten könnte: Mugabe geht verantwortungslos sowohl mit dem Land als auch mit dem Volk um und dafür wünscht sie ihm, sagen wir einmal, die Krätze an den Hals. Nach der kurzen Explosion in ihrer Muttersprache hat sie sich wieder unter Kontrolle und wechselt zur englischen Sprache über.

Als sie für einen Augenblick inne hält, um zu überlegen, wie sie ihrem Entsetzen in noch angebrachterer Weise Ausdruck verleihen könnte, ergreife ich das Wort und knüpfe an unsere letzte Unterhaltung an: *Obwohl du Mugabe hasst, musst du wohl oder übel zugeben, dass er sich damals doch sehr lustig und einfallsreich zu der Rhodes-Statue geäußert hat.* Fragend schaut sie mich an, also suche ich schnell das entsprechende Video im Internet und lasse es abspielen. Der Autokrat Robert Mugabe weilte letztes Jahr zum Staatsbesuch in Südafrika, als es bei der Debatte um die Rhodes Statue heiß herging. Der Verständlichkeit halber sei gesagt, dass Rhodes in Zim begraben liegt. Mugabe äußert sich dazu wie folgt: *„Er kam zu uns und wollte begraben werden. Darum liegt er da unten, in den Matobo-Bergen, denn dort wollte er sterben. Er war ein eigenartiger Mann …"* An dieser Stelle ruft Pamela laut, *Ausgerechnet der hirnverweste Mugabe erdreistet sich, jemanden „eigenartig" zu nennen.*

Unglaublich! Ich weise sie schulmeisterhaft in ihre Schranken: *Listen, Pamela,* denn sie soll Mugabe weiter zuhören, der unbeirrt fortfährt: „*Also kümmern wir uns um seinen Leichnam und ihr um die Statue. Was meint ihr? Sollen wir ihn ausgraben? Und was ist, wenn sein Geist sich erneut erhebt? Was dann?*" Kein Wunder, dass sich Südafrikas Premier Zuma bei diesem Kommentar vor Lachen kaum halten konnte. Mir geht es nicht anders. Pamela findet das logischerweise gar nicht lustig und holt schon entsprechend aus, was dieses Mal nicht nur Mugabe, sondern den ganzen *Shona*-Stammt trifft.

Vermutlich spielt bei Mugabes Unbeliebtheit seine Herkunft eine nicht zu unterschätzende Rolle, darum frage ich Pamela neugierig: *Glaubst du, dass die Situation in Zim besser wäre, wenn Mugabe dem Ndebele-Stamm angehören würde?* An der Antwort merkt man, dass sie nicht gerade vorurteilsfrei ist. Nachdem sie also die Nachteile des *Shona*-Stammes kurz zusammenfasst, erwähnt sie ganz nebenbei, dass das Staatsoberhaupt darüber hinaus etliche Dinge in ihrer Heimat verboten habe. An dieser Stelle werde ich hellhörig. Obwohl ich weiß, dass Menschenrechtsorganisationen Mugabes Regime seit Jahren anprangern, möchte ich nun Konkretes von einem Insider hören. Also frage ich meine Perle, was Mugabe als waschechter Diktator im Alltagsleben verboten habe. Pamela kullert wie erwartet mit den Augen, bevor sie zur Auflistung des üblichen Repertoires eines Despoten ansetzt: Unterdrückung der Meinungsfreiheit, Wahlbetrug, Verfolgung von Journalisten, Abtreibungsverbot und dergleichen mehr. Der einzige zugelassene Fernsehsender sei in staatlicher Hand und man könne kaum Auslandssender empfangen, um zu erfahren, was in der Heimat wirklich vorgehe. Und natürlich das für sie Allerschlimmste: Der ganze Stamm der Ndebele werde verfolgt und nur Angehörige der *Shona* bekämen Jobs. Kein Wunder, dass Millionen von Zimbos in Südafrika leben. Mugabe sorgt förmlich über Jahre hinweg mit seinen zahlreichen Verstößen gegen die Menschenrechte dafür. Ich frage Pamela, wie es um die Homosexualität in ihrer Heimat stehe und bekomme die erwartete Antwort. Mugabe habe schon vor Jahren eine Kampagne gegen Homosexualität eingeleitet, denn seiner Meinung nach handle es sich um etwas Unnatürliches und Unafrikanisches. Er soll tatsächlich gesagt haben, dass es keine Menschen, sondern Wesen seien, wortwörtlich schlimmer als Hunde und Schweine. Nachdem ich diese harte und inakzeptable Ausdrucksweise erst einmal verinnerlichen muss, hake ich nach und frage nach den Konsequenzen für solche Leute. *Sie fliehen nach Südafrika oder kommen ungefähr zehn Jahre ins Gefängnis.* Als ich Details dazu google, stoße ich auf Mugabes geistreiche Begründung für sein Vorgehen. Es sei seine Absicht, damit Aids zu bekämpfen. In diesem Zusammenhang lese ich, dass Mugabes Zügellosigkeit nicht nur innerhalb sondern ebenso außerhalb des Landes bekannt ist. Sogar die Vollversammlung der Vereinten Nationen hat er mit seiner Rede und der Hetzparole *we are not gays* schockiert. Dabei bezeichnet er Homosexualität als ein westliches Konstrukt, das Afrika aufgezwungen werde. Aber waren es nicht die Briten, die als Kolonialherren das Homo-Verbot eingeführt hatten? schießt es mir durch den Kopf.

Pamela unterbricht meine Recherche zu Mugabe und poltert weiter gegen ihren Liebling. Er habe Land und Volk vollends ruiniert. Ganz schlimm, finde sie, dass es keine Arbeitsplätze gebe und dass die Wirtschaft unter Mugabe von einer Krise in die nächste schlittere. Aus ihrer Tasche angelt sie einen Geldschein und hält ihn mir vor die Nase. *What is this?* wage ich zu fragen. *Zimbabwean money. 10 Billion Zimbabwean Dollars.* Ich zähle neun Nullen nach der zehn. Was man sich damit kaufen könne, frage ich sie und versuche mir die Kaufkraft von so vielen Nullen vorzustellen. *Nothing. Not even bread*, kommt die Antwort mit einem kurzen bitteren Lachen zurück. Es gebe übrigens auch Trillion-Dollars-Scheine, die ebenso wertlos seien.

Mir kommen Erinnerungen in den Sinn und Fotos aus unseren Schulbüchern, welche die Wirtschaftskrise 1923 in Deutschland dokumentieren und Kinder zeigen, die mit wertlos gewordenen Geldbündeln spielen, diese sogar aufeinander türmen. In Zim habe man ja noch nicht einmal mehr die eigene Währung, sondern Zahlungsmittel sei entweder der südafrikanische Rand oder der amerikanische Dollar. Damit bringt mich Pamela wieder in die heutige afrikanische Realität zurück. Ich hätte das Thema vielleicht doch nicht anschneiden sollen, denn Pamela ist, wenn es darum geht, Mugabe an die Wand zu stellen, nicht mehr zu stoppen. Sie nimmt ihn nach allen Regeln der Kunst auseinander, *this son of a bitch*, der einerseits um internationale Hilfe bitte, da er seine Kredite nicht mehr bedienen könne und andererseits seinen Geburtstag feiere, *as if there is no tomorrow.* Dieser Langzeitpräsident, den Hades aus unerfindlichen Gründen vergessen zu haben scheint, pustet tatsächlich jedes Jahr Ende Februar unbeirrt einen Haufen Kerzen aus und lässt es dabei ordentlich krachen, statt sich

Gedanken darüber zu machen, wie er sein Land wieder aus diesem Inflations-Schlamm herausziehen könnte.

Kannst du dich erinnern, wie der alte Knacker letztes Jahr eine Party direkt an den Victoriafällen feierte? Ich nicke, denn die Nachricht über seine Geburtstagsfeier in ausgelassener Gesellschaft, die eine Millionen Dollar gekostet haben soll, ging letztes Jahr um die Welt. Ich kann mich gut an die Fotos im legendären Luxushotel nahe der Victoria-Fälle erinnern und füge hinzu, dass er sogar mehrere Elefanten habe schlachten lassen, um seine Gäste mit einem extravaganten Menü zu beeindrucken. Während Pamela nicht aufhören kann, wie ein Kesselflicker zu schimpfen und dabei sowohl Mugabe als auch seine gesamte *Shona*-Sippschaft bedenkt, suche ich im Netz entsprechende Fotos und zeige ihr eine seiner riesigen Geburtstagstorten, welche die Form seines Kopfes hat. Vermutlich sieht Pamela diese Fotos zum ersten Mal, denn sie schaut sprachlos auf den Monitor, zu überrascht um zu schimpfen, entfährt ihr nur ein trauriger Satz: *In Zim hungert das Volk und er bestellt Geburtstagstorten.* Auf den nächsten Fotos von der pompösen Feier sind Luftballons zu sehen, die er mit Hilfe seiner Frau Grace aufsteigen lässt. Kein Wunder, dass diese Party als obszön verurteilt wird. *Von dem Geld hätten Schulen und Krankenhäuser renoviert werden können. Aber sein Geburtstag geht vor. An seinem 92. Geburtstag hat er mit dem Geld auch wieder nur so um sich geworfen. Geld, das nicht ihm gehört, wohlgemerkt.* Eine große Traurigkeit nimmt von ihr Besitz, die auch mich überkommt. Schwer seufzend versenkt sie einen melancholischen Blick in den Eimer mit dem sauberen Wasser, das darauf wartet, verwendet zu werden.

Pamela ist den Tränen nahe, als sie von Mugabes 92. Geburtstag berichtet, der mit 50.000 Gästen – man stelle sich einmal diese Zahl vor! – in der historischen Ruinenstadt Groß-Zimbabwe gefeiert worden sei und mehr als die nicht gerade unbeträchtliche Summe von umgerechnet 700.000 Euro gekostet haben soll. Ich komme nicht umhin, nach der Ruinenstadt zu fragen, vor allem um ein bisschen von der traurigen Stimmung abzulenken, doch die einzige Information, die sie von sich gibt, ist, dass es sich um eine sehr alte *Shona*-Stadt handle. Also suche ich wieder entsprechende Details im Netz und siehe da, diese Ruinenstadt ist eine antike Stätte und gehört zum UNESCO-Weltkulturerbe. *Das ist ja so, als würde man auf der Akropolis eine Party geben,* rufe ich entsetzt. Auf meine Einwände bezüglich des Standortes erwidert Pamela verbittert: *Er kann sich alles erlauben. Er tut so, als würde ihm das Land gehören.* Im Netz kommt weniger die antike Stätte als die Zahl 92 auf der Torte zur Geltung. Die First Lady of Zimbabwe sitzt stolz neben ihm. Auch an der Gattin lässt Pamela kein gutes Haar, als sie mit dem Zeigefinger auf sie zeigt: *Das ist seine furchtbare Frau Grace, eine arrogante und kaufsüchtige Ziege.* Tatsächlich kann ich mich an einen ihrer unsensiblen Kommentare erinnern, den sie sich erdreiste abzugeben: Aus Solidarität zu ihrem hungernden Volk verzichte sie auf das eine oder andere Mahl. Wie nicht anders zu erwarten, kann sich Pamela einen weiteren bissigen Kommentar nicht verkneifen: *So ... which meal does this selfish, greedy, opportunistic first lady skip?* fragt sie mich herausfordernd. *Verzichtet sie auf den Imbiss nach dem Frühstück oder auf den vor dem Mittagessen? Was für eine widerwärtige Person!* Wenn sie nicht gerade Kaffee mit mir trinken würde, wäre sie zur Untermalung ihrer Abscheu vielleicht sogar dazu geneigt auszuspucken, und zwar auf nichts geringeres als auf den Boden, der eigentlich mithilfe des Mopps, der aufgrund dieser Diskussion schon seit geraumer Zeit nutzlos herumsteht, gewischt werden soll. Stattdessen schaut sie der First Lady in die Augen und kommt zu dem treffenden Schluss: *Grace, if you lie down with dogs, you will get up with fleas.* Wie ich die afrikanischen Sprüche liebe! Oder ist es ein britischer? Einerlei! Fest steht jedenfalls, dass sich nichts Gravierendes an der Lage des Landes ändern wird, wenn Mugabe stirbt, was ja so lange nicht mehr dauern kann. Pamelas Augen funkeln gefährlich, während sie mit erhobenem Zeigefinger da steht. *Man sollte es sich mit Grace wahrlich nicht verderben, denn sie könnte schon bald das nächste Staatsoberhaupt sein!*

Bei dem Gedanken, dass Grace bald Präsidentin sein könnte, tritt eine kurze Sendepause ein. Sehr viel schlim mer kann es mit ihr am Ruder eigentlich gar nicht werden, nicht wahr? Wer weiß! Vielleicht lebt Mugabe ja noch eine Dekade, denn er scheint schlichtweg vergessen zu haben, dass man in dem Alter eigentlich das Zeitliche segnen sollte. Es sieht allerdings so aus, als würden die afrikanischen Präsidenten das Geheimnis kennen, wie man dem Hades erfolgreich von der Schippe springt, denn auch Mandela ist über 95 Jahre alt geworden. Mit dieser Frage nehme ich das Gespräch wieder auf, in dem festen Glauben, damit die Atmosphäre ein wenig aufzulockern: *Pamela, es muss doch einen Grund dafür geben, dass afrikanische Präsidenten so alt werden. Beispielsweise Nelson Mandela, er ist 95 Jahre alt geworden. What is their secret?* Meine Perle schüttelt den Kopf und fragt mich, ob ich allen Ernstes glauben würde, dass dieser Volltrottel Mugabe der Präsident sei? So hätte ich das eigentlich verstanden, gestehe ich. Wieder schüttelt Pamela den Kopf. Grace sei es, die alle Fäden in der Hand halte, denn der alte Hohlkopf Robert sei schon lange nicht mehr bei klarem Verstand. Im Parlament habe er beispielsweise innerhalb von wenigen Wochen zwei Mal exakt dieselbe Rede gehalten und zwar nicht, weil sich an der Lage der Nation nichts geändert habe, was sogar zutreffe, sondern weil er die Blätter verwechselt habe. Das sei ihm allerdings nicht weiter aufgefallen, ebenso wenig wie die Wiederholung der Rede. *And you are still searching for a secret! Come on!* Pamela, die an meiner Begriffsstutzigkeit zu verzweifeln droht, schaut mich streng an und ich meine, an ihrem Ironie triefenden Tonfall erkennen zu können, dass sie mich eigentlich für intelligenter gehalten hätte.

Es liegt auf der Hand, dass ich mein doch etwas angeschlagenes Image wieder richten muss. Das sei allerdings nicht nur ein Fauxpas ohnegleichen, sondern ein eindeutiges Zeichen von Senilität, gebe ich ohne Umschweife zu. Ob seine Leute nicht darauf aufmerksam geworden seien, was für einen Lapsus er da aufgrund des fortgeschrittenen Alters in aller Öffentlichkeit begangen habe, frage ich nun neugierig geworden. *Schschttttt!!!* Pamela hält den Finger an die Lippen und schaut einige Male ängstlich nach links und nach rechts, als ob Mugabes Leute überall im Haus Wanzen und Kameras angebracht hätten. Sichtlich irritiert schaue ich sie an. Pamela bückt sich zu mir und flüstert mir etwas ins Ohr, das sich noch schlimmer anhört als jegliche Senilität eines Staatsoberhauptes. Es gehe folgendes Gerücht um: Damit ihn die Opposition wegen dieser Fehlleistung nicht ausbuhe, hätten die Abgeordneten per SMS angeblich anonyme Drohungen erhalten, in denen sie aufgefordert worden seien, ruhig zu bleiben ... Mit rollenden Augen und einem Stöhnen als Zeichen der Bekräftigung, das man mit „so und nicht anders hat es sich zugetragen“ deuten könnte, schließt sie das Thema ab, um jegliche Zweifel meinerseits aus der Welt zu räumen. Tatsächlich fällt es mir schwer, diesen Gerüchten Glauben zu schenken, was man meinem Blick nur unschwer ansehen kann. Aber meine Perle hat sich heute vorgenommen, mich eines Besseren zu belehren.

Ob ich denn nicht im Internet diese lustigen Bilder von ihrem Staatsoberhaupt gesehen hätte. Pamela weiß wieder einmal mehr als ich. Sie habe sich neulich den Laptop der Nachbarn ausgeliehen und bei der Gelegenheit habe die ganze Familie vor Lachen gegrölt, weil doch Mugabe am Flughafen in der Hauptstadt Harare gestolpert sei. *Wie unfein, Pamela, über ältere stolpernde Leute zu lachen.* Mit einer abweisenden Handbewegung und einem niederschmetternden kurzen „a“ – was beides so viel wie „du und deine lästige *political correctness*“ heißen könnte – ergänzt sie einfach nur, dass er eine Treppenstufe verfehlt habe und etwas unvorteilhaft zu Boden gegangen sei, als er das Podium habe verlassen wollen. Die Sicherheitsleute hätten natürlich versucht, möglichst alle peinlichen Fotos von den Speicherkarten der Fotografen zu löschen, aber ein Schnappschuss sei ihnen wohl dabei durch die Lappen gegangen und beglücke seitdem die *internet community.*

Es ist jedes Mal aufs Neue beeindruckend, wie es Pamela – nicht ohne mein Zutun – in Windeseile schafft, von einem Thema zum nächsten zu kommen, von „Rhodes must fall“ zu „Mugabe falls“. Ihr Lachen wirkt ansteckend und ich will mir das natürlich nicht entgehen lassen, also drücke ich an meinem Laptop die entsprechenden Tasten und siehe da: Unter dem Hashtag *#MugabeFalls* wird der gelungene Schnappschuss des taumelnden Despoten ein Hit und macht in Mem-Bildern die Runde: Mugabe tanzt mit Beyoncé, sitzt wie Harry Potter auf einem Hexenbesen, reitet mit Putin auf einem Pferd, flieht vor einem wütend stampfenden Nilpferd, surft, wartet neben Usain Bolt auf den Startschuss und ... das Allerwitzigste, packt Kim Kardashian ans üppige, splitternackt glänzende, zum Anpacken einladende Hinterteil, um danach wie Miley Cyrus, allerseits berühmt für ihren Übermut, aufs Äußerste zu gehen und auf einer Abrissbirne zu schaukeln, zwar nicht nackt, aber immerhin. Wenn man bedenkt, dass sich die doch recht provokative Miley Cyrus in einem Interview als pansexuell geoutet hat, ihr sexuelles Begehren also nicht auf eine bestimmte Gruppe beschränkt, sondern auf alle Arten der Sexualität, somit auch objektsexuell ist, könnte das Foto Mugabes auf der Abrissbirne eine neue Ära in Zimbabwe einleiten. Mugabe ahmt Miley nach und stellt sich als zukunftsweisend heraus, tritt also einen Trend los, der seine Gesetze zur Homosexualität für Null und Nichtig erklärt. *Hilarious*! Pamela wischt sich die Lachtränen von den Wangen und auch ich kämpfe mit der senkrecht nach unten laufenden Wimperntusche und selbst der Blick auf den seit einer Stunde untätigen Mopp tut der guten Stimmung keinen Abbruch.

Enough is enough
MUGABE
MUST GO
Chizororai
Gushungo

37. Kabelsalat

Lizelle kommt über eine Stunde später als vereinbart und schellt Sturm. Sie ist völlig aufgelöst, als sie durch die Haustür stürzt, ihre Tasche und das stilvolle Hütchen auf den erstbesten Stuhl katapultiert, sich selber gleich daneben und mir sehr theatralisch ihr Bedürfnis nach einem Glas Wasser gestikuliert. Die Hüften nicht mehr mädchenhaft schlank, die Oberarme nicht mehr ganz straff, gehört sie zu den Südafrikanerinnen, deren Vorfahren vor Jahrhunderten Deutschland, Frankreich oder Holland den Rücken kehrten und am Kap der Guten Hoffnung landeten. Eine Burin. Aber eine von der Sorte, der das harte Agrarleben nie zugesagt zu haben scheint und die stattdessen die Vorteile einer Ehe mit einem wohlhabenden Südafrikaner englischer Herkunft richtig eingeschätzt hat. Andrew Reynolds ist nicht nur gut situiert, sondern verfügt vor allem über einen ansehnlichen Namen, womit unter Anderem auch sein Ruf gemeint ist. In der Schule, erzählte mir Lizelle einmal, wurde sie von einigen Mitschülern deutscher Herkunft aufgrund ihres Familiennamens ständig gehänselt und diese Art von Mobbing hat sie wohl so tief getroffen, dass sie froh war, bald nach der Schule heiraten und ihren verhassten, in Südafrika jedoch recht gängigen Nachnamen ablegen zu können. Als ich sie aufgrund dessen neugierig fragte, wie sie denn nun mit Mädchennamen hieß, bekam ich die nicht besonders appetitanregende Antwort: Kotze.

Jedes Mal wenn es Lizelle im Spiegelbild an Perfektion mangelt, sucht sie ihren Chirurgen auf, der ihr mit allerhand Spritzen ein paar Jährchen aus der Haut entfernt oder sie direkt unters Messer schickt. Vor jedem operativen Eingriff erzählt sie ihrem Freundeskreis nicht die ganze Wahrheit, sondern nur den zweiten Teil der selbigen, dass sie nämlich für zwei Wochen den Krugerpark zwecks *game drive* aufsuchen werde. Dort hält sie sich dann tatsächlich auf, aber nachdem sie sich zwecks „schöner aussehen" hat richten lassen. Mit ihrem in Bandagen gehüllten Gesicht jagt sie den armen Löwen, Elefanten und Zebras dann täglich einen gehörigen Schrecken ein. Diesen Teil der Wahrheit verschweigt sie tunlichst und der Rest der Menschheit tut so, als würde es nicht weiter auffallen.

Während Lizelle bei mir im Wohnzimmer sitzt und nach Luft schnappt, hält sie ihr iPhone in der Hand und lugt trotz intensiven Sauerstoffmangels mit einem Auge darauf. Hoffentlich fängt sie jetzt nicht an Freunde anzurufen, denn wir haben uns ohnehin schon sehr verspätet. Lizelle telefoniert nämlich gern und lange, auch in Anwesenheit anderer. Wie oft habe ich sie schon minutenlang sprechen hören, obwohl wir uns eigentlich auf einen Kaffee bei Tashas getroffen hatten. In solchen sich häufenden Fällen muss ich mich in Geduld und in Lizelles Muttersprache Afrikaans üben und mache immer wieder die beruhigende Feststellung, dass sich Deutsch – rein akustisch – gar nicht so schlimm anhört. Seit ich in Südafrika lebe, weiß ich, dass Holländisch und Afrikaans eine weitaus größere Zumutung für ungeübte Ohren sind und seit ich nach Dänemark umgezogen bin, weiß ich, dass sich Dänisch ohne Weiteres zu den top 3 gesellen kann.

Viele Ausdrücke ähneln zumindest in der Schriftsprache dem Deutschen, wie beispielsweise lekker oder dankie; „ja" wird übrigens jooooo ausgesprochen. Der Buchstabe „G" macht mir etwas zu schaffen, wird doch der Begriff „Gauteng" beispielsweise „choteng" ausgesprochen, also wie pochen. Afrikaans hört sich jedenfalls an wie Holländisch, man ist also einer Reihe von abgehackten Lauten ausgesetzt. Für diejenigen, die noch nie in den Genuss dieser Laute gekommen sind, sei erklärt, dass man sich die Entstehung der selbigen bildhaft so vorstellen kann, als würde sich ein Insekt in der Kehle des Sprechenden einnisten und dieser unternähme diverse Versuche, sich von diesem Insekt wieder zu befreien.

Da sitzt Lizelle nun, wedelt sich mit ihrem Fächer Wind zu und als sie genügend frische Luft geschnappt hat, fischt sie aus dem netten, überraschend geräumigen Täschchen einen kleinen Spiegel heraus, um ihren teuer aussehenden Haarschnitt, den sie sich zugelegt hat, seitdem sie sich für langes Haar zu alt fühlt, zurecht zu streichen. Ihre Kleidung zeugt wie immer von Geschmack, einer gehörigen Portion Eitelkeit und dem entsprechenden Volumen des Bankkontos, über das der Gatte wohl oder übel verfügen muss, um dieses prachtvolle Erscheinungsbild finanzieren zu können. Schmunzelnd beobachte ich, wie sie ihre Show abzieht und muss bei diesem Anblick unwillkürlich daran denken, als sie mich das erste Mal besuchte und sehr erstaunt fragte: *Wie bitte?! DU betätigst die Waschmaschine und den Geschirrspüler SELBER?! Your domestic worker will do a better job than you, my dear!* Auch war sie sehr überrascht darüber, wie gefährlich wir leben, so ganz ohne Leibwächter und ohne Eisengitter vor den Fenstern.

Geduldig warte ich nun darauf, dass sie mir den Grund ihrer Verspätung erklärt. Es kommt interessanter als ich dachte: Die ganze Nacht habe die Kupfermafia damit verbracht, in ihrer Straße die Kabel von den Strommasten zu entfernen. Durch die Kunstpause, die sie einlegt, erreicht sie den dramaturgischen Effekt, auf den sie vermutlich aus ist, und blickt mir fast triumphierend in die aufgerissenen Augen. Auch der Mund bleibt mir vor Staunen offen stehen. Vermutlich hat sie irgendwo einmal gelesen, dass die Kunstpause das Geheimnis jedes erfolgreichen Auftritts ist und fährt fort, nicht ohne sich mit einem fachmännischen Blick von der nachhaltigen Wirkung des Gesagten zu überzeugen: Anfangs habe sie gedacht, es sei einfach nur einer dieser gewöhnlichen Stromausfälle, *von denen du, my dear, ja jedes Mal verschont bleibst, nicht wahr? Thanks to ...* Bei dem letzten Satz versucht sie ihr Gesicht zu einer Grimasse zu verziehen, was die Botox-Therapie nicht so recht erlauben will, und darum sieht sie sich genötigt, eine entsprechende Kopfbewegung nach rechts zu machen, wo sich die Villa des Ex-Präsidenten befindet. Ich gehe nicht weiter darauf ein und frage nur, wozu man in aller Welt Kabel stehlen sollte. In Lizelles Antwort schwingt eine ironische Andeutung mit, die solche Wissenslücken mit einer Rüge versieht: Das sei in Johannesburg nunmehr eine der ertragreichsten Beschäftigungen. Ich bin außerstande, die gerade vernommenen Informationen, logisch zu verbinden.

Selbstverständlich habe sie die Polizei gerufen, welche

ihr erklärt habe, dass die Diebe mittlerweile eine perfekte Vorgehensweise entwickelt und eine Maschine mit ungeheurer Hebelwirkung entfaltet hätten, mit der man die Kabel, ohne Gefahr vom Stromschlag getroffen zu werden, durchzutrennen und dann meistbietend verkaufen könne. Der Polizist habe ihr weiterhin etwas gestanden, was in ganz Südafrika bekannt sei, dass sie nämlich dieser Kupfermafia nicht gewachsen seien, weil sie in allen Stadtteilen gleichzeitig zuschlagen würde. *Nur in einer gewissen Nachbarschaft bekommt man nichts davon mit, nicht wahr, my dear? Hier sind alle Kabel noch an Ort und Stelle, oder etwa nicht?* Die Freundin Lizelle ist so aufgebracht, dass ich ein kleines bisschen Neid herauszuhören glaube. Dieser Vorhaltung mit besagtem Politiker-Nachbarn werde ich langsam überdrüssig, denn schließlich ist er erst Monate nach uns eingezogen und ich hatte lange Zeit nicht die entfernteste Ahnung, was für eine noble Gegend uns da beschieden war. Wie dem auch sei, ich höre Lizelle zu, während sie mir beschreibt, dass bei ihr in der Straße sogar unter einigen Häusern gegraben wurde, um die unterirdisch verlegten Kabel auszuheben. Bei den Waltons beispielsweise, die gerade bei ihren Kindern in Australien seien. *Do you know their children have migrated to Perth? By the way the best thing we should do would be to follow them.* Der Letzte müsse dann wenigstens kein Licht mehr ausmachen! Was für ein Trost! Lizelle lacht bitter, lamentiert aber im gleichen Atemzug über die jungen hochqualifizierten Bekannten, die Johannesburg im Doppelpack verlassen und nach Australien auswandern würden, weil sie hier als Weiße aufgrund dieses BEE* keinen anständigen Arbeitsplatz bekommen könnten.

Wie immer bedarf es wenig, damit Lizelle vom Thema abkommt. *So what is the problem with the Walton's house?* versuche ich sie wieder zu der Kabelgeschichte zurückzubringen. Bevor sie erneut zu ihrer Lieblingspredigt ausholt und auf die BEE-Regelung schimpft, durch die schwarze Bürger mittels einer Quotenregelung einen Job bekommen, die Weißen dagegen leer ausgehen, höre ich mir lieber die Geschichte mit den Waltons an. Wenn also die Waltons zurückkämen, – nimmt sie den Kabelfaden geschickt wieder auf – würden sie mit Schrecken feststellen müssen, dass ein Viertel ihres Hauses über der Erde schwebt und darunter alles fehlt, was sich normalerweise unter einem Haus zu befinden pflegt, einschließlich der Kabel. Es sollen sogar schon Häuser eingestürzt sein, habe einer der Polizisten ihr mitgeteilt. *Man muss sich das einmal vorstellen! Wo leben wir hier eigentlich?* Lizelle hat sich schon längst in Rage geredet, als sie meinen ungläubigen Gesichtsausdruck erspäht: *So you don't believe my words, do you?* Wüsste ich nicht ganz genau, dass Lizelle ihre Stirn in hübscher Regelmäßigkeit mit Botox-Spritzen traktiert, könnte ich schwören, dass ich eine immer steiler werdende Stirnfalte bemerken würde.

Um jegliche Zweifel ein für alle Mal auszuräumen, verleiht sie ihrer Empörung noch mehr Nachdruck und wartet mit aktuellen Beispielen auf. Ganze Stadtteile würden immer wieder in Dunkelheit versinken, weil ein Hauptkabel durch die Kabeldiebe entwendet worden sei. Sogar Schienen hätten sie geklaut, kilometerlang obendrein. Aber der übliche Grund dafür, dass die Nahverkehrszüge einfach stecken blieben, sei die Tatsache, dass ständig ein Stück Oberleitung und somit die Stromkraft fehle. Noch nicht einmal Südafrikas Prestigeobjekt, der rapide „Gautrain", der Johannesburg und Pretoria mit dem Flughafen verbinde – und dabei wird ihr Ton wieder ironisch und sie verdreht die Augen, – bleibe davon verschont. Reihenweise würden Ampeln demoliert, aus denen Kupferdrähte oder SIM-Karten geklaut würden. Ob mir nie aufgefallen sei, dass viele Ampeln in Johannesburg gar nicht mehr funktionieren würden, fragt Lizelle mich mit einem vorwurfsvollen Blick. Das hätte ich wohl bemerkt, erwidere ich etwas kleinlaut, aber der Grund dafür sei mir nie bewusst gewesen, zumal dieselben Ampeln am nächsten Tag wieder funktionstüchtig seien. Unbeirrt fährt Lizelle mit der Auflistung des Kabelklaus fort. Teile der Wasserpipeline in Durban seien ebenfalls verschwunden. Ihre Freundin habe sie damals angerufen – übers Handy natürlich, weil das Festnetz aufgrund von gestohlenen Telefonkabeln längst nicht mehr funktioniere – und ihr Leid geklagt, weil sie und mit ihr die halbe Hafenstadt tagelang buchstäblich auf dem Trockenen gesessen hätten.

Kennst du die Impala-Statue im ehemaligen Finanzzentrum von Joburg, im CBD? Ich schüttle den Kopf. *Wie denn auch? Du gehörst ja schließlich nicht zu den alteingesessenen Joburgern. Von dem Ding ist nichts mehr übrig geblieben, weil es aus Kupfer war und die Metalldiebe es abmontiert haben, sozusagen sukzessiv.* Wehmütig, so scheint mir, ergänzt sie: *Vom CBD ist ohnehin kaum etwas übrig geblieben, seit es in schwarzer Hand ist.* Ich hoffe inständig, dass sie jetzt nicht zu der üblichen Tirade ausholt und von dem ehemaligen blühenden Stadtkern erzählt, der seit dem Fall des Apartheidsystems zu einem Ghetto verkommen ist. Glücklicherweise bleibt es mir dieses Mal erspart, denn sie besinnt sich wieder auf den aktuellen Anlass und wie sie denselben mit einem Autoritätsargument untermauern könnte. Darum erörtert sie mir, was sie heute früh noch vom Polizisten erfahren habe, dass nämlich sämtliche Gegenstände aus Metall nicht mehr sicher seien. Sogar Kinder seien schon ins Abwasserkanalsystem gestürzt, weil ihnen verschwundene Kanalisationsdeckel zum Verhängnis geworden seien. Ich solle mir das einmal vor Augen führen. Bestürzt muss ich zugeben, dass es nunmehr um meine Einbildungskraft schlecht bestellt ist. Von ihrem Gatten Andrew wisse sie *by the way*, dass es monatlich 160 Tonnen Kupferkabel seien, die in Südafrika entwendet würden. Ach Herrje, denke ich, jetzt fährt sie das übliche schwere Geschütz auf, nämlich ihren Ehemann, die Autorität in persona. *Andrew says*, das seien Strom- und Telefonleitungen im Wert von jährlich ... und sie nennt eine Milliardensumme in Rand, deren schwindelerregende Höhe es mir unmöglich macht, sie in Euro umzurechnen. So hoch sei der angerichtete Schaden für die Staatsunternehmen wie die Telkom und dem Stromversorger Eskom. Die seien es übrigens Leid, die entwendeten Kabel neu ersetzen zu müssen und weigern sich logischerweise, diese zum fünften Male zu verlegen.

Mit dem Gefühl, im falschen Film zu sitzen, lasse ich die Zahlen mit den vielen Nullen auf mich wirken. *Und was geschieht mit so viel Kupferkabel?* Diese einzige Frage bin ich imstande zu formulieren. *Andrew says*, sie würden auf dem hiesigen Schwarzmarkt für einen Bruchteil ihres Neuwertes an Alteisenhändler verkauft, aber ein beträchtlicher Teil gehe außer Lande. *And do you know where to?* Wiederholt muss ich feststellen, dass mir die Fantasie in diesem Land nach und nach abhandenkommt. Ich ziehe die Achseln hoch. *Andrew says, to China*, kommt es ihr über die mit

Collagen-Spritzen behandelten Lippen. *And do you know something else?* Nein, aber ich bin nunmehr auf die nächste Hiobsbotschaft gut vorbereitet. Also? *Andrew says,* sogar dem ehemaligen Staatspräsidenten Thabo Mbeki seien Kabel vom Dach gestohlen worden. Ihr Blick spricht Bände.

Sichtlich irritiert frage auch ich mich mittlerweile, wie unser Nachbar es wohl anstellt, dass er von allen Katastrophen, unabhängig davon, ob von Mensch oder Natur ausgelöst, verschont bleibt. Und während ich über die metaphysischen Kräfte des ehemaligen Staatspräsidenten um die Ecke sinniere, leitet Lizelle auf das ihr leidige Thema über: *Kein Wunder, dass ausgerechnet heute so etwas passieren muss! Du willst mich ja unbedingt in dieses Apartheid Museum entführen.* Ich komme nicht umhin, ihr beim letzten Satz einen höhnischen Blick zuzuwerfen. Schon seit Wochen versuche ich, Lizelle davon zu überzeugen, wie kolossal interessant ein gemeinsamer Besuch in diesem Museum wäre, zumal ich als Expat schon öfters dort war, sie hingegen – wie übrigens fast alle mir bekannten alteingesessenen weißen Joburger – noch nie. In Wirklichkeit verspreche ich mir aufgrund der Tatsache, dass Lizelle mit einem untrüglichen Gespür für soziale Schranken ausgestattet ist, zweierlei von diesem Besuch: Einerseits die Chance, dass ich Details aus der Perspektive einer Weißen, die die damalige Apartheit-Zeit erlebt und womöglich auch unterstützt hat, erfahre und andererseits die Möglichkeit, dass genau diese Person, die mit vorurteilsbehafteter Diskriminierung Menschen be- und verurteilt, sich mithilfe der Informationen im Museum über bestimmte Dinge Klarheit verschafft.

Im Grunde genommen bin ich ihr dankbar dafür, dass sie

das Stichwort „Apartheid Museum" nennt, denn so kann ich zur Eile mahnen. Schließlich halten sich die meisten Museen auf der Welt an mir unverständlich kurze Öffnungszeiten, welche wir vor lauter Kabelsalat Gefahr laufen zu verpassen. Widerwillig steigt sie in meinen Wagen ein. Während ich dem Guide telefonisch mitteile, dass wir uns „etwas" verspäten werden und im Navi die Route in Richtung Soweto eingebe, versucht sie auf eine höchst nervige Art und Weise auf mich einzureden und mich von der Sinnlosigkeit dieses Unterfangens zu überzeugen. *Was, bitte schön, sollen wir uns denn überhaupt in diesem „schwarzen" Museum anschauen?* Ich bin so frei und leihe mir von dem südafrikanischen Komiker Trevor Noah einen netten Spruch aus, um Lizelle aufzumuntern und zu dem Besuch des Museums zu motivieren: *„Apartheid was Aparthate ... you separate people, you get them apart and you make them hate each other." Isn't Trevor Noah brilliant, Lizelle?* Meine Freundin lächelt zwar, doch die Worte des Komikers allein scheinen nicht zu genügen, um Lust auf dieses Museum zu bekommen.

Der Grund, warum sie nicht dorthin gehen will, ist auf den ersten Blick kein einleuchtender: *Die Apartheid-Ära, die im Museum gezeigt wird, ist längst Vergangenheit. Und genau so wird es bald dem heutigen Südafrika ergehen. Es wird Geschichte sein.* Wie Andrew nämlich immer so schön zu sagen pflege, sei der heutige Staatspräsident Zuma dermaßen unfähig zu regieren, dass er damit Malema** eine herrliche Startrampe für seine Tiraden biete. Der könne nämlich bald als Merkspruch-Lieferant erster Güteklasse die Macht übernehmen und aus dem hübschen Südafrika ein chaotisches Zimbabwe machen. Apropos Andrew! Panikartig dreht sie sich zu mir: *Wehe, du erzählst ihm davon! Er darf auf keinen Fall erfahren, dass ich mich freiwillig und ohne mit einer Waffe bedroht zu sein, in dieses Museum begebe. Wenn Andrew davon Wind bekommt, wird der Haussegen wieder einmal schief hängen und dann musst du mir die nächsten Botox-Spritzen sponsern. Nur dass du es weißt ...*

* **Black Economic Empowerment:** Seit 2003 ein Programm einer breit angelegten wirtschaftlichen Stärkung von Schwarzen zur Erreichung der wirtschaftlichen Chancengleichheit von vormals benachteiligten Bürgern in Südafrika.

** **Julius Malema:** Südafrikanischer Politiker und Präsident (Commander-in Chief) der Economic Freedom Fighters (EFF) und bekannt für seine linkspopulistischen Reden. Er präsentiert sich oft als Anwalt der Unterprivilegierten und der arbeitslosen schwarzen Bevölkerung. Durch seine wiederholten rassistischen Ausfälle gegen Weiße macht er immer wieder von sich reden.

APARTHEID MUSEUM
NIE-BLANKES
NON-WHITES
№ 028675
Your ticket to the museum has randomly classified you as either "white" or "non-white".
Use the entrance to the museum indicated on the ticket.
APARTHEID MUSEUM
BLANKES
WHITES
№ 02867
Your ticket to the museum has randomly classified you as either "white" or "non-white".
Use the entrance to the museum indicated on the ticket.

38. Im Apartheid Museum

Wir sind da. Ich bin so sehr damit beschäftigt, beim Parken den Anweisungen des jungen Parkwächters zu folgen, dass ich Lizelle und vor allem ihrem ungehemmten Redeschwall nur bedingt Aufmerksamkeit schenken kann. Am Eingang wartet der Guide auf uns, ohne sich anmerken zu lassen, ob wir ihm mit unserer Verspätung Umstände bereitet haben. Mit einem landesüblichen sonnigen Lächeln stellt er sich vor und fragt nach südafrikanischer Art nach unserem Befinden. *Hello Bokamoso, nice to meet you*, antworte ich ihm freundlich und Lizelle macht es mir auf eine unmissverständliche, nämlich weniger erfreute Art und Weise nach. Fast könnte man sagen, sie straft ihn mit demonstrativer Nichtachtung. Mein ursprünglich dringendes Bedürfnis, Lizelle während des Museumsbesuchs endlich jegliche Voreingenommenheit auszutreiben, kann endgültig ad acta gelegt werden.

Trotzdem steht der Museumsführung nunmehr nichts im Wege. Nachdem uns Bokamoso einige Informationen zur Entstehung dieses Museums gibt, bittet er uns freundlich, ihm zu folgen. Wir gehen durch einen Gang, in dem rechts und links Pässe in überdimensionaler Größe hängen. Nicht ein einziger Pass weist das Foto eines Weißen auf. Aus gutem Grund. Dieses sogenannte *passbook* musste nämlich jeder Schwarze über 16 Jahren mit sich führen. Bokamoso erklärt uns die Methode, welcher sich das Apartheid-Regime damals zwecks Rassenzuordnung bediente: *Als Black, White oder Coloured wurde man durch den „pencil test" eingeordnet. Ein Bleistift wurde ins Haar geschoben. Die Tatsache, ob der Stift auf den Boden fiel, entschied darüber, ob die Person den Test bestanden hatte oder nicht.* Mein fragender Blick deutet auf eine erweiterte Erklärung hin, mit der Bokamoso nicht lange auf sich warten lässt. *Bei „Afro-textured hair" blieb der Bleistift logischerweise stecken. Test failed, also wurde die Person als „black" eingestuft. Wenn der Stift allerdings zu Boden fiel, war der Test bestanden und die Person wurde als „white" eingeordnet. It was simple like that.* Meine Augenbraue hüpft nach oben, wie sie es immer zu tun pflegt, wenn ich Informationen vernehme, die sich nicht leicht einordnen lassen. Unser Guide fährt mit seinen Ausführungen fort und bringt mich dadurch noch mehr durcheinander: *Wenn aber die Rassenzugehörigkeit ungewiss war, was vorwiegend für die Coloured galt, wurde es komplizierter. In Grenzfällen hieß es dann, das Haar der getesteten Person ist „too kinky", um als „white" klassifiziert zu werden, also galt die Person ab sofort offiziell als coloured. Somit hatte derjenige mehr Rechte als die schwarze Bevölkerung, aber immer noch weniger als die weiße. Es gab viele Schwarze, die „reclassified" werden wollten, in der Hoffnung, dass sie das nächste Mal als coloured durchgehen.* Wieder muss ich ihm einen fragenden Blick zuwerfen. Bokamoso erzählt uns dann tatsächlich von Fällen, die jedes Mal aufgrund dieses Tests anders eingeordnet worden seien. Außerdem kenne er Familien, deren Familienmitglieder verschiedenen Kategorien angehört hätten und darum sei ein Zusammenleben nicht erlaubt gewesen.

Während ich versuche, mir vorzustellen, wie es sich anfühlen mag, wenn Kinder und Eltern getrennt leben müssen, leitet Bokamoso wieder zu den Pässen über, vor denen wir seit geraumer Zeit stehen. Nach dem nicht bestandenen *„pencil-test"* wurde das sogenannte *passbook* ausgestellt, das jeder Schwarze über 16 Jahren mit sich führen und im Falle einer Polizeikontrolle – was an der Tagesordnung war – vorweisen musste. Im Volksmund des weißen Afrikaners hieß es „dompas". *Stupid pass*, wie unser Guide bitter lächelnd übersetzt. Wer dabei erwischt wurde, sich ohne dieses *reference book* fortzubewegen, sei *in their tribal homeland*, also praktisch ins Hinterland, in seine Heimat, deportiert worden, nicht ohne vorher eine gehörige Tracht Prügel zu beziehen, lässt uns Bokamoso verstehen. Im Grunde genommen gab dieser Pass der Polizei die Möglichkeit, die schwarze Bevölkerung und deren Bewegungen jederzeit zu kontrollieren, sodass die Angst ihr permanenter Begleiter wurde. Mir läuft es eiskalt den Rücken herunter und ich frage mich, ob sich Lizelle auch so fühlt. Ein Blick in ihre Richtung beantwortet mir die Frage sofort. Sie wedelt sich gelangweilt mit dem Fächer Luft zu und schaut düster und in denkbar trübster Stimmung an mir vorbei ins Leere. Vielleicht war es doch keine so grandiose Idee, sie hierher zu schleppen.

Danach geht es zu einem Film, der den Großen Treck der Buren zeigt. Im schwarz-weißen Streifen „Die Groot Trek" spielen Männer mit zottigen Bärten oder mit langen, über die halbe Wange verlaufenden Koteletten, Hosenträgern und Filzhut auf dem Kopf die Flucht der Buren aus der Kapkolonie ins Hinterland, also den Nordosten des heutigen Südafrikas, nach. Die Frauen tragen lange Kleider, Schürze und Häubchen. Ochsen werden vor die Karren gespannt, Hab und Gut darauf verstaut, ein letztes Gebet auf die riesige Bibel gesprochen, damit Gott sie beschützt und Tausende von „Voortrekkern" setzen zur Flucht vor der britischen Annexion des Kaplandes an. Das war 1835. Bokamoso erklärt uns die Gründe für diese Wanderbewegung. Die Buren hätten durch die vermehrte britische Zuwanderung ihre dominierende Stellung verloren und es nicht weiter mit ansehen können, dass Englisch zur alleinigen Amtssprache erklärt, das englische Recht eingeführt und – das aus wirtschaftlicher Sicht Schlimmste überhaupt – die Sklaverei abgeschafft worden seien. Ich höre aufmerksam zu und schiele zu Lizelle hinüber, die recht angetan zu sein scheint, sowohl von dem Film als auch von Bokamosos Erläuterungen. Aha, endlich taut diese Frau auf, nachdem sie sich eine geraume Weile geziert hat, aber vermutlich nur, weil es um ihre Vorfahren und nicht um die schwarze Bevölkerung geht. *Ich wusste gar nicht, dass unsere Geschichte hier in diesem Museum auch mit einbezogen wird,* gibt sie unserem Freund arrogant zu verstehen. Er antwortet freundlich zurück, dass es das Museum der ganzen Regenbogennation sei und somit keine Gruppe ausgelassen worden sei. Lizelle wirft unserem Guide einen zweifelhaften Seitenblick zu und zieht dabei die Augenbrauen hoch. Mir scheint, sie macht dabei ein etwas pikiertes Gesicht, was ich geflissentlich übersehe.

Während Bokamoso versucht, Lizelle von der Existenz der Regenbogennation sowohl innerhalb als auch außerhalb dieses Museums zu überzeugen, kommen wir zu den Fotos zum Sharpeville Massaker. Prüfend fragt er, ob wir uns noch an die *passbooks* erinnern würden. Wie nicht anders zu erwarten, nicke nur ich. Nun erklärt er den Bezug zu diesen Fotos. Im Jahre 1960 hätten in Sharpeville Tausende von Schwarzen aus Protest gegen diese Kontrollpässe demonstriert. Friedlich seien sie ohne Pass auf ein Polizeirevier zumarschiert, um sich inhaftieren zu lassen, darunter hochrangige Funktionäre der damaligen Befreiungsbewegung PAC. Dabei seien 69 Menschen zumeist von hinten erschossen worden, sodass ein Sturm der Entrüstung ausgebrochen sei. Streiks und Unruhen seien danach an der Tageordnung gewesen. Unser Guide betont, dass die Empörung der Schwarzen landesweit groß gewesen sei. Er zeigt uns noch ein anderes Foto, eins, auf dem Nelson Mandela als junger Mann eine Woche nach den Gräueltaten in der Hocke sitzt und lächelnd sein brennendes *passbook* in der Hand hält. Vorher war dafür gesorgt worden, dass Dutzende von Fotografen eintrafen, damit die Welt gebührend von diesem Ereignis in Kenntnis gesetzt wurde. Obwohl ich schon öfters in diesem Museum war, fühlt sich die Ergriffenheit, die mich jedes Mal beim Anblick dieser Bilder überkommt, in Lizelles Beisein eigenartig an. Nicht so bei Lizelle. Ihr Blick scheint durch Mandelas Augen, durch die verzweifelten Gesichter der Opfer von Sharpeville hindurchzugehen

Wir nähern uns der nächsten Station, dem Schüleraufstand in Soweto im Juni 1976. Damals sollte Afrikaans, die Sprache der weißen burischen Herrschaftsschicht an den Schulen eingeführt werden. Unser Guide spricht von dem *Bantu-Education-Act*, also dem Bantu-Bildungs-Gesetz, das schon in den 1950er Jahren verabschiedet wurde, um die Hintergründe für den Schüleraufstand, genannt *Soweto Uprising*, zu erklären. Es diente dazu, sicherzustellen, dass Schwarze nur das lernen konnten, was die Weißen sie lernen lassen wollten. Und als ob das nicht schon schlimm genug gewesen wäre, sollte das nun auch noch in der verhassten Sprache der Buren, dem Afrikaans, geschehen. Da die schwarze Bevölkerung Afrikaans nur spärlich beherrschte, sahen sich die Schüler ihrer Chancen im Bildungssystem beraubt, was zu Protestaktionen führte. Eine anfangs friedliche Demonstration endete im *Soweto Uprising* und forderte mehr als 550 Todesopfer, darunter viele Jugendliche. Man müsse sich das einmal vorstellen, Bokamosos Augen spiegeln die Trauer einer ganzen Nation wieder: *Die Polizei hat auf Schüler geschossen. Unbewaffnete, friedliche Kinder, die nicht in der Sprache der Buren unterrichtet werden wollten.* Dieser Teil der jüngsten Geschichte meiner Wahlheimat wühlt mich bei jedem Besuch dermaßen emotional auf, dass ich nicht weiß, ob ich wütend, ohnmächtig oder wahnsinnig traurig bin. Wie soll ich das bloß Lizelle zu verstehen geben? Sie wird mir entgegensetzen, dass ich eine Europäerin bin und als solche die Weißen in diesem Land nie verstehen werde. Dazu hatte sie mir beispielsweise einmal gesagt, dass die Masse der schwarzen Bevölkerung, die schließlich über 90 Prozent ausgemacht habe, den Weißen so bedrohlich erschienen sei, dass diese zu Vorsichtsmaßnahmen wie beispielsweise in Sharpeville oder in Soweto gezwungen gewesen seien. Vermutlich ist das wieder eine von Andrews Theorien, die sie nachplappert, ohne sich weiter Gedanken darüber zu machen. Als ich erwiderte, dass zehn Prozent der Bevölkerung nicht auf

Dauer die anderen 90 Prozent tyrannisieren könnten, was sich in Südafrika bewahrheitet habe, unternahm sie einen halbherzigen Versuch, eine Antwort darauf zu finden. Was soll man schon darauf antworten? Noch dazu ohne von Andrew einen Joker zugeschoben zu bekommen.

Als ich ihr einen Seitenblick zuwerfe, bemerke ich, dass sie aus ihrer Handtasche ein Taschentuch hervorzieht und sich in unnachahmlich nobler Weise damit Tränen aus dem Gesicht wischt. Ich traue meinen Augen nicht. Lizelle weint? Im Apartheid Museum? Im schwarzen Museum? Wie bitte? Als sich unsere Blicke treffen, weiß ich nicht so recht, wie ich mit dieser neuen Situation umgehen soll. Hatte ich mich ganz umsonst in Rage gedacht? Sie beugt sich zu mir und flüstert mir zu: *Ich werde dir jetzt etwas sagen, was ich noch nie jemandem anvertraut habe und das du bitte keinem, aber wirklich keinem anderen Menschen erzählen wirst. Vor allem nicht Andrew.* Ich schaue sie verständnislos an und sie holt zur Erklärung aus: *Ich habe damals PFP gewählt. Jawohl, PFP, die einzige Partei im südafrikanischen Parlament, die in Opposition zur herrschenden Apartheid stand. Weil ich das alles damals nicht mehr mit ansehen konnte. Und weil ich Helen Suzman bewunderte.* Ich habe keine Ahnung, von welcher Helen sie spricht, doch sie zeigt auf ein Foto mit einer blonden Frau. Nie zuvor hatte ich im Museum auf dieses Foto geachtet. Eine südafrikanische Politikerin, die über Jahre hinweg die einzige Frau im Parlament und die einzige Vertreterin der Opposition gegen die Apartheid-Politik war. Bokamoso merkt, dass unsere Aufmerksamkeit auf dieses Foto gerichtet ist und ergänzt: *Diese Dame ist damals für die Rechte der schwarzen Bevölkerung eingetreten. Sie wurde sogar zweimal für den*

Friedensnobelpreis nominiert. Ich bin sprachlos. Das ist alles ein bisschen zu viel auf einmal, einerseits diese weiße Frau, die für die Rechte der Schwarzen gekämpft hat und andererseits Lizelles Outing.

Wir nähern uns dem Ausgang des Museums, wo ein großes Foto von Nelson Mandela und seiner Winnie hängt. Es stammt aus dem Jahre 1990 und wurde an dem Tag gemacht, als Mandela nach 27-jähriger Gefängnishaft in die Freiheit entlassen wurde. Ehrfurchtsvoll blicke ich Nelson Mandela an: Ein groß gewachsener Mann in einem eleganten Anzug, mit viel Grau im Haar, die Galionsfigur der südafrikanischen Befreiungsbewegung. Nach fast drei Jahrzehnten findet er sich zuerst in einer Vermittler- und dann in einer Führungsrolle wieder. Händchen haltend und – zum Zeichen des Sieges – die freie Hand zur Faust erhoben, schreitet er mit seiner Frau lächelnd und strahlend an den jubelnden Massen vorbei. Bokamoso scheint mit Mandela und Winnie um die Wette zu lächeln und zu strahlen. *Dieses Foto ist das Symbol dafür, dass Südafrika die Apartheid endgültig abschüttelte.* Stolz fügt er hinzu, dass er beim Anblick des besagten Fotos immer an seinen Vater denken müsse, der stets zu sagen pflegte, dass Mandela an dem Tag genau so ausgesehen habe, wie er ihn sich immer vorgestellt habe. Da ich ihn fragend anschaue, fügt er hastig hinzu, dass es fast 30 Jahre lang, also während seines ganzen Gefängnisaufenthaltes, keine Fotos vom Märtyrer Mandela gegeben habe. *Für meinen Vater war das der schönste Tag in seinem Leben. Es war, als hätte nicht nur Mandela seine Freiheit und Würde wiedererlangt, sondern mit ihm zusammen das ganze schwarze Volk.*

Mandela ist ein Held, nicht wahr, Bokamoso? Auf meine

rhetorische Frage nickt unser Guide begeistert, ringt, scheint es, um Worte, die ihm alle unzureichend erscheinen und es vermutlich auch sind, um gleich wieder abzubrechen und neu anzusetzen: *Absolutely! ... Mehr als ein Held, er ist ein Gott! ... Er ist der einzige Politiker, den wir alle respektieren.* Er lässt sich von seinen eigenen Worten mitreißen. *Ihm haben wir es zu verdanken, dass wir garantierte Rede- und Meinungsfreiheit haben, die Freiheit zu reisen, wohin auch immer wir wollen. Mein Vater erzählte mir früher oft, dass er draußen ständig auf der Hut sein musste. Besonders stämmig gebaute Buren trieben ihr Unwesen mit den Schwarzen, weil sie glaubten, jeden anrempeln oder verprügeln zu dürfen, nur weil er ihnen angeblich im Weg stand. Einfach so und ohne jegliche Begründung.* Ich komme nicht umhin, fassungslos den Kopf zu schütteln. Lizelle starrt ihn ebenfalls an. Was sie wohl denken mag? Bokamoso ergänzt: *You know, Madiba* – so wird Mandela oft liebevoll genannt – *hat uns ein wahres Vermächtnis hinterlassen. Und zwar nicht nur, weil er sein Gehalt mit den Armen geteilt hat. Er hat uns gelehrt, unseren Feinden zu verzeihen und sie nicht zu hassen. Es gibt keinen Hass mehr zwischen den Rassen, zumindest nicht mehr bei meiner Generation.* Ich versuche, einen bestätigenden Seitenblick von Lizelle zu erhaschen, aber Letzteres gelingt mir nicht wirklich. Unser Guide ahnt nichts von meinen Befürchtungen und setzt mit seinem Lobgesang fort: *Weil mein Vater an Mandela glaubte, hat er mir diesen Namen gegeben. Bokamoso bedeutet nämlich the future. Und eine bessere Zukunft sollte ich, sein Sohn, dank Nelson Mandela haben.*

Mit einer Frage versuche ich Lizelle aus der Reserve zu locken und deute auf Winnie. *She is an amazing woman, no?* Bokamoso antwortet genauso, wie ich es erwarte. *Winnie was ok. She fought for the struggle.* Ich versuche ihn zu provozieren: *Hör mal Bokamoso, Winnie ist nicht nur ok, sie ist eine tolle Frau, an der wir uns alle ein Beispiel nehmen können.* Der stämmige junge Mann kratzt sich am Kopf und will mir nicht so recht zustimmen. Das schon, gibt er schließlich zu, aber andererseits habe sie Madiba betrogen. Bei der Eheschließung verspreche man doch, im Guten und im Bösen zusammenzubleiben. Dieses Versprechen habe Winnie gebrochen. *Ist das nicht ein bisschen zu viel verlangt, 27 Jahre lang auf einen Mann zu warten?* Lizelles Stimme hört sich zwar etwas gebrochen an, aber sie reagiert so, wie ich es mir vorgestellt habe. Wir drehen uns beide nach ihr um und schauen in ein verstörtes, blasses Gesicht. Ja, aber Madiba sei schließlich nicht irgendein Mann gewesen, sondern Nelson Mandela! Seine Mission sei heilig gewesen, kontert Bokamoso zurück. *Als ob Mandela umgekehrt auf Winnie gewartet hätte, das ist ja lachhaft!* Nun nimmt Lizelle erst recht kein Blatt vor den Mund, habe ich den Eindruck und mache mich auf ein interessantes Duell gefasst. Tatsächlich ist unser Guide nicht um eine Antwort verlegen: *Für Männer gilt Polygamie! Aber nicht für Frauen*! Ich bin mir nicht sicher, ob er es wirklich so meint oder ob er sich mit Lizelle einen Spaß erlaubt, auf jeden Fall hat er es erreicht, Lizelle von Null auf 180 zu bringen, und zwar in nur wenigen Sekunden. Ihre Augen zusammen gekniffen überlegt sie vermutlich, wie sie ihn ein für allemal mundtot bekommt, doch Bokamoso kommt ihr mit einer Friedenspfeife zuvor: *Ich selber habe nur eine Frau, weil ich keine Zeit für eine zweite habe. Dafür arbeite ich zu viele Stunden am Tag.* Da Lizelle immer noch nicht besänftigt zu sein scheint, fügt er schnell hinzu: *Außerdem liebe ich meine Frau sehr.* Zum Glück hat er mit dem letzten Satz noch ergänzt, worauf es ankommt. Wer weiß, wie unser Besuch in diesem Museum sonst geendet hätte.

Als wir wortlos im Auto sitzen, weiß ich, dass wir beide das Gleiche denken, trotzdem kann ich mich nicht dazu durchringen, die Frage zu stellen, die mir auf der Zunge brennt. Zu sehr fürchte ich vermutlich ihre Antwort. Von allein wird Lizelle sicherlich nicht darauf zu sprechen kommen. Also wag ich es: *Lizelle, darf ich dich etwas fragen?* Ohne ein bestätigendes Nicken abzuwarten, vielmehr aus Furcht, sie könnte den Kopf schütteln, rutscht es aus mir heraus: *Wie kommt es, dass du dich so sehr verändert hast, Lizelle?* Es blitzt angriffslustig in ihren Augen: *Warum ich mich verändert habe? Wer hat sich denn zuerst verändert, he? Doch wohl der ANC und seine Politik, oder?* Mir leuchtet ein, was sie meint: Vetternwirtschaft, Klüngelei, Korruption, Armut und Massenarbeitslosigkeit, obwohl nicht die Weißen, sondern schon seit einem Vierteljahrhundert die Schwarzen regieren. *Soll ich dir etwas sagen, my dear?* Sie setzt zu einer freimütigen, mir scheint zu einer selbstironischen Schilderung an, die das Gefühl der gnädigen Ferne reflektiert, mit der man auf seine Jugendsünden zurückblicken kann: *Believe it or not: Bei den ersten freien Wahlen damals, 1994, habe ich den ANC gewählt. Weil ich an eine Wende geglaubt habe. Und weil ich daran geglaubt habe, dass Mandela diese Wende herbeiführen würde. Aber seine comrades haben jetzt alles andere im Sinn als das.*

Lizelles Blick ist eisig kalt und ich befürchte, dass sie sich aus lauter Wut über sich selbst zu einer rassistischen These versteigen könnte, da es ganz offensichtlich ist, dass ihre einstige Solidarität mit dem schwarzen Volk so weit dann doch nicht geht. Anscheinend kann sie Gedanken lesen, was aufgrund der sorgenvollen Miene, die ich aufgesetzt habe, ein Leichtes ist. Sie versucht mir zu signalisieren, dass sie von solch einer Gefühlsaufwallung weit entfernt sei. In der Hoffnung, ich würde es dabei bewenden lassen, diese ungewohnten und widersprüchlichen Empfindungen einfach nur auf mich wirken zu lassen, bittet sie mich, doch endlich loszufahren. Sie wolle heim. Mir geht es nicht anders.

39. Aus der Sicht einer Weißen

Im Auto ist es still. Ich wage es nicht, diese Stille zu durchbrechen, obwohl wir nun schon seit über zwanzig Minuten im Stau stehen. Es bewegt sich rein gar nichts auf der Autobahn, vermutlich hat sich vor uns ein Autounfall ereignet. Da mir diese gespenstische Stille und Lizelles Verhalten langsam unheimlich werden, drehe ich das Radio an, in der Hoffnung auf eine nette Aufheiterung in Form eines Liedes, das Ausdrücke wie *happy, sun, love* oder Ähnliches in ansprechbarer Aufmachung melodisch erklingen lässt. Aber wie heißt es so schön im Volksmund? Erstens kommt es immer anders, zweitens als man denkt. Als wollte mir der törichte Sender ein Schnippchen schlagen, sind doch tatsächlich stattdessen die Nachrichten zu hören. Ausgerechnet jetzt wird vom unsäglichen Malema berichtet und davon, was er sich zum wiederholten Male an Unannehmlichkeiten geleistet hat. Unsere Blicke treffen sich ungefähr in der Mitte des Jeeps. Überrascht vernehme ich, welche unverhoffte Wendung sich nun ergibt. Lizelle sitzt nach dem Besuch im Apartheid Museum noch ganz geknickt neben mir, denn schließlich hat sie das für Südafrika-Verhältnisse Unvorstellbare zugegeben, dass sie nämlich noch zu Apartheid-Zeiten den ANC gewählt hat. Doch nun kommt wieder Leben ins Auto, denn Lizelle stellt mir die Frage: *Na los, warum fragst du mich nicht?* Sichtlich irritiert frage ich zurück. *Was soll ich dich denn fragen? – Na, das, was dir auf der Zunge brennt natürlich. Come on ask me! What are you waiting for?* – Ich habe keine Ahnung, wovon sie redet. *Ask me about him* und ihr ausgestreckter Zeigefinger schnellt in Richtung Autoradio. *Why don't you ask me about Malema?* Warum in aller Herrgotts Namen musste ich das Radio einschalten? Ich mache mich auf eine ungemütliche Heimfahrt gefasst. Es bleibt mir nichts anderes übrig, als die überflüssige Frage herunter zu leiern, nämlich was sie denn von diesem Malema halte. Und um dem Ganzen ein bisschen Pepp zu verleihen, füge ich noch etwas hinzu: dem Commander-in-Chief, und seiner linksgerichteten Partei EFF. Und warte auf den Ausbruch des Dritten Weltkrieges.

Es kommt, wie es kommen muss: Na, was solle sie wohl von einem angeblichen Politiker und seiner Möchte-gern-Partei halten, deren Abgeordnete ein, gelinde ausgedrückt, doch recht außergewöhnliches Erscheinungsbild haben. Da ich die Stirn runzle, bohrt sie nach und stellt mir die Frage: *Sag bloß, du findest es in Ordnung, dass Abgeordnete als Minenarbeiter, also in roten Mines-Overalls, ins Parlament stampfen?* In Anbetracht der buchstäblich ausweglosen Lage – man bedenke, wir stehen im Stau, also ist an Entrinnen nicht einmal im Traume zu denken – ist ein Lachen mehr als unangebracht, aber es fällt mir sichtlich schwer, es zu unterdrücken. Zu allem Übel rutscht mir auch noch der falsche Satz heraus, dass ich es nämlich eigentlich ganz originell fände, denn mitunter würden Politiker doch recht eintönige Kleidung tragen. *Ein Politiker sollte seriös gekleidet sein und nicht als Putzfrau im Parlament erscheinen*, erwidert meine Freundin in einem pikierten Tonfall. *Ja aber wenn die Männer wie Minenarbeiter angezogen sind, dann müssen sich die weiblichen Politiker entsprechend frauengerecht zeigen. Der rote Kittel der Putzfrau drückt doch Volksnähe aus, oder?* Meiner Meinung nach ist diese Argumentation stichhaltig, doch Lizelle scheint es anders zu sehen. Sie schaut mich entsetzt an, so dass ich mich genötigt sehe, die Erklärung neu zu formulieren, was mir nur bedingt gelingt: *Vermutlich will die Partei dadurch ihre Volksnähe zum Ausdruck bringen.*

Lizelle muss eindeutig nach Luft schnappen. Um meinem Argument bezüglich der Volksnähe Nachdruck zu verleihen, parallelisiere ich die Situation mit Deutschland. Das hätten die Grünen in den 1980er Jahren ähnlich inszeniert, als sie beim Einzug in den Bundestag durch das deutsche Anzieh-Unglück schlechthin aufgefallen seien: Mit Birkenstock-Latschen, dazu passenden Strümpfen und ausgebeulten Cordhosen seien die neuen Abgeordneten zwar nicht aus dem typisch deutschen, dafür aber gehörig aus dem adretten Bundestags-Rahmen gefallen. Und stillende Mütter erst recht. Erwartungsvoll schaue ich kurz in Richtung Beifahrer. Zwar kann ich mich des Eindrucks nicht erwehren, dass Lizelle den Inhalt des gerade Vernommenen nur ansatzweise erfasst hat, aber das ist jetzt weniger schwerwiegend. Vermutlich bin ich mit dem Begriff „Volksnähe" einen Schritt zu weit gegangen, denn ich merke, dass sie auf das Ende dieser belanglosen deutschen Parallele aus den 1980er Jahren wartet, um besagten Begriff aufzugreifen: *Volksnähe!? Dass ich nicht lache! Malema will das weiße Volk tunlichst weit weg wissen und nach Europa schicken. Wir sollen wieder dahin zurück, wo wir angeblich hergekommen sind. Ich bin nirgendwo hergekommen. Ich bin in Johannesburg geboren und aufgewachsen. Born and bred.* Sie lässt sich von ihren eigenen Worten mitreißen: *Was kann ich dafür, dass meine Ur-ur-ur-ur-großeltern vor Generationen hier gelandet sind? Ich soll zurück in deren Heimat, die nicht meine Heimat ist. Das hier ist meine Heimat. Hier gehöre ich hin.* Und dabei zeigt sie mit dem Zeigefinger senkrecht nach unten, direkt auf ihre geschmackvollen Pumps. *Wie soll Europa meine Heimat sein, wenn ich noch nie dort gewesen bin?*

Hhmm. Zu lange hat Lizelle wohl im Auto geschwiegen und jetzt ist es aus ihr herausgeplatzt. Mit Malema scheint ein wunder Punkt getroffen worden zu sein. Julius Malema war früher ein enger Parteifreund Zumas und Anführer der Youth of ANC gewesen. Allein schon darum ist er allen Weißen suspekt. Ich versuche, etwas mehr darüber zu erfahren und stelle die nächste Frage, in der Hoffnung, dass sich diese unverfänglicher erweist. Ob sie mitbekommen habe, welche Peinlichkeit sich Südafrika neulich wieder im Parlament geleistet habe? *Du meinst sicher die Tumulte bei der jährlichen Staatsrede*, erwidert Lizelle sichtlich betreten. Danach murmelt sie nur ein Wort: *Embarrassing.* Und dann noch etwas Konkreteres: *Disgusting.* Leider muss ich ihr zustimmen, denn der Schlagabtausch erreichte dieses Mal tatsächlich neue Tiefen. Die Bilder, die bestätigen, dass die Zeichen auf Krieg stehen, sind um den ganzen Erdball gegangen und haben vor allem in der westlichen Welt für hochschnellende Augenbrauen gesorgt. Es war eines der ausdrucksstärksten Beispiele für vielstimmige Unstimmigkeiten, die nicht einer gewissen Aggressivität entbehren und die ich aus sicherer Entfernung und mit der Fernbedienung bewaffnet, also von der Couch aus, verfolgte. Als ich sie erneut danach frage, murmelt sie achselzuckend, dass sie sich nicht dazu äußern wolle. *These people are destroying South Africa. They are destroying my home.*

Um dem nicht allzu kundigen Leser eine kleine Hilfestellung zwecks besseren Verständnisses der südafrikanischen Begebenheiten zu geben, sei gesagt, dass es sich bei unserem Gespräch um die jährliche Staatsrede handelt. In bester Verfassung holt Staatspräsident Zuma lächelnd aus, um eine Art Bilanz zu ziehen. Dabei fällt man ihm ständig ins Wort. Ohne für Zuma Partei ergreifen zu wollen, möchte ich sagen, dass es doch eigentlich unangebracht ist, das Staatsoberhaupt laufend zu unterbrechen. Aber Malema nebst anderen Politikern der EFF sehen das etwas anders und scheuen keine direkte Konfrontation mit Zuma. Ihre Parole ist „*Give the money back*“, folglich fragen alle der Reihe nach, wann Herr Zuma denn gedenke, das für den Ausbau seiner Villa veruntreute Geld zurückzuzahlen. Ein Mitglied geht sogar so weit, allen Ernstes die Frage zu stellen: *When is the money being paid by EFT, cash or eWallet?* Daraufhin verfällt der ganze Plenarsaal in Lachen. So unangemessen einerseits die an sich doch recht gesitteten Unterbrechungen sind, so inakzeptabel ist andererseits die Tatsache, dass besagtes Staatsoberhaupt Millionen aus der Haushaltskasse in die eigene Tasche gesteckt und sein Haus davon hat renovieren lassen. Wegen Letzterem ist im Land ein Sturm der Entrüstung ausgebrochen.

Der Stau vor uns scheint sich zu lösen. Es geht langsam weiter. Um die Stimmung etwas aufzulockern, erwähne ich die Parlamentsvorsitzende und lobe ihre reizende Erscheinung an dem besagten Tag der Tumulte. Haute couture, wie mir scheint. Vor allem der exquisite gelb-schwarze zylinderähnliche Hut auf dem Kopf, natürlich passend zum Kleid, war sehr beeindruckend. Ich versuche beim Fahren nach links zu schielen, um Lizelles Reaktion aufzufangen. Schließlich geht es jetzt nicht um Politik, sondern um Mode und dafür hat meine Freundin ja bekanntlich ein Faible.

Lizelle ziert sich eine Weile, schafft es aber nicht länger als eine halbe Minute zu schweigen und entgegen ihrer Absicht, sich nicht zu den Tumulten zu äußern, wird sie dann doch wieder gesprächiger. Diese Politikerin sei immer adrett und modebewusst gekleidet, lässt sie mich wissen, aber elegant hin, mondän her, sei es schließlich mehr oder weniger ihr Verschulden gewesen, dass die Sache im Parlament außer Kontrolle geraten sei. *Ach, ich dachte Malema und seine Kompagnons seien die Unruhestifter gewesen,* werfe ich ein. *In gewisser Weise stimmt das natürlich, aber Andrew meint, die Vorsitzende hätte es anders angehen sollen.* Wie immer im Leben, kann man die Sachlage auf zwei verschiedene Weisen interpretieren. Die in Gelb-Schwarz eingehüllte Vorsitzende habe jeden einzelnen Abgeordneten in gefasstem Ton hinausgewiesen, und zwar mit der Begründung, sie würden sich nicht an die Regeln halten und sich mit ihrem Anliegen ständig wiederholen. ′I will ask you to leave the chamber.′ habe sie zwar sehr höflich formuliert, aber dadurch ein regelrechtes Chaos entfacht, denn die Abgeordneten seien ihrer Aufforderung nicht nachgekommen. *Andrew says,* ihr sei es im Endeffekt doch nur darum gegangen, dass Staatspräsident Zuma eine nichtssagende Rede über die Lage der Nation halten könne und sich nicht zu den unterschlagenen Millionen zu äußern brauche. Da wird Andrew vermutlich nicht ganz Unrecht haben.

Die turbulenten Szenen, die sich danach im Plenarsaal abspielen, kann jeder Sensationslustige bei *YouTube* abrufen. Auch wenn es im Video nicht zu sehen ist, dürfte die Wahrscheinlichkeit nicht ausgeschlossen werden, dass es Zuma mit den wiederholten Zwischenrufen der EFF-Abgeordneten zu bunt wird und darum der eleganten, bunt gekleideten Vorsitzenden auf elegante Art und Weise ein Zeichen gibt. Diese bereitet daraufhin kurzerhand dem unwürdigen Spektakel ein verfassungswidriges Ende und lässt Sicherheitskräfte in den Parlamentsaal kommen, die die Opposition gewaltsam abführen. Die Abgeordneten der Partei „Economic Freedom Fighters" (EFF) machen ihrem Parteinamen alle Ehre, sodass ein regelrechter Kampf zwischen ihnen und den Sicherheitskräften ausgetragen wird, nach dem einer der Beteiligten sogar im Krankenhaus landet.

Die Abgeordneten der bürgerlichen Partei DA sind an diesem Tag aus Protest gegen Zumas Politik samt und sonders in schwarzer Trauerkleidung erschienen, sodass sie einen netten Kontrast zur roten Arbeiterkleidung der EFF bilden. Mit der nötigen Gelassenheit und klugen Umsicht halten sie sich die ganze Zeit heraus und lassen die EFF hübsch die Kastanien aus dem Feuer holen. Aus Protest gegen den „schweren Verfassungsbruch" verlassen auch sie dann – allerdings freiwillig und weniger auffällig – nach dem Tumult den Plenarsaal und werden von den ANC-Mitgliedern dabei mit bösen Blicken bedacht. Vor fast leeren Rängen kann Zuma dann endlich seine Rede halten. Diese oberpeinliche und prekäre Situation ist eigentlich nur ein Beweis dafür, dass ein Disput in einigen Teilen der Welt eben einen vollkommen anderen Stellenwert hat und nach gänzlich anderen Regeln gehandhabt wird.

Auf halbem Wege nach Hause erlaubt sich Lizelle ein weiteres geliehenes Urteil ihres Ehemannes, dieses Mal über das südafrikanische Staatsoberhaupt. *Andrew says*, Zuma funktioniere wie eine Teflonpfanne: Nichts bleibe an ihm hängen. Weder die Korruptionsvorwürfe aufgrund von Rüstungsgeschäften von früher, noch der Prozess wegen angeblicher Vergewaltigung noch der Ausbau der Privatresidenz in Nkandla. Über diesen Vergleich mit der Pfanne muss ich grinsen. Sehr gelungen, Andrew! *Hast du mal bei YouTube gesehen, wie Zuma auf Kritik reagiert?* Ich schüttele den Kopf, vermute aber, dass er Kritik gut wegstecken könne. *Allerdings! Sehr gut sogar*, fährt sie etwas unbeherrscht fort und ergänzt zur Krönung von Zumas Dickhäutigkeit: Auf den Vorwurf, Geld unterschlagen zu haben, kichere er einfach nur höhnisch und füge frech hin zu, *My laughing is not hurtful, it's healthy*. Wie nicht anders zu erwarten, steigert sich Lizelle immer mehr hinein: *Ist das nicht unerhört?* Ich muss ihr beipflichten und erkläre ihr, dass es in der griechischen Sprache einen passenden Spruch dazu gebe: Man spuckt ihm ins Gesicht und er behauptet, es regne. Meines Erachtens ist dieser Spruch wie geschaffen für Präsident Zuma und genauso ausdruckstark wie die Sache mit der Teflonpfanne. Lizelle fragt mich, ob sie das mit der Spucke und dem Regen übernehmen und an angebrachter Stelle gebührend anwenden dürfe. *Pleasure*! Stolz darauf, nach landesüblicher Art antworten zu können, höre ich ihr gespannt zu, wie sie den nächsten aktuellen Ausrutscher Zumas beschreibt. Auf Deutsch übersetzt hat er in etwa Folgendes zum Besten gegeben: *Wenn man liest, was sich in der Welt ereignet, in Uganda, in Zimbabwe, in DRC, im Mittleren Osten, stößt man ständig auf dieses weiße Wort namens „Stress".* Hinzugefügt hat er dann tatsächlich noch: *I am black, I have no stress. There is no word in Zulu for this white word called "stress".* Lizelle schaut mich erwartungsvoll an. *Ist das wirklich eine weiße Erfindung?* frage ich die Naivität in Person. Lizelle wirft mir einen zweifelhaften Seitenblick zu, was ich vorerst als Antwort zu deuten habe.

Lizelle ist heute, scheint mir, politisch interessierter als sonst. Es muss wohl am Apartheid Museum liegen. *Andrew says, dafür, dass dieser Kerl nie eine Schule besucht hat, ist er sehr weit gekommen im Leben.* Meine Augenbrauen nähern sich vor Verwunderung dem Haaransatz. *Ein Staatsoberhaupt ohne Schulabschluss? Es ist zwar nicht das erste Mal, dass ich das höre, aber eigentlich sollte das doch unmöglich sein, oder!?* Da ich es offensichtlich nicht glauben kann, geht Lizelle zum Beweis über. *Hast du schon einmal gehört, wie er Zahlen liest?* fragt sie mich darum. *Wie kann man denn Zahlen anders lesen als sie auf dem Papier stehen?* frage ich neugierig zurück. Der könne das ausgezeichnet, spottet sie in unnachahmlicher Weise. Wenn er eine Zahl mit mehr als sechs Stellen ablesen müsse, verhasple er sich nach allen Regeln der Kunst, denn er verwechsle Tausend mit Millionen. *Aber wenn es darum geht, Geld zu unterschlagen, bringt er die Nullen nicht durcheinander, oder?!* Lizelle muss lachen, selbst wenn ihr eher zum Weinen zumute ist. Sie findet meine Anmerkung gelungen. Was bin ich stolz darauf, mittlerweile die Zusammenhänge in Südafrika interpretieren zu können! *Andrew says, don't give him numbers, write it down in words* und um auch die letzten Zweifel an Zumas Ignoranz auszuräumen, gibt sie „Zuma reads numbers" in ihr iPhone ein und konsterniert werde ich Zeuge seines mühevollen Versuchs, eine mehrstellige Zahl zu verbalisieren. *Andrew says,* Zuma habe erst auf der Gefängnisinsel *Robben Island* Lesen und Schreiben gelernt, doch bei der Zementierung seiner Macht habe er genialische Bauernschläue bewiesen. Außerdem sei er ein begnadeter Redner, nicht so mitreißend wie Nelson Mandela es einst gewesen sei, aber gut genug, um die gehorsamsten Schmarotzer um sich herum zu versammeln. *Andres says,* Zuma habe somit einen von Zulu dominierten Patronage-Staat geschaffen. Dank sei Andrew für seine aufschlussreichen Bemerkungen, die seine bessere Hälfte glücklicherweise gut verinnerlicht hat und mir nun aufgrund dessen einiges klar wird. Jetzt begreife ich, warum beispielsweise die Schwarze Intelligenz, also die Intellektuellen, Zuma immer mehr den Rücken kehren. Vor allem die Nicht-Zulu. Aber der einfache Mann scheint genauso unzufrieden zu sein, sonst würde man nicht an vielen Wänden Anti-Zuma-Parolen lesen. Das teile ich Lizelle dankend mit: *Jetzt verstehe ich die ganzen Sprüche, wie „Zuma must fall" und „No Zuma, no cry". Ob Zuma wohl noch einmal gewählt wird? Sieht ja eigentlich nicht danach aus, oder?*

Wir sind zu Hause angekommen. Ich bin so sehr mit dem Öffnen des *gate* und den üblichen Sicherheitsvorkehrungen beschäftigt, dass mir Lizelles plötzliches Schweigen gar nicht auffällt. Mit dem Autoschlüssel in der Hand mache ich Anstalten, die Autotür zu öffnen, doch Lizelle packt mich am Ärmel. Fast im Flüsterton gibt sie etwas von sich, was ich erst nach einigen Sekunden verstehe. Mit meiner These, dass Zuma wohl nicht noch einmal gewählt wird, habe ich anscheinend bei Lizelle einen sensiblen Nerv getroffen. Sie macht keinen Hehl aus ihrer Besorgnis und schweigt sich auch nicht über den Ernst der Lage aus: *I am so scared of Malema.* Lizelle ist kaum wiederzuerkennen, so sehr steht ihr die Angst im Gesicht geschrieben. Aus der edlen Dame von Welt ist plötzlich ein Häufchen Elend geworden.

Ich versuche, ihr die Angst mit logischen Argumenten auszutreiben, indem ich beispielsweise zuversichtlich daran zweifle, dass Malema je an die Macht kommen könnte. Lizelle ringt um Worte: *But in case he would ... do you know what it would mean for the whites?* Ich unternehme einen erneuten Versuch, ihr gut zuzureden: *Es ist wirklich schwer vorstellbar, dass Malema mit seiner Drohung ernst macht und tatsächlich alle Weißen des Landes verweist.* Lizelle gibt mit ernstem Blick zu bedenken: *Das Gleiche ist aber im Nachbarland Zimbabwe geschehen. Da hat Robert Mugabe nämlich auch alle Weißen förmlich über Nacht einfach vor die Tür gesetzt. Es hat Tote gegeben. Viele sogar.* Die Ereignisse im Nachbarland haben sich natürlich ins kollektive Gedächtnis eingebrannt. Sie ergänzt noch eine wichtige Information, dass Mugabe für Malema eine Art Vorbild darstelle. Das solle man nicht außer Acht lassen. Tatsächlich ist Lizelles Sorge alles andere als unbegründet und vermutlich weiß sie, dass ich ihr etwas einzureden versuche, wovon ich selber nicht ganz überzeugt bin. Die Befürchtung, dass es zu unschönen Szenen kommen könnte, liegt unglücklicherweise nahe.

Dabei kommen mir Malemas Worte nach diesen Turbulenzen im Plenarsaal in den Sinn. Ausgerechnet er empört sich öffentlich darüber, dass Südafrika ein Polizeistaat sei, wo er doch vorhat, einen ebensolchen auszurufen und alle

Weißen des Landes zu verweisen. Sobald er gewählt wird. Lizelle unterbricht meine Gedanken: *Andrew says,* für die schwarze Bevölkerung, die den ANC und Zuma nicht mehr länger wählen wolle, stelle die EFF, also Malemas Partei, die einzige Alternative dar. *Was sollen sie denn sonst wählen? Die DA, also Democratic Alliance, kommt als bürgerliche Partei nicht in Frage. Es brechen nun definitiv andere Zeiten auf. That's why I am scared.*

Ausnahmslos um eine lösungsorientierte Argumentation bemüht, versuche ich es nun so: *Aber Lizelle, solange die DA in der Provinz Western Cape, also um Kapstadt herum, die stärkste Partei ist, brauchst du nichts zu befürchten.* Ich verschweige dabei, was ich immer wieder von der schwarzen Bevölkerung gesagt bekomme: Warum soll ein Schwarzer DA wählen? In Cape Town wird nur für die weißen Viertel etwas getan. Die *squatter camps* und die Townships sind dagegen in einem unmenschlichen Zustand. In Joburg allerdings regiert der ANC und kümmert sich wenigstens um die schwarzen Siedlungen, die so schlecht nicht sind, siehe Soweto. Darum ist die Kriminalität in Cape Town höher, denn in den Elendsvierteln, die von Gott und Politikern verlassen sind, herrscht Mord und Totschlag. Kriminelle Gangs geben dort den Ton an. Lizelle scheint Gedanken lesen zu können und erwidert im strengen Ton: *Noch ist das die einzige südafrikanische Provinz, die politisch nicht vom ANC dominiert wird. Aber weißt du, was Andrew sagt?* Ich komme nicht umhin, bei diesem Namen zu seufzen. Was sagt er also? Andrew habe in Erfahrung gebracht, dass der ANC in den letzten Jahren Bürger aus dem Eastern Cape, vorwiegend Xhosa, nach Cape Town und Umgebung bringe, um den Anteil der wahlberechtigten Schwarzen zu erhöhen. Auf diese Umsiedlung sei es übrigens größtenteils zurückzuführen, dass die Townships *Langa* und *Khayelitsha* dermaßen aus allen Nähten platzen würden. Ich schaue Lizelle fragend an und sie bzw. ihre bessere Hälfte weiß, was das zu bedeuten hat: *Bei den nächsten oder übernächsten Wahlen wird darum die DA in der Provinz Western Cape vermutlich verlieren und dann könnte Südafrika einen Wandel erfahren.* Bevor Lizelle in ihren Wagen steigt, um durch das Tor zu fahren, umarmt sie mich ganz fest und innig, ohne etwas zu sagen. In diesem Moment wissen wir beide, dass sich für die Weißen einiges in diesem Land verändern wird. Man wird sehen ...

40. *Crime* in den Kreisen der südafrikanischen Prominenz

Regelmäßig suche ich den Frisör auf. Egal in welchem Land ich mich befinde. Vor allem seitdem ich gelesen habe, dass Umfragen zufolge schönes, gepflegtes Haar ein Zeichen für Attraktivität und Gesundheit sein soll. Und da ich über eine ausgeprägte Portion Eitelkeit verfüge, lasse ich es nicht zu, dass mein Haar durch einen neuen Wohnort oder durch stetige Umzüge leidet. Also sitze ich auch in Südafrika öfters beim Frisör. In Johannesburg habe ich relativ schnell einen guten Salon gefunden und lasse mich gern von Koula, Giorgos und deren Angestellten verwöhnen. Wie unschwer an ihren Namen zu erkennen ist, gehören sie hierzulande der griechischen Gemeinde an, die stolze 40.000 Mitglieder zählt. Der bekannteste Grieche Südafrikas ist übrigens der Menschenrechtsanwalt George Bizos, der Nelson Mandela 1963 im Rivonia-Prozess verteidigte, als dieser wegen Sabotage angeklagt war. Diesem Rechtsanwalt hat es Mandela tatsächlich zu verdanken, dass statt der Todesstrafe die lebenslange Haft verhängt wurde.

Schon während des zweiten Weltkrieges haben viele Griechen, scheint es, die griechische Inselwelt gegen Südafrika ausgetauscht. Immer wieder muss ich überrascht feststellen, was für ehrgeizige, fleißige und zielstrebige Insulaner Rhodos, Symi, Kastellorizo, Limnos oder Lesbos ans Ausland verloren haben. Die südafrikanischen Griechen erzählen gerne von der Heimat, die sie jährlich besuchen, um den Kontakt zur Verwandtschaft und zur Sprache aufrechtzuerhalten. Untereinander sprechen sie ein Griechisch, das mit einem intensiven südafrikanischen Akzent durchzogen ist und regelmäßig durch südafrikanische Ausdrücke durchbrochen und ergänzt wird. Ihre Kinder bzw. Enkelkinder gehen zum größten Teil auf die griechische Schule „Saheti", der in Joburg der Ruf der besten Schule vorauseilt. Aus diesem Grund schicken viele Eltern, die etwas auf sich halten, ihre Kinder dorthin, selbst wenn sie selbst nicht griechischer sondern indischer, afrikanischer oder englischer Abstammung sind.

Heute habe ich um 9.00 Uhr morgens einen Termin bei Koula und als ich den Salon betrete, geht es darin wie in einem Taubenschlag zu, denn er ist bereits voller Damen, die sich in verschiedenen Phasen des Verschönerungs-Prozedere befinden. Einige sind sogar schon fertig gestylt, gefärbt oder gesträhnt und warten zwecks Bezahlung an der Kasse. Hierzulande lebt ein Volk, das schon früh aus den Federn hüpft und sich somit unter den globalen Frühaufstehern nicht ohne Grund die Goldmedaille verdient. Es wundert mich schon lange nicht mehr, dass man Termine bei Ärzten, Physiotherapeuten, Frisören oder Maniküristinnen selten nach 15.30 Uhr, dafür aber fast immer um 7.00 Uhr morgens bekommt. Den Kunden in Südafrika werden die Türen nun einmal sehr früh geöffnet und entsprechend früh wieder geschlossen.

In Koulas und Georgs Frisiersalon unterhält man sich unverbindlich über Gott und die Welt, während das Radio läuft und die neuesten Hits gespielt werden. In den Nachrichten wird stündlich alles Nennenswerte durchgegeben, was in Joburg bzw. in Südafrika vorgefallen ist, sodass Kunden und Frisörinnen nie verlegen um ein Gesprächsthema sind. Während ich mit dem Turban vor dem Spiegel sitze und mich wieder einmal über das unvorteilhafte Licht in den Frisiersalons ärgere, das alle Defizite im Gesicht betont, die netten Seiten jedoch geflissentlich übersieht, – ich erwähnte schon zu Anfang, dass ich eine eitle Person bin, nicht wahr? – höre ich dem Nachrichtensprecher im Radio noch nicht einmal mit halbem Ohr zu. Dieser scheint etwas Wichtiges zu berichten, denn alsbald wird es von allen Damen um mich herum aufgegriffen, sodass eine muntere Debatte ausgelöst wird. Als ich das intensive Schnattern im Salon höre, gebe ich meinen Versuch auf, die Gesichtshaut in Ohrenhöhe mithilfe der Fingerkuppen zu straffen, um meiner Fantasie zwecks schöner aussehen etwas nachzuhelfen. Der Test eines imaginären Liftings scheitert grandios, da meine Aufmerksamkeit nun den laut diskutierenden Damen in meinem näheren Umfeld gilt. Heute werde ich vermutlich nicht mehr erfahren, wie ich nach einem eventuellen Schönheitseingriff aussehen würde. Angestrengt versuche ich stattdessen in Erfahrung zu bringen, was vorgefallen ist, doch das will mir nur bedingt gelingen, da ich den Beginn der heißen Debatte verpasst habe. Nach konzentriertem Zuhören wird mir eines bewusst, dass sich nämlich in diesem Land, in dem ich lebe, momentan alles um den Kapitän der Nationalfußballmannschaft dreht, ohne dass dieser Fußball gespielt hätte. Während Koula an meinen Haaren herumhantiert, scheint sie meinen fragenden Gesichtsausdruck im Spiegel bemerkt zu haben und zeigt Erbarmen. In einer komprimierten Zusammenfassung klärt sie mich darüber auf, was seit Tagen durch die nationalen Medien geht: Die Ermordung des südafrikanischen Nationaltorhüters Senzo Meyiwa. Nun kann ich dem Gespräch im Salon wenigstens halbwegs folgen und muss verwundert feststellen, dass sich die Damen um mich herum nicht einig zu sein scheinen, was Details angeht ...

An dieser Stelle möchte ich dem werten Leser die wichtigsten Hintergrundinformationen vermitteln, die das Verständnis des Falles enorm erleichtern sollten. Die Nachricht vom Tode des Torhüters Senzo Meyiwa wird im ganzen Land mit Bestürzung aufgenommen. Soccer ist nämlich unter der schwarzen Bevölkerung an Beliebtheit nicht zu übertreffen. Selbst dem weißen Nationalsport Rugby gelingt dies seit Jahrzehnten nicht. Die heiße Debatte, die seitdem im ganzen Land ausgetragen wird, ist der Konstellation gewidmet, unter der sich ein Mord wie dieser ereignen kann. Ausgerechnet der Held des Landes am südlichsten Ende Afrikas wird an einem Sonntagabend in der Johannesburger Township Vosloorus im Haus seiner Freundin, der Sängerin und Schauspielerin Kelly Khumalo, von Einbrechern erschossen. Die Eindringlinge stürmen in das Haus und fordern die insgesamt sieben anwesenden Personen mit Waffengewalt zur Herausgabe ihrer Handys auf. Als es zum Gerangel um ein Mobiltelefon kommt und Senzo Meyiwa sich schützend vor seine Freundin stellt, wird er kurzerhand angeschossen und erliegt auf dem Weg zum Krankenhaus seinen Verletzungen.

Einen Nationalhelden zu erschießen, um ein Mobiltelefon zu erbeuten, ist schon etwas unüberlegt, finde ich und versuche mir die Konsequenzen für den Täter vorzustellen. Der Sprecher im Radio setzt genau da an und erläutert, dass die Strafverfolgung bereits eingeleitet ist. Die Dame mit dem nassen Haar neben mir lacht schrill auf und kann sich ihren Kommentar nicht verkneifen: *Das möchte ich sehen, bei dem Ruf, den die südafrikanische Polizei hat!* Der Sprecher scheint die schrille Dame gehört zu haben, denn prompt kommt die Nachricht, dass die Strafverfolgungsbehörden diesmal nichts unversucht lassen wollen und sollen. Die schrill lachende Dame schüttelt ungläubig den Kopf. Mit großem Interesse lauschen wir nun alle der netten Stimme im Radio und ich warte schon gespannt auf die Kommentare, die folgen werden. Tatsächlich lässt Koula nicht lange mit einer Reaktion auf sich warten. Ihre Kritik könnte in etwa wie folgt und mit einer gesetzteren Wortwahl zusammengefasst werden: Wenn die Polizei es nicht einmal schaffen sollte, die Männer zu fassen, die den Nationaltorwart des Landes auf dem Gewissen haben, dann wird ihr ohnehin stark angeschlagenes Ansehen ins Bodenlose sinken. Ihr Mann Giorgos, der einer Kundin gerade zu einem modischeren Haarschnitt verhilft, zeigt mit einer einzigen, aber viel sagenden Handbewegung, was er von der hiesigen Regierung samt Polizeiapparat hält und ergänzt verbal: *Unsere Regierung ist einfach nur unfähig. Ganz zu schweigen von der Polizei! Uns ist doch allen bekannt, dass nur ein geringer Teil der Morde aufgeklärt wird. Oder etwa nicht?* Und dann setzt er die Miene eines Schulmeisters auf und fragt in die Runde: *Wisst Ihr übrigens, dass hierzulande die Anzahl der Mordfälle doppelt so hoch wie der weltweite Durchschnitt ist?* Die Nation leidet tatsächlich seit Jahren unter der enormen Gewaltkriminalität. Doch eins ist sicher: Die Ermordung des beliebten Fußballspielers setzt die südafrikanischen Sicherheitsdienste nunmehr unter gewaltigen Druck.

Eine Kundin, deren Haare allesamt in Streifen von Alufolie stecken, winkt mit einem dieser Klatschblätter, die bei jedem Frisör zwecks Fortbildung in Reichweite herumliegen, und gibt die gerade gelesenen pikanten Details über das Liebesleben des Kapitäns der Nationalmannschaft ungefragt weiter. Ich kann mich des Eindrucks nicht erwehren, dass alle im Raum erleichtert darüber sind, dass das Gespräch nun dadurch etwas aufgelockert wird, genauso wie die Strafverfolgungsbehörden vermutlich dankbar für jede Ablenkung sind. Der Fußballer war zwar mit einer Journalistin verheiratet, mit der er zwei gemeinsame Kinder hatte, pflegte aber gleichzeitig öffentlich eine Liebesbeziehung zu der Sängerin Kelly Khumalo, mit der er ebenfalls eine gemeinsame Tochter hatte. Die Kundin zeigt mit dem Finger auf ein Foto im Heft, auf dem besagte Sängerin mit blondem Schopf zu sehen ist. Eine sehr attraktive Frau lacht uns entgegen und ich bin zum wiederholten Male davon fasziniert, wie gut hierzulande die blondierten, zu Zöpfen zusammengeflochtenen Haare zur dunklen Hautfarbe passen. Aber vielleicht habe ich mich mittlerweile auch einfach nur an diesen Anblick gewöhnt. Die quietschende Stimme ertönt unüberhörbar: *Hier ist noch ein Foto von Kelly Khumalo. Zusammen mit ihrem älteren Sohn. Ihr wisst schon, den von ihrem Ex-Freund, dem Hip-*

Hop-Star Molemo Jub-Jub. Nebenbei lässt sie uns wissen, dass der Vater von Kellys besagtem Sohn zur Zeit im Gefängnis sitzt. Auf meine Frage hin, was er denn verbrochen habe, schauen mich alle fassungslos an. Wahrlich unglaublich, was für Wissenslücken manche Menschen aufweisen. Zum Glück eilt mir Koula zur Hilfe und erklärt mir, dass dieser Hip-Hop-Sänger vor Jahren im Drogenrausch vier Schulkinder totgefahren habe und nun eine zehnjährige Haftstrafe absitzen müsse. Mir bleibt kaum Zeit, diese neue Information zu verinnerlichen, denn um mich herum rumort eine Gerüchteküche ohnegleichen. Spekulationen darüber, dass der Rapper Jub Jub den Mord in Auftrag gegeben haben soll, machen die Runde. Ich wage kleinlaut zu fragen: *Wie soll er das denn aus dem Gefängnis bewerkstelligt haben?* Wieder drehen sich alle entsetzt nach mir um. Vielleicht täte ich wirklich gut daran, meine Fragen nicht in aller Öffentlichkeit zu stellen, sondern sie Koula in einem neutraleren Moment zuzuflüstern. Meine Unwissenheit hindert die Damen im Salon keineswegs daran, das Geschnatter fortzusetzen und ich nehme mir vor, ab jetzt dem Motto „Reden ist Silber, Schweigen ist Gold" zu huldigen. So kann ich besser die Einzelheiten aus dem Leben der besagten Sängerin einordnen, was zugegebenerweise nicht einfach ist. Also diese Kelly hat sich anscheinend nicht ohne Grund den Ruf eingehandelt, ein gewisses Händchen für Männer zu haben. Eine jüngere Kundin, deren Haare gerade glatt geföhnt werden, behauptet laut, um gegen den Föhn anzukommen, dass die Sängerin aus einem wirklich harten Holz geschnitzt sei, denn in den *social media* habe sie etwas gelesen, das zu Ehren dieser Dame kursiere:

Dear Kelly Khumalo ...
U dated Prosper and now hiz in a wheelchair ...
U dated Jub-Jub and now hiz in jail ...
U dated Senzo and he got shot and killed ...
Please do something about Jacob Zuma!

Schallendes Gelächter im Frisiersalon! Landesweit scheinen alle Blicke auf Kelly Khumalo gerichtet zu sein, und zwar mit der Hoffnung, dass sie Südafrika vom Staatsoberhaupt Zuma befreit. Schließlich hat sie wiederholt unter Beweis gestellt, dass sie Männer am konventionellen Weiterleben hindern kann. Also soll sie sich demnächst Zuma annehmen, wodurch sie ihrer Heimat einen großen Dienst erweisen würde und sich die angespannte politische Lage im Land eventuell entschärfen könnte.

Kaum ist der Heiterkeitsausbruch etwas abgeebbt, geht eine der Damen zu einem anderen prominenten Südafrikaner über, nämlich dem Stand-up-Komiker Trevor Noah. Sie sei neulich in seiner Show gewesen und habe sich köstlich amüsiert. Vor allem die Art und Weise, wie er Oscar Pistorius aufs Korn genommen habe, sei unübertroffen gewesen. Die gesamte Mannschaft im Salon spitzt die Ohren. Frisöre wie Kundinnen bitten sie interessiert, von der Show Bericht zu erstatten und ich bin erstaunt über die unerwartete Wendung, die das Gespräch nimmt.

Der Prothesen-Sprinter und Goldmedaillensieger Oscar Pistorius dürfte international bekannt sein, ebenso die Tatsache, dass er die als Model berühmt gewordene Freundin Reeva Steenkamp erschossen hat. Diese Tat sorgt seit Jahren für rege Diskussionen. Allein schon der Umstand, dass ein Mann seine Freundin ausgerechnet in der Valentinsnacht tötet, gibt zu denken, wo doch Frauen in solch einer Nacht einen Heiratsantrag, einen Diamantring, im fantasielosesten Fall einen Blumenstrauß erwarten. Für Reeva gibt es stattdessen vier Kugeln. Giorgos, der Frisör, versucht der Angelegenheit wieder eine politische Note zu verleihen und behauptet, dass ihm sein Gärtner etwas anvertraut habe, was ihm sehr zu denken gebe. Die Gärtner aus der ganzen Nachbarschaft würden sich angeblich regelmäßig treffen, um sich gemeinsam die Übertragung des Pistorius-Prozesses im Fernsehen anzuschauen. Zur Abwechslung sei nämlich ein Weißer angeklagt, habe ihm sein Gärtner schmunzelnd erklärt. Giorgos ist sichtlich entsetzt bei der Vorstellung, dass es sich besagte Gärtner auf der Couch gemütlich machen würden, um mit einer gewissen Genugtuung und einem Bier in der Hand den Prozess zu verfolgen. Noch schlimmer: Sie würden sich darüber freuen, dass nicht ein einziger Schwarzer in diesen Aufsehen erregenden Fall verwickelt sei.

Eine Dame, die ich nur im Spiegel erspähen kann, hat sich bisher mit ihrer Meinung eher zurückgehalten. Glücklicherweise lenkt sie das Gespräch vom schwarz-weißen Schachbrett der Vorurteile ab und holt zu einem Rundumschlag gegen Pistorius aus. Sie könne sich noch gut daran erinnern, wie er damals bei den Olympischen Spielen mit dem Spruch „*treat me the same*" gegen nichtbehinderte Sportler habe antreten wollen. *Was für ein egozentrischer Typ*, kommt es ihr über die Lippen, während sie in die Runde schaut und angriffslustig darauf wartet, dass ihr jemand im Raum widerspricht. Jegliche Reaktion bleibt aus, also fährt sie bissig fort: *Wenn es aber darum geht, ihn auch beim Prozess gleich zu behandeln und ein gerechtes Verfahren einzuleiten, löst sich sein Selbstbewusstsein in Luft auf.* Alle wissen, was sie meint, denn fast täglich wird man durch die Direktübertragung Zeuge, wie er dem Gericht heulend und keuchend auf eine ihm eigene herzzerreißende Art und Weise seine Version erzählt. *Ich nehme es ihm nicht ab,* ergänzt Giorgos, *egal wie sehr er seine Unschuld beteuert.*

Da der Fall auch international für Aufsehen gesorgt hat, weiß der geehrte Leser an dieser Stelle vermutlich, dass der *blade runner* angibt, zwar durch die verschlossene Toilettentür gefeuert, aber seine Freundin aus Versehen erschossen zu haben. Die bis jetzt eher zurückhaltende Dame im Salon ist auf Herrn Oscar eindeutig nicht gut zu sprechen und darum von seiner Schuld überzeugt. Wem er denn diesen Bären aufbinden wolle, wettert sie unverhohlen weiter. Angeblich habe er Reeva für einen Einbrecher gehalten. *Für wie dumm hält er eigentlich den Rest der Welt?* Da sich sonst niemand am Gespräch beteiligen will, sieht die Dame mit dem Aluminiumkopf ihre Zeit gekommen, etwas zur Aufklärung des Falles beizutragen. *Oskar behauptet, dass bei ihm schon wiederholt eingebrochen worden ist. Seine große Angst vor bewaffneten Raubüberfällen ist meines Erachtens somit nachvollziehbar. Wer Südafrika kennt, kann es ihm eigentlich nicht verübeln. Oder?* Alle Frauen im Frisiersalon schauen auf die Aluminiumstreifen, deren Inhaberin unbegreiflicherweise Pistorius´ Partei ergriffen hat. Als Europäerin kann ich mich nicht mit dem Gedanken anfreunden, dass Menschen mit solch einer Leichtigkeit zu Waffen greifen. Noch weniger, dass derartige Waffen stets griff- und schussbereit unter einem Bett liegen müssen. Als ich dieses Unverständnis fertig formuliere und dabei völlig meinen Vorsatz bezüglich Schweigen und Gold über Bord werfe, schauen mich alle Damen mit diesem Blick an, der

Bände spricht. Erneut bewundere ich mein ausgeprägtes Talent, möglichst keine Fettnäpfchen auszulassen und meine Vorliebe dafür, mich stets in die selbigen hineinzumanövrieren. Den Blicken der Damen entnehme ich, wie groß die Angst vor Einbrechern hierzulande ist. Die Mehrheit der Kundinnen im Frisiersalon, folglich auch die Mehrheit der Südafrikaner, scheint diese Angst mit dem beinamputierten Sprinter zu teilen. Kein Wunder also, dass meine Frage auf allgemeines Unverständnis stößt. Nur eine naive Europäerin könnte sich nämlich nach solch konkreten Ausführungen die Frage erlauben, warum denn gefährliche Waffen zu den normalen Gebrauchsgegenständen gehören sollen.

Die Atmosphäre im Salon ist angespannt, also versucht es Koula mit einem Ablenkungsmanöver und leitet das Gespräch wieder zum Stand-up-Komiker Trevor Noah über. Die Dame, die sich seine Show angesehen habe, möge doch bitte erzählen. Gerne berichtet die Befragte, die schon länger darauf wartet, jedoch leider nicht zum Zuge kommt: *Durch Trevor Noahs Darstellungen konnte ich das Gefühl nicht los werden, dass Pistorius nicht die ganze Wahrheit sagt,* behauptet die Dame. Giorgos wirft einen ironischen Satz ein, der beweist, dass es wahrlich keines Komikers bedarf, um Oscar Pistorius der Lüge zu bezichtigen. Unbeirrt versucht die Dame, die Atmosphäre der gestrigen Show zu beschreiben: *Trevor Noah hat behauptet, eine von Pistorius´ Lügen, besteht darin, dass er aus dem Bett gestiegen ist, um nach dem Rechten zu schauen. Angeblich hat er Geräusche aus der Toilette gehört und seiner Freundin direkt zugeraunt oder auch zugerufen: „Call the police!“* An dieser Stelle habe sich der Komiker dem imaginären Pistorius zugewandt und ihm die Frage gestellt, die er als Staatsanwalt stellen würde: *Was hat denn Ihre Freundin darauf erwidert, Mr. Pistorius?* Daraufhin habe Trevor Noah Pistorius´ Antwort imitiert: *Nichts!*

Der Komiker wollte und konnte ihm diese Antwort nicht abnehmen und führte eine Umfrage unter verheirateten Männern im Lande durch. Demnach sei es ausgeschlossen, dass eine Frau NICHTS auf einen solchen Satz ihres Partners, wie „Call the police" erwidere. Zumal es sich um einen Befehl handele und noch dazu das Wort „Polizei" vorkomme. Nach Meinung der hiesigen Männer hätte sich ein ganzer Dialog aus dieser Anweisung entwickeln müssen. Die Partnerin hätte normalerweise unzählige Fragen gestellt, beginnend mit *warum, wieso, weshalb, wo, wer, was.* Dieser Fragekatalog hätte den Mann völlig aus dem Konzept gebracht, sodass er es erst gar nicht bis zur Toilette geschafft hätte. Stattdessen hätte er sich bei seiner Partnerin entschuldigen müssen, weil er das wichtige Wort „*Please*" nicht an richtiger Stelle eingefügt, sondern nur einen unhöflichen Befehl von sich gegeben hätte. Und da sich dieses Gespräch zu einem handfesten Beziehungskrach im Schlafzimmer entwickelt hätte, wäre Reeva nicht auf der Toilette, sondern höchstwahrscheinlich im Bett erschossen worden. In diesem Fall hätte Oscar nicht mehr behaupten können, dass er davon ausgegangen sei, sie habe schlafend unter der Bettdecke gelegen. Am meisten lacht Giorgos über die Art und Weise, wie Trevor Noah diesen Fall zu analysieren weiß. Aber auch die Frauen im Salon scheinen Gefallen daran zu finden und grinsen, selbst wenn wir Frauen bei dieser Beschreibung doch etwas unvorteilhaft dargestellt werden. Wenn sowohl die Zuschauer der Show als auch die Damen im Frisiersalon repräsentativ für die ganze Regenbogennation sind, dann schließe ich aus all dem, dass kaum jemand aufrichtige Anteilnahme für Oscar aufbringen kann. Geschweige denn will.

Giorgos scheint zur Abwechslung etwas Unpolitisches beisteuern zu wollen. Er ist der Meinung, dass sich aus diesem Prozess eine Neuerung für alle Südafrikaner ergebe, deren Partnerinnen bis jetzt diskret auf dem stillen Örtchen verschwinden würden, ohne ein Wort darüber zu verlieren, um genauso unauffällig wieder mit einem Lächeln zu erscheinen. Lachend greift er Trevor Noahs Faden auf und spinnt ihn weiter, nicht ohne dabei seiner Fantasie freien Lauf zu lassen: *Während ein Mann bis jetzt nachts durchschlafen konnte und nicht im Mindesten realisierte, dass seine Partnerin ihre Notdurft verrichtete, wird er jetzt unsanft aus dem Schlaf gerüttelt, um die wichtige Mitteilung zu vernehmen, dass seine bessere Hälfte aufs Klo muss. Schlimmer noch, er wird gefragt, ob er das auch wirklich gehört hat und damit die Frau sich dessen vergewissern kann, soll er sogar den Satz wiederholen: „Ja Liebling, ich habe es gehört, dass du jetzt auf Toilette gehst und in den nächsten Minuten dort und nicht im Bett bist. Du bist mein Liebling und kein Einbrecher.*" Giorgos nimmt die Brille ab und wischt sich die Lachtränen aus den Augen. Es reicht also kein gähnendes *Ja* und erst recht kein schlaftrunkenes Kopfnicken mehr. Der Mann muss um 2.00 Uhr nachts zurechnungsfähig sein und kommunizieren können. Schallendes Gelächter ertönt im Salon. Schade nur, dass der Anlass dazu ein so trauriger ist.

41. Hochzeit à la Südafrika

Auf Hochzeiten zu gehen ist nicht gerade meine Lieblingsbeschäftigung, auch hatte ich nie als Mädchen diese romantische Vorstellung, dass es sich um den schönsten Tag im Leben handelt, an dem die Braut verzückt ihren Supermann anblickt und dabei vor Lust vergeht. Trotzdem bin ich schon auf etlichen gewesen, nicht zuletzt auf meinen eigenen. Ich weiß nicht, wie es den Verheirateten unter den geehrten Lesern geht, wenn Sie das Album mit den Hochzeitsfotos durchstöbern. Erkennen Sie sich wieder? Gratuliere! Ich mich nur mit Mühe. Die unschuldige Aufmachung so ganz in Weiß trägt ihren Teil zur Entfremdung bei.

Ich bin also schon auf unzähligen Hochzeiten gewesen. In Deutschland, in Griechenland, in England, in Indien, in Dänemark, in Kroatien, in Italien, in den Staaten. Sowohl kirchlichen als auch standesamtlichen Trauungen durfte ich beiwohnen, auf dem Land und in der Stadt durfte ich mir bei Hitze, Wind oder sogar stürmendem Regen die Beine in den Bauch stehen, auf Hochzeiten von Verwandten, Freunden, Bekannten, Unbekannten, Kollegen, Jungen und weniger Jungen bin ich erschienen, als Trauzeuge, als

Gast, als Zaungast. Es war wirklich alles dabei und immer musste ich mit den Tränen kämpfen, obwohl nichts davon, außer der Hochzeit in Indien, wirklich sensationell war.

Bis jetzt. Denn jetzt sind wir in Südafrika zu einer Hochzeit eingeladen und es wird spannend. Der Bräutigam stammt von einem kleinen royalen Stamm ab und ist somit Nachkomme einer noblen Königsfamilie. Darum darf er sich mit dem Titel „Prinz" schmücken. Seinen afrikanischen Namen kenne ich nicht, nur seinen westlichen, der auf der Einladung zu lesen ist. Bobbie ist bei seinen Kollegen äußerst beliebt, vor allem wenn er in der Mittagspause seine *pregnant swans* zeigen soll. Damit sind seine ausgeprägten Oberarmmuskeln samt trainierten Bizeps und Trizeps gemeint. Durch den intensiven Muskelaufbau nimmt das Hemd an genau dieser Stelle die Kontur eines Schwans an, wenn er seine „Muckis" spielen lässt. *Business administration* hat der Bräutigam studiert und die Braut Jura, beide gehören also in jeder Hinsicht zur südafrikanischen *upper class*.

Um 14.30 Uhr soll alles beginnen, wir sind schon um 13.00 Uhr dort, weil meine bessere Hälfte prinzipiell der Ansicht ist, dass sich Verschiedenes auf dem Weg dorthin ereignen könnte. Als Beispiel seien Verkehrsunfälle auf der Autobahn erwähnt, bei denen man nicht nur verspätet, sondern bei besonders starkem Aufprall gar nicht ans Ziel kommt. Auch diverse Naturkatastrophen, deren alphabetische Auflistung an dieser Stelle den Rahmen definitiv sprengen würde, gehören zu seinen Lieblingsszenarien. Aufgrund dieser peniblen Einstellung, was Pünktlichkeit in Kombination mit Risikoplanung angeht, kommen wir also entschieden zu früh dort an und wissen nicht genau, was wir mit dieser Zeit anfangen sollen, zumal die Handwerker, Dekorateure, Kellner und Wedding-Manager genug mit den Vorbereitungen zu tun haben und sich nicht auch noch um uns kümmern können. Die Tatsache, dass ich trotz meiner Größe Schuhe mit hohen Absätzen trage, um dem *Dresscode*, der in der Einladung betont wird, zu genügen, macht das Warten nicht gerade angenehmer, zumal noch ein weiterer Umstand erschwerend hinzukommt: Das Prinzen-Brautpaar lässt sich Zeit und erscheint erst um 16.00 Uhr. Ich habe schon öfters erwähnt, dass das Zeitverständnis in diesem Land einer Verschiebung bedarf, allerdings sind nur wir Europäer dieser Auffassung, wodurch jegliche Regelung enorm erschwert, wenn nicht gar überflüssig wird.

Die einzige Möglichkeit, die Zeit totzuschlagen, von der es ja anscheinend genug gibt, ist, die nobel gekleideten Herrschaften zu beobachten, die sich langsam dem *Venue* nähern. Ich komme aus dem Staunen nicht mehr heraus und fühle mich in meinem langweiligen, dunkelblauen, schlaff an mir herunterhängenden Kleid wie ein hässliches Entlein inmitten dieser prächtigen und prächtig gekleideten Frauen. Ältere Damen tragen ausnahmslos einen *Royal Ascot type of hat*, ihre eleganten Kleider passen farblich bestens zu dem jeweiligen Hütchen und gehen den Pelikan-Farbkasten der Reihe nach durch, aber nicht den einfachen mit zwölf Farbschälchen, oh nein! Der Doppeldecker musste überall zwecks bunter Aufmachung herangezogen werden! Es gibt keine Farbe, die besagte Hochzeitsgesellschaft nicht aufweisen könnte und wer beim Lesen dieser Beschreibung den Eindruck hat, dass die Damen haarscharf am Barbie-Kitsch vorbeischrammen, der irrt. Modern, figurbetont und phantasievoll übertrifft das schwache Geschlecht mit seinem äußeren Erscheinungsbild alles, was ich bis jetzt an geschmackvollem Bunt gesehen habe.

Die Jüngeren sind gekonnt in wunderschöne, enganliegende, schicke Kleider gehüllt und überbieten sich ebenfalls an Kolorierung. Unwillkürlich kommt mir ein Spruch in den Sinn, den ich neulich bei Facebook gelesen habe, *und plötzlich ist da jemand, der kippt einfach ein paar Eimer Farbe in dein Leben und macht deine Welt wieder bunt.* Diesen „jemand“ haben die Girls um mich herum nicht nötig, denn sie sorgen von allein dafür, dass ihre Welt nicht fad ist. Kleid, High Heels, Täschchen und Nagellack gehen Ton in Ton ineinander über, die Fingernägel weisen sogar kunstvolle Gebilde auf, wie Leopardenmuster oder Zebrastreifen, aber richtige, nicht wie die auf dem Asphalt. Generell scheint der Fantasie der Maniküristinnen keine Grenzen gesetzt zu sein. Unauffällig werfe ich einen verstohlenen Blick auf meine Zehen und möchte sie am liebsten abhacken, wie es im Märchen die bösen Schwestern des lieblichen Aschenputtels praktizieren, aber nicht, um sich in die viel zu kleinen Schuhe hineinzuzwängen, sondern um diese hässliche Farblosigkeit zu verstecken. Die Fingernägel kralle ich sicherheitshalber in die jeweilige Faust und stecke den Daumen dazwischen, sodass es nicht auffällt, dass ich den Termin bei der Manikürdame versäumt habe. Völlig verkehrt stellt sich meine Idee heraus, meinen Wuschelkopf glatt föhnen zu lassen, denn einfallslos mutet der langweilige Spargellook neben den Frisuren um mich herum an. Mit afrikanischem Haar lassen sich regelrechte Kunstwerke schaffen. Mit meinem nicht. Die Frisuren bzw. Perücken, die die jüngeren Damen tragen, sind die reinsten *masterpieces*. Während weiße Frauen nur dann auf eine Perücke als Lösung ausweichen, wenn zwingende Gründe dafür vorliegen, ist es bei den schwarzen Damen gang und gäbe.

Neugierig bewundere ich die Farben und den Pepp um mich herum und versuche die Nuancen und Kombinationen aufzusaugen und zu verinnerlichen, da schreitet der Pfarrer herein. Er entpuppt sich als die absolute Hauptfigur des Tages, da er alle anderen Beteiligten mühelos in den Schatten stellt. Klein, quadratisch mit kurzen Beinen und kurzem Hals, so als hätte man den Kopf direkt auf die Schultern geschraubt, zieht er ganz in Schwarz mit weißem Kragen in den Saal, wo wir alle schon Platz genommen haben, stellt sich auf die Bühne und hängt sich das rote, breite Band um den Hals, sodass es vornüber hängt. Er greift mit einer Selbstverständlichkeit zum Mikrofon, wie es nur Weltklasse-Künstler hinbekommen und setzt zu einer Show an, die hollywoodreifer nicht sein könnte. Die Zeremonie beginnt, nichts erinnert an die kirchlichen Hochzeiten, die einem strengen Ritual unterliegen und keinen Raum für Individualität lassen. Statt Psalmen oder monotoner Orgelmusik, wird hier die Lieblingsmusik des Paares von einem DJ abgespielt, klassische Soulmusik, die hervorragend zum Ambiente und zum Anlass passt. Alles ist abgesprochen und eingeübt, sodass nun die *bridesmaids* hineinkommen, alle vier in knöchellange Fliederkleider gehüllt und mit je einem Blumenstrauß in der Hand. Die *groomsmen* folgen in schwarzen Anzügen.

Der Pfarrer startet sein Programm, holt in seiner Rede, die von Musik jeweils an passender Stelle untermauert wird, weit aus, spricht über zwischenmenschliche Beziehungen und natürlich über die Ehe. Jedes Mal, wenn sich jemand im Saal angesprochen fühlt und mit allem einverstanden ist, nickt er nicht nur, sondern äußert sich je nach Temperament in der entsprechenden Lautstärke dazu. Es wird gemurmelt, geflüstert oder gut vernehmbar gerufen: „*Oh yeah man*". Ich schaue mich diskret um und muss überrascht, eigentlich vielmehr erfreut feststellen, dass keine andächtige Stille die Festgesellschaft erfasst hat. Man ist weder ergriffen noch still, sondern nimmt einfach teil an der Zeremonie. Ich bin begeistert! Die Parole des Pfarrers lautet *Marriage is about giving, not getting.* Da auch Kinder anwesend sind, er aber eindeutig über Geschlechtsverkehr zwischen Mann und Frau sprechen will, umschreibt er seine Botschaft raffiniert und appelliert an uns alle, dass wir geben sollen, um zu bekommen. Mitnichten gleitet er ins Obszöne ab. Auf diese Art und Weise trägt er mit seinen Geschichten zur allgemeinen Erheiterung bei: Als Pfarrer fungiere er gleichzeitig als Seelsorger und oft kämen Leute zu ihm und würden ihm wehmütig ihr Leid klagen, dass ihr Partner sie schon lange nicht mehr in den Arm genommen oder berührt habe. Sein Ratschlag sei – und dabei schnellt sein rechter Zeigefinger hoch, dass Partner sich viel mehr berühren sollten, wenn man sich nämlich lange Zeit nicht berührt habe, laufe die Beziehung bewiesenermaßen nicht gut. Er hat auch gleich ein Beispiel parat und untermalt seine Beschreibung mit der passenden Mimik und Gestik: *Wenn sich ein Paar mit dem Auto zum Einkaufen aufmacht und der Mann am Steuer sitzt, sollte er auf der Fahrt zur nächsten Mall und während er die Gangschaltung betätigt, das Knie der Frau streicheln und dabei bitte nicht die Oberschenkel vergessen.* Die rechte Hand des Pfarrers hält ein imaginäres Steuer, seine linke Hand legt die Gänge ein und streift dabei weiter nach links als die imaginäre Schaltung zu finden ist. Er streichelt in der Luft die imaginäre Oberschenkelhälfte. Großes Gelächter, weil der Pfarrer sehr oft einen neuen Gang einlegen muss und das als Anlass zu Intimitäten sieht. Er versichert allen Anwesenden im Saal, dass die Ehefrau bestimmt bald zuckersüß vorschlagen wird, dass man schnellst möglich wieder nach Hause fahren soll. Ob er es dabei gleichzeitig schafft, die Haushaltskasse zu entlasten, indem er die Ausgaben für den Supermarkt reduziert, sei dahingestellt.

Nach dieser heiteren Einleitung kommt es zum Hauptteil der Zeremonie. Nicht mehr der Pfarrer, sondern das Paar steht im Rampenlicht und schwört sich gegenseitig lebenslängliche Treue. Das ist der Moment, in dem ich lauter ergriffene Gesichter um mich herum erblicke, da es vor allem den Frauen im Saal nicht nur warm ums Herz, sondern auch feucht in den Augen wird und die Wimperntusche beweisen muss, dass sie tatsächlich wasserfest ist. Die Braut ist ebenfalls gerührt, und zwar so sehr, dass sie Mühe hat, die Worte nachzusprechen, die der Pfarrer ihr vorsagt. Sie soll versprechen, dass sie in guten wie in schlechten Zeiten bei ihm bleiben und ihn für immer lieben wird. Ich bin außerstande zu verstehen, was sie genau sagt, allerdings beobachte ich mit einem bedrückenden Gefühl ihren emotionalen Ausbruch, ihren Kampf mit den Tränen und das unmittelbar darauf folgende Desaster, das make-up-mäßig angerichtet wird.

Der gemeinsame 2-jährige Sohn, mit Frack und Fliege ausgestattet, befindet sich die ganze Zeit auf dem Arm der Kinderfrau, die ihre liebe Not mit dem Knirps hat. Unbeirrt zappelt er solange, bis sie ihn schließlich auf den Boden hinunterlässt, sodass er endlich zur Mama laufen und kräftig an ihrem weißen Kleid zerren kann. Recht laut tut er sein Bedürfnis kund, die Zeremonie wird kurz unterbrochen und der Steppke darf zu Mama auf den Arm klettern. Dort angelangt grapscht er sofort nach den leuchtenden Ohrringen, die es ihm vermutlich schon die ganze Zeit angetan haben und schafft es somit – ohne es zu wissen – die Mama im richtigen Moment aufzuheitern. Nachdem der Bräutigam ihr aufmunternd zuzwinkert, schafft es die Braut nunmehr, ein zwar tränennasses, aber lachendes „*I do*“ zu schwören, so dass alles seinen ordnungsgemäßen Verlauf nehmen kann. Der Pfarrer erklärt beide zu Mann und Frau, der Bräutigam darf die Braut küssen, es wird geklatscht und gleichzeitig gejohlt. Jawohl gejohlt, und zwar recht laut. Das habe ich bei Hochzeiten noch nie gesehen, aber es macht zugegebenermaßen Spaß. Es ist ein Zeichen der Freude und entspricht in etwa dem deutschen Hipp, Hipp, Hurra! Hoch sollen sie leben!

Während das Paar unterschreibt, hat der Pfarrer die Bühne für sich allein, und blüht erneut auf. Auf seine nette Art beschwert er sich, dass immer nur das Paar fotografiert wird und keine Kamera auf ihn gerichtet ist und darum freut er sich auf den Moment, wenn die Partner unterschreiben, denn dann muss er dabei stehen und wird wohl oder übel auf den Fotos mitabgelichtet. Zweifellos haben die Medien einen Komiker bzw. einen Entertainer an ihm verloren, denn außer seiner ausgeprägten Gabe, Leute zum Lachen zu bringen, weiß er, wie man Lücken im Programm schließt. Darum fragt er ins Mikrofon hinein, wie lange die Paare im Saal schon verheiratet sind und setzt bei 50 Jahren

Ehe an, aber keiner meldet sich. Dann geht er der Reihe nach vor und fragt nach 40-jähriger Ehe, 30, 20 usw., bis er wissen möchte, wer seit einem Jahr verheiratet ist. Jedes Mal strecken einige Paare die Finger hoch und der Rest klatscht begeistert. Die letzte Frage lautet, wer denn erst vor ein paar Minuten geheiratet hat. Die Frisch-Vermählten melden sich. Großer Jubel! Frenetischer Beifall!

Der offizielle Teil ist beendet, die beiden sind unter der Haube und der DJ spielt passende Jazz-Soul-Musik, zu der sich *bridesmaids* und *groomsmen* zusammenfinden und nunmehr als Paare hinaustanzen. Während sie getrennt hineingekommen sind, also in einer Damen- bzw. in einer Männer-Gruppe, verlassen nun alle paarweise und locker tanzend den Saal und ich meine, darin ein Symbol der Freude der Vereinigung zu erkennen. Es folgen im Takte der Musik und die Hüften hin- und herwiegend das Brautpaar, dann die Schwiegereltern, Verwandte und Freunde, bis alle Gäste über den weißen Teppich mit den verstreuten Rosenblättern den Saal verlassen haben. Sie singen, lachen und schwingen die Hüften, heben abwechselnd die Beine, führen fantasievolle Tanzfiguren aus, umarmen sich immer wieder und singen den Text der Lieder mit, ohne dabei zu vergessen, Smartphone oder Tablet in die Höhe zu halten, um das Ganze für die Nachwelt oder auch einfach nur für die Facebook- und Instagram-Welt zu verewigen. Ich bin schon wieder oder immer noch gerührt und realisiere erneut, welche Nachteile es hat, wenn man zu nahe am Wasser gebaut ist.

42. Picknick in Südafrika, Teil I – Begegnung mit der Verwandtschaft aus Afrika

Freunde, die in einem schmucken Einfamilienhaus in Simon's Town, einer Stadt südlich von Cape Town an der False Bay leben, laden uns übers Wochenende ein und so werden wir im späten südafrikanischen Sommer Zeuge eines – zumindest für europäische Verhältnisse – doch recht ungewöhnlichen Ereignisses. Da das Wetter herrlich mild ist, wird von der Gastfamilie ein Tagesausflug nach Gordon's Bay organisiert, wo es einen *picnic spot* gibt, der nicht so überlaufen sein soll wie die anderen bekannteren in der Umgebung. Es wird eifrig mit Familienmitgliedern telefoniert, die ebenfalls mitkommen wollen und immer ist die Rede von *picnic* und ... *there is no better way to enjoy summer with a lazy picnic under the trees* ... Folglich freue ich mich schon auf leichte Kost, auf Butterbrote und Obst. Umso erstaunter schaue ich Sonntagmorgen in den auffallend geräumigen Kofferraum, in dem zur Feier des Tages all das platziert werden soll, was neben dem Wagen gestapelt ist und bei diesem Picknick Anwendung finden wird. Mein Blick fällt als Erstes auf einen überdimensionalen Grillrost. Auf meine nicht besonders gescheite Frage, aus der ein entsprechender Blondinen-Witz entstehen könnte, was wir denn damit vorhätten, erwidert der Herr des Hauses nicht etwa *Na, was wohl, du kleines Dummchen? Was stellt ihr denn in Europa mit so einem Grillrost an, he?*

Fröhlich, dass ihm jemand die Gelegenheit dazu gegeben hat, holt unser Gastgeber aus und erklärt mir, dass er als *braai master* für unser Wohlergehen auf diesem *picnic spot* sorgen müsse. Mein Gesichtsausdruck bedarf detaillierterer Erklärungen, also öffnet er eine riesige und eine etwas kleiner geratene, aber für meine Begriffe immer noch große Kühlbox und zeigt mir deren Inhalt: Fleisch ... sozusagen ... soweit das Auge reicht. In zwei Kühlboxen dieser Dimensionen können zweifelsohne Steaks und Filets untergebracht werden, deren Gewicht den halben Zentner gewiss überschreitet. Als ich zu erklären versuche, dass ich unter dem Begriff Picknick eigentlich etwas anderes verstehe, wird mir der Inhalt von Körben, Kartons und weiteren Behältern präsentiert, was gut und gerne den Hunger zweier Rugbymannschaften stillen könnte. Und zwar nach begangenem Spiel, wenn die breitschultrigen Herren besonders viele Kalorien verbrannt und somit großen Appetit entwickelt haben. Unser Freund ist um eine Antwort nicht verlegen und fährt als Argument die Tatsache auf, dass wir ja schließlich nicht allein seien, es kämen noch vier weitere Familien mit. Diese wollten aber auch noch einiges an Getränken, Salat und natürlich Fleisch mitbringen. *Noch mehr Fleisch?* rutscht es mir heraus. Bei dieser Gelegenheit erfahre ich, dass ein Picknickplatz in Südafrika meist mit *braai areas* gleichzusetzen ist, was bedeutet, dass man üppige Mengen an leckerem Fleisch einpackt, das fachmännisch ebendort gegrillt und verzehrt wird. *As I told you, I am the braai master.* Sein Stolz auf diesen Titel ist bei den letzten Worten nicht zu überhören.

Wie der verehrte Leser vielleicht schon weiß, nennt sich hierzulande das, was anderenorts Barbecue heißt, *braai* und genießt einen außerordentlich hohen Stellenwert. Es handelt sich nicht einfach nur um schnödes Grillen, sondern geht über das reine Grillvergnügen hinaus. Und zwar sehr weit hinaus. Es ist ein Lebensgefühl, das mit Freunden und der Familie unter freiem Himmel veranstaltet wird und da ist jeder Anlass willkommen, beispielsweise der Besuch von europäischen Freunden aus Johannesburg. Unser Gastgeber geht ins Detail: *Wir lassen uns in Südafrika nicht lumpen und grillen alles, was lecker ist: Springbock, Strauß und vor allem die traditionelle Boerewors im Schneckenformat. Mein Schwager bringt game mit. Er geht nämlich oft auf die Jagd und versorgt uns meist mit Kudu und Antilope. Ich sag dir, dieses Fleisch zergeht auf der Zunge! In Südafrika schmeckt das Fleisch noch nach Fleisch ... nicht wie bei euch in Europa ...* Nun ist der Moment gekommen, in dem ich unserem Gastgeber vielleicht doch anvertrauen sollte, wie es um meine Essgewohnheiten bestellt ist. Während er also versucht, alles nacheinander im Kofferraum zu verstauen, taste ich mich vorsichtig und nach der richtigen Wortwahl ringend heran, um der südafrikanischen Grilltradition nicht zu nahe zu kommen:

– *Es gibt aber auch Leute, die sich anders ernähren, nicht wahr?*

+ *Was meinst du mit „anders?*
- *Na, dass sie beispielsweise kein Fleisch essen.*
+ *Nicht dass ich wüsste ...*
- *Also essen heute alle bei diesem Picknick Fleisch?*
+ *Of course, my dear. That's the whole point!*
- *Well, I don't mean to insult you, but ...*

Ich hole tief Luft und spreche es aus. Gesagt ist gesagt ... Jeder europäische Einwand, dass man eigentlich Vegetarier sei, und das seit Jahren, stößt nur auf verständnislose Blicke gepaart mit den Fragen *But why, my dear? What is wrong with you? For health reasons?*

Was soll man einem Südafrikaner auf derart unvegetarische Äußerungen erwidern? Zum Glück hupt es in just diesem Moment am Tor; der Rest der Sippschaft, mit der wir den Tag verbringen werden – alle sind sie auf komplizierte Art und Weise miteinander verwandt, verschwägert und verschwipschwägert –, wartet darauf hineingelassen zu werden. Die Autos – es sind ihrer vier – rollen durch das Gate und nach einer lauten familiären Begrüßungszeremonie wird dafür gesorgt, dass der ohnehin schon volle Kofferraum aller neu hinzugekommenen Wagen mit noch mehr Getränken und Lebensmitteln versehen wird. Alles wird ordnungsgemäß und nach einem einsichtigen System verstaut: In dem Kofferraum unseres Gastgebers – wie könnte es anders sein? – findet der ganze unvegetarische Teil seinen Platz, in einem anderen alle Getränkekästen und die restlichen Autos übernehmen den Transport von Salaten, Geschirr, Besteck, Servietten, Brot, kurzum von all dem, was für ein südafrikanisches Picknick unabdingbar ist. Nachdem auch die Gitarre untergebracht worden ist, fahren wir mit dem ganzen Proviant, mit dessen Hilfe sich über Wochen erstreckende bürgerkriegsähnliche Zustände ohne weiteres überbrücken ließen, in Richtung Gordon's Bay los, einer Ortschaft auf der Ostseite des False Bay.

Aufgrund des wunderbaren Wetters verspricht es, ein herrlicher Tag zu werden. Nach etwas mehr als einer Stunde Autofahrt haben wir unser Ziel erreicht und halten an, damit zwei der Männer – Schwager oder Schwippschwager – wie gesagt, die familiäre Konstellation ist auf Anhieb etwas undurchsichtig – die *picnic spots* bzw. die Grillplätze auskundschaften. Während einer in der Nähe bleibt, entfernt sich der andere auf der Suche nach dem passenden Grillplatz immer mehr, sodass ich ihn alsbald aus den Augen verliere. Beide lassen die Autotüren sperrangelweit offen stehen. Die Fenster der anderen Autos sind heruntergekurbelt, sodass sich die eifrigen Gespräche aus den fünf Autos gut vermischen können.

Da ich den angeregten Unterhaltungen nicht folgen kann, gilt meine ungeteilte Aufmerksamkeit der Natur um uns herum und so werde ich Zeugin eines Ereignisses, von deren Hauptakteuren ich zwar schon viel gehört habe, aber so richtig *in action* – wie man so schön sagt – habe ich ähnlich Beunruhigendes noch nie erlebt. Wie aus dem Nichts erscheinen sie und kommen immer näher, ohne uns aus den Augen zu lassen. Einer der Bande, vermutlich der Anführer, setzt sich mit angriffslustiger Miene auf einen der Tische der *braai area,* während sich die anderen Mitglieder der Gang gleichmäßig um die Autos verteilen. Letztendlich bin ich doch nicht die einzige, die die Horde von Pavianen bemerkt hat. Genauer gesagt handelt es sich um Bärenpaviane, die in Südafrika und vor allem am Western Cape weit verbreitet sind und „chacma baboon" oder „bobbejane" heißen. Auch unserem Gastgeber, der vor wenigen Minuten aus dem Auto gestiegen ist und sich in der Nähe aufhält, ist es aufgefallen, dass unsere entfernten, behaarten Verwandten etwas mit uns vorhaben. Denn warum sonst sollten sie uns umzingeln?

Ich beobachte, wie unser Freund sich bückt, einen handgroßen, schweren Stein hebt und damit den auf dem Tisch hockenden *chacma baboon* bewirft. Dieser bleibt ungerührt sitzen, macht keinerlei Anstalten sich zu retten oder gar zu fliehen und beobachtet seelenruhig das Geschehen. Und wartet ab. Im richtigen Moment hebt er einfach nur den Arm und schnappt den Stein in der Luft. Es ist, als ob seine Handfläche den Stein wie einen Magneten angezogen hätte, als ob der *baboon* tagtäglich mit nichts anderem beschäftigt wäre als Steine in der Luft abzufangen. Sogleich überschlagen sich die Ereignisse. Aber so richtig! Der Bärenpavian hat seinen Feind fest im Blick, holt weit aus und lässt den Stein mit aller Kraft – einem Diskuswerfer nicht unähnlich – durch die Luft sausen, schleudert ihn also zurück in die gleiche Richtung, aus der er gekommen ist. Beinahe hätte er unseren Freund am Kopf getroffen, doch zum Glück ist dieser geistesgegenwärtig genug, um noch rechtzeitig in Deckung zu gehen und einer Gehirnerschütterung oder gar einer lebensbedrohlichen Verletzung vorzubeugen. Dies ist der Moment, endlich einen leichten Schrei auszustoßen, denn bis jetzt habe ich dem Spektakel nur stumm und fassungslos zugeschaut. Außerstande bin ich, zu erklären, was draußen abläuft, stattdessen zeige ich nur mit dem Zeigefinger auf den großen Pavian, der zum Zeitvertreib Steine umher wirbelt. Keiner von den plaudernden Insassen um mich herum – geschweige denn von den Schwagern und Schwägerinnen in den anderen Autos, die etwas weiter weg geparkt und mit dem Rücken zum Geschehen stehen – scheint etwas von diesem Duell mitbekommen zu haben. Wie gebannt – denn es hat mir tatsächlich die Sprache verschlagen – beobachte ich nun, wie eine der vielen Schwägerinnen den Kofferraum des mittleren Wagens öffnet. Vermutlich ist sie nichts ahnend schon vor meinem Schrei ausgestiegen, um etwas Essbares aus dem selbigen herauszuholen. Kaum steht der Kofferraum offen, ist der steinwerfende *baboon* in einer blitzschnellen Überraschungsaktion auch schon zur Stelle und macht sich an einem der Körbe zu schaffen. Die Frau versucht etwas unüberlegt, den Deckel des Kofferraums zu schließen, um den Affen vom Naschen abzuhalten. Unser Gastgeber hockt etwas abseits und blickt immer noch auf den Stein, der ihn beinahe hingerichtet hätte. Als er bemerkt, was sich da zwischen dem Pavian und seiner Schwägerin abspielt, wird ihm klar, dass es vermutlich der falsche Moment ist, um über Leben und Tod oder Zufall und Schicksal zu philosophieren und dass er lieber stattdessen seiner Verwandten zu Hilfe eilen sollte, bevor auch sie eine Steinladung abbekommt. Gedacht, getan! Mit aller Wucht stemmt er sich gegen den Deckel, um den Kofferraum zu schließen, aber der *baboon*, der im Stehen nur geringfügig kleiner als sein Opfer ist, hat viel mehr Kraft und hält mit seinen zwei Händen dagegen. Ein unendlich scheinendes Rauf und Runter des Deckels folgt, durch das die Insassen des Wagens hin und her gerüttelt werden und endlich realisieren, was sich hinter ihrem Rücken abspielt. Sie steigen überstürzt und somit etwas ungraziös aus und werden Zeuge, wie der Pavian – nunmehr zu allem entschlossen – den Schwager mit entblößten löwenähnlichen Zähnen anfaucht, um ihm dadurch zu verstehen zu geben, dass der Kofferraum gefälligst aufzubleiben hat. Der Klügere gibt bekanntlich nach und entfernt sich vom Kofferraum – durch den Anblick von gefletschten Zähnen solcher Dimensionen doch ziemlich verunsichert. Währenddessen entsteigen vier weitere Familienmitglieder einem anderen Auto, wiederum ohne Türen zu schließen und schauen dem Primaten fassungslos zu, wie er Körbe, Kühlboxen und Behälter durchwühlt.

Wie auf Kommando kommen drei weitere Affen aus dem Gebüsch, setzen sich relaxt ins nunmehr menschenleere Auto, zwei hinten, einer vorne auf den Beifahrersitz und beginnen mit der Inspektion des selbigen. Wie ein Profi öffnet der neue Beifahrer des Gefährts das Handschuhfach, durchsucht es fachmännisch, wirft Sonnenbrille, Etui, Autopapiere und Zigarettenschachtel hinaus und begutachtet das seiner Meinung nach einzig Verwertbare, nämlich einen Schokoriegel. Schon hat er die Verpackung aufgerissen und den Inhalt verspeist. Währenddessen kommen noch mehr Paviane und verteilen sich gleichmäßig auf drei Autodächer bzw. Kühlhauben der drei von fünf Wagen, die inzwischen freizügig zur Auswahl stehen. Einer von den größeren Affen öffnet mit einem leichten Faustschlag die Kofferraumabdeckung, die sich mit Schwung erhebt, sodass der Bursche Zugang zum Inhalt bekommt. In der Zwischenzeit schafft es ein anderer Geselle im Handumdrehen, die Fahrertür des vordersten Autos zu öffnen, worauf die Insassen – samt und sonders Frauen – in den höchsten Tönen und in bleichem Entsetzen zu kreischen beginnen. Jeder Leser hat in etwa eine Vorstellung davon, wie es sich anhören kann, wenn mehrere Frauen schrille, nicht immer wohltönende Geräusche von sich geben. Im Gegensatz zu der Sippe, die Zeuge dieses mafiösen Übergriffs wird, lassen sich die Paviane jedenfalls nicht aus der Ruhe bringen. Weder durch das entsetzte Gekreische, das durch die südafrikanische Natur hallt, noch durch die wilden Bewegungen der Damen, die nunmehr weniger damenhaft versuchen, dem Gefährt zu entsteigen.

Der Schwippschwager – Sie erinnern sich? – kehrt nach minutenlanger Abwesenheit und nach Erkundung der Umgebung pfeifend und noch (!) guter Dinge zurück, nimmt das Affentheater wahr, das sich auf der Bühne der Autos – unter Anderem auch seines eigenen – abspielt, sieht die Frauen mit vor Angst verzerrtem Gesicht die Nähe der Autos meiden und greift spontan nach dem erstbesten Ast, der auf dem Boden liegt. Heldenhaft versucht er nunmehr, den Pavianen zu Leibe zu rücken. Doch der Anführer der Horde, der mit allen Affenwassern gewaschen zu sein scheint, hat schon längst ihn, den Ast und seine Intentionen realisiert und kommt ihm zuvor, indem er sich ihm von der Seite nähert und ihm den Stock mit einer Leichtigkeit aus der Hand reißt, die nicht nur dem Schwager die Sprache, sondern auch den Damen das Kreischen verschlägt. Mit seiner neu erworbenen Waffe geht der Kerl nun auf das nächste Auto los, schlägt auf die Seitentüren ein, zeigt seine scharfen Eckzähne und signalisiert damit, dass er im Ernstfall nicht zögern wird, diese sogar effektiv einzusetzen. Der Anblick der mit Hingabe gefletschten Zähne ist dermaßen Furcht einflößend, dass den Insassen des betroffenen Gefährts die Lust auf jegliche Auseinandersetzung oder Konfrontation genommen wird. Sie sehen sich genötigt, schleunigst den Innenraum zu verlassen. Nunmehr ist ihnen der letzte Wagen ebenfalls auf Gedeih und Verderb ausgeliefert und nichts hindert die haarigen Gesellen mehr daran, sich auch in diesem fahrbaren Untersatz häuslich niederzulassen und ein entsprechendes Chaos anzurichten.

Mittlerweile befinden sich alle Beteiligten außerhalb der Autos und somit unter freiem Himmel, alle Türen samt Hecktüren des jeweiligen Kofferraums stehen offen und hinzu kommen immer mehr *baboons* oder *bobbejane* – wie gesagt, die Primaten heißen hierzulande so –, denn es hat sich in der Affenwelt am Kap offensichtlich herumgesprochen, dass eine sich lohnende Aktion ansteht, nämlich die Plünderung von fünf Menschenautos. Die Horde besteht aus ungefähr 60 Mitgliedern, die allesamt und in Sekundenschnelle die Vorteile eines kollektiven Zusammenlebens unter Beweis stellen. In der Gemeinschaft ist das Auseinandernehmen unseres Proviants nun einmal viel einfacher als wenn man es im Alleingang versuchen würde. Die Rollen scheinen dabei gut verteilt zu sein: Ungefähr ein Drittel der Brüder übernimmt die Verteidigung gegen Feinde: Sie halten sich den Autos fern, behalten aber die Umgebung im Visier, vermutlich um bei Gefahr Signale von sich zu geben. Zwei Drittel der Kerle machen sich derweil in aller Ruhe über die fünf Autos her und geben sich genüsslich der Mahlzeit hin. Dabei wird die Beute nach einem bestimmten, nicht direkt einleuchtenden Prinzip aufgeteilt. Später lese ich bei Google – bekanntlich weiß Google ja alles –, dass bei diesen sozialen Tieren die strenge Hierarchie so strukturiert ist, dass zuerst die Ranghöchsten über das vorhandene Futter herfallen dürfen und dann erst die Rangniederen.

Während wir Zeuge eines unbeschreiblichen Ereignisses werden, dessen Ähnlichkeit mit dem Film „Das große Fressen" nicht zu übersehen ist, kann ich mich des Eindrucks nicht erwehren, dass Paviane nicht besonders wählerisch sind. Zwar wusste ich, dass die haarigen Gesellen Allesfresser sind – und das im wahrsten Sinne des Wortes – somit über einen umfangreichen Speisezettel verfügen, auf dem sich so ziemlich alles tummelt, was sich zermalmen lässt: von Wurzeln über Früchten und Insekten, Schnecken oder Vogeleiern bis hin zu Mäusen und anderen Kleintieren. Aber dass sie soweit gehen, menschlichen Gewohnheiten nachzueifern und in gieriger Manie Oliven samt Senf den Garaus zu machen oder schwere Verwüstungen unter den verschiedenen Süßigkeiten und den Käsewürfeln anzurichten, das hätte ich nicht für möglich gehalten. Und all dies ohne ein geschmacklich stimmiges Ergebnis anzustreben.

Ihr besonderes Interesse gilt nunmehr den Kühlboxen. Gemeinsam überprüfen sie eingehend die Möglichkeit, den Deckel abzunehmen, um den Inhalt zu inspizieren, was ihnen auch tatsächlich gelingt. Mit großem Eifer wird nach Antilopen-, Springbok- und Straußenfleisch gegriffen, was minutiös und unter Einsatz fast aller Sinne einer sorgfältigen Untersuchung unterzogen wird. Nachdem Zunge, Schnauze und natürlich auch Pfoten den Inhalt für mehr oder weniger untauglich befunden haben, wird die verschmähte Beute der Einfachheit halber weggeschleudert. Im hohen Bogen landen Filets und Koteletts überall. Auf den Ästen. Im Gebüsch. Auf der Erde.

Unser Gastgeber kann diesen respektlosen Umgang mit dem geliebten Fleisch und dessen ungeheuerliche Misshandlung nicht mehr länger ertragen und greift nun zum äußersten Mittel. Mit einer Stimme, deren plötzliche Härte und Entschlossenheit wahrscheinlich ihn selbst ein wenig überrascht, zischt er ein *Don't you dare!* und zieht gleichzeitig den breiten Gürtel aus den Schlaufen seiner Jeans. In Cowboymanie holt er aus, um den unflätigen Gesellen zu signalisieren, was er von solch einem Verhalten hält. Nämlich rein gar nichts. In seinen Augen funkelt unverkennbarer Hass. Zähneknirschend und schnaubend nähert er sich der Bande und holt schon zum ersten Hieb aus, als ihm seine Frau mit einem hellen Aufschrei und den krächzenden Worten *Don't harm the chacmas* in die Arme fällt. Aus einem Wirrwarr von Worten und Schreien ziehe ich den richtigen Schluss, dass man sich nicht an den „chacmas" – wie schon erwähnt heißen die Bärenpaviane hierzulande so – vergehen darf. Durch seinen Steinwurf hat er sich bereits strafbar gemacht und sie will nur hoffen, dass dieses Delikt keinem Ranger aufgefallen ist, denn sie kämen sonst samt und sonders in Teufels Küche. Und als wäre der Steinwurf nicht schon schlimm genug, will er sich nun auch noch mit drastischeren Maßnahmen an den Pavianen vergreifen. Um Himmels Willen!!!

In diesem heillosen Chaos von Mensch, Tier, Autos, Nahrungsmitteln, Getränken, Steinen, Ästen und Gürteln stehen mittlerweile alle beteiligten Familienmitglieder dicht aneinander gedrängt, sodass man wenigstens die Illusion hat, sich im äußersten Fall gegenseitig helfen zu können. Wir stehen möglichst weit weg von den Autos, deren Türen und Heckklappen – wie gesagt – sperrangelweit offen stehen und zum Entzücken der Primaten einiges zum Naschen hergeben. Nur an einem einzigen Kofferraum haben die Kerle alsbald ihr Interesse verloren, weil dieser nämlich mit Getränken vollgestopft ist. Derweil gibt sich unser Gastgeber trotz der Zurechtweisung seiner besseren Hälfte nicht geschlagen, sondern greift zum einzigen, Erfolg verheißenden Gegenmittel. Möglichst unauffällig schleicht er zu diesem Wagen hin, angelt mehrere große Flaschen mit Mineralwasser heraus, wirft sie seinen Schwippschwagern zu, gibt allen anderen mittels Zeichensprache zu verstehen, dass sie für jede weitere Entwicklung bereit sein sollen, schüttelt manisch die Flasche und öffnet sie im richtigen Augenblick, nachdem er sie zielgerecht in Richtung der Horde gehalten hat. Alle Schwager und Schwippschwager tun es ihm gleich, sodass sich die Flüssigkeit herrlich sprudelnd über die Bande ergießt. Der Erfolg dieser Maßnahme tritt unverzüglich zu Tage, denn die Kerle suchen krächzend, keifend und vermutlich auch fluchend das Weite. Wir sprinten, laufen, stolpern zu den Autos, drängeln, schieben, werfen uns – jeder wie er kann – hinein, schließen geistesgegenwärtig Fenster und Türen und der Fahrer fragt nur *Everybody in? Anybody missing?* und drückt auf die Tube. Das Gefühl der Erlösung lässt sich nicht schildern.

43. Picknick in Südafrika, Teil II – Flucht und Rückzug nach Simon's Town

Zu fünft sitzen wir stillschweigend und schwer atmend im Wagen und ich kann es einfach nicht fassen, was sich da vor unseren Augen abgespielt hat. Mit viel Glück und ohne nennenswerte Einbußen konnten wir dem Trupp von Pavianen entkommen, der sich über unsere Autos bzw. über den Proviant in den selbigen hergemacht hat. Unser Gastgeber und Fahrer wirft anfangs ängstliche, später immer wütender werdende Blicke in den Spiegel, um sicherzustellen, dass uns kein Mitglied des Überfallkommandos verfolgt. Nach einer gefühlten Ewigkeit platzt ihm schließlich der Kragen und ich vermute, dass der Gedanke an das köstliche Fleisch und das verpatzte *braai* dabei ausschlaggebend sein muss. Die ganze Vorbereitung ist umsonst gewesen, ganz abgesehen davon, dass kiloweise gutes Fleisch, Salate, Obst und Kuchen nicht mehr genießbar sind. *God damned tourists! These stupid ignorants! I hate them. I really do.* Es ist mir ein Rätsel, wie er nach so einem *monkey business* auf die Touristen zu sprechen kommt und diese auch noch nach allen Regeln der Kunst so unschön auseinandernimmt. Unbeirrt und mit einer Stimme, die zutiefst angewidert klingt, setzt er seine Predigt fort.

Bei dieser Gelegenheit erfahre ich, dass die naiven Touristen und ihre „Fotografiermanie" an der ganzen Situation und unter Anderem auch an dem heutigen Desaster Schuld sind. Wie die meisten Bewohner am Kap spricht unser Gastgeber eigentlich vorwiegend Afrikaans. Da er aber im Spiegel bemerkt, dass ich auf dem Rücksitz seine Argumentation mit großem Interesse verfolge, bemüht er sich, seinem Unmut auf Englisch Luft zu machen. Aufgrund der Tatsache jedoch, dass man am besten in derjenigen Sprache flucht und schimpft, die einem am geläufigsten ist, schleichen sich immer wieder Ausdrücke in Afrikaans ein. Vor allem, wenn es sich wie folgt um besonders ausgesuchte Begriffe handelt: Einzig und allein die Touristen hätten mit ihrem kriminellen Verhalten die Einstellung und Mentalität dieser „Viecher" – so der Ausdruck, dessen er sich bedient, würde man ihn aus dem Afrikaans übersetzen –, verändert, dieser *monkeys*, die er persönlich und im Gegensatz zu den „stupid tourists" – jetzt bedient er sich wieder der englischen Schiene – in keinster Weise für drollig befinden könne. Sie seien es, die diese Kerle füttern würden, in der Hoffnung, besonders originelle Aufnahmen dabei zu machen. *I am really wondering. Do tourists read signs? Tourists definitively cannot read.* Geflissentlich würden sie nämlich jene Schilder übersehen, die überall just zu einem wichtigen Zweck angebracht seien, nämlich um das Füttern der ach so „hilarious baboons" – an dieser Stelle zitiert er die dummen Touristen – strengstens zu untersagen oder doch zumindest davon abzuraten oder davor zu warnen. Diese naiven oder vielmehr verfluchten Touristen wüssten vermutlich nicht oder wollten es unter Umständen nicht wahrhaben, dass sie einen schweren Fehler begehen würden. Langsam wird mir klar, was er mit seinem Ausbruch meint ...

Ich erfahre, dass unter den Pavianen eine soziale Rangordnung herrscht, mit einem Leitmännchen, mehreren rangniederen Männchen und etlichen Weibchen, begleitet jeweils von ihrem Nachwuchs. Durch den Rückspiegel fällt sein Blick auf die im unglücklichsten Winkel Platzierte. Auf mich. Also gilt auch seine Frage keinem anderen als mir: *Do you know what it means?* Frei nach dem Spruch „Schweigen ist Gold" ziehe ich es vor, mit aller gebotenen Zurückhaltung zu reagieren und mich lieber nicht zum Thema zu äußern, denn zu wütend erscheint mir unser Gastgeber. Unbeirrt setzt er fort. Die strenge Hierarchie sei so strukturiert, dass sich zuerst die Ranghöchsten über das vorhandene Futter hermachen dürfen und erst dann die Rangniederen. *And here come the tourists. These generous people from Europe.* Wieder fasst er mich fest ins Auge und mir bleibt nicht verborgen, dass sich in dieses Gespräch eine gewisse Feindseligkeit einzuschleichen droht, sodass ich mich verpflichtet fühle, zaghaft einzuwenden, dass ich kein Tourist in dem Sinne bin. Schließlich lebe ich schon über zwei Jahre in diesem herrlichen Land, das leider auch die weniger liebenswerten Paviane vorzuweisen hat, deren Bekanntschaft wir unglücklicherweise vor wenigen Minuten machen mussten. Aber unser Gastgeber lässt keinen zu Worte kommen. Auch mich nicht, die sich die englischen Worte gerade so schön zurechtgelegt hat. *Probably the stupid tourists think that chacmas are like human beings and would be thankful. Nooo. Baboons are a pain in the ass!* Soweit gehe die Ähnlichkeit mit den Menschen nämlich nicht, dass sich Affen etwa mit einem Kniefall oder einem Küsschen für das Futter bedanken würden. Ganz im Gegenteil! Wer Paviane füttere, werde von den Tieren folgerichtig als Rangniederer eingestuft. Und drei Mal dürfe man raten, was das Darreichen von Futter im Sozialverhalten der *baboons* bedeute! Die Frage ist rein rhetorischer Natur, denn wieder lässt er keinem der Insassen Zeit zum Antworten. Laut und höhnisch auflachend erklärt er uns, dass es als eine Beschwichtigungsgeste eines unterlegenen Hordenmitglieds ausgelegt und diese Einschätzung der rangniederen Person dann auf alle Menschen generalisiert werde. *It only takes one stupid tourist to feed a baboon!* Ich verstehe! Ein Tourist genügt also vollkommen und schon hat die ganze Horde auf diese Weise den Respekt oder gar alle Scheu vor uns Zweibeinern verloren. Ich vermute, dass dies durch den Tourismusansturm in Südafrika schon seit Jahrzehnten der Fall ist. Folglich hat die Affenwelt hierzulande die natürliche Furcht vor Menschen schon längst verloren. Darum verlangen sie dreist von jedem Futter, ohne darauf zu warten, etwas Essbares angeboten zu bekommen. Verweigert man die „ihnen zustehende“ Nahrung, handeln sie frei nach dem Motto „Selbst ist der Pavian“ und bedienen sich einfach selbst, indem sie zugreifen, wann immer sich die Gelegenheit dazu ergibt. Beispielsweise wenn eine ganze Sippschaft aufbricht, um auf einem Picknickplatz auf der anderen Seite der False Bay den sonnigen Tag grillend und schmausend zu verbringen.

Während unser Gastgeber regelrechte Schwierigkeiten hat, seine unbeherrschte Wut einzudämmen, versuche ich im Netz eine objektivere Berichterstattung ausfindig zu machen als jene unseres Fahrers. Und siehe da, sein Fluchen und Schimpfen ist tatsächlich berechtigt und wird mit Fakten, Fotos und Videos sogar bestätigt. Zusammenfassend lässt sich sagen, dass die Paviane am Kap es nicht nur dabei belassen, etwas Essbares zu stibitzen. Ganz im Gegenteil, sie werden regelrecht aggressiv. Sie haben sich nicht nur zu ausgesprochen lästigen Plagegeistern, sondern zu einem regelrechten Risikofaktor entwickelt, was primär mit dem Geburtenüberschuss bei dieser Spezies zu tun hat und wie folgt erklärt wird:

Paviane leben nunmehr nach einem einfachen Prinzip: Ein geklautes Butterbrot verschafft ihnen die Energie, die sie unter normalen Bedingungen für den ganzen Tag bräuchten, um an Nahrung zu kommen. Die Folge ist, dass sie somit viel Freizeit für angenehmere Beschäftigungen haben, als da wären soziale Kontakte zu knüpfen oder sich mit dem anderen Geschlecht zu vergnügen, was die Geburtenzahlen und die damit verbundenen Attacken auf Menschen langfristig enorm in die Höhe schießen lassen. Wenn *baboons* ausnahmsweise keine Menschen belästigen, verbringen sie viel Zeit mit Fellpflege, wobei höherrangige Tiere von niederrangigen gepflegt und entflöht werden. Männchen bieten den Weibchen oft ihre Dienste an, um deren Paarungsbereitschaft zu gewinnen. Zu diesem Zweck säubern sie deren Fell von Flöhen oder kümmern sich um den Nachwuchs eines Weibchens, bis die geschmeichelte Dame durch Präsentieren ihres angeschwollenen Hinterteils dem servilen Herrn signalisiert, dass sie Lust auf einen regen Austausch von Körperflüssigkeiten hat. Und damit wären wir wieder bei dem Geburtenüberschuss unter Pavianen in der Kapregion angelangt ...

Unter den beschriebenen Bedingungen ist die Kap-Halbinsel folglich nicht nur Postkartenidylle pur. Seitdem die tierischen Vorfahren den Menschen den Krieg erklärt haben, herrscht etwas, was man mit einem annähernd zutreffenden Ausdruck betiteln könnte, nämlich bürgerkriegsähnliche Zustände. Diese äußern sich tatsächlich in unangenehmen Ereignissen wie Wohnungseinbrüchen, Autoüberfällen, Sachbeschädigung und Vandalismus. Unser Gastgeber sieht im Spiegel, dass ich mithilfe des Smartphones Informationen sammle und schickt sich an, diese in aufgebrachtem Ton zu ergänzen: *Weißt du, dass sogar Spezialeinheiten ausgebildet werden, die dieses Affentheater in den Griff bekommen sollen? A lot of money, you know! For monkey business!* Ich schüttle mit dem Kopf und signalisiere somit ein stummes Nein. Soweit bin ich mit meiner Recherche im Netz noch nicht vorgedrungen. *Dann weißt du wahrscheinlich auch nicht, dass die Gruppe von Rangern, die ihnen zu Leibe rücken soll, ausschließlich aus Männern besteht. Und weißt du warum?* Natürlich weiß ich es nicht. Wie sollte ich denn auch, Herrgott noch mal?! Verneinend schüttle ich den Kopf, um meine Ignoranz möglichst unauffällig kundzutun. Der Feind der Touristen und der Paviane fährt unbeirrt fort, indem er selber auf seine Frage die Antwort gibt. *Weil diese Viecher vor Frauen weder Angst noch Respekt haben. Was sagst du dazu?* Was soll ich schon zu diesem fehlenden Gleichberechtigungssinn sagen? Energisch beschreibt unser Fahrer, wie die Ranger den Kampf gegen die Affen angehen: Mit Gewehren, die eigentlich für die entzückende Freizeitaktivität Paintball vorgesehen sind, schießen sie ihre Munition auf die Paviane ab. Farbkugeln, die mit einer Gelatinehülle ausgestattet sind, sollen unsere behaarten Vorfahren verscheuchen. Möglichst weit weg. Doch anscheinend mit mäßigem Erfolg, denn die *baboons* sind nicht gerade zimperlich und drängen auch weiterhin in Wohngebiete vor. *Und weißt du wohin?* Ich schüttle mit einem Gesichtsausdruck, der in etwa *„Woher soll ich das wissen?“* besagen soll, den Kopf. *Was glaubst du, warum wir heute die ganze Strecke zurückgelegt haben? Wir hätten doch genauso gut in unserer Nachbarschaft grillen können, oder nicht?* Genau das wollte ich schon heute Morgen fragen, habe mich aber angesichts des regen Treibens nicht getraut und mir dann gedacht, dass es schon seine Richtigkeit haben wird, dass wir zwecks Grillens auf die andere Seite der Bucht fahren. Des Rätsels Lösung lässt nicht lange auf sich warten: *Vor allem in unserer Gegend, also in Simon's Town, aber auch in Scarborough sind die Paviane besonders frech. Es ist ein Ding der Unmöglichkeit, bei uns zu grillen!* Ich erfahre in recht aufgeregtem Ton, dass in dieser Gegend das Verhältnis zwischen Mensch und Affe so angespannt und die Plage so schlimm sei, dass die tschakmas mit Peitschen und Bengalischem Feuer eingeschüchtert werden müssten, da sie Schreien und Pfeifen völlig unbeeindruckt lasse. Aufgrund meines ungläubigen Gesichtsausdrucks schiebt er noch als letztes Beweismittel das Internet hinterher: *Und wenn du mir nicht glaubst, dann google doch einfach die Videos dazu!*

Ich folge seinem Tipp und finde bei YouTube die entsprechenden Belege dafür, wie Paviane in diesen Ortschaften – also auch in denen unserer Gastgeber – immer wieder gekonnt in Häuser einbrechen. Weder Türen noch Fenster stellen ein Hindernis dar, denn mit Bravour öffnet der Trupp die Schlösser und dringt ins Haus ein, um es sich in dem selbigen gemütlich zu machen. Je nachdem wann die Hausbesitzer wieder zurückkommen, richten sie in der ihnen zur Verfügung stehenden Zeit den entsprechend großen Schaden an und plündern als gekonnte Meisterdiebe alles, was nicht niet- und nagelfest ist. Bei dieser Aktion hinterlassen sie etwas, was man getrost als ein ordentliches Chaos bezeichnen dürfte. Den entsetzten Bewohnern stehen beim nach-Hause-Kommen die Haare wort-wörtlich zu Berge: Geschirr liegt zerbrochen auf dem Boden, Fernseher und Computer sind umgeworfen, der Kühlschrank ist geplündert und Reste liegen überall herum. *Und weißt du, was das Allerschlimmste ist?* fragt mich unser Gastgeber im richtigen Moment ohne natürlich die Antwort abzuwarten. *Unsere Nachbarn, die letztes Jahr das Vergnügen eines solchen Besuchs hatten, erzählten uns, dass die Burschen überall hin ...* Es folgt eine gekonnte Kunstpause, die es dem Erzähler erlaubt, die Schilderung umso angeekelter fortzusetzen: ... *auf dem Boden, auf den Möbeln, vor allem aber auf dem weichen Sofa, das man nie wieder richtig sauber bekommt.* Er bedient sich eines weniger gesetzten Vokabulars für die detaillierte Beschreibung dieses Vorgangs ... Um die Atmosphäre im Auto etwas aufzuheitern antworte ich darauf: *Trotz ihrer Ähnlichkeit mit dem Menschen ist ihnen der Gang zur Toilette immer noch nicht gelungen* und bereue es im gleichen Moment. Sein Blick im Spiegel ist ein einziger stummer Vorwurf.

Die Staffel übernimmt nun unsere Gastgeberin, die ein weiteres Problem anschneidet. Es geht um den Müll. Sobald die Mülltonnen auf die Straße gestellt werden, ist Affenalarm angesagt. Wenn die Müllabfuhr kommt, um deren Inhalt einzusammeln, ist es meist schon zu spät dafür, denn die Paviane haben längst freiwillig diese Arbeit übernommen, indem sie die Behälter umgeworfen, sich die Essensreste herausgeholt und den nicht essbaren Restmüll verstreut haben. Ziemlich frustriert fügt die Gattin in Hausfrauenmanier noch hinzu: *Eigentlich braucht die Müllabfuhr gar nicht mehr zu kommen, denn jedes Mal ist es unsere maid, die aufräumt und den Müll zusammenfegt. Und wie schon gesagt: Paviane stehen unter Naturschutz, also dürfen wir uns kaum wehren, noch nicht einmal Steine nach ihnen werfen* – dabei schaut sie ihren Mann strafend an – *ganz zu schweigen von drastischeren Maßnahmen. Auf Erschießen oder Vergiftung der Primaten stehen hohe Strafen, sodass wir dem ganzen Affentheater machtlos gegenüber stehen.* Da sie neben mir sitzt fügt sie mit einem Blick auf mein Smartphone noch bitter hinzu: *Fotos und Videos von plündernden Horden und geplünderten Häusern, die im Netz kursieren, sind wie Slapstick-Komödien anzusehen. Solange man nicht selber davon betroffen ist …*

Als wir nach einer geschätzten Ewigkeit und in einem etwas desolaten Zustand in Simon´s Town ankommen, habe ich keinen sehnlicheren Wunsch, als mit dem Auto durch das Tor zu fahren. Erst als sich das Gate langsam hinter uns schließt, gebe ich mich der Gewissheit hin, dass unser Leben wieder in seine normalen Bahnen ohne Paviane zurückkehren wird. Wir steigen aus und starten den Versuch, den verwüsteten Inhalt des Kofferraums auszusondern, was bei dem angerichteten Chaos mit einem erhöhten Schwierigkeitsgrad verbunden ist. Als auch der fünfte Heckdeckel zwecks Aufräumungsaktion geöffnet wird, glaube ich, einer optischen Halluzination zu erliegen. Wie im falschen Film sitzend werden wir Zeugen eines Schauspiels, das den Tag vortrefflich passend ausklingen lässt. Ein Pavian springt – dem asiatischen Schauspieler im Blockbuster „Hangover" nicht unähnlich – völlig entrüstet und lauthals schreiend aus dem Kofferraum, fletscht dabei unübersehbar seine spitzen Zähne, saust wort-wörtlich in einem Affentempo durch den Garten, gewinnt vermutlich dadurch die Übersicht und seinen Orientierungssinn wieder, denn mit erstaunlicher Zielsicherheit steuert er das Gate an, das er gekonnt und mit einem Mordskrach hoch klettert, um dann zu verschwinden. Vermutlich wird er in Simon's Town und Umgebung seine Artgenossen treffen und sich mit ihnen zu neuen Angriffen und zu neuen Abenteuern verbünden.

44. Der Schilfrohr-Tanz

Eine Dame von südafrikanischer Welt sucht regelmäßig ihren Frisör auf, wenn sie gepflegt durch die Mall flanieren will. Mein Haaransatz gibt mir genug Anlass dazu, da sich seine Farbe in regelmäßigen Abständen verändert und mitnichten zur Schattierung der restlichen Frisur passen will. Also sitze ich öfter als mir lieb ist im Frisiersalon und lasse mir diesen peinlichen Altershinweis kaschieren. Ich erwähnte schon in anderen Episoden, dass ich zu der eitlen Sorte von Mensch gehöre, nicht wahr? Heute sind Koula und Georg anderweitig beschäftigt, darum habe ich einen Termin mit der Angestellten Nosibusiso. Wir stellen ein gutes Team dar, Nosibusiso und ich. Während ich ein offenes Ohr für Geschichten aus dem schwarzen Kontinent habe, ist Nosibusiso kommunikationsfreudig, man könnte schon fast sagen, geschwätzig. Sie erzählt gerne, und zwar weitschweifig. Dabei verfängt sie sich immer wieder in Einzelheiten, die aber nicht wirklich nebensächlich sind, schmückt diese auf kunstvolle Weise aus und zieht Riesenbögen. Sobald man nach langem Geschnörkel befürchtet, dass sie schon längst den Faden verloren haben muss und einem alsbald mit verzweifeltem Blick zu verstehen geben wird „Was wollte ich jetzt eigentlich sagen?", findet sie doch tatsächlich ohne jede fremde Hilfe stets zurück zum Einstiegsthema. Ich habe sie zu meinem großen Vorbild beim Geschichtenschreiben auserkoren.

Während ich mit unzähligen Scheiteln und hochstehendem Haar, einem Struwwelpeter nicht ungleich, vor dem Spiegel sitze, schwärmt sie heute von den Chinesen in Joburg. *Seitdem die Chinesen ins Land gekommen sind und hier Geschäfte eröffnet haben, kann man im CBD alles billig einkaufen. Die Pakistani und die Nigerianer gefallen mir fast noch besser, weil sie Stände aufbauen, an denen sie Kleidung, Unterwäsche oder Decken zum Kauf anbieten. Alles sehr kostengünstig*! Bei dieser Gelegenheit erfahre ich, dass sich die schwarze Bevölkerung vor der Eröffnung der *„china shops"* kaum etwas leisten konnte, da die für sie überteuerten Produkte in den Geschäften der Weißen nicht in Frage kamen. *Endlich bekommen wir für unser Geld viele Waren und können uns nett kleiden.* Die beste Frisörin von allen zeigt mir stolz ihre neuen Schuhe und schenkt mir ein strahlend weißes Zahnpastalächeln.

Nosibusiso kommt aus Swasiland. Sie ist meines Erachtens ein älterer Jahrgang, allerdings wage ich es nicht, sie direkt danach zu fragen und gehe darum den Umweg über die Umstände, die sie nach Joburg gebracht haben. Und schon versetzt sie mich ins Nachbarland, wobei der Begriff „Nachbarland" die Sachlage nicht genau trifft, denn eigentlich ist es ein Land in einem anderen Land, nämlich Südafrika. Mit einem Blick auf die Landkarte versteht der werte Leser vermutlich eher, was gemeint ist. Wie dem auch sei, Nosibusiso erzählt mir eine für westliche Ohren doch recht ungewöhnliche Geschichte, in deren Genuss der werte Leser nun kommen darf.

Als Nosibusiso neun Jahre alt war, sah sich ihre Mutter gezwungen, ihre Tochter und mit ihr die ganze Familie schleunigst aus dem Land zu schaffen. Der König hatte nämlich ein Auge auf sie geworfen. *I used to be a pretty one, you know!* Der Gedanke, dass jemand, sei es auch der König, ein Auge auf ein 9-jähriges Kind werfen könnte, löst bei mir Unbehagen aus. Da ich befürchte, etwas falsch verstanden zu haben, frage ich vorsichtig nach, was es genau mit diesem Auge auf sich hatte. Nosibusiso schaut mich entgeistert an und etwas ungehalten erklärt sie für Begriffsstutzige, wie ich es eine bin: *He wanted to marry me. I told you, I was a pretty one.*

Ohne je an ihrem faszinierenden Aussehen Zweifel zu hegen – und das unabhängig von ihrem Alter – habe ich doch schwere Bedenken, was die moralische Grundlage des gerade Vernommenen angeht. Sprachlos schaue ich darum in unser gemeinsames Spiegelbild, während sie mit dem Pinsel an meinem Haaransatz herumhantiert. Endlich finde ich aus meiner Fassungslosigkeit heraus und äußere meine Zweifel: *He wanted to marry a nine year old child? What are you talking about? Are you kidding me?* Nosibusiso zieht die Augenbrauen hoch und meint nur trocken, dass ihre Mutter damals wohl ähnlich reagiert habe, denn auch sie habe ihre Tochter eindeutig für zu jung befunden. *Wie, bitte schön, soll ein 9-jähriges Mädchen ehelichen Pflichten jeglicher Art nachkommen?* fragt sie mich. Mit Grauen lasse ich diese Pflichten vor meinem geistigen Auge Revue passieren und ringe nun um Worte, die mir alle unzureichend erscheinen, um diese Situation zu kommentieren. Als Mutter zweier Töchter kann ich dieser Mama nur beipflichten, schließlich ist ihre Sorge alles andere als unbegründet. Doch meine bodenständige Frisörin wird mir sofort zu verstehen geben, dass man jede Sachlage auf zwei verschiedene Weisen interpretieren kann. Ohne sich von meinen immer steiler werdenden Stirnfalten abhalten zu lassen, erklärt sie mir auf eine unmissverständliche Art und Weise ihren Standpunkt: *Wenn sich meine Mutter damals nicht so angestellt hätte, wäre ich heute Königin und nicht Frisörin und unsere ganze Familie würde in Swasiland in einem Palast leben und nicht im Joburger CBD. Stattdessen sind wir seit 1988 auf der Flucht. Echt toll, was meine Mama damit erreicht hat, nicht wahr!?* Nun ringe ich erst recht um Worte, denn diese Betrachtungsweise hatte ich in keinster Weise in Erwägung gezogen. Dabei ist der Umstand, dass ich mir nunmehr aufgrund der genannten Jahreszahl ihr Alter ausrechnen kann, von nur minimalem Nutzen. Die Vorgehensweise dieses Königs scheint mir nämlich im Moment größeres Gewicht zu haben.

Nach mehreren Minuten Sendepause, die offenbar notwendig sind, um diese These erst einmal zu verinnerlichen, schaffe ich es, eine von den vielen Fragen zu stellen, die mir auf der Zunge brennen. Da wäre: ob es in Nosibusisos Heimat Usus sei, Kinder auf diese Art und Weise zu vergraulen. Sie versteht meine Frage nicht. Also versuche ich es anders, ohne auf das prekäre Thema der Minderjährigkeit einzugehen: *Hat der Gute denn danach keine andere Frau gefunden? Eine, die – sagen wir einmal – seinem Alter eher entsprechen würde? Eine, die – statt wegzulaufen – mit ihm den Bund des Lebens schließen wollte?* Ungläubig schaut sie in unser gemeinsames Spiegelbild. *What do you mean? I don't get your question.* Während ich versuche, meine Frage erneut etwas differenzierter zu formulieren, weil ich im festen Glauben bin, dass es sich um ein sprachliches Missverständnis und um nichts anderes handelt, setzt sie mich recht trocken darüber in Kenntnis, dass „der Gute" mittlerweile 15 Frauen oder so habe und diese zum Zeitpunkt des Ehevollzugs nicht unbedingt volljährig gewesen seien. An dieser Stelle möchte ich nicht auf Einzelheiten im Spiegelbild eingehen und erst recht nicht auf meinen entgeisterten Gesichtsausdruck, der Nosibusiso aufgefallen sein dürfte. Um also nicht an der Begriffsstutzigkeit dieser Europäerin zu verzweifeln, muss sie ihr wohl oder übel einige Grundkenntnisse über ihre Heimat vermitteln. Schon sieht Nosibusiso ihre Mission darin, mich über Swasiland und dessen König aufzuklären, während sie ganz nebenbei den Haaransatz bearbeitet. Ich lehne mich zurück und bereite mich innerlich darauf vor, für die nächste Viertelstunde nicht mehr zu Worte zu kommen.

Besagter Monarch namens Mswati III. ist Sohn des vorherigen Königs des Landes, der mit vage geschätzten 70 Ehefrauen, ca. 210 Kindern und einer unüberschaubaren Anzahl an Enkelkindern verschiedene Rekorde innehaben dürfte, die allesamt die enormen Fortpflanzungsmöglichkeiten unserer Spezies demonstrieren, wenn nicht gar beweisen. Auf meine berechtigte Frage, wie es der heutige König Mswati III. geschafft hat, aus der Masse der 210 Kinder hervorzustechen und den Thron zu besteigen, ist die gute Nosibusiso nicht auf Anhieb imstande, eine substanzielle Antwort zu geben. Nach kurzer Überlegung antwortet sie mir allerdings überzeugt davon, die Lösung gefunden zu haben: *Vermutlich hängt es mit diesem Amerikaner, diesem*

Künstler zusammen. Er hat unsere Königin damals gemalt, bevor King Mswati III. den Thron bestieg. Queen Ntombi Twala of Swaziland is our Queen Mother. We call her „Great She-Elephant" and she is the mother of King Mswati III.

Ich versuche das gerade Gehörte einzuordnen und fasse sicherheitshalber kurz zusammen: *Der jetzige König ist also darum König, weil ein amerikanischer Künstler seine Mutter gemalt hat?* Die Frisörin nickt mit einer Bestimmtheit, die mich zugegebenermaßen tief beeindruckt, und fügt noch selbstsicherer hinzu: *Ja, zusammen mit drei anderen Königinnen.* Neugierig geworden frage ich: *Who are the other Queens?* Nosibusiso zuckt nur mit den Achseln und vermutet: *Probably they are not significant.* Meine Neugier wird immer größer und darum vertraue ich mich erneut meinem Smartphone an. Google weiß bekanntlich alles. Tatsächlich stoße ich auf keinen geringeren als auf Andy Warhol, der im Jahre 1985 eine Reihe von Siebdrucken mit dem Titel „The Reigning Queens" kreierte. Die amtierenden Königinnen aus dieser Zeit sind abgebildet, unter denen sich tatsächlich auch besagte Queen Mother of Swaziland befindet. Was die drei weiteren Königinnen auf den Siebdrucken betrifft, sind sie alles andere als „not significant", meine liebe Nosibusiso. Mit strengem Blick teile ich ihr die Namen der Amtskolleginnen ihrer Queen Mother mit, die gemeinsam die Siebdrucke schmücken, nämlich Queen Elizabeth II, Queen Beatrix of Netherlands and Queen Margrethe II of Denmark. Achselzuckend und etwas schnippisch antwortet sie mir: *You see! I was right. They all are not significant.*

Es ist ganz offensichtlich aussichtslos, ihr den Bekanntheitsgrad von Queen Elizabeth II analysieren zu wollen.

Stattdessen akzeptiere ich der Einfachheit halber ihre These, das Mswati III. dank Andy Warhol seine 209 Konkurrenten zur Seite schieben und den Thron besteigen konnte. Die royalen Halbbrüder haben notgedrungen die Popularität der Queen Mother auf internationaler Ebene einsehen und ihm somit den Vorrang lassen müssen. Das könnte tatsächlich die Begründung sein. Meinetwegen.

Nosibusiso geht ihren eigenen Gedanken nach. Tatsächlich findet sie noch einen weiteren Grund dafür, dass Mswati III. Monarch geworden ist, während seine Brüder leer ausgegangen sind. *Es hat sicher auch mit seiner Bildung zu tun*, lässt sie mich wissen. Ich vernehme, dass die Bildung in der Königsfamilie Voraussetzung dafür ist, den royalen Pflichten besser nachzukommen. *Bildung ist generell eine Voraussetzung dafür, seinen Pflichten nachzukommen. Egal welchen. Das gilt auch bei nicht royalen Mitgliedern der Gesellschaft,* versuche ich zu argumentieren.

Wo hat seine Majestät denn studiert? möchte ich neugierig wissen. *Abroad,* kommt es wie aus der Pistole geschossen und sie ergänzt noch: *in the United Kingdom.* Auf die Frage, was ihre Durchlaucht denn genau studiert habe, kommt wieder nur ein Achselzucken. Also befrage ich sicherheitshalber wieder einmal Google und stelle entsetzt fest: Der zukünftige Thronfolger wurde mitten in der Pubertät nach Großbritannien verfrachtet, wo er ein Internat besuchte, so wie es sich nun einmal für afrikanische Thronfolger gehört. Inwiefern diese Bildung, die ihm innerhalb von drei Schuljahren zuteil wurde, zu einem umfassenden Verständnis der Politik beigetragen hat, sei dahin gestellt. Ebenso ist es ungewiss, ob der Besuch des Internats zu einem auch nur annähernden Verständnis der westlichen Familienstruktur beitrug. In Anbetracht der Tatsache, dass mehrere Ehefrauen und entsprechend viele Kinder zu seiner Familie gehören, kann man Letzteres vermutlich ausschließen. Die Polygamie als erstrebenswerte Lebensform kann in keinem britischen Curriculum verankert sein. *No way!*

Apropos Polygamie! Moment mal! So eine ähnliche Geschichte habe ich doch neulich schon einmal von einem Taxifahrer gehört. Ich unternehme den Versuch, Nosibusisos Wortschwall zu unterbrechen, was mir sogar gelingen will: *Noch ein polygames Staatsoberhaupt!* Südafrikas *Präsident Zuma verfügt auch über eine stolze Anzahl von offiziellen Frauen! Dieser Lebensstil scheint ja unter Regierungschefs in dieser Ecke der Welt keine Ausnahme zu sein.* Nosibusiso lächelt und macht dazu eine abwertende Handbewegung. *Was Zuma sich leistet, ist doch gar nichts gegen unseren König! Der hat nämlich mindestens doppelt so viele Ehefrauen und ist viel jünger als Zuma. Also ist die Wahrscheinlichkeit enorm, dass sein Harem im Laufe der Jahre noch mehr anwächst.* Fassungslos versuche ich mir diese Familienkonstellation mit der damit verbundenen Logistik in der Praxis vorzustellen. Nosibusiso kommt meiner Frage zuvor, indem sie mir pikante Insider-Infos über die wirkliche Anzahl der Ehefrauen anvertraut. Einige Gattinnen des Königs sollen tatsächlich nicht mehr an seiner Seite leben, sondern seien angeblich nach Südafrika geflohen. *There is a Swaziland soap opera with the king's runaway wives. Wife number five is called „The Wanted", because she fled the royal life; number six, „The Artist", was accused of having an affair with a 23-year-old South African man; the king's 8th wife is the third to leave the royal compound, because of many years of emotional and physical abuse.*

Bei den ersten drei Ausreißerinnen lächelt die beste Frisörin von allen noch sarkastisch. Eventuell sind diese Schicksale ein Hinweis oder sogar ein Beweis, dafür, dass der Titel der Queen doch nicht unbedingt das Glück im Leben garantiert. Doch plötzlich verändert sich ihr Gesichtsausdruck, ihr Blick verfinstert sich. Ich meine sogar zu bemerken, dass Nosibusisos Stimme zittert, als sie sagt: *Aber Nr. 10 konnte nicht entkommen, ihr ist es nämlich so ergangen, wie es bei mir beinahe der Fall gewesen wäre, wenn meine Mutter nicht gehandelt hätte!* Der König habe seine zehnte Frau geehelicht, nachdem er sie auf dem Weg zur Schule habe entführen lassen. Obwohl ihre Mutter gerichtlich gegen den König vorgegangen sei, habe sie nichts gegen diese Zwangsheirat ausrichten können. Unglaublich, was sich auf der Welt zuträgt, während wir im Westen frustriert von dem geregelten Leben unsere *first world problems* auf der Couch des Psychologen ausrollen. Nosibusiso dagegen gibt sich westlichen Gedanken dieser Art weniger hin. Ihren melancholischen Blick hat sie schnell wieder abgelegt, noch bevor sie den Reigen der für Skandale sorgenden Ehefrauen mit der Nummer zwölf abschließt. Diese stehe unter Hausarrest, und zwar zeit ihres Lebens. *Angeblich hatte sie eine Affäre mit dem Justizminister des Landes. Und rate einmal, wo sie erwischt wurden?* Beim letzten Satz grinst sie über das ganze Gesicht. Schadenfreude ist halt die schönste Freude, wie es so treffend im Volksmund heißt. Ich möchte ihr diese Freude nicht nehmen und antworte brav, froh darüber, dass die Unterhaltung solch eine Wendung genommen hat: *In flagranti? Im Bett der Queen?* Nosibusisos Grinsen wird immer breiter. *Fast hättest du es erraten.* Ich zucke mit den Achseln und warte auf des Rätsels Lösung. *Den Justizminister hat man unter dem großen Bett der Königin hervorgefischt. Das Bett der Queen ist großzügig angelegt, sag ich dir, und er hatte sich ganz ganz weit hinten versteckt. Hat aber alles nichts genützt.* Den Rest kann man sich denken, der Minister wurde seines Amtes enthoben und verhaftet. Wie nicht anders zu erwarten, musste auch die Königin ihr Amt niederlegen und den Palast verlassen. Während ich versuche, mir die Szene mit dem Liebhaber unter dem Bett vorzustellen und dabei ein Schmunzeln nicht unterdrücken kann, lässt mich meine Frisörin noch etwas wissen: Ungeachtet der Tatsache, ob all diese Ex-Queens freiwillig die Krone abgeben oder dazu genötigt würden, sie seien allesamt gezwungen, ihre Kinder in den royalen Gemächern zurückzulassen, wenn sie gingen. *Weißt du übrigens, unter welcher Voraussetzung eine Frau überhaupt vom König geehelicht werden kann?* fragt sie mich noch in einem Ton, der mich dunkel an meine Grundschullehrerin erinnert. Natürlich weiß ich es nicht, doch die Antwort lässt nicht lange auf sich warten. *According to tradition, the King can marry his fiancees only after they have fallen pregnant, proving they can bear heirs. Until then, they are termed "liphovela", or "brides".*

Des besseren Verständnisses wegen versuche ich noch einmal das Wesentlichste zusammenzufassen. Der König verguckt sich in ein Mädchen, während dieses mit Schulranzen und Kniestrümpfen unterwegs ist, und lässt es sich kurz danach ins Bett schleifen. Sobald es schwanger ist, darf es sich offiziell zu dem restlichen Harem der nicht Volljährigen gesellen. Nosibusiso schüttelt erneut den Kopf: *Ganz so einfach läuft es nicht immer ab. Die ersten zwei Ehefrauen wurden beispielsweise von den Ratsmitgliedern für ihn ausgesucht. Die meisten seiner Schönheiten hat er sich danach auf der Umhlanga ceremony an Land gezogen.* Da meinem Blick nur unschwer zu entnehmen ist, dass mir dieser Begriff nicht geläufig ist, versucht es die beste Frisörin von allen mit einem Synonym. *Don't you know The Reed Dance ceremony?* Mein Kopfschütteln überzeugt sie davon, dass es auch an dieser Stelle einiger Aufklärungsarbeit bedarf. Es handelt sich um ein Fest, was an dem Begriff *ceremony* nur unschwer zu erkennen ist, jedoch google ich sicherheitshalber den Ausdruck und siehe da, es bedeutet Schilfrohr-Tanz. Nosibusiso erzählt ganz begeistert, dass dieses Fest jedes Jahr Ende August durchgeführt wird. *Die Umhlanga Zeremonie dauert acht Tage und findet zu Ehren des Monarchen statt. Tausende, was sage ich, Zehntausende von Jungfrauen pilgern aus ganz Swasiland zum Palast der Mutter des Königs, der gleichzeitig der Palast des Königs ist.* Bei dem Begriff Jungfrauen werde ich hellhörig und recherchiere sofort im Netz. Als sich meine Ahnung aufgrund der gerade gefundenen Fotos bewahrheitet, stehen mir konsequenterweise die Haare zu Berge, sodass ich berechtigte Zweifel hege, ob es Nosibusiso je gelingen wird, mich optisch wiederherzustellen ...

Ich zeige ihr die Bilder von den barbusigen und in knappen traditionellen Kostümen marschierenden jungen Frauen, die lachend in die Kamera blicken. Es scheint eine ausgelassene Volksfeststimmung zu herrschen. Nosibusiso lacht ebenfalls und nickt. *Yes, this is the Reed Dance. Es ist der kulturelle Höhepunkt unserer Kultur. Offiziell soll damit Jungfräulichkeit und Enthaltsamkeit propagiert werden. Auch wird der Königinmutter gehuldigt und das Selbstbewusstsein der jungen Frauen soll dadurch gestärkt werden.* Ich meine, eine bittere Nuance in ihrer Stimme herauszuhören. *Im Übrigen geht es natürlich um mehr ...* Wie so oft geht meine Fantasie mit mir durch und ich falle ihr ins Wort: *Sag bloß, der König muss alle diese Mädchen und jungen Frauen entjungfern?* Im selben Moment weiß ich, dass ich mich elegant zum Idioten gemacht habe, denn solch ein Unterfangen ist schier unmöglich, zumindest innerhalb eines solch begrenzten zeitlichen Rahmens. Und wenn ich sage „unmöglich", dann meine ich das auch. Irgendwo hatte ich jedoch einmal von einem König gelesen, der es sich vorbehielt, jede Frau des Reiches persönlich zu deflorieren und durch ca. zehn tägliche „Einsätze" mächtig beschäftigt war. Nosibusiso kann sich ein lautes Lachen nicht verkneifen. *Nein, so weit geht unser König nun doch nicht.* Tatsächlich, so weit geht der Gute nun doch nicht, denn bei näherer Überlegung meine ich mich erinnern zu können, dass es schon eine gefühlte Ewigkeit her sein muss, seit dieser deflorierende Monarch gelebt hat. Irgendwann im 18. Jahrhundert und irgendwo in der Südsee waltete er wohl seines Amtes. Bei meinem Versuch, mir einen gewöhnlichen Tagesablauf dieses Königs vorzustellen, komme ich zu dem Schluss, dass er vermutlich weder die Kraft noch die Muße aufbringen konnte, etwas Produktiveres oder Kreativeres zustande zu bringen, als seine Bettlaken rot zu färben.

Nachdem ich mich bei der besten Frisörin von allen für die Unterbrechung entschuldige, möchte ich nun gern wissen, worum es auf diesem Schilfrohr-Fest geht und welches das Hauptanliegen des Königs dabei ist. Meine Frisörin schaut mir in meine Spiegelbildaugen und sagt einfach nur: *Der König kann sich eine der jungen Tänzerinnen zur neuen*

Frau nehmen. Nach einer Pause fügt sie noch hinzu: *My people are very proud of this ceremony.* Ich bin mir nicht schlüssig, was mir mehr zu denken geben soll, die Tatsache, dass ein König seinen Gelüsten in aller Öffentlichkeit nachgehen darf und sich einfach eine halbnackte junge Frau aus der Masse zur Gattin nimmt oder der sozio-kulturelle Hintergrund eines Volkes, das auf diese Brautschau stolz ist, statt ihr skeptisch gegenüberzustehen. Auf meine Frage, ob auch sie darauf stolz sei, bekomme ich keine Antwort. Stattdessen erzählt sie mir, dass die Mädchen gern und sogar öfter daran teilnehmen würden, weil es für sie die einzige Möglichkeit sei, ihr Dorf zu verlassen, andere Mädchen kennenzulernen und vor allem dem Schoß der Familie für eine Woche zu entkommen. Es gebe allerdings genügend Familien, die ihre Töchter nicht zum Schilfrohr-Tanz schicken und aus diesem Grund von den Dorfvorstehern unter Druck gesetzt oder finanziell benachteiligt würden. Die meisten jungen Frauen kämen jedoch freiwillig und würden es außerdem spannend finden, den König zu sehen. Neugierig geworden google ich erneut, um das Aussehen des begehrtesten Mannes dieses winzigen Landes zu checken. Auf den Fotos ist der König nur rudimentär bekleidet. Er trägt einzig und allein einen Rock aus Leopardenfell, aus dem sein rundlicher Oberkörper quillt und den er, so hat es zumindest den Anschein, erfolgsverwöhnt zur Schau stellt. Rote Federn schmücken seinen Kopf. Wenn es dieser König auf mich abgesehen hätte, würde ich ihm kurz entgegnen: *Seine Durchlaucht beliebt zu scherzen!* Über Geschmack lässt sich ja bekanntlich streiten, aber meine Kragenweite ist der Herr fürwahr nicht. Allerdings bin ich schon lange keine Jungfrau mehr, also käme ich ohnehin nicht als

Kandidatin in Frage. Merkwürdigerweise sagt Nosibusiso genau in diesem Moment: *Don't think, they are all virgins. Many of the „Imbali" are 22 years old, so too old to be a virgin.* Dabei kneift sie ein Auge zu und lacht hämisch. *Es werden keine Jungfräulichkeitstests vorgenommen, Hauptsache man hat keine Kinder und möchte den König heiraten. Das genügt völlig als Teilnahmevoraussetzung.*

Fast wäre mir ein heftiges „Nein, danke!" ausgerutscht. Jedoch bezweifle ich, ob sie mein Entsetzen bemerkt, meine Empörung heraushört über das, was wir im Westen „Brautschau" nennen würden. Kopfschüttelnd wage ich es, meine Gedanken zum Ausdruck zu bringen: *Aber Nosibusiso, das ist doch unfassbar, was sich auf diesem Fest ereignet! Jungfrau hin oder her, die Mädchen sind naiv und leicht beeinflussbar.* Mit ihrer Reaktion hätte ich nicht gerechnet. Sie lacht lauthals. *That's what my daughter keeps telling me: The girls are naive. My daughter hates Umhlanga, she really does.* Ihre Tochter ist mir auf Anhieb sympathisch, ebenso wie ihre emanzipatorische Perspektive, aus der sie das Thema beleuchtet. *My daughter Hlengiwe hates the monarchy and she hates the King.* Nosibusiso sagt direkt heraus, wie ihre Tochter zu dieser Angelegenheit steht. *Auch im Westen kenne ich genug Leute, die mit einer Monarchie nichts anfangen können,* wage ich ihrer Tochter zuzustimmen. *Erst recht mit einer absolutistischen Monarchie,* füge ich noch hinzu, um es mit den nordischen europäischen Völkern nicht ganz zu verderben. Meine Frisörin versucht die Sichtweise ihrer Tochter zu erklären: *Hlengiwe sagt, die Mädchen müssten bestimmte Lieder singen, um den König und die Monarchie zu verherrlichen. Also gehe es ihrer Meinung nach immer weniger um Enthaltsamkeit. Das Ganze komme mehr einer*

Brautschau gleich. Alle Mädchen wollten im Endeffekt nur deswegen vom König ausgesucht werden, weil sie bitterarm seien. Sie schweigt kurz und raunt mir dann zu: *Vermutlich hat meine Tochter gar nicht so unrecht, denn viele Mädchen fallen irgendwelchen Männern, die als Zaungäste das Spektakel beobachten, zum Opfer.* Und noch leiser flüstert sie mir ins Ohr: *Einige kommen schwanger nach Hause zurück. Kein Wunder, es ist ja keiner da, der auf sie aufpasst und sie beschützt.*

Ich weiß wirklich nicht, was ich dazu sagen soll. Ich bin einfach nur sprachlos. Mir fällt weder etwas Tröstendes noch etwas Intelligentes ein. Überhaupt nichts. Rein gar nichts. Nosibusiso lässt sich von ihren eigenen Worten mitreißen und mich beschleicht der Verdacht, sie will ihrem Unmut Luft machen. *Meine Tochter schämt sich für diese Zeremonie. Ihrer Meinung nach handelt es sich nur um ein buntes Schauspiel, bei dem die Mädchen zu Objekten der Begierde degradiert werden. Allein schon weil sie barbusig auftreten.* Mit dieser Feststellung tut sie dem König und seinem Spektakel sicherlich kein großes Unrecht. Im Gegenteil, sie trifft den Nagel auf den Kopf. Mein Spiegelbild nickt ihr bestätigend zu. Diese Tochter spricht mir ganz aus der Seele. *Hlengiwe schämt sich für den König samt seiner Monarchie und kann nur den Kopf schütteln. Sie schämt sich, dass ihr Land wegen der absoluten Monarchie im Ausland immer noch als zurückgeblieben wahrgenommen wird. Sie schämt sich dafür, dass die Presse zensiert wird. Das wurde bei der letzten Umhlanga Zeremonie deutlich, als Dutzende „Imbali" bei einem Verkehrsunfall tödlich verunglückten.* Ich verstehe nicht, was sie damit meint und es bedarf erneut einer ausführlichen Erklärung ihrerseits. *Die Mädchen werden „Imbali" genannt. Das heißt Blume.* Natürlich, fährt es mir durch den Sinn. Blumen, die der König oder eben die anderen Männer auf dem Fest pflücken dürfen. Was für eine passende Assoziation! Nosibusiso erzählt weiter: *Die Mädchen wurden mit Lastern zum Königspalast transportiert und saßen jeweils auf der Ladefläche. Es kam zu einem Auffahrunfall, bei dem es angeblich nur 13 Opfer gab. Meine Tochter behauptet aber, dass es weit über 50 Mädchen waren, die ums Leben kamen und dass wir die wahre Opferzahl nie erfahren werden. Die Regierung wollte den Vorfall nämlich schnell vergessen lassen. Meine Tochter meint, dass die Feier natürlich trotz des Unfalls und der zahlreichen Toten stattfand. So sah es erst recht nach einem kleinen Unfall aus. Außerdem ging es vorwiegend darum, das Fest zu Ehren des Königs nicht zu stören.* An dieser Stelle flüstert sie mir wieder ins Ohr: *Meine Tochter hat gehört, dass die Straße am Unfallort rot vor Blut war.* Und noch leiser flüstert sie mir zu: *Wenn der König je erfahren würde, wie Hlengiwe über ihn denkt, würde er sich an ihr, aber auch an unserer Familie rächen.* Sie rollt unheilvoll mit den großen schwarzen Augen: *Als wäre es nicht genug, dass ich damals als 9-Jährige ausgerissen bin und deswegen nie wieder in meine Heimat zurückkehren kann.*

Sichtlich irritiert von den vielen neuen Informationen, sage ich eine Weile gar nichts dazu. Auch meine Frisörin aus Swasiland schweigt. Irgendwann fällt mir der Name dieses Festes wieder ein, der so gar keinen Bezug zu dem gerade Vernommenen hat. *Sag mal, Nosibusiso, warum heißt denn dieses Fest eigentlich Schilfrohr-Tanz?* Ich habe den Eindruck, sie ist froh, dass es bei dem Gespräch nicht mehr um ihre Tochter geht. Auf jeden Fall erklärt sie mir: *Die Mädchen marschieren mit den Macheten in der Hand bis dahin, wo das Schilfrohr wächst. Sie sammeln das frisch geschnittene Schilf, mit dem der Windschutz um die königliche Residenz herum repariert wird. Das ist die Tradition bei uns.* Interessiert nicke ich mit dem Kopf und bin fasziniert davon, wie viel Neues ich hier im Salon erfahre. *Danach widmen sich die Mädchen der Körperpflege und ihrem Aussehen. Die Buschmesser, mit denen sie das Schilf geschnitten haben, tragen sie als Zeichen ihrer Jungfräulichkeit mit sich, wenn sie tanzend und singend vor der Königstribüne vorbeiziehen. Der Höhepunkt der Umhlanga Zeremonie ist der Tanz der Mädchen in Gruppen vor der königlichen Familie.* Es leuchtet ein, warum die Mädchen barbusig und in knappen traditionellen Kostümchen tanzen. Der König soll sich ein Bild von ihnen machen können. Ein möglichst vollständiges. Diese Kostüme mögen ja geschmacklich streitbar sein, aber eins ist sicher: Die Existenz eines Festes wie dieses wird sich in der westlichen Welt herumsprechen und ich könnte mir durchaus vorstellen, dass sich die Zeremonie als solche womöglich zu einem Highlight für Touristen entwickelt, wenn es nicht schon eins ist. Bei diesem Gedanken ertappe ich mich dabei, wie ich innerlich meinen Kalender abgrase, um herauszufinden, was ich Ende August nächsten Jahres vorhabe.

Nosibusiso setzt wieder bei Hlengiwe an, denn offensichtlich redet sie gerne über ihre Tochter. Ich glaube, sie ist sehr stolz auf sie und bewundert ihren Mut, Dinge auszusprechen, die andere nur zu denken wagen. *Hlengiwe sagt immer, dass dem König das Volk egal ist. Er und sein ganzer Hofstaat schwelgen dagegen im Luxus. Mswati III. ist für seinen ausschweifenden und verschwenderischen Lebensstil bekannt. Rate mal, was für Autos unser König hat.* Dabei schaut sie mich herausfordernd an, als wäre ich dafür verantwortlich, dass der König nicht zu bremsen ist. Achselzuckend vermute ich, dass er Besitzer eines glänzenden Mercedes sein könnte. Nosibusiso zieht die Augenbrauen hoch und erwidert spöttisch: *Du glaubst doch nicht im Ernst, dass er sich mit EINEM Auto zufrieden gibt?* Ihr strenger Blick verrät mir unmissverständlich, dass ich das tunlichst nicht glauben sollte. *Meiner Naivität sind tatsächlich keine Grenzen gesetzt,* muss ich seufzend zugeben, sodass Nosibusiso zufrieden ins Detail gehen kann. *Die Autoflotte der Königsfamilie ist mit nichts weniger als mit BMW, Mercedes und sogar Rolls Royce bestückt.* Dabei zieht sie den rechten Mundwinkel abwertend nach oben. *Das sagt zumindest meine Tochter, aber sie wird es schon wissen. Von ihr weiß ich, dass seine Ehefrauen in Amerika, in ... wie heißt diese Stadt mit den vielen Casinos noch einmal?* Ich helfe ein bisschen nach: *Las Vegas.* Nosibusiso nickt aufgeregt: *Ja genau, da haben sie Millionen ausgegeben. Alles aus der Staatskasse! Skandalös, nicht wahr? Und die Paläste für seine Queens lässt er ebenfalls aus der Staatskasse bauen, sagt meine Tochter. Und den neuen Jet für Auslandsreisen auch.* Während Nosibusiso ausholt und dem König in seiner Abwesenheit gehörig die Leviten liest, suche ich im Netz entsprechende Informationen und siehe da: Des Königs Privatvermögen wird auf über 100 Millionen Dollar geschätzt. Unglaublich! Wen wundert es, dass der seit 1986 amtierende König – übrigens der letzte absolutistische Monarch in Afrika – sein Land in den Ruin getrieben hat, während ein Großteil der Bevölkerung in bitterster Armut lebt? Wen wundert es, dass sein polygamer Lebensstil für alle Männer hierzulande ein Vorbild ist? Aus diesem Grund werden sowohl offizielle als auch inoffizielle Seitensprünge der männlichen Bevölkerung toleriert. Kein Wunder also, sodass die Aids-Epidemie außer Kontrolle gerät und Swasiland den traurigen Rekord der weltweit höchsten Rate an HIV-Infektionen hat. Wen wundert es, dass keine Opposition existiert, da sich die Oppositionellen hinter Gittern oder im Ausland befinden und diejenigen, die noch im Lande verweilen, eingeschüchtert werden?

Nosibusiso holt mich mit einer Frage aus dem Internet heraus. *Weißt du übrigens, dass unsere Königsfamilie weit verzweigt ist?* Ich schüttle den Kopf. Woher soll ich das wissen? Bis vor einer Stunde wusste ich noch nicht einmal, dass diese Königsfamilie überhaupt existiert. Aber andererseits versetzt mich diese Nachricht auch nicht gerade in Staunen. Bei so vielen Brüdern, Schwestern und Ehefrauen des Königs muss die enorme Größe des Stammbaums wirklich jede Vorstellungskraft sprengen. Meine Frisörin ist bestens über die königlichen Verästelungen informiert: *Der jetzige König der Zulu, Goodwill Zwelithini kaBhekuzulu hat eine Schwester unseres Königs Mswati III. geheiratet.* Ich gebe vor, dass mich diese Konstellation überrascht, kann aber in Wirklichkeit nichts Außergewöhnliches daran finden, dass ein König die Schwester eines anderen Königs ehelicht. Ging es in den europäischen Königshäusern noch vor wenigen Jahren nicht ähnlich zu? Jedoch wartet die beste Frisörin von allen mit einer pikanten Überraschung auf, zumindest für mich: *Und Nelson Mandelas Tochter Zenani war mit seinem ältesten Bruder verheiratet.* Sieh mal einer an! Sogar der gute Madiba, der Vater der Regenbogennation, ist durch seine Tochter in gewisser Hinsicht Teil dieses royalen Labyrinths! Das hätte ich jetzt allerdings nicht erwartet.

45. Der Weiße Hai

An der südlichen Spitze Südafrikas gibt es einen Ort namens Hermanus, wo die Wale von Juni bis Oktober ihre Jungen bekommen und so lange dort bleiben, bis diese groß genug sind, um gen Norden zu ziehen. Immer wieder erheben sich die riesigen Körper der Wale aus der Tiefe, springen fast senkrecht in die Höhe, um sich dann mit einem lauten, tonnenschweren Klatsch-Platsch zurück in das Meer fallen zu lassen. Nun könnte man annehmen, dass den Walen nach solch einem Luftsprung zumute ist, weil sie viel überschüssige Energie abbauen oder einfach nur gut gelaunt den Tag genießen wollen. Dem ist aber nicht so. Walforschern zufolge dienen diese kraftvollen Sprünge aus dem Wasser der Kommunikation der Wale, besonders wenn sie weit weg voneinander sind. Für dieses spektakuläre Springen der Wale, das natürlich nur wenige Sekunden dauert – eigentlich handelt es sich um einen kurzen Moment – gibt es Touren mit kleinen und größeren Booten, die in Hermanus angeboten werden, sodass man die mächtigen Tiere aus nächster Nähe beobachten kann. *Whale-Watching* nennt sich diese Touristenattraktion und zieht Menschen aus aller Welt an, die solch einen faszinierenden Anblick mit der Kamera festhalten möchten.

Da wir als *travellers* gelernt haben, im richtigen Moment an der richtigen Stelle zu sein, befinden wir uns Ende August ebendort, um Wale samt Jungen zu genießen. Nachdem wir einige dieser Prachtexemplare gebührend gesehen, fotografiert, gefilmt, bewundert und sie sogar dabei beobachtet haben, wie sie beim Auftauchen mit hohem Druck Fontänen ausstoßen, mit den Flossen aufs Wasser klatschen und natürlich die berühmten Luftsprünge vollführen, tuckern wir glücklich die zweistündige Strecke nach Hermanus zurück. Dabei habe ich genügend Zeit, um mir die korrekte Wortwahl und die überzeugendsten Argumente zurechtzulegen, sodass meine Freunde von meiner nächsten Idee nicht abgeschreckt werden.

Außer den imposanten Walen tummeln sich nämlich vor den Küsten Südafrikas auch weniger reizende Herrschaften: Haie. Ihre Existenz in den südafrikanischen Gewässern spielt vermutlich eine nicht zu unterschätzende Rolle dabei, dass beispielsweise wunderschöne Strände in Kapstadt – wie der in Camps Bay – einzig und allein zum Sonnenbaden und eben nicht zum Schwimmen einladen. Ähnliches gilt für Durban, das am Indischen Ozean gelegen ist. Dort sieht man nur an wenigen Stellen Leute im Meer. Die Abenteuerlustigen dürfen nämlich nur unter der Voraussetzung hinein, dass ein Haibeobachter mit geübtem Blick die Meeresoberfläche nach diesen entzückenden Tieren absucht. Sobald er von einem erhöhten Punkt aus einen verdächtigen Schatten oder eine Furcht einflößende Rückenflosse erspäht, schlägt er Haialarm. Eine weitere Maßnahme besteht darin, Haischutznetze zu errichten, und zwar an den Stellen, wo die risikobereiten Schwimmer von dem offenen Meer abgeschirmt werden sollen. Immer wieder verfangen sich die Haie in den Netzen. Böse Zungen behaupten allerdings, dass dies einzig und allein in die falsche Richtung, also auf dem Weg hinaus aufs offene Meer geschehe ...

Nun trifft es sich meines Erachtens vorzüglich, dass auch in der Nähe von Hermanus Haie in großer Anzahl auftreten, deren Existenz mir – wie der werte Leser vermutlich schon erkannt haben dürfte – keine Ruhe lässt. Ich weiß nicht mehr, wie ich es schaffe, meine Reisebegleiter zu überzeugen, auf jeden Fall unternehmen wir am nächsten Tag eine Bootsfahrt zu Steven Spielbergs Haustier, dem Weißen Hai. Tatsache ist, dass meine Freunde anfangs empört reagieren und mich mit gewissen, weniger vorteilhaften Prädikaten schmücken, doch möchte ich diese nur ungern in allen Details wiedergeben. Jedenfalls bekomme ich unter Anderem Folgendes an Kritik zu hören: *Wie heißt es im Volksmund so schön? Wenn es dem Esel zu wohl ist, geht er aufs Eis. Manche behaupten sogar, besonders leichtsinnige Esel würden auf dem Eis obendrein tanzen.* Wie dem auch sei, der draufgängerische Esel kann sich rühmen, vor Jahren die Bekanntschaft von ... Haien gemacht zu haben. In den Gewässern von Bora Bora habe ich nämlich dieses Treffen der dritten Art mit Bravour überlebt, bin sozusagen ungeschoren davongekommen. Seitdem kann ich jederzeit einen bleibenden Eindruck hinterlassen, wenn ich vor versammelter Runde die einleitende Frage stelle: *Habe ich euch eigentlich schon einmal erzählt, wie ich mit Haien geschwommen bin? Nein? Na, dann wird es ja langsam Zeit. Also ...* Wohlüberlegt verschweige ich dabei allerdings geflissentlich die Einzelheiten bezüglich meiner Urängste, um die Erzählung heroischer wirken zu lassen.

Der Weiße Hai und Konsorten … ein Thema, das sich zweifellos für eine Episode anbietet, die alle anderen Geschichten übertrifft, sie sozusagen in den Schatten stellt. Zu diesem Zweck geht es zu viert von Hermanus nach Kleinbaai, wo außerordentlich viele von Spielbergs Haustieren hausen, weil in der Nähe Tausende von Robben leben, die sich jederzeit als köstliche Mahlzeit anbieten. Von dort aus starten die Boote, um an den richtigen Stellen im Meer den Stahlkäfig ins Wasser zu lassen. Die besonders Mutigen unter den Touristen steigen in diesen Käfig hinein und können die Weißen Haie aus direkter Nähe betrachten. Auf der Suche nach dem gewissen Nervenkitzel erscheint mir besagte Idee grandios. Was ich an diesem bewölkten Augustmorgen nicht bedenke, ist, die Menge der zu verspeisenden Nahrungsmittel in Grenzen zu halten. Die Gründe dafür bedürfen im Nachhinein keiner Erklärung, aber eben nur im Nachhinein. Unbedachterweise genehmige ich mir also eine doppelte Portion von Eggs Benedict mit leckerem Brot und zähflüssiger Hollandaise-Sauce und schütte gleich noch einen doppelten Cappuccino hinterher. Mit anderen Worten: Die bevorstehende Aktivität schätze ich völlig falsch ein, was genauso für die Folgen dieses üppigen Frühstücks gilt. Noch guter Dinge und ausgestattet mit Handtüchern, Pullovern, Mützen, Schals und dicken Socken – alles notwendige Utensilien, die einen davor bewahren sollen, sich den Tod zu holen, wenn man aus dem kalten Nass herausgezogen wird – geht es los.

Unsere Gruppe besteht aus mehreren Deutschen, Südafrikanern und zwei Paaren aus Kanada. Die Kanadier sind nicht nur muskulös und gut gebaut, sondern verhalten sich auch entsprechend. Sie kommen aus Kanada, aus Calgary. Wer in einer Stadt lebt, in der nicht ohne Grund Olympische Winterspiele ausgetragen wurden, der läuft schon einmal bei niedrigen Temperaturen in einem T-Shirt herum, und das wohlgemerkt ohne mit der Wimper zu zucken. Wer zudem auch noch sehr sportlich ist, der trägt T-Shirts mit zu engen Ärmeln, aus denen in trauter Einheit Trizeps, Bizeps und damit eine Menge Testosteron vorwitzig herausgucken und das Männliche des Besitzers betonen. Lautstark und munter erzählen die Kanadier, mit welchen Sportarten sie sich in der Heimat die Zeit vertreiben, von der es in Kanada nicht wenig zu geben scheint. Ich habe den berechtigten Eindruck, dass die Kinder in diesem Land – sicher aber in dieser Stadt – erst einmal Eis-Hockey, Skifahren und Bären jagen lernen, bevor sie von der Existenz des Alphabets Notiz nehmen. Auch die Tatsache, dass die zukünftigen Hai-Taucher aus Canada keine große Tasche mit Wintersachen dabei haben, gibt mir so langsam zu denken und lässt mich ahnen, dass ich mich in falscher Gesellschaft befinde. Was habe ich mir mit dieser Tour denn nun schon wieder eingebrockt? Nie und nimmer kann ich mit diesen Body-Buildern, deren Ausführungen vom abenteuerlichen Alltag kein Ende zu nehmen scheinen, in denselben Käfig steigen und dieselben Haie streicheln. Aus dem Augenwinkel heraus betrachte ich sie so diskret wie möglich und meine Verzweiflung steigt ins Immense.

Unser Boot scheint endlich am Ziel angekommen zu sein, wir gehen vor Anker und der Kapitän gibt Order, einen stinkenden Fischsud ins Meer zu schütten, mit dem die Haie angelockt werden sollen. Gleichzeitig fischen die

Partnerinnen der kanadischen Muskelpakete etwas aus ihrer Tasche, was sich ordnungsgemäß aufgebaut als Drohne erweist, die wie eine überdimensionale Libelle über unseren Köpfen, aber auch über denen der Haie schwirren und hervorragende Fotos und Videos von diesem Spektakel machen soll. Ganz eindeutig sind die Wintersportler davon überzeugt, dass sie damit die Tiere in keinster Weise stören, verschrecken oder gar provozieren.

Es ist an der Zeit, die erste Gruppe zusammenzustellen, die in den Käfig soll. Wie vorauszusehen, melden sich die potenten Kanadier lautstark als Erste, ich dagegen halte mich tunlichst zurück. Die Gründe dafür bedürfen an dieser Stelle eigentlich keiner Erörterung. Trotzdem möchte ich dem nichts ahnenden Leser vorab einiges erklären, wie beispielsweise, dass ich eine etwas andere Vorstellung von dem, was man *activity* nennt, hatte. Ich wusste zwar sehr wohl, dass das Wasser eiskalt ist, aber nie wäre ich auf die Idee gekommen, dass es durch die eingelassene Suppe auch noch erbärmlich stinkt. Während sich die ersten Kandidaten in die Taucherkluft werfen, treffen bereits die Weißen Haie ein und kreisen unheilvoll um unser Boot. Jetzt bereue ich das Ganze erst recht und könnte mich konsequenterweise wieder einmal verfluchen. Zu allem Überfluss kommt mir intuitiv die Titelmelodie aus Spielbergs Killerfilm mit dem mordlüsternen Ungeheuer in den Sinn. Kein Zweifel, diese Spezies hier ist eindeutig größer als ihre Artgenossen in Bora Bora. Bei ihrem Anblick will es mir einfach nicht gelingen, die Abenteuerlust der Kanadier zu teilen, zumal ich am Himmel eine graue Wolkenwand erblicke, die sich auf uns zu wälzt. Die großen Wellen, die in regelmäßigen Abständen kommen, scheinen sich mit den

Wolken abgesprochen zu haben, denn sie schieben unser Boot wie eine Nussschale hoch und wieder herunter, sodass die Wolken noch bedrohlicher aussehen. Durch die ständigen Schaukelbewegungen drängen sich die kleinen Unpässlichkeiten des eigenen Körpers in den Vordergrund, denen immer weniger abzuhelfen ist. Erst wird mir schwindelig und schon bald komme ich trotz der winterlichen Temperaturen ins Schwitzen, während mir gleichzeitig ein kalter Schauer über den Rücken läuft. Die Kopfschmerzen werden immer heftiger und der Umstand, dass mir mein Kopf vorkommt, als hätte ich ihn, sagen wir einmal, in eine Waschmaschine kurz vor dem Schleudergang gesteckt, gibt nur eine ungefähre Vorstellung davon, wie entsetzlich ich mich fühle. Alles in Allem scheint es ein weniger verheißungsvolles Abenteuer zu werden.

Die Frage an Bord, wer als Nächster in den Käfig will, hält mich nur notdürftig bei Laune. Ich schüttle meinen vom Schleudergang schwer geprüften Kopf, werfe einen verstohlenen Blick zur Reling und bemerke, dass eine Frau unserer Truppe sich recht undamenhaft und geräuschvoll des Inhalts ihres Magens entledigt, noch bevor sich überflüssige Stoffwechselprodukte bilden und ihren herkömmlichen Gang zur Außenwelt bahnen können. Mit besorgtem Interesse beobachte ich, was sich in unmittelbarer Nähe abspielt und folge sicherheitshalber meinem ansonsten unfehlbaren Instinkt. Krabbelnd erreiche ich die Bank, die sich direkt an der Reling befindet. Und nun ereignet sich das, was man in der Seemannssprache diskret – ich möchte fast sagen diplomatisch – „Fische füttern" nennt. Gerade im richtigen Moment beuge ich mich über die Reling, um den leckeren, weichen Benedict-Eiern die Richtung zu weisen, in die sie sprudeln und im hohen Bogen ins Meer fliegen sollen, gefolgt von Brotbrocken und Lachsstücken, die ebenfalls von einer inneren Kraft herausgeschleudert werden. Recht unschön und in seiner Kohärenz mehr als beeinträchtigt landet diese Fontäne von unverdauter Speise ... so gut wie überall. Der Großteil allerdings landet samt und sonders als Pfütze auf der Oberfläche des Wassers, sodass sich die Fische hingebungsvoll über das Manna hermachen können, auch wenn es nicht ganz vom Himmel, aber immerhin von oben kommt. Immer unmissverständlicher kralle ich mich an der Reling fest, ja eigentlich hänge ich schon fast vornüber, um den Magenkrämpfen Einhalt zu gebieten. Es versteht sich von selbst, dass mir Letzteres nicht gelingen will.

Wie in aller Welt soll ich mich bloß wieder zur Bank zurückschleppen? Kraftlos wie ich bin, ist das ein Ding der Unmöglichkeit. Also nutze ich die Gelegenheit, mich und meine im Moment geistiger Umnachtung entstandenen Ideen zu verfluchen. Eine freiwillige Helferin der Crew, ein liebenswürdiges junges Ding, macht sich mit lobenswerter Promptheit daran, mithilfe eines vollen Eimers Wasser die Reste meines herzhaften Frühstücks ins Wasser zu schwemmen. Meinen Versuch, mich zu entschuldigen, wehrt sie mit einem verständnisvollen Lächeln ab und schickt noch den Satz hinterher: „*I am doing this all the time.*“ Mir fehlt die Energie, die Augenbrauen hochzuziehen, – eine Marotte, die ich mir in ähnlich perversen Situationen zugelegt habe und mir vielleicht aus gegebenem Anlass abgewöhnen sollte – stattdessen stelle ich die Vermutung an, dass es wohlmöglich schon immer ihr Traumjob war, auf solch einem Kahn zu arbeiten. Nach dieser überwältigenden Erkenntnis verspüre ich die unbestimmte Sehnsucht, irgendwo anders zu sein, möglichst in einer Umgebung, wo sich Menschen nettere Ziele setzen.

Während ich mich solch tiefsinnigen Gedanken hingebe, entsteigt die erste Gruppe dem Meer, sodass die Kanadier in einer ihnen eigenen Art und Weise und in detaillierter Form ihre mutige Begegnung mit dem weißen Hai beschreiben können. Das eiskalte Wasser scheint ihnen nichts ausgemacht zu haben, gleiches mag ebenso für den stinkenden Sud gelten. Dagegen war der hautnahe Anblick des weißen Hais ein unüberbietbares Erlebnis, geradezu ein Meilenstein in der Kategorie Nervenkitzel. Letzteres schließe ich ohne jegliche Voreingenommenheit aufgrund der mit Vorliebe verwendeten Ausdrücke *amazing, exciting* und *this was unreal.* Ihre Freude erreicht den absoluten Höhepunkt, als die Partnerinnen ihnen Ausschnitte der Videos zeigen, die sie mit Hilfe der Drohne gedreht haben, während sich die zwei tollen Hechte zwecks heroischen Abenteuers im Käfig befanden. Zweifellos wird dieser Ausflug mit der höchsten Punktzahl auf der Skala der halsbrecherischen Erfolge bewertet. Wahrlich, die Reise hat sich gelohnt! Ein Hoch auf die Abenteuerlustigen!

In der Zwischenzeit soll sich die zweite Truppe mutiger Touristen in das eisigkalte Meer begeben. Mein Mann und dessen Freund stehen in schwarzer Taucherausrüstung sprungbereit vor dem Käfig, aber ich bin einfach zu schwach, um diesen Moment für die Ewigkeit festzuhalten. Abgesehen davon muss ich zugeben, dass sich meine visuelle Aufnahmefähigkeit vor lauter Unpässlichkeit erschöpft hat und ich somit gar nicht realisieren kann, wo der Fotoapparat geblieben ist. Aus den Augenwinkeln bemerke ich jedoch, dass er sich in guten Händen befindet. Mit großem Eifer versucht nämlich unsere Freundin, den Moment zu verewigen, in dem unsere Männer in die Tiefe steigen. Etwas gereizt stelle ich fest, dass ihr weder schwindelig noch übel zu sein scheint. Wieso ward mir nicht solch ein Glück beschert?

Als meine mutige bessere Hälfte eine halbe Stunde später wieder hoch gezogen wird, bemerke ich besorgt, dass sein sonst ansehnliches Auftreten großen Schaden erlitten hat. Seine Lippen und sein Körper sind von einer totenblauen Farbe überzogen, er bibbert und zittert am ganzen Körper und ist im Gesicht ähnlich gelb wie am heutigen Frühstückstisch meine Eggs Benedict, bzw. deren Eidotter. Weniger der Weiße Hai als vielmehr das eisige Nass scheint ihn in einen ziemlich schlechten Zustand versetzt, oder gar ganz außer Gefecht gesetzt zu haben. Auf meine überflüssige Frage, wie es ihm gehe, schenkt er mir als Vorspann einen vernichtenden Blick. Daraufhin gibt er nur andeutungsweise und auf nicht gerade überschwängliche Art und Weise eine Reihe von „*Hmmmmms*" von sich, bis er die niederschmetternde Antwort zischt: *Next question!*

Ich weiß nicht, welche gute Fee mit ihrem Zauberstab dafür gesorgt hat, dass mich im richtigen Moment der Brechreiz übermannt hat. Ihr habe ich es zu verdanken, dass ich die vielversprechende Begegnung mit dem Weißen Hai verpasst habe. Dreißig Minuten im eiskalten Wasser würden nämlich eine sensible Frostbeule, wie ich es eine bin, in den sicheren Tod, im besten Fall in die Notaufnahme des nächsten Krankenhauses schicken. Vielleicht sollte ich nach diesem unseligen Exkurs wirklich in Erwägung ziehen, meiner Abenteuerlust einen Riegel vorzuschieben, um mir und meinen Freunden in Zukunft prekäre Situationen zu ersparen. Und noch etwas am Rande: Je länger ich darüber nachdenke, desto unverständlicher erscheint mir der Titel dieser Episode, zumal ich doch eindeutig außerstande war, den weißen Hai aus der Nähe zu begutachten. Vielleicht sollte ich die Episode doch umbenennen in „Die Geschichte von zwei köstlichen Eiern namens *Benedict*"?

46. Garden Route mit Freunden

Einer der ergreifendsten Momente im Expat-Dasein ist der Besuch aus der Heimat. Zu Ostern kommt eine gemischte Gruppe nach Südafrika. Gemischt, da einige aus der alten Heimat Griechenland und andere aus der noch älteren Heimat Deutschland anreisen. Weniger gemischt und ausgewogen ist die Zusammensetzung der Geschlechter, denn sieben Frauen tummeln sich um einen einzigen Mann. Freunde und Kollegen dieses männlichen Exemplars schütteln unmissverständlich den Kopf, wenn sie davon hören, aber in Wahrheit sind sie nur neidisch, weil sie immer in Begleitung der eigenen Frau unterwegs sind und eigentlich auch gern einmal ausprobieren würden, wie es sich anfühlt, der Hahn im Korb zu sein.

Zu acht brechen wir also von Cape Town auf und knöpfen uns die Garden Route vor, eins der touristischen Highlights des Landes. Die ersten Weißen, die das grüne und fruchtbare Gebiet entdeckten, nannten es so, weil sie sich den Garten Eden ungefähr so vorgestellt hatten. Es handelt sich dabei um eine Strecke von 600-1.000 km, je nachdem, wo man sie für beendet erklären will. Das Mietwagenunternehmen scheint ein generelles Problem zu haben, das sich

Fahrzeuggröße nennt. Als die Angestellten einsehen müssen, dass auf ihrem Parkplatz kleinere Wagen bereitstehen, als wir ursprünglich gebucht hatten, gehen sie sofort auf Versöhnungskurs, sodass wir schon nach wenigen Minuten mit einem riesigen Geländewagen und einem Minibus in Richtung Osten aufbrechen. Die Reise soll sich allerdings nicht nur bezüglich der Dimensionen unserer Mietwagen, sondern auch in verschiedenster Hinsicht als eine einzigartige Erfahrung erweisen.

Eine wichtige Station auf dieser Route ist der südlichste Zipfel des südlichsten Landes des schwarzen Kontinents. Dabei handelt es sich nicht etwa um das Kap der Guten Hoffnung, wie viele fälschlicherweise annehmen, sondern um das Cape Agulhas. Das Interessante an diesem Punkt, ist die Tatsache, dass hier zwei Ozeane aufeinandertreffen, was sich mit bloßem Auge nicht wirklich realisieren lässt. Durch das obligatorische Fotoshooting, das sich bei 8 Parteien immer als äußerst zeitaufwendig erweist, beweisen wir unseren Freunden daheim und denen, die nicht so lange warten können, bei Facebook, dass wir tatsächlich mit dem einen Bein im kalten Atlantischen und mit dem anderen im wärmeren Indischen Ozean gestanden haben, können uns allerdings, was den Temperaturunterschied betrifft, einen skeptischen Gesichtsausdruck nicht verkneifen. Trotzdem flößt uns allein die Idee großen Respekt ein. Aufgrund des Wellenganges und der zahlreichen Felsen und Riffe haben wir noch größeren Respekt vor Bartolomeu Diaz, der vor unserem geistigen Auge als erster – zumindest als erster Weißer – an dieser Stelle vorbeifährt. Wahrlich bewundernswert, dass man mit einer arg angeschlagenen Schabracke und als einzige Wegweiser die Sterne und den Kompass ins Unbekannte aufbricht und dabei jeden Moment Gefahr läuft, von der Erde – die ja damals noch angeblich eine Scheibe war – hinunterzupurzeln. Unsereins geht eine Fernreise mit dem neuesten technischen Schnickschnack ausgestattet und somit bestens vorbereitet an. Wir finden es aufregend, ja regelrecht spannend, in die Fußstapfen Millionen anderer zu treten, da es heutzutage ohnehin ausgeschlossen ist, irgendwo als Erster aufzutauchen. Was hat dieser – im wahrsten Sinne des Wortes – Globetrotter wohl damals im 15. Jahrhundert empfunden, als er hier entlang segelte?

Unsere nächste Station ist Knysna, was „Naisna" ausgesprochen wird. Oft genug scheinen die Anglophonen das „K" vor dem „n" völlig zu übersehen und setzen direkt beim zweiten Buchstaben an. Natur und Lagune machen Knysna zu einem sehenswerten Ort, darum verweilen wir an der Waterfront und geben uns begeistert touristischem Treiben hin. Da das Autofahren nach Sonnenuntergang in Südafrika nicht unbedingt empfehlenswert ist, machen wir uns rechtzeitig auf, um noch bei Tageslicht unser Hotel nahe Plettenberg Bay aufzusuchen. Die läppischen 30 km bis dorthin, glauben wir in weniger als einer halben Stunde zurücklegen zu können. Womit wir allerdings nicht rechnen, sind Dinge wie höhere Gewalt, zu denen neuerdings auch ein platter Reifen gehört. Auf halber Strecke halten wir links an und begutachten zu acht den Schlamassel. Wir stehen um den Reifen herum und stellen mit ernster Miene fest, dass er platt ist. Platter geht es gar nicht mehr. Na wunderbar, seufze ich und ein Blick auf die Uhr lässt mich ahnen, dass sich die folgenden Stunden als äußerst schwierig gestalten könnten, unterlasse es jedoch lieber, meine Vorahnungen kundzutun, um die restliche Mannschaft nicht unnötig zu beunruhigen. Es ist 17.30 Uhr und in Südafrika geht die Sonne früh unter. Also in weniger als einer halben Stunde wird es zappenduster sein.

Ich rufe das Mietwagenunternehmen an und versuche, so gut es geht zu erklären, wo wir uns ungefähr befinden. Am anderen Ende der Leitung höre ich hoffungsvoll ein „*we will be there in 20 minutes.*“ In unserer Runde wird aus gegebenem Anlass eine Diskussion zum Thema Reifenwechseln eröffnet und dabei die Frage gestellt, ob wir nicht Frau genug seien, allein den Wechsel vorzunehmen. Nicht nur unseren einzigen männlichen Begleiter, sondern auch mich öden solche Statements à la Alice Schwarzer an und zwar nicht nur, weil ich eine ausgesprochene Aversion gegen ölverschmierte Finger hege. Bevor wir es schaffen, uns bei der Argumentationsstrategie nach Emma-Art so richtig in die Haare zu bekommen, hält ein PKW auf der gegenüberliegenden Seite. Eine Frau steigt aus und hält nichts Geringeres als eine Klopapierrolle in der Hand, deren Ende im Wind weht. Statt die Feministinnen-Debatte zu Ende zu führen, machen wir uns nun alle über das vom Winde verwehte Toilettenpapier lustig und äußern vage Vermutungen über den Austausch von Körperflüssigkeiten in einem nicht gerade geräumigen Wagen. Während ich der Frau anfangs belustigt nachschaue, stelle ich schon bald entsetzt fest, dass sie in einem *informal settlement* verschwindet. Darunter versteht man ein für Südafrika typisches Elendsviertel, in dem die Wellblechhütten wie Streichholzschachteln wüst durcheinander, nebeneinander, manchmal auch übereinander aufgestellt werden, bis der erste *thunderstorm* sie mir nichts, dir nichts wegfegt. Und die wenigen Habseligkeiten der Besitzer gleich mit. Südafrika weist aufgrund etlicher solcher *informal settlements* eine damit einhergehende hohe Kriminalitätsrate auf, aufgrund dessen man sich nach Sonnenuntergang nicht unbedingt auf den Straßen aufhalten, geschweige denn tiefschürfende Diskussionen über die Emanzipation der Frau führen sollte. Aber überkluge Touristen sind sich der prekären Situation einfach nicht bewusst und überhören solche Ratschläge gerne. In Fällen wie diesen stehen sie *in the middle of nowhere*, so wie wir jetzt unseligerweise. Übrigens ist es in besagtem *nowhere* mittlerweile in Ermangelung von Straßenlichtern – wie schon befürchtet – stockduster geworden. Ohne ein weiteres Wort zu verlieren, riegeln die Feministinnen aus Europa den defekten Geländewagen ab, denn schließlich befindet sich darin das Gepäck von vier Parteien. Unverzüglich zwängen wir uns zu acht in den reifentechnisch intakten Minibus, um dort auf den Angestellten der Firma zu warten.

Mit einem mulmigen Gefühl im Bauch sitzen wir eher schweigsam als redselig dicht nebeneinander. Keiner gibt einen Ton von sich, bis ein abstoßender Geruch auch ins letzte Nasenloch eindringt und jedem von uns ein angewidertes Naserümpfen entlockt. Unangenehmer Körpergeruch durch Ausdünstung kann es nicht sein, jeder tippt für sich auf etwas anderes, tut aber vorerst so, als würde er nichts bemerken. Nach dem Motto, das wir früher schon immer gern in der Schule benutzten, nämlich *wer es hat zuerst gerochen ...*, traut sich keiner den realen Tatbestand in Worte zu fassen. Eines steht jedenfalls fest: Da scheint sich jemand nicht in Zurückhaltung üben zu können und entlässt überschüssige Luft ins Freie. Mit strengen Blicken verdächtigen wir uns gegenseitig. Als sich allerdings die „Duftwolke“ auch nach der normalen Wartezeit nicht in Wohlgefallen aufgelöst hat, gibt sich eine besonders Mutige einen Stoß und bringt die unverhofft entwichene Darmblähung zur Sprache. Keiner will es gewesen sein. Natürlich. An der anhaltenden Dauer des bestialischen Gestanks wird langsam deutlich, dass es etwas Permanenteres als Gasproduktion sein dürfte. Wir folgen unserem Geruchssinn, bis alle Nasen bei einer der Freundinnen zusammenstoßen, wo sich der Geruch als besonders intensiv erweist. Wider Erwarten wird der Mief an den Schuhen lokalisiert. Sie hat sich wohl bei der Reifenwechsel-Diskussion dermaßen in ihre Emanzenrolle hineingesteigert, dass ihr das erfolgreiche Herumtrampeln in einem Kothaufen nicht weiter aufgefallen ist. Wer den Schaden hat, braucht bekanntlich für den Spott nicht mehr zu sorgen, also steigt sie fluchend und unter allgemeinem Gelächter aus, um im Gras die unangenehm stinkende Paste von den Schuhen abzustreifen. Die Ausdrücke, derer sie sich bedient – vermutlich weil sie die Reinigung der Schuhe immens erleichtern – dringen trotz lautem Gelächter immer wieder ins Auto und staffeln sich von „unglaublich“ über „das darf doch wohl nicht wahr sein“, bis sie in der treffenden Beschreibung des Sachverhaltes „so eine verdammte Scheiße“ ihren Höhepunkt erreichen. Unterdessen steigen einige von uns aus, um sich vor Lachen besser zu krümmen und eine Freundin nimmt auf dem leer gewordenen Rücksitz eine Position ein, die auf den ersten Blick an Brustschwimmen erinnert. Sie liegt der Länge nach da und versucht, mithilfe aller verfügbaren Papiertaschentücher die Automatte von den Darmausscheidungen zu befreien. Angeblich bringen Vogelexkremente auf dem Kopf ja Glück, aber wenn alles Gute doch nicht von oben kommt, sondern an den Schuhsohlen haften bleibt, sieht die Sache womöglich anders aus. Vielleicht ist das ja auch eine Art Prophezeiung auf das, was sich noch alles abspielen wird auf dieser paradiesischen Garden Route. Nach beendeter Reinigungsprozedur ist der Freundin der Vorfall dermaßen peinlich, dass sie lieber den Rest der Reise im geräumigen Kofferraum des Vans verbringen will, von wo sie dann tatsächlich erst sehr, sehr viel später wieder herauskommt.

Die ganze Situation im Dunkeln ist paradoxerweise so urkomisch, dass wir uns vor Lachen den Bauch halten müssen und sogar Seitenstiche bekommen. Als allerdings auf der anderen Straßenseite nach und nach Kleintransporter anhalten und zurückkehrende Arbeiter ausspucken, die samt und sonders in unsere Richtung schauen und uns begutachten, gefriert das Lachen und macht Platz für das Flaue im Magen. Eiligst zwängen wir uns wieder in den Wagen und riegeln ab. Da jedoch durch die Kot-Anekdote noch eine kleine Portion an Humor übrig geblieben ist, versuchen wir das ungute Gefühl zu verscheuchen und so sprießen nicht ganz *politically* korrekte Kochtopf-Phantasien. Vielleicht geht es Ihnen ja genauso: Manchmal sind die stereotypen Bilder, mit denen man großgeworden ist, stärker als das, was sich *political correctness* nennt oder gar die Realität selber.

Wir vermuten – und hoffen inständig, dass es wirklich nur ein Witz sein kann – dass in dieser Ortschaft gerade die Nachricht von den im Kleinbus sitzenden Touristen die Runde macht, woraufhin in den Hütten, den sogenannten *shacks*, bereits vorsorglich die Kessel aufgesetzt werden.

Schon sehen wir uns in den selbigen brodeln und um uns herum schwimmen Kartoffeln, Möhren und Suppengrün, um den Geschmack des zähen Touristenfleisches abzurunden ... Wie gesagt, ... in einem durch und durch vorurteilsfreien Umfeld ist wohl kaum einer von uns aufgewachsen ... Als noch eine zweite Ladung aus dem nächsten Bus aussteigt und die Leute nur zögerlich ihre Augen von uns abwenden können, bekommen wir es doch gehörig mit der Angst zu tun. Es wird leise im Minibus, selbst aus dem Kofferraum – der ja im Prinzip kein separates Teil ist, sondern sich einfach nur hinter den Rücksitzen befindet – ist kein Ton zu vernehmen. Uns fallen keine dummen Geschichten mehr ein. Auch keine intelligenten. Aus dem Wald hören wir plötzlich merkwürdige Geräusche und schauen uns entsetzt an. Ob schon eine Delegation von Feinschmeckern entsandt wurde, um die Lage des Abendessens abzuschätzen? Doch bei näherem Hinhören kommen wir zu dem Schluss, dass es wohl Frösche und Zirpen sein müssen, aber eben überdimensionale afrikanische. Nicht gerade beruhigend, aber immerhin. Eine der Freundinnen versucht die Stimmung etwas aufzulockern und bietet Äpfel an, die sie in Knysna erstanden hat. Der Inhalt der Tüte wird gerecht auf acht Parteien verteilt und jeder beißt in seinen Apfel. Wenn ich im Nachhinein versuche, den Sachverhalt zu rekonstruieren, dann erkenne ich die diabolische Metapher, die sich hinter diesen Äpfeln verbirgt. Diverse idiomatische Redewendungen passen vorzüglich zur momentanen und zur sich anbahnenden Situation wie „in den sauren Apfel beißen“ oder „der Bissen bleibt einem im Hals stecken“ ...

Unmittelbar vor uns baut sich ein junger Mann auf, ohne dass jemand realisieren könnte, woher er kommt. Plötzlich steht er ungeladen da. Die Tatsache allein, dass ein wildfremder, dunkelgekleideter Mann in der dunklen Nacht vor uns steht, reicht aus, um uns das Blut in den Adern gefrieren zu lassen. Doch er setzt noch einen drauf und holt etwas hervor, etwas Längliches, und fängt damit an herumzufuchteln. Ungläubig können wir den Blick nicht abwenden von dem, was er da in der Hand hält, nämlich eine Motorsäge, die wild kreischt. Während er das Mordinstrument mit einem Mordskrach auf die Mordopfer in spe – also auf uns – gerichtet hält, macht er damit – wie mit einem Maschinengewehr – ratternde Bewegungen, so als wollte er die ganze Munition – die glücklicherweise ausbleibt – gleichmäßig auf uns verteilen. Die Vorstellung, die der junge Mann gibt, könnte zweifellos das Prädikat cinemareif erhalten, allein schon aufgrund der riesigen Schweißperlen, die sich bei uns allen gebildet haben. Und zwar nicht nur auf der Stirn.

Glücklich über das potentielle Schlachtvieh, das ihm die Vorsehung da in die Hände gespielt hat, labt er sich ganz offensichtlich an unserem Anblick und bestimmt ist es eine spannende Angelegenheit, unsere Reaktionen abzuwarten. Diese lassen sich in Kürze wie folgt beschreiben: Lähmendes Entsetzen greift um sich. 16 Augen starren aus dem Van in seine Richtung. Mehr Reaktion ist nicht zu vermelden. Höchstens die Tatsache, dass die acht dazugehörigen Personen ihren Augen nicht trauen wollen. Der Gedanke, dass wir an Ort und Stelle das Zeitliche segnen werden, jagt uns einen eisigen Schauder nach dem anderen den Rücken hinunter. Da sich weder von uns im Minibus Eingesperrten noch von außen jemand findet, der seinem unerbittlichen Treiben Einhalt gebieten und ihn außer Gefecht setzen könnte, kreisen in unseren Köpfen Horrorgeschichten, die beispielsweise die Überschrift „Der Mörder mit der Kettensäge“ tragen könnten. Vermutlich würde man über Titel wie diese in anderen, weniger lebensbedrohlichen Situationen kopfschüttelnd und die Augenbrauen hochziehend lachen. Unter den realen Umständen jedoch – und dessen sind wir uns nunmehr bewusst – geben wir im Kleinbus eingepfercht und unserer Selbstsicherheit beraubt köstliches Frischfleisch ab, das durch die beschlagenen Fenster nicht nur aufgrund des Sauerstoffmangels seiner ungewissen Zukunft entgegenblickt.

Ich weiß nicht, wer von uns in diesen trostlosen Momenten in der Lage ist, genügend Geistesgegenwart zu bewahren, um Details in seinem Testament auszufeilen, auf jeden Fall scheinen wir alle tief in Gedanken versunken zu sein. Wenn die Säge da draußen nicht diesen höllischen Lärm produzieren würde, könnte man im stillen Kleinbus die sprichwörtliche Nadel auf den Boden fallen hören. Soviel Wahnwitz auf einmal glaubt mir keiner, schießt es mir durch den Kopf, die ich nach jeder Reise immer viel zu erzählen weiß und gerne dabei dick auftrage. Im Moment wüsste ich auch gar nicht, ob sich überhaupt in Zukunft die Gelegenheit dazu bieten wird. Denn schließlich ist Geschichtenerzählen nur in einem lebendigen Zustand möglich. Und überhaupt bin ich von der Entwicklung dieser Reise nicht sonderlich begeistert. Ganz offensichtlich hatte ich beim Planen des Urlaubs Details wie Reifenpannen nicht mit der nötigen Aufmerksamkeit bedacht. Und das wohlgemerkt als Südafrika-Einwohner! Wenn ich gelenkig genug wäre, könnte ich mich in Anbetracht der misslichen Lage in einen bestimmten Körperteil beißen, aber die engen Räumlichkeiten erlauben es fürwahr nicht.

Eine der Freundinnen auf dem Rücksitz wagt eine Frage zu flüstern, die sich in etwa so anhört wie, *sollnwernichlangsamlosfahrn*? Ich sitze am Steuer, mit der rechten Hand an der Zündung und die Füße so auf den Pedalen platziert, dass ich im Notfall sofort loslegen kann, um den filmreifen Bekloppten hollywoodreif abschütteln zu können. Ihre Frage treibt mir noch mehr Angstschweiß auf die Stirn. *Unwaswirdausnkoffernimandernwagn*? zische ich zurück, nicht ohne sie mit einem strafenden Blick im Spiegel zu bedenken, während eine gequälte Unruhe über die Gesichter der anderen huscht. Es ist mir unmöglich, zu schätzen, wie lange der potentielle Multi-Zerkleinerer auf ohrenbetäubende Weise vor uns sägt, eventuell sind es nur Minuten, aber es kommt mir vor wie Stunden. Auf jeden Fall werden wir irgendwann dermaßen aus unserer Trance herausgerissen, dass wir aufgeschreckt hochjagen und die etwas größer Geratenen unter uns obendrein mit den Köpfen an die Decke des Minibusses schlagen. Jemand klopft von außen an der Scheibe. Es ist der Mechaniker, wie an seinem Overall nur unschwer zu erkennen ist. Nach anfänglichem Zögern öffne ich mein Fenster. Sein erstaunter Blick in den völlig beschlagenen Kleinbus streift acht zur Salzsäule erstarrte Gestalten. Unsere erschrockenen Gesichter blicken vermutlich dermaßen dümmlich aus der Wäsche, dass er sich wort-wörtlich kaputt lacht, sich dabei vornüberbeugt, mit der rechten Hand immer wieder auf den rechten Oberschenkel schlägt und nur schwer seine Fassung wiederfindet: *You are scared*! Diese auf ausgeprägter Beobachtungsgabe beruhende Feststellung wiederholt er einige Male, bevor er sich als Moses vorstellt. Tatsächlich geben wir ein Bild für die Götter ab: acht Leute – das muss man sich einmal vor Augen führen – sitzen eng beieinander im Van und warten darauf, nach allen Regeln der Kunst zu Hackfleisch verarbeitet zu werden. Und zwar von einem Typen mit Kettensäge, der übrigens in der Zwischenzeit genauso plötzlich von der Bildfläche verschwunden, wie auf der selbigen erschienen ist und somit werden wir nie und nimmer erfahren, wer er war und was er mit uns vorhatte.

Zwei von uns finden als Erste die Fassung wieder und steigen aus, um Moses und seinem Kompagnon den Platten am anderen Auto zu zeigen. Dieser macht sich rasch ein ungefähres Bild der Lage und ordnet an, dass das Gepäck aus dem Kofferraum herausbugsiert werden müsse, damit er unter dem Boden den verborgenen Reservereifen hervorzaubern könne. Schon bald lässt er seinen Worten Taten folgen und schraubt und zieht und drückt ganz behände. Während ich ihm bei seiner handwerklichen Tätigkeit zuschaue, frage ich ihn beiläufig, was denn das bitte schön für Geräusche im Dickicht seien. Er bestätigt unsere Vermutung. Es handelt sich tatsächlich um Kröten. Wir sind erleichtert. Moses hat derweil andere Sorgen als die Geräuschkulisse auf der Garden Route zu transkribieren, denn er hat den Reservereifen herausgefischt und begutachtet ihn nun von allen Seiten. Etwas scheint mit dem Ding nicht zu stimmen. Es bleibt also abzuwarten, was uns in dieser Nacht noch bevorsteht. Tatsächlich lässt die nächste Hiobsbotschaft nicht lange auf sich warten: Der Ersatzreifen hat zu wenig Luft und muss darum aufgepumpt werden. Es führt kein Weg daran vorbei; Moses muss wohl oder übel mit dem defekten Reifen im Schlepptau zur nächsten Station fahren. Diese liegt 20 Minuten von hier entfernt. Wir lassen seine Worte auf uns wirken, während der kleine, flinke Südafrikaner in sein Auto steigt und samt Kompagnon losfährt. Ich schaue ihnen hinterher, solange man im Dunkeln hinterher schauen kann und denke nur, hoffentlich kommt Moses wieder. Moses!? Moment mal! War das nicht der Prophet, den Gott beauftragt hatte, das Volk der Israeliten aus Ägypten zu führen? Hat er nicht sogar das Meer geteilt, damit seine Landsleute trockenen Fußes hindurchmarschieren konnten? Also, wenn das kein gutes Omen ist! Es wird alles gut gehen! Erleichtert freue ich mich über Erinnerungsschübe aus der Schulzeit und stelle fest, dass der Religionsunterricht von früher doch noch einige Früchte getragen hat.

Nachdem die Dinge nun mal so sind, wie sie sind, steigen wir wieder in den Van und riegeln als Erstes die Türen von innen ab. Das einzige Licht im Dunkeln stammt von unseren Scheinwerfern und damit die Batterie nicht auch noch ihren Geist aufgibt, lasse ich sicherheitshalber den Motor laufen. Es ist still im Auto. Mucksmäuschenstill! Alle schauen mit aufgerissenen Augen zum *informal settlement* hinüber und bangen vor dem Stelldichein, das wir uns eventuell erneut geben werden, mit dem Verrückten und mit seiner Kettensäge. Keiner gibt auch nur einen Piep von sich, bis sich eine der Freundinnen von hinten meldet. An ihrem Tonfall merkt man ihr den Ernst der Lage an: *Ich halte es nicht mehr aus, ich muss mal raus. Schalte bitte die Scheinwerfer aus, damit mir keiner dabei zuschaut.* Nach drei Sekunden eisiger Stille bricht der Rest der Truppe in schallendes, ach was sage ich, in grölendes Gelächter aus, das die Ich-muss-mal-dringend-wohin-Freundin nicht nur beim Verlassen des Minibusses, sondern auch bei der Verrichtung der Notdurft im Straßengraben begleitet. „Lachen ist der größte Feind des Stresses", habe ich einmal in einem schlauen Buch gelesen und tatsächlich scheinen wir nun statt Stresshormonen jede Menge Glückshormone auszuschütten. Minuten später können wir uns vor lauter Endorphinen immer noch nicht beruhigen.

Irgendwann ist Moses nebst Kollegen und vollgepumptem Reifen wieder zurück, ohne dass uns der Manische mit seiner Kettensäge zwischendurch einen Besuch abgestattet hätte. Unsere Glückshormone tanzen um die Wette, denn das Ende der Verbannung im Dunkeln scheint in Sicht. Moses macht sich an die Arbeit und unser aller Mann schaut ihm dabei zu, während die Damen im Van übermütig weiterkichern. Schon bald klopft unser einziges männliches Exemplar am Fenster, um uns sichtlich bekümmert eine gute und eine schlechte Nachricht zu überbringen. Um die Sache zu vereinfachen, stellt er die Frage, in welcher Reihenfolge wir sie denn gerne hören würden. Soll er selber entscheiden, lautet unsere Antwort. Also: 1. *Es fehlt eine Radschraube. 2. Im Auto liegt nicht der korrekte Wagenheber, deshalb bekommt Moses den Wagen nicht hoch genug und kann das Rad nicht auswechseln.* Nach verkündeter Mitteilung ist der einzige Mann der Truppe wieder weg vom Fenster, und zwar wort-wörtlich. Wir Mädels im Kleinbus nehmen die Nachricht mit gemischten Gefühlen auf, bis eine die gerade vernommene Behauptung nicht so stehen lässt und ganz vorsichtig in die Runde fragt: *Und wo bitte schön bleibt die gute Nachricht?* Grölendes Lachen folgt, wobei erneut Glückshormone ausgeschüttet werden, und zwar haufenweise.

Als ich Wochen später aus lauter Neugier Moses' biblische Geschichte recherchiere, stoße ich im Netz auf den Spruch „Moses mit seinem Gesetz ist aller Henker Meister" und muss schmunzeln. Unser südafrikanischer Moses macht seinem Namen tatsächlich alle Ehre! Er schafft es – sein Gott weiß wie – zwei Wagenheber übereinander zu stülpen und den Wagen hochzuhieven, der Rest ist angeblich ein Kinderspiel. Und da sich alles so trefflich fügt, stört uns die fehlende Schraube nicht sonderlich. Letztendlich ist sie ja nicht die einzige Lockere auf der Welt! Auch nicht die einzige, die fehlt ...

47. Goodbye, my beautiful South Africa

Unsere Zeit in Südafrika ist leider abgelaufen. Wehmütig wird Hab und Gut in Kartons und Holzkisten verstaut, um ins nächste Land gebracht zu werden, das wieder für einige Jahre unsere Heimat werden soll: nach Dänemark. Wir übergeben dem Makler den Schlüssel dieses wunderbaren Hauses und verabschieden uns mit vielen Tränen von Zondi und Pamela. Ein letzter Blick huscht über die Jacaranda-Bäume und es geht zum Flughafen O.R. Tambo.

Meine persönliche Rekordzeit, was einen *Non-stop*-Flug angeht, beträgt sechzehn Stunden und dreißig Minuten und wird auf der Strecke Johannesburg-Atlanta aufgestellt. Bei dem nicht enden wollenden Flug handelt es sich zu allem Übel um einen Nachtflug und da die Vereinigten Staaten bekanntlich westlich von Afrika liegen, fliegt man praktisch ständig der Nacht hinterher. Mit anderen Worten: Es wird die ganze Zeit über keine einzige Sekunde hell. Nicht gerade angenehm. Verglichen damit sind die knapp elf Stunden von Joburg nach München *a piece of cake,* ein

Kinderspiel und seit ich in Südafrika lebe und diese Strapaze öfters auf mich nehme, empfinde ich Flüge innerhalb von Europa als *a stone's throw,* also erweiterte Katzensprünge. Es ist eben alles relativ und eine Frage der Perspektive.

Auf diesem letzten Flug nach München mit Anschlussflug nach Kopenhagen sitze ich dummerweise in der Mitte, weil mir aufgrund der Umzugsvorbereitungen viel zu spät eingefallen ist, dass ich ja noch online einchecken muss, also bekomme ich nach dem Motto *first come, first served* das, was übrig geblieben ist und das ist leider der Sitz ganz weit hinten in der Mitte. Immerhin ist mir noch im letzten Moment eingefallen, einen Blumenstrauß für meine Mami zu besorgen. Seitdem ich nämlich in Südafrika lebe, hat sie ihr Herz für die Wappenblume Südafrikas, die Königs-Protea – auf Deutsch Zuckerbüsche – entdeckt. Ich verstaue diesen riesigen Blumenstrauß im Fach über dem Sitz und stopfe auch noch die ganzen Sachen hinein, die ich am Flughafen in den Duty-free-Shops gekauft habe. Danach lasse ich mich ziemlich schachmatt auf meinen Sitz fallen.

Ein junger schwarzer Mann mit weißer Baseballmütze auf dem Kopf, Ray-Ban-Brille auf der Nase und blendend weißem T-Shirt, aus dessen Ärmel zwei Muskelpakete hervorquellen, schlendert in selbstsicherer Siegespose durch den Gang und hält kurz vor mir an. Ich bekomme schon Herzklopfen und verfluche mich dafür, dass ich nach dem Man-weiß-ja-nie-Motto nicht noch ein letztes Mal mein Make-up auf Vordermann gebracht habe. Jetzt ist es eindeutig zu spät, nach dem ohnehin unauffindbaren Spiegel in der verfluchten Tasche zu kramen. Der junge Schönling schaut tatsächlich in meine Richtung, lächelt breit und es wird auf einmal hell im Flieger, als hätte er einen Scheinwerfer verschluckt. In den Sekunden, die mir bleiben, korrigiere ich notdürftig meine Körperhaltung und siehe da, schon ruft er mir zu: *Hey, how are you?* Dass er den Annäherungsversuch so direkt, so unverhohlen machen würde, nein, damit hatte ich wirklich nicht gerechnet, was mir buchstäblich die Sprache verschlägt. *I am speechless ...*

Vor mir erheben sich breite Schultern, deren Besitzer mit dem Ausdruck *sharp sharp* antwortet, was so viel wie „alles ok“ heißt. Unverhofft werde ich Zeuge einer südafrikanischen Männerbegrüßung: Sie stoßen ihre rechten geballten Fäuste leicht gegeneinander und nach dem *first bump* wiederholen sie das Prozedere mit den Schultern, indem sie sich leicht vornüber beugen, bis sich die rechten Schlüsselbeine leicht berühren. Die Wiedersehensfreude ist so groß, dass die letzten Reihen davon unweigerlich Kenntnis bekommen. Trotz dieser netten Zeremonie muss ich etwas enttäuscht wieder in meine normale Körperhaltung zurückfinden und sacke so zusammen, wie es sich am gemütlichsten anfühlt. Beruhigt stelle ich fest, dass sich mein mangelndes Schminkbedürfnis kurz nach einem Mammut-Umzug und kurz vor einem Mammut-Flug als berechtigt erweist.

Nachdem sich die Lage vor mir etwas beruhigt hat, ist über die Lautsprecher das Übliche zu hören, anschnallen, Handy auf *airplane mode* stellen und die sympathische Damenstimme flötet: *We wish you a warm South African Welcome...* Dann noch die üblichen Anweisungen des Kapitäns: *Cabin crew please take your seats for take-off ...* So und jetzt ist es an der Zeit, meine Nachbarn zu begutachten und dabei stelle ich fest, dass ich zwischen zwei – sagen wir einmal – üppigen Damen sitze, die beide farbenprächtig und einem Papagei nicht unähnlich gekleidet sind. Was werden mir Damen in solch einer Montur an meinem zukünftigen europäischen Wohnort fehlen! Beide könnten ohne weiteres als Big Mamma bezeichnet werden. Auf dem Kopf der Dame zu meiner Rechten ist ein für nicht-afrikanische Empfindung doch recht auffälliger Turban platziert, der mit allen Regeln der Kunst gewickelt ist. Die Dame zur Linken möchte ihre Haarpracht nicht unter einem Stück Stoff verbergen und hat sie sich zu diesem Zweck zu vielen kleinen Zöpfen, zu *braids,* flechten lassen. Diese sind mit Perlen und Haargummis jeglicher Couleur vollgespickt und zu einem hochragenden üppigen Dutt zusammen gerollt, der bunt auf ihrem Kopf thront. Von meinem grauen Jogginganzug, meinen grauen Haaren, meiner blassen Hautfarbe und meinen dunklen Augenrändern einmal abgesehen, geben wir drei, so wie wir nebeneinander sitzen, ein farbenfrohes Bild ab. Kaum heben wir ab, kippt die Dame mit den *braids* mit lautem Schnarchen auf meine Schulter und schlummert dort solange weiter, bis ich versuche, sie abzuschütteln. Ohne die Augen zu öffnen, schnurrt sie mir zwischen zwei Schnarchlauten ein *I apologise* zu und ähnelt dabei der Vorstellung, die man theoretisch und nicht ganz vorurteilsfrei von Junkies hat. Dann schläft sie weiter den Schlaf des Gerechten. Dies wiederholt sich alle fünf Minuten, bis ich mit meiner Geduld und auch mit den sinnlosen Rippenstößen, die bei ihr eh nichts bewirken, am Ende bin. Um jegliches Missverständnis gleich vorwegzunehmen: Man kann mir wirklich nicht vorwerfen, dass ich Körperkontakt meide oder gar kontaktscheu bin. Fürwahr nicht! Mich beschleicht einfach nur das Gefühl, dass ich für die nächsten elf Stunden ein bequemes Kissen abgeben werde, was mich nicht gerade erheitert.

Der Verdacht liegt nahe, dass die bunte Dame neben mir Schlaftabletten oder Ähnliches eingenommen hat, denn noch nicht einmal mächtige Turbulenzen, die das Flugzeug gnadenlos rütteln und schütteln, bringen sie um ihren Dornröschenschlaf. Also muss ich zu anderen Maßnahmen greifen, statt sie schonungslos zu beäugen. Darum wende ich mich an die nächste Stewardess, die geschäftig den Gang entlang läuft. Ich deute mit einer vielsagenden Kopfbewegung nach links, wo sich die Dame wieder an mich geschmiegt hat, und tatsächlich sitze ich einige Minuten später neben einer sympathischen Südafrikanerin mit bildhübschem Gesicht und pechschwarzen Mandelaugen. Wir kommen ins Gespräch, wie man halt im Flugzeug ins Gespräch kommt, vorausgesetzt der Nachbar hat sich keine Schlaftabletten eingeworfen, also stelle ich mich der guten Ordnung halber vor. Mit einem blitzenden Lächeln tut sie es mir gleich: *Nice to meet you. My name is ...* und schon tanzen mehrere „a" und eine Fülle von Konsonanten in eigenwilliger Reihenfolge aus ihrem Mund. Zu behaupten, ich hätte verstanden, was ich gerade vernommen habe, wäre schlichtweg gelogen, trotzdem murmle ich so etwas wie *Das Vergnügen ist ganz meinerseits.* Vermutlich erfasst sie aufgrund meines in diesem Moment etwas dümmlich wirkenden Gesichtsausdrucks die Lage und fängt darum auf eine sehr freundliche Art und Weise an, über sich zu erzählen. Sie sei Stewardess von Beruf, somit reichlich in der Welt herumgekommen und habe auf engstem Raum viele verschiedene Leute getroffen. So ungefähr beginnt das, was man *small talk* nennt. Aus gegebenem Anlass würde sie mir gern eine Geschichte erzählen und diese gehe wie folgt:

Ein gewisser Passagier, der sich zwar das Ticket der *business class* leisten konnte, aber leider nicht über entsprechende Manieren und gutes Benehmen verfügte, saß anfangs eher unauffällig und unscheinbar auf seinem Platz. Nebenbei erklärt sie mir, dass für die Gäste der *business class* der Konsum in alkoholischer Hinsicht frei ist. Ich erahne schon eine nette Anekdote für mein Buch über Südafrika und lausche aufmerksam und mit aufrichtiger Neugier, um mir kein wichtiges Detail entgehen zu lassen. Dieses Angebot an Alkohol wird gerne von den Passagieren wahrgenommen, einige jedoch nutzen es hemmungslos aus. Letzteres tat besagter Herr, der frisch, fröhlich, frei das gesamte Angebot der Reihe nach durchprobieren wollte, um es dann allzu sorglos in seinem Inneren zu vermischen. Der Herr der *business class* war dem Alkohol sehr zugewandt und trank mehr als es seiner Gesundheit zuträglich war. Mit anderen Worten, er war einfach nicht mehr zu bremsen, betont die nette Stewardess neben mir und versucht der Geschichte durch ihre kullernden Augen Nachdruck zu verleihen. Nach geraumer Zeit war eine Flasche nach der anderen da gelandet, wo der Alkohol nicht gerade anregend und stimmungsfördernd wirkt. An dieser Stelle lächelt sie verschmitzt: *Nach dem Motto „Alles was rein geht, muss auch wieder raus“ begab er sich darum immerfort aufs stille Örtchen, doch nach der zigsten Flasche verlor er endgültig die Orientierung und wollte ins Cockpit eindringen, um dort sein Geschäft zu verrichten.* In Anbetracht der Umstände sah sich die Stewardess genötigt, einzuschreiten, damit auf diesem Flug keiner, vor allem nicht der Pilot zu Schaden kam. Im letzten Moment gelang es ihr, ihn von der Klinke des Cockpits wegzuziehen und ihm sanft den Weg zurück zu seinem Platz zu weisen, nicht ohne vorher den wichtigen Abstecher zum WC zu machen. Somit war die Katastrophe vorerst abgewendet.

Als der stark alkoholisierte Herr wieder zu einer Bestellung ausholte, blieb der Stewardess nichts weiter übrig, als eine rein praktische Bitte vorzubringen, die lautete: *Would you please stop drinking more alcohol, Sir?* und als der Herr einfach nur verständnislos mit dem Kopf schüttelte und es ihm anzusehen war, dass ihm bei dem Gedanken ganz blümerant wurde, versuchte sie, ihn zu maßregeln: *Did you not have enough, Sir?* Dieser tat sich sehr schwer, ihrem Gedankengang zu folgen und verhielt sich nun gar nicht so, wie es der Titel „Sir“ unter normalen Umständen von ihm verlangte, ganz im Gegenteil. Er wollte auch weiterhin den Alkohol schubweise in sich hineinschütten und bestellte zu diesem Zweck die nächste Flasche und zwar in voller Lautstärke, dass man ihn sogar in der *economy class* bis zur Reihe 30 vernehmen konnte. Dabei drückte er sich alles andere als gesetzt aus und verwendete in seiner Muttersprache vermutlich einige weniger schmeichelhafte Ausdrücke, die sich zweifellos allesamt auf die Stewardess bezogen. Obwohl sie seiner Sprache nicht mächtig war, konnte sie trotzdem in etwa deuten, worauf der stark alkoholisierte „Sir“ hinauswollte. Also versuchte sie, die Angelegenheit so gut es ging zu handhaben und betonte abermals, dass er in diesem Zustand keinen Alkohol mehr trinken durfte. An der Reaktion des Passagiers konnte man erkennen, dass sie das nicht hätte sagen dürfen. Wild herumfuchtelnd fragte er sie, wie sie das denn meine, mit dem „Zustand“, und fragte nach ihrem Namen, in der Absicht, ihrem Vorgesetzten mitzuteilen, was mit ihr geschehen solle, denn sie wisse wohl nicht, mit wem sie es zu tun habe und wer er sei. *Do you know who I am? Heeee? Do you know who I am?* Dabei musterte er sie siegesgewiss, zumindest so gut es seine Verfassung erlaubte. Logischerweise wusste sie nicht, wer dieser laute Herr sein könnte, was sich als weniger tragisch erwies. Umso schlimmer war es, dass man ihm keinen Einhalt gebieten konnte. Also erwiderte sie freundlich, dass sie gerne eine Durchsage im Flugzeug starten könne, um die Passagiere zu fragen, ob vielleicht jemand wisse, wer der Herr sei. Um ihm also aus dieser misslichen Identitätskrise zu helfen, griff sie einfach nach dem Mikrofon – ohne das selbige allerdings einzuschalten – und sprach seelenruhig etwas hinein, was nur der aufgeregte Herr zu hören bekam, da er in unmittelbarer Nähe saß: *Ladies and Gentlemen, may I have your attention please? There is a gentleman here who doesn't know who he is. If anyone is able to assist him please alert the crew.* Sie befestigte das Mikro wieder an seinen Platz und schaute in den konsternierten Gesichtsausdruck des bis vor wenigen Sekunden aufgeregten Herrn: *I hope this would be helpful. But if not, you could always have a look in your passport.*

Sein ohnehin schwaches Nervenkostüm musste nunmehr endgültig zum Schneider. In gebrochenem Englisch und mit einem Akzent, der dem Original in keinster Weise nahe kam, fragte er nunmehr cholerisch nach ihrem Namen: *Give me your name! I want to know your name.* Höflich nannte sie dem tobenden Passagier ihren Namen, doch der wurde noch hitziger, wiederholte sein Anliegen und kam dabei vor Wut gehörig ins Schwitzen. *But I just told you my name*, versicherte sie ihm. Gallig fuhr er fort: *What is your name? This is not a name! I want to know your name to sue you!* Nun hatte die Stewardess ihn soweit gereizt, dass er sie anzeigen wollte, weil sie ihm den geliebten Alkohol verweigerte, den er sogar gratis bekommen hätte. Also gleich ein doppeltes Malheur. *But I just told you my name*, die gute Stewardess wurde nicht müde, es zu wiederholen, und da er nicht einfach nur angesäuselt, sondern eher das war, was man in der Umgangssprache treffend „sternhagelvoll" nennen würde, spielte sie ihre letzte Karte aus. Ihr Joker war sozusagen ihr Namensschild. Dieses zeigte sie ihm jetzt ganz unschuldig und brav. Es war auf ihrer adretten Stewardess-Uniform in Brusthöhe geheftet. Da stand groß und breit ihr Name drauf. Und zwar so groß und so breit, dass Vor- und Nachname nicht nebeneinander, sondern nur untereinander Platz fanden. Meiner netten, neuen Freundin kullern Lachtränen über ihr hübsches Gesicht, als sie erklärt, dass das Schild tatsächlich einer gesonderten Anfertigung bedurfte, denn es war größer als das anderer Kolleginnen. Schließlich musste sich der Name über zwei Linien erstrecken können: Nomathamsanqa Hlambangobend´amanzekhona. Nicht ganz ironiefrei fügte sie hinzu, dass der Herr sich den Namen gerne abschreiben dürfe, um die nötigen juristischen Schritte einleiten zu können. Ruhig ergänzte sie die Frage, ob er dazu einen Stift benötige. *Please let me know, if you need a pencil, Sir.* Mit glasigen Augen sah er auf das Schild und somit auf die Brust der Stewardess. Dabei schielte er umso mehr, je mehr er sich beiden näherte. Den Namen allerdings konnte er mitnichten entziffern, geschweige denn zu Papier bringen. *Are you kidding me?* brüllte er durch das ganze Flugzeug, sodass sich die Passagiere in der *business class* peinlich berührt nach ihm umdrehten – fremdschämen nennt man das wohl seit geraumer Zeit – und die auf den billigeren Plätzen sich den Hals ausrenkten, um mitzubekommen, was da vorne wohl so lautstark vor sich ging. Der volltrunkene Gast lallte in aller Verzweiflung weiter und blieb dabei, dass er endlich ihren Namen wissen wollte.

Meine Nachbarin schüttelt sich vor Lachen und zeigt mir ihren Pass, damit ich eine gewisse Vorstellung davon habe, in was für eine Lage sich der volltrunkene Mann hineinmanövriert hatte. Während ich versuche, den Namen abzulesen – was für Europäer ein Ding der Unmöglichkeit ist – erklärt mir die Inhaberin des Passes, dass ihr Vorname *Good Luck* bedeutet und ihr wirklich oft Glück gebracht hat. Ob es dem übereifrigen Ankläger in der *business class* genauso ergeht im Leben, entzieht sich ihrer Kenntnis. Der Alkohol hatte ihm auf jeden Fall nicht die nächtliche Erholung geraubt, denn nachdem er sich ausgiebig aufregen und noch ausgiebiger übergeben musste, schlief er seinen Rausch bis zur Landung aus. So kehrte zu guter Letzt Ruhe ein im Flieger. Vermutlich ist ihm nach der Landung aufgrund des teuflischen Katers der Grund für die Aufregung, geschweige denn der unaussprechliche Name der Stewardess nicht mehr eingefallen, so dass er notgedrungen von jeglichen juristischen Maßnahmen absehen musste. Nachdem ich mich köstlich über diese Anekdote amüsiert habe, frage ich sie, ob es nicht doch etwas gewagt war, den Mann dermaßen mit der Durchsage zu foppen. Sie zwinkert mir zu und gibt mir zu verstehen, dass sie genug Erfahrung mit alkoholisierten Passagieren der *business class* hat. In den allermeisten Fällen sind sie außerstande, die Ereignisse zu rekonstruieren. Doch selbst wenn sie es könnten, sind sie sich der Peinlichkeit bewusst, in die sie sich da begeben haben, also tun sie so, als wäre nichts gewesen. Was für ein toller Job, denke ich mir. Man kommt um die Welt, wird dafür auch noch bezahlt und foppt obendrein die Passagiere der *business class.*

Good Luck ist eine äußerst redselige Person. Nachdem ich ihr eine komprimierte Kurzfassung meines Lebens gegeben habe, erzählt sie von sich. Sie stammt vom Eastern Cape, ist also Xhosa, wie fast alle in dieser Provinz und ihr Dorf liegt unweit von dem Herkunftsort Nelson Mandelas, dem nunmehr bekannten Qunu. Letzteres vermittelt sie mir mit einer gewissen Selbstgefälligkeit. Wenn schon die ganze schwarze Bevölkerung stolz auf ihren Befreier ist, kann man sich vorstellen, um wie viel stolzer sich der Xhosa-Stamm fühlt, eine dermaßen außerordentliche Persönlichkeit ihren Bruder nennen zu dürfen. *Good Luck* versucht, mir die Strukturen ihres Stammes bzw. ihrer Provinz zu vermitteln. Typisch ist es beispielsweise, dass man im Dorf zusammenhält und sich gegenseitig hilft. Die Familie steht an erster Stelle. Werte wie Ehrlichkeit, Hilfsbereitschaft oder Respekt werden groß geschrieben. Darum wagen es Kinder erst gar nicht, kriminell zu werden, wie es in den *squatter camps* und in den Townships der großen Städte der Fall ist, denn sie würden dem Dorf und der Familie Schande machen. Die Strafe kommt in so einem seltenen Fall nicht etwa von der Polizei, sondern von der eigenen Familie oder sogar von der *community.* Community heißt aber ebenfalls „einer für alle und alle für einen". Wer arbeitet, teilt seinen Verdienst mit dem Dorf. *If you want to go fast, go alone. If you want to go far, go together*, lautet die Devise in Afrika.

Mir fällt ein, dass dieser Spruch tatsächlich überall auf Plakaten zu lesen ist: am Flughafen, in der Mall, auf der Autobahn. Meine Nachbarin ergänzt stolz, *Diese Mentalität gibt es auch in den höheren Schichten.* Jetzt geht mir ein Licht auf. Unser Nachbarhaus wurde an eine Xhosa-Dame verkauft, eine Frauenärztin, die sich eines Tages bei uns vorstellte und sogar ein Geschenk mitbrachte. Diese Frau war aber nicht nur uns gegenüber aufmerksam und liebenswert. In der riesigen Villa *next door* mit den vielen Schlafzimmern, dem großen Garten und dem tollen Swimmingpool ging es bald lebhaft zu, denn Tochter, Schwiegersohn, Enkelkinder, Schwestern, Brüder, Nichten, Neffen und Haushaltspersonal aus der *Eastern Province* füllten das Haus bis unters Dach. Diese Wohngemeinschaft afrikanischer Art macht dem Spruch der Drei Musketiere alle Ehre: Einer für alle bedeutet nämlich in diesem Fall, dass die Frauenärztin alles in ihrer Macht Stehende tut, also bis um 2 Uhr nachts arbeitet, während der Rest der Mannschaft zu Hause verweilt. Ein weiteres Beispiel dafür ist ein Joburger Bekannter, der trotz seines Aufbaustudiums in Kanada und seiner westlichen Lebensweise nie Zeitausgleich für seine Überstunden verlangt. Er möchte nämlich das ausgezahlte Geld seinen Verwandten schenken, die es anscheinend bitter nötig haben. Dabei ist er frisch verheiratet und hat einen bildhübschen Sohn im Krabbelalter, eigentlich sollte er also mehr Zeit mit seiner Familie verbringen.

Während ich die gerade vernommenen Informationen verinnerliche, machen sich die Stewardessen an ihre Arbeit und schieben den Trolley mit dem Abendessen vor sich her. Wir werden gefragt, ob wir *chicken or pasta* nehmen würden und wir entscheiden uns beide für *pasta* mit cremiger Soße. Es sieht sehr kalorienhaltig aus. Meine Nachbarin scheint Gedanken lesen zu können und raunt mir zu: *A moment on the lips, a life on the hips.* Wie wahr! Ich kann mir ein Lachen nicht verkneifen. *Ach ja,* fügt sie lächelnd hinzu, *was machen wir uns für einen Stress der lieben Männer wegen. Diät, Sport, plastische Chirurgie, alles fürs starke Geschlecht. Übrigens, kennen Sie den?* Ohne die Antwort abzuwarten, legt sie los: *Such nach einem Mann, der dich zum Lachen bringt. Such nach einem Mann, der gut verdient und kochen kann. Such nach einem Mann, der dich nicht ständig anlügt. Such nach einem Mann, der sich um dich kümmert und dir immer wieder Geschenke macht. Such nach einem Mann, der gut im Bett ist. Und das Wichtigste von allem … Sieh zu, dass sich diese fünf Männer nie ins Gehege kommen.* Alle Achtung, *Good Luck* hat es faustdick hinter den Ohren, scheint es mir. Als Beweis dafür schickt sie gleich die nächste Geschichte hinterher. Sie setzt einfach an und ehe man sich versieht, befindet man sich schon in einer ihrer stories: Eine weiße Passagierin sitzt in einem besonders noblen Kostüm eingepackt in der *economy class* und ist eigentlich guter Dinge. Zumindest gibt es keine Anzeichen für das Gegenteil. Ihr fader Gesichtsausdruck verändert sich auf einen Schlag, als sich ein Afrikaner neben ihr niederlässt. Sie schickt ständig pikierte und argwöhnische Blicke in seine Richtung. *Good Luck* schaut dem Ganzen skeptisch zu, denn sie weiß aus Erfahrung: Eine heikle Angelegenheit bahnt sich an. Darum heckt sie zur Sicherheit schon den nächsten Plan aus. Tatsächlich bedarf es nur weniger Minuten, bis die adrette Dame die Stewardess zu sich ruft. Und zwar sehr diskret, denn sie benutzt kaum ihre Stimme, sondern eher ihre Blicke, die schon von

Weitem nach Hilfe rufen. *Good Luck* bückt sich also zu ihr und hört dem wimmernden Geflüster der Dame aufmerksam zu. Kein Zweifel! Die Dame ist verzweifelt und will, dass sie so schnell wie möglich, sozusagen von jetzt auf gleich, nicht mehr neben diesem Mann sitzt. *Good Luck* gaukelt Verständnis vor, verschwindet in der *business class* und kommt erst nach einer halben Ewigkeit zurück. Auf ihrem Gesicht ein breites Lächeln, das einzig und allein der Dame im feinen Kostüm gilt. Das Gesicht der Dame mit dem verkehrten Nachbarn hellt sich auf, ihr Lächeln wird immer breiter. Die Stewardess kündigt der Passagierin mit freudiger Stimme an, dass ihr Anliegen ... zu ihrer Zufriedenheit gelöst ist. Schon will die kostümierte Dame aufstehen und ihre teure Handtasche über das feine Handgelenk streifen, da wendet die Stewardess dem afrikanischen Nachbarn ihr strahlendes Gesicht zu und fordert ihn mit einem noch strahlenderen Lächeln auf, ihr bitte zu folgen. Und zwar auf seinen Platz in der *business class*. Dieser folgt ihr einfach, ohne die üblichen W-Fragen zu stellen. Zurück bleibt eine verdatterte, vermutlich auch entsetzte Dame, die gehörig nach Luft schnappen muss.

Nachdem wir uns noch ein bisschen über Gott und die Welt unterhalten, möchte *Good Luck* einen Film sehen. *Das mache ich immer im Flieger*, erklärt sie, *denn zu Hause in Südafrika werden alle „bösen“ Ausdrücke für das Kino oder für das Fernsehen ausgeblendet. Diese Zensur geht mir gehörig auf die Nerven, weil man sich gar nicht auf den Film konzentrieren kann. Oft ist es einfach unmöglich, den Inhalt zu rekonstruieren.* Ich stimme ihr zu und gemeinsam gehen wir die Filmliste durch. *Good Luck* stößt mich ganz happy an und zeigt auf einen Filmtitel, der es ihr offensichtlich angetan hat. Es handelt sich um *Dallas Buyers Club*, den sie zwar neulich gesehen, aber aufgrund der ausgeblendeten Sätze nicht einmal zur Hälfte verstanden hat. Also hat sie die englischen Untertitel zu Hilfe genommen, in der Hoffnung, nun besser den Inhalt zu erschließen. Vergebliche Mühe! Da in dem Film nämlich gehörig geflucht, koitiert, Gott und sein Sohn verdammt und zu allem Übel auch noch Kokain ohne Ende konsumiert wird, ist nicht mehr viel an Dialog übrig geblieben, den man stehen lassen kann. Außerdem sagt der Hauptdarsteller seinen Lieblingssatz *Are you f***ing kidding me?* alle dreißig Sekunden auf, sodass immer nur das erste und letzte Wort in der Frage zu hören ist, also „*you*" und „*me*". Beim Mitlesen der Untertitel irritieren die Sternchen – die ebenfalls als Zensur dienen – innerhalb des Wortes dermaßen, dass man endgültig den Faden verliert. Damit ich besser begreife, was sie meint, notiert *Good Luck* auf einem Blatt Papier Buchstaben und Sternchen. *Was bitte schön soll beispielsweise J*** f*** C**** M*** bedeuten?* Leicht überfordert von der südafrikanischen Zensur-Manie schüttele ich den Kopf und habe natürlich keine Ahnung, was J f C M bedeuten könnte. Sie erklärt mir eifrig: *Hier haben wir es mit einer Kombination von Religion und Schimpfwörtern zu tun, nämlich Jesus fucking Christ Maria, also rutscht alles in die Sternchenwelt ab. Good* Luck notiert fleißig weiter: *Genauso verhält es sich mit G** damnit, Oh my G*** oder J***s Ch***t oder gar für A****h, M***d oder B***a, wenn es denn Filme sind, deren Darsteller dem Islam oder dem Buddhismus huldigen.* Südafrikas Religionsfreiheit verbietet es sich, Ausdrücke, die auf eine Religion schließen lassen, öffentlich zu benutzen. Die Sternchen helfen dabei. Drogen werden ebenfalls nicht genannt, sondern mit entsprechenden Sternchen versehen, was bei *Dallas Buyers Club,* dessen abgemagerter Hauptdarsteller morgens, mittags und abends Kokain zu schnupfen scheint, dazu führt, dass man den Streifen ohne Weiteres für einen Stummfilm halten könnte.

Während sich *Good Luck* in schwindelerregender Höhe und irgendwo über dem afrikanischen Kontinent den Film anschaut und ihren Wortschatz für den Fall des Falles durch wichtige Schimpfwörter erweitert, muss ich wohl eingeschlafen sein. Durch nicht enden wollende Turbulenzen werde ich aus dem süßen Wachschlaf gerissen und weiß anfangs gar nicht, wo ich mich befinde. Ein Blick nach links verrät mir, dass *Good Luck* als geübte Stewardess nichts erschüttern kann, selbst die wuchtigsten Turbulenzen stören ihren Schlummer nicht im Mindesten. Meine ansonsten gesprächige Nachbarin schläft den Schlaf des Gerechten und ist dadurch außerstande, mich auf andere Gedanken zu bringen. *Shame*! Aber eigentlich kann mir nicht viel passieren, denn solange *Good Luck* an Bord ist, wird alles reibungslos ablaufen und wir werden uns heil und auf die übliche Art und Weise dem Erdboden nähern. Zuversichtlich versuche ich, die Augen zu schließen und von etwas Nettem zu träumen, bis früh morgens das Frühstück serviert wird. Nach knapp elf Flugstunden landen wir und die sympathische Damenstimme kann nunmehr die Erlösung säuseln, diesen herrlichen Satz, der bei jedem Versuch einer Übersetzung an Kraft und Würde verliert: *We wish you a proudly South African Goodbye, Sala kakuhle, Totsiens!* Wir werden in dreifacher Ausführung verabschiedet, denn Südafrika ist – wie schon öfters erwähnt – das Land mit den elf offiziellen Amtssprachen, also folgen der englischen

Verabschiedung gleich zwei weitere Versionen, nämlich eine in isiXhosa und eine weitere in Afrikaans. Meine neue Freundin und ich wollen in Kontakt bleiben. Obwohl sich die sozialen Medien hervorragend dafür anbieten, wissen wir beide, dass die Wahrscheinlichkeit eines Wiedersehens verschwindend gering ist ...

Nach so einem Flug in *economy class* kommt man eher tot als lebendig an, zumal es immer ein *night flight* ist. Trotzdem ist von Schlaf nur in den seltensten Fällen die Rede. Dafür hat man aber genügend Zeit, sich ausgiebig Filme anzuschauen, um mit einem benebelten TV-Schädel und den entsprechenden Kopfschmerzen den Flughafen zu betreten. Bei mir kommen noch die 200 Umzugskartons hinzu, die es galt, vorher zu füllen. Somit ist „fit" der Ausdruck, der momentan am wenigsten auf meine Wenigkeit zutrifft. In diesem kläglichen Zustand stolpere ich also morgens um 7.00 Uhr aus dem Flugzeug, warte gerädert sage und schreibe siebzig Minuten zwecks Passkontrolle in der Schlange, hole sichtlich genervt meine zwei schweren Koffer vom Band ab und hechte im Laufschritt – so weit dies mit zwei großen und einem kleinen Koffer möglich ist – zum anderen Terminal, um den Anschlussflug nach Kopenhagen noch zu schaffen. Da stehe ich nunmehr vollbepackt wie ein Maulesel und wage es nicht, auf Toilette zu gehen. Die wertvolle Zeit, die man durch den Massenandrang und die Warteschlange verlieren würde, hätte eventuell einen verpassten Anschlussflug zur Folge. Es liegt aber noch ein weiterer Grund vor, den Gang zum stillen Örtchen zu vermeiden, vor allem für eitle Personen. Haben Sie schon einmal nach solch einem langen Flug den Blick in den Spiegel riskiert? Nicht auszudenken, was vor Schreck und akkumulierter Müdigkeit geschehen könnte. Beispielsweise besteht die Gefahr, in Ohnmacht zu fallen und somit definitiv den nächsten Flug zu verpassen. Also begebe ich mich lieber auf direktem Wege zum Gate, was sich als nicht ganz so einfach erweist. Da stehe ich nämlich im technisch perfekten Europa und realisiere, dass ich Treppen steigen muss. Und zwar eine ganze Menge Treppen! Und das mit zwei Koffern à 28 kg und einem kleineren, der auch nicht gerade leicht ist! Schließlich zieht man nicht alle Tage von Afrika nach Europa um! Da packt man schon einmal mehr ein! Nicht zu vergessen die ganzen Geschenke für Familie und Freunde, allen vorneweg den üppigen Protea-Strauß für meine Mami ...

Sag bloß, hier gibt es keinen Lift!, sage ich laut zu mir selber und schaue fassungslos die Treppe hoch, bin aber einfach zu müde, um dies auf einem modernen Flughafen logisch auszuschließen. Als mein Blick einen Angestellten streift, wiederhole ich die Frage im gleichen gelähmten Ton, aber diesmal den Tränen nahe, denn meine operierte Kalkschulter meldet sich prompt und macht mir allein schon beim bloßen Gedanken an Schlepperei zu schaffen: *Gibt es hier etwa keinen Lift?* Längst hatte ich in Südafrika vergessen, dass man – kaum in München angekommen – sogleich einem dieser Menschen über den Weg laufen würde, die mit erhobenem Zeigefinger den Rest der Welt zurechtweisen müssen. Der Angestellte sieht weder die dunklen Augenränder noch das zerzauste Haar und erst recht nicht den Inhalt der Koffer. Von meiner operierten Kalkschulter ganz zu schweigen. *Erst einmal einen schönen Guten Morgen, gnädige Dame,* flötet er mir aufgesetzt heiter entgegen, um dann gleich noch hinzuzufügen: *und der Lift ist übrigens dort rechts.* Dabei meine ich zu erkennen, dass er mir ziemlich überheblich in die Augen schaut. Zu müde, um zum Gegenangriff überzugehen, murmle ich ein kleinlautes Danke und rolle und schiebe und ziehe in Richtung Lift weiter.

Je länger ich allerdings über diesen Flughafen-Zurechtweiser nachdenke, desto wütender werde ich. Wofür hält er sich eigentlich? Glaubt er, mir einen pädagogischen Denkzettel verpassen zu müssen? Nur weil ich ihm keinen wunderschönen Guten Morgen bei 10 Grad und Dauerregen – und das wohlgemerkt im Hochsommer – gewünscht habe? Außerdem war das, was ich entsetzt über den Lift von mir gegeben habe, mehr als Selbstgespräch gedacht und nicht als direkte Frage an ihn! Aber das ist wieder dieses spießige Leviten-Lesen, das man in Europa, vor allem in Nordeuropa, so gut beherrscht und das ich durch mein Leben in Afrika Gott sei Dank vergessen hatte. Jeder fühlt sich verpflichtet, des anderen Erzieher zu sein und glaubt vermutlich auch noch, damit dem Gemeinwohl einen besonderen Dienst zu erweisen ... und überhaupt, „gnädige Dame“! Puh!

Zum Glück hatte ich in den letzten drei Jahren in Südafrika nie das Vergnügen, die Bekanntschaft solcher besserwisserischen Herrschaften zu machen. Bei diesem Gedanken weine ich meinem gerade zurückgelassenen Leben nach und kann mich einzig und allein mit dem Anblick des Protea-Straußes trösten. Wunderschöne Blumen aus einem wunderschönen Land. Kein Wunder, dass meine Mami diese Blumen so sehr liebt!

Sechs Monate später ...

in Kopenhagen

Da wären wir also wieder hoch im Norden, wo es bekanntlich kalt und feucht ist. In einem Land, das für Sicherheit und hübsche Architektur bekannt ist. Man könnte meinen, dass die Gebäude in Dänemark den Märchen von Hans Christian Andersen entsprungen sind, wie Puppenhäuschen stehen sie in Reih und Glied, eigens angefertigt für „Das kleine Mädchen mit den Schwefelhölzern". Doch gibt es in diesem Land ebenso prächtige wie imposante Paläste und wenn man davor steht, denkt man, dass sich jeden Moment Szenen aus dem Märchen „Des Kaisers neue Kleider" abspielen werden. Und überall gibt es Wasser. Unmengen von Wasser. Wer beschwerte sich eigentlich in Johannesburg ständig darüber, dass weit und breit kein Wasser in Sicht ist? Drei Jahre lang kein Fluss, kein See, ganz zu schweigen vom Meer. War das nicht stets mein Tenor? Das Schicksal spielt schon seltsame Spielchen, denn nun hat es mich in eine Stadt verschlagen, wo ich das flüssige Element in vollen Zügen genießen, ja dessen sogar überdrüssig werden kann. Kopenhagen bekommt fast täglich noch eine zusätzliche Ladung Regenwasser ab, so als wäre es nicht genug des Guten, dass die Stadt nicht nur von Meereswasser umgeben, sondern auch von Kanälen durchzogen ist. So viel Feuchtigkeit kann eine Stadt nämlich auf Dauer durchtränken … und uns auch. Flach ist es hier! Keine Frage! Wie in den Niederlanden. Also bedarf es gar keiner Überschwemmung, damit die Feuchtigkeit in jede Mauerritze Einzug hält. Und ich Einfaltspinsel fand die fast 2000 m Höhe, auf der Johannesburg thront, ungemütlich. Nach dem Motto „Schlimmer geht immer“ darf ich mich nunmehr an dem trüben Flachland, an Dunst und Nebelschwaden laben! Wohl bekomms!

Daraus ergibt sich prompt das nächste Problem: Was um Himmels Willen soll ich mit so vielen Sommersachen anstellen? Wohin mit all den Sandalen und Sonnenbrillen? Die gleiche Frage stellt sich für eine ansehnliche Anzahl von Kartons, die von unserem wundervollen Haus in Südafrika die Reise nach Dänemark angetreten haben. Denn im kleinen Dänemark mit den winzigen Häusern und den entsprechend minimalen Wohnungen ist sicher nicht so viel Platz vorgesehen, um all das unterzubringen, was wir aus dem geräumigen Südafrika angeschleppt haben. Also wird die für dänische Wetterverhältnisse doch recht überflüssige Sommerkleidung samt Sommersandalen wieder eingepackt und in Begleitung von Gartenmöbeln, Sonnenliegen und etlichem Klimbim, der Sonne benötigt, um zur Geltung zu kommen – und den man deshalb vor Ort eigentlich hätte verkaufen sollen (aber hinterher weiß man es bekanntlich immer besser) – schnurstracks nach Griechenland versandt. Was haben wir uns eigentlich dabei gedacht, die ganze Gartenkultur mitzubringen, als könnte man sich in Kopenhagen vor lauter Sonnenschein und Hitze kaum retten?

Da sind wir also wieder in Europa! Dieses Mal in Dänemark, einem Land, in dem die Kriminalitätsrate sehr niedrige, das Vertrauen zwischen Staat und Bürger dagegen die höchsten Werte verzeichnet. Hierzulande scheint der Begriff „Korruption“ nicht existent zu sein. Denn der Sozialstaat sorgt für seine Bürger, die aus eben diesem Grunde regelmäßig als die glücklichsten weltweit gelten. Nicht umsonst rangiert Kopenhagen schließlich ganz oben unter den Städten mit der höchsten Lebensqualität. Nun darf ich also bei einem der Völker verweilen, das nach offiziellen Angaben vor froher Zufriedenheit nur so strotzt ... und ich undankbare Person finde ein Haar in der Suppe, das sich Wind und Wetter nennt. Ts, ts, ts ...

Im südlichsten und kleinsten aller skandinavischen Länder würde kein Mensch auf die Idee kommen, ein Fahrzeug mit Hilfe der Methode Carjacking zu entwenden. Allein schon aus dem Grunde, weil hierzulande nicht das Auto, sondern das Fahrrad das Hauptverkehrsmittel ist – noch eine Gemeinsamkeit mit dem kleinen, flachen Holland. Als ich zum ersten Mal einen Fahrradfahrer in Kopenhagen sehe, muss ich unwillkürlich an die ADT-Angestellten denken, die in unserer Joburger Nachbarschaft auf dem Drahtesel patrouillierten, und kann mir ein Lächeln nicht verkneifen. Nur wenige Sekunden später wird mir bewusst, dass es in Dänemark genauso viele Fahrräder wie Dänen gibt und dass sich der Drahtesel zwar als umweltfreundlich, jedoch als fußgängerfeindlich herausstellt. Wahrlich eine tickende Zeitbombe auf Rädern für all diejenigen, die zu Fuß unterwegs sind. Tatsache ist nämlich, dass sich die ansonsten gutmütigen Bürger dieses Landes auf dem Fahrrad in Rennfahrer verwandeln und wie besessen rasen. Und das ohne Rücksicht auf Verluste wohlgemerkt.

Als wir uns schließlich im Zentrum von Kopenhagen niederlassen, finden unsere südafrikanischen Möbel nach vielen Wochen endlich ihren Platz, doch sieht alles ganz anders aus als wir es von Südafrika gewohnt sind. Die leuchtenden Farben wirken hier eher düster und fahl, die ausdrucksstarken Formen unstimmig. Sogar die wenigen Weinflaschen, die wir mitgebracht haben, schmecken so, als ob das südafrikanische Aroma unterwegs verloren gegangen wäre. Ein Blick aus dem Fenster genügt, um unseren geografischen Standort zu bestätigen: Es sind keinerlei Farbschattierungen zu unterscheiden. Im Gegenteil: Überall nur graue Gebäude unter grauem Himmel. Das ist definitiv nicht das geeignete Umfeld für Webervögel. Wo sollen sich da meine Freunde, die Architekten, niederlassen? Mir wäre sogar das Krächzen der verhassten Hadedas lieber als diese merkwürdige Ruhe um mich herum. Nirgendwo sind sie zu sehen, die zauberhaften Jacaranda-Bäume, die die Straßen säumen, sich in majestätischer Pracht strecken, bis sich ihre Äste zu einer kunstvollen Kuppel verflechten und somit den leuchtend blauen Joburger Himmel durch einen lila Schleier ersetzen. Wenn es dann Ende November soweit ist und der Frühling die Staffel an den wärmeren Kollegen, nämlich an den Sommer, weitergibt, fallen die welken Blüten auf den Asphalt und rollen einen wunderschönen lila Teppich aus. Inmitten dieser Schönheit der Natur schaut mich Zondi an und schenkt mir ein strahlendes Lächeln. Ich sehe die warmen dunklen Augen meiner Perle, meiner lieben Pamela. Wie sehr vermisse ich unsere Gespräche und ihre schlagfertigen Antworten. Mit wem, bitte schön, soll ich nun morgens Kaffee trinken? Um diese Zeit arbeitet sie bestimmt in unserem Haus. Unser Haus, das ich so sehr geliebt habe ...

Irgendwann werde ich Kopenhagen verlassen, Gott weiß, wohin. Ob es wohl dieser Stadt samt ihren Einwohnern gelingen wird, mein Herz zu erobern, so wie es in den letzten drei Jahren Johannesburg und den Südafrikanern gelungen ist?

Wer weiß ...

Printed in Poland
by Amazon Fulfillment
Poland Sp. z o.o., Wrocław

81956969R00338